DOMINIQUE STEINBERG
Das Wunder vom Christkindlesmarkt

Weitere Titel der Autorin:

Das Mädchen vom Striezelmarkt

Dominique Steinberg

Das Wunder vom Christkindlesmarkt

Weihnachtsmarkt-Saga

Lübbe

Die Bastei Lübbe AG verfolgt eine nachhaltige Buchproduktion. Wir verwenden Papiere aus nachhaltiger Forstwirtschaft und verzichten darauf, Bücher einzeln in Folie zu verpacken. Wir stellen unsere Bücher in Deutschland und Europa (EU) her und arbeiten mit den Druckereien kontinuierlich an einer positiven Ökobilanz.

NACHHALTIG PRODUZIERT

MIX
Papier | Fördert gute Waldnutzung
FSC® C014496

Originalausgabe

Textredaktion: Evi Draxl, München
Umschlaggestaltung: Christin Wilhelm, www.grafic4u.de
Umschlagmotive: © Adobe Stock: MV Productions |
© Shutterstock: Cara-Foto, RossHelen, Andrey tiyk,
Romanova Ekaterina | © Richard Jenkins Photography |
© BTEU / TEKNISKA / Alamy Stock Foto
Satz: hanseatenSatz-bremen, Bremen
Gesetzt aus der Sabon LT Std
Druck und Verarbeitung: GGP Media GmbH, Pößneck

Printed in Germany
ISBN 978-3-7577-0081-2

2 4 5 3 1

Sie finden uns im Internet unter luebbe.de
Bitte beachten Sie auch: lesejury.de

In jedem Jahr, vier Wochen vor der Zeit,
da man den Christbaum schmückt und sich aufs Feiern freut,
ersteht auf diesem Platz, der Ahn hat's schon gekannt,
was ihr hier seht, Christkindlesmarkt genannt.

Aus dem Prolog zur Eröffnung des Christkindlesmarktes

Für Philippa

1.

Die Stimme des Mannes erstarb ganz plötzlich. Im Raum wurde es still.

Evelyn drückte sich die Hand auf den Mund. Sie hatte es kommen sehen. Wenn ihr Onkel sich einmischte, ging immer alles schief. »Jetzt hast du ihn endgültig erledigt! Was soll ich denn nun meiner Freundin sagen, wenn sie nach ihm fragt?«

Joachim plagte sich mit verzerrtem Gesicht auf die Füße, indem er sich mit der einen Hand an der Kante des Beistelltisches festhielt. Die andere umklammerte den Schraubenzieher. Evelyns Vorhaltung überging er mit einem Schulterzucken. »Ich habe es nur gut gemeint, und das ist der Dank? Oder hättest du dir das Gesäusel den ganzen Tag lang anhören wollen? Was hat der verdammte Apparat überhaupt hier verloren?«

Der verdammte Apparat? Evelyn schäumte vor Wut. Jetzt sollte sie also daran schuld sein, dass ihr Onkel einen Fehler gemacht hatte? Aber darauf lief es ja ständig hinaus. Sie konnte sich noch so sehr bemühen, Joachim fand stets das Haar in der Suppe. Dabei war es nicht einmal seine eigene Suppe. Er lebte nur deshalb in Evelyns Haus, weil ihre Mutter, Joachims ältere Schwester, darauf bestanden hatte, ihn aufzunehmen. Er gehöre doch zur Familie, sagte sie stets, wenn Evelyn sich beschwerte. Und dass Evelyn Joachim auf Knien dankbar sein sollte, weil er sich so hingebungsvoll um sie kümmerte. In Wahrheit rührte Evelyns Onkel keinen Finger, um ihr zu helfen. Im Gegenteil, er lebte auf ihre Kosten in dem Haus ihres verstorbenen Mannes. Seine Arbeit als Friseur hatte Joachim gleich nach Kriegsende 1918 an den Nagel gehängt. Hin und wieder half er in Evelyns Drogerie aus, die sich im Erdgeschoss befand. Doch diese Tätigkeit beschränkte sich vornehmlich darauf, mit den Kunden zu schwatzen und sich wegen seiner Kriegsverletzungen bedauern zu lassen. Hinzu kam, dass er sich an Evelyns Brandweinvorräten vergriff, wann immer ihm danach war. Evelyn hätte ihn liebend gern vor die Tür gesetzt, doch das ließ ihre Mutter nicht zu. Gertraud Weigandt war eine energische Frau Mitte fünfzig, gegen die Evelyn nur schwer ankam. Ihren jüngeren Bruder verhätschelte Gertraud nach Strich und Faden. Für sie war er nach der Niederlage des Kaisers, für den er in den Krieg gezogen war, als Held zu ihr zurückgekehrt.

Evelyns Mann Gerson hingegen war nicht zurückgekommen. Er war in Frankreich gestorben, in den letzten Tagen des Krieges, und auch wenn Evelyn sich dafür schämte, so wünschte sie sich doch manchmal, es hätte den Faulpelz Joachim und nicht ihren geliebten Mann erwischt.

»Nun fang bloß nicht an zu heulen«, brummte Joachim. »Es ist ja nicht deine Schuld, dass der Kasten keinen Mucks mehr von sich gibt. Deine Freundin, diese hochnäsige Ziege, hätte ihn uns ja nicht aufdrängen müssen.«

Natürlich, nun war es also Sibylles Schuld, dass Joachim ihr teures Radiogerät kaputtgekriegt hatte. Und dies nur, weil es seiner Meinung nach zu sehr rauschte. Also hatte er sich einen Schraubenzieher geschnappt und war dem Apparat trotz Evelyns scharfen Protests zu Leibe gerückt. Und nun gab das Radio keinen Ton mehr von sich.

Joachim fing wieder an zu schrauben und legte das Werkzeug erst weg, als ihm der Schweiß über die Schläfen rann. »So ein Mist wird sich niemals durchsetzen«, grummelte er verdrossen. »Nicht mehr als eine unnütze Spielerei, von der die Leute bald genug haben werden. Da ist ein Grammophon doch ganz was anderes. Du kannst dir die Platte selber aussuchen, die du dir anhören willst, und musst nicht mit dem vorliebnehmen, was dir die Herren im Funkhaus vorsetzen.«

Besorgt betrachtete Evelyn das Innenleben des Gerätes und sah nur ein Geflecht aus Drähten, mit denen sie nichts anfangen konnte. Erst seit ungefähr einem Jahr gab es die neuen Rundfunkempfänger im Handel zu kaufen. Sie kosteten eine Menge Geld und waren daher für Menschen wie Evelyn, die jeden Pfennig umdrehen mussten, nahezu unerschwinglich. Umso gerührter war sie gewesen, als Sibylle ihr den Apparat von ihrem Hausmädchen hatte schicken lassen. Damals hatte Evelyn mit einer scheußlichen Grippe das Bett gehütet und sich nur zu gern von der Radiomusik und der Stimme des Funksprechers ablenken lassen. Das Rauschen im Hintergrund hatte sie nicht gestört, im Gegenteil, es hatte sie sanft in den Schlaf begleitet. Inzwischen war sie längst wieder auf den Beinen, daher gab es keinen Grund, das geliehene Gerät länger zu behalten. Aber in diesem Zustand konnte sie es Sibylle unmöglich zurückgeben.

»Bring das in Ordnung!«, mahnte sie Joachim, der schon wieder mit seinem Schraubenzieher im Gehäuse herumstocherte und so tat, als wüsste er ganz genau, wo das Problem lag. »Es ist schon dunkel, und ich muss Ware ausliefern. Die Bestellungen, um die du dich gestern kümmern wolltest!«

»Also wirklich, ich kann nur eines tun. Entweder das Radio oder die Auslieferung!«

Evelyn verzichtete auf jedes weitere Wort. Sie nahm Mantel und Hut von der Garderobe und warf einen kritischen Blick in den Spiegel. Obwohl sie sich wieder gesund fühlte, war sie doch noch recht blass. In ihrem kleinen Schlafzimmer bewahrte sie noch ein wenig Rouge auf, doch seit der Nachricht, dass Gerson gefallen war, hatte sie den Tiegel nicht angerührt.

»Willst du etwa bei diesem fürchterlichen Wetter noch ausgehen?«

Evelyn erschrak, als unvermittelt die Stimme ihrer Mutter an ihr Ohr drang. Gertraud bewegte sich in ihren ausgetretenen Filzpantoffeln stets wie auf Katzenpfoten durch das Haus und tauchte mit Vorliebe dort auf, wo man sie nicht vermutete. Als Evelyn nicht sofort antwortete, maß die ältere Frau sie mit einem prüfenden Blick von Kopf bis Fuß.

»Also wirklich, mein Schatz, findest du nicht, dass du ein wenig mehr aus dir machen solltest? Du bist erst sechsundzwanzig Jahre alt …«

»Siebenundzwanzig«, widersprach Evelyn, die schon ahnte, worauf ihre Mutter hinauswollte. »Wenn du meinen Geburtstag im September nicht vergessen hättest, wüsstest du das.«

»Nun hab dich nicht so, Kind.« Gertrauds Miene zeigte keine Reue. »Du hast keinen Grund, beleidigt zu sein. Greifen Joachim und ich dir nicht unter die Arme, wo wir nur können? Ich rackere mich ab, koche und wasche, damit du unten in der Drogerie deines verstorbenen Mannes Seife, Zahnpulver und Rasierklingen verkaufen kannst.«

Was deiner Meinung nach unter meiner Würde sein sollte, dachte Evelyn sarkastisch. Warum konnte ihre Mutter nur nicht begreifen, dass die Drogerie alles war, was Evelyn von Gerson geblieben war? Mochte der Laden auch nicht mehr so gut laufen wie früher, so sorgte das Geschäft doch dafür, dass im Hause Sandmeyer stets etwas Warmes auf den Tisch kam. Evelyn hatte nach Gersons Tod geschworen, das Haus in der Tuchgasse zu halten, solange dies nur möglich war, und daran würde sie festhalten. Geschehe, was wolle.

»Du siehst doch gar nicht schlecht aus«, konstatierte Gertraud, die nicht gewillt zu sein schien, das Thema ruhen zu lassen. »Was könnte ein geschickter Friseur nicht alles aus deinem hübschen dunklen Haar machen? Eine Wasserwelle würde dir stehen oder ein flotter Bubikopf. Schau dir doch die jungen Damen an, wie sie mit ihren Pagenköpfen durch die Stadt spazieren. Nach denen drehen sich die feinen Herren um. Und dann deine Kleidung, meine Liebe …« Die ältere Frau blickte durch die Gläser ihrer Nickelbrille, als betrachtete sie ein seltenes Insekt unter dem Mikroskop. »In der Reichshauptstadt trägt die Dame den Rock in diesem Winter kürzer und mit Fransen oder Schleifen besetzt. Deine Witwenkleider sehen dagegen aus, als hätte sie schon die alte Kaiserin – Gott hab sie selig – abgelegt. Du solltest anfangen, ein wenig mehr auf deine Garderobe zu achten.«

»Wozu?«

»Wozu, fragt sie mich! Ist es denn zu fassen!« Gertraud schüttelte den Kopf. Sie war eine kräftig gebaute Frau mit einem breiten, stets geröteten Gesicht, das von lebhaft funkelnden Augen beherrscht und von dichtem weißgrauem Haar umrahmt wurde. Anders als Evelyn, die um ihr Erscheinungsbild wenig Aufhebens machte, frisierte und kleidete sich ihre Mutter so elegant, wie ihre Mittel es zuließen. Sie duftete stets nach Maiglöckchen-Parfüm, das sie dem Sortiment der Drogerie entnahm, und verstand es, so aufzutreten, als spielte Geld keine Rolle. Tatsächlich war dies eine Gabe, um die Evelyn sie insgeheim beneidete, denn als Witwe eines Pfarrers genoss Gertraud Weigandt in der Stadt zwar Ansehen, musste aber mit einer mageren Rente auskommen. Dieser Umstand und die Tatsache, dass sie nach dem Tod ihres Mannes die Räume am Sebalder Pfarrhof hatte räumen müssen, hatten sie letztendlich dazu bewogen, zu ihrer Tochter in die Tuchgasse zu ziehen. Die befand sich zwar nur wenige Schritte vom Pfarrhaus entfernt, doch ganze Welten schienen die beiden Adressen zu trennen. Evelyns Haus mit seinem spitz zulaufenden Giebel und dem Schaufenster zur Straße hin gehörte zu einem Gebäudeensemble, das die Jahrhunderte überdauert hatte, ohne sich äußerlich großartig zu verändern. Vermutlich war schon Albrecht Dürer auf dem Weg zum Hauptmarkt daran vorbeigegangen. Doch an der mitunter schadhaften Fassade und dem morschen Gebälk ließ sich ablesen, dass der Zahn der Zeit schon länger an dem Haus nagte, als es diesem guttat. Leider fehlten Evelyn die nötigen Mittel, um Renovierungsarbeiten und Schönheitskorrekturen durchführen zu lassen.

»Au, verflucht«, schimpfte Joachim in der Wohnstube vor sich hin. »Jetzt brauche ich einen Schnaps!« Evelyn holte tief Luft, widerstand aber dem Drang, in die Wohnstube zurückzukehren und nachzusehen, was ihr Onkel mit dem armen Radioapparat anstellte. Wie teuer mochte so ein Gerät wohl sein? Wie Evelyn Sibylles Familie kannte, würde diese großmütig davon absehen, dass sie das Radio ersetzte. Aber für Evelyn kam es nicht in Frage, sich so aus der Verantwortung zu stehlen. Und wenn sie bis Weihnachten trockenes Brot essen musste: Sie würde Sibylle jeden Pfennig zurückzahlen, bis ihre Schuld beglichen war. Rasch band Evelyn sich ihren Lieblingsschal um den Hals und eilte die steile Treppe hinunter, die ihre Wohnung mit dem Ladengeschäft verband. In der Drogerie brannte nur noch eine einsame Lampe. Das Lehrmädchen hatte schon abgeschlossen und den Boden gefegt. Nun wartete es darauf, von Evelyn in den Feierabend geschickt zu werden.

»Und Sie wollen die Lieferung wirklich selbst übernehmen?«, fragte die junge Franzi vorsichtig, während sie Evelyn dabei half, die beiden prall gefüllten Taschen in den Fahrradkorb zu quetschen. Evelyn zwinkerte ihrem Lehrling lächelnd zu, denn ihr war klar, dass das Mädchen die Frage aus Höflichkeit stellte und nicht, weil sie sich darum riss, sich bei dieser schneidenden Kälte auf dem Fahrrad bis zur Kaiserstraße zu kämpfen. In der

Nacht hatte es geschneit und der bereits festgetrampelte Schnee auf dem Kopfsteinpflaster lud geradezu zum Ausrutschen ein. Nein, eine Vierzehnjährige hatte um diese Zeit nichts mehr auf der Straße zu suchen, sondern sollte sich bei einer heißen Suppe von den Strapazen des Tages erholen. Gegen Jahresende war immer viel zu tun, und obwohl Franzi flink und fleißig war, durfte man nicht vergessen, dass sie bis vor Kurzem noch die Schulbank gedrückt hatte und zu Hause noch fünf jüngere Geschwister auf sie warteten, die sie als Älteste mit großzog.

»Nur keine Sorge!« Evelyn streifte sich ihre Fäustlinge über die Hände und schob dann prüfend das Rad ein Stück über das Pflaster. Himmel, das war ja wirklich spiegelglatt. »Geh nur nach Hause, ich brauche jetzt sowieso ein bisschen frische Luft. Außerdem möchte ich mir gern in Ruhe den Ort anschauen, wo demnächst der Christkindlesmarkt aufgebaut werden soll.«

Das Lehrmädchen hob erstaunt die Augenbrauen. »Aber kommt der denn nicht wieder auf den Hauptmarkt? Dort war er doch immer. Schon, als ich noch ganz klein war. Meine Mama ist mit mir jedes Jahr hingegangen, bis dann der Krieg anfing und Papa zu den Soldaten musste.«

»Offensichtlich hat der Stadtrat sich umentschieden«, sagte Evelyn mit einem Seufzer. »Ich find's auch schade, aber wir sollten froh sein, dass es überhaupt wieder einen Weihnachtsmarkt in Nürnberg geben wird, nicht wahr?«

Evelyn sah dem Mädchen nach, bis dessen Blondschopf im trüben Licht der Straßenlaterne nicht mehr auszumachen war. Erst dann schlug sie den kurzen Weg zur Fleischbrücke ein. Nach dem Willen der Stadtoberen sollten dort in Kürze die ersten frisch gezimmerten Verkaufsbuden des Christkindlesmarktes aufgebaut und geschmückt werden. Erinnerungen an längst vergangene Wintertage überfluteten ihre Gedanken. Einige waren willkommen, andere machten ihr Angst. Solange der Weihnachtsmarkt mit seinem fröhlichen Trubel wegen der Kriegswirren und der kargen Nachkriegsjahre nicht stattgefunden hatte, war es für sie nicht allzu schwer gewesen, die Erinnerungen im Zaum zu halten. Dieses Jahr jedoch machte der Markt seine Pforten auf, und lange Verdrängtes würde sicher wieder hochkommen.

»Ach, Gerson …«, flüsterte sie bedrückt. »Warum musstest du mich alleinlassen?«

An der Fleischbrücke angekommen lehnte Evelyn das Fahrrad gegen die Mauer, legte den Kopf in den Nacken und suchte den tintenschwarzen Himmel nach Sternen ab. Unter ihren Füßen rauschte die Pegnitz. Evelyn glaubte plötzlich von fern Musik zu hören. Sanfte, weihnachtliche Klänge. Wo immer diese auch herkamen, sie wärmten ihr Herz, und für einen Moment hätte sie schwören können, den süßen Duft von gebrannten Mandeln und Lebkuchen zu riechen. Sie ließ das Fahrrad stehen und machte ein paar unbeholfene Schritte über die vereiste Fleischbrücke. Plötzlich war ihr, als liefe sie an einer Reihe von mit Tannengrün und Watteschnee geschmückten Holzbuden vorbei. Junge Burschen und Mädchen kreuzten ihren Weg. Andere scharten sich um Becken mit glühenden Kohlen und tranken würzigen Punsch. An den hell erleuchteten Ständen wurde emsig gearbeitet, es wurden Würstchen gebraten und bunte gläserne Kugeln ausgesucht. Und vor der letzten Bude, dort, wo sich der riesige Tannenbaum in den Himmel erhob, wartete er auf sie. So, wie er es an ihrem letzten gemeinsamen Abend getan hatte. Gerson. Er war zu ihr zurückgekommen. Evelyn hatte gewusst, dass er sie nicht allein zurücklassen würde. Sie hob die Hand, doch dann wurde ihr schwindelig und die sanfte Musik rauschte ihr in den Ohren. Evelyn rutschte aus und stürzte nur deshalb nicht, weil Gerson sie rechtzeitig am Arm packte. Die junge Frau seufzte erleichtert. Ein eisiger Windstoß schnitt ihr ins Gesicht und brachte sie aus dem Licht der weihnachtlichen Buden zurück in die einsame Dunkelheit der steinernen Brücke.

»Sie sollten vorsichtiger sein, Fräulein. Sonst brechen Sie sich noch etwas.«

Irritiert hob Evelyn den Blick und starrte den Mann an, der sie noch immer am Arm festhielt. Ihn hatte sie also nicht herbeifantasiert. Der Mann war Realität, auch wenn er mit Gerson nicht die geringste Ähnlichkeit hatte. Zudem sprach er ganz anders, mit einem Akzent, den Evelyn im Böhmischen verortete. Über den Weg gelaufen war ihr der Mann in Nürnberg noch nie. Vermutlich ein Fremder auf der Durchreise.

»Sie werden doch nicht ohnmächtig, wenn ich Sie jetzt loslasse, oder?« Der Fremde war jung, etwa in Evelyns Alter, und hatte ein herbes, aber attraktives Gesicht. Nach einer ordentlichen Rasur und mit einem passenden Haarschnitt würde er sicher respektabel aussehen. Trotz des schäbigen Mantels, der viel zu dünn für die winterliche Kälte war. Auf seinen Händen bemerkte Evelyn einige Farbflecken. Vielleicht war er ein Anstreicher, der ins Fränkische gekommen war, um sich vor den Feiertagen etwas mit Malerarbeiten zu verdienen.

»Es geht mir gut«, erwiderte Evelyn kurz angebunden. »Es war nur … Wenn Sie nun so freundlich wären, meinen Arm loszulassen. Ich muss gehen, ich werde erwartet.« Sie murmelte ein Dankeschön zum Abschied, dann holte sie ihr Rad und trat in die Pedale. Nach dem Fremden drehte sie sich nicht mehr um, aber sie hätte schwören können, dass er ihr fragend hinterherblickte.

2.

Gertraud rauschte geschäftig durch Evelyns Wohnzimmer. Sie klopfte den Staub aus den Kissen, die das durchgesessene Kanapee schmückten, und schlug die Fensterläden zu. Danach eilte sie in die Küche, um Kaffeewasser aufzusetzen. Eigentlich war es schon viel zu spät für Kaffee, aber so aufgeregt, wie sie war, würde sie heute Nacht ohnehin kein Auge zumachen. Da konnte sie sich auch noch den letzten Rest Bohnenkaffe gönnen. Die Bohnen hatte sie tagelang gesammelt, ohne dass es Evelyn aufgefallen war. Zuweilen fand Gertraud es geradezu erschreckend, wie leichtgläubig und verträumt das Mädchen durch die Welt ging. Gewiss, sie hatte ihren Mann verloren. Aber dieses Schicksal teilte sie mit vielen. Nein, Evelyn musste endlich anfangen, sich wieder dem Leben zu stellen.

»Und deshalb hast du den Kerl eingeladen?« Joachim wischte sich die ölverschmierten Finger mit seinem Taschentuch sauber. »Um deine Tochter zur Vernunft zu bringen?« Sein Blick verriet Skepsis. »Na ja, jedenfalls wird Evelyn uns nicht stören. Mir war klar, dass sie die Lieferung für diesen Arzt nicht Franzi überlassen, sondern selbst losstrampeln würde. Bis sie wieder zurück ist, werden wir mit dem Mann hoffentlich einig geworden sein.«

»Die Verhandlungen überlässt du aber mir, hörst du?« Gertraud Weigandt kam mit einer dampfenden Kanne in die Stube gelaufen. »Kümmere dich lieber darum, dass auch für unseren Gast noch ein Schnaps übrig ist.« Sie lächelte ihren Bruder an. »Du brauchst gar nicht so unschuldig zu gucken. Ich weiß ganz genau, wer sich über Gersons Wein- und Schnapsvorräte hermacht. Evelyn mag das egal sein, mir aber nicht.«

»Obwohl es deiner Tochter guttun würde, sich mal einen zu genehmigen«, erwiderte der junge Mann. Als die Türglocke schellte, stopfte er sich flugs das Hemd in die Hose, rückte den Schlips gerade und warf die widerspenstige Haarsträhne zurück, die ihm fortwährend in die Augen fiel. Mit einem jovialen Lächeln ging er auf Gertrauds Gast zu. Der Mann musterte ihn ohne großes Interesse und übersah geflissentlich die ihm zur Begrüßung entgegengestreckte Hand. Aber er ließ es zu, dass Gertraud ihm Hut, Mantel und Gehstock abnahm. Mit dem Besucher zog der Geruch von kalter Luft, vermischt mit Pfeifentabak und Pfefferminz, in die Wohnstube. Joachim verzog halb amüsiert und halb verärgert das Gesicht. Er verstand es, Männer einzuschätzen, die nach Pfefferminzpastillen rochen. Für gewöhnlich tranken sie zu viel, wollten aber nicht, dass es auffiel. Und der Kerl, der sich gerade in die aufgeschüttelten Kissen seiner Nichte fallen ließ, war das beste Beispiel dafür. Ein Wirtshausbesitzer, der zufällig mit seinem Bier reich geworden war. Ein Emporkömmling. Nichts weiter. Und so ein aufgeblasener Wicht behandelte ihn von oben herab?

»Ich weiß es zu schätzen, dass Sie diesen Besuch einrichten konnten, Herr Brungässner.« Gertraud warnte ihren Bruder mit einem Blick, nicht aus der Rolle zu fallen. Sie schenkte ihrem Gast Kaffee ein und stellte, als er sein Zigarettenetui zückte, sogleich den Aschenbecher vor ihn hin. »Gerade jetzt vor der Adventszeit ist in ihrem Wirtshaus bestimmt Hochbetrieb. Mein verstorbener Gatte hätte sich über Ihren Erfolg gefreut. Wenn ich mich recht erinnere, hat er Sie konfirmiert und später getraut, nicht wahr?«

»Ich habe nicht viel Zeit«, sagte Fritz Brungässner kurz angebunden. Er war ein massiger Mann, dessen blondes Haar schütter wurde. Tränensäcke und Doppelkinn ließen ihn älter erscheinen, als er war. Gertraud erinnerte sich noch gut daran, wie bitter sich ihr Mann über die Brungässners beklagt hatte. Eine Bande von Strolchen hatte er die drei Brüder genannt, die Nürnbergs Straßen unsicher gemacht hatten, anstatt im Konfirmationsunterricht Psalmen und Liederverse zu lernen. Er hatte den Burschen prophezeit, dass sie es zu nichts im Leben bringen würden, aber nur bei zweien von ihnen recht behalten. Fritz Brungässner jedenfalls mochte ein arroganter Pinsel sein, aber er war ein reicher arroganter Pinsel. Die alte Pinte seines versoffenen Vaters hatte er aus den roten Zahlen geholt und in ein gutgehendes Wirtshaus mit Hausbrauerei verwandelt. Außerdem hatte er mit seiner Einheirat in eine Kaufmannsfamilie eine gute Partie gemacht. Es gibt Leute, die machen selbst aus Straßendreck Geld, dachte Gertraud, während sie sich den Mund am heißen Kaffee verbrannte. Aber dieses Mal würde sie dafür sorgen, dass ihre Familie kein Nachsehen hatte. Auch für sie und Joachim sollte ein Stück vom Kuchen abfallen.

»Einen Schnaps gefällig?« Joachim hielt dem Wirt eine Flasche unter die Nase. »Ist ein besonders guter!«

»Na, wenn Sie das sagen!« Brungässner bewegte sich auf dem Kanapee, als wäre es von Läusen befallen. Während Gertrauds Bruder ihm das Glas füllte, wanderten seine Blicke durch den Raum. Nicht so unauffällig, wie er vielleicht wollte, und auch nicht völlig ohne Interesse, wie sie zufrieden feststellte.

»Ich war überrascht, als ich Ihren Brief bekam, gnädige Frau«, sagte Brungässner, nachdem er sein Schnapsglas geleert hatte. »Damit hätte ich nicht mehr gerechnet, nachdem Ihre Tochter sich mehrfach geweigert hat, mein Angebot auch nur zur Kenntnis zu nehmen.« Er runzelte die Stirn. »Sie ist nicht zu Hause, was? Daher nehme ich nicht an, dass sich an ihrer ablehnenden Haltung etwas geändert hat.«

Gertraud atmete ruhig ein und aus. Jetzt durfte sie keinen Fehler machen, Brungässner bloß nicht verprellen. Aber vormachen konnte er ihr auch nichts. Er gab sich abweisend, dabei wusste sie, wie sehr der Wirtshausbesitzer danach gierte, Evelyns Anwesen in die Finger zu bekommen. Das Haus mochte nicht im allerbesten Zustand sein, befand sich aber in einer bevorzugten Lage. Die Tuchgasse lag nur einen Steinwurf vom Hauptmarkt und damit vom geschäftlichen und kulturellen Zentrum Nürnbergs entfernt. Eine Krämerseele wie Brungässner kannte den Wert dieser Lage ganz genau, und es war kein Geheimnis, dass er seine Brauereibetriebe vergrößern und das Wirtshaus an der Frauenkirche um ein weiteres Objekt, nämlich ein Hotel, zu erweitern gedachte. Nachdem mit der neuen Reichsmark endlich eine stabilere Währung eingeführt worden war, witterten Geschäftsmänner wie Brungässner Morgenluft. Was sie aber brauchten, um ihre Pläne umzusetzen, waren neben Kapital auch Grund und Boden.

Und hier hatte Gertraud genau das anzubieten, was Brungässner haben wollte.

»Meiner Tochter wächst das hier alles über den Kopf«, erklärte Gertraud schließlich mit rauer Stimme. »Wie Sie wissen, entstammt sie einer Pfarrerfamilie und besuchte auf Wunsch meines Mannes die höhere Mädchenschule. Ich habe sie nicht dazu erzogen, ihre Tage mit dem Verhökern von Haarwaschmittel und Franzbranntwein zu vergeuden. Sie wird dem Verkauf des Hauses noch vor dem Jahreswechsel zustimmen, das verspreche ich Ihnen.«

Brungässner schien nicht recht überzeugt. »Meine liebe gnädige Frau, versprechen kann man viel. Doch in meiner Welt zählen Fakten, und diese müssen erst noch geschaffen werden.« Er setzte das Schnapsglas an die Lippen, das Joachim ihm eilig nachgefüllt hatte, stellte es nach kurzem Zögern aber wieder ab.

»Ich gebe ja gern zu, dass mich das Anwesen Ihrer Tochter interessiert, weil es für meine Vorhaben ideal wäre. Aber allzu lange darauf warten kann ich nicht mehr. Ich habe schon einen Partner verloren, der eine Menge Geld investieren wollte. Wenn Sie also mit mir ins Geschäft kommen wollen, muss das bald sein.« Er überlegte einen Moment, dann nickte er energisch. »Sogar sehr bald, darauf bestehe ich. Bis spätestens Weihnachten muss Ihre Tochter den Vertrag unterschrieben haben und ausgezogen sein.«

Gertraud und Joachim tauschten einen Blick. Bis Weihnachten? Das war unmöglich. Evelyn würde niemals zustimmen, das Weihnachtsfest irgendwo anders als in dem Haus zu feiern, durch dessen Räume noch immer Gersons Geist schwebte.

Es sei denn, man ließ sich schleunigst etwas einfallen. Manche Menschen mussten eben zu ihrem Glück gezwungen werden.

Gertrauds Hand zitterte, als sie sie Brungässner zur Bekräftigung ihrer Abmachung reichte. Es fühlte sich nicht richtig an, aber blieb ihr eine Wahl? Ein Vertrag mit dem Brauereibesitzer verhieß ihnen ein Leben in Wohlstand und Sicherheit, was in diesen Zeiten nicht leichtfertig abgetan werden durfte.

»Demnach sind wir uns also einig?«, wollte Brungässner wissen. »Ich muss zurück ins Wirtshaus. Mein Personal spurt zwar, aber allzu lang alleinlassen mag ich's auch nicht. Meine Frau erwartet schon wieder ein Kind. Das vierte.« Er grinste. »Vielleicht wird sogar ein Christkindel draus.«

Gertraud beglückwünschte den werdenden Vater und bestand darauf, die Neuigkeit mit einem weiteren Schnäpschen zu begießen. Brungässner, dessen Stimmung sich merklich gehoben hatte, leistete keinen Widerstand und stieß mit seinen künftigen Geschäftspartnern an.

»Da wäre noch eins«, sagte Gertraud mit einem Lächeln. »Für meine … Vermittlung werden Sie sich doch erkenntlich zeigen, nicht wahr? Schließlich verhelfe ich Ihnen dazu, Ihr Bauprojekt zu verwirklichen.«

Brungässner wankte nicht mehr allzu sicheren Schrittes in den kalten Flur, wo sein Mantel an der Garderobe hing. »War mir klar, dass Sie eine Provision beanspruchen, gnädige Frau.« Er zog die Nase kraus. »Also, wie viel?«

Gertraud hob abwehrend die Hand. Ihr ging es nicht um Geld, sondern um Sicherheit für sich und Joachim. »Wenn ich Sie richtig verstanden habe, wird hier ein hübsches Hotel entstehen, und da ich nicht davon ausgehe, dass Sie dieses bei all Ihren geschäftlichen Verpflichtungen auch noch selbst führen können, brauchen Sie eine kompetente Geschäftsleitung.«

Brungässner sah sie einen Moment lang finster an. Er wirkte überrumpelt, dann jedoch brach er in dröhnendes Gelächter aus. »Das haben Sie sich ja fein ausgedacht, Gnädigste. Für die Witwe eines Pfarrers sind Sie mit allen Wassern gewaschen, wenn ich das mal so sagen darf.« Er stieß die Luft aus, dann zog er sich den Hut über die Ohren und griff nach seinem Spazierstock.

»Meinetwegen! Sie und Ihr Bruder können sich die Geschäftsleitung teilen. Vorausgesetzt, Sie enttäuschen mich nicht. Mich wollen Sie nicht zum Feind haben, denn dann könnten Sie beide es bereuen, mich um dieses Gespräch gebeten zu haben.«

An der Tür drehte er sich noch einmal um. »Geht mich zwar nichts an, aber was wird dann aus Ihrer Tochter?«

Gertrauds Blick wurde hart. »Lassen Sie das meine Sorge sein!«

3.

Als Evelyn in der Kaiserstraße ankam und die Türglocke betätigte, war sie atemlos und halb erfroren. Ein Dienstmädchen öffnete ihr die Tür, teilte ihr aber mit, dass Doktor Falkner noch einen Hausbesuch zu erledigen habe und erst in einer Stunde zurückerwartet werde. Evelyn überlegte, dem Mädchen die Taschen mit der bestellten Ware in die Hand zu drücken und sich auf den Heimweg zu machen, doch ehe sie sich davonschleichen konnte, wurde sie von ihrer Freundin Sibylle entdeckt, die gerade die Halle durchquerte. Winkend kam die junge Frau auf sie zugeeilt und umarmte sie fröhlich.

Die Familie Falkner besaß ein großbürgerliches Haus mit einer Empfangshalle, in die Evelyns Wohnung in der Tuchgasse zweimal gepasst hätte. Der Boden aus glänzendem italienischem Marmor war mit geschmackvollen Perserteppichen belegt und von der Stuckdecke hing ein Kristallleuchter, der den Raum in ein warmes, funkelndes Licht tauchte. Sibylles Dienstboten hatten bereits für die nahenden Festtage dekoriert. Auf Kommoden und Beistelltischchen standen rote Weihnachtssterne, bemalte Krippenfiguren und pausbackige tönerne Engel, die in Posaunen bliesen. Vor dem Eingang zum Kaminzimmer thronte ein gigantischer Tannenbaum, dem jedoch noch der letzte Schliff fehlte. Wie Evelyn wusste, pflegte die Familie ihn erst nach dem vierten Advent mit Glaskugeln, Strohsternen und Lametta zu behängen.

»Du siehst aus, als kämst du geradewegs vom Nordpol«,

seufzte Sibylle, während Evelyn sich Mühe gab, auf dem Fußboden keine Schneespuren zu hinterlassen. »Hätte die Lieferung nicht bis morgen Zeit gehabt? Kilian ist sowieso nicht da.« Sie zwinkerte Evelyn spitzbübisch zu. »Es wird ihn ganz schön fuchsen, wenn er hört, dass er dich verpasst hat. Weißt du was, du kannst dich ein wenig aufwärmen und auf ihn warten. Herta bringt dir eine Tasse Kakao. Mich musst du heute aber leider entschuldigen.« Wie zur Bestätigung ihrer Worte drang Gelächter aus dem Salon. Besuch. Und Evelyn schneite einfach so herein, noch dazu um diese Zeit. Nein, wie peinlich. Erst jetzt bemerkte sie, wie extravagant Sibylle sich zurechtgemacht hatte. Ihr schwarzes Seidenkleid war ärmellos, mit reichlich Strass besetzt und reichte nur bis zum Knie. Dazu trug sie ein modisches Stirnband aus violettem Samt mit einer Pfauenfeder sowie Perlenschnüre um den Hals. Ihre Augenlider hatte sie tiefschwarz, die Lippen rot geschminkt. An jeder anderen Frau hätte diese verwegene Aufmachung ordinär ausgesehen, nicht aber an Sibylle. Sie wirkte frech und zugleich unschuldig. Mondän und lebenserfahren. Evelyn wusste, dass ihre Freundin sich in der Rolle der koketten Dame von Welt gefiel. Damit lockte sie zahlreiche Männer an, aber diejenigen, die ihren hohen Ansprüchen nicht genügten, ließ sie am langen Arm verhungern. So war sie schon als Backfisch gewesen, als sie gemeinsam mit Evelyn die Schulbank gedrückt hatte. Das Leben war für Sibylle ein aufregendes Spiel. Aber eines, auf das man sich besser gut vorbereitete, wenn man es, wie sie, gewinnen wollte.

»Du hast sicher Besuch von einem Verehrer«, sagte Evelyn mit verschämter Miene. »Und ich dummes Huhn platze mit Seife und Mundwasser herein.«

Sibylle winkte ab. Die kleine Unterbrechung schien ihr nichts auszumachen. Ja, es schien fast so, als begrüßte sie es, für den Moment ihren Pflichten als Gastgeberin entkommen zu sein.

»Rasmus amüsiert sich auch ohne mich«, sagte sie trocken. »Der Gute ist ein wenig steif, weißt du? Sehr konservativ und schrecklich alt. Über vierzig. Aber was macht das schon? Er gefällt mir mit seinem gewichsten Schnurrbart und dem *gnädiges Fräulein hier, gnädiges Fräulein da*. Und er stammt aus einer adeligen Familie, mit Wappen und ellenlangem Stammbaum. Stell dir nur vor: Sollten wir heiraten, werde ich Frau Sibylle von Laubenick heißen.« Sie beugte sich zu Evelyn, die mit großen Augen zuhörte und wisperte: »Seine Sippschaft soll ganz entfernt mit den Wittelsbachern verwandt sein. Jawohl, mit dem Märchenkönig, Ludwig II. Hoffentlich ist mein Rasmus nicht ebenso plemplem. Aber egal ob er spinnt oder nicht: An mein Erbe kommt er nur mit meiner und Kilians Zustimmung.«

Evelyn hob erstaunt die Augenbrauen. Bedeutete das, dass dieser Verehrer nichts als seinen Titel und eine vage Verwandtschaft mit dem bayerischen Königshaus in die Verbindung einbrachte? Nun gut, Geldsorgen würde Sibylle sicher niemals haben. Ihr verstorbener Vater war ein reicher Mann gewesen. Das Haus, in dem sie und ihr Bruder lebten, war ein Vermögen wert. Evelyn fragte sich, ob es der Wohlstand war, der den adeligen Herrn aus München anzog, doch sie brauchte den Gedanken gar nicht auszusprechen. Sibylle, die schon als Schulmädchen in Evelyns Gedanken wie in einem Buch gelesen hatte, stemmte plötzlich empört die Hände in die Hüften. »Na hör mal! Nicht, dass du glaubst, Herr von Laubenick sei nur hinter meinem Geld her, Kleines. Das ist er absolut nicht. Er ist verrückt nach mir, auch wenn er es aufgrund seiner Stellung in der Öffentlichkeit nicht so zeigen kann.«

»Also ist er heute Abend gekommen, um dir einen Antrag zu machen?«

Sibylle errötete. Plötzlich wirkte sie kleinlaut und druckste herum. »Damit lassen wir uns Zeit. Ich denke, dass er einen ganz besonderen Moment für seinen Antrag wählen wird. So wie dein Gerson, der damals auf dem Christkindlesmarkt mitten im schönsten Schneegestöber um deine Hand gebeten hat.« Sie seufzte. »Nun, besonders romantisch kommt Rasmus mir nicht vor, aber ich werde ihm schon noch die Flötentöne beibringen. Was er braucht, ist eine Frau aus einer gutsituierten Familie, die ihn bei seinen politischen Ambitionen unterstützt. Voilà, mit mir hat er sie gefunden.«

»Oh, dann ist er also Politiker?«, fragte Evelyn. »Drängt es ihn in die Reichsregierung?«

Sibylle zuckte ungeduldig mit den Schultern. »Nach Berlin? Glaube ich nicht. Rasmus sagt, der Reichstag werde nur noch von selbstverliebten Schwätzern regiert, die an den Nöten des Volkes vorbeipalavern. Er ist der Meinung, das Deutsche Reich werde nicht auf die Beine kommen, solange der schändliche Vertrag von Versailles in Kraft sei. Das Ausland blute uns aus mit seinen hohen Reparationsforderungen, und Leute wie Reichskanzler Marx und Außenminister Stresemann zögen den Schwanz ein und würden die Misere auch noch gehorsamst absegnen. Rasmus sagt, dass es eine starke Hand und einen eisernen Willen brauche, um das Unheil abzuwenden.«

Darauf erwiderte Evelyn lieber nichts. Einige Leute, die bei ihr in der Drogerie einkauften, führten ganz ähnliche Reden wie dieser Rasmus von Laubenick. Der Schock der Hyperinflation, in der ein Laib Brot Milliarden von Mark gekostet hatte, saß vielen noch tief in den Knochen, und es würde sicher lange dauern, bis er überwunden war. Wenn dies überhaupt geschehen würde. Die Scharen von Menschen, die verkrüppelt oder seelisch gebrochen aus dem Krieg zurückgekehrt waren und nun arbeitslos und ohne Zukunft auf der Straße bettelten, sprachen eine recht deutliche Sprache. Man vertraute den Regierenden nicht. Kommunisten und Deutschnationale lieferten sich auf der Straße und im Reichstag heftige Kämpfe, um die Hoffnungslosen auf ihre Seite zu ziehen, viele redeten von der erforderlichen starken Hand, die den Karren aus dem Dreck ziehen müsse. Und nun liefen auch in Nürnberg die Anhänger dieses merkwürdigen Österreichers durch die Straßen und krakeelten. Dieser Demagoge und einige seiner fanatischen Anhänger waren im vergangenen Jahr doch tatsächlich so dreist gewesen, mit ihrem Marsch auf die Münchener Feldherrnhalle einen Putschversuch zu unternehmen. Nun, damit war er kläglich gescheitert. Man hatte ihn in der Festung Landsberg eingesperrt. Alle Zeitungen waren voll davon gewesen, doch vermutlich plante der Kerl schon seinen nächsten Schlag. Die Republik war unschlüssig, sie gab allzu leicht nach, um bloß keinen zu provozieren. Da hatte Sibylles Freund nicht ganz unrecht. Dennoch erschauderte Evelyn bei der Vorstellung, es könnten bald wieder Unruhen und Straßenkämpfe ausbrechen wie damals, kurz nach Kriegsende. Das Ausland würde solche Zustände vermutlich nicht lange mitansehen und vielleicht wieder einmarschieren. Dann hatten sie den Salat. Nein, was das Land brauchte, waren besonnene Köpfe, die nicht das aufs Spiel setzten, was bereits gewonnen war. Ob Sibylles Verehrer mit seinem Wappen und Stammbaum ein solcher war, schien Evelyn eher zweifelhaft.

»Nun steht aber erst einmal Weihnachten vor der Tür«, lenkte sie das Gespräch auf ein anderes, weniger verfängliches Thema. »Ich bin vorhin über die Fleischbrücke gefahren und habe mir angesehen, wo der Christkindlesmarkt dieses Jahr stattfinden soll. Ich frage mich, ob wir es schaffen, dort eine ebenso zauberhafte Atmosphäre zu schaffen wie drüben auf dem Hauptmarkt.«

Sibylle holte Zigarette und Streichholz aus ihrem Handtäschchen und zündete sich ein Stäbchen an. »Aber warum denn nicht?«, entgegnete sie, während sie elegant den Rauch ausstieß.

»Sind wir Nürnberger nicht groß darin, aus der Not eine Tugend zu machen? Der Stadtrat hat nun mal wegen des ganzen Inflationsspuks nicht viel Geld dafür im Topf und muss daher kleinere Brötchen backen. Aber keine Sorge, Kindchen, ich habe mir schon etwas einfallen lassen.«

»Du?«

Sibylle nickte eifrig. »Du wirst sehen, wir werden einen wunderschönen Weihnachtsmarkt bekommen, über den man noch lange reden wird. Oberbürgermeister Luppe hat wegen der Wahlen im neuen Jahr andere Dinge im Kopf. Daher waren meine Damen und ich so frei, ihm unsere Hilfe anzubieten.«

Diese Neuigkeit überraschte Evelyn. Sie hatte zwar schon gehört, dass Sibylle ihrer Mutter ins Amt der Vorsitzenden des Nürnberger Vereins für Deutsche Frauenkleidung und Frauenkultur nachgefolgt war und zudem verschiedene wohltätige Einrichtungen wie Suppenküchen und Kleiderstuben unterstützte, aber mit dem traditionsreichen Christkindlesmarkt hatte Sibylle ihres Wissens nach nie viel am Hut gehabt. Sie hasste Schnee und Eis und hielt sich in der kalten Jahreszeit deswegen nie länger im Freien auf als unbedingt nötig.

»Wir laden morgen zu einer außerordentlichen Sitzung in das ›Goldene Posthorn‹ ein«, sagte Sibylle. Nervös drückte sie ihre Zigarette im Aschenbecher aus. »Komm doch einfach vorbei, dann wirst du erfahren, was wir uns überlegt haben. Und … mach dich ein wenig hübsch, hörst du? Man weiß nie, wem man im Gasthaus über den Weg läuft.« Sie warf Evelyn einen Blick zu, unter dem die junge Frau sich wie ein hässliches Entlein fühlte. Sibylle meinte es gut mit ihr, daran zweifelte sie nicht. Dennoch vergaß ihre Freundin oft, dass sie nicht mehr zusammen die Schulbank drückten, sondern jetzt ganz unterschiedliche Leben führten. Sibylle kleidete sich nach der neuesten Mode und ondulierte ihr Haar, um ihrem Münchener Verehrer zu gefallen, während Evelyn sich abstrampelte, um mit Gersons Drogerie über die Runden zu kommen. Da blieb wenig Zeit für Wohltätigkeit und Schönheitspflege. Auf der anderen Seite gab es auch hier in Nürnberg, und insbesondere zur Weihnachtszeit, Menschen, die in einer viel schlimmeren Lage waren als sie. Nach kurzem Zögern ließ Evelyn sich überreden, das Treffen des Damenvereins zu besuchen, auch wenn dies bedeutete, einen weiteren Abend außer Haus zu verbringen.

Zufrieden hauchte Sibylle ihr einen Kuss auf die Wange, als die Tür zum Salon aufging und ihre Mutter sie mit einem Kopfschütteln mahnte, den Gast nicht mehr länger warten zu lassen. Gleichzeitig eilte das Dienstmädchen zum Haupteingang, um den Hausherrn einzulassen, der gerade eintraf.

»Na wunderbar«, flötete Sibylle erfreut. »Dann kann ich dich ja jetzt Kilian überlassen. Seinem Gesicht nach braucht der Ärmste ein wenig Aufmunterung.« Damit strich sie ihr Kleid glatt, begutachtete sich mit einem letzten flüchtigen Blick im großen venezianischen Wandspiegel und verschwand dann eiligen Schrittes im Rauchersalon.

Evelyn fühlte sich stets ein wenig befangen, wenn sie Dr. Kilian Falkner alleine gegenüberstand. Nicht dass sie ihn nicht mochte, schließlich gehörte er ebenso wie Sibylle zu ihren und Gersons ältesten Freunden. Doch im Verlauf des Jahres hatte sich ihre Beziehung verändert, und Evelyn war sich immer noch nicht im Klaren darüber, ob sie damit zurechtkam. Anfangs hatten sie sich nur zu dritt getroffen, so wie Sandkastenfreunde, die einander ihr Herz ausschütten, gemeinsam in Erinnerungen schwelgen, bei einem Glas fränkischem Wein oder einer Tasse Kaffee lachen und weinen konnten. Evelyn hatte diese Begegnungen stets genossen, weil sie gern mit Menschen zusammen war, die Gerson gekannt und geschätzt hatten. Wie sie und Sibylle waren auch die beiden Männer einst Schulfreunde gewesen, wenngleich in verschiedenen Klassenstufen. Kilian hatte sogar zugegeben, dass Gerson der begabtere von beiden gewesen war, und angedeutet, dass aus ihm gewiss ein guter Arzt geworden wäre. Leider hatte der plötzliche Tod von Gersons Vater dessen Traum vom Medizinstudium zunichtegemacht. Um seiner kranken Mutter beizustehen, war Gerson Drogist geworden und hatte das Geschäft des Vaters übernommen. Und dann war 1914 der Krieg ausgebrochen und Gerson eingezogen und an die Front geschickt worden. Im Gegensatz zu Gerson hatte Kilian den Krieg als Regimentsarzt und Offizier in einem Lazarett in Frankreich überlebt.

»Nett, dass du auf mich gewartet hast«, sagte Kilian mit seiner tiefen, beruhigenden Stimme, während er sich von dem Dienstmädchen aus dem Mantel helfen ließ. Der Arzt war ein großer, athletisch gebauter Mann mit hohen Wangenknochen und einem markanten Kinn. Er trug ein gepflegtes Oberlippenbärtchen und lange Koteletten, die ihn, wie Sibylle oft scherzhaft meinte, vor seinen Patienten etwas älter wirken lassen sollten. Sein Haar war pomadisiert und streng über der Stirn zurückgekämmt. Kilian Falkner war keineswegs eitel, fand aber, dass es zu seinem Pflichten als Mediziner gehörte, auf ein gepflegtes Erscheinungsbild zu achten. Auch sein Anzug musste daher stets nach der neuesten Mode sein, und seine Schuhe waren immer blitzblank gewienert. Im Gegensatz zu seiner Schwester trank er nur selten Wein und rührte keine Zigaretten an, weil er Tabakkonsum für zu ungesund hielt.

»Warum hat man dich nicht in den Salon gebeten?« Kilian ergriff Evelyns Hand und neigte galant den Kopf, vermied es aber, ihre Finger mit seinen Lippen zu berühren. Dafür war sie ihm dankbar, dennoch spürte sie, wie sich ihr Herzschlag beschleunigte. Warum fühlte sie sich in seiner Gegenwart neuerdings nur so beklommen? Er war freundlich und fürsorglich. Er war der Bruder ihrer besten Freundin und gab Evelyn das Gefühl, fast zur Familie zu gehören.

»Wohin ist Sibylle so plötzlich verschwunden?« Irritiert blickte Kilian zur Wohnzimmertür, durch die das glockenhelle Gelächter seiner Schwester drang. »Was ist das schon wieder für ein Benehmen? Warum bittet sie dich nicht in den Salon?« Er machte Anstalten, die Tür zu öffnen, aber Evelyn hielt ihn zurück, indem sie ihm eine Hand auf den Oberarm legte.

»Oh, bitte nicht, Kilian! Sie hat Besuch von ihrem Verehrer, diesem Rasmus.« Evelyn lächelte. »Glaub mir, da ist die Gegenwart der besten Freundin eher hinderlich.«

Kilian zuckte mit den Achseln, ließ Evelyns Einwand aber gelten. Er schnappte sich ihre vollen Tragetaschen und bat sie, ihm in seine Praxisräume zu folgen. Die befanden sich ebenfalls im Haus und waren über eine Treppe sowie einen schmalen Gang zu erreichen. Im Sprechzimmer breitete er die Waren vorsichtig auf einem Behandlungstisch aus. Es war kalt und roch nach Desinfektionsmitteln.

»Ich bin dir sehr dankbar, dass du persönlich gekommen bist«, sagte er, als er schließlich den Blick hob. »Aber ich habe ein schlechtes Gewissen, weil ich dich so spät noch aus dem Haus gescheucht habe. Und dies nur wegen Seife, Creme und ein paar Flaschen Brennspiritus.«

»Nicht weiter tragisch«, sagte Evelyn. »Das gehört zu meiner Arbeit. Außerdem brauchte ich heute noch dringend frische Luft. Ich hätte den Abend nur ungern in Gesellschaft meines Onkels verbracht.« Sie verschränkte die Arme vor der Brust. »Kannst du ihn dir nicht mal ansehen? Er behauptet, aufgrund einer Kriegsverletzung keiner geregelten Arbeit nachgehen zu können. Aber ich bin mir ziemlich sicher, dass er schwindelt und gar nicht so angeschlagen ist, wie er zu sein vorgibt. Joachim hat einfach keine Lust mehr, anderen Leuten die Haare zu schneiden, das ist alles!«

»Ich fürchte, ohne seine Einwilligung ist da nichts zu machen.« Kilian räumte die Flaschen in einen Glasschrank, den er anschließend sorgfältig verschloss. »Du könntest ihm natürlich drohen, ihn vor die Tür zu setzen, wenn er der ärztlichen Untersuchung nicht zustimmt, aber …«

»Damit kann ich Mutter nicht kommen«, seufzte Evelyn. »Manchmal denke ich, Joachim ist ihr wichtiger als ihre eigene Tochter. Mutter nimmt mir übel, dass sie bei mir wohnen muss, weil sie ihre gesellschaftliche Stellung eingebüßt hat. Das verletzt ihren Stolz. Die Dummheiten ihres Bruders beachtet sie gar nicht. Dabei wird es immer schlimmer mit ihm. Heute hat er …« Sie hielt inne, um einen tiefen Atemzug zu machen.

»Ja?«

»Er hat Sibylles Radiogerät kaputtgemacht«, beichtete Evelyn. Eigentlich hatte sie vorgehabt, es ihrer Freundin zu gestehen, doch Sibylle war vorhin so guter Laune gewesen, dass sie sich nicht getraut hatte, damit herauszurücken. »Deine Schwester war so freundlich, mir den Apparat zu leihen, damit ich mich ein wenig von meiner scheußlichen Erkältung ablenken konnte, aber Joachim wollte den Empfang verbessern, und nun gibt das Ding keinen Mucks mehr von sich.«

Kilian grinste. »Was meinst du, warum Sibylle das Radiogerät loswerden wollte und seitdem nicht mehr danach gefragt hat? Dieses blecherne Gedudel ging ihr gehörig auf die Nerven. Sie hat es nie geschafft, den Empfang sauber zu regulieren. Außerdem hat ihr Schwarm mit dem gewichsten Schnurrbart angedeutet, dass er Radiogeräte verabscheut. Vermutlich hat sie es aus dem Haus geschafft, damit er sich bei seinen Besuchen nicht darüber ärgert.«

Evelyn wusste nicht, ob sie bestürzt oder erleichtert sein sollte. Sie entschied sich für Letzteres und stimmte schließlich gelöst in Kilians Lachen ein. »Trotzdem möchte ich für die Reparatur aufkommen. Es wird doch irgendjemanden in Nürnberg geben, der weiß, wie man so einen Kasten wieder zum Laufen bringt.«

Kilian beruhigte sie, mehr noch: Er bestand darauf, sich persönlich darum zu kümmern. Dabei sah er Evelyn direkt in die Augen. Einen Moment lang stand er einfach nur so da, dann räusperte er sich und sagte: »Ich muss gestehen, dass meine Bestellung nur ein Vorwand war.«

»Das ist mir nicht entgangen!« Evelyn deutete auf die wandhohen, bis unter die Decke gefüllten Regale. Einen Notstand an Reinigungsmitteln gab es in der Praxis nicht. Tatsächlich fragte sie sich, was Kilian wohl mit der ganzen Seife anstellte, die er in den letzten Wochen bei ihr bestellt hatte. Zunächst hatte sie angenommen, er wolle ihr nur ein wenig unter die Arme greifen. Schließlich war es kein Geheimnis, dass ihr Geschäft nur schleppend ging. Die Leute hatten kein Geld mehr für Parfüm und Pflegeprodukte, und die wenigen, die noch regelmäßig in den Laden kamen, ließen anschreiben. Doch inzwischen war ihr ein Licht aufgegangen. Kilian ging es nicht um die Drogerie. Es ging ihm um sie.

»Du weißt doch, was ich für dich empfinde, Evelyn!« Ein Zittern jagte durch ihren Körper. Ja, das wusste sie. Und sie fühlte sich auch durchaus geschmeichelt. Kilian war ein Freund, wie man ihn sich nur wünschen konnte: liebenswürdig, korrekt und zuverlässig. Wenn sie es zuließ, würde er sie auf Händen tragen und ihr das Gefühl von Geborgenheit geben, das sie vermisste, seit sie die Nachricht von Gersons Tod erhalten hatte.

Aber genügte dieses Gefühl, um wieder glücklich zu werden? Vielleicht. Vielleicht aber auch nicht.

»Es ist sechs Jahre her«, brachte Kilian sich wieder in Erinnerung. »Natürlich vermisst du ihn noch, aber er würde doch nicht wollen, dass du nur in der Vergangenheit lebst, oder?«

Evelyn nickte flüchtig, was konnte sie auch anderes tun? Was Kilian sagte, klang so vernünftig wie eine Bankauskunft. Aber vielleicht war die Zeit gekommen, um Abschied zu nehmen und sich auf etwas ganz Neues einzulassen. Etwas Aufregendes, das ihr Herz wieder zum Klopfen brachte. Womöglich hatte sie deshalb vorhin an der Brücke vom Christkindlesmarkt geträumt. Und von Gerson, der ihr, wo immer er auch sein mochte, auf seine Weise zu verstehen geben wollte, dass er sich keinen besseren Mann für sie wünschte als seinen alten Schulfreund Kilian.

»Keine Ahnung, ob dieser Rasmus meiner Schwester einen Antrag macht«, flüsterte Kilian. »Aber wäre es nicht wunderbar, wenn wir beide das alte Jahr mit einer Verlobung verabschieden würden?«

Evelyn schnappte nach Luft. Eine Verlobung? So bald schon?

»Ich … überlege es mir«, murmelte sie. Bevor Kilian noch etwas sagen konnte, packte sie sich ihre leeren Tragetaschen und floh aus der Praxis.

4.

In dieser Nacht bekam Evelyn kaum ein Auge zu. Seit ihre Mutter sie überredet hatte, das große Schlafzimmer im ersten Stock an den angeblich kriegsversehrten Joachim abzutreten, schlief sie in einer engen Kammer, in der es bei den derzeit herrschenden Temperaturen nachts so bitterkalt war, dass sich an den Fensterscheiben Eisblumen bildeten. Unruhig wälzte Evelyn sich im Bett hin und her und dachte über Kilians Antrag nach, bis die Müdigkeit sie endlich in einen bleiernen Schlaf trieb. Doch selbst in diesem war ihr keine Ruhe vergönnt. Der Traum, der sie in den frühen Morgenstunden heimsuchte, stellte sie wieder auf die Fleischbrücke, doch dieses Mal befanden sich dort keine mit Stechginster und Tannengrün geschmückten Holzbuden, sondern ein Lazarett. Evelyn trug die Tracht einer Krankenschwester und bewegte sich von Pritsche zu Pritsche, um Verwundete zu versorgen. Der Raum füllte sich mit immer mehr Männern, es waren so viele, dass sie schließlich die Übersicht verlor und nur noch hinauswollte. Plötzlich zerrten von überallher Hände an ihrem Kleid, Fingernägel gruben sich tief in ihre Haut. Es war schrecklich. Sie versuchte die Männer zu trösten, die mit schmerzverzerrten Gesichtern nach ihr griffen, doch das Gebrüll wurde immer lauter, bis es ihr in den Ohren gellte. Zuletzt wurde sie von den Verwundeten regelrecht umzingelt. Sie stolperte, versuchte verzweifelt, einen Fluchtweg zu finden, bis ein gewaltiges Erdbeben die Brücke erzittern ließ. Rumpelnd brachen die Pflastersteine unter ihren Füßen zusammen, sodass

Evelyn sich schwankend wie auf Eisschollen vorwärtsbewegte. Noch bevor sie die Zelte und Pritschen an der anderen Seite der Pegnitz erreichte, wurde sie mitsamt den Verwundeten in die schwarzen Fluten des Flusses gerissen und davongespült.

Als Evelyn sich im Morgengrauen aus dem Bett quälte, fragte sie sich, ob der Traum etwas mit Kilian zu tun hatte. Der Arzt hatte nie viel von seinen Erlebnissen im Krieg erzählt, aber Evelyn wusste, dass er in einem Lazarett in Frankreich gewesen war. Dort hatte er bestimmt so viel Leid mitansehen müssen, dass es für ein Leben reichte. Evelyn hatte mit dem Gedanken gespielt, sich zur Lazarettschwester ausbilden zu lassen, war damit aber bei Gerson auf Ablehnung gestoßen. Sie solle sich um die Drogerie kümmern und dazu beitragen, dass die Versorgung der Zivilbevölkerung aufrechterhalten blieb.

Müde schleppte sich Evelyn durch den trüben Tag. Obwohl sie für gewöhnlich nichts gegen einen Plausch im Laden hatte, fiel es ihr heute schwer, sich auf die Wünsche ihrer Kundschaft zu konzentrieren. Mehr als einmal musste das Lehrmädchen einspringen, weil Evelyn die Babynahrung ins Regal für Schuhputzmittel einsortierte oder ein gewünschtes Produkt nicht fand. Als es endlich Zeit war, die Ladentür abzuschließen, atmete sie erleichtert auf. Oben in der Wohnung duftete es verführerisch nach frischen Weihnachtsplätzchen. Stolz zog Evelyns Mutter gerade ein weiteres Blech aus dem alten Kohleofen. Als Evelyn noch ein Kind gewesen war, hatte sie es geliebt, zusammen mit ihrer Mutter zum ersten Advent leckere Zimtsterne zu backen und dabei vergnügt das Lied von der Weihnachtsbäckerei vor sich hin zu summen. Sie hatte sich fest vorgenommen, diese alte Tradition wiederaufleben zu lassen und sich am Wochenende ans Backen zu machen. Nun war ihre Mutter ihr zuvorgekommen und rieb ihr damit wieder einmal unter die Nase, wer im Hause Sandmeyer das Kommando übernommen hatte.

»Nun koste doch mal!« Gertraud reichte ihr einen Teller mit Plätzchen. »Joachim hat sich nicht so geziert. Wie ein ausgehungerter Löwe ist er über meine Vanillekipferl hergefallen, kaum dass ich das erste Blech aus dem Ofen gezogen habe.«

»Sie sind perfekt, wie immer«, lobte Evelyn kauend. »Aber eigentlich wollte ich doch …«

»Ach was. Dafür hast du doch gar keine Zeit!« Gertraud wischte sich die mit Mehl bestäubten Hände an der Küchenschürze ab. »Und für die Familie hast du auch keine Zeit mehr. Wie ich dir gestern schon gesagt habe: Der Laden überfordert dich. Schau dich doch einmal im Spiegel an. Du bist bleich wie ein Käse, und die dunklen Ränder unter den Augen gefallen mir auch nicht. Du setzt deine Gesundheit aufs Spiel, dabei könntest du es weiß Gott einfacher haben.«

Evelyn hatte keine Lust, die Diskussion von gestern wieder aufzuwärmen, und wandte sich ab. Doch so leicht entkam sie ihrer Mutter nicht. Gertraud verfolgte sie bis in ihr Schlafzimmer, wo sie mit lauerndem Blick beobachtete, wie Evelyn ihren Schrank durchsuchte.

»Du bist noch recht spät bei Kilian gewesen, nicht wahr? Der wollte dich wohl gar nicht gehen lassen.«

»Neugierig bist du ja überhaupt nicht!« Evelyn hielt sich ein dunkelblaues Kleid mit einem aufgesetzten weißen Kragen vor und betrachtete sich im Spiegel. Sie hatte es lange nicht getragen und fürchtete, die Nähte könnten platzen, wenn sie sich hineinzwängte. Aber etwas Besseres fand sie nicht.

»Ich bin nicht neugierig, sondern um dein Wohlergehen besorgt, Kind. Dieser junge Arzt zeigt offenkundig Interesse an dir. Vielleicht will er dich sogar heiraten. Stell dir doch mal vor, was das für dich bedeuten würde. Du könntest in die Kaiserstraße ziehen, in dieses schöne große Haus mit Garten und Bediensteten. Hat die Familie nicht sogar ein eigenes Automobil?«

»Ja, aber was würde aus dir und Onkel Joachim?«, fragte Evelyn spitz. »Eben hast du mir noch vorgeworfen, dass ich mich nicht genug um euch kümmere.«

Gertraud schüttelte den Kopf. »Das ist etwas anderes. Wenn man verheiratet ist, kümmert man sich um seinen Mann und gründet eine eigene Familie. Wegen mir und deinem Onkel brauchst du dir keine Sorgen zu machen. Wir kommen schon zurecht. Joachim steckt voller guter Ideen.«

Das wäre mir neu, dachte Evelyn, verbat sich aber, den Gedanken auszusprechen. Im Grunde war es ja lieb von ihrer Mutter, dass sie sich so um Evelyns Zukunft sorgte. Einen Augenblick lang erwog sie, Gertraud von dem Gespräch in Kilians Praxis zu erzählen und sie um ihren Rat zu bitten. Doch dann würde ihr Gertraud bis Weihnachten damit in den Ohren liegen. Zugegeben, die Vorstellung, künftig nicht mehr jeden Pfennig umdrehen zu müssen, sondern ein Leben wie Sibylle zu führen, war verlockend. Kilian würde sie mit Schmuck und teuren Kleidern überhäufen. Er würde mit ihr an all die Orte reisen, von denen sie und Gerson auf ihren Spaziergängen einst geträumt hatten: Paris, Venedig, Rom ... Und vor allem anderen hätte sie einen verlässlichen Menschen an ihrer Seite, was in schwierigen Zeiten kostbarer war als ein gut gefülltes Bankkonto.

»Er hat dich für heute Abend eingeladen, nicht wahr?«, rief Gertraud entzückt, als Evelyn in das blaue Kleid schlüpfte und den Ledergürtel straffer zog. »Na, wohin führt er dich aus? In den ›Gulden Stern‹? Dort soll man vorzüglich speisen. Wann kommt er, um dich abzuholen? Großer Gott, warum sagst du denn nichts? Ich komme doch geradewegs aus der Küche und kann dem Herrn Doktor in dieser Aufmachung unmöglich die Tür öffnen!«

Evelyn verdrehte die Augen. »Beruhige dich, Mutter, ich gehe nicht mit Kilian aus. Jedenfalls nicht heute. Sibylle hat mich zu einem Treffen ihres Damenvereins eingeladen. Sie findet, ich bräuchte eine sinnvolle Freizeitbeschäftigung.« Sie lachte. »Als ob jemand wie ich so etwas wie Freizeit hätte.«

Obwohl es Evelyn eigentlich widerstrebte, nach dem langen Arbeitstag und in dieser Kälte auch nur einen Fuß vor die Tür zu setzen, drückte sie mit dem achten Glockenschlag die Tür der Weinstube »Zum goldenen Posthorn« auf. Im Nebenraum der Schankstube saßen acht Frauen um einen Tisch herum und plauderten leise. Sie waren ausnahmslos teuer gekleidet, sodass sich Evelyn in ihrem abgetragenen Mantel schäbig vorkam. Von Sibylle war weit und breit keine Spur. Das sah ihr mal wieder ähnlich. Mit der Pünktlichkeit hatte sie es schon zu Schulzeiten nicht so gehabt. Sprunghaft, wie sie war, hatte sie es sich vielleicht aber auch im letzten Moment anders überlegt und war ins Lichtspielhaus gegangen. Oder zum Tanzen mit ihrem Rasmus. Evelyn sah sich um. Der Raum verfügte über einen eigenen Ofen, von dem eine wohlige Wärme ausging. Die Wände waren holzgetäfelt und mit gerahmten Stichen geschmückt, auf denen Gebäude wie die Nürnberger Burg, die Frauenkirche und das Albrecht-Dürer-Haus abgebildet waren. Als Evelyn bemerkte, dass sie von den Frauen neugierig gemustert wurde, machte sie mit einem verkrampften Lächeln einen Schritt auf den Tisch zu. »Verzeihen Sie die Störung. Fräulein Falkner hat mich zu diesem Treffen gebeten. Ich bin ihre Freundin, Frau Sandmeyer.«

Einen Moment lang herrschte abwartendes Schweigen. Doch dann deutete eine der Frauen auf den frei gebliebenen Stuhl zu ihrer Linken. Sie war etwa zehn Jahre älter als Evelyn, hatte ein blasses Gesicht mit freundlichen Augen und war bescheidener gekleidet als ihre Mitstreiterinnen. »Ihnen gehört die alte Drogerie in der Tuchgasse, nicht wahr?«, flüsterte sie Evelyn zu. »Fräulein Falkner hat schon viel von Ihnen erzählt. Es ist mutig, in diesen Zeiten als Frau allein ein Geschäft zu führen. Uns gehört auch eins, aber alles, was den Betrieb angeht, behält mein Mann hübsch für sich. Er sagt, das sei Männersache.«

Evelyn errötete. Nach all den Jahren fand sie es immer noch eigenartig, wenn jemand sie auf ihre Position in der Drogerie ansprach, denn obwohl ihr als Gersons Witwe der Laden gehörte, fiel es ihr schwer, sich als dessen Inhaberin zu betrachten. Bevor ihr eine Entgegnung einfiel, rauschte Sibylle auf ihren hohen Absätzen durch den Vorhang, der den Nebenraum vom eigentlichen Weinlokal abtrennte.

Sie lächelte den Versammelten liebenswürdig zu, als wäre es das Normalste der Welt, auf sich warten zu lassen. Evelyn wurde mit einer parfümgeschwängerten Umarmung begrüßt. »Du hast also Wort gehalten, meine Liebe«, flötete sie. »So ist es brav!« Dann zog sie sich einen Stuhl heran und ließ sich mit gespielter Erschöpfung darauf nieder. »Verzeihen Sie die Verspätung, meine Damen. Wenn Sie wüssten, wie anstrengend mein Nachmittag war.« Das glaubte Evelyn ihr aufs Wort. Sibylle musste viele Stunden vor dem Toilettentisch und im Umkleidezimmer zugebracht haben, ähnelte ihre Aufmachung an diesem Abend doch eher einer Kostümierung. Jedenfalls wirkte sie in dem schwarz-weißen Paillettenkleid, den ärmellangen Handschuhen und der mehrreihigen Perlenkette, die ihr bis zum Bauchnabel reichte, als wäre sie einem dieser verruchten Künstlerkeller in Berlin entsprungen. Die Frau, die Evelyn eingeladen hatte, neben ihr Platz zu nehmen, blinzelte amüsiert. Offenbar war sie daran gewöhnt, dass die Vereinsvorsitzende keine Gelegenheit ausließ, die hausbackenen Mitglieder mit einem derart extravaganten Auftritt zu schockieren.

»Du hast dich schon mit Frau Bing bekanntgemacht?« Sibylle fächelte sich mit einer Serviette Luft zu. »Genau wie du ist auch sie heute zum ersten Mal meiner Einladung gefolgt.«

Evelyn warf ihrer Sitznachbarin einen überraschten Blick zu. Bing? Den Namen kannte sie. Er gehörte zu Nürnberg wie die Lebkuchen auf dem Christkindlesmarkt. Die Bings waren Spielwarenfabrikanten, die größten Arbeitgeber weit und breit. Und doch machte die Frau einen bescheideneren Eindruck als alle anderen im Raum, Sibylle eingeschlossen. Mit Evelyn hatte sie sich unterhalten, als wäre sie nicht mit dem Besitzer der Bing-Werke, sondern mit einem Alteisenhändler verheiratet.

»Schön, dann können wir ja mit der Sitzung beginnen«, sagte Sibylle. Sie kramte Papier und Federhalter aus ihrer Handtasche und schob beides Evelyn zu. »Du hattest immer die schönere Handschrift von uns beiden. Also kannst du das Protokoll unserer Sitzung übernehmen. Mach dich zum Einstand nützlich!« Damit stand sie auf und klopfte auf den Tisch, um das Gemurmel der Damen zu unterbinden. Augenblicklich richteten sich alle Blicke auf sie.

»Meine Damen, lassen Sie mich zu unserem ersten und einzigen Punkt auf der Tagesordnung kommen.« Sie machte eine kurze Pause, ehe sie fortfuhr: »Wie Sie der Einladung entnommen haben, wurde unserem Verein die Aufgabe übertragen, unseren Nürnberger Christkindlesmarkt heuer zu einer Attraktion zu machen. In den Jahren nach dem Zusammenbruch des Kaiserreichs hat er leider immer mehr an Bedeutung verloren. Die Ortsansässigen nehmen ihn kaum noch wahr, und Fremde kommen erst gar nicht mehr in die Stadt, um ihn zu besuchen. Dafür gibt es sowohl wirtschaftliche als auch politische Gründe. Das muss aber nicht so bleiben.«

»Der Bürgermeister hat immer wieder gesagt, dass kein Geld für den Markt da ist«, warf eine korpulente Mittfünfzigerin ein. »Und die Handwerker und Händler trauen sich nicht, Verkaufsstände aufzubauen, weil sie befürchten, dass sie auf ihren Kosten sitzen bleiben. Deshalb darf der Christkindlesmarkt ja auch nicht wie früher auf den Hauptmarkt. Weil ein paar einsame Marktstände ein zu klägliches Bild abgeben würden.« Sie schüttelte den Kopf. »Nein, mit so was lässt sich auswärts kein Stich machen. Bratwürste und gebrannte Mandeln kriegen die Leute schließlich überall im Fränkischen.«

»Ganz recht, Teuerste«, pflichtete Sibylle mit einem Stirnrunzeln bei. »Deshalb müssen wir unseren Besuchern etwas bieten, das sie eben nicht überall, sondern nur hier in Nürnberg bekommen. Ein besonderes Produkt, das Kinderaugen glänzen lässt und über die Stadtgrenzen hinweg zum Symbol für Nürnberg, den Christkindlesmarkt und eine hoffnungsvollere Zukunft wird.« Sie stützte beide Arme auf den Tisch. Mit anderen Worten: Was der Christkindlesmarkt braucht, ist ein Wunder.«

»Ein hübsches Spielzeug vielleicht?«, kam von der Frau, die Evelyn gegenübersaß. Sie nickte der Gattin des Fabrikanten zu. »Ich vermute, aus diesem Grund beehrt uns Frau Bing heute Abend.«

»Wie scharfsinnig von Ihnen!« Sibylle verschwand kurz durch den Vorhang, kehrte aber umgehend mit einem weißhaarigen Mann zurück, der die Versammelten höflich begrüßte. Der Alte hatte ein rundes Gesicht mit einer ziemlichen Boxernase und war kräftig gebaut, als stiege er trotz seines Alters noch regelmäßig in den Ring. Zur Überraschung aller erhob sich Frau Bing sogleich, schritt mit weit ausgebreiteten Armen auf den Alten zu und schüttelte ihm herzlich die Hand. »Erwin, wie lange ist es her, seit wir uns zuletzt gesehen haben?« Sie drehte sich zu den Mitgliedern des Frauenvereins um und erklärte: »Herr Matthäus ist einer der besten Spielzeugmacher Nürnbergs und war lange für die Firma Bing tätig.«

Der alte Mann errötete vor Verlegenheit. Er schien Damengesellschaft nicht gewöhnt zu sein, und die Runde, in die Sibylle ihn gezerrt hatte, war ihm ebenso wenig geheuer wie das überschwängliche Kompliment. »Nicht doch, gnädige Frau«, nuschelte er. »Ich bin nur ein einfacher Handwerker.«

»Aber ein sehr kreativer, der viel zu früh in den, zugegeben, verdienten Ruhestand getreten ist«, erklärte Frau Bing mit einem warmherzigen Lächeln. »Fräulein Falkner erklärte gerade, dass wir ein Wunder brauchen, um den Christkindlesmarkt wieder in altem Glanz erstrahlen zu lassen und zu einer Berühmtheit zu machen. Ich glaube, wenn uns einer dieses Wunder bescheren kann, dann sind Sie es.«

Erwin Matthäus zuckte unschlüssig die Achseln. Reden war offenkundig nicht seine Sache, daher fischte er ein gefaltetes Stück Papier aus der mitgeführten Aktentasche und öffnete es umständlich. Zum Vorschein kam die Skizze einer Engelsfigur mit einem hübsch bemalten Puppengesicht und weit ausgebreiteten Flügeln. Evelyn erkannte sofort, was die Zeichnung darstellen sollte: einen Rauschgoldengel. Die Figuren aus dünnem Blattgold oder Messingblech waren schon vor Jahrhunderten von Nürnberger Mettalhandwerkern und Puppenmachern zur Weihnachtszeit hergestellt und dann auf dem Christkindlesmarkt angeboten worden. Doch mit der Zeit waren die kleinen Kunstwerke in Vergessenheit geraten.

Nachdem die Skizze am Tisch die Runde gemacht hatte, griff der Spielzeugmacher erneut in seine Tasche und holte zum allgemeinen Erstaunen eine allem Anschien nach in Handarbeit hergestellte Figur hervor. Sie war wunderschön: Oberkörper und Kopf aus sorgfältig geschnitztem Holz, Flügel und Faltenrock aus knisterndem Rauschgold. Der Engel trug ein Schultertuch, das in Form und Farbe der bäuerlichen fränkischen Tracht entsprach, sowie eine ebenfalls bunte Schürze.

»Einfach hinreißend«, jubelte Sibylle. »Sind Sie nicht derselben Meinung, meine Damen?« Sie ließ sich die engelhafte Puppenfigur geben und berührte sie wie eine kleine Kostbarkeit. »Absolut entzückend, Meister Matthäus. Da haben Sie sich wirklich selbst übertroffen.«

Der Spielzeugmacher stieß scharf die Luft aus. »Die Entwürfe stammen eigentlich von meinem Freund Johannes Seiler. Aber der ist krank und muss das Bett hüten. Daher hat er mich geschickt. Meinen Sie wirklich, damit ließe sich was anfangen?«

Evelyn begriff auf Anhieb, was ihrer Freundin vorschwebte: ein Aushängeschild für die Stadt, für ihr altes Handwerk und für den Weihnachtsmarkt. Ging man geschickt vor, würde sich bald jeder Bürger, der etwas auf sich hielt, so einen Rauschgoldengel in sein Wohnzimmer holen. Als Christbaumschmuck oder als Spielzeug für die Kinder. Die Figuren ließen sich auch ganz individuell gestalten. Frisuren und Gesichtszüge konnten so aufgemalt werden, dass kein Engel dem anderen glich. Solide Handarbeit eben.

Sibylle klatschte in die Hände. »Aber natürlich lässt sich damit etwas anfangen. Zeigen Sie uns, wie man diese hübschen kleinen Engelchen herstellt, und wir werden bis Weihnachten die ganze Stadt damit überschwemmen. Jeder wird darüber reden, das verspreche ich Ihnen.«

Nun ergriff die Frau des Spielzeugfabrikanten wieder das Wort. »Ich bin befugt, für die Bing-Werke zu sprechen. Meinem Mann liegt viel daran, einen Beitrag zur Förderung des Nürnberger Brauchtums zu leisten. Vor allem jetzt, wo ihn sogar in unserer Heimatstadt einige der völkischen Schmierblätter angreifen und behaupten, er gehöre nicht hierher.« Ein paar der Frauen setzten betroffene Mienen auf, sagten aber nichts dazu. Frau Bing fuhr fort. »Da der Frauenverein weder Mittel noch Möglichkeiten hat, für die Produktion der Rauschgoldengel aufzukommen, schlage ich vor, diese Aufgabe den Wohlfahrtswerkstätten zu übertragen. So können Witwen und ärmere Frauen sich ein Zubrot verdienen. Messingblech, Farben und Werkzeug stiften die Bing-Werke.«

»Das ist wirklich großzügig von Ihnen«, sagte Evelyn. »Aber wie und vor allem von wem sollen die Rauschgoldengel unter die Leute gebracht werden? Für ordentliche Reklame fehlt uns die Zeit. Schließlich sind es nur noch wenige Wochen bis zu den Festtagen. Ob das reicht?«

»Unterschätze nie die Mund-zu-Mund-Propaganda«, erklärte Sibylle lachend. »Mein Bruder hat Kontakte zur Zeitung. Und vergiss das Radio nicht! Es gibt zwar noch nicht viele Empfänger, aber nutzen sollten wir die neue Erfindung unbedingt.« Sie hielt den Rauschgoldengel unter das Licht der Lampe. Nun sah es aus, als glühte er. »Wir werden dafür sorgen, dass unser rauschender kleiner Engel zu einer Berühmtheit wird.« Auf einmal schaute sie Evelyn nachdenklich an. »Natürlich brauchen wir dafür auch eine verlässliche Person, die sich auf dem Christkindlesmarkt um den Verkauf kümmert.«

5.

Und warum siehst du dabei ausgerechnet mich an?«

Evelyn lachte nervös, riss aber schon im nächsten Moment schockiert die Augen auf, als ihr klar wurde, dass ihre Freundin es ernst meinte. »Oh nein«, protestierte sie aufgeregt. »Das kann ich nicht machen. Ich habe doch gar keine Zeit für so etwas. Was soll aus der Drogerie werden, wenn ich mitten im Weihnachtsgeschäft die Ladentür zusperren muss, um auf dem Christkindlesmarkt Rauschgoldengel zu verkaufen?«

Sibylle überging Evelyns Widerstand, was ihre Freundin noch mehr in Rage brachte. Manchmal fand Evelyn es furchtbar anstrengend, mit der lebenslustigen Arzttochter befreundet zu sein. Hatte sie denn immer noch nicht begriffen, dass Evelyn nicht mehr in einem behüteten Pfarrhaus lebte, sondern hart arbeiten musste, um sich und den familiären Anhang, der ihr ins Haus geschneit war, über Wasser zu halten?

»Aber es wäre doch nur vorübergehend«, bettelte Sibylle. »Und stundenweise. Deine Mutter und dieser Joachim könnten dich so lange in der Drogerie vertreten.«

»Mit meinem Onkel hinter der Ladentheke wäre ich noch vor Neujahr pleite! Dann kann ich mich auch gleich bei den Wohlfahrtswerkstätten melden.« Sie verzog den Mund, als Frau Bing ihr eine Hand auf den Arm legte. »Beruhigen Sie sich«, flüsterte die ältere Frau ihr zu. »Ich werde den Stand übernehmen. Mein Mann wird zwar keine Freudensprünge machen, aber irgendwie regle ich das schon mit ihm.«

»Sie meinen … Sind Sie sicher?« Auf einmal fühlte Evelyn sich beschämt. Die Idee mit dem Rauschgoldengel hatte ihr gefallen, und wünschte sie sich nicht den Christkindlesmarkt zurück? Doch jetzt war sie nicht einmal bereit, ein wenig ihrer Zeit dafür zu opfern? Anders als Frau Bing musste sie nicht einmal um Erlaubnis fragen, ob sie ein paar Stunden in der Woche an einem Weihnachtsstand verkaufen durfte. In dieser Hinsicht war sie sogar ungebundener als die Gattin des Spielzeugwarenherstellers. Ja, selbst ungebundener als Sibylle mit ihrem Rasmus und ihren ständigen gesellschaftlichen Verpflichtungen. Zwar ärgerte es Evelyn immer noch ein wenig, dass ihre Freundin sie vor den Damen so in Verlegenheit gebracht hatte. Aber wenn man es recht überlegte, bot diese vorweihnachtliche Beschäftigung eine willkommene Gelegenheit, einmal von zu Hause wegzukommen und ihre Sorgen zu vergessen. Sagte sie zu, musste sie nicht mehr jeden Abend Joachim ertragen und auch nicht ständig über Kilians Antrag und ihre Zukunft nachgrübeln.

Bevor neue Bedenken die Oberhand gewannen, holte Evelyn tief Luft und sagte: »Also schön, überredet. Ich werde den Stand übernehmen und dort Rauschgoldengel verkaufen. Aber wenn ich das tue, möchte ich auch selbst lernen, wie man sie fertigt.«

Mit einem Jubelschrei hauchte Sibylle ihr einen Kuss auf die Wange. »Ich wusste doch, dass du mich nicht hängenlässt! Und was die Fertigung der Engel betrifft, so sollten alle Vereinsmitglieder sich daran versuchen. Das wird ein Spaß! Unser guter Spielzeugmacher wird bestimmt so freundlich sein, einige der Damen in seine Kunst einzuführen, nicht wahr?«

Matthäus nickte abwesend, sein Blick war in Richtung Tür gewandert. Aus dem Hauptraum war nämlich plötzlich Lärm zu hören, aufgeregt schimpfende Stimmen. Darunter die des Wirtes, der vergeblich versuchte, den hitzigen Streit zu schlichten. Offensichtlich saßen in der Weinstube einige Männer, die bereits zu tief ins Glas geschaut hatten und nun herumgrölten. Der Spielzeugmacher entschuldigte sich knapp, um nachzusehen. Wenige Augenblicke später kehrte er mit besorgter Miene zurück.

»Was ist denn da drüben los?«, wollte Sibylle wissen. »Hat jemand zu viel getrunken?«

»Vielleicht sollten die Damen sich besser auf den Heimweg machen«, riet Matthäus. Er zuckte zusammen, als das Klirren zerspringenden Glases zu hören war. »Nebenan ist Stadtrat Streicher mit ein paar seiner Kameraden vom Völkischen Block. Die wollen Rabatz. Erst sind sie über den Herrn Reichspräsidenten hergezogen, jetzt legen sie sich mit einem ausländischen Gast an.«

Evelyn stöhnte. Von Stadtrat Julius Streicher hatte sie in der Zeitung gelesen. Der Mann war als Provokateur und Unruhestifter berüchtigt. Er hasste die demokratische Ordnung des Landes und verleumdete ihre Repräsentanten wie den Reichspräsidenten Friedrich Ebert, indem er Schmutzkampagnen gegen sie führte. Vor zwei Jahren hatte Streicher die Nürnberger Ortsgruppe der NSDAP gegründet, wie sich die neue Hitler-Partei nannte. Da die NSDAP nach Hitlers gescheitertem Putschversuch aber verboten worden war, hatten sich die extremen Rechten zum Völkischen Block zusammengeschlossen. Diesen vertrat Streicher nun im Bayerischen Landtag, hoffte aber auf eine baldige Aufhebung des Verbots seiner alten Partei. Zu allem Überfluss war es ihm gelungen, sich in den Nürnberger Stadtrat wählen zu lassen, wo er jede Entscheidung des gemäßigten Oberbürgermeisters verbissen bekämpfte. Wenn Evelyn jemandem nicht begegnen wollte, dann diesem Radaubruder.

Die Mitglieder des Frauenvereins erhoben sich von ihren Plätzen, blieben aber unschlüssig stehen. Keine traute sich, den Raum zu verlassen, denn der Weg nach draußen führte durch die Weinstube, in der das Gebrüll immer heftiger wurde. Offenbar waren die Beschimpfungen und Drohungen in Handgreiflichkeiten übergegangen. Die Mienen der Damen spiegelten Abscheu, Angst und Ratlosigkeit wider. Einige der Älteren schimpften über die verheerenden Zustände im Reich, auch über die Schutzpolizei, die nie zur Stelle war, wenn man sie brauchte.

»Vielleicht hat der Ausländer die Völkischen provoziert«, mutmaßte eine Frau. »Der Stadtrat ist schließlich ein gewählter Vertreter Nürnbergs und nur daran interessiert, Recht und Ordnung wiederherzustellen.« Sie rümpfte pikiert die Nase. »Etwas, das weder Ebert noch unser verehrter Herr Reichskanzler fertiggebracht haben.

»Nach Recht und Ordnung hört sich dieses Getöse aber nicht an«, widersprach Frau Bing. Die Frau des Spielzeugfabrikanten war kreidebleich geworden. »Die schlagen alles kurz und klein.«

»Gibt's denn hier keinen Hinterausgang?«, erkundigte sich die Frau ihr gegenüber, worauf Sibylle hilflos mit den Schultern zuckte.

»Vielleicht ist es besser, wir warten einfach, bis die Männer sich ausgetobt haben«, schlug sie vor. »Ich meine, gewiss ist keine von uns erpicht darauf, in eine Wirtshausschlägerei verwickelt zu werden.«

Evelyn wagte es, durch den Vorhang zu spähen. Dabei fiel ihr Blick zunächst auf den Wirt, einen spindeldürren Kahlkopf, der mit fassungsloser Miene hinter dem Schanktisch stand und sich einen feuchten Lappen gegen die Stirn drückte. Er blutete aus einer Platzwunde. Nur wenige Schritte entfernt bemerkte sie drei Burschen mit Schiebermützen, die einen jungen Mann in die Ecke gedrängt hatten und mit Fäusten auf ihn einprügelten. Der Fremde, offensichtlich der ausländische Gast, von dem Matthäus gesprochen hatte, parierte ihre Schläge verbissen, doch es war nicht zu übersehen, dass er sich der Übermacht seiner Angreifer nicht mehr lange würde erwehren können. Wie der Wirt blutete auch er aus einer großen Schramme über der Augenbraue. Sein Hemdkragen war zerrissen, die Krawatte gelockert. Evelyn biss sich auf die Unterlippe. Der junge Fremde kam ihr bekannt vor, ganz bestimmt hatte sie ihn schon einmal gesehen. Aber wo? Plötzlich fiel es ihr ein. Er hatte sie auf der Fleischbrücke angesprochen. Sein Deutsch war gut gewesen, aber sie hatte einen Akzent herausgehört. Evelyn zuckte mit den Achseln. Der Mann ging sie nichts an. Vielleicht war ja auch er es gewesen, der Streit mit den Leuten vom Völkischen Block gesucht hatte. Sie wollte sich soeben abwenden, als sie sah, wie sich die Hand eines der Angreifer tastend nach oben bewegte. Schräg über dessen Kopf hing ein Wandregal voller Flaschen und schwerer irdener Bierkrüge. Zweifellos hatte der Mann vor, sich einen der Krüge zu schnappen und dem Fremden damit den Schädel zu zertrümmern. Der Fremde bemerkte es nicht, denn er war zu sehr damit beschäftigt, sein Gesicht vor den Hieben der Angreifer zu schützen. Als der Völkische zum Schlag mit dem Krug ausholte, schrie Evelyn laut auf. Der Mann verharrte in der Bewegung, sein Kopf ruckte herum. Diesen Moment der Unachtsamkeit nutzte der Fremde und machte einen Satz nach vorne. Er rammte einem der Burschen seine Faust in den Bauch und versetzte dann dem zweiten einen so heftigen Rippenstoß, dass dieser stöhnend den Bierkrug fallen ließ. Das Gefäß zerbrach auf dem Steinboden. Noch bevor die drei Völkischen reagieren konnten, flitzte der fremde Mann an ihnen vorbei, riss die Tür auf und verschwand in der Dunkelheit. Die drei Schläger wollten ihm hinterher, wurden aber von einem vierten aufgehalten, der nun erst aus dem Schatten und in Evelyns Blickfeld trat. Julius Streicher. Der Mann, dessen Konterfei sie nur von Zeitungsfotografien kannte, sah mit seiner Halbglatze und den dünnen Lippen weniger imposant aus, als sie ihn sich vorgestellt hatte.

Sein drahtiger Körper steckte in einem schlechtsitzenden braunen Zweireiher, der schon lange kein Plätteisen mehr gesehen hatte. Seine Schuhe waren staubig und schrien nach einer Politur. Wäre er auf der Straße an Evelyn vorbeigegangen, hätte sie ihn wohl kaum beachtet. Allerdings lag etwas Gefährliches in seinem Blick: Fanatismus. Er gehörte zu der Sorte, die Kränkungen nicht unbeantwortet ließ.

»Keine Angst, die feige Sau kriegen wir noch«, versprach der Stadtrat. Hastig begutachtete er den Schaden, der in der Weinstube entstanden war. Dem Wirt, der zitternd vor Angst hinter dem Schanktisch hervortorkelte, erklärte er: »Das zerbrochene Glas wird ersetzt! Aber Sie sind selbst schuld, Mann. Künftig sollten Sie dieses Gesindel gleich vor die Tür setzen.«

»Aber …«, setzte der Mann an, wurde aber durch eine Geste des Stadtrats zum Verstummen gebracht.

»Kein Wort mehr, verstanden!« Der Stadtrat setzte ein schlangenhaftes Lächeln auf. »Einigen wir uns darauf, dass der Tscheche uns zuerst beleidigt hat und dann handgreiflich wurde. Als Sie dazwischengehen wollten, haben Sie auch etwas abbekommen. So war es doch, oder?«

Der Wirt zögerte kurz, dann nickte er eingeschüchtert.

Streicher wandte sich dem Nebenraum zu, und für den Bruchteil einer Sekunde kreuzten sich sein Blick und Evelyns. Mit einer Handbewegung forderte er seine drei Begleiter auf, ihm zum Vorhang zu folgen. Im nächsten Augenblick stand er auch schon mitten im Raum.

»Ich bin untröstlich, dass Ihre Zusammenkunft gestört wurde, meine Damen. Aber sicher ist es auch in Ihrem Interesse, dass wir das fremde Pack vor die Tür setzen, das die Stadt unsicher macht.« Die kleinen Augen des Mannes wanderten flink von Person zu Person. Auf Evelyn verharrte sein Blick auffallend lange, sodass ihr vor Unbehagen ganz heiß wurde. Streicher wusste, dass sie die Auseinandersetzung im Schankraum mitangesehen und den Fremden gewarnt hatte. Auch wenn der Stadtrat es sich nicht anmerken ließ, verriet seine finstere Miene, dass er ihr das nicht vergessen würde. Sie hatte sich einen mächtigen Mann zum Feind gemacht und würde künftig auf der Hut vor dem Völkischen Block sein müssen.

Streicher schlug die Hacken zusammen und neigte den Kopf. »Dann will ich Sie nicht länger bei Ihrer Weihnachtsfeier stören!«, sagte er mit lauter Stimme.

Sibylle schüttelte den Kopf. »Das ist keine Weihnachtsfeier. Wir bilden das Komitee, das den diesjährigen Christkindlesmarkt vorbereitet. Ich bin die Vorsitzende, Fräulein Falkner, und Sie, lieber Herr Stadtrat, dürfen sich auf etwas Großartiges gefasst machen.«

»So?« Streichers Interesse hielt sich in Grenzen. Er wollte sich schon abwenden, doch als er unter den Damen Frau Bing entdeckte, verzog er geringschätzig den Mund. »Und was hat diese Person dabei verloren? Wollen die Juden jetzt auch noch die Weihnachtsmärkte kontrollieren?« Einen Moment lang sah es so aus, als würde er voller Abscheu ausspucken, doch dann besann er sich und verließ ohne jedes weitere Wort den Raum. Seine Schläger stapften ihm hinterher.

»Das hast du ja mal wieder großartig hinbekommen!« Evelyn verdrehte die Augen. Warum konnte Sibylle bloß ihren Mund nicht halten? Wenn sie Pech hatten, würden die Völkischen nun gegen den Christkindlesmarkt Stimmung machen. Wer sollte sich dann noch trauen, einen Stand zu betreiben, wenn er befürchten musste, dass von Streicher aufgestachelte Schlägerbanden ihm die Waren zerstörten oder Besucher schikanierten?

Sibylle wurde ungewohnt kleinlaut. Es kam selten vor, dass sie Kritik einstecken musste. Schon gar nicht von Evelyn. »Aber der Mann ist Stadtrat und Abgeordneter des Landtags, verteidigte sie sich. »Ich dachte, es würde ihm gefallen, wenn wir die alten fränkischen Traditionen wieder zum Leben erwecken. Und außerdem solltest du ganz ruhig sein. Der verdammte Kerl wäre nie auf uns aufmerksam geworden, wenn du nicht so laut geschrien hättest.«

»Hätte ich das nicht getan, hätte es vielleicht einen Toten gegeben.«

Bevor der Wortwechsel weiterging, hob Frau Bing beschwichtigend die Hand. Offenbar war es ihr schrecklich unangenehm, dass ihre Anwesenheit das gesamte Vorhaben in Gefahr gebracht hatte. »Es war mein Fehler, ich hätte es vorhersehen müssen«, sagte sie so leise, dass nur Evelyn und Sibylle sie verstehen konnten. »Ich will nicht, dass Sie Ärger bekommen, daher ziehe ich mich aus der Vereinsarbeit zurück. Die finanzielle Unterstützung nehme ich natürlich nicht zurück, aber sie wird nicht offiziell von den Bing-Werken kommen. Der Bürgermeister kann ja verkünden, dass anonyme Spender den Markt unterstützen. Damit nehmen Sie den Schreihälsen den Wind aus den Segeln.«

Evelyn presste die Lippen aufeinander. Das war unerhört. Noch mehr traf es sie jedoch, dass keines der Vereinsmitglieder auch nur einen Versuch unternahm, der Frau des Fabrikanten den Rücken zu stärken oder sie zum Bleiben zu überreden.

Vor dem Gasthaus wartete ein livrierter Chauffeur, der Zeitung las. Als er die Gattin seines Arbeitgebers in Begleitung von Evelyn und Sibylle auf die Straße treten sah, stieg er sofort aus und öffnete die hintere Tür des Automobils. »Nach Hause, gnädige Frau?«

Frau Bing nickte. Sie reichte Evelyn die Hand. »Ich sehe Ihnen an, dass Sie die ganze Sache am liebsten ebenfalls hinschmeißen würden«, sagte sie. »Aber ich bitte Sie herzlich, das nicht zu tun. Unseren Weihnachtsmarkt habe ich schon als kleines Mädchen geliebt, und es wäre mir eine Genugtuung, wenn die hübschen Rauschgoldengel auch dieses Jahr verkauft werden würden. Engel sind ganz besondere Geschöpfe, aber weder christlich noch jüdisch. Sie können jedem Menschen Freude bringen, der in dieser Jahreszeit an das Gute glaubt.«

6.

Der darauffolgende Tag war ein Sonntag, die Drogerie blieb geschlossen. Dafür bestand Evelyns Mutter darauf, dass Evelyn sie zur Kirche begleitete. Evelyn wäre nach den Aufregungen des Abends lieber im Bett geblieben, aber da sie den Morgen nicht gleich mit einem Streit beginnen wollte, kämpfte sie sich aus den Federn und machte sich fertig. Joachim, der über Schmerzen in seinem lahmen Bein klagte, durfte es sich derweil zu Hause mit Butterbroten und heißem Kaffee bequem machen.

»Der Ärmste hat so viel erduldet, da ist es doch nur recht und billig, dass wir nachsichtig sind«, erklärte Gertraud, als Evelyn ihren Onkel kauend auf dem Sofa erblickte. Evelyn zuckte mit den Achseln. Gegen Kriegshelden war nun einmal nicht anzukommen. Dabei war sie davon überzeugt, dass Joachim sich als Soldat gedrückt hatte, wo es nur ging. Auf welche Weise er sich seine obskuren Verletzungen zugezogen hatte, blieb ihr ein Rätsel. Geredet wurde darüber nie, weil Gertraud das nicht wollte. Ihrer Meinung nach konnte sich der Gesundheitszustand ihres jüngeren Bruders nur durch gewissenhafte Pflege und Schonung verbessern.

Als Mutter und Tochter sich schließlich auf den Weg machten, läuteten in ganz Nürnberg die Glocken. Evelyn wunderte sich, dass ihre Mutter nicht wie gewohnt in die Winkelstraße einbog. Von dort war es zu Fuß nur ein kurzes Stück bis zum Sebalder Pfarrhof, wo sie für gewöhnlich den Gottesdienst besuchten. Doch heute schlug Gertraud den Weg zur Fleischbrücke ein.

»Ich möchte heute ausnahmsweise nach St. Lorenz«, verkündete die ältere Frau, als Evelyn sie um eine Erklärung bat. »Ein wenig Abwechslung tut uns beiden gut.«

Evelyn runzelte die Stirn. Sie war überzeugt, dass ihre Mutter ihr etwas verheimlichte. Es sah ihr gar nicht ähnlich, den wesentlich längeren Weg zum Lorenzer Platz auf sich zu nehmen. Wie dem aus sein mochte, im Grunde war es Evelyn gleichgültig, welchem Prediger sie zuhörte. Ihr Herz hatte schon lange keiner mehr von ihnen berührt. Zu Lebzeiten ihres Vaters war das noch ganz anders gewesen. Er war der gütigste Mensch gewesen, den sie kannte, und hätte sie niemals gezwungen, gegen ihre Überzeugung zu handeln. Weihnachten war sein großes Fest gewesen. Sie war sicher, dass er sich über die Wiedererweckung der Nürnberger Rauschgoldengel freuen und sie ermutigen würde, daran mitzuarbeiten. Gertraud, der sie am Abend zuvor noch spät von den Plänen des Vereins erzählt hatte, war da skeptischer gewesen. Sie hatte Evelyn geraten, sich weniger von Sibylle vereinnahmen zu lassen und sich stattdessen mehr auf deren Bruder Kilian zu konzentrieren.

Der Sonntagsgottesdienst in der prachtvollen gotischen Kirche war an diesem Morgen gut besucht, doch da St. Lorenz nicht zu Evelyns üblicher Pfarrgemeinde gehörte, kannte sie kaum einen der Männer und Frauen, die sich frierend auf den harten Holzbänken aneinanderdrückten. Gertraud bestand darauf, weit hinten einen Platz zu suchen, und in der folgenden Stunde wurde Evelyn den Verdacht nicht los, dass ihre Mutter weder an der Predigt interessiert war noch am Kirchengesang Gefallen fand – ihre Aufmerksamkeit schien allein der Gemeinde zu gelten. So wie sie den Hals reckte, suchte sie jemanden. Aber wen? Nach dem abschließenden Segen bat sie Evelyn, vorzugehen und am Tugendbrunnen auf sie zu warten.

»Darf man fragen, warum?«, erkundigte sich Evelyn stirnrunzelnd. Sie fragte sich, was ihre Mutter nun schon wieder im Schilde führte.

»Geht dort drüben nicht deine frühere Lehrerin?« Froh, um eine Antwort herumzukommen, deutete Gertraud auf eine große, hagere Frau ganz in Schwarz, die sich am Arm einer Begleiterin dem Ausgang entgegenschleppte. »Sie wird sich bestimmt wundern, wenn du nicht zu ihr gehst und sie begrüßt.«

»Wird sie nicht!«, zischte Evelyn. »Sie ist nämlich blind, hast du das vergessen?« Sie seufzte. Es hatte keinen Zweck, mit ihrer Mutter zu diskutieren. Vielleicht war es wirklich besser, Gertraud ihren Willen zu lassen und sich draußen ein wenig mit Frau Pelzendorf zu unterhalten. Die alte Deutschlehrerin war immer nett zu Evelyn gewesen und hatte in ihr die Liebe zu Literatur, Geschichte und den schönen Künsten geweckt, ja sie sogar ermuntert, eigene Gedichte und Kurzgeschichten zu verfassen. Als Frau Pelzendorf kurz nach Ausbruch des Krieges aufgrund einer Erkrankung ihr Augenlicht verloren hatte, hatte Evelyn sie fast täglich in ihrem Haus am Stadtpark besucht, um ihr aus der Zeitung und ihren Lieblingsbüchern vorzulesen. »Reichsvorleserin«, hatte Gerson sie scherzhaft genannt. Die Stunden am Kaminfeuer hatten die Freundschaft zwischen den beiden Frauen jedenfalls gefestigt, und als Evelyn die schreckliche Nachricht von Gersons Tod bekommen hatte, war es Anita Pelzendorf gewesen, die sie getröstet hatte. Inzwischen fand Evelyn zu ihrem Bedauern nur noch wenig Zeit für Besuche und Vorlesestunden, nahm sich aber vor, die ehemalige Lehrerin bald mal wieder aufzusuchen.

Gertraud blieb auf ihrem Platz sitzen, bis Evelyn die Kirche verlassen hatte. Erst als ihre Tochter außer Sichtweite war, schlenderte sie auf ein elegant gekleidetes Paar zu, das schräg unter dem Engelsgruß, einer vom Chorgewölbe herabhängenden

Schnitzerei des Künstlers Veit Stoß, stand und sich gerade von einem älteren Herrn mit Spitzbart und Monokel verabschiedete. Sie hatte am Abend eine Nachricht von Brungässner erhalten, in der er sie aufforderte, sich nach dem Gottesdienst mit ihm in der Lorenzkirche zu treffen. Als der Brauereibesitzer sie erkannte, flüsterte er seiner Frau etwas ins Ohr, worauf diese ihre Fuchsstola über die Schulter warf und dann mit hochmütiger Miene an Gertraud vorüberrauschte.

Eingebildete Ziege, dachte Gertraud, und das Lächeln gefror in ihren Augen. Aber was interessierte sie schon diese Frau?

»Ich wollte allein mit Ihnen sprechen, ohne Ihren Bruder«, flüsterte der Gastwirt zur Begrüßung. Er vergrub die Hände in den Manteltaschen und stieß die kalte Luft aus, die in kleinen Wölkchen durch das Kirchenschiff waberte. »Der Bursche genießt in Nürnberg nämlich nicht den besten Ruf.«

»So?« Gertraud verzog beleidigt die Lippen, wie stets, wenn sich jemand abfällig über Joachim äußerte. Wie konnte dieser aufgeblasene Wicht es wagen, so über einen Mann zu reden, der für Kaiser und Vaterland seinen Kopf hingehalten hatte? Er würde sich noch wundern, wozu ihr Bruder fähig war.

»Haben Sie schon mit Ihrer Tochter geredet?« Brungässner klang ungeduldig, beinahe gereizt. Er zog seine Taschenuhr aus der Weste und warf einen prüfenden Blick darauf. »Na? Stimmt sie zu, ihr Haus an mich zu verkaufen?«

Gertraud starrte den Mann irritiert an. Wie um alles in der Welt konnte er annehmen, dass Evelyn sich so rasch überreden ließ? Gertraud tat alles, was in ihrer Macht stand, aber sie konnte weder hexen noch Wunder vollbringen.

Brungässner ließ den Blick durch das Kirchenschiff schweifen. »Ein wunderschönes Gebäude, nicht wahr?«, bemerkte er ehrfürchtig. »Es legt Zeugnis ab von der Kunstfertigkeit unserer Vorfahren.« Er deutete auf das steinerne Sakramentshäuschen, ein turmartiges Tabernakel, das Szenen der Leidensgeschichte Christi zeigte und in früheren Zeiten als Aufbewahrungsort für die geweihten Hostien verwendet worden war. Darunter sitzend hatte sich der mittelalterliche Bildhauer mitsamt seinem Werkzeug selbst verewigt. »Hans Krafft soll einer meiner Ahnherren gewesen sein«, erklärte Brungässner stolz.

»Wie interessant«, sagte Gertraud, obwohl sie das insgeheim überhaupt nicht fand. Brungässner war in ihren Augen ein Aufschneider, allerdings ein wohlhabender Aufschneider, den man besser bei Laune hielt.

»Der Weihnachtsmarkt wird demnächst eröffnet«, fuhr Brungässner fort. »Ich habe meine Quellen, daher weiß ich, dass der Stadtrat vorhat, etwas ganz Besonderes daraus zu machen. Eine Attraktion, die Tausende Menschen anlocken und Nürnberg dafür bekannt machen soll.«

Gertraud nickte. Es wunderte sie nicht, dass der Brauereibesitzer Wind davon bekommen hatte. Leute wie er verfügten in der Tat über zuverlässige Informanten. Doch war ihr immer noch nicht klar, was der Christkindlesmarkt mit ihr zu tun haben sollte. »Meine Tochter hat sich aus einer dummen Laune heraus bereiterklärt, auf dem Markt selbst angefertigten Weihnachtsschmuck zu verkaufen«, sagte sie schließlich. »Ich finde das albern, aber wenn Evelyn sich etwas in den Kopf gesetzt hat …«

»Dann wird sie wohl nicht allzu oft in ihrem Laden sein, nicht wahr?«, fiel Brungässner ihr ins Wort. »Lassen Sie mich raten: Evelyn möchte, dass Sie sie vertreten und die Geschäfte übernehmen, solange sie selbst auf dem Christkindlesmarkt tätig ist.«

Gertraud nickte. Worauf wollte der Mann hinaus?

»Der Stadtrat hat ganz recht!« Brungässner fuhr mit der Hand über den steinernen Kopf der Künstlerfigur, die angeblich seinen Ahnen darstellte. »Wir brauchen diesen Aufschwung, um die Wirtschaft anzukurbeln. Einen Magneten, der viele Besucher in die Stadt zieht und sie überall in der Welt bekannt macht. Der Christkindlesmarkt könnte so ein Magnet werden, und es wäre dumm von mir, nicht dabei zu sein, wenn es so weit ist.« Er hob vielsagend die buschigen Augenbrauen. »Ich werde mir den besten Standort auf dem Markt sichern und eine eigene Bude betreiben, um den Namen Brungässner noch bekannter zu machen. Am besten einen Stand mit Rostbratwürsten und einigen anderen fränkischen Spezialitäten. Was mir noch fehlt, ist jemand, der sich während der Adventswochen um den Stand kümmert. Meine Angestellten kann ich damit nicht betrauen, die haben vor dem Fest alle Hände voll zu tun.« Er lächelte verschlagen. »Darum habe ich an Sie gedacht, gute Frau.«

Gertraud hätte am liebsten schallend gelacht, doch dann besann sie sich darauf, dass sie sich in einer Kirche befand. Was verlangte dieser Mann da von ihr? Glaubte er allen Ernstes, sie würde sich in seine Weihnachtsmarktbude stellen und Bratwürste verkaufen? Ja, hatte er denn den Verstand verloren? Noch ehe sie ihrem Ärger Luft machen konnte, hob Brungässner gebieterisch die Hand. »Wenn ich mich recht erinnere, möchten Sie die Geschäftsführerin eines respektablen Hotels werden, eines Etablissements, aus dem ich das erste Haus am Platz machen will. Ich wäre schön dumm, wenn ich eine solche Position mit jemandem besetze, von dessen Fähigkeiten ich mich vorab nicht überzeugen durfte. Aber ich biete Ihnen hiermit die einmalige Gelegenheit, zu zeigen, was in Ihnen steckt. Überraschen Sie mich mit Fleiß, Geschick und guten Umsätzen! Dann steht einer geschäftlichen Verbindung nichts im Wege.«

Gertraud spürte, wie ein leichtes Schwindelgefühl ihre Sinne umnebelte. Dieser Fuchs drängte sie doch tatsächlich in die Ecke. Sie hatte geglaubt, sie würde leichtes Spiel mit dem Mann haben, aber nun kam er ihr mit so etwas. Natürlich konnte sie ablehnen, doch damit wäre auch ihr Traum von einer Zukunft als Direktorin eines Nobelhotels ausgeträumt gewesen. Auf der anderen Seite wurde ihr übel, wenn sie nur daran dachte, sich hinter einem heißen Grillrost auf dem Christkindlesmarkt die Beine in den Leib zu stehen. Was, wenn eine ihrer Freundinnen sie erkannte? Der Gedanke war so ungeheuerlich, dass Gertraud sofort wieder übel wurde. Mit bebenden Fingern fischte sie ein parfümiertes Tüchlein aus der Handtasche. Die Zeiten waren wahrhaftig hart. Und Stolz war im Preis so gestiegen, dass ihn sich kaum noch jemand leisten konnte.

»Also gut«, willigte Gertraud schließlich ein. »Ich werde Ihre Bratwürste auf dem Christkindlesmarkt verkaufen. Sie werden zufrieden sein, das verspreche ich Ihnen!« Mit giftigem Blick sah sie zu, wie Brungässner sich die teuren Lederhandschuhe überstreifte. Dann tippte er sich kurz gegen die Hutkrempe, erklärte, dass Gertraud in den nächsten Tagen von ihm hören werde, und ging mit großen Schritten auf den Ausgang zu.

Mit einem Gefühl der Demütigung blickte Gertraud ihm nach. Einen Moment lang wünschte sie sich inständig, die riesige Stele des Bildhauers Hans Krafft würde zu schwanken beginnen, um dann über dem Haupt seines unverschämten Nachfahren zusammenzubrechen. Doch der behauene Stein blieb fest und unverrückbar an derselben Stelle, wo er schon seit Jahrhunderten stand.

Gertraud atmete ein paarmal tief durch, bis sie sich wieder in der Gewalt hatte. Dann verließ sie die Kirche. Vor dem Brunnen stand Evelyn und winkte ihr zu. Wie es aussah, würden sie also bald beide auf dem Weihnachtsmarkt stehen.

7.

Evelyns erste Einweisung in die Kunst der Fertigung von Rauschgoldengeln sollte bereits am nächsten Tag beginnen. Sibylle hatte ihr früh am Morgen mitteilen lassen, dass der Spielzeugmacher sie gegen fünf Uhr in einer der Wohlfahrtswerkstätten an der Pegnitz erwartete. Evelyn dachte mit gemischten Gefühlen an ihr gegebenes Versprechen. Einerseits freute sie sich darauf, zu lernen, wie die weihnachtlichen Kunstwerke hergestellt wurden, andererseits herrschte in der Drogerie an diesem Nachmittag so viel Betrieb, dass sie ein schlechtes Gewissen hatte, Franzi mit der ganzen Arbeit sitzenzulassen. Das Mädchen war zwar nicht auf den Kopf gefallen, doch immer noch unerfahren, und die Kundschaft machte es einem auch nicht immer leicht. So arbeitete Evelyn bis in die Nachmittagsstunden hinein, ohne sich eine Pause zu gönnen. Hinter der Ladentheke rührte sie frischen Klebstoff und Schuhputzmittel an, füllte Benzin für zwei Geschäftsleute auf der Durchreise ab, die mit ihrem Automobil liegengeblieben waren, und lauschte geduldig den Ausführungen eines Handlungsreisenden, der ihr neuartige Lippenpflegestifte und aromatisches Mundwasser aufschwatzen wollte. So war es schon fast halb sechs und stockdunkel, als Evelyn abgehetzt bei den Werkstätten eintraf. Als sie sich umsah, musste sie zu ihrer Verwunderung feststellen, dass außer ihr niemand gekommen war. Nicht einmal Sibylle ließ sich blicken.

Na fein, dachte Evelyn, als sie sich von Meister Matthäus zu einer Werkbank führen ließ. Dann bleibt wohl wieder einmal alles an mir hängen. Als sie jedoch mit den Fingern vorsichtig über das hauchdünne, kühle Messingblech strich, verflog ihr Ärger. Die goldene Folie knisterte bei jeder kleinen Berührung, ein Geräusch, das Evelyn in eine fast euphorische Stimmung versetzte. Die nächsten beiden Stunden verbrachte sie damit, maßstabgetreue Skizzen anzufertigen. Ihrer Fantasie durfte sie dabei freien Lauf lassen. Als es ans Zuschneiden der Folie für Flügel, Kopf und Hände ging, blickte der Meister ihr prüfend über die Schulter.

»Sie stellen sich gar nicht mal dumm an«, brummte er, nachdem er sie eine Weile beobachtet hatte. Er nahm Evelyn die Schere aus der Hand und warf ihre Probeschnitte in den Papierkorb neben der Werkbank. »Noch einmal, wenn ich bitten darf! Aber jetzt gerade schneiden, sonst wird Ihr Engel so bucklig und schief wie ein Zwetschgenmännlein.«

Irritiert starrte Evelyn auf die dünne Folie. Sie hatte sich bemüht, genauso vorzugehen, wie der Meister es ihr vorgemacht hatte. Was hatte sie falsch gemacht? Als sie sich jedoch das nächste Flügelpaar vornahm, bemerkte sie, dass es hierbei tatsächlich auf Präzision ankam. Sie hielt die glänzenden Teile ins Licht der Lampe, und dieses Mal erhielt sie ein wohlwollendes Nicken von Matthäus. Bis in den späten Abend hinein arbeitete Evelyn mit Feuereifer und vergaß völlig, dass man zu Hause auf sie wartete. Sie faltete das bunte Blech zu einer Schürze und wob mit einer Nadel blaue und rote Streifen hinein. Der Kopf der Engelsfigur sowie die Krone erforderten fast noch mehr Geduld und Aufwand als das Falten des Engelskörpers. Evelyn zeichnete Gesichter auf Zeitungspapier und verwarf sie wieder. Als sie es endlich wagte, mit feinen Pinselstrichen winzige Augen und einen geschwungenen roten Mund auf das Holz zu malen, fühlten sich ihre Glieder schon ganz steif an. Ihr Schädel brummte wie ein Wespennest, und ihre Augen tränten aufgrund der ungewohnten Anstrengung, als würde sie Zwiebeln schneiden. Doch der Anblick des kleinen Engels, dessen Flügel bei dem leisesten Windhauch knisterten, entschädigte sie reichlich. Evelyn konnte sich daran gar nicht sattsehen. Ihr erster selbstgemachter Rauschgoldengel. Sie fand ihn herrlich, würde ihn auf keinen Fall verkaufen. Aber konnte der Weihnachtsschmuck auch dem strengen Auge des alten Spielzeugmachers standhalten?

Matthäus begutachtete Evelyns Kreation von allen Seiten, ohne zunächst auch nur ein Wort darüber zu verlieren. Schließlich legte er den Engel mit einem Seufzer auf die Werkbank. »Den können Sie aber nicht verkaufen«, sagte er entschieden.

»Ich …«

»Das erste Stück behält man, so war's schon immer bei uns Nürnberger Spielzeugmachern. Das gibt man um keinen Preis her.« Er runzelte leicht die Stirn. »Mir scheint, Sie haben begriffen, worauf es beim Rauschgoldengel ankommt. Er soll nicht starr und leblos wirken, sondern Freude bescheren. Der Gesichtsausdruck Ihres Engels ist …« Er überlegte, fand aber offensichtlich nicht die richtigen Worte. Daher sagte er nur: »Machen Sie genau so weiter. Wir haben noch viel vor, und wenn Sie sich weiterhin geschickt anstellen, dürfen Sie mir dabei helfen, die anderen Frauen in den Werkstätten anzulernen.«

Evelyn errötete, so sehr freute sie sich über das Lob. Es war viel zu lange her, dass jemand sie für irgendetwas gelobt hatte. Sie konnte nicht abstreiten, dass es sie in den Fingern juckte, noch viel mehr Rauschgoldengel zu machen und weitere Ideen umzusetzen. An diesem Abend hatte sie Matthäus' vorbereitete Holzköpfe bemalt und die passende Farbauswahl vorgenommen. Für den Anfang war dies sicher nicht schlecht, aber zugegebenermaßen auch ein wenig geschummelt. Ein richtiger Rauschgoldengel hatte einen von Hand geschnitzten Kopf. Wollte Evelyn ihre Arbeit gut machen, so würde der Spielzeugmacher ihr auch zeigen müssen, wie man mit dem Schnitzmesser umging.

Die folgenden Tage vergingen wie im Fluge. Evelyn konnte es kaum abwarten, die Ladentür endlich zuzusperren und zu den Werkstätten zu radeln. Dort fanden sich inzwischen immer mehr Nürnbergerinnen ein, die sich durch die Herstellung von Rauschgoldengeln und anderem Weihnachtsschmuck ein paar Reichsmark hinzuverdienen wollten. Geduldig zog der alte Matthäus von Werkbank zu Werkbank, gab hier einen Rat und erklärte dort einen Handgriff. In einer Ecke polterte der Kohleofen, und als einige der Frauen auf die Idee kamen, den kargen Raum mit etwas Tannengrün und bunt bemalten Tannenzapfen auszuschmücken, hob das die Stimmung beträchtlich.

Das Schnitzen bereitete Evelyn indes mehr Mühe, als sie gedacht hatte. Auf dem Skizzierpapier war stets alles nach ihrem Geschmack, doch sobald sie die Gesichter in das weiche Holz schnitt, wurden die Züge maskenhaft und leer. Die Engelsfiguren wirkten mal verstört, mal erschrocken oder einfältig. Erwin Matthäus lachte, als sie ihm ihre Entwürfe zeigte.

»Nennen Sie mir einen vernünftigen Grund, warum Engel immer nur heiter und vergnügt sein sollen.«, forderte er Evelyn auf. Er nahm einen der geschnitzten Köpfe zwischen Daumen und Zeigefinger und betrachtete ihn sorgfältig durch seine Brillengläser. »Arbeiten Sie die Wangenknochen etwas stärker heraus. Die Nase dagegen sollte kleiner sein. Heben Sie die Mundwinkel, und runden Sie das Kinn, dann wirkt die Engelsfigur wie ein neugieriges Kind. Die Leute werden sie lieben, das verspreche ich Ihnen, Gnädigste! Sie werden sogar die Engel lieben, die ein wenig betroffen aussehen.«

Evelyn zuckte etwas überfordert mit den Achseln, doch nachdem sie den Rat befolgt hatte, stellte sie fest, dass das Gesicht des Rauschgoldengels nun sehr lebendig aussah. Mit amüsiert gekräuselten Lippen blickte die leise knisternde Figur neugierig in die Welt. Erleichtert wickelte Evelyn ihre Werke in dünnes Papier, das sie eigens aus der Drogerie mitgebracht hatte, um die Engel vor Beschädigungen zu schützen. Wenn der Meister der Meinung war, dass die kleinen Kerlchen sich zum Verkauf eigneten, würde sie ihnen eine Chance auf dem Markt geben.

Während in den Wohlfahrtswerkstätten die Produktion Fahrt aufnahm, wurden rund um die Fleischbrücke die Holzbuden für den Christkindlesmarkt aufgeschlagen. Hatte der Stadtrat zunächst befürchtet, die Nachfrage unter den Kunsthandwerkern und Händlern könnte dürftig ausfallen, stellte er nun staunend fest, dass das Interesse viel größer war als angenommen. Bald schon drängte sich ein Stand an den nächsten, und die angemeldeten Betreiber überboten sich förmlich darin, die Dächer und Auslagen ihrer Buden mit Lichterketten, Tannenzweigen und Weihnachtsschmuck zu verschönern. Wenige Tage vor Eröffnung des Weihnachtsmarktes, die für den Freitag vor dem ersten Advent angekündigt worden war, holte Sibylle Evelyn in der Tuchgasse ab, um ihr den Stand zu zeigen, an dem die neu gefertigten Rauschgoldengel verkauft werden sollten. Evelyn schlug das Herz vor Aufregung bis zum Hals, als sie auf die Brücke zuging. Erst ein paar Tage war es her, dass sie mutterseelenallein hier oben gestanden war und ins Leere gestarrt hatte. Nun breitete sich an eben derselben Stelle ein ganzes Dorf aus hübsch herausgeputzten Häuschen und Verkaufsständen aus. Voller Vorfreude blickte sich Evelyn um. Zwischen den Buden sah sie Tannenbäume, die mit Schleifen und Strohsternen festlich geschmückt worden waren. Über dem Weg hingen rote Girlanden, und vor dem Brückenzugang begrüßte die Besucher ein gigantischer Adventskranz mit Nussknackern, Lebkuchenmännern und sogar einem Rauschgoldengel. Evelyn erkannte das gute Stück sogleich wieder. Sie selbst hatte Matthäus dabei helfen dürfen. Den Engel nun aber hier, hoch über ihrem Kopf wiederzusehen, war so überwältigend, dass sie vor Freude strahlte.

»Die Dächer bekommen noch Zeltplanen aus rot und weiß gestreiftem Stoff, um Kälte und Feuchtigkeit fernzuhalten«, erklärte Sibylle, als sie Arm in Arm mit Evelyn die Buden abschritt. »Du wirst Augen machen, wenn du unsere … äh, deine Bude siehst.«

Evelyn nickte flüchtig. Es fühlte sich aufregend, aber auch ein wenig merkwürdig an, über einen Weihnachtsmarkt zu schlendern, der noch so dunkel und menschenleer vor ihnen lag. Und doch spürte sie etwas Warmes dabei, das sich wie eine Daunendecke um ihren Körper legte und sie für einen Augenblick die Sorgen des Alltags vergessen ließ. Wie herrlich würde es erst werden, wenn die Lichter brannten, wenn der Duft von gerösteten Mandeln, Lebkuchen und Gewürzwein ihr in die Nase stieg und an ihrem Stand die prächtigen Rauschgoldengel im Schein der Laternen glänzten. Einen Moment lang schloss sie die Augen und stellte sich vor, nicht Sibylle, sondern Gerson wäre an ihrer Seite. Sie versuchte, sich an seine Stimme zu erinnern, wie er früher so oft auf dem Christkindlesmarkt mit ihr gelacht hatte. Doch dann kamen andere Gedanken, die ihr weniger willkommen waren. Darin kam der junge Mann vor, dem sie nun schon zweimal begegnet war: zuerst hier auf der Fleischbrücke und dann noch einmal in der Weinstube, wo der Fremde fast von Streichers Gesindel niedergeschlagen worden war. Evelyn hatte beschlossen, dem Stadtrat und seiner völkischen Bande aus dem Weg zu gehen. Die andere Seite verhielt sich zurzeit verdächtig ruhig, wenn man einmal von den gehässigen Ausfällen gegen Bürgermeister Luppe und andere demokratisch gesinnte Vertreter des Stadtrates absah. Evelyn beschlich ein banges Gefühl, dass die Adventswochen möglicherweise nicht so ruhig bleiben würden wie bisher. Aber vermutlich machte sie sich übertriebene Sorgen. Nicht einmal ein frecher Rüpel wie Streicher würde es wagen, Unruhe auf einem Weihnachtsmarkt zu stiften, der der Stadt heilig war.

Evelyn war noch tief in ihre Gedanken versunken, als Sibylle neben ihr plötzlich einen Schrei ausstieß und ihren Arm abschüttelte. Schimpfend stapfte die junge Frau auf einen der größeren Verkaufsstände zu.

»Was fällt diesem unverschämten Kerl ein?« Sibylles Augen blitzten. »Das ist unser Stand. Ich habe ihn mir persönlich reservieren lassen, weil er der größte und schönste von allen ist.«

Evelyn blinzelte irritiert. Der Weihnachtsmarktstand, auf den Sibylle deutete, verfügte über einen großen Innenraum und eine breite, rot angepinselte Lade nach außen, auf der Waren aller Art gut sichtbar präsentiert werden konnten. Das Dach war bereits mit einer rot-weiß gestreiften Plane abgedichtet worden. Zu beiden Seiten des Häuschens hatten helfende Hände gewaltige Kohlebecken aufgestellt, damit Besucher des Standes sich die Hände wärmen konnten. Ein Schönheitsfehler allerdings stach sofort ins Auge. Über dem Verkaufstresen war in schwungvollen Lettern der Name Brungässner angebracht worden, darunter stand: Fränkische Spezialitäten.

»Brungässner?«, fauchte Sibylle. »Ist das nicht dieser Wirt, von dem du mir erzählt hast? Der Kerl, der dein Haus kaufen wollte? Wie kommt er dazu, sich meinen Stand unter den Nagel zu reißen?«

Evelyn legte der aufgebrachten jungen Frau eine Hand auf die Schulter, aber sie wusste aus Erfahrung, dass es nicht einfach war, eine tobende Sibylle zu beschwichtigen.

»Wurde dem Verein dieser Standort denn wirklich fest versprochen?«, erkundigte sie sich, auch auf die Gefahr hin, Sibylle noch mehr zu reizen. »Dann könntest du doch auf dem Rathaus anrufen und …«

Sibylle biss sich auf die Unterlippe, was sie für gewöhnlich nur tat, wenn ihr etwas unangenehm war. Einen Wimpernschlag lang druckste sie herum, dann erklärte sie mit einem langen Seufzer: »Ich hatte mir ein paar Optionen freigehalten. Unter anderem die entzückende Bude gleich vorne an der Brücke. Himmelherrgott, du weißt doch, wie schwer es mir manchmal fällt, mich zu entscheiden.«

Evelyn konnte sich ein Grinsen nicht verkneifen. Wenn Evelyn zwischen zwei Kleidern oder Hüten wählen musste, pflegte sie in der Regel beide zu kaufen. In diesem Fall war dies jedoch nicht möglich gewesen. Sibylle hatte die Angelegenheit immer weiter hinausgeschoben und schließlich einfach vergessen. Kein Wunder, dass sie jetzt nehmen mussten, was noch verfügbar war.

»Du bist unverbesserlich, meine Liebe«, sagte sie. »Aber weißt du was? Mir gefällt die kleinere Marktbude noch viel besser. Und ihr Standort unter dem Kranz ist perfekt für mich.«

Sibylle atmete erleichtert auf. Offensichtlich hatte sie befürchtet, Evelyn könnte ihr Vorwürfe machen. Als die beiden Frauen sich auf den Heimweg machten, verlor Sibylle kein Wort mehr über Brungässner. Trotzdem war Evelyn überzeugt, dass ihre Freundin sich den Wirt bei Gelegenheit vornehmen würde. Niemand durfte Sibylle Falkner etwas nehmen, das sie haben wollte.

8.

Keuchend kämpfte sich Evelyn auf ihrem Fahrrad durch den grauen Matsch des Stadtparks, der ihr das Vorwärtskommen erschwerte. Zudem trieb ihr auch noch der Wind eisigen Schneeregen ins Gesicht. Wie mit winzigen Nadeln stach er auf ihre Haut ein. Als sie endlich das von einem weitläufigen verwilderten Garten umgebene Haus ihrer früheren Lehrerin erreichte, schwitzte sie trotz der Kälte aus allen Poren. Zu ihrer Überraschung öffnete Anita Pelzendorf persönlich die Tür. Sie trug eine Strickjacke und hatte sich einen dicken Schal um den Hals gewickelt. Das gepflegte graue Haar war wie üblich streng zurückgekämmt und zu einem Knoten hochgesteckt. Sie schien heute allein im Haus zu sein. Womöglich war ihre Haushälterin, die alte Hedda, unterwegs, um Besorgungen zu machen. Als Evelyn sich der Blinden zu erkennen gab, ergriff die sogleich erfreut ihre Hand und zog sie ins warme Kaminzimmer, einen großen Raum mit Wintergarten, der vom Boden bis zur Decke mit Büchern und Zeitungen vollgestopft war. Evelyn hatte hier schon viele unterhaltsame Stunden zugebracht, doch spürte sie immer einen feinen Stich in der Brust, wenn sie das Lesezimmer betrat. Bücher waren Anita Pelzendorfs Passion gewesen, und Evelyn stellte es sich schrecklich traurig vor, dass ihrer Lehrerin nun nicht mehr viel mehr blieb, als ihre Schätze von Zeit zu Zeit aus den Regalen zu nehmen, um sie abzustauben. Doch die alte Dame schien sich noch auf andere Weise an ihren Büchern zu erfreuen. Sie hatte Evelyn einmal erklärt, sie brauche nur an einem

Buch zu riechen und mit den Fingern durch die Seiten zu blättern, um sich an den Inhalt zu erinnern. Dann lege sie es sich auf den Schoß, und sofort offenbare es ihr seine Geheimnisse. Ob Frau Pelzendorf tatsächlich über diese Gabe verfügte oder ihre ehemalige Schülerin nur beruhigen wollte, blieb ihr Geheimnis. Allerdings hatte Evelyn nicht nur einmal erlebt, dass die ältere Frau mit den Lippen sämtliche Worte mitgesprochen hatte, während Evelyn ihr vorgelesen hatte. Gerade so, als hätte sie sie tief in ihrem Herzen und ihrem Verstand gespeichert.

»Und du fährst kreuz und quer durch die Kälte? Nur um eine alte Frau zur Eröffnung des Christkindlesmarktes einzuladen?« Fröstelnd rückte Anita Pelzendorf ihren Lehnstuhl näher an den Kamin. Jeden Tag zur selben Stunde entzündete die alte Hedda ein Feuer und kochte Tee. Heute stand auch ein Schälchen mit süßen Zimtsternen auf dem Tisch. »Früher bin ich gern über den Christkindlesmarkt geschlendert«, fuhr sie fort, verlor sich jedoch sofort in Erinnerungen und lächelte. »Aber heute …« Sie schüttelte den Kopf, dann räusperte sie sich. »Aber ich freue mich, dass du wieder mehr unter die Leute gehst, Evelyn. War ja kaum mitanzusehen, wie einsam dein Leben geworden ist. Jaja, ich weiß, was du sagen willst. Mir fehlt mein Mann auch. Manchmal, wenn die Hedda aus ist, dann wird es so still im Haus, dass ich es kaum ertragen kann. Ich höre mir dann Musik auf dem Grammophon an, nur damit ich noch etwas anderes höre als meinen Atem.« Sie lächelte. »Ich spiele sogar mit dem Gedanken, mir einen dieser neumodischen Radioempfänger zuzulegen, aber meine Hedda hat mir schon mit Kündigung gedroht, falls ich so eine Teufelsapparatur ins Haus hole. Die Gute behauptet, wer Stimmen zuhört, die aus einem Holzkasten kommen, ist reif fürs Irrenhaus. Damit will sie nichts zu tun haben.«

Evelyn dachte an den defekten Radioapparat in ihrer Wohnung und daran, wie bereitwillig Sibylle ihn hatte loswerden wollen, um Rasmus nicht zu vergraulen. Vielleicht fand ja Anita Gefallen daran. Ein Radio holte sie vielleicht aus ihrer Einsamkeit.

»Wie ich hörte, ist zu allem Überfluss auch der Herr gestorben, der bei Ihnen zur Untermiete gewohnt hat. Ich bin noch nicht dazu gekommen, Ihnen mein Beileid auszusprechen.«

Anita Pelzendorf nippte an ihrer Teetasse, dann sagte sie: »Eine merkwürdige Sache, so von einem Moment auf den nächsten aus dem Leben gerissen zu werden. Dabei war der Mann noch gar nicht so alt. Hedda hat ihn gefunden, als sie sein Zimmer saubermachen wollte. Ich höre sie jetzt noch nach dem Arzt schreien, aber natürlich konnte da kein Arzt mehr helfen. Er war kalt wie ein Eiszapfen.« Sie schüttelte den Kopf, wie um unliebsame Gedanken loszuwerden. »Aber genug davon. Trink deinen Tee, Mädchen, solange er heiß ist.«

Evelyn hätte gern gewusst, ob Anita vorhatte, das freigewordene Zimmer wieder zu vermieten, aber es kam ihr ungehörig vor, so direkt danach zu fragen. Gewiss wäre es für Anita Pelzendorf beruhigend, nachts nicht allein in dem großen alten Haus zu sein. Andererseits war sie momentan wohl noch nicht dazu aufgelegt, nach einem neuen Mieter zu suchen. Irgendeinen Schlawiner wollte man sich ja auch nicht ins Haus holen.

Auf dem Weg zur Haustür bat Anita Pelzendorf Evelyn noch um einen Gefallen. Dabei zeigte sie auf einen prall gefüllten Kleidersack, den vermutlich ihre Haushälterin in der Diele abgestellt hatte. »Alles Sachen meines verstorbenen Untermieters«, erklärte die Lehrerin mit Wehmut in der Stimme. »Aber die meisten Kleidungsstücke sind von guter Qualität und viel zu schade zum Wegwerfen. Vielleicht können die Damen vom Nürnberger Hilfsverein dafür sorgen, dass die Sachen noch vor den Feiertagen an notleidende Menschen verteilt werden? Es gibt heute so viele Arme. Fast täglich kommen Bettler an die Tür, oft ehemalige Soldaten, die sich auf Krücken dahinschleppen und keiner Arbeit mehr nachgehen können.«

Evelyn schnappte nach Luft, als sie sich damit abmühte, den Kleidersack in ihren Fahrradkorb zu wuchten. Das würde eine wackelige Heimfahrt werden, doch sie brachte es nicht übers Herz, ihrer alten Freundin die Bitte abzuschlagen. Immerhin war bald Weihnachten.

»Sehen wir uns dann auf dem Christkindlesmarkt?«

»Sehen werden wir uns wohl kaum!«, kicherte die alte Frau vergnügt. »Aber damit du zufrieden bist, verspreche ich, an deinem Engelsstand vorbeizukommen. Sofern sich Hedda überreden lässt, mich dorthin zu begleiten.«

Auf dem Heimweg musste Evelyn wegen des heftigen Windes noch kräftiger in die Pedale treten. Zudem drohte der Kleidersack jeden Augenblick aus dem Korb und in den Matsch zu rutschen. Ein Sack – alles, was von Anita Pelzendorfs möbliertem Herrn übriggeblieben war. Dessen plötzlicher Tod schien die alte Lehrerin verunsichert zu haben. Offensichtlich hatte der Mann weder Angehörige noch Freunde gehabt. Zumindest schien keiner vorgesprochen zu haben, um seinen Nachlass durchzusehen oder für sich zu beanspruchen.

Nun, dann wollen wir wenigstens dafür sorgen, dass deine Habseligkeiten jemandem eine Freude machen, dachte sie. Als sie die Tuchgasse erreichte, stand Joachim vor der Tür zur Drogerie und rauchte eine Zigarette. Wie gewöhnlich war er unrasiert, und zu allem Überfluss trug er einen Pullover, den Evelyn vor Jahren für Gerson gestrickt hatte. Ihr Onkel musste ihn sich hinter ihrem Rücken aus dem Kleiderschrank genommen haben. Das war die Höhe. Nun schlich sich Joachim also schon in ihr Schlafzimmer, wenn sie nicht da war? Mit zusammengepressten Lippen packte sie den Kleidersack und wuchtete ihn die Treppenstufen hinauf. Natürlich bot Joachim ihr keine Hilfe an. Stattdessen trat er die Zigarette aus und folgte ihr ins Haus.

»Deine Mutter mag es gar nicht, dass du dich in letzter Zeit so oft in der Stadt herumtreibst«, rief er in tadelndem Ton. »Sie sollte dir den Schlüssel abnehmen, damit du den Ruf der Familie nicht weiter gefährdest.«

Evelyn blieb stehen. Sie war so perplex, dass sie im ersten Moment an einen dummen Scherz glaubte. Doch Joachims Miene machte deutlich, dass es ihm ernst war mit seiner Drohung. Wütend ließ Evelyn den Kleidersack los. »Wenn hier einer keinen Schlüssel mehr zu meinem Haus haben sollte, dann bist das wohl du, lieber Onkel! Ich habe genug von dir und möchte, dass du zum Jahreswechsel ausziehst!«

Einen bangen Augenblick lang befürchtete Evelyn, er würde ihr eine Ohrfeige verpassen. Doch Joachim begnügte sich damit, sie beiseitezustoßen und die Treppe hinaufzupoltern. Dabei rief er: »Ich schätze, nicht nur ich werde bald hier ausziehen!«

Kopfschüttelnd sah Evelyn ihm nach.

Einige Tage später war der Stand auf dem Christkindlesmarkt geschmückt und mit den schönsten Erzeugnissen der Wohlfahrtswerkstätten ausgestattet. Evelyn hatte sich nicht geirrt: Die Lage des Häuschens war in der Tat vorteilhaft. Ganze Scharen von Menschen strömten herbei, um die feierliche Eröffnung am Freitag vor dem 1. Advent zu besuchen. Ein Orchester spielte auf der eigens dafür gezimmerten Bühne weihnachtliche Weisen, Mandel- und Maronenverkäufer zogen über den Platz, und die kleinen und größeren Buden strahlten in einem regelrechten Lichtermeer um die Wette. Die Ansprache von Bürgermeister Luppe fiel kurz aus, denn er war erkältet und nieste nach jedem dritten Wort. Doch als er feierlich verkündete, dass der Christkindlesmarkt, der immerhin schon seit Jahrhunderten seinen festen Platz in der Nürnberger Stadtgeschichte hatte, nach den Jahren der Entbehrungen endlich wieder auferstanden sei, brandete Jubel auf. Fanfaren erklangen. Luppe deutete auf den Rauschgoldengel, der an einer Girlande befestigt über dem Dach von Evelyns Verkaufsstand schwebte, und gab seiner Hoffnung Ausdruck, dass das alte Symbol ein Zeichen für neuen Aufschwung werden möge. Die Rede war kaum verklungen, als sich Evelyn auch schon von einem ganzen Schwarm von Besuchern umgeben fand. Fasziniert bestaunten die Leute die Gebilde aus klirrender Goldfolie, die nun in allen Formen, Farben und Größen in der Bude auf ihre neuen Besitzer warteten. Die kleinen Rauschgoldengel, das Symbol für bessere Zeiten, wurden Evelyn geradezu aus der Hand gerissen, und nach kaum einer Stunde war sie fast völlig ausverkauft. Als sie Matthäus mit einem Kasten voller weiterer Engelsfiguren auf den Stand zukommen sah, atmete sie erleichtert auf.

»Machen Sie Pause, Mädchen«, sagte der Spielzeugmacher mit einem Augenzwinkern. »Essen Sie eine Bratwurst oder einen Lebkuchen, und lassen Sie sich von der Atmosphäre verzaubern.«

»Sind Sie sicher, dass Sie eine Weile ohne mich zurechtkommen?«, fragte Evelyn vorsichtig.

»Na, was denken Sie denn? Sie haben sich bislang wacker geschlagen, aber ich gehöre auch noch nicht zum alten Eisen!«

Dankbar streifte sich Evelyn die Handschuhe über die vor Kälte starren Finger. Sie brauchte jetzt wirklich dringend etwas Warmes im Magen. Vergnügt schlenderte sie an den Reihen hübsch dekorierter Stände vorbei. Überall wurde sie freudig begrüßt, denn die Händler waren mit der Eröffnungsfeierlichkeit zufrieden und machten guten Umsatz. Aus allen Winkeln schien Musik über die Brücke zu schallen: Geiger standen an den Straßenecken und spielten, während jenseits des Ufers helle Mädchenstimmen die stille, heilige Nacht verkündeten. Sie klangen im Wind wie die Glöckchen eines Pferdeschlittens.

Evelyn hatte eigentlich vorgehabt, Brungässners Bratwurststand links liegen zu lassen, doch auf einmal stand sie doch vor der hell erleuchteten Bude, aus der ein zugegeben verführerischer Duft von auf dem Rost gegrillten Würstchen, deftigem Sauerkraut und Fränkischem Eierschmalz zog. Eine lange Schlange fröstelnder Wartender hatte sich vor dem Verkaufstresen gebildet, hinter dem eine Frau mit Kopftuch und bis zum Mund hochgezogenem Schal stand und die Speisen nach draußen reichte.

Evelyn öffnete den Mund, weil sie an eine Sinnestäuschung glaubte. Spielte ihr der Hunger nach Weihnachtsmarktköstlichkeiten gerade einen Streich, oder war die Frau am Bratwurststand wirklich …

»Mutter?«

Evelyns Ruf erschreckte einen Mann mit Melone so sehr, dass er sich seinen Becher Glühpunsch über den Mantel schüttete.

»Verflixt, können Sie nicht aufpassen, junge Frau? Nun sehen Sie sich das Malheur an!«

»Verzeihen Sie, aber die Bratwurstfrau dort vorne ist meine Mutter!«, sagte Evelyn und merkte sogleich, wie dumm diese Erklärung klingen musste.

»Und wenn's die wiederauferstandene Rosa Luxemburg wäre!« Mit einem verständnislosen Kopfschütteln zog der Mann mit dem Glühweinbecher von dannen, während Evelyn sich an der Schlange der Wartenden bis zum Fenster vorbeidrängte. Das Murren in ihrem Rücken ignorierte sie.

»Das kann doch nicht dein Ernst sein!«, rief sie über den zischenden und rauchenden Rost ihrer Mutter zu. »Was um Himmels willen treibst du hier?«

»Ich verkaufe fränkische Spezialitäten, na und?« Gertraud nahm eine Zange und wendete die köstlich duftenden Würstchen. Dann griff sie in einen Korb, holte einige Semmeln heraus und halbierte jede einzelne fachmännisch. »Du vertreibst ja auch die merkwürdigen Blechengel!« Mit einem sanften Lächeln beugte sie sich aus dem Fenster und reichte einem hungrig aussehenden Jungen im Matrosenanzug unterm Mantel eine Bratwurstsemmel.

»Aber warum ausgerechnet für Brungässner?« Evelyn verschränkte die Arme vor der Brust. Sie konnte immer noch nicht glauben, was sie da vor sich sah. Aber dieses Mal würde sie nicht lockerlassen, bis ihre Mutter ihr erklärt hatte, was sie mit diesem Fritz Brungässner zu tun hatte. Ausgerechnet mit ihm, der ihr seit Monaten zusetzte, ihm Gersons Haus zu überschreiben.

Gertraud warf ihr einen scharfen Blick zu. »Ich muss mir etwas dazuverdienen«, sagte sie. »Du mit deiner Drogerie, die kaum etwas abwirft, bist ja nicht in der Lage, uns alle zu versorgen. Und so, wie du neulich mit deinem Onkel umgesprungen bist, hatte ich auch keine Lust, dich in meine Pläne einzuweihen. Joachim ist immer noch gekränkt, der Arme.«

Evelyn wollte etwas erwidern, doch das Gedränge hinter und neben ihr nahm immer mehr zu. Offensichtlich verübelte man ihr die Drängelei, denn sie wurde nun von allen Seiten angefaucht. Folglich blieb ihr nichts weiter übrig, als vorerst den Rückzug anzutreten. Ihre Augen füllten sich vor Wut mit Tränen. Sie hatte sich auf den Christkindlesmarkt gefreut, aber mit ihrer Mutter am Nachbarstand würde sie ihn vermutlich nicht genießen könnten. Na warte, dachte sie, darüber ist das letzte Wort noch nicht gesprochen.

»Was ist los, wo ist Ihr Essen?« Erwin Matthäus zwirbelte ratlos seinen eisgrauen Schnurrbart, als er Evelyn durch die Tür poltern hörte.

Das Essen? Daran hatte sie überhaupt nicht mehr gedacht. Und sie verspürte auch keinen Hunger mehr, am allerwenigsten auf Bratwürste.

9.

In den folgenden Tagen herrschte in der Tuchgasse eine Stimmung, die man im günstigsten Fall angespannt nennen konnte. Da Evelyns Mutter sich von Brungässner hatte einspannen lassen, stand sie als Hilfe in der Drogerie nicht zur Verfügung. Aber im Laden herrschte ohnehin Flaute. Die wenigen verbliebenen Stammkunden waren meist ältere Leute, die schon bei Gersons Vater gekauft hatten. Doch aufgrund der schlechten Wetterverhältnisse zogen die meisten es vor, zu Hause zu bleiben. Neue Kunden verirrten sich nur selten in Evelyns Geschäft.

Vielleicht sollte ich im Laden auch Rauschgoldengel anbieten, dachte Evelyn bitter, als sie eines Abends mit einer Tasse Tee über ihrem Kassenbuch brütete. Der alte Matthäus hatte sich erboten, sie auf dem Christkindlesmarkt zu vertreten, damit sie in aller Ruhe den Jahresabschluss vorbereiten konnte. So düster wie in diesem Jahr hatte der noch nie ausgesehen. Kopfschüttelnd ging sie die Zahlen durch und fragte sich dabei, wie der Umsatz, der zwar selten berauschend, aber selbst während der Inflation noch stabil gewesen war, in diesem Geschäftsjahr so sehr hatte sinken können. Immer wieder rechnete sie nach, doch das Ergebnis änderte sich nicht. Schließlich schlug sie die Rechnungsbücher zu. Sie hatte Gersons Geschäft ruiniert, daran gab es nichts zu rütteln. Geschah nicht noch ein Weihnachtswunder, würde sie die Drogerie verlieren. Und das Haus.

Aber was sollte dann aus ihr werden?

Evelyn schloss die Augen und genoss die Stille, die nur vom

Ticken der Wanduhr gestört wurde. Es war schön, einmal allein in der Wohnung zu sein. Ihre Mutter briet wie neuerdings fast jeden Abend Würstchen, und Joachim war vermutlich in irgendeiner Kneipe versackt. Hier, in diesen Räumen, war Gerson aufgewachsen, und hier hätte er auch seine eigenen Kinder aufwachsen sehen sollen. Stattdessen saß Evelyn nun allein da. Sie kam sich vor wie eine Fremde, die zwar den Namen Sandmeyer trug, aber irgendwie doch nicht das Recht hatte, hier zu sein. Zu allem Überfluss musste sie nun auch noch um Gersons Haus bangen. War das nicht ungerecht? Warum musste ihr das Leben einen Streich nach dem anderen spielen?

Evelyn überlegte, ob es sich noch lohne, auf dem Weihnachtsmarkt vorbeizuschauen, um den Spielzeugmacher abzulösen. Wie es aussah, war der Weihnachtsstand der einzige Ort auf Erden, wo sie wirklich willkommen war. Dort fühlte sie sich gut aufgehoben, und nach wie vor fanden ihre Engelsfiguren reißenden Absatz. Zu ihrer Freude hatten die Bing-Werke dem Hilfsverein noch eine weitere großzügige Spende zukommen lassen. Nun konnten sie am Stand auch noch Blechspielzeug anbieten: mechanische Aufziehpuppen, Spielzeugautos und Lokomotiven, die Kinderaugen sehnsuchtsvoll glänzen ließen. Doch statt sich in Hut und Mantel zu werfen, nahm Evelyn ihre Schlüssel vom Haken und stieg die steile Treppe zum Laden hinunter. In der Drogerie war es kalt und dunkel, ein schwacher Geruch von Waschmittel und Baldrian lag in der Luft. Neben der Registrierkasse fand Evelyn Franzis knallrote Pudelmütze. Offenbar hatte das Mädchen sie vergessen und war sicher mit kalten Ohren nach Hause gekommen.

Evelyn seufzte, als sie die Mütze an den Kleiderständer in der Ecke hängte. Wenn die Zahlen wirklich so rot waren wie Franzis Kappe, musste sie sich im neuen Jahr von ihr trennen. Nicht gerade das schönste Weihnachtsgeschenk für einen fleißigen Lehrling. Aber Franzi schien ohnehin etwas zu ahnen. Neuerdings war sie still und etwas zerstreut. Von fern hörte Evelyn die Stimmen der Menschen, die jetzt noch bei einem heißen Glühwein auf dem Christkindlesmarkt zusammenstanden. Da fiel ihr Blick auf den Sack, der noch immer fest verschnürt unter dem Regal mit Pfefferminzpillen stand. Wie dumm, nun hatte sie doch glatt die Kleidungsstücke vergessen, die Anita Pelzendorf ihr mitgegeben hatte. Wenn sie die Sachen des Untermieters noch vor den Feiertagen an die Notleidenden der Stadt verteilen wollten, musste sie sich sputen. Anita Pelzendorf hatte ein Gedächtnis wie ein Elefant und würde bei nächster Gelegenheit nachfragen, was aus ihrer Spende geworden war. Verstimmt gab Evelyn dem Sack einen Tritt. Nun blieb ihr wohl nichts anderes übrig, als das sperrige Ding noch einmal auf ihr klappriges Fahrrad zu wuchten.

Zu Evelyns Erleichterung fand schon zwei Tage später eine Sondersitzung des Hilfsvereins statt. Dieses Mal lud Sibylle ihre Damen nicht ins »Goldene Posthorn«, sondern zu sich nach Hause ein, weil der Schrecken über den Vorfall mit Stadtrat Streichers Raufbrüdern bei einigen der Frauen noch zu tief saß. Zu Evelyns Freude war auch die Frau des Fabrikanten Bing gekommen. Wie schon bei ihrer ersten Begegnung bat sie Evelyn, neben ihr Platz zu nehmen. Sibylle schwirrte derweil geschäftig wie eine Biene im Speisezimmer herum, das für heute kurzerhand zum Vereinslokal erklärt worden war. Auf ihre Anweisung servierten zwei Dienstmädchen Kaffee, Kirschlikör und gezuckerten Mandelstollen.

»Von Ihnen hört man ja erstaunliche Dinge«, raunte Frau Bing Evelyn mit einem Lächeln zu. »Herr Matthäus gehört nicht zu den Menschen, denen so schnell ein Lob über die Lippen kommt. Aber von Ihren handwerklichen Fähigkeiten ist er begeistert. Ich übrigens auch.«

Evelyn winkte errötend ab. Sie fand, dass die Taglöhnerinnen in den Werkstätten ebenso gute Arbeit leisteten und daher auch ein Lob verdienten. Ohne ihre Mithilfe hätte Evelyn die Nachfrage kaum befriedigen können. Dennoch freute es sie, dass der alte Spielzeugmacher viel von ihren Erzeugnissen hielt. Möglicherweise hatte sie ja eine Zukunft in den Bing-Werken, wenn sie schon ihr Geschäft verlor.

Sibylle eröffnete die Sitzung. Sie hatte darauf verzichtet, sich extravagant in Schale zu werfen, sondern trug einen für ihre Verhältnisse einfachen Rock mit Schottenmuster zu einem weißen Rollkragenpullover. Trotzdem wirkte sie mit ihrem kurzgeschnittenen schwarzen Schopf und dem Blitzen in ihren grünen Augen wie die geborene Führerin. Sie gab einen kurzen Bericht über den bisherigen Verkaufserfolg der Rauschgoldengel, wobei sie nicht vergaß, Evelyns Beitrag zu erwähnen, und beriet sich dann mit der Schatzmeisterin darüber, welche sozialen Einrichtungen mit dem Erlös unterstützt werden sollten. Auf der Liste standen Suppenküchen, ein Obdachlosenheim und eine Kinderkrippe.

»Außerdem wäre noch über die Spende der ehemaligen Mädchenschullehrerin Pelzendorf zu beraten«, verkündete Sibylle den letzten Punkt der Tagesordnung. Sie nahm einen Schluck aus ihrer dampfenden Kaffeetasse, bevor sie auf den Kleiderhaufen vor ihr deutete. Evelyn hatte den Inhalt des Wäschesacks auf dem blankpolierten Tisch ausgebreitet.

»Der arme Mann hat vor seinem Tod nicht verfügt, was damit geschehen soll, also fällt alles der Wohlfahrt zu.«

»Armer Mann ist gut«, sagte eine der Frauen mit hochgezogenen Augenbrauen. »Das sind alles neuwertige Sachen, die Anzüge und Seidenhemden sogar maßgeschneidert. Da sind sogar noch die goldenen Manschettenknöpfe dran.« Sie betrachtete einen der Knöpfe. »Kein Zweifel möglich, die stammen aus dem Geschäft meines Mannes. Also, ein armer Schlucker kann der Herr nicht gewesen sein, wenn er bei Aschaffenburger und Söhne eingekauft hat!«

Frau Bing wechselte einen Blick mit Evelyn, dann fragte sie: »Wissen wir denn gar nichts über ihn? Es kommt mir falsch vor, seine Kleidungsstücke einfach so zu verteilen. Davon abgesehen frage ich mich, was arme Menschen auf der Straße mit diesen feinen Sachen anfangen sollen. Warme Jacken, Mützen und Wollpullover wären weitaus angebrachter als seidene Oberhemden.«

Sibylle trommelte mit den Fingern auf der Tischplatte. Vermutlich hatte sie noch etwas vor und daher keine Geduld für eine Diskussion über das Woher und Wohin der Sachen eines Toten. »Mag ja sein, meine liebe Esther«, wandte sie sich an die Fabrikantengattin. »Aber je feiner die Sachen, desto mehr bringen sie ein. Und vom Erlös schaffen wir dann vernünftige Winterkleidung an, einverstanden?«

»Gewiss, aber das beantwortet immer noch nicht die Frage, ob diese Lehrerin befugt ist, die Habe des Verstorbenen einfach so wegzugeben!«

Sibylle rollte ein wenig ungeduldig mit den Augen, denn am liebsten wollte sie diese Angelegenheit jetzt beenden. »Nun, Evelyn. Hat Frau Pelzendorf dir etwas Näheres über ihren Untermieter mitgeteilt?«

»Ich weiß nur, dass er völlig alleinstehend war und überraschend verstorben ist«, antwortete Evelyn. Sie konnte Esther Bings Einwände nachvollziehen, und es wurmte sie, dass sie Anita nicht eingehender zu Herkunft und Lebensumständen des Mannes befragt hatte. Großer Gott, sie kannte ja nicht einmal seinen Namen. Gedankenverloren griff sie nach dem Wintermantel und fuhr mit der Hand über das grobe Wollgewebe. Typische Vorkriegsware, befand sie, und von weniger guter

Qualität als die übrigen Kleidungsstücke. Der Mantel war alt, abgetragen und schäbig. Ein schwacher Geruch von Pfeifentabak haftete ihm an, unter dem rechten Ärmel entdeckte Evelyn ein Mottenloch. Nein, der Besitzer war gewiss nicht im Geld geschwommen. Wie aber war er dann an die teuren Anzüge und Hemden gekommen?

»Vielleicht hat ihm jemand die feinen Sachen geschenkt«, meinte Sibylle. »Evelyn, darf ich fragen, was du da machst?« Irritiert beobachtete die junge Frau, wie Evelyn den Wintermantel umstülpte, um das Futter zu untersuchen.

»Da steckt etwas drin«, rief Evelyn überrascht. »Fühlt sich an wie ein Brief. Vielleicht verrät der uns wenigstens seinen Namen.« Sie zog ein verknittertes Briefkuvert aus einer der eingenähten Innentaschen und faltete den Umschlag auseinander. Er war nicht mit Tinte, sondern mit Bleistift beschrieben, die Schrift war bereits verblasst, aber doch noch leserlich. Zu Evelyns Enttäuschung richtete sich das Schreiben nicht an einen Mann, sondern an Anita Pelzendorf. Aber etwas daran war eigenartig. Nur was?

Plötzlich stutzte Evelyn. Die Handschrift auf dem Kuvert. Natürlich. Sie erkannte sie, obschon sie sie seit Jahren nicht mehr gesehen hatte.

»Gerson«, murmelte sie mit erstickter Stimme. »Aber … wieso?«

10.

Die Frauen starrten Evelyn an, als hätte sie den Verstand verloren. Keine sagte ein Wort, bis Sibylle mit einem Räuspern das Schweigen brach. Sie ging zu Evelyn und legte ihr mitfühlend die Hand auf den Arm. »Ach, Süße, du bist immer noch nicht drüber hinweg«, sagte sie. »Aber du musst damit aufhören, überall Gespenster zu sehen, sonst schnappst du mir eines Tages noch über.«

»Ich sehe keine Gespenster!« Trotzig hob Evelyn den Kopf. »Ich werde doch wohl noch die Handschrift meines Mannes erkennen. Und ich sage dir: Dieser Brief stammt von Gerson. Siehst du den Poststempel? Er muss ihn an der Front in Frankreich aufgegeben haben. Kurz bevor er starb.«

Esther Bing schürzte nachdenklich die Lippen. Ihrer Miene nach machte auch sie sich Sorgen um Evelyns Gesundheitszustand, allerdings bemühte sie sich um etwas mehr Feingefühl als die junge Hausherrin: »Haben Sie denn schon nachgesehen, ob überhaupt ein Schreiben in dem Umschlag steckt?«, fragte sie freundlich. »Ich meine, wenn das Kuvert die Handschrift Ihres Mannes trägt, wäre doch zu erwarten, dass er auch einen Brief mitgeschickt hat, oder nicht?«

Evelyn schüttelte den Kopf. Nein, da war kein Brief. Nur das Kuvert. Aber warum in aller Welt sollte Gerson an Anita Pelzendorf geschrieben haben? Das ergab nicht den geringsten Sinn. Evelyn hatte ihm in manchen ihrer Briefe von Anita und deren Los erzählt: dass sie erblindet sei und dass Evelyn ihr nun vorlese, sooft sie die Zeit dafür erübrigen könne. Aber begegnet waren die beiden sich ihres Wissens nie. Doch selbst wenn Gerson Anita geschrieben hätte, um sie aufzumuntern, hätte diese Evelyn doch gewiss davon erzählt. Mehr noch, sie hätte sich den Brief von ihr vorlesen lassen, so wie sie sich alles von ihr hatte vorlesen lassen. Für Evelyn stand es außer Frage, dass die Witwe ihr einen Brief ihres geliebten Mannes nicht vorenthalten hätte.

Sibylle nahm Evelyn das Briefkuvert aus der Hand und betrachtete es nun ebenfalls. »Also gut, dann ist das eben Gersons Handschrift. Aber wie soll der Umschlag in die Manteltasche dieses Untermieters gekommen sein?«

Doch Evelyn starrte nur fassungslos die Tasse vor ihr an und schüttelte den Kopf. Sie konnte sich auf die Sache keinen Reim machen.

»Machen Sie sich keine Sorgen, meine Liebe«, sagte Esther Bing. »Den Besitzer des Mantels können wir nicht mehr befragen. Aber Sie sollten mit der alten Dame reden. Gewiss gibt es eine ganz simple Erklärung.«

Evelyn dachte einen Moment lang nach, dann nickte sie. Esther Bing hatte recht. Sie musste Anita aufsuchen, je früher desto besser. Heute war es zu spät, um zum Stadtpark zu radeln, und morgen hatte sie Dienst auf dem Christkindlesmarkt. Sie erwartete wieder einen regen Andrang, aber vielleicht konnte sie sich am Nachmittag ein wenig früher vom Stand davonstehlen.

»So gefallen Sie mir!« Esther Bing nahm ihre Handtasche und stand auf. »Wenn Sie nichts dagegen haben, werde ich Sie begleiten, wenn Sie Frau Pelzendorf aufsuchen. Ich habe ohnehin in der Stadt zu tun und könnte Sie mit dem Wagen von der Fleischbrücke abholen. Das geht schneller, als wenn Sie das Rad oder die Elektrische nehmen.«

Evelyn willigte erleichtert ein. Wenn sie ehrlich war, fürchtete sie sich ein wenig davor, ihre Lehrerin mit dem Brief zu konfrontieren. Anita hatte sie zwar ins Herz geschlossen, konnte aber auch recht störrisch sein. Und sie hatte Evelyn klar und deutlich zu verstehen gegeben, dass sie nicht gewillt war, über ihren Untermieter zu reden. Ungeachtet ihres Vertrauensverhältnisses behandelte sie Evelyn oft noch wie eine ihrer Schülerinnen. In Gegenwart der wohlhabenden Gattin des Fabrikanten Bing würde sie sich so etwas jedoch gewiss nicht erlauben.

Als Evelyn das Haus verlassen wollte, kam Kilian mit einem Buch unter dem Arm die Treppe herunter. Sibylles Bruder schien nur darauf gewartet haben, dass der Frauenverein endlich abzog und er die unteren Räume wieder betreten konnte, ohne ihnen in die Arme zu laufen. Evelyn versuchte ihm durch ein Zeichen zu verstehen zu geben, dass sie heute nicht zu einem Plausch in der Praxis aufgelegt war, doch noch bevor sie sich Esther Bing und den anderen Frauen anschließen konnte, hatte der junge Mann sie bereits eingeholt. Ihren schwachen Protest ignorierend führte er sie in den Rauchersalon und zog die eichengetäfelte Schiebetür hinter sich zu.

»Beinahe könnte man meinen, du gehst mir aus dem Weg, Evelyn«, sagte er mit hochgezogenen Augenbrauen. »Das ist nicht sehr nett von dir. Du erinnerst dich doch, dass du mir noch eine Antwort schuldest.«

Evelyn zuckte mit den Schultern. Sie dachte an die Drogerie, dann an das sonderbare Kuvert. Und ganz plötzlich überkam sie der Drang, sich an Kilians Schulter zu schmiegen und von seinen Armen umschließen zu lassen. Eine Sehnsucht, die sie sonst zu unterdrücken versuchte, ergriff sie, und als sie seine Lippen erst an ihrem Hals, dann auf ihren Lippen spürte, schreckte sie nicht zurück, sondern ließ sich fallen. Sie sank auf eines der Lederkanapees und schloss die Augen. Ihr Herz klopfte, als sie Kilians perfekt sitzende Frisur zerwühlte. Er roch nach der feinen Seife, die sie ihm erst neulich aus der Drogerie mitgebracht hatte. Ein quälend vertrauter Duft, der sie sofort an Gerson erinnerte.

Gerson. Der Briefumschlag. Großer Gott, was tat sie da? Das war nicht der richtige Zeitpunkt, um sich auf Kilian einzulassen.

»Kilian …« Ein Klopfen an der Tür rettete sie.

Mit einem derben Fluch richtete sich der junge Arzt auf und stopfte sein Hemd in die Hose. Gerade noch rechtzeitig, ehe Sibylle in den Salon flatterte. Natürlich erfasste sie die Situation mit einem Blick, dachte aber gar nicht daran, sich diskret zurückzuziehen. »Lasst euch nicht stören, meine Lieben«, flötete sie. »Schließlich seid ihr beiden Turteltauben ja so gut wie verlobt. Soll ich Evelyn ein Zimmer herrichten lassen?«

Evelyn brummte der Schädel, als hätte sie einen Schwips. Wie hatte sie sich nur so gehen lassen können? Sie hatte sich zu etwas hinreißen lassen, was sie morgen bereuen würde. Die Sehnsucht nach Nähe, Geborgenheit und Leidenschaft war nicht schlimm, aber mit Liebe durfte man so etwas nicht verwechseln. Das war einem Mann wie Kilian gegenüber nicht fair.

»Lieb von dir, aber ich muss jetzt wirklich gehen«, sagte sie leise. »Es war ein harter Tag, und der morgige wird sicher nicht besser.«

»Hast du Kilian von dem Briefkuvert erzählt?« Sibylle schien es nicht eilig zu haben, den Salon zu verlassen. Lässig lehnte sie sich gegen die Tür und spielte mit den Perlen ihrer langen Kette.

Evelyn schüttelte den Kopf. In diesem Moment Gersons Namen auszusprechen, war ihr mehr als unangenehm. »Erzähl du es ihm. Sicher hast du recht, und ich messe der Sache zu viel Bedeutung bei.« Bevor Kilian nachfragen konnte, schnappte sich Evelyn Mütze und Handtasche und floh aus dem Raum.

Am nächsten Tag krochen die Stunden am Verkaufsstand quälend langsam dahin. In der Nacht hatte es wieder geschneit. Nicht viel, aber genug, um die Pflastersteine und die geschmückten Tannenbäume zwischen den Weihnachtsbuden weiß zu bestäuben. Evelyn fädelte eine Auswahl ihrer schönsten Rauschgoldengel auf eine lange Kordel und spannte diese unterhalb des Giebels von einem Ende des Häuschens bis zum andern. Die goldenen Flügel der filigranen Figuren flatterten im Wind, als wollten sie sich jeden Augenblick gen Himmel erheben. Applaus und Rufe der Bewunderung erklangen. Kinder mit von Bratäpfeln klebrigen Mündern rannten in Scharen auf die Bude zu und rissen staunend die Augen auf.

»Sind die lebendig?«, fragte ein Knirps mit ehrfurchtsvollem Blick. »Können sie fliegen?«

Evelyn lächelte. »Keine Ahnung, aber du weißt ja, was man sich vom Nürnberger Spielzeug erzählt. Wenn du das richtige auswählst, erwacht es vielleicht in der Heiligen Nacht zum Leben.« Eine Frau in fränkischer Tracht schüttelte nachsichtig den Kopf, ließ sich dann aber zwei Engel und zudem einen Spielzeugzeppelin einpacken. »Für meinen Gustav zu Weihnachten«, sagte sie, als müsste sie sich erklären. »Der Kleine ist ganz närrisch auf diese fliegenden Zigarren, seit er neulich eine vorüberschweben gesehen hat. Mich würden keine zehn Pferde in so ein Ding bringen. In ein Flugzeug auch nicht, und mit der Eisenbahn fahre ich nur zu Martini, wenn ich meine Schwester in Augsburg besuche.«

Evelyn hatte noch nie darüber nachgedacht, ob sie sich trauen würde, in einem Zeppelin über den Wolken zu fahren. Gerson war an den Errungenschaften der Moderne sehr interessiert gewesen, mit ihm gemeinsam hätte sie es vielleicht gewagt. Eilig vertrieb sie den Gedanken und blickte auf die Armbanduhr, die Sibylle ihr geliehen hatte. Nicht mehr lange, dann wurde sie abgelöst. Wenn sie nicht herumtrödelte, hatte sie sogar noch Zeit, sich einen Lebkuchen von der freundlichen Frau am Nachbarstand schmecken zu lassen. Die buk ihre süßen Köstlichkeiten nach einem alten Familienrezept, und Evelyn konnte nicht genug davon bekommen. Als sie ein Räuspern vor dem Verkaufsfenster hörte, hob sie lächelnd den Kopf. Doch statt des Dufts eines Lebkuchens stieg ihr Bratwurstgeruch in die Nase.

»Hier, ein kleines Friedensangebot!« Gertraud schob zwei Semmeln über die Lade, in denen kross gebratene Würstchen klemmten. »Lass es dir schmecken!«

»Mutter?« Evelyn traute ihren Augen nicht. In den letzten Tagen hatte Gertraud sie links liegen lassen und nur das Nötigste mit ihr gesprochen. Dass sie nun über ihren Schatten sprang und Evelyn etwas zu essen an den Stand brachte, war sicher eine nette Geste. Trotzdem hatte Evelyn das Gefühl, wachsam bleiben zu müssen.

»Gleich zwei Semmeln?«, fragte sie stirnrunzelnd. »Auch wenn Brungässners Würstchen delikat sind – so viel schaffe ich niemals!«

»Dummerchen! Die zweite Bratwurst ist natürlich für Kilian! Er holt uns gerade Punsch zum Aufwärmen.« Sie wandte sich um und winkte einem Mann mit hochgestelltem Kragen, der sich soeben mit drei dampfenden Bechern einen Weg durch das Gedränge bahnte. Vor Evelyns Stand angekommen zwinkerte er ihr vergnügt zu. »Es ist wahrscheinlich leichter, in den Reichstag vorzudringen, als zu dir, meine Liebe! Aber jetzt machen wir es uns erst einmal richtig gemütlich. Mir hat nämlich ein Vöglein zugezwitschert, dass du gleich abgelöst wirst.« Er nahm einen kräftigen Bissen von seinem Bratwürstchen.

Evelyn lächelte schief. Sie ahnte schon, von welchem Vöglein Kilian sprach. Bestimmt hatte Sibylle ihn geschickt, um sie aus ihren trüben Gedanken zu holen. Wenn sie Kilians Miene richtig deutete, dann hatte er vor, mit ihr ein paar vergnügliche Stunden beim Bummeln über den Markt zu verbringen. Das war zweifellos aufmerksam von ihm, vermutlich hatte er dafür sogar einige Termine verschoben. Verflixt. Wie sollte sie ihm nur beibringen, dass sie gleich mit Esther Bing verabredet war?

»Nun zieht schon los!«, drängte Evelyns Mutter. »Schaut euch die Buden an und vergnügt euch. Ich möchte wetten, dass Evelyn außer dem Lebkuchen- und dem Spielzeugstand noch nicht viel vom Christkindlesmarkt gesehen hat. Dabei gibt es hinter dem Stand des Glasbläsers sogar ein Karussell mit handgeschnitzten Gäulen. Keine Angst, ich passe auf die Rauschgoldengel auf, bis die Ablösung da ist.«

Evelyn zögerte. Kilian hatte ihr gestern deutlich zu verstehen gegeben, dass er sie wirklich begehrte. Zum ersten Mal seit Gersons Tod zeigte ein Mann wieder Interesse an ihr, was zugegebenermaßen guttat. Der Markt mit seinen tausend Lichtern, den betörenden Düften und der Musik tat ein Übriges, um sie schwankend zu machen. Vielleicht sollte sie einfach geschehen lassen, was vor ihr lag. In der Vergangenheit zu graben führte nur zu Verdruss. Esther Bing würde das verstehen. Sie gab sich einen Ruck und stieß die Tür auf, woraufhin Kilian ihr galant den Arm bot.

»Lass uns noch ein Tütchen mit gebrannten Mandeln kaufen«, sagte er. »Ich weiß, dass du nicht Nein sagen kannst, wenn du etwas Süßes im Mund hast.«

Evelyn lachte. War der Punsch schuld daran, dass sie sich plötzlich so leicht und sorglos fühlte? »Hättest du mir einen Lebkuchen versprochen, würde ich jetzt willenlos in deine Arme sinken.«

»Keine schlechte Idee!«

Sie schafften keine zehn Schritte, bis jemand energisch an Evelyns Ärmel zog. Verblüfft drehte sie sich um. Vor ihr stand Franzi, schlotternd vor Kälte und mit roten Flecken im Gesicht.

»Ich bin so schnell gerannt, wie ich konnte, Frau Sandmeyer«, keuchte das Mädchen aufgeregt. Sie müssen sofort mitkommen! Es ist was passiert!«

11.

In der Tuchgasse wurden Evelyn und Kilian von zwei Schutzpolizisten erwartet, die vor dem Laden Aufstellung bezogen hatten. Warum die beiden Evelyn hatten holen lassen, sah sie im nächsten Moment. Entsetzt drückte sie die Hand auf den Mund. Unter ihren Schuhsohlen knirschte es bei jedem Schritt, denn der Bürgersteig war voller Glasscherben und Splitter. Jemand hatte die Schaufensterscheibe der Drogerie eingeschlagen.

Fassungslos blickte Evelyn durch das Loch ins Innere ihres Ladens. Bis auf die kleine Lampe auf dem Verkaufstisch brannte kein Licht, dennoch ließen sich die Schäden leicht ausmachen. Die braunen Flaschen mit Kräutertonikum, die Franzi erst gegen Mittag ins Schaufenster gestellt hatte, waren ausgelaufen. Auch im Verkaufsraum stieg Evelyn über zerbrochenes Glas.

»Wie ist das passiert?«, fragte Kilian empört, worauf einer der beiden Wachtmeister ihm einen Ziegelstein unter die Nase hielt.

»Offenbar hat jemand damit die Schaufensterscheibe eingeschlagen und ist sofort stiften gegangen.« Der Wachtmeister räusperte sich. »Das kleine Fräulein, das im Laden war, kann bedauerlicherweise keine Angaben zum Tathergang machen.«

»Wie auch?«, murrte Franzi. »Ich war doch hinten im Auspackraum, als ich es krachen hörte! Ich bin dann gleich hinausgerannt, aber es war zu spät. Der Übeltäter war schon weg.« Inzwischen hatten sich einige Nachbarn zusammengefunden. Sie steckten die Köpfe zusammen und tuschelten. Auf die Frage der Beamten, ob jemand etwas beobachtet habe, zuckten sie nur die Achseln. Der Inhaber des Zigarrenladens gegenüber behauptete, eine dunkel gekleidete Gestalt davonlaufen gesehen zu haben, konnte sich aber nicht einmal darauf festlegen, ob es sich dabei um einen Mann oder eine Frau gehandelt habe. Schließlich gab der Beamte auf und ließ die Nachbarn gehen.

Evelyn nahm Franzi tröstend in den Arm, da diese wieder zu schluchzen anfing. »Ist dir auch nichts passiert?«, fragte sie. »Soll der Herr Doktor dich mal anschauen, um sicherzugehen, dass dir auch wirklich nichts fehlt? Mit einem Schock ist nicht zu spaßen.«

Kilian bestand darauf, mit Franzi in den Nebenraum zu gehen, wo er ihr den Puls fühlte. Kurz darauf hatte sich das Lehrmädchen von seinem Schrecken erholt. Franzi schnappte sich einen Besen und fing an, die Scherben zusammenzukehren, energisch wie eh und je.

»Ein ziemlich derber Streich«, meinte einer der Schutzpolizisten. Er zückte sein Notizbuch und wandte sich Evelyn zu. »Haben Sie Feinde? Gläubiger, die auf ihr Geld warten? Unzufriedene Kunden oder Nachbarn? Einen lästigen Verehrer?«

Kilian warf dem Mann einen giftigen Blick zu. »Wir sind hier nicht in Chicago, Wachtmeister! Frau Sandmeyer ist in der ganzen Nachbarschaft beliebt. Da können Sie jeden fragen. Niemand hat einen Grund, ihr mit einem Ziegelstein die Scheibe einzuschlagen! Und Verehrer gibt es auch keine.«

»Sehen Sie das auch so, meine Dame?«

Evelyn strich sich nervös eine Haarsträhne aus dem Gesicht. Noch vor Kurzem hätte sie Kilian beigepflichtet und auf die Frage des Schutzpolizisten nur stumm genickt. Aber seit dem Vorfall im »Goldenen Posthorn« war sie sich nicht mehr sicher. Sollte sie dem Wachtmeister von dem Angriff auf den Fremden erzählen, den sie durchkreuzt hatte? Doch damit würde sie

Streicher und seinen Völkischen Block beschuldigen. In Zeiten wie diesen, wo Politik auch auf der Straße und mit den Fäusten gemacht wurde, konnte so etwas Folgen haben. Und was war mit Brungässner? Er wollte ihr das Haus madig machen. Sie in die Enge treiben. War es da so abwegig, dass er jemanden dafür bezahlt hatte, ihr Angst einzujagen?

»He, was zum Teufel ist hier los?« Joachim war durch die Seitentür in die Drogerie getreten, blieb aber mit offenem Mund stehen, als er das Malheur sah. Er trug einen Morgenmantel, denn er war erkältet und von Evelyns Mutter mit einer Wärmflasche und Kognak ins Bett gesteckt worden. Mit einem unverschämten Grinsen blickte er von seiner Nichte zu Kilian. »Doch wohl keine Handgreiflichkeiten unter Liebenden? Für so temperamentvoll hätte ich dich gar nicht gehalten, Evelyn!«

»Sparen Sie sich Ihre dummen Scherze, Mann«, fauchte der Arzt ihn an. »Die Sache ist ernst. Irgendjemand hat sich an der Schaufensterscheibe ausgetobt. Aber Ihrer Schnapsfahne nach haben Sie davon sicher nichts mitbekommen.«

Beleidigt nestelte Joachim am Gürtel seines Morgenmantels. Da er mitten in der Zugluft stand, machte er einen Schritt zurück. »Darauf können Sie Gift nehmen, Doktor! Ich hoffe nur, meine Nichte wird deswegen nicht hysterisch. Statt auf mir rumzuhacken, sollten Sie ihr gut zureden, dass sie den Laden endlich dichtmacht. Auf mich und meine Schwester hört sie ja nicht.«

Die Polizisten stellten Evelyn noch ein paar Fragen, dann nahmen sie die Ladenräume in Augenschein, um sicherzugehen, dass nichts gestohlen worden war, und verabschiedeten sich schließlich mit dem Versprechen, sich bald zu melden. Wütend warf Evelyn die Tür hinter ihnen ins Schloss. »Hast du gesehen, wie die beiden mich gemustert haben?«, fragte sie Kilian. »Und dann diese dummen Fragen nach meiner Glasversicherung und wie das Geschäft laufe. Ob ich nicht in letzter Zeit größere Verluste gemacht hätte. Fast so, als bezichtigten sie mich des Versicherungsbetrugs.« Sie lachte bitter. »Als ob mich eine neue Schaufensterscheibe aus den roten Zahlen bringen würde.«

Kilian trat nahe an sie heran, aber er küsste sie nicht. Schließlich fegte Franzi noch irgendwo in der Nähe. Evelyns Onkel dagegen hatte sich wieder zurückgezogen. »Ich helfe dir natürlich, die Schaufensterfläche fürs Erste mit Brettern zu verkleiden«, flüsterte Kilian. »Aber ich muss gestehen, dass ich mir Sorgen um dich mache. Nicht nur wegen der Sache mit dem Ziegelstein. Du verhältst dich schon seit einiger Zeit so merkwürdig, weißt du? Ich wünschte, du würdest deine zusätzliche Arbeit auf dem Weihnachtsmarkt aufgeben. Meine Schwester findet bestimmt jemand anderen.«

»Aber es macht mir Spaß, dort zu sein«, widersprach Evelyn. »Ich fühle mich wohl dort, weil ...« Weil der Markt glückliche Erinnerungen in ihr weckte und sie mit seinem Zauber betörte. Alles dort erinnerte sie an Gerson.

»Ich kann einer Pfarrerstochter nicht vorschlagen, ihren Ruf zu ruinieren und zu mir in die Kaiserstraße zu ziehen«, sagte Kilian mit einem unsicheren Grinsen. »Obwohl es gewiss das Beste für dich wäre. Bei uns wärst du weit weg von deinen Sorgen um den Laden und müsstest auch deinem schrecklichen Onkel nicht mehr so oft begegnen.« Er holte tief Luft. »Heirate mich, Evelyn, noch vor den Feiertagen! Ich weiß, du hast dir Bedenkzeit erbeten, aber jetzt geht es auch um deine Sicherheit. Sollte es jemand auf dich abgesehen haben, kannst du nicht in diesem Haus bleiben.«

Evelyn runzelte die Stirn. Kilian meinte es gut, aber sein Angebot klang fast wie damals, als er ihr versprochen hatte, sie auf dem Heimweg von der Schule vor den gemeinen Gassenjungen zu beschützen. Schon damals hatte sie sein Angebot abgelehnt, weil sie sehr gut in der Lage war, auf sich selbst aufzupassen.

»Ich bin erwachsen, Kilian!«, sagte sie mit fester Stimme. »Daher bleibt es dabei. Ich werde dir eine Antwort geben, aber weder heute noch morgen. Und ich werde weiterhin Rauschgoldengel anfertigen und auf dem Christkindlesmarkt verkaufen. Von ein paar Scherben lasse ich mich nicht aus meinem Haus vertreiben.« Sie strich dem jungen Arzt mit einer sanften Geste über die glattrasierte Wange, weil sie merkte, dass ihre Widerspenstigkeit ihn kränkte. »Deine Hilfe mit den Brettern würde ich allerdings dankbar annehmen. Nicht dass man mir auch noch den Laden ausplündert!«

Am nächsten Tag musste sich Evelyn um die Drogerie kümmern und fand keine Zeit, um in die Werkstätten oder auf den Weihnachtsmarkt zu gehen. Vom Zigarrenladen aus, der über einen Fernsprecher verfügte, ließ sie sich mit dem Agenten verbinden, bei dem schon Gersons Vater eine Versicherung gegen Glasschäden abgeschlossen hatte. Der Mann am anderen Ende der Leitung klang heiser und verschnupft, versprach aber, bei nächster Gelegenheit in der Tuchgasse vorzusprechen, um den Schaden zu begutachten. Danach radelte Evelyn zu einem Glaser und bestellte eine neue Fensterscheibe. Der Meister machte ihr wenig Hoffnungen, diese noch vor den Weihnachtsfeiertagen liefern zu können, versprach aber, sein Bestes zu geben. Als sie schließlich gegen Mittag in die Drogerie zurückkehrte, wartete Esther Bing schon auf sie. Evelyn hatte ein schlechtes Gewissen, weil sie bei all der Aufregung nicht mehr an ihre Verabredung gedacht hatte. Aber die Frau des Spielzeugfabrikanten war nicht gekränkt, sondern vielmehr bestürzt, als sie erfuhr, warum Evelyn nicht am vereinbarten Treffpunkt erschienen war.

»Sie wissen schon, dass dieser Steinwurf ein Racheakt gewesen sein könnte!« Esther Bing sah sich die beschädigte Schaufensterhälfte an. Kilian war kein Handwerker, hatte aber mit

Brettern und Nägeln erstaunlich gute Arbeit geleistet. Evelyn und das Lehrmädchen hatten derweil aufgeräumt. Dennoch ließ sich kaum ein Kunde im Laden blicken.

»Dieser Julius Streicher ist ein gefährlicher Mann, der seine Augen und Ohren überall in der Stadt hat«, meinte Esther Bing. Zum Schutz vor der winterlichen Kälte hatte sie sich dick eingepackt, schien aber dennoch zu frieren. Immer wieder zupfte sie am Band ihres braunen Glockenhuts. »Sicher hat Streicher vor Wut geschäumt.«

»Und wenn schon! Ich denke gar nicht daran, mich einschüchtern zu lassen. Auch nicht vom Völkischen Block.«

Esther Bing seufzte. »Und was, wenn die eines Tages die Straßen beherrschen? Streicher hat im vergangenen Jahr eine Zeitung gegründet, deren Artikel an Geschmacklosigkeit kaum zu überbieten sind. Stürmer heißt das Hetzblatt, in dem er sein Gift gegen Juden verspritzt und gegen alle, die nicht so denken wie er und seine Leute. Aber das ist nicht das Schlimmste. Mein Mann sagt, dass der Stadtrat nur darauf wartet, bis dieser Österreicher Hitler aus der Festungshaft entlassen und das Verbot seiner Partei aufgehoben wird. Denn dann wird Streicher noch größeren Einfluss gewinnen. Er möchte zum Gauleiter befördert werden. Mein Mann befürchtet, dass das schon bald nach dem Jahreswechsel geschehen könnte.«

Evelyn fand es bewundernswert, wie gut Esther Bing über die Tagespolitik informiert war. Sie selbst kam kaum noch dazu, mehr als einen Blick in die Zeitung zu werfen, und Gertraud war ohnehin der Meinung, dass man das Politisieren den Männern überlassen sollte. Was den Stadtrat anging, so musste Evelyn sich Esthers Meinung anschließen. Auch sie hielt den Mann für unberechenbar und damit für gefährlich. Doch selbst wenn er jemanden angestiftet hatte, ihr Schaufenster zu zerstören, würde sie das wohl niemals beweisen können.

»Haben Sie jetzt Zeit, Ihrer Lehrerin einen Besuch abzustatten?«, wollte Esther Bing wissen. Evelyn sah nichts, was dagegensprach. Auf dem Christkindlesmarkt wurde sie erst am späten Nachmittag erwartet, und mit einem unerwarteten Ansturm auf das Geschäft war auch nicht zu rechnen. Bevor Evelyn Schal und Mantel holte, nahm sie einen besonders prachtvollen Rauschgoldengel aus der Schublade, den sie ihrer früheren Lehrerin mitbringen wollte. Sie hoffte, das kleine Geschenk würde Anita Pelzendorf zugänglicher machen.

Mit dem Wagen brauchten sie nur wenige Minuten bis zum Stadtpark. Zu Evelyns Erstaunen übernahm Esther selbst das Lenkrad, denn ihr Chauffeur war im Auftrag der Bing-Werke unterwegs nach München.

»Haben Sie denn schon Pläne für Weihnachten?«, fragte Esther Bing.

Evelyn dachte nach. Die ehrenamtliche Arbeit auf dem Christkindlesmarkt machte ihr Spaß, aber darüber, wie sie die Feiertage verbringen wollte, hatte sie bislang noch nicht nachgedacht. Angesichts ihrer finanziellen Situation war an ein Festessen nicht zu denken. Vermutlich würde Kilian sie drängen, zu ihm und Sibylle in die Kaiserstraße zu kommen. Doch wenn Evelyn seine Einladung annahm, würde Kilian sicher darauf drängen, sich noch am selben Abend mit ihr zu verloben.

»Ich denke, ich werde mich mit einem Buch und einer Tasse Tee ins Bett legen«, beantwortete sie schließlich Esthers Frage.

»Falls es Sie nicht abschreckt, den Abend mit zwei älteren Kalibern zu verbringen, sind Sie meinem Mann und mir herzlich willkommen!«

Überrascht schaute Evelyn die Frau hinter dem Lenkrad an. »Aber ich ... Verzeihen Sie, ich wusste nicht ...«

»Dass wir auch Weihnachten feiern?«, gab Esther Bing schmunzelnd zurück. »Nun, Sie haben natürlich recht, meine

Liebe. So richtig tun wir das auch nicht. Unser Fest heißt Chanukka, das Weihefest oder Fest der Lichter. Es fällt zeitlich oft in die Weihnachtszeit. Wir zünden dann in unserem achtarmigen Leuchter jeden Tag eine neue Kerze an, bis zum Höhepunkt des Festes acht Kerzen brennen. Aber mein Mann und ich mögen auch die Weihnachtstage, weil sie so schön ruhig und besinnlich sind. Ich denke dann gern über alles Mögliche nach. Am Heiligen Abend laden wir oft Freunde zu uns ein. Also, überlegen Sie es sich.«

Evelyn versprach nach einigem Zögern, das zu tun.

»Sind wir hier richtig?« Schneidig lenkte Esther das Automobil an den Straßenrand und stellte den Motor ab. Wenig später standen die Frauen vor Anita Pelzendorfs Haustür. Evelyn betätigte die Glocke. Zweimal kurz, einmal lang. So, wie sie es vor langer Zeit mit der Lehrerin verabredet hatte, um sich anzukündigen. Doch im Haus rührte sich nichts, alles blieb still. Hoch über dem Haus kreisten ein paar Krähen. Ihre heiseren Rufe hallten gespenstisch durch die Luft.

Evelyn hustete. Seit ihrer Erblindung verließ die ehemalige Lehrerin ihr Haus nur noch selten, zu dieser Tageszeit eigentlich niemals. Ob sie wohl krank war? Und wo steckte die alte Hedda?

»Irgendetwas stimmt nicht«, sagte Evelyn. Sie machte einen Schritt zurück, um zu einem der Fenster im oberen Stockwerk der Villa zu sehen. Einen Herzschlag lang glaubte sie, die Gardine bewege sich. Doch vermutlich täuschte sie sich, und es war nur ein Luftzug. Dennoch beschlich sie eine böse Ahnung.

»Vielleicht kommen wir einfach ungelegen«, meinte Esther Bing, während sie einen Blick in den verwilderten Garten warf. Zu Lebzeiten des alten Reichsbankrats Pelzendorf war dieser stets gepflegt gewesen. Doch seitdem der Hausherr tot war, wucherten Unkraut und Dornengestrüpp fast meterhoch. Büsche und Hecken schrien nach einer Gartenschere, und wo sich einst in einem hübschen Seerosenteich Goldfische getummelt hatten, war nun ein finsteres Schlammloch. Eine Eisschicht war so gnädig, den Morast zuzudecken, aus dem längst alles Leben gewichen war.

Evelyn klingelte noch einmal, doch nichts geschah. Als sie sich nach Esther Bing umsah, stellte sie fest, dass ihre Begleiterin nicht mehr hinter ihr stand. Verflixt, wohin war sie denn nun verschwunden? Seufzend machte Evelyn sich daran, um das Haus herumzugehen. Soweit sie sich erinnerte, gab es noch eine Hintertür, die direkt in die Küche führte und früher von Lieferanten und Dienstboten benutzt worden war. Als sie um die Ecke bog, winkte ihr Esther Bing schon aufgeregt zu.

»Die Tür ist unverschlossen«, rief sie. »Ich finde, wir sollten hineingehen und nach dem Rechten sehen. Vielleicht braucht die alte Dame unsere Hilfe.«

Evelyn zögerte. Sie war stets ein gern gesehener Gast im Haus gewesen, doch so einfach einzudringen fand sie ungehörig. Vielleicht war die ehemalige Lehrerin ja nur mit Hedda einkaufen gegangen. Oder sie machte einen kurzen Spaziergang durch den nahen Stadtpark. Ob es nicht besser war, einfach abzuwarten? Auf ihre Bemerkung hin schüttelte Esther Bing jedoch energisch den Kopf. »Ich denke nicht, dass sie ausgegangen ist. Heute Nacht hat es wieder geschneit. Ist Ihnen nicht aufgefallen, dass die einzigen Spuren im Schnee, die zum Haupteingang führen, unsere eigenen sind?«

Evelyn warf einen Blick über die Schulter. Tatsächlich, daran hatte sie gar nicht gedacht. Hätte Anita das Haus verlassen, so müssten auf dem Weg zu dem schmiedeeisernen Gartentor im Schnee auch ihre und Heddas Spuren zu sehen sein. Ohne sich weitere Gedanken zu machen, drückte Evelyn die Tür auf und betrat, gefolgt von Esther, die Küche. Darin war es fast so kalt wie draußen, denn der Ofen war nicht angeheizt worden. Nichts deutete darauf hin, dass jemand Frühstück gemacht hatte. Der Raum mit den vielen Geschirr- und Vorratsschränken war blitzblank und aufgeräumt. Evelyn öffnete die Tür zu dem angrenzenden Kämmerchen, in dem die alte Hedda schlief, wenn sie im Haus übernachtete. Doch das Bett mit seiner hübschen karamellfarbenen Tagesdecke und den ordentlich aufgeschüttelten Kissen sah nicht so aus, als wäre es benutzt worden. Und es gab noch etwas, das Evelyn stutzig machte. Sie wies auf den Garderobenhaken in der Tür des Dienstbotenkämmerchens.

»Was meinen Sie?«, fragte Esther mit einem Stirnrunzeln. »Da hängt doch gar nichts!«

Evelyn nickte. »Das ist es ja. Ich weiß zufällig, dass Hedda sich hier umkleidet, bevor sie nach Hause geht. Ihre Schürze und ihr Häubchen hängt sie dann an diesen Haken. Wenn die Sachen nicht da sind, muss sie sie schon tragen, oder? Sie muss im Haus sein, aber …« Anstatt den Satz zu beenden, holte sie tief Luft und rief nach der Haushälterin.

Nichts. Die Stille, die über dem Haus lag, wurde von Moment zu Moment bedrückender. »Lassen Sie uns jetzt lieber nach Ihrer Freundin sehen«, riet Esther Bing. »Die ganze Sache gefällt mir gar nicht.«

Evelyn durchquerte den Flur, in den nicht ein Schimmer Tageslicht fiel, und stand kurz darauf im Eingangsbereich. Hier kannte sie sich besser aus. Einen Moment verharrte sie vor der Treppe und lauschte, ob im oberen Stockwerk Stimmen zu hören waren. Nein. Alles, was sie vernahm, war ein schwaches Jaulen, das wohl von einem Hund auf einem der Nachbargrundstücke herrührte. Ohne weiter darüber nachzudenken, was sie erwarten könnte, öffnete sie die Tür zur Bibliothek und bat Esther, ihr in den dämmrigen Raum zu folgen. »Frau Pelzendorf? Anita? Sind Sie hier?«

Die Lehrerin saß, ein dickes Buch auf ihren Knien, in ihrem Kaminsessel, als hätte sie Evelyn bereits erwartet. Doch ihre Augen waren geschlossen, und sie reagierte auch dann nicht, als Evelyn sich fragend über sie beugte.

»Sie ist nur eingenickt«, sagte Esther Bing leise.

Evelyn fuhr der älteren Frau sanft über die Hand. Sie tastete nach ihrem Puls und zuckte dann zusammen. »Nein, sie ist tot!«

12.

Kommissar Ignaz Waldblum sah sich mit geschultem Blick in dem mit Büchern vollgestopften Raum um und fragte sich dabei wiederholt, warum er alles stehen und liegen gelassen hatte, um hierher zu fahren. Eine ältere erblindete Dame war in ihrem Haus an Herzversagen gestorben. Ein Jammer für die Angehörigen, noch dazu in der Weihnachtszeit. Doch bei aller Tragik war dies kein Fall für die Nürnberger Kriminalpolizei. Schon gar nicht für ihn, auf dessen Schreibtisch sich die wirklich wichtigen Fälle stapelten. Unglücklicherweise hatte sich Kriminalrat Rembremmerding, Waldblums Vorgesetzter, gerade in dem Moment im Büro herumgedrückt, als das Fräulein vom Amt ihm den Anruf der aufgebrachten Dame durchgestellt hatte. Rembremmerding hatte ihn belehrt, dass es sich nicht schicke, auf den Notruf der Ehefrau des Besitzers der Bing Werke ein paar einfache Wachtmeister zu schicken. Noch dazu, wo sich der Todesfall in der feinen Villengegend am Stadtpark zugetragen hatte. Also hatte sich Waldblum leise fluchend Hut und Mantel geschnappt und war in die Kälte hinausgezogen. Nun stand er sich hier die Beine in den Bauch, während der ebenfalls herbeigerufene Arzt den Totenschein ausstellte.

»Also liege ich richtig, Herr Doktor?«, vergewisserte sich Waldblum hoffnungsvoll, nachdem der Arzt seine Arbeit beendet und die Formulare unterschrieben hatte. »Natürliche Todesursache? Weder Selbstmord noch Fremdeinwirkung?«

»Ich denke, Letzteres lässt sich ausschließen. Es ging der alten Dame wohl schon eine ganze Weile nicht gut. Ihre Sehbehinderung machte ihr zu schaffen. Sie sehen ja selbst, wie sehr sie an ihren Büchern gehangen haben muss. Es brach ihr das Herz, sie nicht mehr lesen zu können. Und dann ist vor ein paar Wochen auch noch ihr Untermieter verstorben.«

Überrascht hob Waldblum die Augenbrauen. Er war ein hochgewachsener, kräftiger Mann, der erst vor wenigen Tagen mit den Kollegen vom Präsidium in Brungässners Wirtschaft seinen vierzigsten begossen hatte. Obwohl sich in sein dunkles, stets ordentlich gekämmtes Haar neuerdings vermehrt Silberfäden mogelten, war er stolz auf sein jugendliches Äußeres, das durch sein forsches Auftreten unterstrichen wurde. Als Staatsbeamter konnte er sich zwar nur ein möbliertes Mansardenzimmer in der Altstadt leisten, dennoch legte er Wert darauf, gut gekleidet zur Arbeit zu erscheinen. Sein Anzug war stets ausgebürstet, die Schuhe geputzt und die rote Fliege, die er mit Vorliebe trug, saß niemals schief über dem Kragen. Dessen ungeachtet entsprach Ignaz Waldblum nicht dem gängigen Klischee des verkrusteten, vorschriftshörigen Beamten. Er vertrat die Ansicht, dass sich manche Fälle nur lösen ließen, wenn man die Konventionen beiseiteließ und neue Wege beschritt. Dazu gehörten auch die neuen Errungenschaften der Kriminaltechnik, die in der Hauptstadt Berlin schon längst angewendet wurden, bei Männern wie dem Kriminalrat Rembremmerding aber auf sehr wenig Akzeptanz stießen.

»Ich bewundere Ihre Schlussfolgerungen«, sagte Waldblum nun mit einem leichten Lächeln. »Dabei sind Sie, wenn ich es vorhin richtig verstanden habe, nicht einmal der Hausarzt der Dame gewesen.«

»Richtig, aber eine der beiden Damen, die die alte Frau tot aufgefunden haben, ist meine Verlobte.« Der junge Arzt grinste. »Na ja, so gut wie. Evelyn … Ich meine Frau Sandmeyer war eine Schülerin von Frau Pelzendorf und hat auch nach ihrem Abschluss noch den Kontakt zu ihr gepflegt. Sie und Frau Bing hielten es für angebracht, keinen fremden Arzt hinzuzurufen, sondern mich.« Er sah zu dem Leichnam hinüber, und Waldblum bemerkte, dass sich ein sorgenvoller Ausdruck über das Gesicht des Arztes legte. »Die Ärmste«, murmelte er. »Sie hat in letzter Zeit so viel durchgemacht, und nun auch noch das.«

»Ich verstehe«, sagte Waldblum. »Es muss ein Schock für Ihre Verlobte gewesen sein, die Frau so vorzufinden. Auch wenn sie friedlich in ihrem Sessel eingeschlafen ist. Seien wir froh, dass ihr Tod kein Fall für die Kriminalpolizei ist. Ich würde den Damen nur ungern weitere Befragungen zumuten.« Er fröstelte. »Verflucht kalt ist es hier.«

»Dann brauchen Sie uns also nicht mehr, Herr Kommissar? Ich würde meine Verlobte gern nach Hause bringen, damit sie sich erholen kann.«

Waldblum wollte soeben den beiden Schupos, die bei der inzwischen aufgebahrten Leiche warteten, das ersehnte Zeichen zum Rückzug geben, als die beiden Frauen den Raum betraten, die die Polizei verständigt hatten. Ignaz Waldblum war der Frau des Spielzeugfabrikanten Bing noch nie begegnet, fand aber, dass sie mit ihren lebhaften dunklen Augen und dem markanten Kinn einen aparten Eindruck machte. Frauen wie diese Bing wären genau seine Kragenweite, aber für einen kleinen Beamten leider ebenso unerreichbar wie der Olymp. Ihre Begleiterin, die Dame, die der Arzt als seine Zukünftige bezeichnet hatte, war dünn und so blass wie ein Glas Milch. Sie wirkte bekümmert über den Tod der alten Lehrerin, aber keinesfalls verwirrt. Als sie zielstrebig auf den Arzt zuhielt, atmete Waldblum scharf ein. Er hatte in seinen zwanzig Jahren Polizeidienst schon genug Erfahrung mit Menschen gesammelt, um unterscheiden zu können, welche ihm Ärger machen würden und welche nicht. Und die blitzenden Augen dieser jungen Frau verhießen eine Menge Ärger.

»Kilian«, wandte sie sich an den jungen Arzt. »Ich halte das nicht mehr aus, dieses stumpfsinnige Herumsitzen und Warten. Sag mir doch endlich, was du festgestellt hast. Woran ist die arme Frau Pelzendorf gestorben?«

»Das ist meine ... Evelyn Sandmeyer. Sie führt die Drogerie ihres verstorbenen Mannes in der Tuchgasse«, stellte Kilian die Frau mit leicht verlegener Stimme vor.

Waldblum deutete eine knappe Verbeugung an. Er kannte sich mit aufgebrachten Frauen aus und zog es vor, ihnen aus dem Weg zu gehen. Diese aber, das spürte er, würde sich nicht mit ein paar tröstenden Worten abspeisen lassen. Als er sie eingehender betrachtete, drängte sich ihm der Verdacht auf, dass er sie schon einmal gesehen hatte. Er brauchte einen Moment, bis er sich erinnerte, wo das gewesen war, doch dann fiel es ihm wieder ein: Es war nach der Zecherei anlässlich seines Geburtstags gewesen. Ein paar beschwipste Kollegen hatten ihn noch auf einen letzten Becher heißen Punsch auf den Christkindlesmarkt geschleppt, und dort, das mochte Waldblum beschwören, hatte er diese Evelyn unter den Markthändlerinnen gesehen.

»Sie betreiben doch einen Stand auf dem Weihnachtsmarkt, wenn ich mich nicht irre?«, fragte er, um sich zu vergewissern. Was verkaufte sie dort noch gleich? Schmalzgebackenes? Bratäpfel? Die junge Frau beendete seine Überlegung, indem sie mit leicht ungeduldiger Stimme erklärte: »Ich bin ehrenamtlich für den Frauenverein dort tätig.«

»Frau Sandmeyer bastelt und verkauft die wunderschönen Nürnberger Rauschgoldengel«, ergänzte Esther Bing.

Waldblum wusste nun, wo er die Verlobte des Arztes einzuordnen hatte. Wie er gehört hatte, erfreuten sich deren kleine Engelsfiguren aus Messingblech wachsender Beliebtheit. Die

Leute schwärmten geradezu davon. Die Idee, den lange vergessenen Weihnachtsschmuck zum neuen Symbol für den Nürnberger Weihnachtsmarkt zu machen, schien aufzugehen, was aber nicht nur dieser Evelyn Sandmeyer, sondern auch den bedürftigen Frauen zu verdanken war, die unermüdlich in den Wohlfahrtswerkstätten an den Figuren arbeiteten.

»Du bist mir noch eine Antwort schuldig«, brachte sich die junge Frau erneut in Erinnerung. Sie griff nach der Hand des Arztes, eine äußerst unfeine Geste, wie Waldblum fand. »Wieso ist Anita tot? Sie war putzmunter, als ich sie zuletzt gesehen habe. Ich kann es nicht fassen, dass sie so plötzlich gestorben sein soll. Ausgerechnet jetzt.«

Mit einem Seufzen blickte Kilian Falkner zu dem Tisch mit seiner Arzttasche hinüber. Seiner Miene nach wog er ab, ob er seiner Verlobten gleich hier an Ort und Stelle ein Beruhigungsmittel verabreichen sollte oder damit besser wartete, bis er mit ihr allein war.

»Ich bin sicher, sie ist friedlich eingeschlafen«, sagte er so einfühlsam er nur konnte. »Schon gestern am späten Abend. Ich habe die Arzneimittel gefunden, die einer meiner Kollegen verschrieben hat. Demzufolge litt sie schon lange an Insufficientia cordis, einer Herzschwäche. Bei einer Frau ihres Alters kann schon ein bisschen Aufregung oder eine hartnäckige Erkältung ausreichen, um ein Herzversagen auszulösen. Und sie hatte wohl einen Infekt, nicht?«

Waldblum sah, wie der Blick der Frau zu der Toten hinüberwanderte. Auf dem Sessel zu ihrer Linken lag ein dicker Schal, den der Arzt vor der Untersuchung vom Hals der älteren Frau entfernt hatte.

»Schon, ich glaube, sie war ein wenig verschnupft, als ich sie neulich besucht habe, aber …«

»Na also, dann wäre das geklärt«, brummte der Kommissar. »Die Dame war alt, krank und geschwächt. Ich denke, damit können wir die Untersuchung abschließen, damit die Frau noch vor den Feiertagen ein würdevolles Begräbnis erhält. Angehörige gab es wohl keine?« Er streifte sich die Handschuhe über und stellte den Kragen seines Mantels auf. Je schneller er zum Jakobsplatz zurückkehren konnte, desto besser. Seine Arbeit machte sich schließlich nicht von allein. Aber wenigstens konnte er Kriminalrat Rembremmerding nun melden, dass er seine Pflicht erfüllt und mit dem Arzt über den Tod der alten Dame gesprochen hatte. Seine Hand lag schon auf der Türklinke, als er plötzlich innehielt. Er wollte sich eigentlich nicht umdrehen, weiß Gott nicht, aber irgendetwas zwang ihn, es dennoch zu tun.

»Ausgerechnet jetzt?«, fragte er.

»Wie bitte?« Evelyn Sandmeyer starrte ihn mit großen Augen an, dann legte sie die Arme um sich selbst, als suchte sie Halt oder Schutz. Auch ihr Verlobter und Esther Bing sahen sie fragend an.

»Sie sagten soeben, Sie könnten es nicht fassen, dass Frau Pelzendorf ausgerechnet jetzt verstorben sein soll. Darf ich fragen, was Sie damit meinten?«

Evelyn wechselte einen Blick mit der Spielzeugfabrikantengattin, dann sagte sie: »Ich kam hierher, weil ich mit Frau Pelzendorf in einer persönlichen Angelegenheit sprechen wollte. Genauer gesagt hatte ich vor, mich mit ihr über ihren verstorbenen Untermieter zu unterhalten.« Sie hob hilflos die Schultern. »Das ist jetzt nicht mehr möglich.«

»Über ihren Untermieter?«, wiederholte Waldblum irritiert. Ohne es zu wollen, griffen seine Finger nach dem kleinen schwarzen Notizbüchlein, das er stets mit einem Bleistiftstummel bei sich trug, und er begann, seine Gedanken zu notieren. »Darf ich auch erfahren, warum?«

Ein Geräusch unterbrach die Unterhaltung, eine Art unregelmäßiges Klopfen, wie Waldblum sofort registrierte. Es hörte sich dumpf an, als schlüge jemand irgendwo weit entfernt auf ein Stück Metall, vielleicht ein Ofenrohr, ein. Plötzlich verebbte der Laut, nur um wenige Momente später erneut einzusetzen. Diesmal lauter. Das dröhnende Geräusch kam eindeutig aus dem Haus.

»Im Keller«, hauchte Evelyn erschrocken. »Da unten ist jemand!«

Esther Bing schlug sich gegen die Stirn. »Wir haben in der ganzen Aufregung die Haushälterin vergessen. Haben Sie nicht vorhin gesagt, dass sie das Haus unmöglich verlassen haben kann?« Sie nickte Waldblum zu. »Weil da keine Spuren im Schnee waren!«

»Natürlich!« Der Kommissar seufzte. Vielleicht hatte der verflixte Rembremmerding doch den richtigen Riecher gehabt. Ein Grund mehr, dem sonderbaren Getöse in diesem Haus nachzugehen. Hastig winkte er den beiden schweigsamen Uniformierten, ihm hinaus in die Eingangshalle zu folgen. Evelyn ging ihnen schnellen Schrittes hinterher.

»Ich zeige Ihnen, wo sich die Treppe zu den Kellerräumen befindet!«

13.

Kommissar Waldblum verbot Evelyn, ihn und die Polizisten die Kellertreppe hinab zu begleiten. Stattdessen sollten sie und Kilian mit Esther Bing auf ihn warten. Während ihre Freunde sich auf den mit Samt gepolsterten Stühlen gegenüber der Treppe niederließen, fand Evelyn keine Ruhe und lief gehetzt auf und ab. Es war, als wäre sie in einem Alptraum gelandet. Anita war tot, sie konnte es noch gar nicht glauben. Demnach würde sie niemals herausfinden, warum Gerson der älteren Frau einen Brief geschrieben hatte. Oder doch? Irgendeine Möglichkeit musste es doch geben, dieses Rätsel zu lösen. Unter den Habseligkeiten des Untermieters war außer dem Kuvert nichts gewesen. Allerdings hatte Anita ihr auch nur die Kleider des Verstorbenen überlassen. Was war aus seiner übrigen Habe geworden?

Evelyn blieb stehen, ihr Blick wanderte durch die behaglich eingerichtete Diele. Ob die Sachen noch im Haus waren? Sie spähte zu der breiten, mit einem roten Teppichläufer belegten Treppe hinüber, die zu den oberen Stockwerken führte. Evelyn war niemals dort oben gewesen, wusste jedoch, dass das Haus über mehr als zwanzig Zimmer und einen riesigen Dachboden mit Mansardenkammern verfügte. In einem der Räume hatte der Verstorbene als möblierter Herr gewohnt.

Die Stimme des Kommissars zerschnitt Evelyns Gedanken. Er rief nach Kilian, der sogleich aufsprang, seine Tasche schnappte und zur Kellertür eilte. Es vergingen bange Momente, ehe die Männer zurückkehrten. Kilian und einer der Polizisten stützten eine Frau, die bei jedem Schritt vor Schmerz aufstöhnte. Sie war blass, das Gesicht voller Blutergüsse und blutiger Schrammen. Kilian hatte der Gepeinigten einen notdürftigen Kopfverband angelegt.

»Hedda?« Evelyn presste sich die Hand auf den Mund, als sie Anita Pelzendorfs Haushälterin erkannte. Evelyn schluckte schwer und schämte sich, weil sie nicht früher im Keller nach der alten Frau gesucht hatten. »Können Sie uns sagen, was passiert ist, Hedda?«

Die Haushälterin schüttelte nur schwach den Kopf. Sie war offenbar zu Tode erschöpft und murmelte, sie könne nicht auftreten. Erst nachdem sie mit einem kalten Umschlag um den verstauchten Fuß auf der Chaiselongue lag und zwei doppelte Kognak getrunken hatte, löste sich ihre Zunge. »Die ganze Nacht bin ich da unten gelegen«, jammerte sie. »Anfangs habe ich geschrien, aber die Frau Pelzendorf hat mich nicht gehört. Ich begreife nicht, warum. Sie ist blind, aber doch nicht taub, oder? Sie hätte doch Hilfe herbeirufen können. Aber nein, mich lässt man einfach zwischen den Einmachgläsern und Kartoffelsäcken liegen.«

Evelyn tauschte einen Blick mit dem Kommissar, der ihr bestätigte, dass Hedda noch nicht über den Tod ihrer Arbeitgeberin informiert worden war.

»Können Sie sich erinnern, wie es zu dem Sturz kam?«, fragte Waldblum. Er kritzelte wieder etwas in sein Notizbuch, hob dann aber den Blick und sah die Frau auf dem Sofa erwartungsvoll an. »Sicher sind Sie die Treppe doch schon hundertmal hinuntergestiegen?«

Hedda japste wie ein Fisch auf dem Trockenen. Dann verzog sie gequält das Gesicht. »Wenn ich's nur wüsste. Die gnädige Frau bat mich, eine Stehlampe aus dem Keller heraufzuholen, so ein neumodisches elektrisches Ding mit Glühbirne.«

»Wofür denn nur? Frau Pelzendorf brauchte doch keine Lampe.«

»Sie natürlich nicht, das Ding sollte ja auch ins Zimmer des möblierten Herrn!«

Evelyn runzelte die Stirn. Nun verstand sie gar nichts mehr. Hatte der Schlag gegen den Kopf bei der alten Frau etwas durcheinandergebracht? »Ins Zimmer des Untermieters?«, fragte sie. »Aber der ist doch tot, Hedda!«

Die Haushälterin bedachte Evelyn mit einem vorwurfsvollen Blick. »Ich meine doch nicht den Eugen Frieba, Kindchen. Ja, der ist mausetot. Sie haben doch vor ein paar Tagen seine abgelegten Kleider mitgenommen.«

Aha, Frieba hatte der Mann also geheißen. Eugen Frieba. Wenigstens etwas.

»Aber in der Zwischenzeit hat Frau Pelzendorf Friebas Zimmer wieder vermietet. Einfach so, ohne mich vorher zu informieren. Noch dazu an einen Ausländer. Jedenfalls nehme ich an, dass er nicht von hier ist, so merkwürdig wie der redet.« Sie machte eine Pause, um sich zu sammeln. »Ich will also in den Keller hinunter und suche nach dem Lichtschalter. Wir haben nämlich auch elektrisches Licht im Keller, darauf hat noch der alte Herr Reichsbankrat bestanden. Aber wie ich mich nach dem Schalter strecke, reißt mich irgendetwas von den Füßen. Ich höre einen Schrei und dann … einen Knall.«

Waldblum merkte auf. »Hörten Sie einen Schrei von oben oder haben Sie selbst geschrien?«

»Selbstverständlich wird die arme Frau laut geschrien haben, als sie auf der finsteren Treppe ausgeglitten ist«, meinte Esther Bing, die bisher recht schweigsam gewesen war, aber offensichtlich umso aufmerksamer zugehört hatte. Sie nickte Evelyn langsam zu. »Vielleicht war es das, was die arme Frau Pelzendorf so erschreckt hat. Ein markerschütternder Schrei, der durch das ganze Haus gehallt ist. Mit einem schwachen Herzen … Sie verstehen schon.«

Die Haushälterin verstand gar nichts. Ratlos sah sie von einem der Anwesenden zum nächsten. Es war Kilian, der ihr schließlich erklärte, dass Frau Pelzendorf in der Nacht gestorben war. Die alte Frau wischte sich mit ihrer Schürze über die Augen, dann schnäuzte sie sich geräuschvoll. Vermutlich ging ihr gerade auf, dass sie nicht nur ihre langjährige Arbeitgeberin, sondern völlig unerwartet auch ihre Stellung verloren hatte. So kurz vor den Feiertagen war dies ein schwerer Schlag. Evelyn hatte mit Hedda nie mehr als ein paar Worte gewechselt. Tatsächlich hatte sie bei ihren Besuchen oft den Eindruck gehabt, dass Anitas Haushälterin ein wenig eifersüchtig auf sie war und es nicht leiden konnte, wenn die beiden sich stundenlang in die Bibliothek zurückgezogen hatten, um über Gott und die Welt zu reden. Nun aber verspürte sie ein so starkes Mitgefühl mit der älteren Frau, dass sie sich neben sie auf die Chaiselongue setzte und ihr tröstend die Hand drückte.

»Ist es meine Schuld, Fräulein Evelyn?«, fragte Hedda mit erstickter Stimme. »Wenn ich nicht so schusselig gewesen wäre, hätte die gnädige Frau keinen Schreck bekommen und könnte noch leben!«

»Aber nicht doch, es war ein bedauerlicher Unglücksfall, an dem niemand Schuld trägt«, sagte Evelyn. »Wir sollten trotz allem froh und dankbar sein, dass Sie sich nicht den Hals gebrochen haben.«

Waldblum räusperte sich. »Wo steckt eigentlich dieser neue Untermieter? Der Knabe scheint ja einen gesunden Schlaf zu haben, wenn er von alldem nichts mitbekommen hat.«

»Der ist noch gar nicht eingezogen«, sagte Hedda widerstrebend. »Heute oder morgen wollte er kommen, das hat jedenfalls Frau Pelzendorf gesagt. Sie schien mir ganz aufgekratzt, weil sie das Zimmer wieder vermieten konnte, und als ich sie fragte, warum sie um den Burschen so ein Aufheben mache, winkte sie nur ab. Sie trug mir auf, das Zimmer noch einmal gründlich zu putzen und durchzulüften. Ach ja, und frische Zimtsterne zum Kaffee sollte ich backen.«

Kilian schlug vor, Hedda zur Beobachtung ins Krankenhaus an der Flurstraße im Stadtteil St. Johannis zu bringen, da mit einer Unterkühlung und einer Platzwunde am Kopf nicht zu spaßen sei. Doch die Haushälterin sträubte sich dagegen. Sie erklärte, der selige Herr Reichsbankrat sei im Hospital an der Spanischen Grippe gestorben, daher würde sie keinen Fuß dort hineinsetzen. Ihre Großnichte, eine fleißige Näherin, bei der sie schon seit einigen Jahren lebte, werde sich viel besser um sie kümmern als die Krankenschwestern von St. Johannis. Kommissar Waldblum bot an, sie in die Stadt zu fahren, aber offensichtlich mochte die alte Frau Polizeiautos noch weniger als Krankenwagen und zog es daher vor, sich von Kilian begleiten zu lassen. Die anderen gingen mit nach draußen. Gerade hatte Kilian die murrende Haushälterin auf den Rücksitz seines Automobils verfrachtet, als ein Mann, der einen Koffer trug, die Auffahrt entlangkam. Er hielt geradewegs auf die Treppe zur Haustür zu, zögerte dann aber, als er die kleine Ansammlung vor der Villa wahrnahm.

»Das ist er!« Hedda klopfte energisch gegen die Scheibe von Kilians Wagen. »Der möblierte Herr!«

Evelyn glaubte, ihren Augen nicht zu trauen. War das ein Zufall? Nein, sie hatte noch nie an Zufälle geglaubt. Jetzt war es schon das dritte Mal in kurzer Zeit, dass sie dem Mann mit der billigen Schiebermütze und dem Dreitagebart begegnete. Evelyn war so durcheinander, dass sie kein Wort herausbekam. Dies war jedoch auch nicht nötig, da der Polizeibeamte das Reden übernahm. Er erklärte dem jungen Mann, dass sich in der Villa der

Pelzendorfs ein Todesfall ereignet habe, und zückte dann sein Notizbuch, um dessen Namen zu notieren. Der Fremde stand da wie vom Donner gerührt. Evelyn bemerkte, wie aus seinem Gesicht mit den hohen Wangenknochen jede Farbe wich, und einen Moment lang befürchtete sie, er würde an Ort und Stelle ohnmächtig zu Boden sinken. Dann aber straffte der junge Mann seine Schultern und sagte leise: »Benjamin Schultz, mein Herr. Aus Prag.« Seine Finger verkrampften sich um den Koffergriff, als sein Blick auf Evelyn fiel. Nichts in seiner Miene deutete an, dass er sie wiedererkannte. Aber vielleicht tat er auch nur so, weil er irritiert darüber war, sie ausgerechnet hier, in Begleitung von Polizisten, zu sehen.

»Mit Verlaub, ich hatte die Ehre, ein Zimmer in diesem schönen alten Haus zu mieten«, sagte er, als niemand auf seine Vorstellung reagierte. Sein Deutsch war ausgezeichnet, aber er drückte sich so antiquiert aus wie zu Kaisers Zeiten und sprach zudem mit starkem böhmischem Akzent. Das war Evelyn schon bei ihrer Begegnung auf der Fleischbrücke aufgefallen. Auch Kommissar Waldblum schien das nicht zu entgehen. Zudem hatte er offenbar bemerkt, dass der Prager für Evelyn kein Unbekannter war.

»Sie beide kennen sich?«

»Unsinn!« Kilian schwang sich vom Sitz seines Automobils und beäugte den Fremden mit sichtlichem Argwohn. »Woher soll meine Verlobte einen Burschen kennen, der gerade aus Prag angereist ist?« Er musterte die abgetragene Kleidung des Fremden und den schäbigen Koffer in dessen Hand. »Ehrlich gesagt kann ich mir nicht vorstellen, dass dieser Herr sich eine Unterkunft am Stadtpark leisten kann.«

»Jedenfalls kann er nicht allein im Haus bleiben, jetzt, wo die gnädige Frau verstorben ist«, pflichtete Hedda Kilian vom Rücksitz des Wagens aus bei. »Hinterher fehlt die Hälfte des Silbers. Ich habe meine Erfahrungen mit dahergelaufenen Fremden und weiß, wovon ich spreche.«

Fassungslos öffnete Benjamin Schultz den Mund, um etwas darauf zu erwidern, ließ es dann aber doch bleiben.

Er weiß nicht, wo er hinsoll, schoss es Evelyn durch den Kopf. Und das bei diesen frostigen Temperaturen. Möglicherweise hatte er seine letzten Groschen für ein Hotelzimmer und Essen ausgegeben und war nun völlig abgebrannt. Hatte Anita ihm vielleicht angeboten, umsonst in ihrem Haus zu wohnen? Einem völlig Fremden? Evelyn konnte das nicht glauben. Auch wenn ihre Lehrerin einen Sinn für Wohltätigkeit und ein großes Herz gehabt hatte, war sie doch schon aufgrund ihrer Behinderung eine sehr vorsichtige Person gewesen, der es sicher nicht eingefallen wäre, einem Mann zu vertrauen, den sie nicht kannte.

»Wie kamen Sie überhaupt darauf, hier draußen nach einem Zimmer zu fragen?«, erkundigte sich Evelyn. So recht ging ihr das alles nicht in den Kopf. Hatte Anita Pelzendorf nicht behauptet, sie wüsste nicht, ob sie nach dem Tod ihres Untermieters noch einmal jemanden in ihrem Haus aufnehmen würde? Wieso hatte sie ihre Meinung so rasch wieder geändert?

Der Mann stammelte etwas von einer Annonce im Fränkischen Kurier, aber er war kein guter Lügner und errötete bis zu den Haarspitzen, noch ehe der Satz gefallen war.

»Niemals hätte die gnädige Frau eine Annonce aufgegeben«, krakeelte Hedda vom Rücksitz aus. Sie machte Anstalten, aus dem Automobil zu steigen, wurde aber von Esther Bing und Kilian zurückgehalten, da sie ihren Knöchel nicht belasten durfte. »Und wenn, hätte ich das gewusst. Ich wusste immer alles, alles!«

Um der Kälte zu entfliehen, kehrten sie ins Haus zurück, bis auf Kilian und die alte Hedda. Kilian verabschiedete sich leicht angesäuert von Evelyn, aber da er nun einmal versprochen hatte, sich um die Haushälterin zu kümmern, blieb ihm nichts weiter übrig, als den Wagen anzuwerfen und mit Hedda auf dem Rücksitz in die Stadt zurückzufahren.

14.

»Nun raus mit der Sprache!« Ignaz Waldblum maß den jungen Mann mit einem strengen Blick. Evelyn wunderte sich, dass der Kommissar ihr und Esther erlaubt hatte, der Befragung des Tschechen im Speisezimmer der Villa beizuwohnen. Gleichzeitig überlegte sie, was der Beamte sich davon versprach. Er ging diesen Schultz wie einen Verdächtigen an, dabei war Anita Pelzendorf doch auf natürliche Weise gestorben, oder nicht? Waldblum selbst hatte wiederholt darauf hingewiesen, dass es an ihrem Tod nichts Merkwürdiges gebe, aber nun nahm er den jungen Mann in die Mangel, als wäre es ein Verbrechen, im Haus einer älteren Dame ein Zimmer zu mieten. Evelyn zupfte nervös einen Faden aus ihrem Rock. Hing der Kommissar etwa immer noch der Theorie an, sie und dieser Schultz könnten weit mehr als flüchtige Bekannte sein? Hatte er deshalb auf ihrer Anwesenheit bestanden? Während Waldblum zu immer neuen Fragen ansetzte, sann sie darüber nach, ob sie die Auseinandersetzung des Pragers mit den Völkischen im Wirtshaus zur Sprache bringen sollte. Esther konnte das nicht tun, denn sie hatte an jenem Abend zwar den Tumult im Gastraum gehört, Schultz aber nicht gesehen. Da der Streit mit den Schlägertypen aber offensichtlich nichts mit Anita Pelzendorf zu tun hatte, beschloss Evelyn, den Mund zu halten.

»Sie hätten also schon gestern Abend ins Haus schleichen, die Haushälterin die Treppe hinunterstoßen und ihre Herrin buchstäblich zu Tode erschrecken können.« Waldblums scharfe

Stimme riss Evelyn aus ihren Gedanken. Was hatte der Beamte da gesagt? Sie schüttelte den Kopf. Zuerst hatte es Waldblum gar nicht schnell genug gehen können, die Akte Pelzendorf zu schließen, doch nun schien er sich auf den Fremden eingeschossen zu haben. Dessen finstere Miene machte es einem aber auch nicht leicht, andere für sich einzunehmen.

»Na schön, es war dumm, eine Annonce in der Zeitung zu erfinden«, gab sich der Fremde schließlich geschlagen. »Ich habe auf dem Christkindlesmarkt Leute darüber reden hören, in der Villa Pelzendorf am Stadtpark sei ein Zimmer frei geworden, weil der Untermieter das Zeitliche gesegnet habe. Als ich erfuhr, dass die Hauswirtin blind ist, dachte ich mir, sie könne vielleicht jemanden brauchen, der ihr gegen Kost und Logis in Haus und Garten zur Hand geht. Davon verstehe ich etwas. Ich bin dann auf gut Glück bei der Dame vorstellig geworden, und wir wurden uns rasch einig. Sie hatte vor, den verwilderten Garten im Frühjahr neu anlegen zu lassen.«

»Ach was, von Ihnen?« Waldblum betrachtete sich die gepflegten Hände des Mannes. »Wie ein Gärtner sehen Sie mir aber nicht aus, Freundchen.«

Benjamin Schultz schüttelte den Kopf. »Keineswegs, ich bin Maler. Expressionist, wenn Sie es genau wissen wollen. Absolvent der Akademie der bildenden Künste in Prag und Wien. Meine Gemälde wurden in mehreren europäischen Städten ausgestellt: Salzburg, Dresden, Bologna …«

Evelyn horchte auf. Schultz war also Künstler? Darauf wäre sie nie gekommen, aber sie musste zugeben, dass es zu der schöngeistig interessierten Anita Pelzendorf gepasst hätte, einen jungen Künstler bei sich aufzunehmen.

»Und nun sind Sie in die Stadt Albrecht Dürers gekommen, um uns endlich die Avantgarde näherzubringen?«, spottete Waldblum, während er sich Notizen machte. »Oder sind Sie einfach pleite und auf der Suche nach irgendwas, was Ihnen Geld in die Tasche bringt? In einem großen Haus wie diesem gibt es eine Menge zu holen für einen Hungerleider, nicht wahr?«

Schultz hielt es nicht mehr auf seinem Stuhl. Seine dunklen Augen blitzten zornig, und einen bangen Moment lang befürchtete Evelyn, er würde sich mit bloßen Fäusten auf den Kommissar stürzen. Das wäre ihm zweifelsfrei schlecht bekommen, denn Waldblum war nicht nur muskulöser als der junge Mann, sondern auch einen guten Kopf größer. Der drohenden Miene des Beamten gehorchend setzte sich Schultz wieder hin und senkte den Kopf. »Ich bin kein Dieb«, murmelte er. »Ich habe auch niemanden die Treppe hinuntergestoßen. Schon gar nicht eine alte Frau. Schauen Sie sich um, ob etwas im Haus fehlt, und durchsuchen Sie meine Sachen, wenn Sie mir nicht glauben. Sie werden nichts finden.«

»Nein, natürlich nicht«, sagte Waldblum gelassen.

»Soweit ich es beurteilen kann, wurde nichts aus dem Haus entfernt«, sagte Evelyn. Schultz hatte etwas Eigentümliches an sich, ja, das spürte sie, aber wie ein Dieb wirkte er nicht auf sie. Er wäre ja auch zu blöd gewesen, wenn er etwas verbrochen hätte und dann wieder zur Villa zurückgekehrt wäre. So was passierte nur in billigen Romanen.

Schultz fuhr sich mit der Hand durch das struppige Haar, das dringend geschnitten gehörte. »Aber bitte lassen Sie mich hier im Haus bleiben. Jemand muss doch nach dem Rechten sehen, jetzt, wo die gnädige Frau nicht mehr am Leben und ihre Haushälterin außer Gefecht gesetzt ist. Ich störe niemanden, wenn ich hier male. Im Gegenteil, ich verspreche Ihnen, dass ich besser auf das Anwesen aufpassen werde als jeder Hausmeister.«

Waldblum dachte einen Moment lang nach, dann wandte er sich an Evelyn. »Und es gibt keine Verwandten, die wir verständigen können? Wer soll das Anwesen erben? Hat die Frau nie mit Ihnen darüber gesprochen?«

Evelyn zuckte mit den Achseln. Es war ihr peinlich, dass der Kommissar ausgerechnet ihr so eine delikate Frage stellte. Anita Pelzendorf war ihre Lehrerin gewesen, eine Respektsperson, die man nicht ungefragt auf persönliche Angelegenheiten ansprach. Nein, dergleichen wäre Evelyn nie in den Sinn gekommen. Sie wusste nur, dass die Ehe zwischen Anita und dem Reichsbankrat kinderlos geblieben war. Geschwister oder enge Verwandte gab es nicht. Darüber hinaus konnte Evelyn nur wenig über die Vergangenheit ihrer Mentorin sagen. Ihr war lediglich bekannt, dass sie viele Jahre unterrichtet, privat aber ein sehr zurückgezogenes Leben geführt hatte.

»Frau Pelzendorf war sehr auf Ordnung bedacht«, sagte Evelyn schließlich ausweichend. »Es würde mich nicht wundern, wenn sie ein Testament bei einem Notar hinterlegt und darin eine Stiftung bedacht hätte. Vielleicht die Bibliothek unserer alten Schule oder das Albrecht-Dürer-Haus.«

Waldblum schien genug gehört zu haben, denn er stand auf und griff nach seinem Hut. »Dann warten wir ab, was dabei herauskommt. Das Haus wird verschlossen. Ich werde die Wachtmeister anweisen, auf ihren Rundgängen durchs Viertel die Augen offen zu halten.« Er deutete auf den jungen Maler, der blass wie ein Leintuch geworden war. »Na los, verschwinden Sie! Sollte ich Sie hier noch einmal erwischen, bekommen Sie ein warmes Plätzchen am Jakobsplatz von mir.«

Der barsche Ton des Kommissars ließ Evelyn zusammenzucken. Sie fühlte sich fast, als hätte der Mann nicht Schultz, sondern ihr gedroht, sie in eine Zelle des Polizeipräsidiums zu sperren. Dass der Fremde des Grundstücks verwiesen wurde, erfüllte sie mit Erleichterung, aber irgendwie tat ihr der junge Mann auch leid. Er war zur Weihnachtszeit nach Nürnberg gekommen, um zu malen, vielleicht auch um die herrlichen Kunstwerke der alten Meister in der Stadt zu studieren, stieß aber überall auf Ablehnung und Anfeindungen.

»Heute waren Sie nicht meine Glücksfee, Fräulein«, sagte Schultz zu Evelyn, als er etwas später vor dem Haus die kalte Luft einatmete. Der Himmel war grau verhangen. Vermutlich würde es bald wieder schneien, dieses Mal sogar noch heftiger als in der vergangenen Nacht. Schultz war zu dünn gekleidet für das Dezemberwetter, ließ sich aber nicht anmerken, dass er fror. »Vielleicht sollten wir aufhören, uns zufällig über den Weg zu laufen.«

Evelyn drehte sich um und runzelte die Stirn. Na, das war doch die Höhe. Der Bursche tat ja fast so, als wäre sie es gewesen, die seine Pläne durchkreuzt hatte. »Wie Sie meinen!«, konterte sie. »Vielleicht wäre es besser, Sie kehrten mit dem nächsten Zug nach Prag zurück. Ich jedenfalls täte das an Ihrer Stelle. Sie handeln sich nur noch mehr Ärger ein, wenn Sie in die Altstadt zurückkehren. Der Völkische Block würde Sie nur zu gerne in die Finger kriegen.« Noch während sie sprach, fiel es Evelyn wie Schuppen von den Augen. »Ach, deshalb wollten Sie hierbleiben, habe ich recht? Weil Streichers Schlägertypen Sie in so einer feinen Gegend nicht vermuten würden.«

»Kein Wunder, dass Frau Pelzendorf Sie gernhatte«, sagte Schultz. »Sie sind sehr scharfsinnig.«

Das hilft mir auch nicht weiter, dachte Evelyn. Bezüglich ihres eigenen Problems war sie keinen Schritt vorangekommen. Ganz im Gegenteil, sie konnte nicht einmal mehr ihre Lehrerin fragen, was sie zu Gersons Briefumschlag im Mantel dieses Mannes zu sagen hatte. Wie war doch noch gleich sein Name gewesen? Eugen Frieba? Evelyn überlegte, ob sich der Brief nicht doch noch im Haus befand. Irgendwo unter Friebas Sachen, die nicht weggegeben worden waren. »Hat die Haushälterin Ihnen eigentlich das Zimmer gezeigt, das Sie mieten wollten?« Evelyn sah zu Waldblum hinüber, der sich in einiger Entfernung mit Esther Bing unterhielt. Sie wollte nicht, dass der Polizist mithörte. »Waren vielleicht noch irgendwelche Habseligkeiten darin, die Ihrem Vorgänger gehört haben könnten?«

»Sie meinen den Burschen, der ums Leben gekommen ist?« Benjamin Schultz hauchte sich in beide Hände, dann vergrub er sie in den Jackentaschen. »War der etwa auch ein Freund von Ihnen?«

»Es geht Sie zwar nichts an, aber ich bin ihm nie begegnet«, zischte Evelyn. »Wann immer ich Frau Pelzendorf besucht habe, war er außer Haus.«

»Und dennoch interessiert es Sie, ob er etwas in meinem Zimmer zurücklassen hat?«

Evelyn verdrehte die Augen. Die Unterhaltung mit diesem Burschen erinnerte sie an ihren letzten Besuch beim Dentisten. »Das ist nicht Ihr Zimmer, falls ich Sie darauf aufmerksam machen darf«, brummte sie verstimmt. Allmählich verlor sie die Geduld mit dem Mann. Sie musste zurück in die Drogerie und später am Abend auf den Christkindlesmarkt. Sibylle hatte widerstrebend die Schicht am Nachmittag übernommen, aber vermutlich schlürfte sie in diesem Moment am Verkaufsstand heißen Punsch oder feilte sich die Nägel, anstatt Evelyns Rauschgoldengel anzupreisen.

»Es könnte immer noch mein Zimmer werden, wenn Sie den Kommissar überreden, mich hierzulassen«, sagte Benjamin mit einem verschwörerischen Zwinkern. Über sein Gesicht breitete sich ein Lächeln aus, das Sibylle entwaffnend und Evelyns Mutter unverschämt genannt hätte. »Vergessen Sie's! Kommissar Waldblum hat ganz recht: Sie haben hier nichts zu suchen.«

Benjamin zuckte mit den Achseln. »Mag sein, Fräulein. Sie aber auch nicht.« Er seufzte tief. »Aber weil Sie mir neulich in der Gastwirtschaft einen kleinen Gefallen erwiesen haben …«

»Einen kleinen Gefallen nennen Sie das? Ohne mein Eingreifen hätten Sie heute keine Zähne mehr!«

»Oh, ich hätte mich schon durchgeboxt. Aber ich schulde Ihnen was. Daher sage ich Ihnen, dass mir in dem möblierten Stübchen, das mir diese misstrauische Haushälterin neulich zeigte, nichts aufgefallen ist, was auf die Existenz eines früheren Mieters schließen ließ. Sie meinte, sie habe vor, dessen Habe bis auf ein paar Kleinigkeiten einem Wohltätigkeitsverein zu überlassen.«

Ja, und genau um diese Kleinigkeiten ging es Evelyn. Wenn Gersons Brief noch existierte, dann doch bestimmt unter den Dingen, die aus dem Zimmer des Untermieters geräumt worden waren. Diese Sachen befanden sich noch irgendwo im Haus, da ging Evelyn jede Wette ein. Aber vermutlich würde es schwierig werden, an sie heranzukommen. Ob sie Waldblum um die Erlaubnis bitten sollte, ein wenig länger hierbleiben zu dürfen? Doch vermutlich würde er für ihr Ansinnen, in der Villa Pelzendorf herumzuschnüffeln, nur wenig Verständnis aufbringen. Nein, wenn Evelyn mehr über Frieba erfahren wollte, musste sie anders vorgehen. Vor allem diskreter – und sie durfte sich dabei weder von Waldblum noch von diesem Benjamin Schultz erwischen lassen.

Esther Bings energisches Hupen weckte Evelyn aus ihrer Grübelei und rief sie zum Automobil. Obwohl die Frau des Fabrikanten die verstorbene Anita nicht gekannt hatte, waren die Ereignisse des Tages auch an ihr nicht spurlos vorübergegangen. Sie sah blass aus und wollte offensichtlich schnell nach Hause zu ihrem Mann. Jedenfalls weit fort von diesem Haus, an dessen Tür innerhalb weniger Wochen nun schon zum zweiten Mal der Tod angeklopft hatte. Besorgt spähte sie zu Evelyn, als die auf dem Beifahrersitz Platz nahm. »Ich habe gesehen, dass Sie mit dem jungen Mann etwas ausbaldowert haben«, sagte sie mit leisem Tadel in der Stimme. Dabei wich sie auf der glatten Straße mit Mühe dem Pferdekarren eines Milchhändlers aus, der ihr mit knallender Peitsche eine Schimpftirade hinterherschickte. »Er ist ein gutaussehender Bursche, und er hat, abgesehen von seinem aufbrausenden Wesen, auch ganz passable Manieren. Aber ganz geheuer ist er mir trotzdem nicht. Und dem Kommissar auch nicht. Waldblum wird ihn im Auge behalten. Sie sollten sich also gut überlegen, ob Sie ihn wiedersehen wollen, meine Liebe.«

»Wieso sollte ich das wollen?«, fragte Evelyn erstaunt. Diese Frau schien in ihren Gedanken lesen zu können wie in einem Buch. Sie dachte an Kilian, und wie er wohl reagieren würde, wenn er erfuhr, was sie im Sinn hatte.

Aber sie hatte eine Entscheidung getroffen, nun gab es kein Zurück mehr.

15.

Auf dem Christkindlesmarkt schoben sich die Menschen in Scharen an den erleuchteten Buden vorbei. An manchen Ständen gab es kaum ein Durchkommen, so eng und verstopft waren die Gässchen. Trotz der Kälte blieben die Leute immer wieder gerne stehen, bewunderten die Auslagen, ließen sich eine süße oder herzhafte Köstlichkeit schmecken oder kauften etwas für die nahenden Feiertage ein. Es herrschte eine fröhliche Stimmung. Neben den Bratwurst-, Lebkuchen- und Spielzeugkrämern hatten sich derweil weitere Händler eingefunden, meist aus dem Umland. Bauernkinder aus den Dörfern bei Nürnberg wuselten mit Körben voller runzliger Winteräpfel oder mit Bauchläden umher, in denen sich ein Sammelsurium aus Knöpfen, handgeschnitzten Holzlöffeln und selbstgedrehten Bienenwachskerzen befand. Schlotternd vor Kälte, aber fest entschlossen, sich auf dem Markt ein paar Pfennige zu verdienen, stapften die Kinder von Bude zu Bude. Es wurde gefeilscht, gesungen und gebettelt. Groschen wechselten den Besitzer. Dabei mussten die kleinen Krämer nicht nur vor älteren Taschendieben auf der Hut sein, sondern auch vor den Gehilfen des Aufsehers, der für Ruhe und Ordnung auf dem Christkindlesmarkt verantwortlich war. Beschwerte sich auch nur ein Standbetreiber über die Bauchladenverkäufer, mussten diese damit rechnen, mit Hieben von der Fleischbrücke und dem Hauptmarkt verjagt zu werden. Aber die Burschen und Mädchen waren flink und gewitzt genug, diesen Gefahren aus dem Weg zu gehen. Sie tauchten auf und verschwanden wieder in der Menge wie kleine Geister.

Evelyn saß in eine Decke gehüllt an ihrem Stand, als sie einen der Jungen vorbeihuschen sah. Er war ein mageres Kerlchen, das in einem viel zu großen Pullover steckte und ziemlich hungrig aussah. Evelyn hatte nichts gegen die Bauchladenkinder, ganz im Gegenteil: Sie taten ihr leid. Die meisten Kinder waren noch zerlumpter als dieser Junge. Sicher waren ihre Eltern wie viele andere erwerbslos und darauf angewiesen, dass ihre Jungen und Mädchen ein paar Pfennige nach Hause brachten. Auf dem Christkindlesmarkt verdienten sie sich das Nötigste. Kurz entschlossen winkte sie den kleinen Burschen zu sich an den Stand und sah sich an, was er zu verkaufen hatte. Ihre Wahl fiel auf drei klumpige Kerzen. Sie waren ein wenig schief gerollt, aber von hübscher goldgelber Farbe und dufteten zudem betörend nach Bienenwachs. Sie drückte dem Jungen ein paar Groschen sowie eine Brezel in die Hand und erlaubte ihm außerdem, sich einen Rauschgoldengel auszusuchen. Der Kleine zögerte, doch seine Augen verrieten ihr, dass er von den schimmernden Figuren mit ihren prächtigen metallisch klirrenden Gewändern und den bunt bemalten Holzköpfchen durchaus angetan war.

»Ist das nicht nur was für Mädchen?«, fragte er mit großen Augen. Fast ehrfurchtsvoll berührte er das gefältelte Kleid eines Engels, als erwartete er, die kleine Figur könnte jeden Moment die Flügel spreizen und davonflattern. »Na ja, wäre was für meine Schwester zu Weihnachten. Die hat noch nie in ihrem Leben was bekommen.«

Ob es diese Schwester gab oder der Kleine aus männlichem Stolz nur nicht zugeben wollte, wie fasziniert er selbst von dem Rauschgoldengel war, vermochte Evelyn nicht zu sagen. Aber es spielte auch keine Rolle. Mit einem Lächeln riss sie ein Stück dünnes Papier von einer großen Rolle, wickelte den Engel vorsichtig darin ein und reichte ihn dem Kind hinaus. Der Junge lächelte sie freudig an.

»Die Leute sprechen neuerdings überall von diesen Rauschgoldengeln«, flüsterte er ihr zum Abschied zu. »Meine Großmutter hatte auch mal einen. Sie sagte immer, wer gut drauf aufpasst, den beschützen sie ein Leben lang.« Damit drehte sich der Knirps um und verschwand zwischen einigen Männern und Frauen, die plaudernd auf das Brückenende zuhielten. Evelyn schaute ihm gerührt hinterher. Der Junge würde jemandem eine Freude machen oder sich selbst an der Figur erfreuen. Beides war gut.

Leise summend nahm sie eine der Kerzen, entzündete sie und schmolz dann eine kleine Menge Wachs, die sie in eine Schüssel mit kleinen Vertiefungen tropfen ließ.

»Darf man fragen, was du da treibst?«

Evelyn hob den Kopf, verärgert über die Störung und umso mehr, da sie das unrasierte Gesicht ihres Onkels erkannte. Joachim kaute an einer Semmel, woraus Evelyn schloss, dass er bereits ihrer Mutter einen Besuch abgestattet und eine von Brungässners Rostbratwürstchen geschnorrt hatte. Schon wieder trug er einen von Gersons alten Pullovern. Wie er an den gekommen war, war Evelyn schleierhaft. Immerhin hatte sie gleich nach Joachims letztem Raubzug durch ihr Schlafzimmer den Kleiderschrank abgesperrt.

»Ohrstöpsel für die Drogerie«, beantwortete sie seine Frage mürrisch. »Zu Gersons Zeiten haben die sich gut verkauft.« Sie fuhr mit ihrer Arbeit fort, aber Joachim schien es nicht eilig zu haben, sich davonzumachen.

»Sonst noch was?« Evelyn blickte auf. »Leider gibt es an meinem Stand nur Weihnachtsschmuck, keinen Schnaps!«

Joachim stieß einen verärgerten Laut aus. »Ich bin nicht wegen eines Bechers Eierpunsch hier. Verrate mir lieber, wer der Kerl ist, der Franzi in der Drogerie zur Hand geht.« Er beugte sich vor, wobei er die Körbe mit Evelyns Ware mit seinen langen Armen unsanft zur Seite schob. »Bist du verrückt geworden, einfach einen dahergelaufenen Fremden ins Haus zu holen? Der wird dir deine Ohrenstöpsel unter dem Hintern wegstehlen, während du dir hier auf dem Weihnachtsmarkt die Zeit vertreibst. Offensichtlich hast du wirklich keine Ahnung davon, wie man einen Laden führt. Du solltest endlich reinen Tisch machen und das Geschäft schließen. Wenn du diesen Arzt heiratest, musst du das ja sowieso tun. Warum dann nicht gleich?«

Später beim Abendessen musste Evelyn denselben Gewittersturm noch einmal über sich ergehen lassen. Gertraud war mit ihrem Bruder einer Meinung. Während sie in der Küche Suppe in die Teller schöpfte, maß sie Evelyn mit einem teils besorgten, teils empörten Blick.

»Du hast einen völlig Fremden einfach von der Straße aufgelesen und mitgenommen?«, fragte sie kopfschüttelnd. »Und nun haust der Kerl hinter dem Laden im Auspackraum? Also, ich muss schon sagen, Kindchen …«

»Ich habe Herrn Schultz nicht von der Straße aufgelesen«, fiel ihr Evelyn ins Wort. »Meine Freundin Frau Pelzendorf hatte ihm ein Zimmer vermietet, das er jetzt nicht mehr bewohnen darf. Und da Franzi dringend Hilfe in der Drogerie braucht, habe ich ihm angeboten, eine Weile für mich zu arbeiten. Das ist alles.«

»Bis du in den komischen Knilch verschossen?« Joachim führte gierig den Suppenlöffel zum Mund und fluchte, als er sich die Lippen verbrannte. Auf Evelyns Drängen hatte er Gersons Pullover ausgezogen und saß nun aus Protest lediglich mit einem Unterhemd bekleidet am Küchentisch. Evelyn war das egal. Sollte ihn doch ihre Mutter zu Weihnachten neu einkleiden. Geld genug verdiente sie ja jetzt in Brungässners Bratwurstbude. Und was Benjamin Schultz betraf, so hatte Evelyn ihre spontane Entscheidung nicht nur aus Mitgefühl für seine prekäre Lage getroffen. Sie hatte so ein Gefühl im Bauch, dass er etwas über Anita Pelzendorf, vielleicht auch über den Untermieter Frieba wusste, was er ihr verheimlichte. Es mochte gewagt sein, ihn in ihrer Nähe zu beschäftigen, um ihm auf den Zahn zu fühlen. Aber die Drogerie ausräumen, wie Joachim unterstellte, würde er ganz sicher nicht.

»Wie kannst du nur so etwas Ungezogenes fragen?«, tadelte Gertraud ihren Bruder. »Evelyn ist die Tochter eines Pfarrers. Sie wird sich keinem Fremden an den Hals werfen, sondern Kilian heiraten, verstanden?« Mit einem versöhnlichen Lächeln nickte sie Evelyn zu, die den Ausbruch ihrer Mutter schweigend zur Kenntnis genommen hatte. »Nun, wenn du diesem Ausländer aus christlicher Nächstenliebe vor den Feiertagen eine Bleibe und Arbeit anbietest, dann wäre das in Vaters Sinn. Aber du musst trotzdem auf deinen guten Ruf achten. Der Fremde kann unten die Ware sortieren, aber er darf die Wohnung niemals betreten. Sonst schmeißt Joachim ihn raus.«

Evelyns Onkel nickte. »Nichts lieber als das! Mir gefällt es nicht, dass er unten herumlungert.« Und dir auf die Finger sieht, dachte Evelyn. Aber um nicht weiter Öl ins Feuer zu gießen, schluckte sie die Bemerkung hinunter. Sie fragte sich, ob Joachim bereits etwas unternommen hatte, um selbst eine Wohnung oder wenigstens ein möbliertes Zimmer in der Stadt zu finden, traute sich aber in Gertrauds Gegenwart nicht, danach zu fragen. Sie erinnerte sich noch gut, wie er ihr entgegengehalten hatte, nicht nur er, sondern sie alle drei würden schon bald die Tuchgasse verlassen. Spielte er damit auf Kilians Heiratsabsichten an? Evelyn dachte an das Anwesen in der Kaiserstraße. Nach der Hochzeit würde Kilian darauf bestehen, dass sie dort lebten. Das Haus war ein Schmuckstück, von der prachtvollen Fassade mit seinen Erkern und Türmchen bis hin zur feudalen Ausstattung der Räume. Es würde Evelyn an nichts fehlen, und doch wurde sie das Gefühl nicht los, dort nicht hinzupassen. Die Kaiserstraße war Sibylles Reich, wie geschaffen für festliche Soireen und Cocktailpartys mit auserlesenen Gästen wie diesem Rasmus von Laubenick. Evelyn liebte ihre Besuche bei Sibylle. Aber für immer dort leben?

»Du solltest keine Trübsal wegen deiner früheren Lehrerin blasen«, riet Gertraud, während sie Wasser über die schmutzigen Teller im Spülstein pumpte. »Es ist traurig, dass sie so plötzlich von uns gegangen ist, aber so ist nun einmal der Lauf der Welt. Sorge dich lieber um Kilian.« Durch ihre Brille warf sie Evelyn einen prüfenden Blick zu. »Ich hoffe, du hast ihn schon für Weihnachten eingeladen, damit er sieht, dass es dir auch ernst ist mit ihm. Ich werde Schäufele machen oder Blaue Zipfel. Vorausgesetzt, ich treibe irgendwo für wenig Geld Fleisch und Wurst auf. Ich könnte vielleicht ein wenig vom Christkindlesmarkt abzweigen, aber dieser Brungässner passt auf seine Ware auf wie ein Schießhund. Jeden Abend muss ich ihm Rede und Antwort stehen, und wehe, auch nur eine Bratwurst oder eine Semmel wurde nicht korrekt abgerechnet.«

»Mach dir keine Mühe, ich habe schon eine Einladung«, sagte Evelyn, bevor ihre Mutter ein noch üppigeres Menü plante als geschmorte Schweineschulter und in Essig gegarte Würste. Dass die Einladung von Esther Bing kam, die als Jüdin eigentlich ein anderes Fest als den Heiligen Abend feierte, behielt sie jedoch für sich.

»Dann ist es ja gut«, meinte Gertraud zufrieden. »Vergiss nicht, Kilian erwartet zu Weihnachten eine Antwort von dir!«

Evelyn wartete in der Küche, bis ihre Mutter und Joachim sich ins Wohnzimmer zurückgezogen hatten. Als sie von dort Grammophonmusik hörte, schmierte sie hastig ein paar Brote, holte eine Flasche Bier aus der Speisekammer und brachte alles auf einem Tablett in die Drogerie. Zu ihrer Überraschung fand sie Benjamin an ihrem Schreibtisch sitzend. Er brütete über den Büchern, die Evelyn erst kürzlich fast zur Verzweiflung getrieben hatten. Ärger überfiel sie. Sie hatte dem Fremden vertraut, warum auch immer. Und nun dankte er es ihr, indem er in ihren Unterlagen herumschnüffelte? Energisch stellte sie das Tablett ab und schlug das Rechnungsbuch zu.

»Was fällt Ihnen ein?«, fuhr sie Benjamin an. »Ich habe Sie nicht angestellt, um meine Bücher zu prüfen. Die gehen Sie überhaupt nichts an. Nennen Sie mir einen Grund, warum ich Sie nicht vor die Tür setzen sollte!«

Der junge Mann lehnte sich zurück, wirkte aber weder zerknirscht noch eingeschüchtert. »Tut mir leid, aber wenn Sie nicht wollen, dass jemand einen Blick hineinwirft, sollten Sie die Bücher auch nicht so offen herumliegen lassen. Ich verstehe nicht viel von kaufmännischem Kram, aber etwas an der Buchführung kommt mir merkwürdig vor.«

»Merkwürdig?« Sie runzelte die Stirn. »Verraten Sie mir auch, was?

»Nun ja, ich habe während meines Studiums auf der Karlsbrücke in Prag gesessen und für die Reisenden Bilder für Postkarten kopiert. Daher kenne ich mich mit Fälschungen ein wenig aus.« Das Rechnungsbuch in Evelyns Händen schien plötzlich mehr als eine Tonne zu wiegen. Sie legte es auf den Schreibtisch zurück. »Fälschungen?«, wiederholte sie irritiert. »Aber warum sollte jemand meine Bücher fälschen? Ich weiß doch auch so, wie es um die Drogerie bestellt ist und dass ich im neuen Jahr schließen muss, falls ich in den nächsten Monaten nicht mehr Umsatz mache.« Sie spähte zu der notdürftig vernagelten Fensterscheibe hinüber. Obwohl der Glaser ihr versprochen hatte, so bald wie möglich vorbeizuschauen, hatte er sich bislang nicht blicken lassen. So, wie der Laden momentan aussah, wirkte er alles andere als einladend auf die Kundschaft.

Benjamin zuckte mit den Schultern. »Ihr Onkel war ziemlich sauer, als er mich heute hier gesehen hat. Er hat sogar mit der Polizei gedroht, aber glücklicherweise konnte das Lehrmädchen, diese Franzi, ihm erklären, dass alles seine Richtigkeit hat. Daraufhin ist er laut schimpfend aus dem Laden gestürmt, um drüben bei dem Tabakhändler zu telefonieren. So viel habe ich jedenfalls beobachtet.«

Evelyns Haut begann zu kribbeln. Wen mochte Joachim angerufen haben? Und warum? »Mein Onkel ist eine Nervensäge, aber er würde sich ins eigene Fleisch schneiden, wenn er hier Unruhe stiftet«, sagte sie. »Er und meine Mutter leben doch auch von dem, was ich mit Cremes, Mundwasser und Zahnpasta verdiene.« Plötzlich fiel ihr ein, dass sie Joachim den Stuhl vor die Tür gestellt hatte. Bislang hatte er sich nur ungeniert an ihren Waren vergriffen, wobei Evelyn stets ein Auge zugedrückt hatte. Und nun? Hatte er vor, es ihr heimzuzahlen, indem er den Laden ruinierte? Es blieb ihr wohl nichts anderes übrig, als auf der Hut zu sein.

Sie dachte an ihren Mann, der die Drogerie aus Pflichtgefühl übernommen hatte. Und weil er gewollt hatte, dass sie gut versorgt war. Ach, Gerson, warum musstest du mich mit diesem ganzen Schlamassel alleinlassen? Da spürte sie eine sanfte Berührung am Arm und zuckte zusammen.

»Keine Sorge!« Benjamin lächelte sie an. »Ich werde künftig die Augen offen halten. Denken Sie nicht, dass ich mich aufdrängen will, aber wenn ich Ihnen irgendwie helfen kann …«

»Das können Sie, indem Sie mir verraten, was Sie wirklich zu Frau Pelzendorf geführt hat«, sagte Evelyn spitz. »Die Geschichte, Sie hätten zufällig auf dem Christkindlesmarkt von einem freien Zimmer gehört, ist schwer zu glauben.«

»So, finden Sie?« Der junge Maler lächelte jetzt nicht mehr. In seinem Blick stand plötzlich etwas, das Evelyn nicht deuten konnte. Etwas Wildes, Tückisches. Er schien ein Geheimnis zu haben, das er nicht so ohne Weiteres preisgeben würde. Unwillkürlich machte sie einen Schritt zurück, und ihr Herz begann schneller zu klopfen. Vielleicht hat Mutter doch recht gehabt, schoss es ihr durch den Kopf. Vielleicht war sie verrückt, einem Fremden die Tür zu öffnen. Zuerst säte der Mann Zweifel an ihrer Familie, und nun sah er sie auf eine Weise an, die das Prickeln auf ihrer Haut noch verstärkte. »Frau Pelzendorf hatte gar nicht mehr die Absicht, zu vermieten, nicht wahr?«, hielt sie ihm entgegen. »Und doch hat sie nicht lange gezögert, das frei gewordene Zimmer auf Vordermann zu bringen. Für einen Mann, den sie nie zuvor im Leben gesehen hatte. Sie müssen zugeben, dass einem das zu denken gibt!«

Benjamin starrte an ihr vorbei ins Leere. Einen Moment lang schwieg er. »Sie überlegen, ob ich diese Hedda nicht doch die Kellertreppe hinuntergeworfen haben könnte, nicht wahr?«, sagte er dann. »Aber warum? Um somit Frau Pelzendorfs Herzanfall auszulösen? Ein schlechter Plan, viel zu unsicher. Und was sollte ich gegen die Frau gehabt haben, wo sie mir doch ein Dach über dem Kopf anbot?« Er stand auf, so abrupt, dass dabei beinahe der Stuhl umkippte. »Ich war nicht im Haus, als Ihre Freundin starb, das schwöre ich! Dieser Kommissar Waldblum hätte mich ja wohl auch kaum laufen lassen, wenn er anderer Meinung gewesen wäre. Und Sie selbst, Evelyn, würden mich nicht hier wohnen lassen.«

Das klang einleuchtend, wenngleich auch nicht restlos überzeugend. »Also schön, ich glaube Ihnen«, entschied Evelyn nach kurzem Zögern. »Wenn Sie mir allerdings ernsthaft weismachen wollen, Sie hätten rein zufällig auf dem Weihnachtsmarkt von einem freien Zimmer im Haus Pelzendorf erfahren, woraufhin

Sie auf gut Glück und bei Schnee und Wind den Weg von der Altstadt bis zum Stadtpark zurückgelegt haben, um als Kunstmaler Ihre Hausmeisterdienste anzubieten …«

»Einer so hartnäckigen Person wie Ihnen bin ich noch nie begegnet«, unterbrach Benjamin sie mit einem tiefen Seufzer. »Nun gut, wenn Sie darauf bestehen. Ich musste Frau Pelzendorf zwar versprechen, mit niemandem darüber zu reden, aber da sie nun tot ist, spielt es vermutlich keine Rolle mehr. Es war kein Zufall, der mich in ihr Haus geführt hat. Sie war es, die mich kennenlernen wollte. Und zwar noch vor dem Weihnachtsfest. Sogar die Fahrkarte nach Nürnberg hat sie bezahlt. Zugegeben, ich war schon ziemlich überrascht, als ich ihre Nachricht erhielt. Denn ihr Name sagte mir gar nichts.«

»Frau Pelzendorf soll Ihnen einen Brief geschrieben haben?«

Benjamin hob die Schultern. »Genau genommen hat sie ein Telegramm aufgegeben. Darin stand, sie bewundere meine künstlerische Arbeit, verfüge über einige Kontakte zur Kunstszene und würde sich freuen, wenn ich sie in Nürnberg besuchen würde, um mit mir über eine große Ausstellung im neuen Jahr zu beraten. Da ich keine Verpflichtungen hatte, beschloss ich, die Einladung anzunehmen. Frau Pelzendorf brachte mich in einem Gasthaus unter. Erst als sie von meinem Zusammenstoß mit diesen Radaubrüdern im ›Goldenen Posthorn‹ erfuhr, bot sie mir an, zu ihr zu ziehen.« Er sah Evelyn mit einem dünnen Lächeln an. »Was geht Ihnen jetzt durch den Kopf?«

»Dass Sie besser bei Ihrer ersten Geschichte hätten bleiben sollen! Die klang wenigstens noch halbwegs glaubwürdig.« Evelyn ging zur Ladentür, öffnete sie und spähte auf die menschenleere Gasse hinaus. Die Luft kühlte ihre erhitzten Wangen. Dann drehte sie sich um. »Anita liebte Bücher und Musik. Ich las ihr oft vor und begleitete sie auch in die Oper. Aber Malerei? Hätte sie jemanden fördern wollen, dann doch wohl eher einen modernen Schriftsteller wie diesen Bertolt Brecht oder Lion Feuchtwanger in München. Aus dessen Werken musste ich ihr öfter vorlesen.«

Wortlos zog Benjamin ein zerknittertes Stück Papier aus der Tasche seiner Jacke und hielt es Evelyn unter die Nase. Es war ein Telegramm. Widerstrebend nahm sie es entgegen.

»Wenn das nicht genügt, dürfen Sie sich auch gern bei dem Wirt des Gasthauses erkundigen, wer für mich das Zimmer reserviert hat!« Benjamin klang nicht gekränkt, eher amüsiert.

»Aber das hätten Sie Kommissar Waldblum und mir doch gleich sagen können!« Plötzlich kam Evelyn ihr Misstrauen fast albern vor. Großer Gott, seit der Sache mit dem Brief im Mantel dieses Untermieters sah sie überall nur noch Lug und Trug.

»Ich gebe zu, es war dumm, Ihnen nicht sofort reinen Wein einzuschenken, aber als ich mit Frau Pelzendorf sprach, bat sie mich um Diskretion. Sie sagte, bevor sie nicht einige Dinge geklärt habe, sollte ich mit niemandem sprechen. Ich dürfe in ihrem Haus wohnen, solle aber erst mal vermeiden, mich in der Stadt blicken zu lassen. Ich dachte, sie wolle mich beschützen. Sie wissen schon, wegen meines Zusammenstoßes mit dem Völkischen Block.«

Evelyn nickte nachdenklich. Ja, wenigstens das ergab Sinn. Dennoch wurde sie den Verdacht nicht los, dass Anita Pelzendorf sich auch noch aus einem anderen, ihr unbekannten Grund einen neuen Untermieter ins Haus geholt hatte. Aber was konnte sie damit bezweckt haben? Und wieso die offenkundige Lüge bezüglich einer Kunstausstellung? Anita hatte völlig zurückgezogen gelebt, ohne Kontakte, die nötig gewesen wären, eine Vernissage zu organisieren. Nein, es musste etwas anderes dahinterstecken. »Und Frau Pelzendorf hat Ihnen wirklich nichts über Ihren Vorgänger, diesen Eugen Frieba, erzählt?«

Benjamin schüttelte langsam den Kopf.

Dann muss ich eben andernorts Erkundigungen über ihn einholen, dachte Evelyn. Sie ging aus der Tür, sperrte ab und verschwand zur Treppe, ohne sich noch einmal nach dem jungen Maler umzublicken.

16.

Der nächste Tag war ein Sonntag, und das Geschäft blieb geschlossen. Evelyn war froh darüber, denn ihr stand der Sinn nicht danach, hinter der Ladentheke zu stehen und Kunden zu beraten. Stattdessen nahm sie sich vor, schon früh bei den Wohlfahrtswerkstätten vorbeizuschauen, um Nachschub für den Marktstand zu besorgen. Anschließend hoffte sie, mit der alten Hedda reden zu können. Sie hatte ein paar Fragen, die sie ihr in der Villa Pelzendorf nicht hatte stellen können.

Das Haus, in dem Anita Pelzendorfs Haushälterin von ihrer Großnichte betreut wurde, befand sich am alten Nürnberger Kreuzweg und in unmittelbarer Nachbarschaft zu einem prächtigen mittelalterlichen Fachwerkgebäude, das allgemein Pilatus-Haus genannt wurde. Benannt nach Pontius Pilatus, der seine Hände in Unschuld gewaschen, Jesus aber dennoch verurteilt hatte. Evelyn fand Hedda in einem ärmlichen, nach Seifenlauge und gedämpftem Kohl riechenden Stübchen, an dem der Zahn der Zeit seit Langem nagte. Der Putz rieselte von den Wänden. Eine Wäscheleine, an der Röcke, Schürzen und Hemdblusen trockneten, teilte den Raum in zwei Hälften. Aber immerhin war er trocken und dank eines kleinen Kohleofens auch leidlich warm. Durch das einzige Fenster ließen sich die Umrisse der nahen Burg ausmachen. Hedda lag mit dick bandagiertem Fuß auf dem Bett, das Gesicht zu einer Maske des Argwohns verzerrt. Ihr war anzusehen, dass sie mit Evelyns Besuch nicht gerechnet hatte und diesen auch nicht begrüßte. »Sie hätten nicht herkommen brauchen«, sagte die alte Frau störrisch. »Ich habe alles, was ich brauche. Meine Nichte ist ein gutes Kind. Sie arbeitet für eine Schneiderin in der Oberen Schmiedgasse, aber meistens nimmt sie sich die Arbeit mit nach Hause. So kann sie ein Auge auf mich werfen.« Hedda deutete auf ein Glöckchen auf dem Nachttisch. »Ihr Herr Dr. Falkner war so freundlich, keine Rechnung zu stellen«, erklärte sie nach einem Moment des Schweigens. »Aber das geht doch nicht. Ich werde seine Behandlung bezahlen, wenn nicht jetzt, dann im neuen Jahr. Würden Sie ihm das ausrichten, Fräulein Evelyn?« Sie schüttelte den Kopf. »Zu dumm, dass ich mich mit diesem vermaledeiten Fuß nicht um die Villa Pelzendorf kümmern kann.« Sie hob den Kopf und sah Evelyn aus halb zugekniffenen Augen an. »Und die Beerdigung? Die arme Frau muss doch würdevoll unter die Erde gebracht werden.«

Als Tochter eines Pfarrers wusste Evelyn genau, was hierfür nötig war. Als sie versprach, sich darum zu kümmern, wurde die Frau im Bett ein wenig zugänglicher. Dies ermutigte Evelyn, sie noch einmal auf die verhängnisvolle Nacht anzusprechen. Heddas Miene blieb griesgrämig, aber sie tat Evelyn den Gefallen, noch einmal darüber nachzudenken. Nach einer Weile schüttelte sie mit einem Seufzer den Kopf. »Ich kann mich einfach nicht erinnern, wie es zu diesem dämlichen Sturz kam. Ich kann's beim besten Willen nicht sagen. Aber der Gedanke, dass ich die arme blinde Herrin durch mein Gepolter zu Tode erschreckt haben könnte, quält mich Tag und Nacht. Ohne Dr. Falkners Pillen könnte ich kein Auge mehr zumachen.«

Evelyn hob die Gardine an und sah aus dem Fenster auf die Mauern der alten Kaiserburg, das Wahrzeichen der Stadt. Sie erkannte den »Luginsland«, einen hoch aufragenden Turm und Teil der Befestigungsanlage, dessen spitzer Helm von vier kleineren Türmchen eingefasst wurde. Von der St.-Sebald-Kirche wurde Glockengeläut herübergetragen. Richtig, der Gottesdienst musste gerade zu Ende gegangen sein. Gertraud würde ihr Vorwürfe machen, weil sie ihn schon wieder verpasst hatte. Aber hier ging es um eine Botschaft von Gerson, vielleicht sogar um seine letzte. Ihr Vater hätte verstanden, dass sie alles dafür tun musste, um zu begreifen, warum er diese Nachricht an Anita Pelzendorf gerichtet hatte und nicht an sie.

»Was für ein Mensch war dieser Eugen Frieba?« Evelyn ließ die Gardine sinken und wandte sich wieder der alten Frau im Bett zu. »Frau Pelzendorfs verstorbener Untermieter.«

»Ich weiß schon, wen Sie meinen, aber ich verstehe nicht, warum Sie das wissen wollen. Der Kerl geht Sie doch gar nichts an. Er ist tot und begraben. Friede seiner Asche.«

Evelyn atmete tief durch. Jetzt durfte sie sich keinen Fehler erlauben. Am besten, sie schenkte der alten Frau reinen Wein ein. »Frieba geht mich etwas an, weil er einen Feldpostbrief meines in Frankreich gebliebenen Mannes bei sich trug«, sagte sie. »Nun, zumindest das Kuvert. Es steckte in dem Mantel, den mir Frau Pelzendorf für den Wohltätigkeitsverein der Damen überließ. Ich möchte wissen, wie Frieba an den Umschlag kam und wo der Brief abgeblieben ist.«

Hedda tastete nach ihrem Wasserglas, und als sie danebengriff, sprang Evelyn sogleich herbei und reichte es ihr. Die Frau leerte es in einem Zug. Ihrer Miene war nicht zu entnehmen, ob sie Evelyns Erklärung eine Bedeutung beimaß oder alles für reine Zeitverschwendung hielt. »Vielleicht ein Fehler der Post?«, meinte sie schließlich achselzuckend.

»Unmöglich! Der Brief war an Frau Pelzendorf persönlich adressiert. Entweder sie hat ihn Frieba gegeben oder … niemals zu Gesicht bekommen.«

»Ihr Mann soll an Frau Pelzendorf geschrieben haben? Aber das ist doch absurd. Dreißig Jahre lang habe ich die Post in

Empfang genommen, aber nie war der Brief eines Soldaten darunter.« Sie legte die Stirn in Falten, als kehrte plötzlich eine verdrängte Erinnerung zurück. »Nun gut, im letzten Kriegsjahr ging es mir nicht besonders, da musste ich eine Weile das Bett hüten. Ja, und da hatte Frau Pelzendorf den Herrn Frieba gebeten, die Tür zu öffnen, wenn's schellte oder auch mal ans Telefon zu gehen. Neugierig, wie der war, ließ er sich auch nicht lange bitten, die Post in Empfang zu nehmen.«

Ich wusste es, dachte Evelyn. Anita hatte ihr Gersons Botschaft nicht wissentlich vorenthalten. Sie hatte den Brief nie bekommen, also hatte sie ihn ihr auch nicht zeigen können. Aber welches Interesse sollte ihr Untermieter gehabt haben, den Feldpostbrief eines Soldaten erst zu öffnen und dann verschwinden zu lassen? Evelyn konnte schwören, dass Gerson den Namen Frieba nie erwähnt hatte, nahm sich aber vor, zu Hause die Rechnungsbücher der zurückliegenden Jahre zu durchblättern. Möglicherweise war der Mann ja ein Kunde gewesen.

»Leider kann ich Ihnen nur wenig über Frieba sagen!« Hedda lehnte sich in ihre Kissen zurück. »Er war sehr zurückhaltend und sprach nicht mehr als unbedingt nötig. Besuch bekam er auch keinen. Ein undurchsichtiger Mensch, der nicht viel redete. Aber seine Manieren gegenüber Frau Pelzendorf waren tadellos, sonst hätte sie ihn bestimmt nicht unter ihrem Dach geduldet. Er zahlte pünktlich seine Miete, und nachdem der Herr Reichsbankrat gestorben war, fühlte sich Frau Pelzendorf wohl erleichtert, dass noch ein Mann im Haus war. Ab diesem Zeitpunkt kam Frieba auch häufiger aus seinem Zimmer. Er tat plötzlich so, als wäre er der Hausherr, und lungerte in den Räumen herum, in denen er als Mieter eigentlich gar nichts verloren hatte. Ein paarmal wollte er mir sogar Anweisungen geben, aber damit war er bei mir an der falschen Adresse!« Sie lachte bitter auf.

»Ich habe ihm schnell klargemacht, dass er mir gar nichts zu sagen hat, und ihn aus meiner Küche gescheucht.«

»Aber er muss doch irgendeiner Arbeit nachgegangen sein«, sagte Evelyn. »Sonst hätte er sich das Zimmer in einer so noblen Gegend nicht leisten können.«

Die Haushälterin winkte ab. »Ach, eine so hohe Miete hat die gnädige Frau gar nicht verlangt. Sie war ja froh, nach dem Tod des Herrn Bankrats nicht allein im Haus sein zu müssen. Vor allem nachts. Ich glaube, sie hatte vor irgendetwas Angst. Und der Frieba? Soviel ich weiß, war er Beamter bei der Reichsbahn. Er tat immer sehr wichtig und meinte, dass man ohne ihn nicht auskommen könne. Aber als mich Frau Pelzendorf mal wegen einer Besorgung mit der Eisenbahn nach Erlangen geschickt hat, wen sehe ich da im Fahrkartenhäuschen sitzen? Unseren Herrn Frieba.« Sie machte eine wegwerfende Handbewegung. »Höherer Beamter, dass ich nicht lache. Mir konnte er das nicht mehr weismachen, auch wenn er später mit Geld nur so um sich warf.«

Evelyn horchte auf. Sie musste an die vornehmen Kleidungsstücke denken, über die Sibylle und die Damen vom Wohltätigkeitsverein so gestaunt hatten. Die Manschettenknöpfe aus dem Haus Aschaffenburger & Söhne und die maßgeschneiderten Seidenhemden entsprachen beileibe nicht dem Salär eines Bahnschalterbeamten. Aber mit Gersons Brief konnte Friebas plötzlicher Wohlstand auch nichts zu tun gehabt haben, denn Gerson hatte nicht viel Geld gehabt.

»Frau Pelzendorf hat Friebas Kleidung für die Bedürftigen herausgelegt, aber was ist aus seiner übrigen Habe geworden?« Noch im selben Moment, in dem sie die Frage stellte, bemerkte Evelyn, wie sich die Miene der Frau verdüsterte. War sie zuvor fast ins Plaudern geraten, so verfiel sie nun wieder in ihre argwöhnische Haltung.

»Von welcher Habe reden Sie da? Uns hat er keinen müden Pfennig hinterlassen, falls Sie das meinen.«

»Er wird doch außer Anzügen und Hemden auch noch andere Dinge besessen haben. Bücher, Fotografien, Schriftstücke …«

»Nein, nicht dass ich wüsste«, sagte Hedda, klang dabei aber so nervös, dass ihre Stimme sich fast überschlug. Dann deutete sie unmissverständlich zur Tür. Auf der schmalen Holztreppe, die zur Dachstube führte, war ein Knarzen zu hören. Jemand kam mit müden Schritten die Stufen hinaufgestiegen. »Meine Großnichte«, sagte Hedda. Es klang erleichtert. »Sie müssen jetzt gehen, Fräulein Evelyn. Meine Kleine hält nichts von Besuch vor dem Mittagessen! Und ich habe auch genug von all den neugierigen Fragen über einen Toten.«

Evelyns Hand lag schon auf der Türklinke, als die Frau ihr noch etwas nachrief. »Es bringt nur Unglück, an vergangene Dingen zu rühren. Wenn Ihr Mann gewollt hätte, dass Sie seinen Brief bekommen, hätte er ihn doch an Sie und nicht an Frau Pelzendorf geschickt, oder?«

Auf der Straße lehnte sich Evelyn erst einmal gegen die Hauswand und atmete in kräftigen Zügen durch. Ihr war etwas schwindelig, und dies nicht nur wegen der Wendeltreppe in Heddas Haus oder des grimmigen Blicks, den ihr deren Großnichte im Hausflur zugeworfen hatte. Nein, es waren Heddas Abschiedsworte, die ihr ein Grummeln im Bauch und ein leeres Gefühl im Kopf bescherten. Ja, möglicherweise hatte die Alte recht und sie verrannte sich zunehmend in eine fixe Idee. Und nun vernachlässigte sie nicht nur die Drogerie, sondern auch ihren wohltätigen Dienst auf dem Christkindlesmarkt, um einem Schemen nachzujagen.

Niedergeschlagen machte Evelyn ein paar schwankende

Schritte in Richtung Burgstraße, vorbei an einigen Jungen mit Rodelschlitten und ersten Spaziergängern auf dem Weg zur Walpurgiskapelle.

Vielleicht gab es noch einen weiteren Grund, warum sie von ihrer Suche nicht ablassen wollte. Solange sie Gersons letzter Botschaft hinterherjagte, konnte sie sich einreden, es sei noch zu früh, eine neue Bindung einzugehen. Damit konnte sie Kilian und ihre Mutter, ja im Grunde jeden, auf Abstand halten, der sie drängte, ihr Leben endlich in die Hand zu nehmen. Aber dass es so nicht länger weitergehen konnte, lag auf der Hand.

Evelyn wollte soeben den Weg zum Christkindlesmarkt einschlagen, als sie auf eine Gestalt aufmerksam wurde, die, sich verstohlen umschauend, aus dem Haus der alten Hedda schlich. Es war die Großnichte, der Evelyn auf der Treppe begegnet war. Die Frau trug ein Wolltuch um den Kopf und Heddas Mantel und hatte sich einen hölzernen Kasten von der Größe eines Schuhkartons unter den Arm geklemmt. Mit diesem stapfte sie eiligen Schrittes durch den Schnee. Evelyn runzelte die Stirn. Seltsam. Sollte die Nichte jetzt nicht für Hedda Mittagessen kochen? Warum hetzte sie dann die Straße hinunter? Evelyn konnte der Versuchung nicht widerstehen, sich an ihre Fersen zu heften. Zuerst glaubte sie, die junge Frau sei auf dem Weg zur Oberen Schmiedgasse, wo sich Hedda zufolge die Schneiderei befand, in der ihre Verwandte arbeitete. Doch sie eilte weiter durch die Altstadt, bis die geschmückten Buden des Christkindlesmarktes vor ihr auftauchten. Evelyn hielt verwundert den Atem an. Was trieb Heddas Großnichte auf den Weihnachtsmarkt? Die junge Frau ließ den Stand mit den Rauschgoldengeln links liegen, ohne einen Blick darauf zu werfen. Stattdessen schlenderte sie durch die Gassen der Buden und Stände, blieb bald hier, bald da kurz stehen, wobei sie vorgab, sich interessiert die feilgebotenen Waren anzusehen. Als sie sich vor neugierigen Blicken sicher fühlte, hielt sie schnurstracks auf eine der kleinen Hütten jenseits der Brücke zu. Dort klopfte sie dreimal gegen die Bretterwand, worauf die Tür von innen geöffnet und sie hineingewunken wurde.

Evelyn fluchte. Anders als Heddas Verwandte war sie auf dem Platz viel zu bekannt, als dass sie sich unbemerkt an die Bude hätte heranpirschen können. Während sie so tat, als würde sie die Marktatmosphäre genießen, wurde sie aus mehreren Buden heraus fröhlich gegrüßt. Mit einem Blick erfasste sie, dass inzwischen auch ihre Mutter ihren Platz hinter Brungässners Bratwurstrost eingenommen hatte. Auch das noch. Evelyn versuchte sich den Blicken ihrer Standnachbarn zu entziehen, was gar nicht einfach war. Um diese Zeit war noch viel zu wenig los, um im Gewühl der Menge unterzutauchen. Sie wagte es nicht, noch näher auf die Bude zuzugehen, in der Heddas Verwandte mit ihrem Kasten verschwunden war. Was wurde dort noch gleich verkauft? Billige Spielwaren, Uhren, Schmuck und anderer Krimskrams. Nichts Aufregendes. Der Mann, der die Ware vertrieb, gehörte nicht zu der geselligen Sorte. Er war schon älter, ungepflegt und hielt sich von der Gemeinschaft der Schausteller fern, obwohl diese ganz allgemein einen vertrauten Umgang miteinander pflegten. Die meisten machten einen Bogen um diese Bude, auch die Besucher. Evelyn musste indes nicht lange warten, bis sich die Tür erneut öffnete und Heddas Großnichte wieder ins Freie trat – ohne ihren Holzkasten, dafür aber mit einem zufriedenen Gesichtsausdruck. Ohne Evelyn zu bemerken, tappte sie zum Stand eines Bratapfelverkäufers und ließ sich von diesem eine seiner Früchte geben. Dann verließ sie den Christkindlesmarkt in Richtung Burg.

Evelyn sah ihr einen Moment lang nach, ehe sie ihre Aufmerksamkeit wieder auf die Hütte richtete. Wenn sie sich nicht sehr täuschte, dann befand sich der Händler darin nun im Besitz von Friebas letzten Habseligkeiten. Die alte Hedda hatte die Sachen des Untermieters heimlich mitgenommen, nun aber kalte Füße bekommen. Gewiss hatte sie ihrer Verwandten aufgetragen, die Sachen aus dem Haus zu schaffen, mit dem Versprechen, dass dabei auch ein paar Groschen für sie abfielen. So, wie das Mädchen strahlte, war ihr das auch gelungen.

In der Bude des Trödlers wurden die Läden zugeschlagen. Offensichtlich hatte der Mann vor, seinen Stand heute früher zu schließen. Wollte er sich aus dem Staub machen?

Na warte, nicht mit mir, dachte Evelyn grimmig. Sie bewegte sich auf den Stand zu und hatte ihn fast erreicht, als sie von hinten derb am Arm gepackt wurde. Erschrocken wirbelte sie herum. Vor ihr stand Sibylle, mit blitzenden Augen, die Hände in die Hüften stemmend.

»Darf man fragen, warum du noch nicht an unserem Stand bist? Dein Dienst hat schon vor zehn Minuten begonnen. Ich musste für dich einspringen, dabei bin ich mit Rasmus verabredet. Er möchte mit mir nach München fahren, um mich ein paar wichtigen Personen vorzustellen, und er hasst es, wenn ich ihn warten lasse.«

Evelyn schluckte. Sie hatte ihre Freundin nie zuvor so aufgeregt erlebt. »Aber ich muss …«

Sibylle schüttelte den Kopf. »Du musst jetzt nur eines, nämlich mitkommen, Liebes. Die Leute wollen nur von dir bedient werden, Gott weiß warum. Ich hoffe, du hast die fertigen Engel aus den Werkstätten abgeholt, die Leute reißen sie uns doch geradezu aus den Händen.« Sibylle griff nach Evelyns Hand und zog sie hinter sich her wie ein unartiges Gör. Unter ihren Schuhsohlen knirschte der Schnee. »Da vorne steht Rasmus, siehst du, wie finster er dreinschaut? Wenn er friert, wird er sehr ungehalten.«

Ungestüm schüttelte Evelyn Sibylles Hand ab und machte ein paar Schritte rückwärts. »Fünf Minuten«, rief sie bittend und hob die Hand. »Ich schwöre dir, dass ich in fünf Minuten am Stand bin! Ach was, drei Minuten genügen. So lange wird dein Freund noch warten können.« Ohne auf Sibylles Gezeter zu achten, drängte sie sich durch die Menge. Sie musste den Trödler erwischen und überreden, ihr einen Blick in den Holzkasten zu gestatten. Sie würde ihm auch keinen Ärger machen. Dass Hedda Eugen Friebas Plunder verhökerte, interessierte sie nicht. Aber vielleicht befand sich Gersons Brief ja unter den abgegebenen Sachen.

Als Evelyn das Bretterhäuschen mit der im Wind flatternden gestreiften Markise erreichte, fand sie es verlassen, Fenster und Tür waren verrammelt.

Sie war zu spät gekommen, der Händler hatte sich bereits aus dem Staub gemacht.

17.

Evelyn saß wie betäubt inmitten all ihrer schimmernden Pracht, doch so lieblich die kunstvollen Engel auch sonst dreinschauten, heute schienen sie Evelyn geradezu schadenfroh anzugrinsen. Aber wieso auch nicht? Sie hatte auf ganzer Linie versagt. Sie fragte Leute hemmungslos aus und hielt ihre Verabredungen mit Sibylle nicht ein. Und an Kilian hatte sie seit Tagen nicht einmal gedacht. Nicht die besten Voraussetzungen für eine Ehe. Stattdessen musste sie fortwährend über den Holzkasten nachgrübeln und wie gern sie hineingeschaut und geprüft hätte, ob er nicht doch das enthielt, was sie vermutete. Die freundliche Lebkuchenfrau von nebenan hatte Evelyn erklärt, dass der Standbetreiber Mull hieß, einen Trödelladen am Weinmarkt betrieb und im Ruf stand, dort alles zu verkaufen, was er in die Finger bekam. Aber was sollte sie mit diesem Wissen noch anfangen, nun, nachdem dieser Mull sich verkrümelt hatte? Zweifellos saß der längst zu Hause und wühlte in den Sachen eines Verstorbenen, auf die er ebenso wenig Anrecht hatte wie Hedda. Warum die Haushälterin Friebas Besitztümer unterschlagen hatte, lag indessen auf der Hand. Man musste sich nur das ärmliche Stübchen in Erinnerung rufen, um zu begreifen, dass Hedda nicht auf Rosen gebettet war und nun, nach Anita Pelzendorfs plötzlichem Tod, Angst vor der Zukunft hatte. Wer sollte sie in ihrem Alter noch in seine Dienste nehmen? Wovon sollte sie leben? Ihre Großnichte würde sich bedanken, wenn sie Hedda durchfüttern musste.

Evelyn rutschte unruhig auf ihrem Stuhl hin und her. Wie gern hätte sie sich zum Weinmarkt aufgemacht, um diesem Mull auf den Zahn zu fühlen, aber dies konnte sie wohl vergessen. Zum einen, weil sie am Stand bleiben musste, und zum anderen, weil sie den Laden gewiss geschlossen vorfinden würde. Morgen früh aber würde der Mann vermutlich abstreiten, jemals einen Kasten gekauft zu haben.

»Mit einer so finsteren Miene wirst du heute aber keinen Umsatz machen!«

Sie sah auf und erblickte Kilian. Er trug einen nachtblauen Mantel mit Pelzkragen und stützte sich lässig auf seinen Spazierstock mit dem silbernem Griff in Form eines Adlerkopfs. Evelyn erinnerte sich, dass Kilians Vater von Gehstöcken geradezu besessen gewesen war und eine große Sammlung besaß. Kilian, der im Grunde ein eher sportlicher Typ und seit Jahren im Turnverein war, hatte sich darüber oft lustig gemacht, doch offensichtlich fand er die Stöcke bei Schnee und Eis doch ganz praktisch.

»Sibylle entschuldigt sich«, sagte der junge Arzt mit einem charmanten Lächeln. »Sie war wohl vorhin etwas grob zu dir. Ich habe sie noch erwischt, bevor sie mit ihrem Galan nach München aufgebrochen ist. Und weil ich finde, dass du Erholung brauchst, habe ich dafür gesorgt, dass du vorzeitig abgelöst wirst, damit du dich mit mir bei einer schönen Tasse Kaffee aufwärmen kannst. Das Café Beer in der Breiten Gasse hat sonntags hervorragenden Kuchen.«

Evelyn sagte einen Moment gar nichts, in Gedanken dankte sie jedoch dem Himmel für diese Fügung. Kilian war genau zur rechten Zeit aufgetaucht. »Ich würde einen netten Spaziergang zum Weinmarkt vorziehen«, sagte sie.

»Zum Weinmarkt? Aber dort ist doch um diese Zeit noch gar nichts los!«

»Umso besser!« Entschlossen streifte Evelyn sich ihre Handschuhe über. Wenig später war die angekündigte Ablösung eingetroffen, ein aufgewecktes Dienstmädchen der Familie Falkner, das innerhalb kurzer Zeit von Evelyn eingewiesen wurde und sich über die zwei Reichsmark, die Kilian ihr zusteckte, wie ein Honigkuchenpferd freute.

»Nett von dir, dass du der alten Hedda nichts für deine Behandlung berechnet hast«, sagte Evelyn. Sie wich einem Grüppchen von Mädchen aus, die wie Rauschgoldengel kostümiert waren und gemeinsam mit einigen Posaunisten auf die aus Holzplanken gezimmerte Bühne zuhielten. Dort sollten sie wie an jedem Adventssonntag Weihnachtslieder zum Besten geben. Gerüchten zufolge spielte der Stadtrat mit dem Gedanken, künftig einem Mädchen die Rolle des Christkinds zu übertragen, das dann die feierliche Eröffnung des Christkindlesmarktes vornehmen und die Menschen mittels eines Sprüchleins auf das nahende Fest einstimmen sollte.

Kilian zog die Hutkrempe tiefer in die Stirn, da ein leichter Schneeregen ihm wässrige Flocken in die Augen wehte. »Sag bloß, du hast ihr einen Besuch abgestattet.«

Evelyn nickte.

»Sie braucht sich keine Sorgen zu machen. Bestimmt hat Frau Pelzendorf sie bedacht. Du hast doch selbst gesagt, dass sie ein Testament hinterlassen haben muss. Der ausgefüllte Totenschein wurde von mir weitergegeben, damit steht der Beerdigung und der Testamentseröffnung nichts mehr im Wege.« Er lachte. »Na, womöglich erbt diese Hedda das ganze Anwesen mit Villa und Park. Dann hat sie auf ihre alten Tage ausgesorgt.«

Daran hatte Evelyn nicht gedacht, aber es war durchaus anzunehmen, dass Anita Pelzendorf ihre langjährige Haushälterin in ihrem letzten Willen nicht unerwähnt gelassen hatte. Hedda hätte es also wahrscheinlich gar nicht nötig gehabt, das Hab und Gut des Untermieters zu verscherbeln. Während sie an Kilians Arm durch die Straßen ging, überlegte sie, ob auch Frieba ein Testament hinterlassen haben könnte. Vermutlich nicht, denn sonst wäre Anita Pelzendorf nicht in den Sinn gekommen, seine Kleider zu verschenken.

»Lass uns lieber von etwas anderem reden«, bat Kilian. Er blieb unvermittelt stehen und legte einen Arm um Evelyns Taille. »Ich möchte dir gern etwas Hübsches zu Weihnachten schenken. Dieses Fest soll für uns beide etwas ganz Besonderes werden.«

»Aber das ist doch nicht nötig«, erwiderte Evelyn ausweichend. Sie spürte seinen warmen Atem in ihrem Gesicht und überlegte, ob ihr dieses Gefühl von Nähe gefiel oder unangenehm war.

Kilian nickte eifrig. »O doch. Sei nicht so bescheiden. Auch ich habe Wünsche an dich.«

Wie diese aussahen, konnte Evelyn sich denken. Sie rang sich ein Lächeln ab und ging weiter. In der Weißgerbergasse blickte sie sich suchend um. Hier irgendwo musste der Trödelladen doch sein. Tatsächlich fand sie ihn nur wenige Schritte weiter. Vertrauenerweckend sah er nicht gerade aus. Von dem windschiefen Haus bröckelte das Mauerwerk ab, die schmale Schaufensterscheibe war seit Menschengedenken nicht mehr geputzt worden, und das Ladenschild quietschte im Wind wie ein plärrendes Kind.

Evelyn spähte durch das Fenster auf eine Ansammlung von verstaubtem Plunder. »Also wenn du mir unbedingt etwas schenken möchtest, diese … Brosche mit den winzigen Perlen würde mir gefallen.« Sie zeigte auf einen metallischen Gegenstand, der im diffusen Licht des Nachmittags nur schwer zu erkennen war.

»Das ist keine Brosche, sondern ein Pillendöschen!« Kilian rümpfte die Nase. »Komm, lass uns weitergehen. Als ich sagte, du könntest dir etwas aussuchen, dachte ich an einen Ring oder eine Kette von Aschaffenburger & Söhne, nicht an ein Pillendöschen von …« Er machte einen Schritt zurück, um die Schrift auf dem Ladenschild besser entziffern zu können. »Mull? Ach du meine Güte, was für ein Name! Klingt wie ein Verband.« Er seufzte.

»Aber solche Lädchen sind doch oft die reinsten Fundgruben«, erklärte Evelyn ihm. Sie hasste es, Kilian hinters Licht zu führen, aber sie musste in dieses Haus und er durfte keinen Verdacht schöpfen.

»Ich weiß nicht … Außerdem wird dir nicht entgangen sein, dass heute Sonntag und der Laden geschlossen ist.«

Evelyn wandte sich erneut dem Schaufenster zu. Wenn sie sich nicht täuschte, schimmerte ein Lichtschein unter dem Türspalt hindurch. Dieser Mull saß hinten im Laden und inspizierte den Inhalt von Friebas Kasten, darauf ging sie jede Wette ein. Ehe Kilian sie zurückhalten konnte, klopfte sie kräftig gegen die Scheibe.

»Was, um Himmels willen, tust du da?«

»Der gute Mann wird doch nichts dagegen haben, ein Geschäft zu machen«, sagte Evelyn. »Du bist ein vielbeschäftigter Mann und hast nicht jeden Tag Zeit, um durch die Altstadt zu streifen.«

Evelyn klopfte erneut, und als sich im Innern nichts regte, hämmerte sie gegen die Tür. Kurz darauf ließ sich aus dem Inneren des Hauses ein ärgerlicher Laut vernehmen. Durch das Schaufenster nahm Evelyn einen tanzenden Lichtfleck wahr, der offensichtlich zu einer Lampe gehörte, und dahinter das Gesicht eines Mannes. Der Mann starrte sie durch die Fensterscheibe böse an und gab ihr und Kilian mit einer reichlich derben Geste zu verstehen, dass sie verschwinden sollten.

»Du bekommst ein Brillantarmband«, raunte Kilian Evelyn zu. »Oder magst du lieber Rubine? Komm schon, lass uns verschwinden, bevor dieser Bursche noch einen bissigen Köter auf uns hetzt.«

»Einen Hund hat er nicht«, widersprach Evelyn. »Den hätten wir doch längst bellen gehört.« Im Türschloss wurde ein Schlüssel herumgedreht, kurz darauf ein Riegel zurückgeschoben.

»Nun hören Sie auf, wie die Wilden zu klopfen!«, fuhr der Ladeninhaber Evelyn an. Mull trug eine Pelzmütze mit Ohrenklappen, und sein grauer Bart quoll ihm bis über die Brust. Über dem kragenlosen Hemd spannte eine Weste aus grünem Samt, die bereits bessere Tage gesehen hatte. »Wie Sie sehen, haben wir geschlossen! Es ist schließlich Adventssonntag!«

»Kein Grund, sich einer Dame gegenüber so unhöflich zu benehmen«, sagte Kilian stirnrunzelnd. »Meine Verlobte hat sich gefragt, ob Sie ein paar hübsche antike Broschen in Ihrem Sortiment haben, und da wir Licht sahen, dachten wir, Sie könnten uns etwas zeigen. Aber wenn Sie nicht daran interessiert sind, ein Geschäft zu machen, soll es mir recht sein.«

Mulls Blicke wanderten zu Kilians Mantel und dem edlen Gehstock in dessen Hand. Er schien mit sich zu ringen. Einerseits wollte er sie loswerden, andererseits ließ man sich eine so vornehme Klientel nicht einfach durch die Lappen gehen. Schließlich öffnete er und trat zur Seite.

»Ich bitte um Vorsicht, meine Herrschaften«, warnte er Evelyn und Kilian, als sie über die Schwelle traten. Sie mussten einige Stufen hinuntersteigen, um in den Verkaufsraum zu gelangen. »Hier gibt es keine elektrischen Leitungen, daher muss ich erst das Gas aufdrehen.«

Als das Licht anging, sah sich Evelyn neugierig in dem gewölbeähnlichen Raum um, der mit seinem grauen nackten Mauerwerk wirkte, als wäre er aus einem Felsen gehauen. Er war so vollgestopft mit allem möglichen Plunder, dass es fast unmöglich war, sich zu bewegen, ohne auf etwas zu treten oder über Kisten mit Geschirr, Gläsern und Silberleuchtern zu stolpern. Die Steinfliesen waren mit persischen Teppichen von unterschiedlicher Qualität belegt, die jeden ihrer Schritte dämpften. An den Wänden hingen Gemälde in schwülstigen barocken Rahmen, darauf vornehmlich unbekleidete Frauen in eindeutiger Pose, aber auch ein paar hübsche Kupferstiche von der Nürnberger Burg waren darunter, vom Alten Rathaus und vom Unschlittplatz. Evelyn kam sich vor wie in Ali Babas Räuberhöhle und fragte sich, wie sie in diesem Panoptikum das Kästchen mit Friebas Habe finden sollte. Schließlich konnte sie Mull schlecht danach fragen.

»Sie interessieren sich für Broschen und Nadeln?«, hakte der Ladeninhaber nach. Er ging zu einer vom Holzwurm befallenen Kommode und zog einige Schubladen auf. Dabei warf er Evelyn über die Schulter einen fragenden Blick zu. »Ich könnte schwören, dass ich die gnädige Frau schon mal gesehen habe. Doch, doch, darauf würde ich glatt Gift nehmen!«

Evelyn verzichtete wohlweislich darauf, ihm auf die Sprünge zu helfen, und glücklicherweise war auch Kilian von dem reichhaltigen Angebot der Trödlerhöhle so in Anspruch genommen, dass er Mulls Bemerkung ignorierte. Fasziniert betrachtete er eine Auswahl von Militärsäbeln, die vermutlich von ehemaligen Offizieren des kaiserlichen Heers in Zahlung gegeben worden waren. Mull präsentierte eine Lade mit Schmuckstücken, von denen einige recht hübsch waren. Vermutlich hatten finanzielle Nöte während der Inflation ihre Besitzerinnen gezwungen, sich von ihnen zu trennen. Evelyn schüttelte den Kopf.

»Nein? Ich verstehe, die gnädige Frau hat höhere Ansprüche!« Mull verschwand hinter einer Regalwand, wo er geräuschvoll in verschiedenen Behältnissen nach weiteren Pretiosen kramte. Diese Gelegenheit nutzte Evelyn, um einen Blick in den winzigen Nebenraum zu werfen, der dem Trödler offenbar als

Büro diente. In dem eiskalten Zimmerchen roch es nach der Zigarre, die in einem Aschenbecher auf dem Schreibtisch vor sich hin schwelte. Eine Petroleumfunzel tauchte den engen Raum in gespenstisches Licht. Daneben entdeckte Evelyn Heddas Holzkasten. Mull hatte bereits einige Dinge herausgenommen, darunter ein Briefmarkenalbum, das den Händler zu interessieren schien. Zumindest wies eine Lupe darauf hin, dass er sich den Inhalt des Albums eingehend angesehen hatte. Bei ebendieser Tätigkeit hatten Evelyn und Kilian ihn vermutlich gestört. Evelyn beugte sich über das Album und begann zu blättern. Eugen Frieba war also ein Sammler gewesen. Und nicht nur das. Er schien dabei sehr sorgfältig vorgegangen zu sein. Unter jeder einzelnen Marke hatte der Bahnbeamte handschriftlich vermerkt, wann und auf welchem Wege er sie erworben hatte. Ob einige davon wertvoll waren? Dummerweise kannte sich Evelyn mit Briefmarken nicht aus, aber ... Plötzlich stutzte sie. Rasch blätterte sie einige Seiten zurück, bis sie im Jahr 1918 angekommen war. In diesem Jahr hatte Frieba lediglich zwei Briefmarken einsortiert, beide aus den verlorenen deutschen Kolonien in Afrika. Enttäuscht legte Evelyn das Buch zurück auf den Tisch. Einen Augenblick lang hatte sie den Verdacht gehegt, Anitas Untermieter könnte Gersons Brief unterschlagen haben, weil er die Marke auf dem Kuvert als wertvoll erkannt hatte. Aber das stimmte nicht, denn die Nachrichten, die ihr Mann aus Frankreich geschickt hatte, waren nur mit einem Poststempel versehen gewesen. Frontsoldaten brauchten keine Marken, das hatte sie in ihrer Aufregung nicht bedacht.

Kurz entschlossen schnappte sich Evelyn den Holzkasten und wollte gerade damit aus dem Büro des Trödlers schleichen, als dieser plötzlich vor ihr auftauchte. In seiner Hand hielt er einen der Säbel, die Kilian bewundert hatte. »Na, haben Sie eine Brosche gefunden, die Ihnen gefällt, Mädchen?« Sein Blick wurde eisig. »Na los, her mit dem Kasten! Ich habe dafür bezahlt, also gehört er mir!«

Evelyn begann vor Angst zu schwitzen, aber sie dachte nicht daran, den Kasten herauszurücken.

»Glauben Sie etwa, ich hätte Sie nicht sofort erkannt?«, zischte Mull böse. »Sie verkaufen die hübschen Engelchen auf dem Christkindlesmarkt. Dort habe ich Sie gesehen. Die Leute dort meinen, ich würde keine Notiz von ihnen nehmen, aber da irren sie sich. Er fuchtelte mit dem Säbel. »Mir entgeht nichts! Die kleine Näherin hat mich vorhin auf dem Markt vor Ihnen gewarnt. Sie gehören zu denen, die überall herumschnüffeln und ihre Nase in Dinge stecken, die sie nichts angehen. Und nun zum letzten Mal: Her mit meinem Kasten, bevor ich meine guten Manieren vergesse!«

»Die Polizei wird sich dafür interessieren, dass Sie Diebesgut ankaufen«, sagte Evelyn ganz ruhig.

»Diebesgut?«

»Allerdings! Dieser Kasten gehörte einem Bekannten meiner Freundin, der verstorben ist. Die Näherin hatte nicht das Recht, ihn zu verkaufen. Sie sind ein Hehler!«

In Mulls Blick schlich sich etwas Tückisches. »Das sagen Sie, Mädchen. Aber werden Sie auch noch in der Lage sein, diese Beschuldigung aufrechtzuerhalten, wenn ich Sie in eine meiner Kisten stecke und darin vermodern lasse?« Er lachte gehässig. Dann machte er einen Schritt auf sie zu und hob langsam, fast genüsslich den Säbel.

Verflucht, wo steckte Kilian? Er musste doch etwas von dem mitbekommen, was hier vor sich ging. Evelyn holte Luft, um nach ihm zu rufen, doch als sie in die gefährlich aufblitzenden Augen des Trödlers sah, ging ihr auf, dass dies zwecklos war. Mull musste dafür gesorgt haben, dass Kilian ihr nicht zu Hilfe kommen konnte. Vielleicht lag er schon mausetot in einer der Kisten.

»Was … haben Sie meinem Begleiter angetan?«, stammelte sie verzweifelt.

»Keine Angst, noch geht es ihm blendend. Wenn Sie den Kasten herausrücken, wird es auch so bleiben. Vielleicht lasse ich Sie beide sogar laufen. Sie können mir gar nichts. Ich werde sagen, Sie seien hier eingedrungen, obwohl der Laden geschlossen war.«

Aus dem Verkaufsraum drang ein Stöhnen, das von den gewölbeartigen Mauern des Kellers schaurig zurückgeworfen wurde. Mull war einen Herzschlag lang unaufmerksam, und diesen Moment nutzte Evelyn aus. Obwohl der Trödler noch immer den Säbel auf sie richtete, machte sie einen Satz auf ihn zu und schmetterte ihm mit aller Kraft den Holzkasten gegen den Kopf. Den Lippen des Mannes entwich ein gurgelnder Laut, als er den Säbel fallen ließ und dann ohnmächtig zu Evelyns Füßen zusammenbrach. Evelyn stand wie vom Donner gerührt da, ihr Herz klopfte ihr vor Aufregung heftig gegen die Rippen. Der Inhalt von Friebas Kasten hatte sich auf dem Boden verteilt. Evelyn ließ sich auf die Knie nieder und tastete nach den Gegenständen. Darunter waren eine goldene Taschenuhr, aber ohne Gravur, ein paar Krawattennadeln, mehrere Füllfederhalter mit goldener Spitze und ein Schnupftabaketui. In einem Lederbeutel fand sie außerdem eine silberne Gürtelschnalle, zwei Rasierpinsel und ein paar zusammengefaltete Schriftstücke, die offenbar mit Friebas Arbeit zu tun hatten. Aber keine Notiz- und Tagebücher, keinerlei persönliche Korrespondenz. Und keinen Brief ihres Mannes.

Dafür fiel Evelyns Blick auf eine Fotografie, das einzige Bild, das der Bahnbeamte besessen zu haben schien. Es zeigte eine junge Frau, die keck unter der ausladenden Krempe eines Sommerhuts hervorlugte. Ohne lange darüber nachzudenken, steckte Evelyn die Fotografie ein, den Rest ließ sie auf den Fliesen liegen. Auch den Trödler, dessen Augenlider flatterten wie bei einem Kolibri. Aus einer Platzwunde an der Stirn, wo der Kasten ihn getroffen hatte, sickerte Blut, aber er würde sicher in Kürze wieder zu sich kommen, und bis dahin mussten sie verschwunden sein.

Kilian hockte nebenan auf dem Boden und hielt sich benommen den Schädel. »Wo ist dieser verfluchte Kerl?«, wollte er wissen, während er sich mit Evelyns Hilfe auf die Beine quälte. »Er hat etwas von Betrug und Diebstahl gefaselt, nur weil ich seine dämlichen Exerziersäbel ein wenig näher unter die Lupe nehmen wollte, und dann hat mich etwas am Kopf getroffen.« Kilian sprach nicht weiter, doch seine Miene verriet, dass er Evelyn dafür die Schuld gab. Hätte sie nicht darauf bestanden, den Laden zu betreten, wäre ihm dies alles erspart geblieben. Evelyn verspürte heftige Gewissensbisse, als sie sich an Kilians Arm auf den Rückweg machten. Sie hatte sich und den Arzt in Gefahr gebracht. Die Sache hätte noch weitaus schlimmer ausgehen können.

»Es ging dir gar nicht um eine Brosche, nicht wahr?« Unvermittelt blieb Kilian stehen und maß sie mit einem ernsten Blick. »Was wolltest du wirklich in dieser verdammten Räuberhöhle? Ging es um diesen Feldpostbrief?«

Evelyn verspürte ein Gefühl, als schnürte ihr etwas die Kehle zu. Kleinlaut gab sie es zu. »Ich weiß, dass es verrückt klingt und ich dagegen ankämpfen müsste, aber …«

»Du liebst ihn immer noch«, entgegnete Kilian trocken. »Als wäre er noch am Leben und würde irgendwo darauf warten, dass du ihn nach Hause holst. Aber das wird nicht geschehen, das weißt du.« Es war eine sachliche Feststellung von ihm, wie eine Diagnose. Hielt er sie für krank? Weil es ihr so schwerfiel, mit der Vergangenheit abzuschließen und nach vorne zu blicken?

Sie griff nach Kilians Hand, wobei sie bemerkte, dass er den Spazierstock mit dem Adlerknauf nicht mehr bei sich trug. In all der Aufregung musste er ihn in Mulls Laden vergessen haben. Evelyn machte ein bekümmertes Gesicht. Noch etwas, das sie Kilian schuldete.

»Ich hätte jetzt nichts gegen ein Stück Kuchen aus Beers Konditorei«, sagte sie leise und hoffte, dass es wie ein Friedensangebot klang.

18.

Benjamin Schultz stand vor seiner Staffelei und bedachte das Ergebnis seiner Arbeit mit einem unzufriedenen Blick. Was war nur mit ihm los? Warum gelang es ihm nicht mehr, das auszudrücken, was ihm wichtig war? In Prag war ihm alles so leicht von der Hand gegangen, nur selten hatte er Schwierigkeiten gehabt, die richtige Perspektive zu finden. Aber seit seiner Ankunft in Nürnberg schien ihm nichts mehr so recht zu glücken. Aber wie sollte er auch ein Kunstwerk erschaffen, wenn seine Gedanken ihm pausenlos entglitten? Warum ließ diese Evelyn ihn in ihrem Laden hausen? Kümmerte es sie nicht, was die Nachbarn dazu sagten? Oder ihre Mutter? Er verhüllte die Leinwand mit einem Tuch, weil er das ausdruckslose Gesicht auf der Staffelei nicht mehr länger ertragen konnte. Es war so ohne Leben, ohne jede Hoffnung. So, wie er selbst sich gerade fühlte. Niedergeschlagen ging er zu dem Klappbett, das die junge Witwe ihm in den Auspackraum gestellt hatte, warf sich darauf und verschränkte die Arme im Nacken. Finster starrte er zur Decke empor.

Vielleicht sollte er seine sieben Sachen packen und klammheimlich nach Prag zurückkehren. Was erwartete ihn denn schon, wenn er blieb? Nichts. Anita Pelzendorf war tot, von ihr konnte er keine Unterstützung mehr erwarten. Wenn er es recht bedachte, so war es ihm doch gleich unwahrscheinlich vorgekommen, dass sie vorhatte, ihm als Künstler unter die Arme zu greifen. Dazu verstand sie viel zu wenig von expressionistischer

Kunst. Bei seinem Besuch in ihrem Haus waren ihm überhaupt nur wenige Bilder aufgefallen, und doch hatte sie darauf bestanden, ihn kennenzulernen. Aber warum? Er begriff einfach nicht, warum sie ihn hatte anreisen lassen. Und ebenso wenig verstand er, warum er der Einladung Folge geleistet hatte. Nun saß er hier, in einer fremden Stadt, mit der ihn nichts verband. Bei Menschen, die ihm misstrauten. Mittellos, wie er im Augenblick war, konnte er sich nicht einmal eine Zugfahrkarte nach Prag leisten.

Irgendetwas hat diese Pelzendorf von mir haben wollen, grübelte er. Etwas, das offensichtlich niemand außer mir ihr geben konnte. Deshalb hat sie mich geködert. Aber worum in drei Teufels Namen sollte es sich dabei gehandelt haben? Er zermarterte sich das Hirn, kam aber zu keinem Ergebnis. Sein Name war einige Male in den Zeitungen wohlwollend von Kunstkritikern erwähnt worden, aber Benjamin glaubte nicht, dass die Berichte bis ins fränkische Nürnberg gedrungen waren. Wie also sollte diese Pelzendorf von ihm erfahren haben? Als er sie darauf angesprochen hatte, hatte sie nur ausweichend geantwortet. Nun hätte er sich dafür ohrfeigen können, dass er nicht viel früher Verdacht geschöpft und ebenso Auskünfte über sie eingeholt hatte, wie sie zweifellos über ihn.

Doch zumindest das ließ sich nachholen. Anstatt seine Zeit damit zu vergeuden, die Wände anzustarren, würde er über die Tote aus der Villa in Erfahrung bringen, was er nur konnte. Gleich morgen würde er damit beginnen.

Als Evelyn später am Abend an den Türrahmen klopfte, sprang er auf und ging ihr entgegen. »Endlich sind Sie zurück«, empfing er sie. »Ich habe nachgedacht und muss mit Ihnen reden!«

»So, und worüber?«

»Über die Interessen, die uns miteinander verbinden.«

Die junge Frau starrte ihn fragend an, und plötzlich wünschte er sich, er hätte sich am Morgen mehr Mühe mit seiner Körperpflege gegeben. Nervös fuhr er sich durch sein zerzaustes Haar. Er musste ja ein nettes Erscheinungsbild abgeben.

»Und die wären?« Evelyn unterdrückte mühsam ein Gähnen. Sie war blass und sah erschöpft aus. Irgendetwas war vorgefallen, aber da sie mit keinem Wort darauf einging, wagte Benjamin nicht, sie darauf anzusprechen.

»Offenbar hat uns das Schicksal beide in die Villa Pelzendorf geführt. Sie wollen herausfinden, was es mit dem Brief Ihres verstorbenen Gatten auf sich hat, und ich …« Er machte eine Pause. »Ich wüsste zu gern, was ich eigentlich hier soll. Warum Ihre alte Freundin mich nach dem Tod ihres Untermieters nach Nürnberg hat kommen lassen. Was hat sie sich davon versprochen, dass ich, ein ihr völlig Unbekannter, sein möbliertes Zimmer beziehe? Ich nehme nicht an, dass ich mit diesem Mann irgendetwas gemein habe, oder?«

»Abgesehen davon, dass sein Name, Frieba, tschechisch gewesen sein könnte, wohl nicht«, gab Evelyn zu. Sie ließ sich auf einem Schemel neben der verhüllten Staffelei nieder. »Sie haben den Namen vorher nie gehört?«

Benjamin schüttelte den Kopf. »Ein Frieba ist mir weder in Prag noch in Wien jemals über den Weg gelaufen. Gemalt hat er vermutlich auch nicht?«

»Er sammelte Briefmarken.«

»Und Frauen?«

Evelyn hob erstaunt den Blick. »Ob er Frauen sammelte?«

»Ich dachte eher an eine Beziehung. Verheiratet scheint er nicht gewesen zu sein, sonst hätte er kaum bei der Lehrerin zur Untermiete gewohnt. Aber womöglich hatte er eine Geliebte.«

Evelyns Lippen umspielten ein sanftes Lächeln. »Wäre denn das die gesuchte Gemeinsamkeit mit Ihnen?«

»Nein, ich mag zwar ein Bohemien sein, aber trotzdem denke

ich nicht, dass wir uns eine Frau geteilt haben. Ich pflege die Damen, die mich interessieren, mit meinem Pinsel auf die Leinwand zu bannen.«

»So wie auf diese?« Evelyn deutete auf die Staffelei. »Darf ich sie denn mal sehen?«

Benjamin spürte, wie seine Wangen vor Scham heiß wurden. Noch ehe er protestieren konnte, hob Evelyn das Tuch. Nun starrte sie mit offenem Mund und einem ungläubigen Blick auf das noch unfertige Porträt einer Frau, die wie ihr eigenes Spiegelbild wirkte.

»Soll das ein Scherz sein?«

»Hören Sie …« Benjamin räusperte sich. Dann setzte er zu einer Erklärung an, wurde aber von Evelyn unterbrochen.

»Sollten Sie nicht vorher um Erlaubnis bitten, bevor Sie jemanden in Öl verewigen? Ich meine, das ist doch üblich in Künstlerkreisen? Davon abgesehen …« Sie schnappte nach Luft, bevor sie fortfuhr: »Ich weiß nicht, ob es mir schmeichelt, als Rauschgoldengel gemalt zu werden. Diese ganzen Gold- und Silbertöne. Man könnte meinen, Sie imitierten Gustav Klimt.«

»Das war nur ein Zeitvertreib«, verteidigte sich Benjamin. Er hatte nie vorgehabt, das Bild zu zeigen, weil er es für gar nicht gelungen hielt. Insgeheim aber schmeichelte es ihm, dass sie ihn mit dem berühmten Vertreter des Wiener Jugendstils verglich.

»Wenn ich Ihnen diese Eigenmächtigkeit verzeihen soll, müssen Sie mir diesen … Zeitvertreib überlassen. Ich finde das Porträt nämlich gar nicht so schlecht und würde es gern jemandem schenken, dem ich etwas schulde.«

Benjamin hob die Augenbrauen und wusste nicht, was er darauf erwidern sollte.

»Dr. Falkner hat heute meinetwegen einiges durchmachen müssen«, sagte Evelyn. »Vermutlich würde Kilian ein Porträt von mir zu Weihnachten versöhnlich stimmen.«

»Kilian? Sind Sie beide …«

»Er ist ein Freund meines Mannes aus Jugendtagen und möchte mich heiraten, falls Sie nichts dagegen haben.«

Hatte er? Benjamin ertappte sich dabei, wie er doch tatsächlich darüber nachdachte. Aber war das nicht dumm? Schließlich kannte er diese Drogistin mit ihrem Tick für Christbaumschmuck und den örtlichen Weihnachtsmarkt doch so gut wie gar nicht. Mehr noch: Er fand sie stur und anstrengend. Als Modell hätte sie vermutlich keine fünf Minuten stillsitzen können. Und doch hatte er sie gemalt.

»Ich kann aber nicht versprechen, dass das Porträt bis Weihnachten fertig ist«, sagte er nach einigem Zögern. Irgendwie gefiel ihm die Vorstellung nicht, sein Gemälde könnte bald über dem Kamin dieses Arztes oder gar in dessen Schlafzimmer hängen. »Schließlich haben wir in den nächsten Tagen viel zu tun. Ich helfe Ihnen bei der Suche nach dem Brief Ihres Mannes, und dann finden wir heraus, welches Geheimnis Anita Pelzendorf vor uns verborgen hat. Einverstanden?« Benjamin streckte die Hand aus, und Evelyn schlug ein.

Dann griff sie in ihre Handtasche und holte nach kurzem Zögern die Fotografie heraus, die in Mulls Laden aus dem Holzkasten gefallen war. Wortlos reichte sie sie Benjamin.

»Wer ist die Frau?«

»Ich weiß es nicht«, sagte Evelyn. »Aber da es das einzige Bild ist, das Eugen Frieba besaß oder zumindest aufgehoben hat, scheint es ihm wichtig gewesen zu sein.«

Benjamin nickte. Er hielt die Fotografie unter die Lampe, um sie eingehender zu untersuchen. »Eine gutaussehende Frau«, lautete sein Urteil. »Friebas Mutter ist das sicher nicht, dafür ist diese Aufnahme nicht alt genug.« Er drehte das zerknitterte Stück Karton um und betrachtete sich auch die Rückseite. »In einem Atelier in Nürnberg aufgenommen, aber …«

»Ich möchte sie ausfindig machen«, unterbrach ihn Evelyn. Sie nahm die Fotografie wieder an sich. »Das kann doch nicht so schwer sein. Wenn diese Frau in einer Beziehung zu Frieba stand, kann sie mir bestimmt ein paar Fragen beantworten.«

»Etwa warum der Bursche einen Brief von Ihrem Ehemann in seiner Manteltasche hatte?«

»Zum Beispiel!«

Benjamin bückte sich, um das Abdecktuch wieder aufzuheben. Mit Schwung warf er es über die Leinwand mit Evelyns Porträt. »Falls die Frau noch am Leben ist«, sagte er und warf Evelyn dabei einen nachdenklichen Blick zu. »Denn das trifft nicht auf alle zu, die in den letzten Monaten etwas mit der Villa Pelzendorf zu tun hatten.«

19.

Am nächsten Tag hatte Evelyn kaum die Vordertür aufgesperrt, als auch schon Sibylle in den Laden wirbelte. Sie roch nach einem frischen Duft und war trotz der frühen Morgenstunde bereits sorgfältig frisiert. Sibylle trug funkelnagelneue Seidenstrümpfe und einen bezaubernden Modellhut aus mintgrünem Filz, der allem Anschein nach in einem Pariser Atelier entworfen worden war und mehr gekostet haben musste, als Evelyn in einem halben Jahr verdiente. Mit einem Lächeln auf den Lippen stolzierte die junge Frau auf die Ladentheke zu, wobei sie die Finger ihrer linken Hand spreizte. Evelyn, die gerade Brennspiritus in Fläschchen abfüllte, wusste sogleich, warum die Augen ihrer Freundin vor Begeisterung funkelten. An Sibylles Finger steckte ein Brillantring, bei dessen Anblick selbst Evelyn, die sich nur wenig aus Schmuck machte, fast die Luft wegblieb.

»Er hat es getan«, jubelte Sibylle. Sie drückte Evelyn einen Kuss auf die Wange und hinterließ dabei einen dicken Abdruck ihres Lippenstifts. »Nun ist es ganz offiziell. Rasmus hat sich gestern mit mir verlobt. Darum wollte er mit mir nach München, um mich seiner hochwohlgeborenen Verwandtschaft vorzustellen. Er braucht nämlich deren Genehmigung, ist das zu fassen? Das ist so eine Art Hausgesetz. Nur wenn die Familie ihr Einverständnis gibt, wird geheiratet.«

»Ich hoffe, er hat nicht nur seine Verwandtschaft gefragt, sondern auch dich«, meinte Evelyn schmunzelnd. Ihr ging es nicht in den Kopf, warum Sibylle, die ja weiß Gott eine moderne

Frau und nicht auf den Mund gefallen war, ausgerechnet diesen Rasmus so anhimmelte. Richtig kennengelernt hatte sie ihn noch nicht, da Sibylle eine Begegnung bislang geschickt verhindert hatte. Nicht weil sie befürchtete, Evelyn könnte ihn ihr abspenstig machen, sondern offenbar, weil Rasmus selbst kein Interesse an den bürgerlichen Freunden seiner Zukünftigen zeigte. Er bewege sich nun mal in einer ganz anderen Welt, hatte Sibylle ihr einmal schwärmerisch erklärt.

»Du hättest das Palais in der Nymphenburger Straße sehen sollen, in dem er mir den Ring an den Finger gesteckt hat«, sprudelte es aus Sibylle heraus. Sie öffnete ihre Handtasche, holte ein Taschentuch heraus und tupfte sich die Lippen ab. »Im Speisezimmer habe ich an einer festlich gedeckten Tafel gesessen, die so lang war, dass man darauf Pariser Modellkleider hätte vorführen können.« Sie runzelte leicht die Stirn. »Ich hoffe, du verstehst jetzt, warum ich gestern auf dem Christkindlesmarkt ein wenig ungehalten war. Meine Mutter hat zwar immer gesagt, eine Dame, die zu spät kommt, macht sich interessant, aber in diesem Fall hätte ich Rasmus vor den Kopf gestoßen, das darf ich nicht riskieren. Sonst ist das Wintermärchen möglicherweise schnell ausgeträumt.«

Evelyn seufzte. Sie war daran gewöhnt, dass Sibylle zu Übertreibungen neigte. Was sollte schon schiefgehen? Ihre Freundin war bildhübsch und charmant, ihre Stilsicherheit ließ viele Frauen vor Neid erblassen. Zudem besaß Sibylles Familie genug Geld, um ihr eine großzügige Mitgift zu geben. Bislang hatte Sibylle sich von jedem Mann im Sturm erobern lassen, nur dieser Rasmus schien es vorzuziehen, von ihr erobert zu werden.

»Dann werdet ihr beide also nach der Hochzeit in diesem Münchener Palais wohnen?«, fragte Evelyn. Sie gab es ungern zu, aber sie würde Sibylle vermissen. Mit ihrer unkonventionellen Art brachte sie Farbe in ihr Leben, und Evelyn mochte sich gar nicht vorstellen, wie es sein würde, wenn niemand mehr da wäre, der sie tadelte, weil sie im Konzert einschlief oder mit einer Laufmasche unterwegs war.

Sibylle errötete. Es schien, als hätte Evelyn mit ihrer unschuldigen Frage einen wunden Punkt getroffen. »Nein, vermutlich werden wir zunächst in Nürnberg leben. Rasmus ist sehr fürsorglich, er möchte mich nicht aus meiner gewohnten Umgebung herausreißen. Außerdem ist so ein riesiges Palais ja auch nicht gerade anheimelnd für frisch Vermählte, weißt du? Ständig läuft einem ein Verwandter über den Weg, dessen Namen man sich merken muss. Zu allem Überfluss wären wir angehalten, fast jeden Abend bei einer anderen Soiree oder einer Dinnerparty zu erscheinen. Wo bleibt da noch Zeit für Gemütlichkeit?«

Evelyn wusste nicht so recht, was sie von Sibylles Verlangen nach häuslicher Gemütlichkeit halten sollte. Sibylle war von jeher ein Nachtmensch gewesen, der nicht genug von Cocktailpartys, Abendgesellschaften oder Theateraufführungen kriegen konnte. Warum Rasmus mit ihr nicht auf dem Anwesen seiner Familie wohnen wollte, war ihr daher schleierhaft. Fürchtete er so sehr, dass Sibylle ihn kompromittieren könnte?

Eine Kundin betrat den Laden und beschwerte sich über das schlechte Wetter, das sie so gar nicht in Weihnachtsstimmung bringe. Sie ließ sich von Evelyn ein Tütchen Backpulver abfüllen und wählte noch ein neues Rasiermesser für ihren Mann aus. Dann legte sie ein paar Groschen auf den Ladentisch und verabschiedete sich mit einem neugierigen Blick auf die elegante Dame mit den rot geschminkten Lippen. Sie hatte Evelyns Drogerie kaum verlassen, als Franzi die Tür aufstieß. »Ich habe verschlafen«, murmelte sie und verdrückte sich mit einem herzhaften Gähnen nach nebenan.

»Sag mal, könntest du nicht das Geschlossen-Schild an die

Tür hängen, damit wir ungestört sind?«, fragte Sibylle mit einem Kopfschütteln. »Hier geht es ja zu wie auf dem Hauptbahnhof.«

Evelyn lachte. »Damit ich auch noch die letzten Kunden vergraule, die mir geblieben sind? Sag mir lieber, was du nun zu tun gedenkst!«

»Nach der überraschenden Verlobungsfeier in München habe ich darauf bestanden, dass wir eine weitere in Nürnberg ausrichten«, erklärte Sibylle aufgeregt. »Sie soll schon in den nächsten Tagen stattfinden, und zwar bei uns zu Hause. Rasmus wollte zwar zuerst nicht so recht, aber zu guter Letzt ist es mir gelungen, ihn zu überreden. Schließlich möchte ich auch meine eigenen Freunde um mich haben, damit sie auf mein Glück anstoßen können.« Während sie noch redete, wühlte sie in ihrem Täschchen und zog eine handbeschriebene Karte heraus. »Die gedruckte Einladung wird noch ein, zwei Tage auf sich warten lassen, aber ich wollte dir schon einmal zeigen, was darauf stehen soll. Du warst in Deutsch immer die Bessere von uns beiden. Ich habe die Pelzendorf oft an den Rand der Verzweiflung gebracht. Na ja, jetzt hat sie ja ihre Ruhe vor mir.«

Evelyn warf einen Blick auf die wenigen Zeilen, die Sibylle mit ihrer krakeligen Handschrift zu Papier gebracht hatte. »Heißt das, dein Rasmus hat nichts dagegen, dass du mich einlädst?«

»Sei kein Schaf, Liebes!« Sibylle hob die schwungvoll gezeichneten Augenbrauen. »Wie käme ich dazu, auf meine älteste Freundin zu verzichten? Außerdem würde Kilian an diesem Abend keine andere Tischdame als dich akzeptieren. Schließlich seid ihr beide auch so gut wie verlobt! Warte mal …« Sie schürzte die Lippen und dachte einen Moment lang nach. »Kilian mag Rasmus nicht besonders, weil er ihn für einen eitlen Snob hält. Aber vielleicht würde es mein Brüderchen milde stimmen, wenn wir zum Abschluss des Abends auch *eure* Verlobung bekanntgeben.«

Evelyn schnappte nach Luft, denn das ging ihr eindeutig zu schnell. »Ich weiß nicht«, wandte sie zaghaft ein. »Würde euch das nicht die Schau stehlen? Schließlich sollte der Abend nur dir und Rasmus gehören, sonst niemandem.«

»Vielleicht hast du recht«, meinte Sibylle, die sich oft rasch von einer Idee begeistern ließ, die ihr zwei Minuten später schon völlig absurd vorkam. »Dann bekommt eben jede von uns beiden Hübschen ihren eigenen großen Auftritt. Da jetzt vor den Feiertagen die meisten Leute viel zu tun haben, werden wir nur wenige Freunde zu einem zwanglosen Adventsumtrunk einladen. Aber auch ein paar der Damen vom Frauenverein samt Ehegatten stehen auf meiner Gästeliste. Du brauchst also keine Angst zu haben, dass du nur in fremde Gesichter blickst.«

Evelyn seufzte erleichtert, als sie das hörte. »Wenn es dir nichts ausmacht, darfst du mich gern zu Esther Bing setzen!« Die Frau des Spielzeugfabrikanten würde ihr gewiss nicht das Gefühl geben, eine arme Außenstehende zu sein. Zu ihrem Erstaunen senkte Sibylle peinlich berührt den Blick. Nanu? Hatte sie etwas Unpassendes gesagt?

»Esther Bing ist nicht eingeladen«, erklärte Sibylle. »Wie gesagt, wir halten die Gästeliste klein.«

»Aber Esther gehört doch zu den führenden Köpfen eures Vereins, und ich dachte, ihr wärt befreundet.«

»Das hat politische Gründe, Evelyn, davon verstehst du nichts!« Sibylle klang nun fast ein wenig schroff. »Rasmus kann und will nicht mit Leuten wie den Bings in Verbindung gebracht werden. Das würden seine Münchner Freunde nicht gutheißen, und darauf habe ich auch Rücksicht zu nehmen.«

Evelyn war so durcheinander, dass sie keine Erwiderung fand. Was um alles in der Welt war nur in Sibylle gefahren? Noch vor wenigen Wochen war sie froh und dankbar gewesen, dass die Bing-Werke ihre wohltätige Arbeit unterstützten, und nun redete sie so daher? Was hatten Rasmus und seine Freunde gegen Menschen wie die Bings? Da Evelyn ahnte, dass sie darauf von Sibylle keine Antwort bekommen würde, zuckte sie nur mit den Achseln und wandte sich wieder ihrer Arbeit zu.

»Nun sei nicht gleich beleidigt, Liebes«, mahnte Sibylle. Sie schien verärgert, weil Evelyn diese unangenehme Angelegenheit zur Sprache gebracht hatte. »Esther Bing verkehrt in ihren Kreisen und wir in den unseren. Aber natürlich hindert uns das nicht, höflich miteinander umzugehen.« Wie so ein höflicher Umgang möglich sein sollte, wenn Esther nicht einmal mehr das Haus der Falkners betreten durfte, ließ die junge Frau offen. Evelyn fragte sich, wie Kilian darüber dachte und ob er die politischen Ansichten seines zukünftigen Schwagers guthieß. Dass er nur ungern darüber redete, was dieser Tage in München oder Berlin vor sich ging, hatte sie schon gemerkt. Seine Familie galt als konservativ und patriotisch. Die Niederlage des Deutschen Reiches im letzten Krieg sowie die Abdankung des Kaisers hatten sie schwer getroffen, und mit der jungen Demokratie, deren zahllose Parteien im Reichstag für Verwirrung sorgten, schienen die Falkners Probleme zu haben. Doch Ausschreitungen wie das Attentat auf den Außenminister Rathenau waren in der Kaiserstraße bisher scharf verurteilt worden. Evelyn konnte sich daher nicht vorstellen, dass Sibylles Angehörige extreme Positionen wie die ihres Verlobten billigten.

»Vielleicht solltet ihr besser auch ohne mich feiern«, sagte Evelyn. Nachdenklich schnippte sie ein Staubflöckchen von der Waage auf ihrer Ladentheke. »Dein Zukünftiger wird es begrüßen, wenn ich nicht erscheine. Das erspart ihm die Peinlichkeit, mit einer armen Witwe plaudern zu müssen. Kilian wird das verstehen.«

Sibylle starrte sie einen Herzschlag lang entgeistert an, dann brauste sie auf. »Oh nein, das wird er nicht! Wenn du ihn so brüskierst, schlägst du möglicherweise für immer eine Tür zu, die dir jetzt noch offensteht. Man verdirbt sich nicht die Chance, in der Gesellschaft aufzusteigen. Kilian hat mir übrigens von eurem Besuch in diesem Pfandleihhaus erzählt. Das war so verrückt, es hätte glatt von mir sein können. Hast du wenigstens mehr über deinen verschollenen Liebesbrief erfahren?« Sie seufzte und klang bereits wieder halbwegs besänftigt. »Romantisch ist das ja schon, einer Botschaft von seinem Liebsten aus dem Jenseits hinterherzujagen. Nur übertreiben würde ich es nicht, hörst du? Gerson ist tot, aber du und Kilian lebt im Hier und Jetzt.« Sie drehte sich um, als erneut die Ladenglocke bimmelte. »Herrgott noch mal, was ... Nanu, wen haben wir denn da?«

Verdutzt beobachtete sie, wie Benjamin pfeifend die Drogeriewarenhandlung betrat, aber nicht zur Theke kam, sondern schnurstracks auf die Tür zum Nebenraum zuhielt. »He, falscher Weg, Freundchen«, hielt Sibylle ihn mit schriller Stimme auf. Dann wandte sie sich Evelyn zu. »Wer ist der Bursche? Ein Ladendieb? Wenn er etwas klauen will, klopfe ich ihm persönlich auf die Finger!«

Benjamin tippte sich an seine Schiebermütze. Einen Augenblick verharrte er, dann aber kam er mit einem spöttischen Grinsen im Gesicht auf Sibylle zu und streckte ihr die Hand entgegen. »Meine Verehrung, gnädige Frau. Ich bin die Aushilfe. Schultz, mein Name. Aus Prag.«

»Soso, Schultz aus Prag! Evelyn, Liebes, du hast mir gar nicht erzählt, dass du eine Aushilfe beschäftigst.« Ein Ausdruck der Verwunderung legte sich über das Gesicht der jungen Frau.

»Nur vorrübergehend, solange ich auch noch auf dem Christkindlesmarkt zu tun habe. Ohne ihn würde ich die ganze Arbeit vermutlich nicht schaffen. Schließlich kann ich nicht alles unserem Lehrmädchen überlassen.«

»Und da holst du dir eine Hilfe aus Prag«, meinte Sibylle lachend. »Ich nehme an, Kilian weiß darüber Bescheid, dass neuerdings ein junger, gutaussehender Mann unter eurem Dach wohnt. Denn so ist es doch, oder? Du hast ihm bestimmt eine Bleibe angeboten.«

Evelyn nickte. Allmählich hatte sie genug von dem Verhör. Noch war dies hier ihr Laden, und es ging weder Sibylle noch Kilian etwas an, wen sie darin beschäftigte. Zu Evelyns Erleichterung verabschiedete sich ihre Freundin kurz darauf. Sie musste zum Schreibwarenhändler, und eine Verlobungsanzeige in der Zeitung musste auch noch aufgegeben werden.

»Das war also die Schwester des Doktors?« Benjamin sandte der davoneilenden Sibylle einen letzten bewundernden Blick nach, bevor er sich wieder der Ladentheke zuwandte. »Die würde ich gern mal malen. Ihr Profil hat so etwas Klassisches …«

»Vergessen Sie es«, fiel ihm Evelyn ins Wort. »Sagen Sie mir lieber, was Sie herausgefunden haben.«

Benjamin seufzte. Aus der Brusttasche seiner Jacke holte er die Fotografie der unbekannten Frau, die Evelyn ihm anvertraut hatte. »Ich habe das Fotoatelier aufgespürt, in dem die Aufnahme gemacht wurde. Ein muffiger Laden am Ludwigsplatz, ganz in der Nähe vom Weißen Turm. Der Besitzer war nicht gerade erfreut, so früh am Morgen herausgeklingelt zu werden.« Er grinste. »Die Geschichte, die ich ihm aufgetischt habe, wollen Sie vermutlich nicht hören.« Evelyn wollte nicht, also fuhr Benjamin fort. »Der Fotograf hat bestätigt, dass die Aufnahme aus seinem Atelier stammt, aber an den Namen der Person konnte er sich nicht erinnern. Auch nicht, ob die Dame in Herrenbegleitung gewesen war. Der Gute ist nicht mehr der Jüngste. Aber er schätzt, dass er die Fotografie noch während des Krieges gemacht hat.«

»Das bringt uns keinen Schritt weiter«, sagte Evelyn. »Wir

wissen immer noch nichts über diesen Frieba, woher er gekommen ist und in welcher Verbindung zu Gerson er gestanden haben könnte.« Sie starrte auf die Flaschen mit Spiritus. »Er war ein Beamter, also muss es Akten über ihn geben. Aber wie soll ich an die herankommen? Ich habe gestern alle Unterlagen durchgesehen, die mir von Gerson geblieben sind: Briefe und Bücher, Dokumente über das Haus und das Geschäft. Nichts davon deutet auch nur auf die kleinste Verbindung zu Anita Pelzendorf hin. Er hat sie nicht gekannt und sie ihn ebenso wenig. Ich wollte meiner Freundin Gerson zwar irgendwann mal vorstellen, doch das hat der Krieg vereitelt. Zu Frieba gibt es erst recht keinen Hinweis. Nichts, was auf eine Bekanntschaft hinweisen würde. Es gibt keinen Grund, warum Frieba sich für Gersons Feldpost interessiert haben könnte.«

»Wenn Tinte und Papier nicht reden wollen, dann tun es womöglich ein paar Menschen«, sagte Benjamin ein wenig altklug. »Wir sollten unser Glück einmal am Bahnhof versuchen.«

Das Fahrkartenhäuschen, natürlich, dachte Evelyn und ärgerte sich, weil sie nicht selbst darauf gekommen war. Dort hatte Frieba gearbeitet, und möglicherweise fand sich unter seinen Kollegen ja jemand, der ihr weiterhelfen konnte.

20.

Gertraud legte ein paar Holzkohlen nach, dann griff sie zu ihrer Zange und wendete mit einem geschickten Griff die Würstchen auf dem Rost. Sie waren schon fast fertig – gut gebräunt und kross, so wie es sein sollte, und sie dufteten, dass einem das Wasser im Mund zusammenlief. Ein rascher Blick nach draußen genügte, um festzustellen, dass sich schon wieder eine Schlange vor ihrem Stand gebildet hatte. Das erfüllte sie mit Stolz. Gertraud war beileibe nicht die Einzige, die auf dem Christkindlesmarkt Würstchen auf dem Bratrost grillte, aber ihre erfreuten sich doch ganz besonderer Beliebtheit.

Gertraud atmete den aromatischen Duft ein, der ihr von den brutzelnden Würsten in die Nase stieg. Brungässner konnte mit ihr zufrieden sein. Immerhin war die Geldschachtel, die sie wie ihren Augapfel hütete, schon bis zum Rand gefüllt, und dies nach nur einem halben Tag Arbeit. Dennoch spürte Gertraud, dass der Gastwirt keineswegs zufrieden war, im Gegenteil. Jeden Abend spazierte er mit seiner Frau über den Weihnachtsmarkt, ließ sich von Gertraud berichten und nahm das Geld in Empfang, das sie für ihn verdiente. Doch ein Lob war ihm noch nie über die Lippen gekommen. Es war eben nicht Gertrauds Verkaufsgeschick, das ihn interessierte, sondern Evelyns Haus. Doch was konnte sie ihm dazu schon sagen? Dass sie gehofft habe, Evelyn würde schneller aufgeben und sich in das Unvermeidliche fügen? Dass er sich nur noch ein klein wenig gedulden müsse? Dabei war Gertraud sich wohl bewusst, dass sie bei Evelyn noch keinen Schritt weitergekommen war. Anstatt einzusehen, dass nur ein Verkauf sie retten konnte, hatte die nun auch noch einen Helfer eingestellt, der in den hinteren Ladenräumen hauste. Und dann die Sache mit dem merkwürdigen Brief von Gerson. Evelyn war offensichtlich nicht mehr recht bei Verstand. Sie musste vor sich selbst geschützt werden, damit sie nicht geradewegs in ihr Unglück lief.

Gertraud verkaufte zügig weiter, und die Schlange vor dem Stand wurde kürzer. Allmählich gingen in den benachbarten Buden die Lichter an, auch in der des Glashändlers, der Gertraud seit ein paar Tagen mit Komplimenten und heißem Früchtetee versorgte. Kleine Jungen und Mädchen sprangen an den Händen ihrer Kinderfrauen vorüber, ein Stück weiter spielte ein Mann auf der Geige »O Tannenbaum«. Nachdem es dunkel geworden war, hielt Gertraud Ausschau nach Brungässner, aber heute schien es dem Gastwirt nicht zu pressieren. Auch gut. Ob sie nicht doch noch einmal mit Evelyn reden und ihre Pläne offenlegen sollte? Aber Evelyn mochte Brungässner nicht. Sie hielt ihn für einen Emporkömmling, der Menschen unter Druck setzte, um zu bekommen, was er wollte. Damit mochte sie zwar nicht ganz falschliegen, aber was war verkehrt daran, für ein besseres Leben zu kämpfen? Evelyn hatte ausgesorgt, wenn sie den Arzt heiratete. Aber sie und Joachim? Was würde aus ihnen werden?«

»Was wünscht der Herr?«, fragte sie den nächsten Kunden. »Bratwurst mit Semmel? Braun gebraten oder hell?«

Der Mann starrte sie nur an, sagte aber kein Wort. Er war breit gebaut, sein massiger Körper steckte in einer ausgebeulten Jacke aus speckigem Leder. Eine schiefe Nase saß in dem aufgeschwemmten Gesicht, als wäre sie schon mehrmals gebrochen und jedes Mal von unkundiger Hand gerichtet worden. Ein Kerl zum Fürchten, fand Gertraud. Unwillkürlich verkrampften sich ihre Finger um die Fleischzange. »Ein Würstchen?«, wiederholte sie stockend, obwohl sie keine Lust hatte, den Mann zu bedienen. Derlei zwielichtige Personen wollte sie an ihrem Stand nicht haben, die schadeten dem Geschäft.

»Wo steckt Joachim? Wohin hat die feige Laus sich verkrochen?« Der Kerl hatte eine heisere Stimme, und sein Ton wie auch die Frage verhießen nichts Gutes.

Irritiert über die Unverschämtheit des Mannes runzelte Gertraud die Stirn. Joachim? Was um alles in der Welt hatte der Junge angestellt? Trieb er sich etwa mit Männern wie dieser Schiefnase herum?

»Er ist nicht zu unserer Verabredung erschienen«, brummte der Mann. Immer noch starrte er Gertraud an, als überlegte er, wie er sich am besten Zutritt zu ihrer Bude verschaffen könne.

»Verschwinden Sie!«, zischte sie und hob drohend die Grillzange. Ihr Herz stolperte vor Aufregung, aber sie zwang sich, ruhig weiterzusprechen. »Mein Bruder ist krank, kriegsversehrt und hat bestimmt nichts zu tun mit Herumtreibern wie Ihnen!«

Der Mann grinste, als hätte Gertraud gescherzt, doch seine Augen blieben kalt wie Eis. »Richten Sie Ihrem Brüderchen aus, dass er mir noch was schuldet, und Schulden machen keine Freunde. Lässt er sich morgen auch nicht blicken, dann …« Er klopfte gegen den Fensterrahmen. »Hübscher Stand, gutes Holz. Wäre doch jammerschade für Brungässner und Sie, wenn er durch ein dummes Missgeschick abgefackelt würde, nicht wahr? Aber Unfälle passieren nun mal …«

Er drehte sich um und zog von dannen, wobei er eine Frau anrempelte, die gerade mit einem Kind an der Hand an ihm vorbeiging. Sekunden später war er nicht mehr zu sehen. Gertraud starrte ihm fassungslos nach. Schulden. Der Mann hatte von Schulden gesprochen und zu allem Überfluss auch noch eine hässliche Drohung ausgestoßen.

»So ein Rüpel«, beklagte sich die Frau mit dem Kind. »Hat wohl nicht bezahlt, so schnell wie der das Weite gesucht hat, was?«

Bezahlt? In Gertrauds Kopf begann es zu arbeiten. Wie es aussah, war Joachim derjenige, der eine Schuld zu begleichen hatte. Und dafür brauchte er Geld. Sie wollte gar nicht wissen, wie viel. Sie konnte Brungässner um einen Vorschuss bitten, aber sie ahnte, was der Gastwirt dazu sagen würde. Nein, sie mussten sich anderweitig behelfen. »Du musst verkaufen, Evelyn«, flüsterte Gertraud entschlossen in die Glut hinein, während sie die vom Rauch gereizten Augen zukniff. »Ich hatte lange Geduld mit dir, aber jetzt ist damit Schluss!«

Heute konnte sie Franzi unmöglich schon wieder allein lassen, dachte Evelyn. Also musste sie bis zum Feierabend warten, ehe sie sich zum Nürnberger Hauptbahnhof aufmachen konnte. Wenn sie sich beeilte, blieb ihr dann noch eine halbe Stunde, bevor sie ihren Dienst auf dem Christkindlesmarkt antreten musste. Das war nicht gerade viel Zeit, aber besser als nichts. Benjamin hatte sich zwar erboten, sich allein nach ehemaligen Arbeitskollegen des verstorbenen Frieba umzuhören, aber davon wollte Evelyn nichts wissen.

Am Bahnhof herrschte die übliche Betriebsamkeit. Kofferträger hasteten auf dem Weg zu den Gleisen hinter den Reisenden her, in der Wartehalle gab es auch jetzt noch, nach Einbruch der Dunkelheit, Geschiebe und Gedränge. Das Personal wurde mit Fragen bestürmt, und vor den Schaltern für Bahnsteig- und Zugfahrkarten bildeten sich Schlangen von Menschen, die unruhig von einem Fuß auf den anderen traten.

Vielleicht war die Idee, hierherzukommen, doch nicht so gut, dachte Evelyn. Sie blickte sich um, bemüht, niemandem im Weg zu stehen. Wen sollte sie in diesem Getümmel ansprechen? Welcher der wenigen uniformierten Bahnangestellten würde überhaupt zu dieser Stunde den Nerv haben, mit ihr über einen verstorbenen Kollegen zu plaudern und neugierige Fragen zu beantworten? Zu allem Überfluss bemerkte sie nun auch noch, dass Benjamin nicht mehr an ihrer Seite war. Sie hatte ihn im Gedränge verloren, na großartig! Gereizt blickte Evelyn zu der Uhr empor, die über dem Hauptausgang hing, und stellte fest, dass ihr ohnehin kaum noch Zeit blieb, um die Fleischbrücke rechtzeitig zu erreichen.

Evelyn wollte sich schon auf den Ausgang zubewegen, als sie Benjamin plötzlich in der Menge erspähte. Sie beobachtete, wie er beharrlich auf eine ältliche Frau einredete, die mit Eimer, Besen und Wischmopp ausgerüstet neben ihm herging. Als der junge Mann Evelyn sah, hob er seinen Hut und winkte sie damit herbei.

»Was denken Sie sich eigentlich dabei, mich einfach stehenzulassen?«

»Nur die Ruhe!« Benjamin lächelte geduldig. »Das ist Irma …«

»Erna heiße ich«, korrigierte die Frau mit dem Eimer in breitestem Fränkisch. »Und ich habe noch viel zu tun, bevor ich für heute Schluss machen und heimgehen darf. Hier liegt noch jede Menge Kehricht herum, und die Böden wischen sich auch nicht von allein auf.« Die Frau hatte Augen mit Krähenfüßen und sah nicht so aus, als würde sie sich über die Unterbrechung freuen.

»Wie unaufmerksam von mir«, entschuldigte sich Benjamin. »Aber wie gesagt, es soll nicht Ihr Schaden sein, wenn Sie uns ein, zwei Fragen beantworten. Ich nehme doch an, dass Sie schon seit vielen Jahren am Bahnhof als Reinemachefrau beschäftigt sind. Da lernt man doch die Leute kennen, die hier arbeiten. Auch die Herren, die an den Schaltern Fahrkarten verkaufen.«

»Na, wenn Sie meinen, wird's wohl so sein.« Die Frau zog eine gelangweilte Schnute. Erst als Evelyn ihr eine Reichsmark in die Hand drückte, wurde sie ein wenig zugänglicher. Sie ließ das Geldstück mit einer hastigen Bewegung in ihrer Kittelschürze verschwinden. Dann strich sie sich eine stahlgraue Haarsträhne hinters Ohr, beugte sich vor und flüsterte Evelyn verschwörerisch zu: »Ich mache hier seit anno 1886 die Böden sauber. Hab damit angefangen, nachdem der Prinzregent Luitpold die Regierungsgeschäfte von Ludwig II. übernommen hat. Gott sei seiner Seele gnädig. Ich bin immer da, tagein, tagaus. Im Sommer wie im Winter, obwohl ich inzwischen das Reißen im Rücken hab. Aber niemand nimmt von mir Notiz. Dabei könnte ich Geschichten erzählen ...« Sie rollte mit den Augen. »Einmal, das muss so kurz nach der Mobilmachung gewesen sein, da kommt doch tatsächlich ein Offizier des 8. Bayerischen Feldartillerieregiments zu mir, weil er ...«

»Das klingt ja wirklich höchst spannend, aber vielleicht können Sie uns auch etwas über Eugen Frieba sagen«, unterbrach sie Evelyn.

Überrascht hob die Frau den Blick. »Hab gehört, dass er gestorben ist. Lungenentzündung, so haben es seine Kollegen erzählt. Aber was wollt ihr denn über den wissen? Der Frieba war so farblos wie ein Glas Wasser. Schob seinen Dienst streng nach Vorschrift, nicht zu viel und nicht zu wenig. Man soll ja über Verstorbene nicht schlecht reden, aber mit dem Frieba wollte keiner so richtig was zu tun haben. Er war ein Geizhals, schlich immer mit dem Blick auf den Boden gerichtet durch die Wartehalle, weil er hoffte, er würde dort einen Pfennig finden. Das hörte erst auf, als er die Erbschaft gemacht hat. Plötzlich hat er herumgeprotzt mit seiner neuen goldenen Uhr und den feinen Sachen, die er sich von seinem Gehalt nie hätte leisten können. Ein-, zwei Mal hat er seinen Kollegen sogar einen ausgegeben, so was wäre dem alten Pfennigfuchser vorher nicht im Traum eingefallen.«

Eine Erbschaft? Nun war es Evelyn, die überrascht dreinschaute. »Er hat Geld geerbt?«

»Was denn sonst? Schweizer Käse?« Ernas Lachen ging in ein trockenes Husten über. Mit dem Ärmel wischte sie sich über den Mund. »Aber ... fragen Sie mich nicht, von wem. Das weiß nämlich keiner, weil der Frieba darüber nicht gern gesprochen hat. Vermutlich hatte er das Geld von einem Verwandten, um den sich Frieba zeit seines Lebens nicht geschert hat.«

Evelyn hörte nur noch mit halbem Ohr zu. Wenn es die ominöse Erbschaft gab, so hatte sich das Blatt für Frieba wenigstens vorübergehend zum Besseren gewendet, und zwar genau zu der Zeit, als Gerson gestorben war. Aber was für ein Zusammenhang sollte zwischen diesen beiden Ereignissen bestehen? Evelyn war stets davor zurückgeschreckt, Gersons letzte Tage zu rekonstruieren. Gewiss, sie hatte seine Briefe gelesen, wieder und wieder, bis das Papier so brüchig geworden war, dass es zerfiel. Doch über die näheren Umstände seines Todes wusste sie nur wenig, und dieses Los teilte sie mit Hunderttausenden anderen Frauen, deren Männer ebenfalls nicht nach Hause zurückgekehrt waren.

»Hat Frieba gedient?«, fragte sie die Reinemachefrau, die allmählich ungeduldig wurde. »War er vielleicht während des Krieges in Frankreich stationiert?«

Erna überlegte kurz, antwortete dann aber aus tiefster Überzeugung: »Nein, der wurde schnell ausgemustert. Hatte womöglich schon damals mit der Lunge zu tun. Ich kann mich jedenfalls nicht erinnern, ihn je in einer anderen Uniform als der eines königlich bayerischen Bahnbeamten gesehen zu haben.«

Evelyn nickte. Dann fragte sie, ob Erna schon einmal den Namen Anita Pelzendorf gehört habe, die Frau verneinte jedoch.

Die Fotografie, die Evelyn ihr daraufhin zeigte, sah sie sich indessen genauer an.

»Ja, die habe ich schon mal gesehen!« Sie tippte energisch auf das zerknitterte Bild. »Kam ein paarmal her, um den Frieba nach seinem Dienst abzuholen. Natürlich erst, nachdem er die Erbschaft gemacht hatte. Sonst hätte so eine doch keinen zweiten Blick an diesen Stockfisch verschwendet.« Sie verzog abschätzig den Mund. »War bestimmt hinter seinem Geld her. Aber wie man munkelt, war davon schon bald nichts mehr da. Na, so wie die aussieht, hat sie sich bestimmt schon nach was Neuem umgesehen.«

»Den Namen der Frau haben Sie wohl nicht zufällig aufgeschnappt?«, wollte Benjamin wissen.

»Ach, mein Gedächtnis …«

Eine weitere Reichsmark wechselte ihren Besitzer.

»Das kleine Luder nennt sich Betty oder Kitty. Keine Ahnung, ob das ihr richtiger Name ist. Aber ich weiß, wer es Ihnen genau sagen könnte: Einer der Burschen, die das Gepäck verladen, schien sich mit Frieba ganz gut zu verstehen, wenigstens gingen die beiden manchmal zusammen in die Bahnhofsrestauration, ein Bier trinken. Meiner Meinung nach war der Kerl auch in Friebas Freundin verschossen. Allerdings …« Die Frau rümpfte die Nase. »Passen Sie auf, wenn Sie mit dem reden. Das ist einer von der Sorte, die Freude am Rabatz haben. Hab selbst schon gesehen, wie er einen Mann aufgemischt hat, nur weil der ihm keine Zigarette geben wollte.«

»Scheint ja ein reizendes Kerlchen zu sein«, brummte Benjamin. »Und wo finden wir den Knaben?«

Die Reinemachefrau reckte kurz den Hals, dann zeigte sie auf eine Nische neben den Türen, die hinaus zu den Bahnsteigen führten. Dort befanden sich mehrere Gepäckwagen. Zwei Männer waren damit beschäftigt, sie mit Taschen und Reisekoffern zu beladen, während ein dritter die Anzahl der aufgenommenen Gepäckstücke in ein Verzeichnis eintrug.

»Der Hemdsärmelige mit der karierten Hose und dem Klemmbrett«, erklärte Erna eifrig. »Das ist er. Das ist Friebas Saufkumpan.«

Evelyn kniff die Augen zusammen und spürte einen säuerlichen Geschmack im Mund. Irgendwo hatte sie den Mann schon einmal gesehen, doch wo? Als sie Benjamin keuchen hörte, wusste sie, dass es ihm ebenso erging. Und dann fiel es ihr wie Schuppen von den Augen: Der Kofferträger war einer der Männer des Stadtrats. Derselbe, der Benjamin mit einem Krug den Schädel hatte zerschmettern wollen.

21.

Besorgt griff Evelyn nach Benjamins Ärmel. Sie befürchtete, er könnte losstürmen und eine Prügelei anzetteln. »Ich habe ihn auch wiedererkannt«, flüsterte sie dem Maler zu. »Aber um Gottes willen beherrschen Sie sich! Fehlt noch, dass Sie hier für Aufruhr sorgen!« Sie spähte verstohlen zu den beiden Schutzmännern hinüber, die Seite an Seite durch die Bahnhofshalle schlenderten und dabei die Menschen auf den Wartebänken musterten. Offensichtlich gehörte es zu ihrem Auftrag, Taschendiebstähle und Ähnliches zu verhindern und jedwede Unruhe im Keim zu ersticken. Nein, es war geschickter, den Mann am Gepäckwagen zunächst einmal im Auge zu behalten, schließlich hatte der unter Beweis gestellt, wie gewalttätig er werden konnte. Benjamin kaufte sich am Kiosk eine Zeitung und tat so, als läse er darin, aber er ließ den Kofferträger nicht aus den Augen. Der schob nach einer Weile zusammen mit einem Kollegen den beladenen Gepäckwagen auf den Bahnsteig hinaus. Benjamin gab Evelyn, die sich ein Stück entfernt von ihm auf eine Bank gesetzt hatte, durch ein Kopfnicken zu verstehen, dass er ihm folgen würde. Er rollte seine Zeitung zusammen und begab sich ebenfalls zum Ausgang.

An der Tür holte Evelyn ihn ein. »Und was nun? Wir haben keine Bahnsteigkarte. Wie sollen wir an den Kerl herankommen? Vielleicht sollten wir besser gehen. Sie haben gehört, was die Reinemachefrau gesagt hat.«

»Abwarten!« Benjamin hakte sie unter, und sie gingen schweigend nebeneinanderher, wobei Evelyn beobachten konnte, wie der Wagen mit den Koffern durch eine Absperrung gewunken wurde. Auf dem Gleis stand bereits ein zur Abfahrt bereiter Zug mit dampfender Lokomotive. Ein Kontrolleur in blauer Uniform verlangte von jedem Reisenden, die Karten vorzuzeigen.

Benjamin blieb stehen. Er schien zu überlegen, was er tun sollte. Auf das Gleis konnte er nur mit einer Bahnsteigkarte, aber es fehlte die Zeit, jetzt eine zu besorgen. Evelyn kam eine Idee. Rasch holte sie die Fotografie aus ihrer Handtasche und kritzelte mit Bleistift ein paar Zeilen auf die Rückseite. Dann ging sie entschlossenen Schrittes auf den Kontrolleur zu, der noch immer damit beschäftigt war, Bahnsteigkarten zu kontrollieren.

»Wollen Sie noch zum Zug, Fräulein? Dann aber hurtig!« Der Bahnbedienstete war ein älterer Mann mit einem mächtigen Schnauzbart. »Ihre Karte, bitte?«

Evelyn schenkte dem Kontrolleur ein bezauberndes Lächeln. »Eine Bahnsteigkarte habe ich nicht«, sagte sie leise. »Aber ich möchte auch gar nicht auf das Gleis. Ich wollte Sie bitten, meinem Freund dieses Bild mit einer Nachricht von mir zu geben. Er hat soeben den Kofferwagen an Ihnen vorbeigeschoben. Bestimmt haben Sie ihn gesehen, er trägt diese karierte Hose, die ich ihm letzte Weihnachten genäht habe. Sicher kehrt er auf demselben Weg zurück, sobald er die Koffer eingeladen hat.« Sie drückte dem verdutzten Mann die Fotografie in die Hand und hoffte, dass ihm nicht auffiel, wie wenig sie der Person auf der Fotografie glich.

Der Bahnkontrolleur kräuselte irritiert die Nase. »Fräulein, ich bin kein Postillon d'Amour.«, erklärte er mit mildem Tadel. Dann drehte er das Bild um und überflog, was Evelyn auf die Rückseite geschrieben hatte: »Wir müssen uns unbedingt sehen. Jetzt gleich. Ich warte auf dich im Nebenraum der Bahnhofsrestauration.« Der Alte seufzte so tief, dass seine Schnurrbarthaare zitterten, doch nach kurzem Zögern steckte er die Fotografie in die Brusttasche seiner tadellos sitzenden Uniform. »Keine Ahnung, was so ein nettes Mädchen mit so einem grobschlächtigen Burschen will«, sagte er. »Zu meiner Zeit hätte es so was nicht gegeben. Aber bitte, wenn's denn sein muss, wird der Gepäckträger Ihre Nachricht erhalten.« Er zwinkerte Evelyn zum Abschied zu. »Wenn er Ihnen Kummer machen sollte, kommen Sie zu mir, dann lese ich dem Rüpel die Leviten!«

Benjamin empfing Evelyn mit einem Blick, aus dem Sorge und Unverständnis sprachen. Er hatte so getan, als wartete er auf einen sich verspätenden Reisegefährten, hatte dabei aber jedes Wort ihres Gesprächs mit dem alten Kontrolleur mit angehört. »Was zum Teufel sollte das? Sie haben dem Kerl das Foto überlassen!«

»Die Aufnahme nützt uns gar nichts, solange wir nicht wissen, wo wir die Frau darauf finden.« Evelyn eilte den Weg zurück, den sie gekommen waren. Sie musste auf dem schnellsten Weg zur Bahnhofswirtschaft, denn wenn es stimmte, was die Reinemachefrau gesagt hatte, würde sich Friebas Kumpan ein unverhofftes Stelldichein mit der ominösen Kitty oder Betty nicht durch die Lappen gehen lassen. Sie konnte nur hoffen, dass diese nicht etwa gestorben oder aus Nürnberg fortgegangen war.

Zu Evelyns Erleichterung war die Gaststätte nur spärlich besucht. Nach vorweihnachtlicher Stimmung suchte man hier vergebens, allein auf dem schmierigen Tresen brannten zwei einsame Kerzen in einem nadelnden Adventskranz. In einer Nische neben dem Windfang saßen ein paar Herren, vermutlich Handlungsreisende, bei Bier und einer Portion Sauerkraut mit Kartoffeln und Soße und beklagten das kümmerliche Ergebnis einer mehrwöchigen Verkaufsfahrt kreuz und quer durch die Provinz. Dichter Zigarettenqualm waberte durch den Schankraum. An einem der Tische trank eine junge Frau mit flottem Bubikopf eine Tasse heiße Schokolade. Aber sie nahm weder von Evelyn noch von Benjamin Notiz. Auch die Bedienung, die am Tresen Gläser spülte, kehrte ihnen den Rücken zu.

Evelyn wählte einen Tisch gleich neben der Tür zum Nebenraum, der, wie ein Schild verriet, an Sonn- und Feiertagen auch als Tanzsaal diente. Benjamin setzte sich so, dass er die Tür zum Nebenraum, aber auch den Eingang im Auge behalten konnte. Je später es wurde, desto unruhiger wirkte er. Vermutlich dachte er an die letzte Begegnung mit dem Kofferträger zurück, die sich ebenfalls in einer Gaststätte zugetragen hatte. Allerdings würde der Mann dieses Mal kaum mit einem Trupp seiner völkischen Schläger aufmarschieren. Oder doch? Mit einem Mal beschlich Evelyn ein mulmiges Gefühl. Sie befanden sich hier zwar unter Menschen, aber Männer wie dieser Kerl waren sicher häufig in brutale Auseinandersetzungen verwickelt, die sie ungeniert in aller Öffentlichkeit austrugen und bei denen dann die Fäuste flogen. Was, wenn er Verdacht geschöpft hatte, man könnte ihn mit der Fotografie in einen Hinterhalt locken? Vielleicht kannte er die Handschrift dieser Kitty oder Betty. Womöglich hatte er den Bahnsteigbeamten um eine Beschreibung der Dame gebeten, die ihn zu sehen wünschte, und war zu dem Schluss gekommen, dass an der Sache etwas faul war.

Eine Schnapsidee, sich auf so etwas einzulassen. Evelyn warf einen Blick auf ihre Armbanduhr und schüttelte den Kopf. Nein, er würde nicht kommen. Sie hatte sich geirrt. Am besten, sie bliesen die ganze Sache ab und machten, dass sie davonkamen. Wenn Evelyn sich beeilte, konnte sie doch noch etwas Zeit auf dem Christkindlesmarkt verbringen.

»Sollen wir wieder gehen?« Benjamins forschender Blick verriet ihr, dass er genau wusste, was in ihr vorging. Sie war ihm dankbar, dass er so einfühlsam war, doch plötzlich kam sie sich feige vor. Wenn sie jetzt gingen, blieben Fragen unbeantwortet, auf die sie eine Antwort brauchte.

»Ich weiß nicht, aber … noch fünf Minuten!«, beschloss Evelyn nach kurzem Nachdenken. »Ich gehe für fünf Minuten in den Nebenraum. Wenn er bis dahin nicht aufgetaucht ist, klopfen Sie an die Tür, dann komme ich heraus, und wir verschwinden.«

»Wie Sie meinen! Heute führen Sie das Kommando!«

Die Bedienung hatte ihre Arbeit am Tresen beendet und trat mit wenig Begeisterung an ihren Tisch. Benjamin bestellte zwei Kaffee, während sich Evelyn nach den Waschräumen erkundigte. Als die Frau sich umwandte, schlüpfte Evelyn mit klopfendem Herzen in den Nebenraum und zog geräuschlos die Tür hinter sich zu. Hier war es dunkel und fast kälter als im Freien, jedenfalls kam es Evelyn so vor, als sie sich einen Stuhl heranzog und mit dem Rücken zur Tür darauf Platz nahm. In der verbrauchten Luft lag der schwere Geruch von kaltem Zigarettenrauch.

Sie wartete. Mit jeder Minute, die verstrich, wurde ihr unbehaglicher zu Mute. Mir kann nichts passieren, redete sie sich ein. Benjamin sitzt gleich nebenan hinter seiner Zeitung und behält die Tür im Auge. Sobald der Mann auftaucht, wird er sich hinter ihm in den Nebenraum schleichen. Nicht einmal eine Minute werde ich allein mit diesem Schläger sein. Er wird es nicht wagen, mich anzurühren, hier, direkt am Hauptbahnhof. Falls er mir zu nahe rückt, werde ich schreien. Ich werde …

Sie hörte, wie sich die Tür öffnete, und einen Herzschlag lang sah sie einen Streifen Licht aus dem Schankraum über den Parkettfußboden huschen. Dann wurde es wieder dunkel.

»Hallo?« Eine tiefe männliche Stimme, argwöhnisch, aber auch neugierig.

Stille.

Evelyn verharrte reglos, wagte vor Aufregung kaum zu atmen. Sie wartete darauf, dass sich die Tür noch einmal öffnete.

Aber nichts geschah. Zum Donnerwetter, war Benjamin eingeschlafen? Oder war er am Ende … Evelyn verbot sich, den Gedanken weiterzuspinnen, dafür spürte sie, wie die Furcht sie wie eine giftige Viper umschlang. Ihre Beine wurden schwer wie Blei.

»Warum sagst du nichts?« Schritte. Dann ein Räuspern. Der Mann war stehen geblieben und schien zu lauschen. Evelyn wusste, dass er hinter ihr stand, denn sie hörte, wie er atmete.

»Warum sitzt du hier im Dunkeln? Willst wohl nicht mit mir zusammen gesehen werden, was?« Das böse Lachen, das an Evelyns Ohr drang, ließ ihr fast das Blut in den Adern gefrieren. »Früher warst du vorsichtiger, Schätzchen! Hast wohl vergessen, was ich dir versprochen habe, falls ich dich jemals in die Finger kriege! Ich habe jedenfalls nicht vergessen, wie ihr beide, Frieba und du, mich beschissen habt!« Als plötzlich eine Hand aus der Dunkelheit hervorschoss und nach Evelyns Hals griff, wurde ihr klar, dass es nicht Liebe war, die diesen Mann zu Friebas früherer Geliebten führte, sondern blanker Hass. Die beiden hatten noch eine Rechnung offen, und diese beabsichtigte der Mann offensichtlich hier und jetzt zu begleichen.

Mit einem verzweifelten Schrei sprang Evelyn von ihrem Stuhl auf, der geräuschvoll auf dem Parkettboden aufschlug. »Das … ist ein Irrtum«, stotterte sie und spähte zur Tür. Aber dahinter regte sich nichts. Benjamin war nicht hier. Sie war allein mit dem Mann, dessen Augen sich allmählich an die Dunkelheit gewöhnten. Er sah sie mit eiskaltem Zorn an.

»Verdammt, wer bist du denn? Hat dieses Miststück Hilly dich zu mir geschickt, um mir weiszumachen, dass sie auch hereingelegt worden ist? Pech gehabt, Schätzchen. Ich glaube der kleinen Kröte kein Wort. Sie wird bezahlen, so oder so!«

Evelyn wich einen Schritt zurück. Also nicht Kitty oder Betty. Friebas Geliebte hieß Hilly, und der Mann, der jetzt ein Klappmesser zog, war ganz offensichtlich alles andere als gut zu sprechen auf sie. Auf Evelyn, die er mit der ominösen Hilly im Bunde wähnte, auch nicht.

»Hören Sie, ich weiß nicht, wovon Sie reden. Ich brauche nur ein paar Auskünfte über Eugen Frieba und hoffte, Sie könnten mir sagen, wo ich diese Hilly finde.«

»Wenn's nach mir ginge, bei ihrem Kerl auf dem Westfriedhof«, sagte der Mann höhnisch. Er machte einen Schritt auf Evelyn zu, wobei sich seine Augen zu zwei Schlitzen verengten. »Was mache ich jetzt mit dir, du Spitzel? Spionierst du für die Schlampe oder auch noch für die Bullen? Na, mir kann's gleich sein! Sogar aus dem Grab heraus versucht das Schwein Frieba noch, mich auszutricksen.« Er fletschte vor Wut die Zähne, schien sich dann aber ganz plötzlich zu besinnen. Lautlos ließ er sein Klappmesser in die Tasche zurückgleiten. Evelyn wollte aufatmen, doch als sie bemerkte, wie Friebas früherer Kumpan sie ansah, begriff sie, dass sie sich zu früh gefreut hatte. Auch wenn der Mann entschieden hatte, sie nicht niederzustechen, war er immer noch gereizt wie eine Kobra. Seine Hände waren kräftig genug, um sie zu erwürgen. Evelyn spähte zur Tür, doch der Mann stand ihr im Weg, und selbst wenn sie es an ihm vorbei schaffte und rannte wie der Teufel, würde er sie doch einholen.

»Was haben Sie und Frieba getan? Und womit hat er Sie hintergangen?«, wollte Evelyn wissen. Sie musste Zeit gewinnen, seine Wut auf Frieba am Lodern halten.

»Ha, als ob du das nicht wüsstest. Hilly muss es dir gesteckt haben.«

Evelyn schüttelte den Kopf. »Ich kenne sie nicht. Frieba hat bei meiner Freundin gewohnt und hatte etwas in seinen Besitz gebracht, das … er nicht hätte haben sollen.«

»Was du nicht sagst«, rief der Mann. Er schien noch unschlüssig, was er mit Evelyn anstellen sollte.

»Ging es bei Ihrem Streit um diese Erbschaft? Er ist doch unvermutet an viel Geld gekommen, nicht wahr? Hat er jemals den Namen Gerson erwähnt?«

»Ja, es ging um Geld, von dem ich nichts gesehen habe«, zischte der Gepäckträger. »Ich habe keinen Schimmer, was du mit den dämlichen Fragen bezweckst, aber jetzt ist Schluss mit dem Palaver.« Er zog an seinem Gürtel. »Na los, du Schnüfflerin, beug dich über den Tisch, ich werde dir jetzt eine Lektion erteilen, die dich lehren soll, mir nicht mehr nachzuspionieren.«

Er versetzte ihr einen Stoß, und Evelyn wurde plötzlich so übel, dass sich alles um sie herum zu drehen begann. Schwankend setzte sie sich in Bewegung, einen Schritt nach dem anderen. Erst als sie gegen den Stuhl stieß, den sie umgeworfen hatte, blieb sie stehen.

Sie musste hier raus.

Ohne zu überlegen, bückte sie sich, hob den Stuhl auf, stürzte damit, laut um Hilfe rufend, auf die Tür zu. Als der Mann ihr nachsetzte, ließ sie den Stuhl fallen, um ihren Verfolger zum Stolpern zu bringen. Doch ihre Hoffnung ging nicht auf. Kurz bevor sie ihr Ziel erreichte, hatte er sie eingeholt und hielt ihr den Mund zu. Sie kämpfte, wehrte sich aus Leibeskräften, aber er war zu kräftig und zwang sie mühelos zu Boden, wo sie, strampelnd wie ein Käfer, auf dem Rücken liegen blieb. Ein Hieb traf sie, und der heiße Schmerz, der diesem folgte, ließ sie nach Luft schnappen. Sie spürte, wie ihre Lippe aufplatzte, und schmeckte Blut auf der Zunge. Im nächsten Moment huschte ein Lichtstreifen über ihr Gesicht. Ein Pfiff wie aus einer Trillerpfeife, dann tauchten wie aus dem Nichts mehrere Hände auf, die den Wütenden von ihr herunterzogen. Evelyn öffnete die Augen, und das Erste, was sie sah, war Benjamins Gesicht über ihr. Es war aschfahl, und seine Lippen zitterten.

»Alles ... in Ordnung?«

Eine dumme Frage. Gut gemeint, aber dumm. Er sah doch

mit eigenen Augen, dass gar nichts in Ordnung war. Nun gut, sie war mit dem Schrecken und ein paar Prellungen davongekommen, aber Benjamins Verdienst war das nicht. Allerdings sah er todunglücklich aus. Zweifellos war es nicht seine Schuld, dass ihr törichter Plan nicht aufgegangen war. Aus den Augenwinkeln sah sie zu, wie zwei Schutzpolizisten den Kofferträger in die Mangel nahmen. Er wehrte sich und fluchte wie ein Stallknecht, doch die beiden Uniformierten waren mit Schlagstöcken bewaffnet und fackelten nicht lange. Die Gegenwehr des Festgenommenen endete, als er von gezielten Schlägen am Kopf getroffen wurde. Die Polizisten schleiften den Ohnmächtigen aus dem Raum. In der Schankstube nahmen die Beamten noch drei weitere Männer in Gewahrsam, die zwar lautstark protestierten, sich aber der Amtsgewalt fügen mussten.

»Dieser Mistkerl ist tatsächlich nicht allein gekommen«, sagte Benjamin zähneknirschend. »Als er in den Nebenraum ging, befahl er seinen Spießgesellen, niemanden hineinzulassen. Er sagte, er treffe sich mit einer Frau, die eine kleine Abreibung verdient habe. Ich habe versucht, an ihnen vorbeizukommen, aber allein gegen drei hatte ich keine Chance. Ich hatte Glück, dass ich in die Bahnhofshalle entkommen und dort die Polizisten zu Hilfe rufen konnte.«

Evelyn nickte erschöpft. Ja, das war Glück im Unglück gewesen. Ihr Kopf brummte, als nistete darin ein Schwarm Hornissen. Sie brauchte jetzt erst einmal einen Schnaps zur Beruhigung. Als sie sich auf die Tür zubewegte, trat ihr ein Mann im Mantel entgegen. Er schob sich den Hut aus der Stirn und schüttelte mit einem schwer zu deutenden Gesichtsausdruck den Kopf.

»Herr Waldblum?« Erstaunt riss Evelyn die Augen auf. »Was machen Sie denn hier?«

Anstatt ihre Frage zu beantworten, ging der Kriminalkommissar an ihr vorbei zu einem der Beamten in Uniform. Evelyn beobachtete, wie er mit dem Mann flüsterte und dann sein kleines Notizbuch zückte, um sich etwas zu notieren. Erst dann wandte er sich Evelyn zu. »Haben Sie heute noch etwas vor?«

»Ich werde auf dem Christkindlesmarkt erwartet«, erklärte Evelyn kleinlaut, obwohl sie es sich nur schwer vorstellen konnte, nach diesem Erlebnis am Stand Rauschgoldengel zu verkaufen.

»Das kann warten!« Waldblum warf zuerst ihr und dann Benjamin einen bedeutungsschweren Blick zu. »Aber meine Fragen nicht. Ich will Sie beide in einer halben Stunde auf dem Polizeipräsidium am Jakobsplatz sehen, und wehe Ihnen, Sie versetzen mich!«

22.

Waldblums Büro war beheizt, doch die Wärme aus dem kleinen Kohleofen in der Ecke vertrieb die Kälte nicht, die Evelyn noch immer in sich spürte. Unruhig blinzelte sie in das Licht der Schreibtischlampe, das auf einen Berg aus Akten und einen Teller mit Pfefferkuchen fiel. Deren Anblick erinnerte Evelyn daran, dass sie seit Stunden nichts gegessen hatte. Nicht mal den Kaffee, den Benjamin in der Bahnhofswirtschaft für sie bestellt hatte, hatte sie austrinken können.

Benjamin, dem man den Stuhl neben dem ihren zugewiesen hatte, blickte aus dem Fenster, obwohl es draußen stockdunkel war. Er war nicht besonders gesprächig, vielleicht machten ihn Polizeireviere nervös. Oder es nagte immer noch an ihm, dass es ihm nicht gelungen war, Evelyn wie verabredet zu Hilfe zu kommen. Unterwegs zum Jakobsplatz hatten sie ebenfalls nur wenig gesprochen. Jeder war seinen eigenen Gedanken nachgegangen. Eine ganze Weile verging, bevor Waldblum endlich das Büro betrat. Er warf einen Aktendeckel auf den Tisch, dann ließ er sich in seinem Drehsessel hinter der Schreibmaschine nieder. Er nahm sich einen Pfefferkuchen, schaute ihn kurz an und warf ihn dann auf den Teller zurück.

»Der Mann, den wir festgenommen haben, heißt Beitz«, sagte er schließlich. »Franz Beitz. Schon mal gehört? Nein? Er ist als Erster Gepäckspediteur am Nürnberger Hauptbahnhof beschäftigt seit …« Er warf einen kurzen Blick in seine Notizen, ehe er weitersprach. »Richtig, seit Anfang Januar 1919. Vorher war er

Kriegsteilnehmer. Frontkämpfer und Meldegänger ohne besondere Auszeichnung. Beitz behauptet, Sie nicht zu kennen und dass dies alles eine Verwechslung sei.« Waldblum öffnete die Akte, entnahm ihr die zerknitterte Fotografie von Friebas Geliebter Hilly und schob diese über den Schreibtisch. »Ich muss wohl nicht fragen, ob das da auf der Rückseite Ihre Handschrift ist, oder?«

»Was spielt denn das für eine Rolle?« Benjamin stand auf. »Sie tun gerade so, als hätte Evelyn diesem Kerl etwas getan. Dabei hat er doch auf sie eingedroschen. Wer weiß, was geschehen wäre, wenn wir die Kumpane dieses Strolchs nicht rechtzeitig überwältigt hätten.«

»Sie setzen sich wieder hin und halten den Mund«, polterte Waldblum. »Ich habe Ihnen schon mal gesagt, dass wir hier am Jakobsplatz ein paar freie Zellen haben, in denen Sie sich abreagieren können!«

Beleidigt nahm Benjamin wieder Platz.

»Also, Frau Sandmeyer, ich warte.«

Evelyn hob den Blick und sah den Kommissar an. Sie war sich nicht sicher, ob es klug war, ihn ins Vertrauen zu ziehen. Wahrscheinlich würde er ihr nicht weiterhelfen, weil er ihr Anliegen für belanglos hielt, und sie stattdessen ermahnen, künftig keine Polizeieinsätze mehr zu provozieren. Allerdings war ihr von ihrer vorigen Begegnung auch klar, dass Waldblum sich nicht mit ein paar hingeworfenen Brocken würde abspeisen lassen. Von diesem Beitz war es jedenfalls geschickt gewesen, der Polizei die Fotografie auszuhändigen, sofern man nicht seine Taschen durchsucht und sie dabei gefunden hatte. Damit besaß er einen Beweis dafür, dass ihn eine Frau in den Nebenraum der Restauration gelockt hatte, und Evelyn oblag es zu erklären, warum sie das getan hatte.

»Dieser Beitz und Frau Pelzendorfs Untermieter kannten sich«, sagte Evelyn schließlich. »Vom Bahnhof, wo sie beide beschäftigt sind. Beziehungsweise waren. Frieba als Schalterbeamter und Beitz als Gepäckspediteur.«

Waldblum notierte fleißig mit. »Verstehe, aber was geht Sie das an? Warum geben Sie sich als die Person auf dieser Fotografie aus?«

»Beitz und Frieba müssen in krumme Geschäfte verwickelt gewesen sein, und das vermutlich seit Kriegsende. Möglicherweise aber auch schon während des Krieges, und ich wollte wissen …« Evelyn schluckte schwer, weil sie den Satz nicht beenden konnte. Es kam ihr wie Verrat vor, dem Kommissar gegenüber auch nur anzudeuten, dass ihr Gerson in die Machenschaften der beiden Männer verwickelt gewesen sein könnte. Sie atmete tief durch. Die Stelle am Mund, wo Beitz' Hieb sie getroffen hatte, tat weh. Morgen früh würde sie ein hässlicher Bluterguss an ihren Leichtsinn erinnern.

»Ist das alles, was Sie mir zu sagen haben?« Waldblum sah von seinen Notizen auf. Er schien mit ihren Ausführungen unzufrieden, aber wie sollte sie sich auch konzentrieren, wenn ihr Kopf von widerstreitenden Gedanken überflutet wurde?

»Ich hatte gehofft, dieser Beitz könnte mir sagen, wer die Frau auf der Fotografie ist. Ich will sie finden, weil sie möglicherweise … etwas über meinen Mann weiß.«

»Ich dachte, Sie seien Witwe!«

Evelyn senkte den Kopf. »Das bin ich. Mein Mann starb als Soldat in Frankreich. Aber … nun ja, ich hatte Angst, Beitz könnte es ablehnen, meine Fragen zu beantworten.«

»Warum hätte er das tun sollen? Er war selbst Soldat.«

»Vielleicht kann ich mehr Licht in die Angelegenheit bringen«, mischte sich Benjamin ein, auf die Gefahr hin, erneut von Waldblum zum Schweigen gebracht zu werden. »Sie sehen doch, wie erschöpft Frau Sandmeyer nach dem tätlichen Angriff auf sie ist. Sie kann nicht mehr klar denken.«

Waldblum verzog das Gesicht, gab aber mit einer Geste sein Einverständnis.

»Dieser Beitz gehört zu ein paar Männern, die mir neulich im ›Goldenen Posthorn‹ ans Leder wollten. Sie beschimpften mich, weil ich aus Böhmen komme, und wurden handgreiflich.«

»Aber Anzeige haben Sie nicht erstattet?«

Benjamin wechselte einen Blick mit Evelyn, dann schüttelte er den Kopf.

Evelyn errötete. Sie ahnte, warum der junge Mann auf keiner Anzeige bestanden hatte, und sie war ihm dankbar dafür. Hätte er dies getan, so wäre sie als Zeugin des Geschehens verpflichtet gewesen, nicht nur gegen Beitz auszusagen, sondern auch gegen seine Kameraden vom Völkischen Block. Wenn sie sich aber mit denen anlegte, konnte sie das teuer zu stehen kommen. Schlimm genug, dass Beitz, der ganz offensichtlich zu den Braunhemden gehörte, auf sie aufmerksam geworden war.

»Hatten Sie vor, Beitz wegen seiner Handgreiflichkeit Ihnen gegenüber eine Abreibung zu verpassen?« Waldblums Miene blieb undurchsichtig. »Frau Sandmeyer sollte ihn anlocken, und dann wären Sie ihm hinterhergeschlichen und hätten sich auf ihn gestürzt.«

»Na ja, so ähnlich«, gab Benjamin mit einem Schulterzucken zu. »Ich wollte ihn überrumpeln, aber nicht um ihn zu vermöbeln. Wir hatten vor, ihn vor die Wahl zu stellen: Entweder er gibt uns Auskunft über die Frau auf der Fotografie, oder wir rufen die Polizei. Sie wissen schon, wegen des Angriffs auf mich in der Gastwirtschaft. Leider erwies sich dieser Beitz als gerissener, als ich dachte, und der Plan ging schief.«

»Warum wundert mich das nicht?« Waldblum erhob sich und stellte sich mit dem Rücken zu Evelyn und Benjamin ans Fenster. Eine Weile beobachtete er wortlos den Verkehr unten auf der Straße, dann drehte er sich um. »Während Sie gewartet haben, habe ich Beitz befragt«, sagte er. »Er gibt zu, dass er die Frau auf der Fotografie ein- oder zweimal gesehen hat, aber angeblich erinnert er sich weder an ihren vollständigen Namen noch an ihre Adresse.«

»Beitz lügt«, brauste Evelyn empört auf. »Er kennt sie nicht nur, er wollte sie dafür bestrafen, dass sie ihn angeblich übers Ohr gehauen hat. Fragen Sie diesen Schläger, was für Geschäfte er mit Frau Pelzendorfs Untermieter betrieben hat und ob sie meinen Mann da mit hineingezogen haben. Würde mich nicht wundern, wenn Beitz es war, der in die Villa eingedrungen ist und die alte Hedda die Treppe hinuntergeschubst hat. Er ist nämlich der Meinung, er hätte ein Anrecht auf seinen Teil. Wovon auch immer.« Evelyn verstummte, als ihr auffiel, dass Waldblum sie anstarrte, als wäre sie völlig hysterisch. Kein Wunder, aus ihrem Geplapper wäre kaum einer schlau geworden.

»Gegen den Mann liegt nichts vor, daher sollten Sie mit derlei Beschuldigungen vorsichtig sein«, sagte Waldblum. »Beitz behauptet vielmehr, Sie hätten ihn mit dem Foto in die Restauration gelockt und dort im Dunkeln angegriffen. Er habe sich verteidigt, und dabei seien Sie gestürzt. Die Polizei habe ihn im selben Moment überwältigt, als er Ihnen wieder aufhelfen wollte.«

Benjamin lachte spöttisch. »Klingt ja rührend! Und die Burschen, die mir den Weg versperrt haben?«

»Seien nur zu Beitz' Schutz mitgekommen. Tja, wie es aussieht, steht Aussage gegen Aussage. Dass Sie einen Bahnbeamten belogen haben, wiegt ebenso schwer wie die versuchte Nötigung.« Der Kommissar setzte sich wieder und schlug mit Schwung den Aktendeckel zu. »Wir werden Beitz über Nacht auf dem Revier behalten. Immerhin hat er sich seiner Festnahme widersetzt. Dennoch sollten Sie beide froh sein, wenn der Mann keine Anzeige gegen Sie erstattet.«

Eine Anzeige? Evelyn konnte kaum glauben, was sie da hörte. Im »Goldenen Posthorn« hatten Beitz und seine Kumpane rücksichtslos auf Benjamin eingedroschen, und was er heute beinahe mit ihr angestellt hätte, wollte sie sich gar nicht vorstellen. Dass der Mann nun sie anzeigen könnte, war für sie so absurd, dass sie am liebsten laut gelacht hätte.

Es klopfte, und ein hagerer Mann mit Nickelbrille steckte den Kopf zur Tür herein. »Darf ich fragen, wo Sie bleiben, Waldblum? Ich warte schon seit zehn Minuten auf Sie.« Als der Mann Evelyn bemerkte, neigte er höflich, aber etwas hölzern den Kopf. »Verzeihung, die Dame, aber wir können nicht länger warten. Unsere Besprechung duldet keinen Aufschub.«

»Tut mir leid, Herr Rembremmerding«, sagte Waldblum säuerlich. »Frau Sandmeyer und ihr Begleiter wollten ohnehin gerade aufbrechen.« Er knipste die Schreibtischlampe aus.

»Kriminaldirektor Rembremmerding«, korrigierte ihn der hagere Mann, der seinem Auftreten nach Waldblums Vorgesetzter war. »Ich habe meinen Titel nicht an einer Schießbude gewonnen, warum ihn also nicht tragen!« Er lachte schrill auf, wobei er Evelyn selbstzufrieden zunickte. Dann stutzte er plötzlich. Ehe Evelyn wusste, wie ihr geschah, verbeugte er sich tief und hauchte ihr einen feuchten Kuss auf die Hand. »Verzeihen Sie, meine Liebe, nun hätte ich Sie fast nicht wiedererkannt! Sie sind doch die Dame, die auf dem Christkindlesmarkt diesen entzückenden Weihnachtsschmuck verkauft, nicht wahr? Ohne übertreiben zu wollen, möchte ich bemerken, dass Sie und Ihre Helferinnen wahre Kleinode schaffen. Meine Gattin gehört ebenfalls dem Nürnberger Frauenverein an. Vor zwei Tagen haben wir Ihren Stand mit unserer Enkelin besucht. Seitdem gibt die Kleine ihren Engel nicht mehr aus der Hand. Sie ist ganz vernarrt in ihn.«

»Das ist sehr liebenswürdig von Ihnen, Herr Kriminaldirektor!« Evelyn rang sich ein Lächeln ab, das noch breiter wurde, als sie Waldblums grimmige Miene bemerkte. »Es ist mir eine Ehre und ein Vergnügen!«

»Ach, lassen Sie doch den Kriminaldirektor weg, gnädige Frau! Mir ist es eine Freude, Sie hier zu sehen. Seit ich unseren schönen Weihnachtsmarkt besucht und Ihre Arbeit bewundert habe …«

»Das sind nicht nur meine Arbeiten«, wehrte Evelyn ab. »Wir haben viele fleißige Helferinnen, die froh sind, dass sie sich in den Wohlfahrtswerkstätten ein paar Pfennige hinzuverdienen können.«

»Natürlich, natürlich!« Rembremmerding schob seine Brille zurück, die ihm beim Reden fast bis auf die Nasenspitze gerutscht war. »Nach meinem Besuch auf dem Weihnachtsmarkt ist mir aufgefallen, wie nüchtern die Atmosphäre am Jakobsplatz doch ist! Gewiss, wir sind eine Behörde und daher bemüht, die Würde des Amtes zu wahren. Dennoch könnten die Räumlichkeiten vor den Feiertagen ein wenig mehr … Behaglichkeit vertragen, meinen Sie nicht auch? Nehmen wir nur einmal Waldblums Büro. Kalt wie eine Tropfsteinhöhle und so verstaubt, dass es einen in der Kehle reizt. In so einer Umgebung regiert das Gestern, da fällt es doch jedem, der eintritt, schwer, die frische Brise des zwanzigsten Jahrhunderts einzuatmen.«

Benjamin begann zu schnaufen, während Waldblum aussah, als würde er seinem Vorgesetzten jetzt gerne seinen Brieföffner in die Brust rammen.

Schließlich ließ Rembremmerding die Katze aus dem Sack: »Wie wäre es, wenn Sie für das Präsidium ein paar besondere Rauschgoldengel anfertigen und unsere Räume damit schmücken würden? Sie würden mir damit einen großen Gefallen tun und den Beamten, von denen einige sogar an den Feiertagen ihren Dienst versehen müssen, ein wenig Trost für den verpassten

Weihnachtsschmaus spenden. In diesen Tagen, wo sich auf den Straßen das radikale Gesindel sammelt, um gegen die Republik zu marschieren, brauchen die Beamten ihre Schutzengel.« Er sah sie erwartungsvoll an.

»Rauschgoldengel in Polizeiuniform?« Benjamin stieß einen Pfiff aus. »Eine entzückende Idee, Herr Kriminaldirektor. Damit würde Evelyn sich selbst übertreffen.«

»Ach seien Sie still«, zischte Evelyn. Sie holte tief Luft, dann nickte sie. Vielleicht war es gar nicht so schlecht, wenigstens beim Kriminaldirektor einen Stein im Brett zu haben. Waldblum schien das zwar gar nicht zu schmecken, aber das war sein Problem.

»Hervorragend, gnädige Frau!« Rembremmerding neigte erfreut den Kopf. »Wir lassen Ihnen völlig freie Hand und freuen uns auf unsere ganz persönlichen Schutzengel.« Dann wandte er sich an Waldblum, der immer noch wie eine Statue hinter seinem Schreibtisch stand. »Wie lange muss ich eigentlich noch auf Sie warten, Mann? Es ist doch wirklich zum Verzweifeln mit Ihnen. Ich hoffe, Sie konnten wenigstens Frau Sandmeyer und Ihrem Begleiter zu Diensten sein! Worum ging es dabei noch gleich?«

»Eine Tätlichkeit am Hauptbahnhof«, sagte Waldblum. »Vermutlich nur ein Missverständnis, das wir mit Frau Sandmeyers Hilfe aufklären konnten, Herr Kriminaldirektor.«

»Ausgezeichnet, dann kümmern wir uns jetzt endlich um den Mord am Weinmarkt.«

Evelyn wurde hellhörig. Am Weinmarkt? Das klang gar nicht gut.

»Scheußliche Sache«, erklärte der Kriminaldirektor naserümpfend. »Nichts, womit sich eine junge Dame aus gutem Haus beschäftigen sollte. Aber da es morgen sowieso in allen Zeitungen stehen wird, kann ich es Ihnen auch sagen: Ein Trödler wurde in seinem Laden tot aufgefunden. Ein gewisser Mull. Er wurde Opfer einer Gewalttat, aber die Einzelheiten erspare ich Ihnen besser.« Er winkte Waldblum, ihm hinaus auf den Korridor zu folgen, drehte sich im Gehen jedoch noch einmal zu Evelyn um. »Aber keine Angst, gnädige Frau. Sie brauchen sich nicht um Ihre Sicherheit zu sorgen. Ich setze meine besten Männer auf den Fall an, und die werden den Täter noch vor den Feiertagen aufspüren. Das verspreche ich Ihnen bei meiner Ehre.«

23.

Evelyn war heilfroh, dass die Männer zu sehr in Eile waren, um zu bemerken, wie sehr sie die Nachricht des Kriminaldirektors erschütterte. Innerlich hüpfte ihr Herz vor Schreck. Mull war tot? Erschlagen in seinem eigenen Laden? Aber wieso und von wem? Plötzlich verspürte sie Angst. Konnte es sein, dass sie selbst die Schuldige war? Als sie den Hehler zuletzt gesehen hatte, hatte der ohnmächtig auf dem Fußboden gelegen. Aber ihr Schlag mit Friebas Kasten konnte ihn doch unmöglich getötet haben. Er hatte sich gerührt und regelmäßig geatmet, als sie und Kilian den Trödelladen verlassen hatten.

Evelyn hatte nicht mehr die Kraft, zum Weihnachtsmarkt zu gehen. Selbst nach Hause schaffte sie es nur mit Müh und Not. Dort fiel sie, kaum dass sie die Wohnung betreten hatte, wie betäubt auf ihr Bett und starrte zur Decke empor. Unruhig sann sie darüber nach, ob jemand sie und Kilian beim Verlassen des Geschäfts gesehen haben könnte. Nein, soweit sie sich erinnerte, war die Gasse am Weinmarkt wegen des frostigen Wetters menschenleer gewesen. Aber was hieß das schon? Waren sie beobachtet worden, so würde Waldblum schon sehr bald die Beschreibung zweier Personen in Händen halten, die Mull lautstark aus seinem Laden geklopft, dann darin verschwunden und wenig später fluchtartig wieder auf die Straße gelaufen waren. Davon abgesehen würde sich die Lebkuchenfrau auf dem Christkindlesmarkt daran erinnern, dass Evelyn sie über Mull ausgefragt hatte. Großer Gott, natürlich. Der Weihnachtsmarkt.

Waldblum würde sicher schnell herausfinden, dass der Trödler dort billigen Plunder verkauft hatte.

Bis in die frühen Morgenstunden wälzte sich Evelyn unruhig zwischen den Kissen hin und her. Die Frage, ob sie unbeabsichtigt einen Menschen getötet haben könnte, raubte ihr den Schlaf. Evelyn dachte an Benjamin, der jetzt unter ihrem Zimmer auf seinem Feldbett lag. Ob er ebenso wie sie keinen Schlaf fand? Wenn sie ihn richtig einschätzte, so ahnte er, dass nicht nur der Schock wegen der Sache mit Beitz auf ihr lastete. Aber sie hatte es auf dem Heimweg einfach nicht über sich gebracht, ihm von ihrem heimlichen Besuch bei Mull und ihrer Angst, ihn versehentlich getötet zu haben, zu erzählen. In diese Sache durfte sie ihn nicht auch noch mit hineinziehen.

Früh am Morgen ging sie zum Zigarrenhändler und ließ sich von dessen Telefonapparat mit Kilians Anschluss verbinden. Sicher wusste der noch gar nichts über Mulls Tod, aber wenn einer ihr die Angst nehmen konnte, dann Kilian in seiner Eigenschaft als Mediziner.

Aber Kilian war nicht zu sprechen. Das Dienstmädchen der Falkners erklärte, dass er nach Erlangen gefahren sei, um an der medizinischen Fakultät seiner alten Universität einen Vortrag zu halten. Nein, sie wisse nicht, wann der Doktor wieder zurückkomme, da er alle Termine für den heutigen Tag abgesagt habe. Evelyn wollte schon auflegen, als plötzlich jemand mit verschlafener Stimme in den Hörer krächzte. Sibylle. Das Klingeln des Fernsprechers musste sie aus ihren Träumen gerissen haben. Dementsprechend schlecht war ihre Laune.

»Ich muss Kilian sprechen«, beharrte Evelyn aufgeregt. »Er wird doch bis zum Abend zurück sein, oder?«

Evelyn konnte durch die knacksende Leitung hören, wie Sibylle dem Dienstmädchen auftrug, ihr Tee mit Butterbrezeln zu servieren und danach ein Bad einzulassen. Es verging eine ganze

Weile, bis ihre Freundin am Apparat war: »Entschuldige, Liebes, aber hier geht alles drunter und drüber. Mein Kleid für die Verlobungsfeier ist eine Katastrophe, aber die Schneiderin liegt mit Husten im Bett. Husten! Als ob man mit Husten nicht nähen könnte. Und du? Ach so, Kilian. Nun ja, bei meinem Bruder weiß man ja nie so genau, wann er wieder aufkreuzt. Heirate bloß keinen Arzt!« Sie kicherte nervös. »Ach, hör nur nicht auf mich verrücktes Huhn. Ich werde Kilian ausrichten, dass er sich bei dir melden soll, sobald er zurück ist.« Einen Moment schwieg sie, dann fügte sie hinzu: »Du klingst ja so aufgeregt, und das am frühen Morgen. Ist was passiert? Jetzt sag bloß nicht, dass du dich auf eine Dummheit mit diesem gutaussehenden jungen Burschen aus Prag eingelassen hast. Kilian ist zwar verrückt nach dir, aber auch seine Geduld hat einmal ein Ende. Die Männer in unserer Familie mögen es gar nicht, wenn man ihnen was vormacht.«

Evelyn legte auf. Sie war weiß Gott nicht dazu aufgelegt, Sibylle Rede und Antwort zu stehen.

Als Evelyn die Wohnung betrat, brannte Licht in der Küche. Auf dem Herd dampfte ein Topf mit Milch. Gertraud saß im Morgenmantel am Tisch, kaute an einem Bissen Brot und blätterte gedankenverloren in der Morgenzeitung. Sie sah übermüdet aus, tiefe Sorgenfalten furchten ihre Stirn. Hatte sie etwa geweint? Evelyn traute sich nicht, zu fragen.

»Na, warst du schon so früh unterwegs?« Gertraud goss Milch in eine Kaffeetasse und reichte sie Evelyn. »Nimm schon, Kind, du siehst aus, als könntest du etwas Warmes vertragen!«

Evelyn ließ sich mit der dampfenden Tasse am Küchentisch nieder, schloss die Augen und nippte an der heißen Milch. Die schmeckte nicht nur köstlich, sie weckte auch ihre Lebensgeister. Mit jedem weiteren Schluck spürte sie, wie die Anspannung der Nacht langsam von ihr abfiel.

»Fast so wie früher, als ich dir vor der Schule Frühstück gemacht habe, nicht wahr?«, sagte Gertraud mit einem wehmütigen Blick. »Eigentlich gehören auch ein paar Tropfen Honig hinein, aber leider ist keiner mehr da. Ist sowieso zu teuer geworden.« Sie stand auf, nahm einen Lappen aus dem Spülstein und begann mit kräftigen Bewegungen, den Herd blitzblank zu polieren. »Deinen Kilian plagen solche Sorgen natürlich nicht«, redete sie weiter. »Nicht mal nach dem Krieg mussten feine Herrschaften wie die Falkners den Gürtel enger schnallen. Und nun können sie es sich sogar leisten, eine glanzvolle Verlobungsfeier für deine Freundin Sibylle auszurichten. Mit französischem Champagner und Kaviar und allem, was sonst noch dazugehört. Weißt du denn schon, was du zu ihrem Fest anziehen wirst? Und vergiss bitte nicht, dass du ein passendes Geschenk brauchst.« Sie seufzte. »Ich fürchte nur, für uns wird dieses Weihnachtsfest recht mager ausfallen, wenn wir so kurz vor den Feiertagen noch Geld ausgeben müssen.«

Evelyns Blick fiel auf die Zeitung, in der ihre Mutter gelesen hatte. Es war die neueste Ausgabe. Ihr Nachbar, ein Feuerwehrmann, musste sie vorbeigebracht haben, als Evelyn im Zigarrenladen gewesen war. Das tat er manchmal, um mit Gertraud den neuesten Klatsch auszutauschen. Als Gertraud Evelyn darin blättern sah, kam sie zum Tisch gelaufen und spähte über ihre Schulter.

»Ach ja, das hätte ich fast vergessen«, sagte sie. »Die Polizei hat einen Toten gefunden, einen Gebrauchtwarenhändler, hier aus der Stadt. Er wurde vermutlich ausgeraubt und erschlagen, als er sich zur Wehr setzte. Aber nun kommt's: Der Mann hatte auch einen eigenen Stand auf dem Christkindlesmarkt. Du hast ihn dort sicher schon mal gesehen, so ein graubärtiger Eigenbrötler, der billigen Blechschmuck, Spielsachen und anderen Trödelkram verkauft hat.« Gertraud tippte auf eine Artikelspalte, die es zwar nicht auf die Titelseite geschafft hatte, aber doch durch die fett gedruckte Schlagzeile »Mord am Weinmarkt« hervorstach.

»Ich habe den Mann noch am Vormittag gesehen«, plapperte Gertraud aufgeregt weiter. »Da stapfte er mit mürrischer Miene am Bratwürstelstand vorbei. Die Lebkuchenfrau wünschte ihm einen gesegneten Sonntag, aber dieser unhöfliche Mensch hat nicht einmal darauf reagiert. Er ist ohne jeden Gruß in seiner Bude verschwunden.« Sie tippte erneut auf das Blatt. »Hast du gesehen? Die Polizei bittet um Hinweise. Ich frage mich, ob die Herren auch mit mir reden wollen. Gern täte ich's nicht, weil ich diesen Mull ja gar nicht gekannt habe. Ich gehe ja auch nur auf den Christkindlesmarkt, um Brungässner einen Gefallen zu tun. Mit den Leuten, die dort Bratäpfel, Holzschnitzereien und Lebkuchen verkaufen, habe ich nichts zu schaffen.«

Evelyn hörte kaum zu, stattdessen überlegte sie, was nun zu tun war. Sollte sie warten, bis Kilian zurück war? Gewiss war es fair, zunächst seine Meinung einzuholen, ehe sie eine Entscheidung traf. Andererseits konnte es für sie beide böse Folgen haben, wenn Evelyn zu lange wartete. Die Polizei suchte Zeugen, vermutlich war es nur eine Frage der Zeit, bis man auf sie stieß. Noch einmal nahm sie sich die Zeitung vor. Leider war der Artikel nicht sehr ausführlich. Er erwähnte, dass Mull in seinem Laden zu Tode gekommen war und dass von einem Raubmord auszugehen war. Evelyn stutzte, denn der Begriff Raubmord irritierte sie. Das klang nach Einbruch und Diebstahl. War der Laden durchwühlt und etwas daraus entwendet worden? Wenn ja, so bewies das doch, dass nach ihr und Kilian noch jemand anders dort gewesen sein musste. Schließich hatte Evelyn mit Ausnahme von Eugen Friebas Kasten nichts von Mulls Krempel angefasst.

Evelyn nahm einen großen Schluck von der warmen Milch. Unter Umständen würde sie einen Beweis für ihre Unschuld erbringen müssen, aber dafür brauchte sie mehr Informationen. Wen aber konnte sie nach den erforderlichen Einzelheiten fragen? Waldblum bestimmt nicht. Es sei denn … Sie sprang auf und wollte zur Küchentür hinauseilen, als ihre Mutter sie energisch zurückrief. »Bleib, ich muss noch wegen etwas anderem mit dir reden!«

»Entschuldige, aber ich muss etwas erledigen«, erwiderte Evelyn. »Benjamin und Franzi halten derweil im Laden die Stellung.«

Gertraud sah aus, als wäre sie den Tränen nahe, was Evelyn erschreckte, da sie ihre Mutter noch nie weinen gesehen hatte. Nicht einmal nach dem Tod ihres Mannes hatte sie die Fassung verloren. »Das ist jetzt unwichtig. Es geht um deinen Onkel. Der steckt in ernsten Schwierigkeiten und braucht unsere Hilfe.« Während Evelyn sich wieder setzte, erzählte Gertraud ihr rasch von dem Unbekannten, der sie am Bratwürstelstand über Joachim ausgehorcht hatte.

Evelyn konnte sich keinen Reim auf die Worte ihrer Mutter machen, bemerkte aber, wie aufgeregt diese plötzlich war. »Und dieser Mann hat dich wirklich bedroht? Du hast ihn auch nicht missverstanden?«

»Was gibt's denn da falsch zu verstehen?« Gertraud schnaubte beleidigt. »Dieser Verbrecher hat mir höhnisch erklärt, dass so ein Weihnachtsmarktstand wie der unsere leicht in Flammen aufgehen könnte. Und dass wir aufpassen sollten, dass dann nicht jemand darin mitverbrennt.«

»Wie bitte?« Evelyn war fassungslos. »Aber warum sagst du mir so etwas nicht gleich?«

Gertraud bedachte Evelyn mit einem forschen Blick. »Wie denn, wenn ich fragen darf? Seit du die Rauschgoldengel anfertigst, bist du kaum noch zu Hause. Habe ich dir übrigens schon gesagt, dass du aussiehst, als wärst du verprügelt worden?«

Evelyn wusste genau, worauf ihre Mutter anspielte. Sie hatte an ihrem Toilettentisch eine halbe Ewigkeit gebraucht, um die Spuren ihres unglücklichen Zusammenstoßes mit dem Kofferträger Beitz mit Make-up aus dem Laden zu überdecken, aber da sie im Schminken nicht besonders geschickt war, war das Ergebnis ihrer Bemühungen offensichtlich wenig überzeugend ausgefallen. Dass Onkel Joachim mit üblen Zeitgenossen Umgang pflegte und in Schwierigkeiten steckte, wunderte sie indessen kaum. Er trank und spielte, auch wenn Gertraud das stets abstritt. Vermutlich stand er bei einem oder mehreren seiner Zechkumpane in der Kreide, die allmählich die Geduld verloren. Dass einer dieser Männer aber sogar auf den Christkindlesmarkt kam, um nach Joachim zu fragen, beunruhigte sie. Bislang hatte Joachim den Anstand besessen, die beiden Frauen aus seinen zwielichtigen Unternehmungen herauszuhalten. Dies schien sich nun aber geändert zu haben.

»Wo steckt Joachim?«, wollte sie wissen. »Hat er sich zu diesem Kerl und seinen Forderungen geäußert?«

Gertraud schüttelte den Kopf. »Ich habe ihn seit gestern nicht gesehen und mache mir langsam Sorgen. Er sagte, er sei eine Weile unterwegs, weil er Arbeit und eine neue Bleibe suche. Du hast ihn ja quasi vor die Tür gesetzt. Wie du weißt, verfügt Joachim über ein starkes Ehrgefühl.«

»Wirklich? Das wäre mir neu.«

»Sei nicht so von oben herab. Joachim bleibt nicht dort, wo man ihn nicht haben will.«

Mir kommen gleich die Tränen, dachte Evelyn. Wenn jemand es verstand, einem ein schlechtes Gewissen einzureden, dann ihre Mutter. Das Dumme war, dass es funktionierte. Gertraud würde nicht zulassen, dass ihr kleiner Bruder in der Gosse endete, und Evelyn hatte keinen Nerv, sich deswegen mit ihr zu streiten. »Also gut, überredet«, sagte sie nach kurzem Zögern.

»Sag Joachim, dass er bleiben kann. Vorausgesetzt, er hält sich künftig an ein paar Hausregeln. Vor allem möchte ich, dass er sich nicht mehr an meinen Drogeriewaren bedient. Und falls er noch einmal heimlich mein Schlafzimmer durchsucht und sich Gersons Sachen unter den Nagel reißt, überlege ich es mir noch mal.«

Gertraud starrte sie mit offenem Mund an, doch sie gab sich geschlagen. »Gut, das klingt fair. Du weißt, dass ich deinem Großvater kurz vor seinem Tod versprochen habe, mich um Joachim zu kümmern. Diese Bürde ist nicht immer leicht zu tragen, aber ein Versprechen ist nun mal ein Versprechen.«

Evelyn bezweifelte, dass ihr Großvater das tatsächlich so gemeint hatte, schließlich war Joachim ein erwachsener Mann, der für sein Leben selbst verantwortlich war und sich nicht ewig hinter seiner Schwester verstecken oder sich von seiner verwitweten Nichte durchfüttern lassen konnte.

»Ich habe Angst, dass der unangenehme Kerl von neulich derselbe sein könnte, der auch den alten Mull umgebracht hat«, lenkte Gertraud das Gespräch plötzlich in eine Richtung, die Evelyn aufhorchen ließ.

»Wie kommst du darauf? Hast du die beiden jemals zusammen gesehen?«

»Nun, das zwar nicht, aber wer auf unserem Christkindlesmarkt Morddrohungen ausstößt, hat keine weiße Weste. Du hast den Kerl nicht gesehen, ich aber schon. Er sah zum Fürchten aus und hat bestimmt so einiges auf dem Kerbholz. Davon abgesehen …« Sie machte eine Pause, bevor sie voller Überzeugung erklärte: »Ich bin mir ziemlich sicher, dass er aus der Richtung von Mulls Stand kam. Nein, nein, das kann kein Zufall sein. Erst taucht dieser fürchterliche Kerl bei mir auf, und kurze Zeit später wird einer unserer Weihnachtsmarkthändler umgebracht.«

»Aber nicht auf dem Christkindlesmarkt, sondern in seinem Laden am Weinmarkt. Und so, wie du es mir erzählt hast, wollte der Mann nichts von dem Trödler, sondern von deinem Bruder. Vermutlich Spielschulden eintreiben.«

Gertraud gefiel es offensichtlich gar nicht, wie leichtfertig Evelyn ihre schöne Theorie verwarf. »Für mich sah der Schuft wie ein Totschläger aus, und so viele davon werden ja wohl hoffentlich nicht über den Christkindlesmarkt streifen«, sagte sie giftig. »Weißt du denn, ob der Mann nicht auch mit dem Trödler noch eine Rechnung offenhatte? Nein. Und jetzt ist der Mann mausetot, und sein Mörder ist hinter unserem armen Joachim her.« Sie schnappte nach Luft wie ein Fisch auf dem Trockenen. Dann sank sie auf einen Stuhl, vergrub das Gesicht in den Händen und fing an zu schluchzen. »Ich spüre doch, dass mein Bruder in Gefahr ist. Warum sonst sollte er nicht nach Hause gekommen sein? Warum meldet er sich nicht mehr? Er mag sich mit den falschen Leuten eingelassen und Schulden gemacht haben, aber das ist kein Grund, ihn im Stich zu lassen. Wir müssen ihm helfen.«

Evelyn fand, dass ihre Mutter sich unnötig Sorgen machte, doch angesichts ihrer Tränen war sie sich nicht mehr so sicher. Ging es Joachim gut? Hatte er das getan, was er immer tat, wenn ihm langweilig wurde: in einer Kneipe trinken, bis er rausgeworfen wurde? Das sieht dir ähnlich, Onkel Joachim, dachte Evelyn grimmig. Du tauchst unter und überlässt es uns, deine Angelegenheiten ins Reine zu bringen.

»Am besten wird sein, wir beschaffen das Geld, das Joachim diesem Gauner schuldet«, schlug Gertraud vor. Sie tupfte sich mit einem zerknüllten Taschentuch die Augen trocken. »Bestimmt ist er dann zufrieden und lässt uns in Ruhe.«

»Na fabelhaft, wo wir doch gerade in Geld schwimmen! Du weißt nicht mal genau, was dieser Mann von deinem Bruder will. Vielleicht geht es gar nicht um Geld, womöglich war das Ganze ja auch nur ein dummer Scherz.«

Gertraud tippte sich gegen die Stirn und funkelte Evelyn dabei böse an. »Natürlich will er Geld, was denn sonst? Nein, Kind, das war kein Scherz, sondern bitterernst.« Gertraud sprang auf und kippte den Rest Milch in den Spülstein, wo er gluckernd in den Abfluss rann. »Aber von mir aus, wir können auch die Polizei um Hilfe bitten. Möglicherweise nimmt die meine Befürchtung etwas ernster als du.«

Evelyn wagte das zu bezweifeln, aber ihre Mutter war offenbar nicht mehr zu bremsen. Evelyn hätte aus der Haut fahren können. Da stand sie hier in der Küche und musste Gertrauds krude Theorien ertragen, obwohl sie selbst in höchster Bedrängnis war und dringend einen Ausweg aus ihrer Misere finden musste.

»Angenommen Joachim hat Schulden bei einem Ganoven aus der Unterwelt«, überlegte Evelyn laut. »Was, wenn es sich dabei um richtig viel Geld handelt? Mehr, als wir aufbringen können?«

Gertraud winkte ab. »Ich habe noch die Perlenkette, die mir dein Vater mal aus München mitgebracht hat. Wenn ich die versetze, werden ein paar Goldmark zusammenkommen.«

»Und wenn das nicht genügt?«

Gertraud schlug vor, Kilian um Hilfe zu bitten, aber davon wollte Evelyn nichts wissen. Es fehlte gerade noch, Kilian anzubetteln. Schlimm genug, dass er durch Evelyns Leichtsinn in die Sache mit Mull hineingezogen worden war. Nein, es war völlig ausgeschlossen, wegen der Schulden ihres Onkels bei Falkners anzuklopfen. Aber wer blieb dann noch übrig?

Es war Gertraud, die die Antwort in den Raum stellte. Eine Antwort, die Evelyn allerdings nicht hören wollte.

»Brungässner? Bist du sicher, dass er uns im Falle des Falles so viel Geld vorstrecken würde?« Evelyn biss sich auf die Unterlippe. »Wenn, dann habe ich ihn falsch eingeschätzt. Ich dachte, dem Mann ginge es nur um seinen persönlichen Vorteil und um Profit!«

Gertraud lächelte schwach. »Er stammt aus ärmlichen Verhältnissen. Seine Mutter gehörte noch zu den Wäscherinnen, die an der Pegnitz ihre Arbeit verrichtet haben. Er hat sich geschworen, es der feinen Gesellschaft zu zeigen, die ihn in seiner Jugend verspottet und verachtet hat. Na, und heute gehören ihm in der Stadt neben seiner Gastwirtschaft auch einige Häuser und Grundstücke.«

»Gersons Haus aber nicht.« Evelyn stieß scharf die Luft aus, am liebsten hätte sie das Gespräch jetzt für beendet erklärt, aber man hätte ein Herz aus Stein haben müssen, um den unglücklichen Gesichtsausdruck ihrer Mutter einfach zu ignorieren.

»Es ist jetzt dein Haus, Evelyn«, sagte Gertraud eindringlich. »Du hast nie wirklich mit deinem Mann darin gelebt und das alles hier eher als Klotz am Bein empfunden.«

»Aber … es hat Gersons Familie gehört.«

»Ja, aber jetzt braucht deine Familie Hilfe. Ich weiß, dass du Joachim nicht besonders magst, aber was, wenn dieser Mann seine Drohungen in die Tat umsetzt und ihm etwas antut? Könntest du mit der Schuld leben, ihm nicht geholfen zu haben, obwohl du die Möglichkeit gehabt hättest? Fritz Brungässner ist ein Ehrenmann, und er ist großzügig. Er wird dir das Geld vorstrecken, das wir brauchen, um meinem Bruder aus der Patsche zu helfen. Und vergiss nicht, wenn du das Haus mit all seinen düsteren Erinnerungen verkaufst, wirst du nicht mit leeren Händen zu Kilian gehen, sondern als eine wohlhabende Frau.«

»Ich …« Evelyn wurde schwindelig. Die Ereignisse des vergangenen Tages, die ausgestandene Angst und die schlaflose Nacht forderten ihren Tribut. Sie lief aus der Küche, weil sie befürchtete, zu ersticken, wenn sie länger blieb. Hastig nahm sie Mantel, Hut und Schal von der Garderobe und öffnete die Tür. »Denk darüber nach«, hörte sie die Stimme ihrer Mutter durch den dunklen Gang hallen. »Das Schicksal unserer Familie liegt nun allein in deiner Hand!«

Gertraud wartete in der Küche, bis Evelyns Schritte auf der Treppe verklungen waren. Dann erst begab sie sich in ihr eigenes Schlafzimmer. Joachim lag ausgestreckt auf ihrem Bett und blätterte im Werbemagazin eines Lichtspieltheaters. Neben ihm stand ein Aschenbecher, der von Kippen fast überquoll. Als er seine Schwester bemerkte, warf er das zerfledderte Magazin zu Boden und hob fragend den Blick. »Na und, ist sie weg? Ich hoffe, du warst überzeugend!«

Gertraud spürte einen leichten Stich in der Brust. Es passte ihr gar nicht, dass Joachim so selbstherrlich daherredete. Dass ihr keine andere Möglichkeit eingefallen war, als ihre Tochter mit einer arglistigen Finte zu hintergehen, bereitete ihr Magendrücken. Da brauchte er nicht auch noch Salz in die Wunde zu streuen. Allein der Gedanke tröstete sie, dass Evelyn bei dem Handel keinen Schaden nehmen würde. Sie würde das Haus aufgeben, mehr nicht. Wenn Brungässner den Mund hielt, wovon auszugehen war, würde sie nicht einmal erfahren, dass es jemals ein Abkommen zwischen ihm und ihrer Mutter gegeben hatte. Nichtsdestotrotz blieb ein bitteres Gefühl zurück. So also schmeckte Verrat.

Gertraud dachte an ihren verstorbenen Mann, der als Geistlicher bemüht gewesen war, die Menschen seiner Gemeinde auf den rechten Pfad zu rufen. Gertraud, die selbst einer Pastorenfamilie entstammte, hatte ihn dabei nach Kräften unterstützt, bis sie eines Tages hatte feststellen müssen, dass er fast alle Ersparnisse für die Verbreitung des Wortes Gottes in den Kolonien

Deutsch-Südwestafrika und Ostafrika gespendet hatte. Er hatte darauf vertraut, dass Gertraud auch nach seinem Tod irgendwie über die Runden kommen würde, aber weder die Geldentwertung noch das Elend der Nachkriegsjahre vorhergesehen. Nein, wo auch immer der Pastor jetzt war, er hatte gewiss kein Recht, sie zu verurteilen. Nein, wenn sie gesellschaftlich nicht weiter absteigen und auf Almosen angewiesen sein wollte, dann durfte sie jetzt keine Gewissensbisse zulassen.

»Nimm gefälligst deine Füße von meinem Bett«, herrschte sie Joachim an. In diesem Moment hasste sie ihn, das war ihre Art, sich von Selbstzweifeln zu befreien. »Und hör mit dem Rauchen auf. Wenn Evelyn den Qualm gerochen hätte, wärest du aufgeflogen. Dann säßest du jetzt auf der Straße, und ich vermutlich auch. Ich hasse es, sie anzulügen.«

Joachim lächelte. »Für die Roten ist deine Tochter der Klassenfeind, eine Kapitalistin, die dich in ihrem Haushalt schuften lässt, selbst aber nicht bereit ist, ihren Besitz mit dir zu teilen.«

»Seit wann schert es dich, was die gottlosen Kommunisten daherreden?«

»Cui bono, wie dein teurer Gatte gesagt hätte. Wem es nutzt. Allerdings halte ich auch nichts von den Roten. Mir ist der Spatz in der Hand lieber als die rote Taube auf dem Dach. Im Übrigen hast du Evelyn gar nicht belogen. Der Kerl, der dich auf dem Weihnachtsmarkt besucht hat, ist hinter mir her. Darum: Je schneller der Vertrag mit Brungässner zustande kommt, desto größer die Chance, dass ich meine Zähne und alle zehn Finger behalte.«

Gertraud warf ihrem Bruder einen skeptischen Blick zu. Sie war nicht restlos davon überzeugt, dass Joachim die Wahrheit sprach. Ihm traute sie zu, dass er diesen Kerl eigens dafür engagiert hatte, den Druck auf Evelyn zu erhöhen. Aber wie sie ihn kannte, würde er das niemals zugeben. Doch egal, wie die Sache lag, wenn Evelyn keinen Verdacht schöpfen, sondern weiterhin an die Geschichte vom Onkel in Not glauben sollte, musste Joachim aus der Wohnung verschwinden. Gertraud öffnete eine hübsche, mit Glassteinen besetzte Schatulle und holte nach kurzem Zögern eine Perlenkette heraus. Joachim pfiff leise durch die Zähne, seine Augen weiteten sich. »Da hol mich doch glatt der Teufel …«

»Die Kette kannst du versetzen, aber pass auf, dass dich niemand dabei sieht, der uns kennt«, sagte sie kalt. »Vom Erlös nimmst du dir ein Hotelzimmer, am besten im ›Deutschen Kaiser‹. Und dort bleibst du, bis ich mich melde. Keine Ausflüge in die Kneipe oder an den Spieltisch, ja? Wenn Evelyn denkt, deine Gläubiger hätten dich erwischt und gefangen gesetzt, wird sie sich schneller mit Brungässner einigen.«

Joachim ließ die Perlen in seine Jackentasche gleiten. Dann schnappte er sich seine Mütze, zog sie tief in die Stirn und schlich auf leisen Sohlen aus der Wohnung.

Gertraud atmete durch. Nun würde es nicht mehr lange dauern. Sie waren schon fast am Ziel ihrer Wünsche.

Und doch beschlich sie plötzlich eine panische Angst, Joachim nicht mehr wiederzusehen.

24.

Als Kind hatte Evelyn den Nürnberger Christkindlesmarkt stets für ein magisches Reich gehalten, für einen Ort des Seelenfriedens, der einige Wochen vor den Feiertagen wie ein verwunschenes Dorf aus dem Nichts auftauchte, um seine Besucher mit einem Schwarm von tausend Lichtern, betörenden Düften und weihnachtlichen Klängen zu verzaubern und dann pünktlich am Heiligen Abend wieder zu verschwinden. Wenn der Schnee die Buden wie mit Zucker bestäubte und der Wind das Glockengeläut von der nahen Frauenkirche über den Platz trug, dann wurden diese Kindheitserinnerungen wieder in ihr geweckt, und der alte Zauber wärmte von Neuem ihr Herz.

Dass etwas Böses in diese Idylle eindringen und die feierliche Atmosphäre trüben könnte, war ihr stets unmöglich erschienen. Doch als sie an diesem Nachmittag über die Brücke lief, wurde ihr bewusst, dass selbst ein magischer Ort wie dieser manchmal nicht von schweren Gefühlen verschont blieb. Sie sah Beklommenheit in den Gesichtern der Markthändler. Unsicherheit. Der Frohsinn schien ihnen abhandengekommen, das strahlende Lächeln in den Augen vieler verschwunden zu sein. Da wusste sie, dass die Nachricht vom Tod des Trödlers Mull bereits die Runde gemacht hatte. Auf dem Weg zu ihrem Stand grüßte sie nur die Lebkuchenfrau. Sie hatte ihr Hexenhäuschen verlassen und plauderte, den Schal gegen die beißende Kälte fest um die Schultern gewickelt, mit ihrer Standnachbarin. Als Evelyn an ihr vorbeihuschen wollte, riefen die beiden Frauen sie zu sich.

»Hast du schon gehört, dass der Trödler Mull tot ist?« Die Lebkuchenfrau hieß Cäcilie und war etwa im selben Alter wie Evelyns Mutter. »Umgebracht hat man ihn. Ist das zu fassen?«

Ihre Standnachbarin blähte die Backen auf. In ihrem Kessel brodelte eine Anzahl appetitlicher Teigkugeln, sogenannte Schneeballen, im siedenden Fett. Evelyn war mit diesen Köstlichkeiten seit ihrer Kindheit vertraut, obwohl derlei im Sebalder Pfarrhof, wo sie aufgewachsen war, nicht oft auf den Tisch gekommen war. Das goldbraune Gebäck wurde mit feinem Puderzucker bestreut und erfreute sich auf dem Christkindlesmarkt ebenso großer Beliebtheit wie Evelyns Engelfiguren.

»Ja, es steht in der Zeitung, beantwortete Evelyn die Frage der Frau. »Mutter war ganz aufgeregt deswegen.«

»Zu Recht!« Mit einem Löffel fischte die Süßwarenhändlerin ihre fertigen Schneeballen aus dem blubbernden Öl. Zum Abkühlen breitete sie sie auf einem Leinentuch aus. Dann griff sie nach ihrer Rührschüssel, in der ein bereits vorbereiteter Teigklumpen lag. Außer den Kugeln verkaufte die Frau auch Konfekt aus Spekulatius und süßem Rahm, das so locker war, dass es wie Schneeflocken im Mund zerging. »Ich kann nicht sagen, dass der Trödler mir besonders sympathisch war, aber er hat einen Stand geführt wie wir, und er hat sich an die Regeln des Marktaufsehers gehalten. Er war einer von uns.« Sie pustete über die frischen Schneeballen, dann bestäubte sie einen davon mit Zucker und reichte ihn mit einem Augenzwinkern an Evelyn weiter. »Hier, du siehst mir aus, als bräuchtest du dringend etwas Nahrhaftes zwischen die Rippen!«

Evelyn hatte keinen großen Appetit, allerdings duftete das Gebäck so verlockend, dass sie es nicht ablehnen konnte. Zudem wärmte es die Hände. Während sie an der Teigkugel knabberte, spähte Cäcilie zu dem verlassenen Stand des Trödlers Mull hinüber, der anders als die hell erleuchteten Buden um ihn herum ganz im Dunkeln lag. Als Evelyn dem Blick der Frau folgte, bemerkte sie, dass die Fensterseite des Holzhäuschens mit Brettern verschlossen worden war.

»Das waren die Schupos«, erklärte die Süßwarenhändlerin eifrig. »Ist noch keine Stunde her, da sind sie zu zweit hineingegangen, um den Kram sicherzustellen, den der Alte zurückgelassen hat. Und dann haben sie Tür und Fenster zugenagelt. Schon ein merkwürdiges Gefühl, den ganzen Tag über den Stand eines Toten vor Augen zu haben. Mir wird ganz anders bei dem Gedanken, dass hier irgendwo ein Mörder herumschleicht. Mein Mann will, dass ich meine Bude dichtmache und ihm wieder zur Hand gehe. Er hat eine Schuhmacherwerkstatt am Heilig-Geist-Spital.«

»Aber du verdienst doch hier gutes Geld mit deiner Weihnachtsbäckerei.«

»Was nützen mir die paar Groschen, wenn ich auch überfallen und erschlagen werde?«

»Nun mal langsam mit den jungen Pferden!« Cäcilie verdrehte die Augen. »Wer will dir schon ans Leder? Meiner Meinung nach ist es dem Trödler einfach schlecht bekommen, dass er die Finger nicht von krummen Geschäften lassen konnte. Er soll sich ja nicht einmal gescheut haben, auf unserem Christkindlesmarkt Diebesgut an arglose Besucher zu verscherbeln. Bestimmt ist er mit einem seiner Kunden in Streit geraten, und der hat ihm den Garaus gemacht. Mit uns hat das jedenfalls nichts zu tun, und genau das habe ich auch den Polizisten gesagt.« Sie wandte sich Evelyn zu, die ihr aufmerksam zugehört hatte: »Mit dir wollten die übrigens auch reden. Sie befragen alle, die einen Stand betreiben. Meiner Meinung nach ist das pure Zeitverschwendung, aber bitte, wenn's sein muss. Ich habe nichts zu verbergen.«

Evelyn fiel der Mann ein, der am Bratwurststand ihrer Mutter Drohungen gegen Joachim ausgestoßen hatte. Als sie sich bei den Frauen nach einem Fremden erkundigte, der auf der Brücke herumlungerte und auf den Gertrauds Beschreibung passte, schüttelten beide den Kopf. Auch die Frage, ob sie Evelyns Onkel auf dem Markt gesehen hatten, verneinten sie. Aber sie versprachen, die Augen offen zu halten.

Die Lebkuchenfrau musste zurück zu ihrem Stand, und Evelyn schloss sich ihr an. Ein Stück gingen die beiden Frauen schweigend nebeneinander her, dann blieb Cäcilie unvermittelt stehen, packte Evelyn am Arm und fasste sie dabei scharf ins Auge. »Ich wollte es eben vor der Nachbarin nicht erwähnen, aber …« Sie zögerte. Unruhig spähte sie über die Schulter, aber die einzigen Personen weit und breit waren zwei junge Frauen, die an einem Stand mit Lederwaren Portemonnaies bewunderten.

»Ja?«

»Warum hast du mich neulich über den alten Mull ausgefragt? Du hast dich nach seinem Laden erkundigt. Und dann warst du plötzlich verschwunden, und so ein junges Ding, das ich nie zuvor gesehen habe, hat den Stand eures Damenvereins übernommen. Schon seltsam, oder?«

Evelyn erschrak. Aber was hatte sie erwartet? Nein, sie konnte es der Frau nicht verdenken, dass sie misstrauisch war.

»Nun schau mich nicht an wie eine Kuh, wenn's blitzt, Kindchen! Ich hab ja nicht behauptet, dass du den Alten ins Jenseits befördert hast! Mich hat nur gewundert, dass ein so feines Fräulein wie du etwas von so einem alten Strolch will.«

Cäcilie machte nicht den Eindruck, als wollte sie sich Ärger einhandeln. Aber da Evelyn spürte, dass sie auf einer Antwort bestand, entschied sie, ihr zumindest den Grund dafür zu nennen, warum sie sich für Mulls Laden interessiert hatte. Die Frau hörte ihr zu, ohne mit der Wimper zu zucken. Erst als Evelyn fertig war, zog sie forschend die Augenbrauen hoch. »Mull hat sich also die Hinterlassenschaften des Untermieters deiner Freundin unter den Nagel gerissen? Aber du sagst, das Schriftstück, nach dem du suchst, war nicht unter seinen Sachen?«

Evelyn klopfte die letzten Krümel des zuckrigen Schneeballens von ihrem Mantel. »Manchmal glaube ich beinahe, ich hätte mir das alles nur eingebildet, auch den Brief meines Mannes. Aber es gibt ihn. Es muss ihn geben, immerhin habe ich den Umschlag mit seiner Handschrift darauf.«

Die Lebkuchenfrau zuckte ratlos die Achseln. »Ach, Mädchen, der Umschlag beweist doch nicht, dass der Brief noch da ist. Warum sollte dieser Untermieter ihn aufgehoben haben? Sicher war er enttäuscht, als er darin kein Geld fand. Und dann hat er ihn zerrissen, damit nicht herauskommt, dass er Post unterschlagen hat.« Begütigend tätschelte sie Evelyn den Arm. »Vielleicht solltest du der Tatsache ins Auge sehen, dass sich nach sechs Jahren nicht mehr herausfinden lässt, was dein Mann dieser blinden Dame mitteilen wollte.«

»Aber …«

»Keine Sorge«, sagte Cäcilie. »Auf dem Christkindlesmarkt halten wir zusammen. So ist es seit jeher Brauch. Der Mull hat uns mit seinen Machenschaften in Gefahr gebracht, wir können froh sein, wenn uns die Besucher nicht wegbleiben. Du hast gehört, was die Gute dort drüben gesagt hat: Sie braucht jeden Pfennig, weil die Schuhmacherei ihres Mannes nicht mehr so viel abwirft. Also, was mich betrifft, so habe ich schon vergessen, dass du zum alten Mull wolltest. Und wegen deines Onkels solltest du dir auch keine grauen Haare wachsen lassen. Nichts wird so heiß gegessen, wie es gekocht wird.«

Den Rest des Nachmittags verbrachte Evelyn damit, am Stand des Hilfsvereins Messingblech zuzuschneiden. Sie bemalte die vorgeschnitzten Köpfe für die Engelsfiguren und stülpte winzige Krönchen aus Goldfolie darüber. Sie versuchte, sich ganz auf ihre Arbeit zu konzentrieren, aber das war nicht einfach, Cäcilies Worte wollten ihr einfach nicht aus dem Kopf gehen. Hatte die Frau recht mit ihrer Vermutung, Gersons Brief sei ohne große Hintergedanken vernichtet worden? Aber irgendwie ergab das alles keinen Sinn.

Evelyn zuckte zusammen, als ein heißer Schmerz am Finger sie aus ihren Überlegungen riss. Sie hatte beim Zuschneiden eines Engelsflügels nicht aufgepasst und sich mit der Schere verletzt. Zum Glück war ihr Taschentuch sauber genug, um es auf die Wunde zu pressen. Nachdenklich beobachtete sie, wie das Blut durch den feinen Stoff sickerte.

Plötzlich kam Evelyn ein Gedanke, der ihr vor Aufregung fast die Kehle zuschnürte: Was, wenn Frieba Gersons Brief gar nicht unterschlagen, sondern von Anita bekommen hatte? War es möglich, dass Evelyns Mann in den Schützengräben etwas über die ehemalige Lehrerin seiner Frau oder deren Mann erfahren hatte, das so gefährlich war, dass es sogar Menschenleben in Gefahr brachte? Etwas Politisches, das in den letzten Tagen des Krieges und des untergehenden Kaiserreiches zu Aufruhr hätte führen können? In diesem Fall wäre es gewiss naheliegend gewesen, den Brief nicht Evelyn, sondern Frieba zu zeigen. Nach allem, was Evelyn über den Mann in Erfahrung gebracht hatte, war er geldgierig gewesen und besessen davon, sich ein schönes Leben zu machen. Hätte er etwas gegen Anita in der Hand gehabt, so hätte er diesen Trumpf gewiss ausgespielt. Nach Aussage der alten Hedda hatte er fast mietfrei in der Villa Pelzendorf gewohnt – ein Umstand, der Evelyn gleich verdächtig vorgekommen war.

Also keine Erbschaft. Wenn Evelyn richtiglag, war Frieba ein Erpresser gewesen, der sich für sein Schweigen hatte bezahlen lassen. Und das bis zu seinem Tod. Den Brief hatte er vermutlich nicht verbrannt, er brauchte ihn ja als Druckmittel. Evelyn atmete tief durch. Dies alles klang logisch. Andererseits konnte Evelyn nicht glauben, dass ausgerechnet Anita – eine kultivierte Dame der gehobenen Gesellschaft, die Nürnberg kaum jemals verlassen und über viele Jahre nichts anderes getan hatte, als Mädchen in deutscher Literatur zu unterrichten – Opfer einer Erpressung geworden sein sollte. Evelyn erinnerte sich an ihre Besuche im Haus am Stadtpark. Nie war dabei auch nur der Hauch einer Spannung zwischen ihr und ihrem Untermieter angeklungen.

War es Anita sechs Jahre lang gelungen, Evelyn etwas vorzuspielen? Wenn ja, dann musste Anita über die Nachricht von Gersons Tod an der Front erleichtert gewesen sein. Doch wie passten Friebas Geliebte, diese Hilly, und sein Kumpan Beitz ins Puzzle? Frieba musste Beitz etwas versprochen haben, das er ihm zuletzt schuldig geblieben war. Evelyn spürte, wie es in ihren Schläfen zu klopfen begann. Wie sollte sie einen Mann wie Beitz dazu bringen, ihr die Wahrheit zu sagen? Freiwillig würde er ihr nichts erzählen, immerhin verdankte er es ihr, dass er jetzt am Jakobsplatz in einer Zelle saß. Bei der Vorstellung, was er mit ihr anstellen würde, wenn er sie noch mal in die Finger bekam, wurde ihr ganz übel. Nein, es war keine gute Idee, Beitz zu nahe zu kommen.

Aber da gab es auch noch Hilly, die ehemalige Geliebte, die sich aus Angst vor Beitz aus dem Staub gemacht hatte. War sie längst über alle Berge, oder hielt sie sich immer noch in Nürnberg auf? Irgendetwas war Beitz über sie herausgerutscht, bevor er Evelyn angegriffen hatte, doch Evelyn bekam nicht mehr zusammen, was.

Kritisch begutachtete sie das Ergebnis ihrer Mühen und befand, dass die runden Gesichter der Rauschgoldengel ihre eigene Ratlosigkeit widerspiegelten. Manche wirkten regelrecht verstört, andere argwöhnisch. Nein, so ging das nicht. Die Engel waren als Symbol des Aufschwungs in Nürnberg angepriesen worden, sie standen für Hoffnung und Zuversicht. So betrübt, wie diese drei aber dreinschauten, würden sie keine Käufer anlocken. Evelyn blieb nichts weiter übrig, als erneut zum Pinsel zu greifen und den starren Ausdruck in den Mienen ihrer kleinen Freunde zu korrigieren. Es begann bereits zu dunkeln, als die Engelsfiguren endlich fertig waren. Evelyn legte sie in einen Karton und verschnürte diesen sorgfältig. Als wenig später ihre Ablösung kam, stülpte sie sich die Mütze über die Ohren und wollte gerade den Stand verlassen, als ihr ein stattlicher Mann im eleganten Zobelpelz auffiel, der sich schnaufend auf sie zubewegte. Sie stöhnte innerlich, als sie Fritz Brungässner erkannte. Der hatte ihr gerade noch gefehlt.

»Warten Sie, ich muss mit Ihnen reden!«

»Muss das ausgerechnet jetzt sein? Ich habe noch eine Menge zu tun!«

Brungässner wischte sich mit dem Ärmel den Schweiß vom geröteten Gesicht. »Unsinn! Was kann wichtiger sein, als mit mir zu verhandeln? Ich weiß von Ihrer Zwangslage. Ihre Mutter hat mir alles erzählt. Sie hat mich förmlich angefleht, Ihnen zu helfen.«

»Ach so?«

»Aber ja! Mit solchen Leuten ist nicht zu spaßen, da kenne ich mich aus. Wenn die ihr Geld nicht kriegen, fischt man den armen Narren vielleicht schon morgen aus der Pegnitz. Und das wollen Sie doch nicht, oder?« Er hustete, dann spuckte er in den Schnee. »Davon abgesehen ist Ihre Drogerie doch längst pleite. Auch wenn Sie es nicht wahrhaben wollen: Sie sind am Ende.«

Evelyn spähte zum Bratwürstelstand hinüber, aber hinter dem Bratrost stand nicht ihre Mutter, sondern ein halbwüchsiger Knabe, der eine verblüffende Ähnlichkeit mit dem Gastwirt aufwies. Wie auch immer, Gertraud hatte offensichtlich keine Zeit verloren, Brungässner anzusprechen. Evelyn richtete sich gerade auf und ballte dabei die Hände zu Fäusten. Auch wenn der Gastwirt sie um fast zwei Köpfe überragte und in seinem Pelzmantel wie ein angriffslustiger Bär aussah, hatte sie genug von seiner herablassenden Art. »Hören Sie, Herr Brungässner, während ich hier an meinem Stand gearbeitet habe, ist niemand wegen einer Geldforderung zu mir gekommen. Sollten wir nicht erst mal abwarten, bis Joachims Gläubiger wieder auftaucht, dann können wir …«

»Sie kommen sich wohl besonders schlau vor, liebes Fräulein«, unterbrach Brungässner sie grob. »Während Sie hier Engelchen aus Goldglanzpapier gebastelt haben, hat Ihre Mutter die Geldforderung erhalten! Jemand hat sie bei euch in den Briefkasten geworfen.« Der Mann langte in die Innentasche seines Mantels und zückte ein Schriftstück, das er umständlich auseinanderfaltete. »Eine hübsche Summe, die Ihr tölpelhafter Onkel aufzubringen hat.«

Evelyn überflog die Zahlen, die auf dem Zettel aufgelistet waren und schluckte mehrmals. Das konnte doch nicht wahr sein. »Wer sind diese Leute? Könnte man nicht …?«

»Ach, Unsinn«, stieß Brungässner ungeduldig aus. »Mit ihnen reden, meinen Sie? Aber natürlich, wenn Sie Lust auf ein gebrochenes Nasenbein haben, reden Sie nur mit denen. Ich wette, Ihre zertrümmerte Schaufensterscheibe neulich geht auch auf deren Konto. Aber keine Sorge, ich werde noch heute eine Geldanweisung vorbereiten, die Sie all Ihrer Sorgen enthebt, wenn Sie diesen Vorvertrag über den Verkauf Ihres Hauses unterschreiben.« Evelyn spürte, wie ihr Schweißperlen auf die Stirn traten. Sie fühlte sich überrumpelt und nicht fähig, einen klaren Gedanken zu fassen.

»Aber … ich könnte auch zur Bank gehen!«

Ihr schwacher Widerspruch ließ Brungässner auflachen. »Glauben Sie wirklich, dass Sie dort einen Kredit bekommen? Wie schon gesagt, Ihre Drogerie ist so gut wie pleite. Natürlich könnten Sie den Grundbesitz als Sicherheit anbieten, aber bis das alles geprüft und beurkundet ist, fürchte ich, könnte es zu spät sein. Ich biete Ihnen Geld bar auf die Hand, aber wenn Sie mein Angebot ausschlagen, werde ich es nicht wiederholen!«

Mit äußerstem Widerwillen nahm Evelyn das Papier, das der Gastwirt ihr wie einen Köder vor die Nase hielt. »Ja, gut, aber wenn ich das Dokument unterschreibe ... Wo sollen wir dann hin, meine Mutter und ich?«

»Ihre Sorgen möchte ich haben, Gnädigste. Sie werden nicht auf der Straße landen, sondern bald die Ehefrau von dem jungen Falkner sein.« Er blickte sie voller Ungeduld an. »Nun, was ist? Unterschreiben Sie, oder muss ich mir hier draußen den Hintern abfrieren?«

Wie es aussah, blieb ihr nichts anderes übrig, als Brungässners Hilfe anzunehmen. Es hatte keinen Sinn, sich länger gegen den Verkauf zu sträuben. Mit dem Geschäft ging es bergab, daran gab es nichts zu rütteln. Die Wohnräume darüber bedeuteten ihr nichts mehr. Im Grunde waren sie düster und boten nicht den geringsten Komfort. Nicht einmal ein Badezimmer gab es, nur einen Zuber in der Küche. Sibylle hätte es vermutlich nicht eine einzige Nacht dort ausgehalten. Dazu die Sache mit Joachims Schulden. Wie die Dinge lagen, war sie die Einzige, die ihm aus der Klemme helfen konnte. Es wurmte sie, dass ausgerechnet ein vulgärer Geschäftemacher wie Brungässner sich in Gersons Haus breitmachen sollte, aber die Zeit drängte, und andere Interessenten gab es nicht.

»Also ... überredet«, sagte sie zähneknirschend. »Wenn's sein muss, dann unterschreibe ich. Aber nicht hier, mitten auf dem Christkindlesmarkt.«

Brungässner sah sie abschätzend an. Vermutlich überlegte er, ob Evelyn es darauf anlegte, ihn hinzuhalten. Doch nach einem kurzen Moment des Schweigens sagte er: »Dann kommen Sie heute Abend zu mir, um Punkt acht Uhr und keine Minute später. Sollten Sie mich warten lassen, könnte es sein, dass ich mein großzügiges Angebot zurückziehe.«

25.

Hast du dir das auch gut überlegt?«

Auf dem Weg zum Polizeipräsidium am Jakobsplatz lief Benjamin fröstelnd neben Evelyn her. Seit sie ihm erzählt hatte, dass sie sich am Abend mit Fritz Brungässner treffen wollte, um den Verkauf des Hauses einzuleiten, machte er ein skeptisches Gesicht. Ganz offensichtlich hielt er ihre Entscheidung für übereilt.

»Ich habe die Sache lange genug hinausgeschoben, obwohl mir klar war, dass der Tag kommen würde. Mein Onkel mag ein Hallodri sein, aber er ist Mutters jüngerer Bruder, und ich habe von meinem Vater gelernt, Menschen in Not beizustehen. Du nicht auch?«

»Ich hatte nicht das Vergnügen, meinen Vater kennenzulernen, falls dies überhaupt ein Vergnügen gewesen wäre«, sagte Benjamin mit einem Seufzer. »Wie ich dir bereits erzählt habe, bin ich in einem Waisenhaus aufgewachsen, das von Nonnen des Klarissenordens geleitet wurde. Ich wurde auf der Kirchenschwelle gefunden, nicht gerade die beste Empfehlung für das weitere Leben. Es sei denn, man wird Künstler. Diejenigen, die meine Bilder mögen, halten es für romantisch, dass meine Herkunft im Dunkeln liegt. Leider war in meiner Kindheit von Romantik nichts zu spüren. Da hagelte es Ohrfeigen, wenn nicht gespurt wurde. Dafür habe ich gelernt, das Vaterunser in drei Sprachen zu beten und meine Fäuste einzusetzen.«

»Aber du hast deinen Traum wahrgemacht und bist ein unabhängiger Maler geworden.«

»Unabhängig, aber arm wie eine Kirchenmaus«, brummte Benjamin. »Das Verflixte daran ist, dass Erfolg süchtig macht, auch wenn er ebenso rasch verfliegt wie der Duft eines Parfüms. Meine Bilder wurden eine Zeit lang beachtet und gelobt, aber es ist schwer, die Kunstwelt bei Laune zu halten. Sobald es ruhiger um dich wird, fängst du wieder an, von der Hand in den Mund zu leben. Dann wäre es vernünftig, sich nach einem anderen Broterwerb umzusehen, aber davon willst du nichts wissen. Du bist davon überzeugt, dass du mit dem nächsten Bild die Aufmerksamkeit deiner Bewunderer zurückgewinnst, und dafür arbeitest du bis zur Erschöpfung. Und wenn es dann doch nicht gelingt, dann redest du dir ein, dass du einfach missverstanden wurdest, und setzt alle deine Hoffnung auf dein nächstes Werk. Das Problem ist nur, dass du in der Zwischenzeit von etwas leben musst. Du brauchst Geld für Essen und eine Bleibe, für neue Leinwände und Farben.«

»Daher warst du sofort bereit, dich mit Anita Pelzendorf hier in Nürnberg zu treffen.«

Benjamin räusperte sich. »Wenn du damit andeuten willst, ich hätte es auf ihr Geld abgesehen gehabt, liegst du gar nicht so falsch. Ich habe schon darauf spekuliert, dass sie mir finanziell unter die Arme greift, aber das heißt nicht, dass ich sie ausnutzen wollte. Sie hat schließlich meine Bekanntschaft gesucht, nicht umgekehrt. Den Grund dafür kennen wir leider immer noch nicht.«

Dem musste Evelyn beipflichten. Was war nur im Kopf der älteren Dame vorgegangen, einem ihr völlig unbekannten jungen Künstler ein so ungewöhnliches Angebot zu machen? Warum ihm und keinem anderen, wo es doch in Nürnberg oder München nur so wimmelte von Malern, Musikern und Schriftstellern, die unter ähnlichen Bedingungen ihr Leben fristeten? Und warum hatte sie ihn so bald nach Friebas Tod zu sich geholt? Wenn sich Evelyns Verdacht bewahrheitete und Anita mit einem Brief aus Gersons Hand erpresst worden war, dann spielte womöglich auch Benjamin eine Rolle in diesem undurchsichtigen Spiel. Nur welche? Ihres Wissens war ihr Mann nie in Prag gewesen, obwohl er, wie Evelyn sich vage erinnerte, gern an der dortigen Karlsuniversität studiert hätte. Doch dieser Wunsch war ihm verwehrt worden. Und Anita? Gab es etwas, das sie mit der Stadt an der Moldau verband? Jedenfalls hatte sie nie etwas Derartiges erwähnt. Es war wie verhext: Alles drehte sich um ein Geheimnis, das Anita, Frieba und ihr eigener Mann vor Evelyn verheimlicht hatten, doch so viel sie auch darüber nachsann, ihr fehlte der richtige Hebel, um daran zu rütteln. Der Schlüssel lag vermutlich tief in der Vergangenheit der Pelzendorfs begraben. Anita hatte schließlich auch vor ihrer Zeit an der Mädchenschule ein Leben gehabt, und sie war nicht immer blind und auf fremde Hilfe angewiesen gewesen. Doch wer außer der alten Hedda konnte dazu etwas sagen?

Am Jakobsplatz wurden Evelyn und Benjamin gleich zu Kriminaldirektor Rembremmerding vorgelassen. Der hagere Mann strahlte vor Begeisterung über das ganze Gesicht, als Evelyn ihm eine stattliche Auswahl ihrer kunstvollsten Rauschgoldengel präsentierte. Der Beamte ließ es sich nicht nehmen, sie persönlich durchs Haus zu begleiten. Dabei redete er unaufhörlich auf sie ein, wie er sich die weihnachtliche Dekoration der Büro- und Konferenzräume vorstellte.

Evelyn hörte ihm aufmerksam zu und machte sich kurz darauf an die Arbeit. Mit Benjamins Hilfe fädelte sie Engel auf Schnüre und spannte diese über Türen und Gänge. Andere platzierte sie auf Schreibtischen und Aktenschränken, und noch ehe eine halbe Stunde vergangen war, sah es in den Räumen des Präsidiums so aus, als hätte eine ganze Division der himmlischen Schar von ihnen Besitz ergriffen. Rembremmerding schaute sich zufrieden um, dann schüttelte er Evelyn mit einer höflichen Verbeugung die Hand.

»Kommissar Waldblum wird Augen machen, wenn er sein Büro betritt«, kicherte der hagere Beamte. »Er stand meiner Anordnung reichlich skeptisch gegenüber, müssen Sie wissen. Aber so ist er nun mal. Ein fähiger Beamter, aber auch sehr eigenwillig.«

Evelyn tauschte einen verschwörerischen Blick mit Benjamin. »Der Kommissar ist also nicht im Haus. Ich nehme an, die üble Sache am Weinmarkt nimmt seine ganze Aufmerksamkeit in Anspruch.«

»Freilich, gnädige Frau«, nuschelte Rembremmerding. »Der Weinmarkt.« Es klang zerstreut. Der Kriminaldirektor konnte seinen Blick kaum von dem Rauschgoldengel abwenden, den Evelyn auf die Spitze des Tannenbaumes in seinem Büro gesetzt hatte. Es war ein besonders schönes Exemplar, an dessen grünlich glänzendem Gewand Evelyn etliche Stunden gesessen hatte.

»Gibt es denn schon etwas Neues?«, erkundigte sich Benjamin so beiläufig wie möglich. »Die Leute sind beunruhigt wegen dieses Verbrechens. Besonders diejenigen, die wie Frau Sandmeyer auf dem Christkindlesmarkt tätig sind, machen sich Sorgen. Weil dieser Tote doch auch einen Stand dort betrieben hat. Man munkelt schon darüber, den Weihnachtsmarkt vorzeitig zu schließen.« Das war schamlos übertrieben, blieb aber bei Rembremmerding nicht ohne Wirkung.

»Aber nicht doch«, sagte er. »Sie müssen den Leuten dort klarmachen, dass für sie überhaupt keine Gefahr besteht. Sie und ihre Waren sind auf dem Weihnachtsmarkt so sicher, als befänden sie sich unter meiner persönlichen Obhut. Den Christkindlesmarkt vor Heilig Abend zu schließen, wäre ein unverzeihlicher Fehler. Das würde das Vertrauen der Bürgerinnen und Bürger in die Zukunft unserer Stadt gänzlich zerstören.«

Er zeigte auf den Engel auf der Baumspitze. »Und auch das Vertrauen in unsere Nürnberger Schutzengel.« Er strich sich über sein stahlgraues Bärtchen. »Ich verspreche Ihnen, Kommissar Waldblum Dampf zu machen, gnädige Frau. Dem Kollegen fehlt vielleicht manchmal das nötige Taktgefühl, dafür muss ich zugeben, dass er die Qualitäten eines Jagdhundes aufweist. Wenn er sich einmal in etwas verbissen hat, gibt er nicht auf, bis er das Rätsel gelöst hat. Momentan geht er ein paar recht vielversprechenden Spuren nach, die ihn zweifellos zu dem Burschen führen werden, der diesen Trödler in seinem Laden überrascht hat.«

Evelyn zwang sich zu einem zaghaften Lächeln. »Wie … ist der Mann denn eigentlich zu Tode gekommen?«

Rembremmerding, ganz der pflichtbewusste Kriminalbeamte, hob abwehrend die Hände. »Ich weiß nicht …«

»Darf ich Sie daran erinnern, wie aufgebracht die Leute vom Christkindlesmarkt sind«, erklärte Evelyn. »Wenn wir etwas mehr über die Tat und ihre Hintergründe wüssten, fiele es uns leichter, unsere lieben Standnachbarn zu beruhigen.«

»Du darfst den Herrn Kriminaldirektor nicht bedrängen«, wandte Benjamin ein. Seine dunklen Augen blitzten spitzbübisch auf. »Bestimmt hätte Kommissar Waldblum etwas dagegen, wenn der Herr Kriminaldirektor dich in Interna einweihte.«

Rembremmerding bedachte ihn mit einem fast beleidigten Blick. Er war Waldblums Vorgesetzter und konnte reden mit wem er wollte. »Wir wissen, dass der Altwarenhändler in seinem Laden durch mehrere Schläge mit einem stumpfen Gegenstand auf den Kopf getötet wurde«, erklärte er. »Es könnte ein Stock gewesen sein oder eine der Skulpturen im Laden. Unsere Leute prüfen das noch.«

Mehrere Schläge. Aber Evelyn hatte nicht zugeschlagen. Sie hatte Mull nur den Kasten an den Kopf geworfen. Das jedoch hatte nicht zu seinem Tod geführt. Sie war unschuldig, genau wie sie es geahnt hatte. Es war also noch jemand nach ihr und Kilian in den Laden des Mannes gegangen. Vielleicht hatte dieser Jemand den Mann bewusstlos vorgefunden und die Gelegenheit genutzt, ihn sich vom Halse zu schaffen.

»Wo wurde der Mann denn genau gefunden?«, wollte Benjamin wissen.

Rembremmerding hob die sorgsam gestutzten Augenbrauen. Dann verschwand er und kehrte kurz darauf mit einem grauen Aktenordner zurück. Darin befanden sich nebst verschiedenen Schriftstücken auch ein paar Fotografien, die offenkundig am Tatort aufgenommen worden waren. Rembremmerding lehnte es strikt ab, Evelyn die Bilder zu zeigen, aber nach einigem Hin und Her gelang es Benjamin, einen Blick darauf zu erhaschen.

»Beim heiligen Nepomuk, was für ein Durcheinander!« Er pfiff leise durch die Zähne. »Jetzt verstehe ich, warum Sie von einem Einbruch ausgehen. So wüst wie es in dem Laden aussieht, muss es dort zu einem Kampf gekommen sein.«

»Das ist auch Waldblums Vermutung ... Ich meine, wir sind davon überzeugt. Wahrscheinlich hat der Altwarenhändler einen Einbrecher überrascht, wie der seine Schränke, Regale und Schubladen durchwühlt hat. Er wollte den Schuft überwältigen und wurde bei dem folgenden Handgemenge erschlagen.« Rembremmerding tippte auf eine der Fotografien, die von Waldblum ordentlich mit dem Hinweis »Fundort der Leiche« beschriftet worden war. »Da, neben der Kasse, ist der Trödler zusammengebrochen.«

Neben der Kasse also. Evelyn biss sich auf die Lippe. Nicht dort, wo sie Mull das letzte Mal gesehen hatte. Demzufolge war er wieder bei Bewusstsein gewesen, als er nur wenig später seinem Mörder begegnet war.

»Konnte denn bereits festgestellt werden, ob der Täter etwas aus dem Laden mitgenommen hat?«, fragte sie.

»Es ist Waldblums Aufgabe, das zu ermitteln. Auch wenn dieser Herr Mull mehr oder weniger billigen Plunder verkauft hat, gab es doch ein paar wertvolle Dinge in seinem Laden. Vor allem Gemälde. Es sieht allerdings so aus, als wäre unser Täter gestört worden. Er rechnete vermutlich nicht damit, dass der Altwarenhändler sich zum Zeitpunkt des Einbruchs im Laden aufhalten würde. Es war schließlich Sonntag, da saß der Mann doch sonst in seiner Bude auf dem Christkindlesmarkt. Warum ist er an diesem Tag früher nach Hause gegangen? War ihm unwohl? Oder hatte er eine Verabredung? Die Ladentür stand jedenfalls offen, wir fanden keinerlei Einbruchsspuren. Der Täter ist einfach so hineinspaziert.« Der Beamte wandte sich mit einem fragenden Blick an Evelyn: »Haben Sie eine Idee, warum das Opfer den Weihnachtsmarkt vorzeitig verlassen haben könnte? Möglicherweise waren Sie ja ungefähr zur selben Zeit vor Ort und haben etwas beobachtet.«

Evelyn schüttelte den Kopf. »Bedaure, aber an den Adventssonntagen ist der Besucherandrang gewaltig, ganz besonders an unserem Stand. Davon abgesehen hat niemand von uns dem Trödler viel Aufmerksamkeit geschenkt. Er blieb für sich und scheute den Kontakt mit seinen Nachbarn.«

Rembremmerding seufzte. »Ja, so etwas sagte Waldblum auch. Die Beamten, die sich auf dem Christkindlesmarkt umsehen sollten – ganz diskret selbstverständlich –, konnten nur sehr wenig über das Mordopfer in Erfahrung bringen. Auch am Weinmarkt herrscht eisernes Schweigen. Nur ein alter Mann aus der Nachbarschaft hat angegeben, am Nachmittag ein Pärchen gesehen zu haben, und die Frau habe wie verrückt beim Trödler ans Fenster geklopft. Allerdings war der Kerl stockbetrunken. Als er ein weiteres Mal vernommen wurde, konnte er sich kaum noch daran erinnern.«

»Der Täter muss ziemlich leise vorgegangen sein, wenn draußen niemand etwas mitbekommen hat«, gab Benjamin zu bedenken. »Einen Kampf, bei dem Mobiliar und Geschirr zu Bruch gehen, stelle ich mir geräuschvoller vor.«

Rembremmerding schob die Aufnahmen wieder zurück in den Aktenordner und verschloss diesen sorgfältig. »Die Mauern dieses Trödelkellers sind dick, stammen vermutlich noch aus dem Mittelalter. Kein Wunder, dass kein Laut hinaus auf die Straße gedrungen ist. Wenn Sie mich jetzt bitte entschuldigen würden, bedauerlicherweise habe ich noch einige Verpflichtungen.« Er neigte den Kopf vor Evelyn, verzichtete zu ihrer Erleichterung jedoch dieses Mal auf einen Handkuss. »Die Rechnung für den Weihnachtsschmuck richten Sie bitte an die Dienststelle. Ich werde persönlich dafür sorgen, dass der Nürnberger Frauenverein mit einer großzügigen Spende bedacht wird.«

26.

Wann wolltest du mir reinen Wein einschenken?«, fragte Benjamin mit gesenkter Stimme, als sie die Treppe des Polizeipräsidiums hinunterliefen. An ihnen eilten Beamte mit Ärmelschonern und junge Stenotypistinnen mit Akten unter dem Arm vorbei, die ihnen höflich Platz machten, aber sonst kaum Notiz von ihnen nahmen.

Evelyn blieb auf der letzten Stufe stehen und sah ihn überrascht an. »Wovon redest du, wenn ich fragen darf?«

»Von diesem Trödler! Du hast ihn aufgesucht, woraus ich folgere, dass du den Brief deines Mannes in seinem Laden vermutet hast.«

»Schrei doch noch lauter, damit dich jeder hört!« Evelyn verzog den Mund. »Wie kommst du nur auf den absurden Gedanken, ich könnte bei ihm gewesen sein?«

Benjamin grinste schief, während er seinen Krawattenknoten zu richten versuchte. Erfolglos. Nun saß er schiefer unter dem Kragen als zuvor. »Eine Verrückte, die am Sonntagnachmittag bei Mull an die Scheibe hämmert …«

»Ach, und da denkst du sofort an mich? Sehr schmeichelhaft!«

»Nun komm schon, es ist nicht schwer, eins und eins zusammenzuzählen. Deine goldenen Engelchen hättest du auch von einem Boten zum Jakobsplatz bringen lassen können. Nein, du wolltest dem Kriminaldirektor auf den Zahn fühlen. Und der ist darauf eingegangen, so gern wie er sich reden hört, ist ihm gar nicht aufgefallen, wie nah dir einige seiner Auskünfte gegangen sind. Mir aber schon.

Mit den Augen bedeutete Evelyn Benjamin zu schweigen. Wenigstens solange sie sich noch im Präsidium befanden. Erst als sie vor dem Eingangsportal standen, sagte sie: »Also schön, ich gebe mich geschlagen. Ich bin die Verrückte. Zufrieden?«

»Da ich mich nicht erinnern kann, dich zum Weinmarkt begleitet zu haben, vermute ich, dass dein Arzt bei dir war.«

Evelyn zog ihren Hut tiefer in die Stirn, da ein heftiger Wind aufgezogen war. Benjamins Bemerkung kam ihr eigenartig vor. War er etwa eifersüchtig auf Kilian? Sie hatte es bislang nicht für nötig befunden, ihm von den Heiratsabsichten ihres Jugendfreundes zu erzählen, weil sie fand, dass es Benjamin überhaupt nichts anging, wie sie zu Kilian stand. Gewiss, er half ihr, aber das gab ihm noch lange nicht das Recht, sich in ihr Leben einzumischen. »Warum auch nicht?«, sagte sie ein wenig schroff. »Da ich ja ganz offensichtlich übergeschnappt bin, sollte ich mich vielleicht nur noch unter ärztlicher Aufsicht durch die Stadt bewegen.«

Benjamin sah ihr direkt in die Augen. Er lächelte nicht mehr. »Du warst dort, weil du gehofft hast, in diesem Trödelladen den Brief zu finden, nicht wahr? Aber der Mann hatte ihn nicht.«

»Er hatte Verschiedenes von Frieba.« Evelyn fror und war müde, zwang sich aber, Benjamins Blick nicht auszuweichen. »Gersons Brief war nicht dabei.«

»Ich kann mir vorstellen, dass der Trödler nicht begeistert war, als du Friebas Habseligkeiten von ihm zurückgefordert hast. Sicher kam es zu einem Streit und dann …«

Evelyn schnappte nach Luft. Wie konnte Benjamin bloß annehmen, dass sie fähig wäre, einen Menschen zu erschlagen? Ohne jedes weitere Wort drehte sie sich um und lief die Straße entlang, die zum Ludwigsplatz hinaufführte. Dort standen manchmal Taxis, und obwohl diese sündhaft teuer waren, befand sich Evelyn in der richtigen Gemütslage, um sich von einem nach Hause fahren zu lassen.

»Nun warte doch«, rief Benjamin ihr nach. Nach nur wenigen Schritten hatte er sie eingeholt, was sie aber nicht davon abhielt, weiter zügig auszuschreiten. Sie reckte suchend den Hals, sah sich nach parkenden Fahrzeugen um, doch kein einziges war zu sehen. Auch gut, der Fußmarsch würde sie nicht umbringen, sondern ihr vielmehr die Hitze aus dem Kopf treiben.

»Tut mir leid, ich wollte dich nicht beschuldigen«, japste Benjamin neben ihr. »Aber wenn du tatsächlich am Sonntag vom Christkindlesmarkt zu diesem Trödelladen gegangen bist, solltest du jetzt keinen Fehler machen. Rembremmerding zu beschwindeln, ist in deinem Fall keine große Kunst. Aber was, wenn Kommissar Waldblum herausfindet, dass du am Weinmarkt warst?«

»Als Kilian und ich von dort aufbrachen, ging es Mull gut«, zischte Evelyn. »Das heißt, gut ging es ihm vielleicht nicht, weil ich ihm mit Friebas Kasten eine verpasst habe …«

»Autsch!« Benjamin verzog den Mund.

»Aber ich war ganz gewiss nicht diejenige, die mehrfach auf ihn eingeschlagen hat. Jemand hat das Geschäft betreten, nachdem wir gegangen waren. Und diese Person hat ihn auf dem Gewissen. Geht das in deinen Schädel?«

»Ich glaube dir ja«, sagte Benjamin nachdenklich. »Aber was, wenn Waldblum zu einem anderen Schluss kommt? Sollte er herausfinden, dass du mit diesem Kilian vor Ort warst, es aber vor ihm verheimlichen wolltest, wird er sich genüsslich die Hände reiben.«

»Meinst du?« Evelyn verwünschte sich, weil ihre Stimme so kleinlaut klang. Jetzt, da ihre Wut verraucht war, fühlte sich jedes Wort, das von Benjamin kam, wie ein Nadelstich an. Dabei hatte er absolut recht – sie befand sich in einer fürchterlichen Zwickmühle. Nach einigem Nachdenken sagte sie: »Ich muss mit Kilian reden. Er kann bezeugen, dass ich mit Mulls Tod nichts zu tun habe. Im Gegenteil, Mull hat Kilian verletzt, als ihm aufging, dass wir keine Kunden sind. Kilian war noch ganz benommen, als wir auf die Straße torkelten.«

Benjamin runzelte die Stirn. »Er hat sich nicht mehr um den Trödler gekümmert? Sich nicht davon überzeugt, dass er noch atmete?«

»Hast du Rembremmerding nicht zugehört?« Ärgerlich stampfte Evelyn mit dem Fuß auf. Sie war allmählich mit ihrer Geduld am Ende. »Mulls tödliche Kopfverletzung rührte von mehreren Schlägen her, die ihm beigebracht wurden, als Kilian und ich längst fort waren. Vom Weinmarkt aus gingen wir schnurstracks in die Breite Gasse und kehrten in einem Kaffeehaus ein. Dort blieben wir, bis wir uns so weit erholt hatten, dass wir nach Hause gehen konnten.«

»Nun gut, mit dem Doktor hast du natürlich einen wichtigen Zeugen. Ich nehme an, sein Wort gilt etwas in dieser Stadt?«

Evelyn bestätigte dies mit einem Nicken, aber sie wusste auch, dass es ihm und Sibylle nicht gefallen würde, in polizeiliche Ermittlungen hineingezogen zu werden. Ein Grund mehr, sich vorläufig nicht vor Waldblum zu offenbaren.

»Die Vermutung des Kriminaldirektors, ein Einbrecher habe diesen Trödler während eines Handgemenges umgebracht, erscheint mir nicht plausibel.« Benjamin wühlte in seinen Taschen nach einem Taschentuch, weil sich in seinen Augen wegen des scharfen Windes Tränen bildeten. Als er keines fand, holte Evelyn eines aus ihrer Handtasche. »Hier, nimm schon, aber ich möchte es gewaschen und gebügelt zurück!«

»Die Leute werden denken, du hättest mich zum Weinen gebracht.«

Widerwillig musste Evelyn lächeln. Einen so seltsamen Mann wie diesen Prager hatte sie noch nie getroffen. Zuerst machte er sie betroffen, dann wütend, und zuletzt brachte er sie zum Lachen. Und dann noch diese grünlich glänzenden Augen, die einem fortwährend zu folgen schienen – er hatte etwas von einem Kater, der schon früh gelernt hatte, sich auf der Straße durchzuschlagen. Als ihr bewusst wurde, dass sie ihn anstarrte wie ein Kind eine Schokoladentorte, schlug sie schamhaft den Blick nieder. »Ich glaube auch nicht an einen Einbruch«, flüsterte sie.

»Du glaubst, jemand hat etwas bei Mull gesucht, nicht wahr? Denkst du dabei an den Brief?«

Evelyn erwiderte nichts darauf. Nach einer Weile schüttelte sie den Kopf. »Wir wissen nicht mit Sicherheit, ob Mulls Tod etwas mit Friebas Hinterlassenschaften zu tun hat. Wenn ja, dann wäre außer mir noch jemand hinter Gersons Brief her. Eine Person, die nicht einmal vor einem Mord zurückschreckt.«

»Aber für wen sollte dieser Brief jetzt noch von Bedeutung sein? Anita Pelzendorf ist tot, ihr Untermieter ebenfalls. Könnte dieser Kofferträger vom Hauptbahnhof dahinterstecken? Der dürfte sich übrigens inzwischen wieder auf freiem Fuß befinden.«

Die Glockenschläge der nahen Elisabethkirche holten Evelyn aus ihren Überlegungen und mahnten sie, dass sie drauf und dran war, eine Verabredung zu versäumen. Oh nein, Brungässner, schoss es ihr durch den Kopf. An den hatte sie gar nicht mehr gedacht. Hastig verabschiedete sie sich und eilte nach Hause, um sich frisch zu machen und etwas anderes anzuziehen. Wenn sie es schon nicht vermeiden konnte, mit dem Gastwirt Geschäfte zu machen, wollte sie wenigstens nicht schäbig und verschwitzt bei ihm auftauchen.

Ihre Mutter erwartete sie an der Wohnungstür. Sie war blass und wirkte aufgeregt. »Wo hast du nur gesteckt? Der Lehrjunge des Zigarrenhändlers war deinetwegen schon zweimal hier.«

»Warum? Ich rauche nicht.«

»Lass die dummen Scherze, Evelyn«, tobte Gertraud. »Fritz Brungässner hat im Zigarrenladen angerufen, um nachzufragen, wo du bleibst. Er lässt dir ausrichten, wenn du nicht in zehn Minuten bei ihm bist, zieht er sein Angebot zurück! Ist dir klar, was das bedeutet?«

Evelyn seufzte. Rasch wusch sie sich Hände und Gesicht, bürstete sich das Haar und tauschte an der Garderobe ihren Hut gegen die rote Samtkappe, die Gerson ihr kurz nach der Hochzeit von einem Besuch in der Stadt mitgebracht hatte. Sie hatte sie nur selten getragen. Nicht nur, weil sie das empfindliche Material schonen wollte, sondern auch, weil sie der Meinung gewesen war, dass die leuchtende Farbe sich für die Witwe eines Gefallenen nicht ziemte. Heute aber wollte sie sie tragen. Auf dem Weg zur Tür warf sie einen letzten Blick in den Spiegel. »Nun denn«, flüsterte sie ihrem Spiegelbild zu. »Ich bin bereit.«

27.

Als Gertraud in ihrem besten Mantel die elegante Halle des Hotels »Zum Deutschen Kaiser« betrat, war sie guter Dinge. Ihr Plan war aufgegangen, alles hatte wie am Schnürchen geklappt, und das musste sie Joachim erzählen. Doch sie hatte keine Eile, sich zu seinem Zimmer führen zu lassen. Stattdessen setzte sie sich auf einen Stuhl, strich ihren Rock glatt und beobachtete aufmerksam die Menschen, die an ihr vorbeiflanierten. Nie zuvor hatte sie einen Fuß in ein so feudales Hotel gesetzt, und der verschwenderische Prunk, der sich ihrem Blick bot, machte sie fast schwindelig. Der Boden unter ihren Füßen bestand aus rötlichem Marmor, der so spiegelglatt war, dass sich das Licht der Kristallleuchter auf der glänzenden Oberfläche spiegelte. Ihr gegenüber saßen Damen in hübschen Kleidern und kostbaren Pelzen, die Kaffee, französische Törtchen und den neuesten Klatsch und Tratsch genossen. Sehnsüchtig begutachtete Gertraud die Frisuren der Frauen, ihren Schmuck und die Art, wie sie sich artikulierten, und wünschte sich, die drei würden sie an ihren Tisch einladen. Aber natürlich geschah nichts dergleichen. Die Frauen musterten sie mit abschätzigen Blicken und wandten sich wieder ihrer Konversation zu. Beschämt senkte Gertraud den Kopf und hob ihn erst wieder, als ein Hotelpage sich mit einem geräuschvollen Räuspern bemerkbar machte. Die Art, wie er sie ansprach, klang höflich, aber auch kühl, geradeso als wären ihm ihr abgetragener Mantel und der alte Filzhut unangenehm. Im ersten Moment war Gertraud so verunsichert, dass sie zunächst nicht wusste, was der livrierte Junge von ihr wollte, doch als sie sich ein wenig gefangen hatte, begriff sie, dass er sich nach ihren Wünschen erkundigte. Wünsche? Ja, natürlich hätte sie gerne etwas bestellt: Kaffee und Obsttörtchen, und wenn auch nur, um es den hochnäsigen Puten am Nachbartisch zu zeigen. Doch Gertraud bezweifelte, dass die paar Groschen, die sie noch in ihrer Handtasche hatte, auch nur für einen Kamillentee reichen würden. Sie hörte das hämische Glucksen der Pelzfrauen und errötete. Aber es gelang ihr, die Demütigung hinunterzuschlucken. Nicht mehr lange, und die Zeiten der Armut würden vorüber sein. Dann musste sie nicht mehr in schäbigen Kleidern durch eine Hotelhalle spazieren, sondern würde selbst ein Haus führen, das sich vor diesem Hotel hier nicht verstecken musste. Sie würde Brungässner klarmachen, dass er diesbezüglich keinesfalls geizen durfte. Sie würde nicht eher ruhen, bis ihr neues Reich dieser sogenannten Luxusherberge den Rang abgelaufen hatte. Dann würde keiner mehr über sie lachen.

Kurz darauf stand sie vor dem Hotelzimmer von Joachim, der ihr mit einem wenig begeisterten Gesicht die Tür öffnete. »Du? Waren wir verabredet?«

»Brauche ich etwa einen Termin?« Stirnrunzelnd betrachtete Gertraud das geschmackvoll eingerichtete Zimmer, in dem Joachim es sich auf ihre Kosten gutgehen ließ. Allein das Bett war fast so groß wie ihre Kammer in der Tuchgasse und mit Wäsche aus hellblauem Satin bezogen. Auf einem Mahagonitisch im Louis-XV.-Stil standen eine Flasche Champagner sowie zwei langstielige Gläser. Offensichtlich hatte Joachim sich Gesellschaft eingeladen, um sich die Zeit zu versüßen. Zu diesem Anlass hatte er sich ein frisches Hemd angezogen und seine Haare mit Pomade zurückgekämmt. Gertraud fand, dass er wie ein Gigolo aussah, und sparte nicht mit entsprechenden Vorwürfen.

Joachim zuckte gelangweilt die Achseln, dann füllte er beide

Gläser mit Champagner. Gertraud hätte jetzt liebend gern einen Schluck genommen, aber dann fiel ihr ein, wie dumm sie in der Lounge vor dem Pagen und den verflixten Weibern dagestanden hatte. Unwirsch lehnte sie das angebotene Glas ab.

»Darf man fragen, warum du so giftig bist?« Joachim prostete ihr zu und trank. »Du hast mir deine Perlen doch gegeben, damit ich mich hier einquartieren kann.«

»Ja, aber nicht, damit du den dicken Max raushängen lässt und das Geld mit beiden Händen zum Fenster hinauswirfst.« Sie deutete auf die Flasche. »Und für wen hast du die bestellt? Doch sicher für ein billiges Flittchen, was?«

Joachim schüttelte den Kopf. »Nichts in diesem Hotel ist billig, meine Liebe. Vielleicht darf ich dich daran erinnern, dass ich nicht mehr in einem Pfarrhaus lebe. Du übrigens auch nicht.«

Eine Weile sahen sich die Geschwister schweigend an, dann holte Gertraud tief Luft und sagte: »Evelyn hat sich gestern Abend mit Brungässner getroffen und einen Vorvertrag unterzeichnet. Dafür hat er ihr einen Vorschuss ausgezahlt.«

»Das heißt, wir haben das Geld!« Joachim warf sich auf das Bett, dass die Sprungfedern ächzten, und tastete nach einem silbernen Zigarettenetui. Auch dieses schien neu zu sein, wenigstens konnte sich Gertraud nicht erinnern, es schon einmal bei ihm gesehen zu haben.

»Eigentlich schade, ich fange gerade an, mich an diese Bude zu gewöhnen.«

»Damit ist jetzt Schluss«, sagte Gertraud bestimmt. »Auf uns beide wartet jede Menge Arbeit. Ich werde Herrn Brungässner anbieten, die Umbauarbeiten in der Tuchgasse zu beaufsichtigen, damit das Hotel so bald wie möglich eröffnet werden kann. Aber vorher wirst du deine Schulden bezahlen und dich davor hüten, neue zu machen. Ich kann Evelyn schließlich nicht noch einmal um Geld für dich bitten.«

Joachim zündete sich eine Zigarette an, nahm einen Zug und blies den Rauch zur Decke empor. »Wie hat deine Tochter es aufgenommen, dass sie Gersons Haus verliert?«

»Nun, viel gesagt hat sie dazu nicht. In letzter Zeit benimmt sie sich ohnehin recht eigenartig. Der Tod ihrer alten Lehrerin hat sie aus der Bahn geworfen, und dann noch diese dumme Sache mit dem Brief, den angeblich Gerson geschrieben haben soll, der aber nicht mehr auffindbar ist. Ich … ich weiß, dass ich nur zu ihrem Besten gehandelt habe, aber manchmal …«

»Manchmal was?«

Gertrauds Kehle fühlte sich plötzlich so staubtrocken an, dass sie beschloss, doch noch das unberührte Champagnerglas vom Tisch zu nehmen. Obwohl sie sonst keinen Alkohol trank, leerte sie es in einem Zug. Wie sollte sie Joachim klarmachen, dass sie sich um Evelyn sorgte. Den interessierten doch nur Geld und Weiber. Plötzlich war er neben ihr und nahm ihr mit ernster Miene das leere Glas aus der Hand.

»So wie du redest, könnte man glauben, du hältst deine Tochter für …« Er tippte sich mit dem Finger gegen die Stirn. »Glaubst du, dass sie noch ganz normal ist? Hast du vielleicht einmal gehört, dass sie mit Gerson geredet hat, als wäre er tatsächlich da?«

Gertraud sah ihn mit großen Augen an. »Ich verstehe nicht, worauf du hinauswillst. Evelyn ist überfordert, ja. Da ist die marode Drogerie. Kilian, der sie heiraten will, und wir haben ihr auch ganz schön zugesetzt. Aber …«

»Und wenn mehr dahintersteckt als nur eine vorübergehende Gereiztheit ihrer Nerven? Was, wenn sie allmählich durchdreht? Du musst zugeben, dass sie sich neuerdings eigenartig benimmt. Anstatt sich endlich mit Kilian zu verloben, lässt sie einen Fremden in der Drogerie hausen und erlaubt ihm, sie zu malen. Falls die beiden da unten nicht noch andere Dinge treiben. Sie vernachlässigt ihre geschäftlichen Belange, um Rauschgoldengel zu basteln. Und wenn sie nicht auf dem Christkindlesmarkt ist, rennt sie durch die Stadt, um dem Brief eines Toten nachzujagen, den es vermutlich nie gegeben hat. In diesem Zustand wird sie kaum in der Lage sein, das Geld aus dem Hausverkauf vernünftig anzulegen.«

Wütend holte Gertraud aus, um ihrem Bruder eine Ohrfeige zu verpassen, doch Joachim war schneller. Er hielt ihre Hand so fest, dass ihr Tränen in die Augen traten. »Du … Bastard! Willst du deiner Nichte das Geld abjagen? So war das nicht abgesprochen. Wir wollen, dass Brungässner uns zu Geschäftsführern seines Hotels macht, damit unsere Zukunft gesichert ist.«

»Ich sichere meine Zukunft selbst, Schwester«, sagte Joachim kalt. »Und ich sehe mich nun einmal eher in einem Hotelbett mit seidenen Laken wie diesem da als mit steifem Kragen hinter einer Rezeption. Evelyn kann nicht mit Geld umgehen, das beweist ihre heruntergewirtschaftete Drogerie. Und bevor sie noch ihr Vermögen diesem Tschechen in den Rachen wirft, bleibt es doch besser unter unserer Kontrolle.«

»Unter deiner Kontrolle, meinst du? Damit du es am nächsten Spieltisch verlierst? Oder beim Pferderennen?«

Joachim grinste.

Gertraud hatte sich das lange genug angehört. Sie musste schleunigst raus an die frische Luft. Als sie auf die Tür zuging, merkte sie, dass sie bei jedem Schritt schwankte wie ein Schilfrohr. Stieg ihr der Champagner zu Kopf? Oder waren es Joachims krude Ideen, die sie benommen machten? Wie konnte ihr Bruder nur annehmen, Evelyn sei übergeschnappt? Ihre sensible, verträumte Tochter? Gewiss war sie nach Gersons Tod in ein tiefes Loch gefallen, doch dieses Los teilte sie mit Tausenden anderer Soldatenwitwen. Und nun … Nein, es wäre nicht richtig, ihr das Geld zu nehmen.

Aber was, wenn Joachim mit dem Tschechen nicht falschlag? Auch Gertraud traute dem dahergelaufenen Burschen nicht über den Weg. Sie fand es verdächtig, dass er so kurz nach dem Tod der alten Pelzendorf wie aus dem Nichts aufgetaucht war. Vermutlich hatte er vorgehabt, die Blinde auszunehmen. Und nun schlich er sich wie eine Schlange in Evelyns Vertrauen und säuselte der Ärmsten Liebesschwüre ins Ohr. Nein, es war gar nicht so abwegig, dass der Mann hinter Evelyns Geld her war, nun, da seine angebliche Gönnerin nicht mehr lebte.

»Ich fürchte, Frau Pelzendorfs Tod und dieses Hirngespinst, Gerson hätte ihr aus dem Jenseits einen Brief geschrieben, setzen Evelyn mehr zu, als ich gedacht habe«, sagte sie leise. »Was nicht bedeutet, dass ich sie für verrückt halte.«

»Sie braucht Hilfe!« Joachim schenkte seiner Schwester noch ein Glas Champagner ein. »Unsere Hilfe, nicht die eines fremden Schmarotzers!«

Gertraud nickte zögerlich. »Aber was wird Kilian dazu sagen? Er ist Arzt und möchte Evelyn heiraten. Er wird den Braten riechen und sich deiner Meinung niemals anschließen!«

Offenbar hatte Gertraud unbewusst etwas Amüsantes gesagt, denn ganz plötzlich legte sich ein breites Lächeln über das Gesicht ihres Bruders. Es sagte ihr, dass sie dieses Problem getrost ihn seine Hände legen dürfe.

In diesem Moment klopfte es.

»Ah, das wird mein Gast sein!« Joachim nahm sein Jackett vom Kleiderbügel, schlüpfte hinein und ging zur Tür. Im nächsten Augenblick rauschte eine Frau auf Stöckelschuhen ins Zimmer, bei deren Anblick Gertraud fassungslos die Hand auf den Mund drückte. Sie war fraglos hübsch mit ihrem sorgsam frisierten Kurzhaarschnitt und wirkte in ihrem grünen Mantelkleid auch nicht aufgedonnert. Eher wie ein tüchtiges Mädchen vom Telegrafenamt oder eine Verkäuferin im Warenhaus. Nur pflegten solche Mädchen für gewöhnlich nicht, Männer in ihren Hotelzimmern aufzusuchen. Schon gar nicht Männer von zweifelhaftem Ruf, wie Joachim einer war. Als die Frau Gertraud bemerkte, blinzelte sie irritiert. »Oh, Besuch? Warum stellst du mir die Dame nicht vor?«

»Meine Schwester«, knurrte Joachim widerstrebend.

»Ach, tatsächlich? Wie nett, dass du sie auf ein Glas Champagner eingeladen hast.« Das klang so spöttisch, dass Gertraud empört die Lippen aufeinanderpresste und die Frau böse anfunkelte. Was glaubte diese Person denn, wer sie sonst sein könnte? Eine andere Gespielin von Joachim, die sich mit ihr die Klinke in die Hand gab?

»Gertraud wollte soeben gehen!«, fauchte ihr Bruder.

Oh ja, und wie Gertraud das wollte. Hastig nahm sie Tasche und Handschuhe und schob sich an ihrem Bruder vorbei, ohne die Frau auch nur eines Blickes zu würdigen.

»Vielleicht trinken wir das nächste Mal ja ein Gläschen zusammen«, rief diese ihr hämisch nach, während Joachim ihr Champagner einschenkte. »Ich bin übrigens Hildegard, aber gute Freunde nennen mich Hilly! Wenn ich mich nicht täusche, werden wir uns noch öfter sehen.«

Gertraud verzichtete darauf, der Frau ins Gesicht zu sagen, für wie ordinär sie sie hielt.

Begleitet von Hillys glockenhellem Gelächter floh sie aus dem Zimmer.

28.

Eine kleine Schar dunkel gekleideter Männer und Frauen stand um die offene Grabstelle herum und blickte auf den mit Tannengrün geschmückten Sarg, der soeben ins Erdreich hinabgelassen wurde. Dass die Trauergemeinde überschaubar war, lag nicht nur am Schneeregen, der über den Friedhof fegte, sondern auch an dem Umstand, dass die Verstorbene sich bereits vor Jahren von Nachbarn und Freunden zurückgezogen hatte und daher beinahe in Vergessenheit geraten war. Zu ihrer Überraschung befand sich weder die alte Hedda noch deren Großnichte unter den Trauergästen. Litt die Haushälterin immer noch unter ihrem verletzten Fuß, oder wollte sie es vermeiden, Evelyn noch einmal zu begegnen? Evelyn gelang es nur mühsam, die Kälte zu ignorieren und den Worten des Pastors zu lauschen. Dessen Predigt hatte nicht viel mit der Anita Pelzendorf zu tun, die sie gekannt und geschätzt hatte, was wiederum daran lag, dass er über die Dahingeschiedene kaum etwas in Erfahrung hatte bringen können. Evelyn hatte dem Pastor vor der Beerdigung ein paar Hinweise gegeben. Sie hatte Anitas Großzügigkeit erwähnt und ihr mitfühlendes Wesen, mit dem sie als Lehrerin die Herzen so vieler Schülerinnen gewonnen hatte. Aber sie hatte auch nicht verschwiegen, wie einsam Anita in den letzten Monaten ihres Lebens gewesen war.

Neben Evelyn schniefte Sibylle in ihr parfümiertes Spitzentaschentuch. Obwohl die Freundin nach eigenen Angaben mitten in den Vorbereitungen für ihre Verlobungsfeier steckte, hatte sie sich doch bereiterklärt, Evelyn zum Friedhof zu begleiten. Und auch Esther Bing war gekommen, um der Verstorbenen die letzte Ehre zu erweisen. Darüber freute sich Evelyn fast noch mehr als über Sibylles Anwesenheit. Benjamin hatte dies zwar ebenfalls vorgehabt, doch um weiteres Gerede zu vermeiden, hatte Evelyn ihn gebeten, dem Begräbnis fernzubleiben und stattdessen in der Drogerie die Stellung zu halten. Der Laden sollte mit Brungässners Einverständnis bis kurz vor Weihnachten geöffnet bleiben. Evelyn fand, dass sie dies nicht nur den wenigen treuen Kunden schuldig war, die nach wie vor bei ihr einkauften, sondern auch der jungen Franzi, die vor den Feiertagen kaum eine neue Stelle in der Stadt finden würde.

»Und wo steckt Kilian?«, raunte Evelyn Sibylle zu, während der Pastor einen Psalm anstimmte. »Er muss doch inzwischen aus Erlangen zurück sein, oder?«

Sibylle schüttelte den Kopf. »Leider nicht, Schätzchen. Er wollte dir ein Telegramm schicken, aber … Ach, du weißt ja, wie vergesslich Männer sind, wenn sie sich in eine Aufgabe verbissen haben. Allem Anschein nach hat dieser Professor ihn mit einer besonderen Aufgabe betraut, die seine Anwesenheit dringend erforderlich macht. Ein bedeutender medizinischer Fall, den Kilian in beratender Funktion betreuen darf. Vielleicht gibt er sogar seine Nürnberger Praxis auf, um sich ganz der Forschung zu widmen. Ich habe ihm gesagt, wie unklug es ist, dich so lange allein zu lassen, schließlich könnte es ja auch noch andere geben, die ein Auge auf dich geworfen haben. Da hat er mich gebeten, auf dich aufzupassen, und mir außerdem geschworen, dass er am Samstag zu meinem Fest erscheint.«

Evelyn fragte sich, ob Sibylle scherzte oder es ernst meinte mit dem »aufpassen«. Das konnte man bei ihr nie so genau wissen. Hatte sie sich etwa nur deshalb aus den Federn gequält? Evelyn war jedenfalls heilfroh, dass Benjamin ihrer Bitte entsprochen hatte und zu Hause geblieben war. Ein eifersüchtiger Kilian hätte ihr jetzt gerade noch gefehlt. Dass er sich immer noch nicht bei ihr gemeldet hatte, gefiel ihr aber auch nicht.

Nach einer Weile verabschiedeten sich die Trauergäste. Ein paar dunkel gekleidete Herren schüttelten dem Geistlichen die Hand, bevor sie nach einem letzten respektvollen Blick auf das Grab den Rückweg über die verschneiten Friedhofswege zum Hauptausgang einschlugen. Sibylles Schuhe waren gänzlich ungeeignet, um auf dem rutschigen Grund Halt zu finden. Daher wurde sie von Evelyn und Esther Bing in die Mitte genommen und untergehakt. Die drei Frauen setzten sich langsam in Bewegung, wobei Sibylle bei jedem Schritt jammerte. Bis sie plötzlich stehen blieb und die Lippen schürzte.

»Schau mal, ist das nicht Dr. Benedict Uhlemayr, der Direktor unserer alten Schule?« Sibylle lenkte Evelyns Aufmerksamkeit auf einen grauhaarigen Mann Anfang fünfzig, der ein Stück vor ihnen herlief und seinen Regenschirm dabei wie einen Spazierstock schwang. »Am Grab ist er mir gar nicht aufgefallen, aber wen wundert das? Ältere Herren ähneln einander in ihren dunklen Mänteln mit Pelzkragen wie ein Ei dem anderen. Ich habe bestimmt ein halbes Dutzend gesehen, die den gleichen Schnurbart und dazu ein Monokel trugen. Gewiss ehemalige Geschäftsfreunde des alten Reichsbankrats Pelzendorf.« Übermütig zupfte sie an Evelyns Ärmel, wobei sie in eine Pfütze trat. »Na los, bevor er weg ist. Ich möchte ihm zu gern Guten Tag sagen. Erinnerst du dich noch, wie er mir prophezeit hat, ich würde meiner Familie auf ewig auf der Tasche liegen, weil ich mir seine langweiligen französischen Verben nicht merken konnte? Ha, der wird Augen machen, wenn ich ihm meinen Verlobungsring unter die Nase halte.«

»Ich glaube nicht, dass er etwas anderes von dir erwartet hat, als eine gute Partie zu machen«, sagte Evelyn. Doch Sibylle, die sich eben noch über den rutschigen Untergrund beschwert hatte, stapfte entschlossen drauflos. Dabei schwenkte sie ihren Schirm und rief laut den Namen des Direktors.

Esther Bing seufzte. »Und sie ist sich sicher, dass der Herr sich nach all den Jahren überhaupt an sie erinnert?«

»Wenn sich Dr. Uhlemayr an eine Schülerin erinnert, dann an Sibylle. Ein paar seiner grauen Haare dürften auf ihr Konto gehen!« Evelyn überlegte. Vielleicht war es gar keine schlechte Idee, sich mit dem Schulleiter zu unterhalten. Immerhin hatte er Anita gut gekannt. Mehr als zehn Jahre lang war er ihr Vorgesetzter gewesen und hatte auch später, nach ihrem Ausscheiden aus dem Schuldienst, den Kontakt nicht abgebrochen. Wenn es jemanden gab, der Evelyn ein paar Fragen zu Anitas Vergangenheit beantworten konnte, dann er.

Der ältere Mann lüpfte höflich den Zylinder, als seine ehemaligen Schülerinnen ihn begrüßten, wobei Evelyn nicht entging, dass Sibylles überschwänglicher Redeschwall ihn verlegen machte.

»Es ehrt Sie, dass Sie Ihrer guten Lehrerin das letzte Geleit gegeben haben«, sagte er schließlich mit heiserer Stimme. »Das beweist mir, dass Sie nicht vergessen haben, was Sie ihr verdanken.« Er maß Sibylle mit einem kritischen Blick. »Das gilt besonders für Sie, Fräulein Falkner. Ich muss sagen, ich bin angenehm überrascht, Sie heute hier zu sehen. Falls ich mit meinem Urteil über Sie falschgelegen haben sollte, revidiere ich es nur zu gern. Offensichtlich haben die vergangenen Jahre, besonders die entbehrungsreiche Zeit des großen Krieges, auch Sie reifen lassen.«

»Unbedingt! Ich darf Ihnen außerdem mitteilen, dass ich demnächst heiraten werde.« Sibylles Lächeln war honigsüß. »Mein zukünftiger Ehemann wird vermutlich bereits im nächsten Jahr als Abgeordneter in den Reichstag einziehen.«

»Was Sie nicht sagen! Und für welche der doch recht zahlreichen Parteien?«

»Oh, vielleicht sollten wir ein andermal darüber reden, meinen Sie nicht auch?«

»Sie haben recht«, sagte Uhlemayr. »Ein Begräbnis eignet sich nicht für politische Gespräche.« Als er sich Evelyn zuwandte, wurde sein Ton sogleich milder. »Ich muss Sie um Entschuldigung bitten, meine Liebe. Ich habe immer noch ein schlechtes Gewissen, weil ich es damals versäumt habe, Ihnen mein Beileid zum Tod Ihres Mannes persönlich auszusprechen.«

»Frau Pelzendorf hat mir Ihre Karte übergeben, Herr Direktor«, wehrte Evelyn errötend ab. »Darüber habe ich mich gefreut.«

»Und Frau Pelzendorf hat sich gefreut, dass Sie während der Kriegsjahre so oft in ihr Haus kamen, um ihr vorzulesen. Das hat ihr viel bedeutet!« Es war zu kalt, um lange stehen zu bleiben, daher schlug der ältere Mann vor, den Weg zum Friedhofstor gemeinsam zurückzulegen. Dort wartete auf ihn die Schulkutsche, an die Evelyn sich noch gut erinnerte. Als Mädchen hatte sie es geliebt, das Pferd des Direktors mit Mohrrüben und Äpfeln zu füttern. Esther Bing und Sibylle folgten ihnen in einigem Abstand Arm in Arm.

»Fräulein Falkner ist unverbesserlich«, sagte der Direktor mit einem nachsichtigen Lächeln. »Es hat mich damals schon gewundert, dass ausgerechnet Sie beide sich angefreundet haben.«

»Sibylle mag ihre Launen haben, aber sie war mir immer eine gute Freundin. In gewissem Sinne ergänzen wir uns sogar. Ich lerne von ihr, dass das Leben nicht nur schwarz oder weiß sein muss. Als ich um meinen Mann trauerte, waren sie und ihr Bruder zur Stelle, um mir Trost zu spenden und mir klarzumachen, dass ich nicht nur zurückschauen darf, sondern auch nach vorne blicken muss.«

»Das war richtig. Und auch heilsam! Wie man hört, sind Sie auch auf dem Christkindlesmarkt tätig, nicht wahr? Die Rauschgoldengel, die in den Wohlfahrtswerkstätten gefertigt werden, haben die Stadt ja im Sturm erobert. Einige unserer Schülerinnen haben welche gekauft, um sie in den Klassenzimmern aufzuhängen. Ich vermute, das hätte auch Frau Pelzendorf gefallen. Sie war Fränkin durch und durch und liebte das alte Brauchtum ihrer Heimat.«

»Ich habe sie noch kurz vor ihrem Tod auf den Weihnachtsmarkt eingeladen, um ihr unseren Verkaufsstand zu zeigen«, sagte Evelyn bekümmert. »Leider kam es nicht mehr dazu.«

»Wie tragisch.« Der Direktor nahm seine Nickelbrille ab und reinigte mit einem Taschentuch die beschlagenen Gläser. »Der Pastor hat mir erzählt, dass Sie es waren, die die Ärmste gefunden hat. Leblos in ihrem Sessel, mit einem Buch auf den Knien, wo sie doch gar nicht lesen konnte. Merkwürdig, nicht wahr? Die Kollegin Pelzendorf war doch eine so energische Person. Eine, die andere das Fürchten lehrte. Selbst wenn sie aufgrund ihrer Erblindung einiges an Lebensmut eingebüßt hat, mag es mir nicht so recht in den Kopf gehen, dass sie zu Tode erschrocken ist, weil ihre Haushälterin mit einem Schrei die Treppe hinuntergepoltert ist. Selbstverständlich war ich über ihren Gesundheitszustand nicht genau im Bilde. Wie Sie sich vorstellen können, sprach die Gute nur ungern darüber. Sie wollte partout niemandem zur Last fallen.«

Dem konnte Evelyn nur zustimmen. Wie lange hatte sie auf Anita einreden müssen, bis diese Evelyn erlaubt hatte, ihr vorzulesen! Als sie dann aber auf den Geschmack gekommen war, hatte sie gar nicht genug davon bekommen können. Evelyn wagte einen Vorstoß: »Können Sie sich vorstellen, dass Frau Pelzendorf etwas bedrückt hat? Vielleicht die Erinnerung an ein Ereignis aus den Kriegsjahren, das wieder hochkam?«

Der Doktor wischte sich ein paar der wässrigen Flocken aus dem Bart. »Während des Krieges war in unserer Schule am Frauengraben ein Lazarett untergebracht. Dort wurden Verwundete gepflegt. Ich weiß, dass Frau Pelzendorf manchmal dort war, um zu helfen. Und das, obwohl sie da schon kaum noch mehr als Umrisse erkennen konnte. Sie sagte mir einmal, sie habe selbst zwar keine Kinder aufziehen dürfen, aber wenn die Ehemänner ihrer früheren Schülerinnen für den Kaiser und das Vaterland in den Krieg zögen, dürfe sie nicht zu Hause die Hände in den Schoß legen. Ich vermute, damit meinte sie auch Männer wie Ihren Gatten, den Herrn Drogisten.«

»Also ist sie dort auf Soldaten getroffen, die aus Frankreich zurückgeschickt worden waren«, murmelte Evelyn. »Aber Gerson lag nie verwundet in diesem Lazarett. Ihm kann sie dort nicht begegnet sein.«

Dr. Uhlemayr sah sie verwundert an. »Aber nein, natürlich nicht. Wäre er zur Genesung nach Nürnberg geschickt worden, hätten Sie das doch als Erste erfahren, nicht wahr? Nein, nein. Frau Pelzendorf besuchte das Lazarett, um die Soldaten aufzumuntern, die einen Arm oder ein Bein verloren hatten. Sie hat sie mit Gedichten oder kleinen Anekdoten unterhalten. Das lenkte die Männer von ihren Schmerzen ab, denn die Ärzte hatten doch kaum noch Morphium zur Verfügung. Als dann ihre Augen noch schlechter wurden, stellte sie die Besuche ein.«

Evelyn nickte.

»Ich würde behaupten, dass Frau Pelzendorf die Kriegs- und Nachkriegsjahre ganz gut überstanden hat«, sagte der Schulleiter, nachdem sie eine Weile wortlos nebeneinander durch den Schnee gestapft waren. Das schmiedeeiserne Tor des Haupteingangs kam in Sicht und dahinter die Kutsche, die den Doktor zur Höheren Mädchenschule in der Findelgasse zurückbringen sollte. Wollte Evelyn mehr über Anitas Vergangenheit herausfinden, blieb ihr nicht mehr viel Zeit.

»Haben Sie Eugen Frieba jemals kennengelernt?«, fragte sie vorsichtig, da sie nicht einschätzen konnte, wie der Schulleiter auf diesen Namen reagieren würde. Tatsächlich blieb er abrupt stehen. Seine freundliche Miene verfinsterte sich. »Den Untermieter? Warum wollen Sie das wissen? Was sollen überhaupt all diese Fragen am Tag der Beerdigung?«

Evelyn spähte zu Esther und Sibylle, die ebenfalls stehen geblieben waren, es aber nicht wagten, näher zu kommen. Die beiden sahen besorgt aus.

»Sie wollten wissen, ob etwas auf der Seele der guten Frau lastete? Ja, der plötzliche Tod dieses Mannes im Herbst. Der hat sie aufgewühlt, danach war sie einige Zeit wie vor den Kopf gestoßen. Warum, dürfen sie mich nicht fragen. Ich habe den Burschen zwar nur ein-, zwei Mal gesehen, aber meiner Einschätzung nach war er einer von der unangenehmen Sorte. Dass Frau Pelzendorf so einem die Tür geöffnet hat, ist mir unbegreiflich. Ich habe bei einem meiner letzten Besuche versucht, es zu ergründen, bin aber bei ihr auf taube Ohren gestoßen. Sie konnte so stur wie ein Maulesel sein.«

»Sie haben also nicht die kleinste Vermutung, warum sie ihn geduldet hat?«

Dr. Uhlemayrs Miene verschloss sich immer mehr. Seine Geduld schien sich zu erschöpfen. Trotzdem sagte er mit einem tiefen Seufzer: »Ich erinnere mich nur an eine Bemerkung, die mir seltsam vorkam. Frau Pelzendorf sagte, es sei Frieba nicht vorzuwerfen, dass er so war. Außerdem liebe sie es, sich mit ihm über Prag zu unterhalten.« Er lachte bitter.

»Prag?« Evelyn horchte wie elektrisiert auf. »Aber warum? Was hatte Frieba mit Prag zu tun?«

»Er stammte wohl ursprünglich aus Prag, zumindest soll er

dort geboren worden sein. Ich habe nie begriffen, warum der Mann annahm, sich etwas bei Frau Pelzendorf herausnehmen zu können. Und warum meine gute alte Freundin ihm alles hat durchgehen lassen. Das hörte erst auf, als er krank wurde und starb.«

»Vielleicht weil er etwas über Frau Pelzendorf wusste, das nicht publik werden sollte? War sie denn jemals in Prag? Hat sie vielleicht etwas Unrechtes getan, von dem ein anderer Wind bekommen hat?«

»Beschmutzen Sie niemals das Andenken einer Verstorbenen«, rügte sie Uhlemayr mit streng erhobenem Zeigefinger. Damit war die Unterhaltung für ihn beendet. Er verabschiedete sich mit einem flüchtigen Nicken, dann kehrte er ihr den Rücken zu und machte, dass er davonkam. Vor der Friedhofsmauer bestieg er in Eile die wartende Kutsche und signalisierte dem Kutscher, loszufahren. Evelyn, die wie vom Donner gerührt dastand, schenkte er keinen Blick mehr.

»Was ist denn in den gefahren?« Sibylle trat neben Evelyn und sah kopfschüttelnd zu, wie der Wagen davonrollte. »Und du siehst so blass aus, als hättest du ein Gespenst gesehen. Hat der Kerl etwas Unangenehmes gesagt?«

Evelyn atmete die kalte Luft hektisch ein und aus und versuchte, klar zu denken. Aber das war schwer – Uhlemayrs Worte schwirrten ihr wie ein Schwarm wilder Insekten durch den Kopf. Wenn es zutraf, was der Schuldirektor gesagt hatte, dann hatte der Umstand, dass Frieba aus Prag stammte, Anita Pelzendorfs Interesse geweckt.

Und bald nach seinem Tod hatte sie sich den nächsten Mann aus Prag ins Haus geholt.

Benjamin.

29.

Den Rest des Nachmittags verbrachte Evelyn auf dem Christkindlesmarkt. Eigentlich hatte sie nach dem Gespräch mit dem Schuldirektor sofort mit Benjamin reden wollen. Wenn es stimmte, dass auch Eugen Frieba aus Prag nach Nürnberg gekommen war, dann hatte Anita Pelzendorf nach einem bestimmten Muster gehandelt, indem sie zuerst ihn, später Benjamin als Untermieter ins Haus geholt hatte.

Aber warum? Evelyns Gefühl sagte ihr, dass Benjamin Anitas Beweggründe kannte, sie aber für sich behielt. Womöglich tat er das, weil er genau wusste, wie es Frieba gelungen war, aus dem entwendeten Brief Kapital zu schlagen. Oder fürchtete er sich davor, ein ähnliches Schicksal zu erleiden wie sein Vorgänger? Aber so erschöpft und durcheinander, wie Evelyn sich fühlte, wollte sie ihm jetzt nicht unter die Augen treten. Nein, was sie nun brauchte, war keine Diskussion mit dem Maler, sondern die Arbeit am Rauschgoldengelstand, dazu noch weihnachtliche Düfte und den Kinderchor. Ja sogar der Trubel vor den Verkaufsständen und der pappige Schnee waren ihr lieb, dadurch wurde sie wenigstens von ihren Sorgen abgelenkt.

Bis in den Abend hinein schnitt und faltete sie unermüdlich die dünnen, knisternden Goldblechfolien. Immer wieder blieben Kinder, aber auch ältere Weihnachtsmarktbesucher vor dem Stand stehen, um sie bei der Arbeit zu beobachten. Viele kauften ihr eine Figur ab. Es war schon spät, als Evelyn schließlich müde ihre Waren und Materialien in den vorbereiteten Kisten verstaute. Als sie die Laterne und die dicken Wachskerzen löschte, mit denen sie den Verkaufsstand beleuchtete, bemerkte sie, wie hungrig sie war. Rasch huschte sie über den festgetrampelten Schnee zu Cäcilie, die ebenfalls dabei war, alles zusammenzupacken. Ein Rest Lebkuchen war noch übrig, und so schob Evelyn erleichtert ein paar Münzen über die Verkaufslade und suchte sich eine der würzigen Leckereien aus dem großen Binsenkorb der Händlerin aus.

»Lange wirst du so nicht mehr durchhalten«, sagte Cäcilie mit besorgter Miene. »Tu dir selbst einen Gefallen und geh nach Hause. Du gehörst ins Bett. Für heute hast du genug Engelchen das Fliegen gelehrt.«

Evelyn rang sich ein Lächeln ab. »Ja, Rauschgoldengel müsste man sein. Jeder freut sich über deinen Anblick, einige sehen dich sogar als Wahrzeichen an und bringen dir Achtung entgegen. Nach der Weihnachtszeit verschwindest du auf dem Dachboden, aber wenn man dich im Jahr darauf wieder hervorholt, ist dein Glanz nicht verflogen. Vielleicht bist du ein bisschen verstaubt, aber das lässt sich leicht beheben.«

Die Lebkuchenfrau lachte. »Ein so junges Ding sollte noch nicht so melancholisch daherreden. Auch nicht zur besinnlichen Weihnachtszeit. Ich bin übrigens froh, dass sich die Stimmung auf dem Markt wieder verbessert hat und die Polizei nicht mehr dauernd hier herumlungert. Das hat die Besucher nervös gemacht. Aber allem Anschein nach haben die Kriminalen begriffen, dass sie auf dem Christkindlesmarkt keine weiteren Spuren finden werden.« Sie sah Evelyn prüfend an. »Du machst dir doch hoffentlich keine Gedanken mehr wegen des Mannes, oder?«

»Nein. Ich habe meine Aussage am Jakobsplatz gemacht.«

»So? Na, und was ist mit diesem Feldpostbrief deines Mannes? Hast du ihn aufgetrieben? Wir alle finden das sehr aufregend, musst du wissen.«

Alle? Evelyn seufzte. Cäcilie war eine hervorragende Bäckerin, dazu hilfsbereit und gutherzig. Aber sie war auch ein hoffnungsloses Plappermaul. Daher war es nicht auszuschließen, dass die rührende Mär vom verschollenen letzten Brief eines toten Soldaten auf dem Weihnachtsmarkt längst die Runde machte. Evelyn war das gar nicht recht. Sie wollte soeben zu einer Entgegnung ansetzen, als ihr Blick auf Fritz Brungässner fiel. Der Gastwirt schob sich mit seinem dicken Bauch rücksichtslos durch das Gedränge, daneben trottete sein Sohn, ein pickeliger Jüngling, dessen Schülermütze ihn als Quartaner auswies. Evelyn hätte sich am liebsten hinter der Lebkuchenfrau versteckt, doch es war zu spät. Brungässner hatte sie schon gesehen. Mit einer deutenden Geste gab er ihr zu verstehen, ihn vor seinem Bratwurststand zu treffen. Seinem Jungen drückte er etwas Geld in die Hand und schickte ihn damit fort.

»Mit dem ist nicht gut Kirschen essen«, sagte Cäcilie. Die Lebkuchenfrau schien zu frösteln, denn sie wickelte sich noch fester in ihr Schultertuch. »Hast du gehört, dass er sich Mulls Stand unter den Nagel gerissen hat? Den Stand eines Toten, eines Ermordeten! So was bringt Unglück, ich sag's dir. Na, hoffentlich kommt er nicht auch noch auf die Idee, dort Lebkuchen zu verkaufen, sonst kann ich meine Bude dichtmachen.«

Auch wenn Evelyn nicht an böse Omen glaubte, graute ihr vor einer weiteren Begegnung mit Brungässner. Dummerweise ließ sich diese nicht vermeiden.

»Ich habe mir erlaubt, einen Teil des vereinbarten Vorschusses Ihrer Mutter zu übergeben«, teilte Brungässner Evelyn wenig später an seinem Stand mit. »Vermutlich konnte Ihr Onkel damit seine Gläubiger zufriedenstellen. Ist er schon nach Hause gekommen?«

Nein, Joachim hatte sich weder in der Tuchgasse blicken lassen, noch war Evelyn im Bilde, wem er so viel Geld geschuldet hatte. Die ganze Sache gefiel ihr nicht, aber da sie Brungässner nicht noch tiefere Einblicke in ihre Familienangelegenheiten erlauben wollte, schüttelte sie lediglich den Kopf. Mit Joachim würde sie sich später auseinandersetzen. Dieses Mal musste er ihr Rede und Antwort stehen, und egal was ihre Mutter sagte, sie würde darauf bestehen, dass er ihr das geliehene Geld zurückzahlte.

»Ich habe einen Termin im Notariat vereinbart!« Hinter Brungässner brutzelten die letzten Bratwürste des Tages über der Glut, aber heute war es nicht Gertraud, sondern eine andere Frau, die sie auf dem Rost wendete. »Die Überschreibung Ihres Anwesens ist reine Formsache. Sie werden sehen, bis zum Jahresende haben wir das über die Bühne gebracht, dann gehört das Haus in der Tuchgasse endlich mir. Sie haben mich ganz schön lange zappeln lassen, meine Liebe. Ein weniger großmütiger Mann als ich würde Ihnen das ankreiden!« Gut gelaunt drohte er Evelyn mit dem Zeigefinger, bevor er hinzufügte: »Aber ich will mal nicht so sein. Sie bekommen, was Ihnen zusteht, da lasse ich mich nicht lumpen. Bin ja froh, dass ich bald mit meinem großen Bauvorhaben beginnen kann. Die Genehmigung dafür liegt mir bereits vor.«

Evelyn spähte zu der Hütte des toten Trödlers hinüber und schüttelte sich bei der Vorstellung, Brungässner könnte auch die Weihnachtsmarktstände ihrer Nachbarinnen übernehmen, wenn der Markt im nächsten Jahr erneut seine Pforten öffnen würde. Aufgrund seiner guten Verbindungen zum Rathaus hatte der Gastwirt sicher schon erfahren, dass der Christkindlesmarkt wieder auf den großen Hauptmarkt verlegt werden sollte. Dorthin, wo er im 17. Jahrhundert seinen Anfang genommen hatte.

»Sie bekommen immer, was Sie wollen, nicht wahr, Herr Brungässner?« Diese Frage konnte Evelyn sich nicht verkneifen.

Der Mann schaute sie einen Moment lang verdutzt an, dann lachte er. »Fast immer, würde ich sagen. Nur an Ihnen und an der alten Pelzendorf habe ich mir fast die Zähne ausgebissen.«

»Bitte?« Verwirrt runzelte Evelyn die Stirn.

»Ich meine die blinde Dame, der das große alte Haus am Stadtpark gehört hat. Wie ich hörte, soll sie erst vor Kurzem verstorben sein. Dummerweise nicht nur sie, sondern auch der Bursche, der bei ihr gewohnt hat. Ein gewisser Frieba. Er wollte in mein Brauereiprojekt investieren und hat mir das Haus zum Verkauf angeboten. Aber dann ... Nun ja, so ist eben das Leben.«

Brungässners Worte trafen Evelyn so unvermittelt, dass sie einen Moment gar glaubte, sie sich eingebildet zu haben. Aber dem war nicht so. Sie hatte sich nicht verhört, und sie träumte auch nicht. Fassungslos starrte sie den Geschäftsmann an.

Frieba und Brungässner. Nein, mit dieser Verbindung hatte Evelyn nicht gerechnet. »Aber ... wie kam der Mann dazu, mit Ihnen Geschäfte zu machen?«, brach es stockend aus ihr hervor. »Woher kannten Sie ihn überhaupt? Im Übrigen, Frau Pelzendorf war meine Lehrerin und gute Freundin. Niemals hätte sie ihrem Untermieter erlaubt, ihre Villa zum Verkauf anzubieten.«

»Sie haben keine Ahnung, meine Liebe. Ich dagegen weiß, dass Frieba, dieser gerissene Hund, die alte Dame schon fast so weichgeklopft hatte wie ein Schnitzel. Er hat sie dazu gebracht, ihm eine Vollmacht auszustellen, und da Sie auf meine großzügigen Angebote nicht eingehen wollten, habe ich es ernsthaft in Erwägung gezogen, Frieba ins Boot zu holen. Er war schlau, und solche Leute braucht man, wenn man etwas erreichen will.«

Das musste Evelyn erst einmal verdauen. Wenn Brungässner sie nicht anlog, hatte Frieba ihm die Villa Pelzendorf schmackhaft gemacht.

Doch aus dem Pakt der beiden Männer war nichts geworden.

Frieba war plötzlich gestorben, und damit hatte Brungässner seine Pläne, sich am Stadtpark niederzulassen, erst einmal auf Eis legen müssen. Er hatte es nach Friebas Tod offenbar nicht gewagt, selbst an Anita Pelzendorf heranzutreten.

»Ein Jammer, dass Frieba mich hat hängenlassen!« Brungässner fletschte grimmig die Zähne. »Ein Fuchs wie er, mit allen Wassern gewaschen. Da denkt man doch, so einen haut so schnell nichts um. Aber dann wird er Anfang Oktober krank. Eine Lungenentzündung, wie ich gehört habe, und ... aus und vorbei!« Er rieb sich seufzend die Augen, doch Evelyn hegte den Verdacht, dass seine Anteilnahme nicht dem verstorbenen Frieba galt. Vielmehr ärgerte ihn sicher die Erinnerung an das Geschäft, das ihm durch die Lappen gegangen war.

Ein halbwüchsiger Junge mit Bauchladen pries geröstete Mandelkerne an und wurde von dem Gastwirt fortgescheucht.

»Doch des einen Leid ist des anderen Freud«, sagte er nach einer Weile. »Hätte ich die Villa Pelzendorf gekauft, hätten Sie mit mir kein Geschäft machen können. Wenn ich ehrlich bin, ist mir die Tuchgasse als Standort für mein neues Unternehmen lieber als diese feine Gegend am Stadtpark. Ein Hotel-Restaurant mit Brauerei im Herzen Nürnbergs, darunter kann ich meinen Stempel setzen. Ihre Mutter denkt übrigens ganz genauso.«

»Meine Mutter?«, rief Evelyn verblüfft. Ihr schwante Übles. »Was hat sie mit Ihren Plänen zu tun?«

Brungässner holte tief Luft, dann grinste er triumphierend. »Ich denke, jetzt, nachdem wir uns einig geworden sind und die erste Rate ausbezahlt wurde, können wir die Katze aus dem Sack lassen. Ich habe Ihrer Mutter versprochen, ihr eine Arbeit zu geben.«

»Haben Sie das nicht längst? Es sind doch Ihre Bratwürstchen, die sie hier für Sie verkauft.«

»Nun ja, damit wollte ich prüfen, ob sie auch so geschäftstüchtig ist, wie sie behauptet. Ich brauche zuverlässige Leute, die mein neues Hotel leiten.« Evelyn hatte plötzlich das Gefühl, der Boden würde sich unter ihr auftun. Was um Himmels willen hatte das nun wieder zu bedeuten? Ihre Mutter sollte Brungässners Geschäftsführerin werden? In einem Haus, das jahrzehntelang Gersons Familie gehört hatte und das Evelyn aus finanziellen Nöten verkaufen musste. Ihr wurde übel, gleichzeitig hätte sie den Mann vor Wut anschreien können. In diesem Moment wünschte sie, sie wäre gleich nach Hause gegangen, wie sie es ursprünglich vorgehabt hatte.

Aber wo war dieses Zuhause?

In der Tuchgasse, wo Gertraud vermutlich bereits die Räume ausmaß, um die Umbauarbeiten für Brungässner vorzubereiten? Nein, von heute an hatte sie kein Zuhause mehr.

30.

Gertraud saß an ihrer alten Nähmaschine und bearbeitete leise schimpfend das Tretpedal, das die Apparatur antrieb. Sie war nie eine geübte Näherin gewesen, und Änderungsarbeiten jeglicher Art waren ihr ein Gräuel. Während ihrer Ehe hatte sich Hauspersonal darum gekümmert, ihre Garderobe in Ordnung zu halten, nun musste sie es selbst tun. Mit jeder Naht, die sie auftrennen musste, bildeten sich neue Schweißperlen auf ihrer Stirn, und sie verwünschte ihren schmalen Geldbeutel, der ihr verbot, eine tüchtige Schneiderin mit der unliebsamen Arbeit zu betrauen. Oder sich gleich neue Kleider zu kaufen. Kleider, die der zukünftigen Geschäftsführerin eines Nobelhotels würdig waren. Warum war sie so töricht gewesen, Joachim das ganze Geld zu geben, das sie von Brungässner bekommen hatte? Wäre es denn aufgefallen, wenn sie einen kleinen Teil für sich behalten hätte?

Mit einem tiefen Seufzer betrachtete sie die Bluse, deren ausgefransten Kragen sie zu erneuern versuchte. Nein, da war nichts mehr zu machen. Auf dem Sofa und über den Stuhllehnen hingen Kleider, Blusen und Röcke, die sie sich ebenfalls noch vornehmen musste. Alter Plunder, zu eng oder zu weit und völlig aus der Mode gekommen. Nichts, was eine Dame in einer verantwortungsvollen Position tragen sollte. Zu ihrem Leidwesen würde es aber noch eine ganze Weile dauern, bis sie mit ihrem ersten richtigen Gehalt rechnen durfte. Bis dahin würde sie wohl oder übel mit dem vorliebnehmen müssen, was sich in ihrem Kleiderschrank befand.

Als sie hörte, wie die Wohnungstür aufging, legte sie die Bluse zur Seite und nahm die Brille ab. Dass Evelyn sich nicht einmal die Zeit nahm, Hut und Mantel in der Garderobe abzulegen, war kein gutes Zeichen, sondern kündigte Ärger an.

»Wie konntest du mir nur so in den Rücken fallen?«, fuhr ihre Tochter sie an, kaum dass sie den Raum betreten hatte. Sie ging zu dem Kanapee, warf einige von Gertrauds Kleidungsstücken achtlos zu Boden und setzte sich. Evelyn sah erschöpft aus, doch ihre Stimme klang fest. »Hast du geglaubt, Brungässner würde dichthalten?«

Gertraud verspürte ein schlechtes Gewissen. Ihr hätte klar sein müssen, dass Evelyn hinter ihr Abkommen mit dem Gastwirt kommen würde, trotzdem fand sie es unverschämt, dass Brungässner ihr die Gelegenheit genommen hatte, zuerst mit Evelyn darüber zu reden. Allerdings waren Männer wie Fritz Brungässner unberechenbar und ließen sich ungern kritisieren. Doch zunächst galt es, Evelyn zu beruhigen.

»Es war vielleicht nicht die feine Art, dir nichts davon zu erzählen, aber ich hätte dir auch ohne Brungässners Angebot zugeraten, endlich reinen Tisch zu machen und das Haus zu verkaufen«, sagte sie mit zerknirschter Miene. »Ich will schließlich, dass du nach allem, was du durchgemacht hast, wieder glücklich wirst. Hier wird dir das nicht gelingen. In der Kaiserstraße, an Kilians Seite, schon. Sobald Sybille mit ihrem Mann aus Nürnberg weg ist, kannst du dich dort einrichten. Glaub mir, du wirst ein sorgloses Leben führen, so wie du es dir immer gewünscht hast. Ein Leben, das Gerson dir nicht hätte bieten können.«

Gertraud biss sich auf die Lippe, denn sie spürte, dass sie in ihrem Eifer zu weit gegangen war. Als Evelyn ihre Augen mit beiden Händen bedeckte, machte sie einen Schritt auf ihre Tochter zu, aber sie wagte es nicht, sich weiter zu nähern oder sie gar in den Arm zu nehmen.

»Sibylle wird mit ihrem Mann in Nürnberg wohnen«, erwiderte Evelyn. »Aber das ist nicht der Punkt. Ich will wissen, was du Brungässner versprochen hast. Er hätte dir doch niemals von sich aus eine so verantwortungsvolle Position angeboten.«

»Aber das hat er! Vergiss nicht, dass ich auf dem Christkindlesmarkt für ihn arbeite!«

Evelyns Kopfschütteln verriet ihr, dass sie diese Antwort nicht akzeptierte. »Nein, er wollte nur sehen, ob du dich bewährst. Wenn er zugestimmt hat, dir eine Position in seinem neuen Hotel zu geben, dann nur, weil du ihm versprochen hast, mich zur Unterschrift seines verflixten Vertrags zu bewegen. Ich nehme an, Onkel Joachim hat auch noch tüchtig nachgeholfen, um mir die Entscheidung leichter zu machen, nicht wahr? Nun wundern mich auch die zerschmetterte Schaufensterscheibe und die merkwürdigen Fehler in meiner Buchführung nicht mehr. Gib wenigstens zu, dass dies sein Werk war!«

Gertraud wand sich unter den anklagenden Worten ihrer Tochter, wobei sich ihre Kehle so heftig zuschnürte, dass sie kaum noch schlucken konnte. War es möglich, dass Joachim so weit gegangen war, das Geschäft herunterzuwirtschaften?

»Wo ist er?« Evelyn sah sich suchend um. »Wie ich annehmen darf, sind seine angeblichen Schulden bezahlt worden, oder etwa nicht? Warum ist er dann nicht hier?«

Gertraud brachte nur ein müdes Achselzucken zustande. »Es tut mir so leid«, flüsterte sie. »Ich war völlig blind.« Sie nahm das Schneidermaßband, das über ihren Schultern lag, und stopfte es in ihren Nähkorb. »Ich weiß, dass mein Verhalten nicht zu entschuldigen ist, aber ich hatte so furchtbare Angst. Vor der Armut und dem Spott derer, die immer noch in Saus und Braus leben. Dein Vater war ein guter Mensch und ein vorbildlicher Pfarrer, aber auch ein Träumer. Er hat mich mit fast nichts zurückgelassen. Als es im vergangenen Jahr zu der schrecklichen Inflation kam und das Geld nichts mehr wert war, konnte ich kaum noch schlafen vor lauter Sorgen. Dir stand zumindest eine Tür offen, nämlich die, Kilians Frau zu werden. Er war schon immer verschossen in dich, schon als junger Kerl. Aber was sollte aus mir werden? Sollte ich mich weiterhin von dir und später von deinem Ehemann durchfüttern lassen?« Sie reckte trotzig das Kinn. »Ich bin durchaus in der Lage, mich aus dem Sumpf zu ziehen. Ich brauche keine Almosen, sondern eine Aufgabe.«

»Darüber hättest du mit mir reden können«, erklärte Evelyn. Jetzt klang sie nicht mehr so wütend. »Ich hätte doch verstanden …«

»Verstanden?« Gertraud lachte auf. »Wer hat denn seit Gersons Tod wie in einer Blase gelebt? Wer hat sich immer wieder geweigert, Brungässners Angebot auch nur zur Kenntnis zu nehmen? Bis zuletzt hast du dich an das Haus und den Laden geklammert, als wärest du der Kapitän eines sinkenden Schiffes, der nicht von Bord gehen will. Oder als würdest du glauben, dass dein Mann doch noch zurückkommt. Und dann stößt du in einer fremden Manteltasche auf ein Briefkuvert und bildest dir zu allem Überfluss auch noch ein, Gersons Handschrift wiederzuerkennen.«

»Es ist seine Schrift, ich weiß es!«

»Seit du dich damit beschäftigst, bist du nicht mehr du selbst.« Gertraud ging auf ihre Tochter zu, packte sie an beiden Armen und zwang sie, ihrem Blick zu begegnen. »Du musst endlich zu dir kommen, Evelyn«, sagte sie. »Joachim glaubt, du könntest … im Kopf nicht ganz gesund sein.«

»Was?« Evelyn riss sich so ungestüm von Gertraud los, dass diese fast das Gleichgewicht verlor. »Mein Onkel, dem ich gerade erst mit meinem Geld aus der Patsche geholfen habe, hält mich für übergeschnappt? Will er mich etwa für unzurechnungsfähig erklären lassen?«

»Das würde ich niemals erlauben! Tu mir nur den einen Gefallen und hör auf, diesem Brief nachzujagen, bevor noch mehr Leute über dich reden. Geh auf den Christkindlesmarkt, bastle Rauschgoldengel und kümmere dich um Kilian, so wie ich es dir schon mehrfach geraten habe. Um den Rest kümmere ich mich.«

Evelyn nahm den Hut ab, dann fuhr sie sich mit der Hand durch das zerzauste Haar. Ihre Miene war noch ernster und verschlossener als zuvor. »Nach dem, was ich soeben gehört habe, wünsche ich nicht, dass Onkel Joachim sich hier noch einmal blicken lässt. Von mir aus kann er bleiben, wo der Pfeffer wächst. Ich möchte die letzten Tage, die mir noch hier in diesem Haus bleiben, nicht in seiner Gegenwart verbringen.«

Gertraud nickte zögerlich. Sie gestand es sich nur ungern ein, aber nach ihrem Besuch im Hotel war auch sie davon überzeugt, dass ihr Bruder jegliches Maß überschritten hatte. Sie fragte sich, ob ihm der Luxus, den er sich dort leistete, schon so schnell zu Kopf gestiegen war oder ob die Neigung, es sich auf Kosten anderer gutgehen zu lassen, schon immer in ihm geschwelt hatte. Gertraud fand keine Antwort, und diese Ratlosigkeit tat weh. »Ich werde es ihm sagen, wenn ich ihn sehe, und ihn auch gleich auffordern, mir den Schlüssel zu deinem Haus zurückzugeben. Soll er doch bei dieser Hilly unterkriechen, wenn ihm das Geld ausgeht!«

Evelyn, die gerade ihren Mantel zur Garderobe bringen wollte, blieb unvermittelt stehen, dann drehte sie sich langsam um und starrte Gertraud an. Ihre Augenlider flatterten dabei nervös. »Hast du eben Hilly gesagt? Seit wann kennt Onkel Joachim eine Frau, die so heißt?«

»Keine Ahnung, wie er an dieses Weibsbild geraten ist«, verteidigte sich Gertraud, wobei sie leicht den Mund verzog. »Ich hatte ihm geraten, eine Weile unterzutauchen. In einem Hotel. Als ich dort aufkreuzte, stand plötzlich diese Frau vor mir. Auf mich machte sie den Eindruck einer ... Du weißt schon!« Gertraud bückte sich, um eine zu Boden gefallene Näharbeit aufzuheben. Es war ihr unangenehm, dass sie sich vor Evelyn verplappert hatte, besonders da der Name der Frau ihrer Tochter etwas zu sagen schien. »Jedenfalls keine Person, mit der eine Dame etwas zu tun haben sollte, die im Begriff steht, in eine der vornehmsten Familien Nürnbergs einzuheiraten. Schlimm genug, dass mein armer, dummer Bruder ...«

»Ich muss diese Frau sofort finden!« Evelyn schlüpfte wieder in den Mantel und band sich den Schal um den Hals. »Sag mir bitte, in welchem Hotel sich Joachim versteckt!«

Gertraud bekam eine Gänsehaut, als sie die Augen ihrer Tochter aufblitzen sah. Es war ebendieser Gesichtsausdruck, der ihr nicht geheuer war, den sie in letzter Zeit aber so häufig an Evelyn beobachtet hatte. Abwehrend hob sie die Hand. »Nein, das verbiete ich! Du darfst dort nicht hingehen! Du setzt deinen Ruf aufs Spiel, wenn du dich mit so einem Flittchen triffst. Was willst du denn überhaupt von ihr? Ihr ins Gewissen reden, dass sie ihre Finger von Joachim lässt?«

Evelyn verdrehte die Augen, womit sie zu verstehen gab, dass die Beziehung zwischen dieser Hilly und ihrem Onkel das Letzte war, was sie interessierte.

»Heraus mit der Sprache!«, donnerte Gertraud. »Ich sage dir gar nichts, solange du dich in Schweigen hüllst.«

»Also gut, wenn du darauf bestehst ...« Mit wenigen Worten erklärte Evelyn, wo sie den Namen der Frau aufgeschnappt hatte und dass es in ihren Augen durchaus möglich war, dass sich dahinter die ehemalige Geliebte des Untermieters Frieba verbarg. »Wenn jemand mir Näheres über Gersons Brief sagen kann, dann vielleicht sie.«

Gertraud schnappte nach Luft. »Das ist nicht dein Ernst!«

»Überleg doch bitte mal! Wenn der Brief nicht bei Friebas

Sachen war, dann hat er ihn entweder versteckt oder dieser Hilly gegeben. Ich weiß, dass der Brief noch existiert, und ich werde nicht aufhören, nach ihm zu suchen, bis ich weiß, warum Gerson an Frau Pelzendorf geschrieben hat.

»Selbst wenn Gerson dieser Frau geschrieben hat, was geht es dich an? Er wird seine Gründe dafür gehabt haben. Gute Gründe! Hätte er gewollt, dass du den Brief zu sehen bekommst, hätte er sein Schreiben in die Tuchgasse geschickt. Zu diesem Zeitpunkt waren Joachim und ich doch schon längt bei dir eingezogen, erinnerst du dich nicht? Es war immer jemand hier, um Gersons Feldpostbriefe entgegenzunehmen.«

Gertraud hatte den Satz kaum zu Ende geführt, als Evelyn die Augen aufriss und ihre Mutter anstarrte, als stünde eine Fremde vor ihr. »Das ist es!«, murmelte sie, so leise, dass ihre Lippen sich kaum bewegten.

Gertraud hob die Augenbrauen. »Ich fürchte, ich kann nicht ganz folgen.«

»Das macht nichts, dafür weiß ich jetzt, warum Gerson den Brief in die Villa geschickt hat. Er wollte keinen Fehler machen – aber dann ist alles ganz anders gekommen.«

31.

Evelyn war so aus dem Häuschen, dass sie ihre Mutter stehenließ, aus der Wohnung rannte und mit klopfendem Herzen die Treppen zu den Ladenräumen hinuntereilte. Nein, wie hatte sie sich nur so täuschen können? Sie war so auf den Gedanken fixiert gewesen, Gerson könnte Anita Pelzendorf mit einem dunklen Punkt aus ihrer Vergangenheit konfrontiert haben, dass sie das Naheliegende übersehen hatte. In seinem Kämmerchen hinter dem Laden blickte Benjamin sie skeptisch an.

»Bist du sicher?« Seine Finger waren von Farbflecken übersät, was Evelyn verriet, dass er wieder an dem Porträt weitergemalt hatte. Allerdings verbarg das Leintuch über der Staffelei seine Arbeit vor neugierigen Blicken.

Evelyn war indes viel zu aufgeregt, um nach ihrem Porträt zu fragen. Stattdessen beantwortete sie die Frage des jungen Malers mit einem eifrigen Nicken. »Ich war so blind. Immer wieder habe ich mich gefragt, warum Gerson ausgerechnet an Anita geschrieben haben sollte. Was er ihr denn so Dringendes mitzuteilen hatte. Aber das war ein Irrtum von mir. Gerson hat den Brief nicht an Anita geschrieben. Das heißt, er hat ihn zwar an ihre Adresse geschickt, aber er war nicht für sie bestimmt. Gerson wusste, dass Anita blind war. Ihm war klar, dass sie jemanden brauchte, der ihr vorlas. Die Zeitung, Bücher, einfach alles. Auch die Post. Und wer kam regelmäßig zu ihr, um ihr vorzulesen? Wem vertraute sie sogar ihre Post an?« Sie tippte sich mit dem Zeigefinger gegen die Brust.

Benjamin nahm die Pinsel zur Hand, die er soeben noch benutzt hatte, und stellte sie in ein zur Hälfte gefülltes Wasserglas. Sein Gesichtsausdruck ließ erkennen, dass er wohl über Evelyns Mutmaßungen nachdachte, sie aber noch nicht für überzeugend hielt. »Nun, ich muss zugeben, dass du mich immer wieder aufs Neue überraschst. Du willst also sagen, der Brief war von Anfang an nur für deine Augen bestimmt. Anita Pelzendorf sollte ihn nur für dich aufheben.« Seine Mundwinkel zuckten irritiert. »Aber warum dieser Umweg über die Villa? Das verstehe ich nicht.«

Evelyn holte tief Luft, bevor sie weitersprach. »Meine Mutter hat mich drauf gebracht, als sie erwähnte, dass damals immer jemand im Haus war, der die Post entgegennahm. War ich unterwegs, konnte es sein, dass mein Onkel den Postboten abpasste. Er war gerade erst vom Militär entlassen worden und langweilte sich. Ich hatte schon damals den Verdacht, dass er Gersons Feldpostbriefe heimlich über Wasserdampf öffnete, sie zu seiner Unterhaltung las und dann wieder verschloss, bevor er sie mir übergab.«

»Dein Onkel scheint kein Freund des Postgeheimnisses zu sein! Ich nehme an, du hast deinem Mann von diesem Verdacht geschrieben.«

Evelyns Miene verdüsterte sich. »Das habe ich schweren Herzens. Ich bat Gerson, in künftigen Briefen auf … sagen wir … zu intime Mitteilungen zu verzichten. Mit der Zeit fanden wir einen Weg, mit Hilfe bestimmter Codewörter zu kommunizieren. Eine Art Geheimsprache, wenn du so willst. Aber wenn Gerson mir etwas wirklich Wichtiges hätte mitteilen wollen, wäre ihm unser kleines Spiel vielleicht zu unsicher gewesen.«

»Hat er denn jemals vorher einen Brief für dich an Anita Pelzendorfs Adresse geschickt?«

Evelyn schüttelte den Kopf. »Aber vielleicht ist etwas geschehen, das ihn dazu veranlasst hat, auf diese Möglichkeit auszuweichen. Er wollte mir eine Nachricht zukommen lassen, die ihm so wichtig erschien, dass er Angst hatte, Joachim oder meine Mutter könnten sie abfangen und lesen. Daher hat er sie in die Villa Pelzendorf geschickt.«

»Und was ist mit dieser Haushälterin? Sie hat doch sicher die Post in Empfang genommen, oder?«

»Normalerweise schon. Aber Hedda hat Frau Pelzendorf immer nur mitgeteilt, wer ihr geschrieben hat. Die Post an sich hat sie ihr aber nicht vorgelesen. Das war meine Aufgabe. Gerson muss fest darauf vertraut haben, dass Anita seinen Brief mir persönlich übergeben würde.«

»Tja, nur leider ist sein Plan nicht aufgegangen. Du hast niemals von dem Brief erfahren.«

»Nein, habe ich nicht«, sagte Evelyn. »Der arme Gerson hat alles getan, damit seine Nachricht nicht in die Finger meines krankhaft neugierigen Onkels gerät. Er konnte nicht ahnen, dass Anita inzwischen untervermietet hatte und ihr neuer Mieter noch viel durchtriebener war als Joachim.« Evelyn verschränkte die Arme vor der Brust und ging unruhig in dem kleinen Raum auf und ab. »Als Gersons Brief aus Frankreich eintraf, war die alte Hedda krank und konnte nicht in die Villa kommen. Sie selbst hat mir erzählt, dass Frieba damals anfing, sich in der Villa breitzumachen. Er ist ans Telefon gegangen und hat auch die Post in Empfang genommen. Ganz bestimmt auch Gersons Brief. Wie er auf die Idee gekommen ist, ihn zu öffnen, werden wir wohl nie erfahren. Aber das leere Kuvert beweist, dass er es getan hat. Und nicht nur das, er hat ihn zudem unterschlagen. Und dies wiederum verrät mir, dass er die Bedeutung des Inhalts sogleich erkannt hat.«

Benjamin ließ sich auf sein Klappbett sinken. Offensichtlich machte ihn Evelyns Umherlaufen nervös, denn er rieb sich mit einer hastigen Bewegung über die Augen. Plötzlich hob er den Blick und sagte: »Wenn der Inhalt des Briefes gar nichts mit Frau Pelzendorf zu tun hatte, kann Frieba sie auch kaum erpresst haben. Wie schade!«

»Schade?«

»Ja, denn deine Erpressungstheorie erschien mir irgendwie handfester. Immerhin duldete unsere gute Frau Pelzendorf diesen Ganoven unter ihrem Dach, obwohl er sie nur ausgenutzt hat. Eine gebildete ältere Dame tut so etwas doch nicht ohne Grund, oder?«

Ohne Grund? Ja, einen Grund hatte es sicher gegeben, bedauerlicherweise hatte die Lehrerin ihn wohl mit ins Grab genommen. Evelyn musste daran denken, was ihr alter Schuldirektor auf dem Friedhof über Frieba gesagt hatte. Dass er aus Prag nach Nürnberg gekommen war und wie eigenartig Frau Pelzendorf darauf reagiert hatte. Als sie Benjamin davon erzählte, machte der junge Mann ein skeptisches Gesicht. »Denk mal nach«, drängte ihn Evelyn. »Irgendetwas muss euch doch verbunden haben. Kann es nicht sein, dass der Mann dir in Prag einmal über den Weg gelaufen ist? Möglicherweise schon sehr früh, in deiner Kindheit?«

»Keine Ahnung, was Frau Pelzendorf von dem Kerl oder von mir gewollt haben könnte. Prag ist eine große Stadt.« Benjamin wich Evelyns Blick aus, stattdessen starrte er auf das verhüllte Gemälde auf der Staffelei. Einen Augenblick lang erschien er Evelyn so weit von ihr entfernt wie die Erde vom Mond. Dann wandte er sich ihr plötzlich wieder zu und schenkte ihr ein entwaffnendes Lächeln. »Entschuldige, aber die Tatsache, dass ich in Prag aufgewachsen bin, muss ja nicht zwangsläufig bedeuten, dass dort auch meine Wurzeln liegen. Tatsächlich weiß ich kaum etwas über meine Herkunft.« Er lachte auf, doch es klang nicht heiter. »Nicht mal meinen wirklichen Namen kenne ich.«

»Aber …«

»Benjamin haben mich die Ordensleute nur genannt, weil ich der jüngste und auch der letzte Zögling war, der im Waisenhaus der Prager Neustadt aufgenommen wurde. Kurz darauf musste es geschlossen werden, weil das Gebäude baufällig war. Uns Kinder hat man dann auf verschiedene Häuser verteilt. Für einige der Kleinen war die Trennung von ihren Kameraden schmerzhaft, aber wie du dir denken kannst, wurde auf so etwas keine Rücksicht genommen. Das Leben sei kein Zuckerschlecken, hat man uns immer wieder vorgehalten. Den Nachnamen Schultz bekam ich übrigens vom Direktor des Kinderheims verpasst, in dem ich schließlich im Alter von drei Jahren landete. Soweit ich mich erinnere, was das der Mädchenname seiner Frau.« Er fuhr sich durchs Haar, als könnte er damit auch gleich unbequeme Erinnerungen abschütteln. »Du weißt, wie gern ich wissen würde, warum die Pelzendorf mich nach Nürnberg eingeladen hat, aber ich glaube nicht, dass diese Laune einer exzentrischen Dame etwas mit dem Brief deines Mannes zu tun hat.«

Obwohl Evelyn den Verdacht nicht loswurde, dass Benjamin dem Thema bewusst auswich, hatte er damit vermutlich recht. Wenn Gersons Nachricht nicht für Anita bestimmt gewesen war, hatte Frieba auch keinen Grund gehabt, sie zu erpressen. Aber wenn er nicht Anita um Geld erleichtert hatte, wen dann? Evelyn hatte er den Brief nicht zum Kauf angeboten, woraus sie folgerte, dass darin nichts stand, was sie oder Gerson hätte kompromittieren können.

Alles drehte sich um die Frage, was Gerson ihr hatte mitteilen wollen. Es musste etwas Delikates gewesen sein.

»Etwas Politisches?«, schlug Benjamin vor. »Informationen, die den Verlauf des Krieges noch zu Gunsten des Deutschen Reiches hätten verändern können? Wer weiß, vielleicht säße der alte Kaiser Wilhelm noch heute auf seinem Thron, wenn Frieba den Brief nicht unterschlagen hätte.«

»Mein Mann war nur ein einfacher Soldat, kein General oder militärischer Geheimnisträger.«

»Dann war er womöglich in seinem Regiment einem Spion auf die Spur gekommen. Oder noch schlimmer: einem Saboteur.« Benjamin gefiel die Vorstellung so sehr, dass er sich sogleich eine Geschichte einfallen ließ, die jedem Groschenroman Ehre gemacht hätte.

»Deine Fantasie in allen Ehren, aber meinst du nicht auch, dass Gerson zu seinen Vorgesetzten gegangen wäre, wenn er einen Saboteur oder Spion beobachtet hätte?«, fragte Evelyn mit einem Seufzer. »Sicher hätte er seine Entdeckungen nicht in einem Brief an mich niedergeschrieben.«

»Und wenn seine Vorgesetzten in der Sache mit drinsteckten? Vielleicht reichte das Komplott, von dem er Wind bekam, bis in die höchsten Stellen der Heeresleitung hinein. Das sind doch mächtige Männer, die mehr als nur ihren guten Ruf zu verlieren haben. Ein gefundenes Fressen für einen schmierigen Erpresser wie den Herrn Bahnschalterbeamten Frieba.«

Allmählich tat Evelyn der Kopf weh, doch sie musste zugeben, dass Benjamins Überlegungen, so absurd sie auch klingen mochten, am Ende vielleicht doch nicht so abwegig waren. Fest stand, dass Gerson an der Front in Frankreich etwas gehört haben musste, was ihn so stutzig gemacht hatte, dass er beschlossen hatte, sein Wissen heimlich zu Papier zu bringen und nach Nürnberg zu schicken. Ein Fall von Spionage innerhalb der eigenen Reihen? Sabotage? Eine Unterhaltung, deren Zeuge er zufällig geworden war? Was auch immer Gerson aufgeschnappt haben mochte – Frieba hatte daraus Kapital geschlagen.

Und nun war er tot.

Evelyn spürte plötzlich, wie Benjamins Hand sich auf die

ihre legte. Seine Finger fühlten sich eiskalt an, dennoch schüttelte Evelyn sie nicht ab. »Vielleicht sollten wir es damit bewenden lassen«, flüsterte er ihr zu. »Dein Mann wollte dir anvertrauen, was er in Erfahrung gebracht hatte. Aber eins hat er gewiss nicht gewollt: dass du dich in Gefahr begibst. Sollte mehr als eine bloße Vermutung dahinterstecken, haben wir es hier mit ebenso mächtigen wie skrupellosen Personen zu tun, die vor nichts zurückschrecken, um ihre Kriegsgeheimnisse zu bewahren. Glaub mir, Männer wie die sind auch nach der Niederlage des Kaiserreichs und der Ausrufung der Republik wieder auf die Füße gefallen. Vielleicht sitzen sie heute im Reichstag und machen Gesetze, oder sie sind in den diplomatischen Dienst eingetreten. Mit anderen Worten, sie haben das, was uns fehlt: Geld und Einfluss. Sollte Frieba etwas Kompromittierendes gegen einen dieser Männer in der Hand gehabt haben, so konnte er sich jedenfalls nur kurz daran erfreuen.«

»Immerhin fast sechs Jahre«, korrigierte ihn Evelyn. »Solange hat er wie die Made im Speck gelebt.«

»Ja, aber mit dem Speck ist es nun vorbei. Vielleicht sind diejenigen, die ihn für sein Schweigen bezahlt haben, ihm erst spät auf die Schliche gekommen. Oder sie haben gewartet, bis sich eine günstige Gelegenheit bot, ihm den Garaus zu machen und sich den belastenden Brief zu holen.«

Evelyn presste die Lippen aufeinander. Die Wendung, die diese Angelegenheit zu nehmen drohte, behagte ihr nicht. Tatsächlich wäre es einfacher gewesen, zu ihrer ursprünglichen Vermutung zurückzukehren, nach der Anita Pelzendorf das Opfer einer Erpressung gewesen war. Einfacher und ungefährlicher. An Benjamins Augen konnte sie ablesen, was er nun von ihr erwartete: dass sie ihm beipflichtete und die Angelegenheit nicht weiterverfolgte. Wäre Gerson hier gewesen …

Ihr Mund wurde trocken, als sie sich das Bild ihres verstorbenen Mannes ins Gedächtnis rief. Seit Kurzem verlor es immer mehr an Schärfe, es fiel ihr manchmal sogar schwer, sich an seine Gesichtszüge zu erinnern, an das Grübchen im Kinn, das gewellte Haar und die tiefe Stimme, die stets so beruhigend in ihren Ohren geklungen hatte. Hätte sie die Fotografien in ihrem Schlafzimmer nicht gehabt, hätte sich die Erinnerung vermutlich längst in Rauch und Nebel verwandelt. Davor hatte sie Angst, vielleicht mehr als vor allem anderen.

»Was hast du, Evelyn?« Benjamins Stimme klang so anders als Gersons, viel melodischer. Wenn er sprach, klang es fast wie Gesang. Aber in ihr schwang auch Sorge um Evelyn mit und … etwas, was sie nicht recht deuten konnte, was ihr Herz aber wie wild klopfen ließ.

»Ich habe über die Männer nachgedacht, von denen du gesprochen hast«, sagte sie leise. »Die Leute, die so mächtig sind, dass man sich vor ihnen lieber in Acht nehmen sollte …«

Evelyns Verstand riet ihr, sich nicht neben Benjamin auf die Pritsche zu setzen, aber in diesem Moment wollte sie nicht auf die Vernunft hören. Sie spürte Benjamins Wärme und roch das scharfe Lösungsmittel, das seinem Malerkittel anhaftete. Als seine Hand sanft über ihre Wange und dann über die Lippen strich, jagte ein Schauer in ihr den nächsten. Sie dachte an den Abend in Kilians Salon zurück, wo dieser sie geküsst hatte. Damals hatten sie Sehnsucht und der Wunsch nach Geborgenheit und Trost willig in seine Arme sinken lassen. Auch Benjamins Nähe löste Gefühle in ihr aus, doch diese waren ganz anders als jene von neulich. Sie spürte ein Verlangen, das nicht nach Halt oder Sicherheit fragte, sondern der Lust den Vorrang gab. Eine Leidenschaft, die keine Fesseln kannte und sich weder im Gestern vergrub noch nach dem Morgen fragte.

»Mach dir keine Sorgen«, flüsterte Benjamin ihr ins Ohr. Sie empfand seine Stimme ebenso angenehm wie die Wärme, die von seinem Körper ausging. Erwartungsvoll hielt sie den Atem an und dachte dabei, dass seine Sanftheit ihre Sorgen auf eine Weise vertrieb, wie Kilian dies niemals hätte tun können. Schon im nächsten Moment schmeckte sie etwas Süßes, das sie an die köstlichen Zimtäpfel auf dem Christkindlesmarkt erinnerte. Benjamins Lippen waren weich wie Watte, seine Berührungen so zärtlich, dass sie darüber fast das Atmen vergaß. Sie rückte näher an ihn heran, und nun erwiderte sie seinen Kuss. Sie tat das hungrig und ohne auch nur einen Gedanken daran zu verschwenden, dass nur ein Vorhang sie und Benjamin von dem Ladenraum trennte, in den jeden Moment ihre Mutter hineinstolpern konnte. Als sie ihren Kopf an Benjamins Brust schmiegte, hörte sie sein Herz pochen, es schlug kaum weniger heftig als ihres. Mit seinem nächsten Kuss drang er noch tiefer in ihre Gefühlswelt ein und beschwor die Frage herauf, was sie für diesen Fremden empfand, der zum denkbar ungünstigsten Zeitpunkt in ihr Leben getreten war. Der sie in Ölfarbe verewigte, während er ihr gleichzeitig mehr Rätsel aufgab, als sie jemals zu lösen imstande war.

Doch bestand das ganze Leben nicht ohnehin aus Rätseln, und war nicht gerade der Umstand aufregend, dass diese niemals vollständig zu ergründen waren? Gehörte es nicht auch dazu, sich einfach einmal auf das Unbekannte einzulassen?

Als Evelyn die Augen öffnete, kam es ihr vor, als erwachte sie aus einem tiefen Traum. Sie fühlte sich benommen, ja fast berauscht wie nach einer durchzechten Nacht und war sich plötzlich nicht mehr sicher, ob sie den Gefühlen, denen sie sich einige zugegeben zauberhafte Augenblicke lang ausgeliefert hatte, auch wirklich trauen durfte. Die Sprungfedern des Klappbetts quietschten beinahe hämisch auf, als sie sich auf die Beine kämpfte und ihren zerknitterten Rock glattstrich. Auf einmal genierte sie sich. Die Kälte und der scharfe Farbgeruch in der Kammer holten sie ohne Gnade in die Wirklichkeit zurück.

Benjamin stand ebenfalls auf, wobei er sie anlächelte. »Habe ich dich mit meinem kaiserlich-königlichen Charme überrumpelt? Wenn ja, dann tut es mir leid. Aber es tut mir nicht leid, was ich für dich empfinde.«

»Ich … bin so gut wie verlobt«, brachte Evelyn stockend heraus. »Man erwartet von mir, dass ich Kilian zu Weihnachten ein Eheversprechen gebe.«

»So, das erwartet man also von dir?«

Evelyn überlegte, wie sie Benjamin klarmachen konnte, was es für ihre Zukunft bedeutete, in eine so wohlhabende und allseits geachtete Familie einzuheiraten. Besonders jetzt, da sie drauf und dran war, ihr Haus an Fritz Brungässner zu verkaufen, blieb ihr doch gar keine andere Wahl, als vernünftig zu sein. Außerdem mochte sie Kilian. Er gehörte zu Gersons ältesten Freunden und hatte sie nie enttäuscht. Im Gegenteil, sie hatte sich immer auf seinen Rat verlassen können. Kilian und Sibylle hatten ihr über die schweren Jahre nach Gersons Tod hinweggeholfen. Ohne sie hätte Evelyn sich in ihrem Zimmer verkrochen, ja, wäre vielleicht nicht einmal mehr morgens aufgestanden, um die Drogerie aufzuschließen. Kilian war ein hervorragender Arzt, dem nun möglicherweise auch noch eine vielversprechende Laufbahn in der medizinischen Forschung winkte. Wenn er sie ließ, würde sie ihn dabei unterstützen, ihm den Rücken frei halten. Alles in allem nicht das schlechteste Leben.

Und trotzdem hatte Evelyn soeben einen anderen Mann geküsst. Sie bereute es nicht, wusste aber doch nicht, ob sie sich richtig verhalten hatte. »Hör bitte zu«, sagte sie schließlich. »Vielleicht sollten wir vergessen, was eben geschehen ist. Ich war … mit den Nerven am Ende und fühlte mich so müde und überfordert. Womit ich nicht behaupten will, dass du die Situation ausgenutzt hast. Es sind … die Umstände.«

»Also liebst du diesen Kilian?«

Warum um alles in der Welt musste er ihr eine solche Frage stellen? Wer gab ihm überhaupt das Recht dazu? Und eigentlich war er es gewesen, der sie geküsst hatte. Sie war nur zu verwirrt gewesen, um sich gegen die Zudringlichkeit zu wehren. Ja, wenn sie Kilian das so erklärte, würde er ein wenig pikiert dreinschauen, die Sache aber sogleich zu den Akten legen. »Das sind meine Angelegenheiten, nicht deine.« Evelyn öffnete den Vorhang und spähte vorsichtig hinaus in den Ladenraum. Dort war es dunkel, und zu ihrer Erleichterung stand auch keine Gertraud vor der Tür, die sich die Ohren plattdrückte.

»Wie gnädige Frau wünschen«, sagte Benjamin achselzuckend. »Es ist in der Tat dein Leben, und ich kann nur hoffen, dass du es nicht durch weitere Dummheiten aufs Spiel setzt. Vor allem, wenn ich nicht mehr da bin, um dir meinen starken Arm zu leihen.«

»Du meinst, wie neulich, als es mir in der Bahnhofskneipe fast an den Kragen ging, weil es dem Herrn mit dem starken Arm nicht gelang, an Beitz' Radaubrüdern vorbeizukommen?« Das war ungerecht, Evelyn wusste das, aber vielleicht war es leichter für Benjamin, sie zu vergessen, wenn sie die Kratzbürstige spielte und künftig etwas barscher mit ihm umsprang.

Zu ihrer Überraschung schien Benjamin nicht beleidigt, sondern quittierte ihre Bemerkung mit einem Grinsen. Dann aber wurde er schlagartig ernst. »Du wirst dich also in Zukunft auf den Christkindlesmarkt und deine … Verlobung konzentrieren und das andere sein lassen?«

Evelyn schluckte. »Das hatte ich eigentlich vor. Ich schwöre es, genau das war meine Absicht. Aber dann …«

»Aber dann was? Den Glanz in deinen hübschen Augen

würde ich zwar gern auf meine Leinwand bannen, aber er verrät mir, dass du schon wieder etwas ausheckst.«

»Ich hecke ganz gewiss nichts aus, aber bevor du mich … also, da ging mir ein Gedanke durch den Kopf, der mich ein wenig aufgewühlt hat.« Verlegen strich sie sich eine widerspenstige Haarsträhne hinter das Ohr. »Nun schau mich bitte nicht an wie ein Hund, dem man den Knochen gestohlen hat. Du bist im Grunde schuld an diesem Gedanken. Du hast mich ganz nervös gemacht mit deinem Gerede von den Spionen oder Verrätern, denen Gerson zufällig auf die Spur gekommen sein könnte.«

»Ja und?«

Evelyn wand sich unter Benjamins durchdringendem Blick. Wie sollte sie ihm erklären, was seine Worte in ihr ausgelöst hatten? Gewiss, es war nur so eine Ahnung, die in ihr Form annahm, doch sie spürte, dass sie es sich selbst ein Leben lang vorhalten würde, wenn sie dem nicht auf den Grund ging.

»Ich muss es wissen«, sagte sie mit fast tonloser Stimme, den Blick starr auf ihre Schuhspitzen gerichtet. »Ich muss einfach wissen, ob Gerson wirklich im Kampf gefallen ist, wie man es mir mitgeteilt hat, oder ob er von den Leuten umgebracht wurde, denen er auf die Spur gekommen ist. Wenn dem so ist, werde ich sie nicht davonkommen lassen, egal wie einflussreich sie sind. Und zu diesem Zweck …« Sie holte tief Luft. »… brauche ich Gersons Brief. Ich kann jetzt nicht aufhören, danach zu suchen.«

32.

Evelyns schlechtes Gewissen verfolgte sie bis auf den Christkindlesmarkt, den sie tags darauf besuchte, um am Stand des Frauenvereins ihren Dienst anzutreten. Sie fühlte sich schrecklich, weil sie Benjamin so vor den Kopf gestoßen hatte. Und dies auch noch in einem Moment, der zu einem ganz besonderen hätte werden können. Aber sie hatte ihn schroff zurückgewiesen und dann auch noch seine gut gemeinte Warnung in den Wind geschlagen. Wenn er nichts mehr von ihr wissen wollte, konnte sie das gut verstehen. Gestern noch hatte sie geglaubt, dass es für sie beide besser wäre, getrennte Wege zu gehen, doch nun war sie sich nicht mehr so sicher, ob sie das wirklich wollte. Warum fiel es ihr so schwer, auf ihr Herz zu hören? Weil sie dies schon einmal getan hatte, indem sie sich mit Gerson für die Liebe entschieden und nach seinem Tod mit gebrochenem Herzen hatte weiterleben müssen?

Um nicht länger über Benjamin und ihre Zukunft nachgrübeln zu müssen, konzentrierte sie sich auf ihre Aufgaben am Stand. Da gab es wahrhaftig genug zu tun: Der alte Spielzeugmacher Matthäus hatte aus den Wohlfahrtswerkstätten eine große Lieferung neuer Ware mitgebracht. Unter dem Weihnachtsschmuck befanden sich nicht nur Rauschgoldengel in unterschiedlichen Farben, Formen und Größen, sondern auch Schnitzarbeiten und handbemalte Zinnsoldaten. Auch die weichen Puppen mit großen Knopfaugen, die die Arbeiterinnen in den Werkstätten aus Stoffresten genäht hatten, konnten sich durchaus sehen lassen. Sie selbst, schalt sich Evelyn, hatte wegen ihrer eigenen Probleme schon viel zu lange nichts mehr entworfen. Beim Anblick der hübschen kleinen Kunstwerke fühlte sie sich für die Feiertage inspiriert, sich an die Arbeit zu machen und das Angebot am Stand des Hilfsvereins durch die Anfertigung einer Vielzahl von Engeln und Figuren zu erweitern. Die nächsten Stunden schnitt und faltete sie Messingblech, und erst als die Turmuhr von St. Sebald die Mittagsstunde einläutete, gönnte sie sich eine Pause. Wieder dachte sie an Benjamin und wie verstört er dreingeschaut hatte, als sie ihn von ihrem Entschluss in Kenntnis gesetzt hatte, trotz aller Bedenken weitere Nachforschungen anzustellen. Es überraschte sie nicht, dass er sie stur und widerspenstig genannt und prophezeit hatte, man würde sie noch vor dem Jahreswechsel tot aus der Pegnitz fischen. Dann war er wütend aus dem Haus gestiefelt. Ob er zurückkehrte, stand in den Sternen. Obwohl Evelyn nicht damit rechnete, dass Benjamin sich auf dem Weihnachtsmarkt blicken ließ, kam sie nicht umhin, in regelmäßigen Abständen die Menge nach seiner hochgewachsenen Gestalt abzusuchen. Ein Hauch von Wehmut überkam sie, als ihr Blick auf die Menschen fiel, die sich in kleinen Grüppchen um hölzerne Stehtische oder umgedrehte Bierfässer scharten, aufgrund der Kälte eng aneinandergeschmiegt, dabei aber fröhlich schwatzend und sich die Hände an tönernen Bechern mit dampfendem Glühpunsch wärmend. Es war beneidenswert, wie sorglos sie wirkten im Schein der Kerzen und umgeben vom Duft von Zimt, Anis und anderen Gewürzen. Als gäbe es nichts auf der Welt, was den Ausdruck seligen Glücks auf ihren Gesichtern trüben könnte. Ihre Gespräche wurden von Gelächter begleitet und handelten offenkundig nicht von verschwundenen Briefen, sondern höchstens von Grußkarten an liebe Verwandte, die noch rechtzeitig vor dem Fest geschrieben werden wollten. Der Mord am Weinmarkt war kein Thema mehr, der war Angelegenheit der Polizei und würde gewiss bald aufgeklärt werden. Der Christkindlesmarkt stand unter dem Schutz der Rauschgoldengel, die inzwischen die Dächer und Fenster zahlreicher Buden schmückten, und war kein Ort für düstere, bedrückende Gedanken. Evelyn zuckte zusammen, als eine Frau ganz in ihrer Nähe laut auflachte. Sie war schon älter, vermutlich eine Großmutter, die ihre beachtliche Schar von Enkelkindern wie eine Gänseherde über den Weihnachtsmarkt trieb. Dabei verkündete sie den Jungen und Mädchen lautstark ihre Pläne für das Weihnachtsessen: Apfelküchlein und Zwetschgenklöße, eine süße fränkische Spezialität, die aus Kartoffeln, Mehl und Grieß geknetet wurden. Dafür erntete sie stürmischen Beifall. Die Jungen zogen ihre Mützen und warfen sie jubelnd vor Freude in die Luft, bevor sie unter dem nachsichtigen Blick der älteren Frau auf den Stand der Lebkuchenfrau zustürmten.

»Mir scheint, Sie könnten ein wenig Abwechslung vertragen«, holte eine freundliche Stimme Evelyn aus ihren Gedanken. Esther Bing war unbemerkt am Stand aufgetaucht und bedachte sie mit einem Lächeln. Wie gewöhnlich war die Ehefrau des Fabrikanten geschmackvoll, aber ohne Extravaganz gekleidet. Mit ihrem grauen Lodenmantel und der schwarzen Strickmütze bewegte sie sich unauffällig durch das Gewühl der Menge, nahezu unsichtbar, und doch jederzeit mit wachsamem Blick. Evelyn bemerkte, dass Esthers Bemühen, bloß nicht die Blicke anderer auf sich zu ziehen, seit ihrer letzten Begegnung zugenommen hatte. Die beiden Frauen plauderten noch ein wenig und vertrieben sich die Zeit, bis Evelyns Ablösung eintraf. Dann verließen sie den Stand. Evelyn folgte ihrer Bekannten, die mit sonderbar abwesender Miene über die Brücke ging, als könnte sie es kaum erwarten, dem fröhlichen weihnachtlichen Treiben zu entkommen. An einer Straßenecke blieb sie stehen, um einem Straßenmusikanten eine Münze in den Hut zu werfen. Als sie ihre Handtasche schloss, berührte Evelyn sie behutsam am Arm, denn es war nicht zu übersehen, dass der sonst so heiteren Frau etwas auf dem Herzen lag. »Ist etwas nicht in Ordnung?«, erkundigte sie sich.

Esther Bings Augen wurden schmal. »Mein Mann steckt in Schwierigkeiten, allerdings hat er sich die Suppe selbst eingebrockt. Kennen Sie den Stand mit den aufgemalten Märchenszenen? Rotkäppchen, Rumpelstilzchen und so weiter?«

»Die verkaufen Blechspielzeug, wenn ich mich nicht irre.«

»Modellflugzeuge, kleine Automobile und Eisenbahnzubehör, aber auch Puppen, die mein Mann in einem seiner Tochterbetriebe herstellt. Dummerweise hat er sich den Floh ins Ohr setzen lassen, die Kreationen der Puppenmacherin Käthe Kruse zu imitieren und sogar mit dem Namen Kruse dafür zu werben. Ein unverzeihlicher Fehler in der Branche. Ich weiß nicht, wie mein Mann das genehmigen konnte. Er ist so … zerstreut und unausgeglichen in letzter Zeit.«

Evelyn stieß einen kurzen Pfiff aus, denn sie verstand, worauf Esther hinauswollte. Obwohl sie selbst keinen Konzern, sondern nur ein kleines Geschäft geführt hatte, konnte sie sich vorstellen, dass ein solches Vorgehen auf heftigsten Widerstand stoßen musste.

»Käthe Kruse ist verständlicherweise wütend«, fuhr Esther fort. »Sie hat vor dem Reichsgericht in Leipzig Klage auf Unterlassung eingereicht. Das ist ihr gutes Recht. Vermutlich würde ich an ihrer Stelle nicht anders handeln. Aber nun rede ich mir seit Tagen schon den Mund fusselig, um meinen Mann dazu zu bewegen, einen Vergleich mit Frau Kruse anzustreben. Die Puppen müssen vom Markt genommen werden, und das stante pede.

»Aber er weigert sich?«

»Wohl eher seine Anwälte. Die wittern Morgenluft, sind der

Meinung, dass Käthe Kruse sich am Bing-Konzern die Zähne ausbeißen wird. Dabei vergessen sie jedoch die Presse, insbesondere die völkischen und antisemitischen Blätter, die seit der Ermordung des Reichsaußenministers Rathenau im vorletzten Jahr wie Pilze aus dem Boden schießen. Diesen Zeitungen, allen voran dem Blatt unseres Stadtrats Streicher, wäre es eine Genugtuung, den Prozess zu einer Art Kampf David gegen Goliath aufzublasen. Auf der einen Seite die mächtigen Bing-Werke und auf der anderen Seite die beliebte Puppenmacherin, deren Spielzeuge Kinderherzen höherschlagen lassen.« Sie zog ein in Kölnisch Wasser getränktes Tüchlein aus ihrer Handtasche und tupfte sich damit über die geröteten Wangen. »Ich fürchte mich gar nicht vor dem Prozess. Was mir Angst macht, ist, was geschehen könnte, wenn in Nürnberg die Stimmung kippt und es zu Krawallen und Streiks kommt. Mein Mann will davon nichts hören, er setzt ganz darauf, dass die Republik stark genug ist, um uns zu schützen. Aber was, wenn im neuen Jahr das Verbot gegen diese neue Partei aufgehoben wird und ihre Anhänger anfangen, ganz offen gegen uns zu vorzugehen?« Esther seufzte, hob dann aber die Mundwinkel. »Verzeihen Sie, ich hatte nicht vor, Sie mit meinen Sorgen zu belasten. Eigentlich wollte ich Sie zu einem Einkaufsbummel durch die Karolinenstraße einladen. Ach, bitte sagen Sie doch Ja. So ein Abstecher würde uns beiden guttun. Und wie ich Sie kenne, haben Sie noch immer nichts Passendes für die Verlobungsfeier unserer Freundin Sibylle, nicht wahr?«

Evelyns Widerstand schwand angesichts des bittenden Gesichtsausdrucks ihrer Freundin, und so willigte sie ein, mit Esther Bing durch die geschäftige Altstadt zu schlendern und sich die Nase an den festlich geschmückten Schaufensterscheiben plattzudrücken. Nicht dass sie vorhatte, etwas zu kaufen, dazu waren die Schuhläden, Hut- und Damenbekleidungsgeschäfte, die die Fabrikantengattin ansteuerte, viel zu exquisit. Doch sie musste zugeben, dass es Spaß machte, einmal so zu tun, als würde Geld keine Rolle spielen. Auch ließen sie das Stöbern und Staunen, das Begutachten und Anprobieren ihre eigenen Probleme für eine Weile vergessen. Esther Bing schien in allen Modehäusern bekannt zu sein, denn sie wurde mit betonter Höflichkeit bedient. Evelyn wunderte sich darüber, denn die Garderobe der anderen Frau sah in ihrer Schlichtheit nicht so aus, als würde sie je auch nur einen Fuß in eine der teuren Boutiquen setzen. Kaufte sie dort etwa lediglich von Zeit zu Zeit ein, um ihrem Mann einen Gefallen zu tun, aber ohne die erworbenen Sachen jemals zu tragen? Zuzutrauen war ihr das. Evelyn hielt es sogar für möglich, dass Esther die eleganten Seidenkleider und die ausgefallenen Hüte, die sie sich von angestellten Mannequins vorführen ließ, kaufte, um sie später zu verschenken. Diese Vermutung sah sie bestätigt, als Esther ihr ein traumhaftes Abendkleid aus nachtblauer Seide zeigte und schwor, Evelyn würde darin bei der Verlobungsfeier in der Kaiserstraße alle anderen Frauen in den Schatten stellen. Tatsächlich fielen Evelyn beim Anblick des Kleides fast die Augen aus dem Kopf. Noch nie hatte sie einen Stoff berührt, der sich so weich und samten anfühlte wie eine Pfirsichhaut. Als sie in das Kleid hineinschlüpfte war ihr, als strichen hundert Hände gleichzeitig über ihren Körper. Ein unbeschreibliches Gefühl, nicht einmal in ihrem Hochzeitskleid hatte sie sich wohler gefühlt. Während sie sich im Spiegel von allen Seiten bewunderte, wünschte sie sich plötzlich Benjamin herbei. Was er wohl sagen würde, wenn er sie so sähe? Aber Benjamin würde sie niemals in einem solchen Kleid sehen, geschweige denn mit ihr an Orte gehen, wo man so etwas trug. Sie war sich nicht einmal sicher, ob er noch da war, wenn sie nach Hause zurückkehrte. Ein bitterer Geschmack legte sich auf ihre Zunge.

»Nun, was sagen Sie?« Esther lief um sie herum und zupfte mit spitzen Fingern an ihr herum. »Ist das nicht ein Traum?«

»Es ist wunderschön, aber ich kann es mir nicht leisten.« Evelyn drehte sich zu der Verkäuferin, einer jungen Frau mit Bubikopf, um. »Vielleicht haben Sie auch etwas Günstigeres …«

»Nichts da!«, fiel Esther Bing ihr energisch ins Wort. »Dieses Kleid ist wie geschaffen für Sie, aber wenn Sie es nicht nehmen, dann kaufe ich es eben.«

Die Verkäuferin bot an, eine Änderungsschneiderin zu rufen. Ihrem Ton nach behagte ihr die Vorstellung gar nicht, die mollige und nicht eben hochgewachsene Esther Bing in ihrem teuersten Modellkleid zu sehen. Aber Esther lehnte ab. Sie wollte das Kleid so mitnehmen, wie es war.

Kurz darauf verließen die beiden mit einem sorgfältig verschnürten Paket das Modehaus. Bei Aschaffenburger & Söhne fand Esther Bing ein Verlobungsgeschenk für Sibylle: einen Brieföffner aus Silber, in dessen Perlmuttgriff eine sich leicht öffnende Rosenknospe graviert war. Evelyn fand das Geschenk hübsch und die Geste mehr als großzügig, wenn man bedachte, dass die Frau des Spielzeugfabrikanten nicht einmal eingeladen war. Dieser Umstand schien Esther aber nicht zu bedrücken. Im Gegenteil, mit jedem Laden, den sie durchstöberte, besserte sich ihre Laune ein wenig mehr. Als sie Stunden später endlich genug gesehen hatte, waren sie und Evelyn beladen wie zwei Packesel. Esther schlug vor, den Tag in einem Kaffeehaus zu beschließen und sich ein Stück Christstollen schmecken zu lassen. »Irgendetwas Gemütliches, wo wir die Schuhe unter dem Tisch abstreifen können«, erklärte sie mit einem Augenzwinkern. Evelyn, der die Füße ebenfalls wehtaten, willigte nur zu gern ein. Sie sah sich suchend um, als ihr ganz plötzlich eine Idee kam. »Waren Sie schon einmal zum Tee im ›Deutschen Kaiser‹?«, fragte sie mit Unschuldsmiene. »Mir hat jemand erzählt, der Kuchen sei dort besonders gut.«

Esther sah nicht so aus, als könnte sie dies bestätigen. »Das Hotel meinen Sie? Dort pflegen Geschäftspartner meines Mannes zu logieren, wenn sie in Nürnberg sind, aber die Herren haben nie erwähnt, dass der Kuchen ihnen besonders geschmeckt hat.« Sie dachte einen Moment lang nach, dann zuckte sie die Achseln. »Ich fürchte zwar, dass wir für eine Teestunde im ›Deutschen Kaiser‹ nicht ganz passend gekleidet sind, aber wenn Sie unbedingt den Kuchen dort probieren wollen, habe ich keine Einwände.« Mit einem spitzbübischen Lächeln wies sie auf das Paket aus dem Modehaus. »Unter einer Bedingung: Sie tragen das nachtblaue Kleid zu Fräulein Falkners Verlobungsfeier und sorgen damit für Furore. Geliehen oder geschenkt, das ist mir egal. Hauptsache, Sie schlüpfen hinein und fühlen sich an dem Abend wie eine Königin darin.«

»Hat Ihnen schon mal jemand gesagt, dass Sie das Zeug zu einer Erpresserin haben?«

Esther Bing grinste.

Die Hotelhalle sah genauso vornehm aus, wie Evelyns Mutter sie beschrieben hatte, nur den Weihnachtsbaum, dessen goldener Stern fast die mit Stuckaturen verzierte Decke berührte, hatte sie vergessen zu erwähnen. Er stand wie ein Leuchtturm inmitten des Eingangsbereichs und war mit reichlich glitzerndem Engelshaar, roten Kugeln in Form von Äpfeln und Zuckerhüten geschmückt. Als es dunkelte, entzündeten Hotelbedienstete die goldgelben Wachskerzen mittels langer Zündspäne, und innerhalb weniger Augenblicke umgab die riesige Tanne ein einladender Lichtschein.

Esther Bing steuerte sogleich auf das Hotelrestaurant zu, in dem ernst dreinblickende Ober mit Dekantern und silbernen Anrichteplatten hantierten, doch Evelyn hielt sie zurück. »Lassen Sie uns lieber hier in der Halle bleiben«, bat sie und deutete auf eine der Sitzgruppen in der Nähe des Weihnachtsbaumes. »Hier draußen wird man auch bedient und hat alles im Blick.«

Esther ließ sich mit einem Ächzen auf einen freien Diwan fallen, dessen Polster so weich war, dass die kleine Frau fast darin versank. Bei einem baumlangen Kellner, der am Eingang zum Speisesaal auf Gäste wartete, bestellte sie Tee und zwei Stücke Christstollen. Kaum war der Mann gegangen, beugte sie sich vor und hob die Augenbrauen. »Wenn Sie so weitermachen, werden Sie zu dem Abendkleid auch noch die passenden Schuhe von mir annehmen müssen. Ich glaube Ihnen nämlich kein Wort von wegen, dass wir nur hier sind, weil der Kuchen so gut ist. Wo doch jeder weiß, dass man im Café Beer oder in der Konditorei Hellmann einen noch viel besseren bekommt.« Sie sah zu dem geschmückten Baum, vor dem nun einige staunende Kinder aufmarschiert waren. »Was ist so interessant an diesem Hotel, abgesehen davon, dass es hier nach Geld und Einfluss riecht wie auf dem Christkindlesmarkt nach Bratwurst und gebrannten Mandeln?«

Evelyn spürte ihr Gesicht heiß werden, als säße sie direkt vor dem Kamin. Doch was hatte sie erwartet? »Also schön«, gab sie kleinlaut zu, »Sie haben mich ertappt. Mein Onkel wohnt momentan in diesem Hotel. Warum, ist eine lange Geschichte, mit der ich Sie nicht langweilen will.«

»Ehrlich gesagt war mir, seit ich Sie kenne, keinen Moment mehr langweilig.« Esther Bing nahm ihre Wollmütze ab und glättete mit ein paar raschen Handgriffen ihr kurzes dunkles Haar. »Wir sind nicht zufällig wegen der Suche nach dem Brief Ihres Mannes hier? Oder geht es um die verstorbene Lehrerin, Frau Pelzendorf? Als Sie neulich nach der Beerdigung mit diesem Mann gesprochen haben, wirkten Sie auf mich reichlich nervös. Aber dann sind Sie ohne ein Wort davongerauscht.«

Evelyn atmete tief durch. Womöglich war es falsch, Frau

Bing mit ihren Problemen zu behelligen, wo die doch gerade selbst mit Sorgen zu kämpfen hatte. Nichtsdestotrotz berichtete Evelyn mit knappen Worten, wem ihre Mutter in Joachims Zimmer begegnet war.

»Bemerkenswert, dass Ihre Mutter mit der Sprache herausgerückt ist«, stellte Esther Bing trocken fest. »Und Sie glauben, diese Hilly könnte dieselbe sein, mit der Eugen Frieba ein Techtelmechtel hatte?«

»So, wie meine Mutter mir die Frau beschrieben hat, habe ich keinen Zweifel, dass es sich um Friebas Hilly handelt. Sie scheint nicht einmal den Männertyp gewechselt zu haben. Dass Onkel Joachim sich mit ihr die Zeit vertreibt, wundert mich auch nicht, der war nie wählerisch. Was ich dagegen erstaunlich finde, ist, dass die Frau sich noch hier in Nürnberg herumtreibt. Friebas früherer Partner oder Gehilfe ist nicht gut auf sie zu sprechen, weil er denkt, dass auch sie ihn übervorteilt hat. Ich möchte mir nicht ausmalen, was er mit ihr anstellt, wenn er sie findet.«

Der Tee und das Gebäck wurden auf einem Servierwagen gebracht und von dem Bediensteten vor den beiden Frauen auf einen kleinen runden Marmortisch gestellt. Esther gab dem Mann ein Trinkgeld und schickte ihn fort. Das Einschenken wollte sie selbst übernehmen. »Offensichtlich ist auch dieser Kerl …«

»Beitz.«

»Also geht dieser Herr Beitz auch davon aus, dass es den Brief noch gibt und dass er inzwischen bei dieser Dame gelandet ist. Wenn sie ihn von Frieba bekommen hat, weiß sie bestimmt genau, was damit zu tun ist, nicht wahr? Ihr Geliebter ist tot und kann niemanden mehr erpressen. Aber sie könnte sein Werk sehr wohl fortführen.«

Evelyn, die gerade über den dampfenden Tee pusten wollte, setzte die Tasse jäh wieder ab. Ja, was Esther sagte, klang einleuchtend. Wenn Hilly Gersons Brief besaß, wusste sie auch um den Wert des Schreibens und hütete es folglich wie ihren Augapfel. Ob sie dessen Inhalt ebenso zu ihrem Vorteil einzusetzen plante wie ihr verstorbener Geliebter, war schwer zu sagen. Womöglich tat sie es schon und hatte ihre Spuren verwischt, um sich nicht nur vor Beitz zu schützen, sondern auch vor denen, die sie mit ihrem Wissen erpresste. Oder sie wartete noch auf eine günstige Gelegenheit. Vielleicht traf sich Hilly deshalb mit Joachim, weil sie zu ängstlich war, um es mit einer Reihe mächtiger Männer allein aufzunehmen, und einen Verbündeten brauchte. Dass sie mit einem unzuverlässigen Nichtsnutz wie Joachim auf das falsche Pferd setzte, hatte sie vielleicht nur noch nicht begriffen. Eines aber lag auf der Hand: Wenn Hilly im Besitz des Briefes war, kannte sie die Namen der Männer, denen Gerson an der Front in die Quere gekommen war.

»Und was nun?« Esther Bing war anzusehen, wie unbehaglich sie sich fühlte. »Wollen wir hier sitzen bleiben, Tee trinken und darauf warten, bis das Fräulein Hilly irgendwann hereinschneit, um sich ins Hotelzimmer Ihres Onkels zu schleichen? Was, wenn sie ihn schon in den Wind geschossen hat und überhaupt nicht mehr auftaucht?«

»Wenn man meiner Mutter glauben darf, waren die beiden recht vertraut miteinander. Ich bin mir ganz sicher, dass sie früher oder später wieder ins Hotel kommen wird.« Evelyn stockte, aus ihrem Gesicht schwand alle Farbe. Dann drückte sie sich entsetzt die Hand auf den Mund. »Oh nein, da kommt er.«

»Wer?«

»Mein Onkel! Ich möchte nicht, dass er mich sieht, sonst wird er denken, ich spioniere ihm nach.«

Esther reagierte unverzüglich. Sie stülpte Evelyn ihre eigene, feuchte Mütze über die Ohren und zog sie ihr tief in die Stirn. Danach hob sie das Paket aus dem Modehaus vom Boden auf, löste die Verschnürung und lupfte den Deckel, als wollte sie ihrer Freundin die Einkäufe zeigen. Evelyn verschwand fast hinter der ausladenden Schachtel, während Esther auf sie einredete. Aus den Augenwinkeln konnte Evelyn derweil beobachten, wie ihr Onkel an die Rezeption trat, den Arm aufstützte und etwas zu dem Concierge sagte. Da dieser sogleich schuldbewusst den Blick senkte, folgerte Evelyn, dass Joachim eine Beschwerde vorbrachte. Dazu passte auch die säuerliche Miene, mit der er sich über das Oberlippenbärtchen strich. Schließlich konnte sie hören, wie er in barschem Ton seinen Schlüssel verlangte und sich vom Empfang abwandte. Ohne den Gästen auf den Kanapees in der Halle auch nur einen Blick zu schenken, schlug er den Weg zu den Aufzügen ein und ließ sich von einem der livrierten Liftboys die Tür öffnen.

Als der Aufzug sich ratternd aufwärtsbewegte, nahm Evelyn die Mütze ab und lehnte sich laut aufatmend zurück. Auf diesen Schreck hätte sie gut verzichten können, aber wenigstens wusste sie nun, dass Joachim sich immer noch im Hotel aufhielt. Auf ihre Kosten wohlgemerkt.

»Schön und gut, aber Ihr Onkel ist allein auf sein Zimmer gegangen, nicht in Begleitung«, sagte Esther, während sie die Schachtel mit dem Seidenkleid wieder sorgfältig verschnürte. »Wir wissen nicht mal, ob und wann er vorhat, sich das nächste Mal mit dieser Hilly zu verabreden. Es sei denn …« Die kleine Frau hielt kurz inne, dann sprang sie plötzlich auf und sah sich in der Halle um. Als sie einen Hotelpagen erspähte, winkte sie ihn sogleich herbei.

»Darf ich fragen, was Sie vorhaben?«

»Warten Sie's ab, meine Liebe, mir ist da soeben ein Einfall gekommen, wie wir Ihrem Onkel ein wenig auf die Sprünge helfen könnten.«

33.

Als der junge Hotelbedienstete sich nach Esthers Wünschen erkundigte, lächelte diese ihn so zuckersüß an, dass er einen roten Kopf bekam. »Sicher ist dir der Herr nicht entgangen, der eben an der Rezeption so unzufrieden aussah?«

Der Page nickte vorsichtig.

»Gut. Ich möchte, dass du ihm eine Flasche eures besten Champagners aufs Zimmer schickst. Dazu zwei Gläser und etwas Feines zu essen. Roastbeef und Krabbensalat, vielleicht. Und davon genug, dass es für zwei reicht. Hast du das verstanden, Junge?« Sie holte ein Stück Papier aus ihrer Handtasche und kritzelte hastig etwas darauf. »Du richtest dem Gast aus, dies sei eine Entschädigung für seine Unannehmlichkeiten, aber sonst nichts, verstanden? Kein zusätzliches Wort. Er muss annehmen, der Champagner käme von der Hotelleitung.«

Der verdutzte Page schien Esthers Auftrag für ein Spiel zu halten, das er nicht begriff. Als sie ihm aber mit dem Zettel auch ein großzügiges Trinkgeld in die Hand drückte, machte er sich sofort auf, um die Bestellung im Hotelrestaurant aufzugeben. Es vergingen keine zehn Minuten, bis er einen Servierwagen gekonnt an den Gästen vorbei auf den Personallift zuschob.

Evelyn knetete aufgeregt ihre Finger, während ihre Freundin sich die Wartezeit mit einem Biss in ihren Christstollen versüßte. Im Gegensatz zu ihr selbst wirkte Esther beneidenswert entspannt. Dabei war gar nicht gesagt, dass Esthers Plan aufging und Joachim so reagierte, wie sie beide es sich wünschten. Evelyns Freundin vertraute fest darauf, dass ihr Onkel seine Hilly durch eine Nachricht ins Hotel bitten würde, um mit ihr zusammen den Champagner und die Delikatessen zu genießen. Aber sie kannte den Mann nicht so gut wie Evelyn. Joachim war unberechenbar. Es war ebenso gut möglich, dass er die Flasche allein leerte, ohne auch nur einen Gedanken an Hilly zu verschwenden. Doch dieses Risiko mussten sie wohl oder übel eingehen. Die Zeit schien wie eine Schnecke dahinzukriechen. Immer wieder blickte Evelyn auf die hohe Standuhr, deren Zeiger unbestechlich langsam ihre Kreise zogen. Die Gäste kamen und gingen. Der Bedienstete, bei dem sie die Erfrischung bestellt hatten, fragte sie nach weiteren Wünschen. Er sah es offensichtlich nicht gern, dass sie die Plätze in der Halle so lange belegten, zumal keine von beiden aussah, als gehörte sie hierher. Endlich sah Evelyn zu ihrer Erleichterung, wie der kleine Hotelpage seinen Servierwagen aus dem Aufzug bugsierte. Nur mühsam konnte sie den Drang unterdrücken, auf ihn zuzustürmen und ihn ins Gebet zu nehmen.

»Vorsicht«, mahnte Esther Bing. »Der Kellner schaut schon wieder so miesepetrig.«

Als der Junge sich dem Tisch der beiden Frauen näherte, hielt er einen Umschlag in der Hand. »Der Gast war so erfreut, dass er den Schuhputzer glatt vergessen hat«, sagte er grinsend. »Er hat mir das hier gegeben, eine Nachricht, die er auf die Rückseite von dem Zettel der gnädigen Frau geschrieben hat. Aber Trinkgeld habe ich von ihm keines bekommen.«

Esther verstand den Wink und öffnete ein weiteres Mal ihr Portemonnaie.

»Du sollst die Nachricht einer Frau bringen, habe ich recht?«, platzte Evelyn aufgeregt heraus. »Und wohin? Hat er dir ihren Namen genannt?«

»Steht doch drauf!« Der Junge zögerte kurz, dann gab

er ihr das Kuvert. »Ich soll den Brief einer Hildegard Buchinger aushändigen und ihr ausrichten, dass der Herr sie zu sehen wünscht.«

Hildegard Buchinger. Hilly. Dazu eine Adresse in der Altstadt, keine zehn Minuten von hier. Fünf, wenn ein Junge wie der Hotelpage die Beine in die Hand nahm. Evelyn musste einen Herzschlag lang die Augen schließen, weil ein Schwindelgefühl sie zu überwältigen drohte. Es gelang ihr nur schwer, einen klaren Gedanken zu fassen. Doch das musste sie tun, mehr denn je. Sie hatte sie also gefunden, Eugen Friebas Geliebte und Komplizin.

Evelyn zweifelte keine Sekunde daran, dass dieses Fräulein Hildegard die gesuchte Hilly war. Ob sie über Hilly auch an Gersons Brief kommen würde, war eine ganz andere Frage. Freiwillig würde sie Evelyn zudem kaum verraten, was sie über Friebas Machenschaften wusste. Nicht, wenn sie bis zum Hals in die Sache verwickelt war. Evelyn sann noch darüber nach, was sie tun konnte, als sie Esther Bings Hand auf ihrem Arm spürte.

»Unser junger Freund möchte wissen, ob er die Nachricht überbringen soll oder nicht. Tut er es nicht, könnte ihn das seine Stellung hier kosten.«

Evelyn nickte. Der Junge sollte seinen Auftrag ausführen und Joachims Botschaft überbringen. Sie würde hierbleiben und gegebenenfalls so lange warten, bis Hilly im Hotel aufkreuzte. Dann würde sie weitersehen. »Nicht nötig, dass Sie länger bleiben!« Evelyn sah dem jungen Burschen nach, der flink durch die Halle auf den Hoteleingang zuhielt, dann küsste sie Esther Bing auf die Wange. »Ihr Mann wird sich fragen, wie lange ein Bummel über den Christkindlesmarkt wohl dauern kann.

»Das mag sein, aber ich kann Sie doch jetzt nicht alleinlassen.« Esther blickte schockiert drein, vermutlich bereute sie schon bitterlich, dass sie die ganze Sache eingefädelt hatte.

»Wenn diese Person noch durchtriebener ist als Ihr Onkel, werden Sie kein leichtes Spiel mit ihr haben. Womöglich ist die Frau gefährlich. Sie haben doch hoffentlich nicht die Absicht, hinauf in das Zimmer zu gehen?« Sie legte den Kopf schräg und dachte nach. »Ich hab's! Rufen Sie diesen Kommissar Waldblum an und erzählen ihm alles.«

»Was soll ich ihm erzählen? Dass mein Onkel sich eine leichte Dame zum Souper auf sein Zimmer einlädt? Waldblum locht Hilly dann vielleicht ein, aber die wird nie und nimmer zugeben, dass sie und Frieba gewisse Leute mit einem Brief meines Mannes erpresst haben. Nein, ich brauche sie auf freiem Fuß, nicht im Gefängnis.«

»Und ich brauche Sie lebend, in einem nachtblauen Abendkleid, mit den passenden Schuhen und Ohrringen in der Kaiserstraße und nicht tot in einer Gasse liegend.«

Evelyn seufzte. Es dauerte noch eine ganze Weile, bis sie Esther Bing überzeugt hatte, dass ihr hier, in einer belebten Hotelhalle, wohl kaum etwas zustoßen konnte. Nachdem sie ihr hoch und heilig versprochen hatte, Hilly, falls diese auftauchte, nicht in Joachims Zimmer zu folgen, gab Esther nach. Sie umarmte Evelyn herzlich, dann nahm sie ihre Sachen und ging.

Evelyn schlug die Beine übereinander und wartete voller Ungeduld. Der Tee in ihrer Tasse war längst kalt geworden, aber solange sie von Zeit zu Zeit daran nippte, würde es nicht einmal der verdrießlich dreinschauende Keller wagen, sie fortzuschicken. In einem Haus, das etwas auf sich hielt, gehörte es nicht zum guten Ton, so mit zahlenden Gästen umzuspringen. Hoffte Evelyn zumindest. In ihrem Kopf begann sich ein Plan herauszubilden, der nicht ganz ungefährlich war und leicht ins Auge gehen konnte, aber sie sah keine andere Möglichkeit. Evelyn starrte auf die flackernden Kerzen des Tannenbaums, bis die Lichter vor ihren Augen verschwammen.

Die dumpf dröhnenden Schläge der Standuhr ließen Evelyn hochfahren. Orientierungslos rieb sie sich über die Augen. Als ihr klar wurde, dass sie auf dem weichen Sofa eingenickt war, verzog sie vor Ärger über sich selbst das Gesicht. Was, wenn Hilly inzwischen an ihr vorbeispaziert war? Zu ihrer Erleichterung hatte keiner der wenigen Gäste, die noch in der Halle bei Tee und Kognak beisammensaßen, ihren Fauxpas bemerkt, nicht einmal die Bediensteten am Empfang. Aus dem Restaurant drangen Stimmen, Gelächter und dezente Pianomusik an ihr Ohr. Da bewegte sich plötzlich die Eingangstür, und ein kalter Wind wehte eine Erscheinung in die Halle, die mit ihrem bodenlangen, pelzgefütterten Mantel und dem von drei Pfauenfedern geschmückten Hut wie eine Revuetänzerin aussah. An den Fingern ihrer rechten Hand, mit der sie ihr Täschchen an sich drückte, blitzten gleich mehrere Ringe. Bemerkenswert war die Weise, wie die Frau sich durch den Empfangsbereich bewegte: mit grazilen, fast tänzelnden Schritten, das Kinn hochmütig gehoben, die stark geschminkten Augen starr auf ein Ziel am anderen Ende der Halle gerichtet. Sie war offensichtlich an bewundernde Blicke gewöhnt, die sie aber nicht erwidern mochte. Obwohl die Unbekannte in ihrer gewagten Aufmachung durchaus den Eindruck vermittelte, als wäre ihr keine noch so luxuriöse Umgebung fremd, schien sie doch kein Gast zu sein. Sie wurde weder angesprochen noch aufgehalten, als sie sich ohne jede Scheu dem Hotelaufzug näherte. Der Liftboy riss sogleich die Tür auf und machte einen Schritt zur Seite, um die Frau eintreten zu lassen, wofür sie sich mit einem kühlen Lächeln bedankte.

Evelyn ließ die Frau nicht aus den Augen, bis sich die Aufzugtür hinter ihr schloss. Dann blickte sie sich nach dem jungen Burschen um, der in Joachims Auftrag in die Stadt gelaufen war, fand ihn aber nicht. Vermutlich war seine Schicht schon zu Ende. Das war schade, aber nicht allzu schlimm. Auch ohne die Bestätigung des Pagen zweifelte sie nicht daran, dass sie soeben Zeugin von Hillys Auftritt geworden war. Was wiederum bedeutete, dass die Frau ihren Köder geschluckt hatte und nun auf dem Weg nach oben war, um mit Joachim ein Schäferstündchen zu genießen. Evelyn konnte das nur recht sein. In der Zwischenzeit konnte sie sich in der Wohnung der Frau umschauen. Die Adresse hatte sie ja.

Evelyn hob die Schachtel mit dem Kleid vom Fußboden auf. Natürlich hatte Esther sie dort zurückgelassen, doch bei dem, was Evelyn nun vorhatte, konnte sie sie nicht brauchen. Eilig ging sie zur Rezeption und bat, das Paket in Verwahrung zu nehmen. Der Mann blinzelte ein wenig irritiert, versprach aber nach einigem Hin und Her, ein Auge darauf zu haben.

Evelyn verließ das Hotel und hastete die Straße hinunter. Nach der warmen Hotelhalle schnitt ihr der Wind wie mit eisigen Fingern in die Wangen, und sie musste aufpassen, beim Gehen nicht im Schneematsch auszugleiten. Neben ihr hupten Automobile, auf dem Gehsteig liefen Paare Arm in Arm an ihr vorbei. In den Ladengeschäften erloschen die Lichter, auf den Bürgersteigen wurde der Schmutz des Tages in den Rinnstein gekehrt. Die Stadt bereitete sich auf die Nacht vor. Nur vom Christkindlesmarkt her war noch leise Musik zu hören, die sich mit dem Säuseln des heftiger werdenden Windes vermischte. Evelyn biss die Zähne zusammen. Graupelschauer gingen auf sie hernieder, als sie die geschäftigen Straßen hinter sich ließ und das Getöse der Innenstadt einer schwermütigen Stille wich. Die Gassen, die sie nun betrat, waren alt, eng bebaut und finster: graue Häuser, wie für die Ewigkeit erbaut und doch gebeugt von der Last ihres Alters. Von den Fassaden rieselte der Putz wie aus offenen Wunden. Keine Straßenlaterne beleuchtete das rutschige Kopfsteinpflaster. Die Dunkelheit verwandelte die überquellenden Mülltonnen in unförmige Gnome, die Hauseingänge in schwarze Höhlen. Evelyns

Herz klopfte heftig, als sie einen Blick über die Schulter wagte. War da nicht ein Geräusch gewesen? Schritte, die verstummt waren, als sie stehen blieb? Nein, die Gasse lag wie ausgestorben hinter ihr, als wäre sie vollständig abgenabelt von der nahen Innenstadt. Evelyn kannte das Viertel seit frühester Kindheit, zweifellos war sie im hellen Tageslicht schon mehrfach durchgelaufen, ohne sich zu ängstigen. Doch in der Nacht sah hier alles noch trostloser und beklemmender aus. Wieder beschlich sie das Gefühl, beobachtet zu werden. Hinter einigen Fenstern brannte Licht, andere Wohnungen sahen unbewohnt aus.

Evelyn musste nicht lange suchen, bis sie das Haus fand, in dem Hilly wohnte. Es stand etwas zurückgesetzt am Ende eines ummauerten Hofes, in dem es nach Abfällen stank. An der Vorderfront des Gebäudes warb ein Plakat für Bouillonwürfel der Marke Liebig und für ein Waschmittel, das Evelyn aus der Drogerie kannte. Der Schnee lag hier noch hoch, offensichtlich fühlte sich kein Hausbewohner verantwortlich dafür, den Gehweg zu räumen. Daher führte lediglich eine schmale freigeschaufelte Schneise auf den Eingang zu.

In diesem schäbigen Hinterhof hatte Hilly also eine Bleibe gefunden, eher ein Versteck, denn offensichtlich legte sie keinen Wert darauf, von denen aufgespürt zu werden, die noch eine Rechnung mit ihr offen hatten. Umso verwunderlicher fand es Evelyn, dass die Frau sich derart herausgeputzt im Hotel gezeigt hatte. Gehörte es zu ihrer Überlebensstrategie, sich hinter Schminke, Schmuck und teuren Kleidern zu verstecken? Gesehen und doch nicht erkannt zu werden? In die Haut einer anderen zu schlüpfen, die so auffällig war, dass sie schon wieder unauffällig wirkte?

Evelyn atmete auf, als die Haustür nachgab und sie eintreten konnte, doch der Anblick des verwahrlosten Treppenhauses dämpfte ihre Erleichterung sogleich wieder. Neben dem Aufgang hing ein Waschbecken in Muschelform an der Wand, in dem eine schmutzig braune Lache schwamm, daneben lehnte eine Auswahl an Kehrbesen und Schippen. Einen Hausmeister gab es hier offensichtlich nicht. Keine der Türen, an denen Evelyn vorbeikam, war mit einem Namensschild versehen. Die ausgetretenen Stufen knarzten, als Evelyn langsam die Treppe hinaufstieg. Sie wollte sich am Geländer festhalten, doch das wackelte so stark, dass sie es gleich wieder losließ. Verflixt, wie hatte der Hotelpage es nur geschafft, Hilly in diesem düsteren Haus aufzustöbern? Dann aber ging ihr auf, dass der Junge vermutlich das Naheliegende getan und auf gut Glück irgendwo geklopft hatte.

Nun, das konnte Evelyn auch. Tatsächlich war schon ihr erster Versuch erfolgreich.

»Hildegard?« Der Mann, der sie misstrauisch durch den Türspalt ansah, hatte einen Goldzahn und trug ein Unterhemd mit faustgroßen Löchern. Hinter ihm konnte Evelyn die Silhouette einer Frau ausmachen, die einen Säugling auf der Hüfte trug. Trotz dessen Kreischens hatte sie Evelyns Frage mitbekommen und gab bereitwillig Auskunft.

»Das Fräulein meint die hochnäsige Kuh, die bei der alten Maria im zweiten wohnt. Letzte Tür links. Ist immer offen bei der, damit wir hören können, wenn die Maria was braucht. Dann krakeelt sie, weil sie doch nicht mehr aus dem Nest kommt. Aber der gnädigen Frau Hilly ist das ja piepe, die geht selbst dann noch auf den Strich, wenn die Welt untergeht.« Damit flog die Tür ins Schloss; was Evelyn von Hilly wollte, schien ihre Nachbarn nicht zu interessieren. Evelyn stieg eine Etage höher und durchquerte einen stickigen Gang. Vor der letzten Tür blieb sie stehen und lauschte kurz. Aus der Wohnung drang kein Laut auf den Flur. Die alte Frau, mit der sich Hilly allem Anschein nach die Unterkunft teilte, schien zu schlafen. Vorsichtig drückte Evelyn die Tür auf, die den ungebetenen Gast mit einem hässlichen Knarren begrüßte. Das Innere verströmte einen ähnlich zweifelhaften Charme wie das Treppenhaus. Ein ärmliches Stübchen, das Evelyn unwillkürlich an das Gemälde vom »armen Poeten« des Malers Spitzweg erinnerte: schräge, vermutlich feuchte Wände und ein Fußboden aus morschen Dielen. Die Decke wurde von dicken Holzbalken gestützt, in die Nägel und Haken für Kleider getrieben worden waren. Das Mobiliar bestand aus einem wackeligen Klappbett, ähnlich dem, das Evelyn Benjamin in den Nebenraum der Drogerie gestellt hatte, einem Vertiko mit Spiegel und Hocker sowie einem ovalen Küchentisch, auf dem ein weihnachtliches Gesteck mit einer brennenden roten Wachskerze stand. Das Kerzenlicht fiel auf weiteren Weihnachtsschmuck, darunter zu Evelyns Erstaunen auch ein Rauschgoldengel vom Christkindlesmarkt. Evelyn nahm die zierliche Figur und fuhr mit der Fingerspitze über das funkelnde Goldkrönchen. Nein, es bestand kein Zweifel. Sie erinnerte sich genau, dass sie diesen Engel erst vor wenigen Tagen entworfen hatte. War Hilly etwa auf dem Christkindlesmarkt gewesen? An ihrem Stand? Gut möglich, dass Evelyn selbst sie bedient und ihr den Engel verkauft hatte, ohne zu ahnen, dass sie Friebas Geliebte vor sich hatte. Evelyn konnte sich zwar an keine Begegnung erinnern, aber das wollte nichts heißen, schließlich strömten seit dem ersten Adventssonntag so viele Menschen über den Markt, dass es unmöglich war, jeden einzelnen im Gedächtnis zu behalten. Davon abgesehen schien Hilly eine Meisterin der Maskerade zu sein. Gewiss war sie nicht so aufreizend über den Weihnachtsmarkt gelaufen wie vorhin durch die Hotellobby. Dass die sonderbare Frau Evelyns Rauschgoldengeln nicht hatte widerstehen können und einen sogar hier aufgestellt hatte, war indes bemerkenswert.

Fast so, als hätte sie Evelyn erwartet.

Von einer bettlägerigen Alten war weder etwas zu hören

noch zu sehen. Allerdings bemerkte Evelyn, dass ein Winkel der Kammer mit Hilfe eines Wäscheseils und eines langen Tuches vom Rest des Raumes abgeteilt worden war. Hinter diesem Blickschutz schien die Kranke zu schlafen.

Evelyn atmete tief durch. Ihr blieb nur wenig Zeit. Rasch legte sie den Rauschgoldengel zurück und griff nach der Kerze. Damit schlich sie auf Zehenspitzen durch das Zimmer, darauf bedacht, möglichst wenig Lärm auf den knarrenden Dielenbrettern zu machen. Hinter dem behelfsmäßigen Vorhang erklang ein schauriges Röcheln, und dann hörte Evelyn das Geräusch von Sprungfedern. Die Frau war erwacht.

»Hildegard?« Die Stimme erinnerte Evelyn an das Rascheln von dürrem Laub im Wind. »Bist du das? Hast du was zu trinken mitgebracht? Den Sekt, den du mir versprochen hast?« Ein Gegenstand kullerte über den Fußboden, vermutlich eine leere Flasche. Evelyn wagte nicht, sich zu rühren. Und nun? Gab sie der alten Frau keine Antwort, würde diese sich womöglich auf die Beine kämpfen oder gar nach den Nachbarn schreien. Dasselbe konnte aber auch passieren, wenn sie etwas sagte. Es half nichts. Leise stieß Evelyn einen Seufzer aus, dann flüsterte sie: »Später, schlaf jetzt weiter!«

Nur Sekunden später drang ein leises Schnarchen durch den Vorhang, und Evelyn atmete auf. Einen Augenblick verharrte sie noch still auf dem Fleck, bevor sie, mit der Kerze in der Hand, Hillys Habseligkeiten unter die Lupe nahm. Dabei ging sie so lautlos vor wie nur möglich, denn die Wände waren dünn. Irgendwo am Ende des Hausflures rauschte es. Offensichtlich ein Wasserklosett.

Wie sich herausstellte, bestand Hillys Besitz vornehmlich aus Kleidungsstücken, die teilweise von den Stützbalken herunterhingen, aber auch in zwei Kartons verstaut hinter dem Bett lagen. Einiges davon war von hervorragender Qualität und gewiss teuer gewesen, anderes machte einen eher bescheidenen Eindruck und war sogar geflickt. Ähnliches galt für den Schmuck, den Evelyn in einer zerkratzten Keksdose fand. Ein paar Stücke von Wert, der Rest war hübsch anzusehen, aber Plunder. Evelyn hätte gern gewusst, ob die echten Schmuckstücke Geschenke von Frieba gewesen waren. Der hatte es sich doch bestimmt etwas kosten lassen, seine damalige Geliebte mit schönen Dingen zu verwöhnen. Doch während Frieba in Anitas Villa auf großem Fuß gelebt und seinen Wohlstand offen zur Schau getragen hatte, deutete in Hillys Behausung nichts darauf hin, dass Friebas Geldquelle auch noch für sie gesprudelt hatte. Die Person, die hier wohnte, schien eine gänzlich andere zu sein als die kühle Schönheit, die Evelyn vorhin gesehen hatte. Nein, irgendetwas passte da einfach nicht zusammen.

Und Gersons Brief? Wenn Hilly ihn nach Friebas Tod an sich genommen hatte, musste er doch hier irgendwo sein. Ihn bei sich zu tragen, wäre für die Frau viel zu riskant gewesen.

Evelyn suchte weiter. Sie kroch über den Fußboden, um die Dielenbretter nach einer losen Stelle abzusuchen, doch vergeblich. Sie stocherte im Ofenloch herum und stellte sich schließlich sogar auf einen Stuhl, um die Oberseite der Stützbalken nach einem angehefteten Stück Papier abzutasten. Doch dabei stieß sie nur auf Staub und Spinnweben. Aber nicht nur dass der Brief unauffindbar blieb, Evelyn entdeckte auch nicht den kleinsten Hinweis darauf, wer die Frau war, die sich in der Stadt Hilly nannte. Weder gab es Fotografien noch offizielle Dokumente, Postkarten oder irgendwelche anderen persönlichen Gegenstände. Als ob diese Frau nicht existieren würde, wie ein Gespenst, das keine Spuren hinterließ.

Mutlos brach Evelyn die Suche ab. Es war zwecklos, hier würde sie nichts finden. Unsicher spähte sie zu dem behelfsmäßig gespannten Vorhang hinüber. Ob Hilly der Frau, die dahinter schlief, genug vertraute, um ihren kostbarsten Besitz bei ihr zu verstecken? Möglich war das schon, aber bei der Vorstellung, hinter den mottenzerfressenen Vorhang zu schlüpfen und unter die Matratze der röchelnden Frau zu greifen, drehte sich ihr der Magen um. Wurde sie dabei erwischt, landete sie entweder hinter Gittern oder …

Wie sie die Nachbarn der Alten einschätzte, würden die mit Einbrechern nicht lange fackeln.

Durch Evelyns Kopf schwirrten die Gedanken. Da war eine innere Stimme, die ihr riet, sich aus dem Staub zu machen, solange das noch ging, und eine andere, die ihr Feigheit vorwarf. Ihr Herz stolperte, als sie an Gerson dachte, der womöglich unter Lebensgefahr seine letzten Zeilen an sie zu Papier gebracht hatte.

Zeilen, die vielleicht nur wenige Schritte von ihr entfernt unter einer modrigen Matratze auf sie warteten.

Evelyn pirschte sich an den Vorhang heran, blieb aber immer wieder stehen, um zu lauschen. Hillys Mitbewohnerin war vermutlich betrunken; wenn Evelyn Glück hatte, bekam sie gar nicht mit, wie sie sich über sie beugte. Nur einen Blick unters Bett, nahm Evelyn sich vor, und vielleicht noch einen unter die Matratze. Als sie die Hand ausstreckte, um den groben Wollstoff beiseitezuschieben, war ihre Kehle vor Aufregung wie zugeschnürt. Plötzlich knarrten hinter ihr die Dielenbretter. Evelyn zog ihre Hand zurück und öffnete den Mund, aber ihr Verstand befahl ihr, nicht zu schreien. Sie war nicht mehr allein, jemand war ins Zimmer gekommen. Erneut erklang ein Knarzen, das sie vor Schreck lähmte, und dann hielt eine behandschuhte Hand ihr den Mund zu, sodass sie kaum noch Luft bekam. Unmittelbar darauf spürte sie etwas Kaltes an ihrem Hals. Ein Messer.

»Keinen Mucks!«, flüsterte ihr jemand ins Ohr. »Und keinen Schritt weiter, sonst steche ich dich gleich hier ab!«

34.

Mit vorgehaltener Waffe wurde Evelyn zurück zum Küchentisch getrieben. Erst als sie auf einem der wackeligen Stühle saß, verschwand die Klinge von ihrem Hals.

»Ach, sieh mal einer an!« Ein leiser Pfiff erklang. »Das Mädchen vom Christkindlesmarkt!«

Evelyn starrte die Frau an, die jetzt einen Schritt zurück machte, um sie besser in Augenschein nehmen zu können. Es war Hilly. Friebas ehemalige Geliebte hatte ihre hochhackigen Schuhe an der Tür abgestreift und stand in ihren Seidenstrümpfen vor ihr, auf dem Kopf noch immer den Federhut. Ihr Messer war direkt auf Evelyns Herz gerichtet, und der entschlossene Ausdruck in ihrem Blick warnte sie vor jeder falschen Bewegung. Die Frau schien aufs Höchste gereizt zu sein, zu allem bereit. Sicher würde sie nicht zögern, zuzustechen, wenn Evelyn ihr einen Anlass dazu bot.

»Hören Sie mich an, Hilly …«, begann Evelyn, wurde aber durch einen vernichtenden Blick zum Schweigen gebracht. Die Frau spähte an ihr vorbei zum Bett, und obwohl Evelyn sich bemüht hatte, keine Spuren ihrer heimlichen Hausdurchsuchung zu hinterlassen, schien sie doch nicht gründlich genug vorgegangen zu sein. Hilly erfasste mit einem Blick, dass Evelyn sich an ihren Habseligkeiten zu schaffen gemacht hatte. Der harte Zug um ihren Mund herum verriet Evelyn, dass so etwas in ihrer Welt als ein schändliches Vergehen galt und entsprechend bestraft werden musste. Ihr stockte das Blut in den Adern, als sie Hilly auf sich zukommen sah. Doch die machte einen Bogen um ihren Stuhl und nahm den kleinen Rauschgoldengel vom Tisch. »Das ist mein Schutzengel«, flüsterte sie mit seltsam abwesender Stimme. »Weißt du, dass ich seine Stimme gehört habe, drüben im Hotel?« Sie stellte sich wieder vor Evelyn, wobei sie die Engelsfigur wie eine Puppe zärtlich an sich drückte. »Er hat mir aufgetragen, nicht die ganze Nacht zu bleiben, sondern wieder nach Hause zu gehen, und ich habe ihm gehorcht.« Leise kichernd beugte sie sich über Evelyn und berührte dabei mit der Klinge ganz sachte deren Wange. Evelyn unterdrückte den Impuls, den Kopf zur Seite zu drehen, weil sie befürchtete, dann verletzt zu werden. Allem Anschein nach war Hilly stark angetrunken, was sie kaum weniger gefährlich, dafür aber umso unberechenbarer machte.

»Joachim hat mir von dir erzählt«, sagte Hilly, wobei sie sich genießerisch über die Lippen leckte. »Du bist seine Nichte, bei der er gewohnt hat. Und nun bist du eine wohlhabende Frau.«

»Das … bin ich keineswegs!«

»Aber bis das Jahr vorüber ist, wirst du es sein, das hat mir Joachim verraten!« Hillys kunstvoll nachgezeichneten Augenbrauen hoben sich wie zwei tänzelnde Schlangen. »Sobald die Verträge mit dem Bierbrauer rechtskräftig sind und du das Geld von ihm bekommen hast.« Sie lächelte geschmeidig. »Ich habe dich dabei beobachtet, wie du die niedlichen Engelsfiguren angefertigt hast. Deine Rauschgoldengel sind die schönsten von ganz Nürnberg, das muss man dir lassen. Dieses himmlische Wesen hier habe ich vor ein paar Tagen gekauft, aber ich hätte nicht erwartet, dass es mir so schnell Glück bringen würde. Hat es aber, ganz bestimmt. Ich verdanke ihm die Bekanntschaft mit deinem Onkel, der mich seitdem auf Händen trägt. Er kann gar nicht genug von mir bekommen.«

»Wenn Sie das glücklich macht, sind Sie leicht zufriedenzustellen!«

Hilly warf Evelyn einen strafenden Blick zu. »Wie willst du beurteilen, was mich zufriedenstellt und was nicht? Du hast alles, während ich in diesem Loch versauere, aus dem ich mich nur traue, wenn ich die feine Dame spiele, die den Männern den Kopf verdreht.« Kurz schien sich die Frau in Selbstmitleid zu verlieren, doch der Moment der Schwäche währte nicht lange. Mit einem Ausdruck des Abscheus warf sie den Rauschgoldengel, den sie soeben noch liebkost hatte, zu Boden und trat darauf.

»Und nun Schluss mit dem Palaver! Warum schnüffelst du hier herum? Hast du etwa deinen Onkel bei mir vermutet?« Sie fand den Gedanken offensichtlich so komisch, dass ein bitteres Lachen in ihrer Kehle aufstieg. »Glaubst du, wir treiben es ausgerechnet hier, in dieser Absteige?«

Evelyn schüttelte angewidert den Kopf.

»Aber was …« Hilly hielt inne, doch das Zucken um ihre Mundwinkel verriet Evelyn, dass ihr etwas zu dämmern begann. »Ich glaube, ich verstehe«, sagte die Frau betont langsam. »Die Sache mit dem Champagner kam mir gleich merkwürdig vor. Der kam nicht von der Hotelleitung, habe ich recht? Du hast ihn bestellt, in der Hoffnung, Joachim würde mich zu sich einladen. Und der blöde Kerl ist prompt darauf reingefallen und hat einen Pagen zu mir geschickt. Das war schlau von dir, aber am Ende vielleicht nicht schlau genug. Weil ich nämlich nicht von gestern bin und den Braten gerochen habe.« Die junge Frau lachte auf. »Du hast meine Abwesenheit ausgenutzt, um dich in aller Ruhe in meinem Palast umzusehen. Na, meine Schöne, was hast du gesucht? Geld? Schmuck?«

Evelyns Angst wurde von aufsteigender Wut verdrängt. Diese Person hatte tatsächlich die Stirn, ihr die Ahnungslose vorzuheucheln und sie als Diebin hinzustellen. »Du weißt genau, warum ich hier bin und was ich von dir haben will«, rief sie verärgert. »Du warst Eugen Friebas Geliebte, und er hat dir vor seinem Tod etwas anvertraut, das nicht ihm, sondern mir gehört.«

»Keine Ahnung, was du dir da zusammenfantasierst. Offensichtlich hat dein Onkel recht, und du bist wirklich nicht ganz bei Trost.« Hilly tippte sich gegen die Stirn, doch damit vermochte sie Evelyn nicht zu täuschen. Sie hatte längst bemerkt, wie nervös die Frau mit einem Mal von einem Fuß auf den anderen trat.

»Woher kennst du meinen Frieba überhaupt?« Hilly starrte auf das Messer in ihrer Hand, als hätte sie längst vergessen, was sie damit vorhatte. Sinken ließ sie es jedoch nicht.

»Ich kannte ihn gar nicht. Aber er war der Untermieter meiner Freundin und ehemaligen Lehrerin Anita Pelzendorf. Ich glaube kaum, dass er dich ihr jemals vorgestellt hat, oder?«

Trotzig presste Hilly die kirschroten Lippen aufeinander. Evelyns Andeutung schien ihr nicht zu gefallen, und so verging eine ganze Weile, bis sie darauf reagierte. »Frieba hat mir oft von der piekfeinen Villa am Stadtpark vorgeschwärmt, aber mitnehmen wollte er mich nie dorthin. Er meinte, es sei egal, wie sehr ich mich herausputzen würde, einer Blinden könne ich nichts vormachen. Die würde mich doch gleich durchschauen, weil ich nicht so vornehm daherreden kann. Und dann würde sie merken, dass ich nur eine …« Sie sprach das hässliche Wort nicht aus, sondern schnaubte nur, weil die Erinnerung an Friebas Bemerkung sie offenkundig immer noch kränkte. »Als ob der Schuft mit einem goldenen Löffel im Mund zur Welt gekommen wäre. Der kannte noch nicht mal seine Eltern, und als er von Prag nach Nürnberg gekommen ist, war er arm wie eine verdammte Kirchenmaus. Er konnte froh sein, dass er überhaupt Arbeit am Bahnhof fand. Dort hat er sich vom Kofferträger zum Fahrkartenverkäufer hochgearbeitet.« Während Hilly sich in Rage redete, schien ihr aufzugehen, dass sie noch in ihrer Ausgehgarderobe vor Evelyn stand. Ein Hauch von Röte färbte ihre Wangen, als sie den auffallenden Hut abnahm und den schneeweißen Mantel mit dem aufgenähten Pelzkragen von den zierlichen Schultern gleiten ließ. Nachdenklich fuhr sie sich mit der Hand durch das leuchtend rote Haar. »Aber ich habe ihn geliebt, und er mich auch. Eines Tages, hat er gesagt, würden wir zusammen in der Villa der Alten wohnen. Dann könnten wir es uns leisten, auf alle zu pfeifen, die heute noch auf uns herabsehen.«

Evelyn holte tief Luft, jetzt musste sie es wagen, die Frau mit ihrem Wissen zu konfrontieren. »Wo ist Gersons Brief, Hilly?«, fragte sie laut. »Mir ist bekannt, wie Frieba an sein Geld gekommen ist. Nicht durch seine Arbeit und auch nicht durch eine Erbschaft. Er hat gewisse Leute erpresst, und die haben ihn bezahlt. Gefährliche Leute. Das weißt du genau.«

»Halt den Mund!«, zischte die Frau sie an. Plötzlich klang sie nicht mehr überheblich, sondern verängstigt. Ihre Augenlider vibrierten. »Ich will nichts davon hören!«

»Ich kann mir auch vorstellen, warum. Solange du den Brief hast, werden die Männer, die von deinem verstorbenen Liebhaber erpresst wurden, hinter dir her sein. Du hast sicher in der Zeitung von dem Trödler Mull gelesen. Der hat Friebas Nachlass aufgekauft, und kurz darauf war er tot. Erschlagen in seinem Laden. Sein Mörder glaubte wohl, er würde den Brief bei ihm finden.«

Einen Herzschlag lang stand die Frau da wie vom Donner gerührt. Dann sprang sie plötzlich mit einem wilden Aufschrei auf Evelyn zu und rammte ihr Messer in die Tischplatte. »Ich habe diesen verdammten Brief aber nicht!«, schrie sie. »Frieba hat ihn mir nicht gegeben. Er konnte ja nicht wissen, dass er so früh den Löffel abgeben würde.« Das Gesicht der hübschen Frau war auf einmal von Kummer gezeichnet. Sie rieb sich über die Augen und verwischte dabei ihr Make-up. »Ich durfte ihn nicht einmal besuchen, als es mit ihm zu Ende ging. Vom Foyer im ›Deutschen Kaiser‹ aus habe ich mich ein paarmal mit der Villa Pelzendorf verbinden lassen, aber dieser Drache von Haushälterin hat mich abgewimmelt. Nur ein Gespräch hat sie erlaubt, aber da war mein Frieba schon nicht mehr recht bei Sinnen. Hat nur wirres Zeug gestammelt. Auch über den Brief des Soldaten – seine Lebensversicherung, wie er ihn nannte.«

Evelyn horchte auf. Der Brief des Soldaten, hatte Hilly gesagt und damit zugegeben, dass sie sehr wohl wusste, wovon die Rede war. Aber konnte Evelyn ihr glauben, dass sie ihn nicht an sich genommen hatte? Diese Frau war mit allen Wassern gewaschen, gierig und nur auf ihren Vorteil bedacht. Zuerst hatte sie sich an Frieba herangemacht, nun, da er tot war, setzte sie ihre Hoffnung auf Evelyns Onkel. Nicht einmal das Hotel hatte sie dafür wechseln müssen, denn wie es aussah, hatte sie sich auch mit ihrem früheren Geliebten im Hotel getroffen. Andererseits war Evelyn in Hillys Gewalt, was diese durchaus zu genießen schien. Warum also sollte sie bezüglich des Briefes lügen?

Ein schepperndes Geräusch von draußen holte Evelyn aus ihren Gedanken. Es hörte sich an, als wäre unter Hillys Fenster eine der bis zum Rand gefüllten Mülltonnen umgefallen. Hilly zog das Messer aus dem Tisch, befahl Evelyn, sich nicht von der Stelle zu rühren, und ging zum Fenster. Als sie die Gardine anhob, sah Evelyn, wie die Frau zusammenzuckte. Etwas dort draußen hatte sie erschreckt.

»Nein, nur das nicht!«, stöhnte sie gequält auf. Mit dem Messer in der Hand forderte sie Evelyn auf, zu ihr zu kommen und einen Blick hinab in den schneebedeckten Innenhof zu werfen. Bei den Mülltonnen nahm Evelyn zuerst nur eine Bewegung wahr, dann sah sie eine Gestalt, deren Konturen sich aus der Dunkelheit schälten. Es war ein Mann. Ein rot glühender Punkt tanzte vor ihm wie ein Glühwürmchen. Vermutlich rührte er von einer Zigarette her, die der Mann rauchte. Er starrte wie gebannt zu dem Fenster hinauf, hinter dem die beiden Frauen standen.

Mit einem Ausdruck der Verzweiflung ließ Hilly die Gardine sinken; trotz des diffusen Lichts im Raum war nicht zu übersehen, wie blass die Frau geworden war. Ihre Selbstsicherheit war wie weggeblasen. »Kennst du … diesen Kerl?«

Evelyn nickte zögerlich; sie hatte erkannt, wer da unten auf dem Hof lauerte. Es war Beitz, Friebas einstiger Partner. Er hatte sich geschworen, Hilly aufzuspüren, und wie es aussah, war ihm dies nun gelungen. Und Evelyn gleich mit, denn sicher hatte er sie am Fenster ebenso erkannt, wie sie ihn.

»Das ist alles deine Schuld, warum musstest du auch hierherkommen!«, keifte Hilly. Mit bebenden Fingerspitzen massierte sie ihre Schläfen, um sich zu sammeln. »Du warst das! Du hast diesen Mistkerl zu mir geführt!«

»Nein!«, widersprach Evelyn, die keineswegs bereit war, sich diesen Vorwurf gefallen zu lassen. Wie auch immer Franz Beitz Hillys Adresse herausbekommen hatte: Sie hatte nichts damit zu tun. Vermutlich hatte der Mann Hilly zufällig gesehen, als sie aus dem Hotel gekommen war, und war ihr bis zu ihrem Haus gefolgt. Evelyn gab sich Mühe, Hilly ihre Vermutung darzulegen, doch die war viel zu aufgebracht, um ihr zuzuhören. Feindselig starrte sie Evelyn an »Was soll ich machen? Jetzt, wo Beitz weiß, wo ich wohne, kann er mir jederzeit auflauern. Er denkt doch auch, dass ich diesen dämlichen Brief habe. Und einen Sack voll Geld obendrein. Wie konnte Frieba nur so dumm sein, dem Kerl seinen Anteil nicht zu geben.« Ihre Blicke jagten durch das Zimmer, sie wirkte wie ein gehetztes Reh auf der Flucht vor der Hundemeute. »Ich muss verschwinden, sonst macht der mich kalt. Es sei denn …« Sie knirschte mit den Zähnen, anscheinend kam ihr ein Einfall, der ihr besser gefiel, als sich davonzumachen. Ein böses Lächeln huschte über ihre Lippen. »Vielleicht sollte ich Beitz heraufbitten und ihm erklären, was du wert bist, Schätzchen.«

Evelyn verzog ungläubig das Gesicht. Was sollte das nun wieder bedeuten? Hatte die Frau den Verstand verloren?

»Solltest du einen bedauerlichen Unfall haben und sterben, bekommt deine Familie alles, was du hinterlässt, nicht wahr? Joachim wird sich großzügig zeigen, wenn ich ihm zu deinem Geld verhelfe, und von mir bekommt Beitz dann den Anteil, auf den er so lange schon wartet.« Sie ging langsam auf das Fenster zu. »Wie wäre das? Soll ich ihn rufen?«

»Das ist keine gute Idee!«, sagte Evelyn, bemüht, sich ihr Entsetzen nicht anmerken zu lassen. »Wie ich Beitz kennengelernt habe, traut er dir nicht über den Weg. Er will sein Geld jetzt sofort, und nicht erst in ein paar Monaten. Davon abgesehen weiß eine gute Freundin von mir, wo ich bin. Sie war es, die den Champagner und die Leckereien im Hotel bezahlt hat, und sie wird nicht zögern, die Polizei herzuschicken, wenn ich in einer Stunde nicht zu Hause angekommen bin.« Dies entsprach zwar nur teilweise der Wahrheit, doch Evelyn sah mit einiger Genugtuung, wie Hilly gleich einer gescholtenen Göre die Unterlippe vorschob und ungestüm aufstampfte.

»Wie heißt diese Freundin?«

»Du erwartest doch nicht, dass ich dir ihren Namen auf die Nase binde. Nur so viel. Sie weiß auch über dich Bescheid. Vermutlich hat sie den Telefonhörer bereits in der Hand.«

Hilly fluchte. »Dann raus mit dir, hau ab!«

»Bitte?«

»Raus! Du wirst Beitz ablenken, damit ich verschwinden kann! Kriegst auch meinen Federhut und das Messer, damit du ihn dir vom Leib halten kannst!«

»Das kannst du vergessen«, sagte Evelyn mit einem Kopfschütteln. »Ich lasse mich doch nicht einem hungrigen Wolf vorwerfen, nur damit du deine Haut retten kannst.«

»Nicht einmal, wenn ich dir dafür verrate, was mir Frieba über deinen teuren Brief gesagt hat?« Hillys Augen blitzten listig auf. »Ich konnte damit nichts anfangen, aber du vielleicht schon.« Evelyn seufzte, während sich ihre Gedanken überschlugen. Was sollte sie tun? Natürlich konnte sie sich weigern, auf Hillys Vorschlag einzugehen. Aber dann warf die sie aus ihrer Wohnung, ohne Evelyn auch nur ein Sterbenswörtchen zu verraten. Gab sie nach, lief sie Beitz in die Arme. Keine angenehmen Aussichten, insbesondere da sie sich nicht sicher sein konnte, ob Hilly ihr nicht nur einen Bären aufband, um sie loszuwerden. Doch schließlich nickte sie, woraufhin Hilly ihr mit einem triumphierenden Blick ein paar Worte ins Ohr flüsterte.

Evelyn runzelte die Stirn. »Soll das ein Scherz sein?«

»Tut mir leid, aber das hat er ins Telefon gestöhnt, nicht mehr und nicht weniger!«

Evelyn ließ sie die Worte noch zweimal wiederholen, doch schlauer wurde sie daraus keineswegs. Was Frieba seiner Geliebten anvertraut hatte, klang in ihren Ohren so absurd, dass in ihr das letzte Fünkchen Hoffnung erlosch, auch nur noch einen Fetzen von Gersons Brief aufzuspüren. Aus und vorbei. Hilly war eine falsche Schlange, der nicht zu trauen war, doch in dieser Sache klang sie aufrichtig. Evelyn glaubte ihr, dass sie den Brief nicht versteckt hatte. Weder hier noch woanders. Und alles, was sie darüber wusste, hatte sie gesagt. Da war sich Evelyn sicher.

Sie achtete nicht länger auf die Frau im glitzernden Abendkleid, und als diese ihr das Messer in die Hand drückte, hob sie kaum den Blick. Dann trat sie aus dem Raum, durchquerte den Korridor und stieg die knarzenden Treppenstufen hinunter. Im Eingangsbereich angekommen, öffnete sie die Tür und spähte durch den Spalt hinaus. Sie konnte den Wind hören, wie er in die Zweige der Bäume fuhr und das tote Laub zum Wispern brachte. Ganz in der Nähe heulte ein Hund in die eisige Dezembernacht.

Beitz war noch da. Evelyn sah seinen Schatten und roch den scharfen Rauch seiner Zigarette. Er lauerte auf sie und Hilly wie ein Raubtier, das mit seiner Beute spielt, bevor es zuschlägt. Sie sollten wissen, dass er dort unten stand und darüber vor Angst ganz verrückt werden. Erst wenn er ihr Entsetzen voll ausgekostet hatte, würde er seinen Beobachtungsposten aufgeben und das Haus betreten. Vielleicht konnte Hilly sich zu den Nachbarn retten, aber so unbeliebt, wie sie im Haus offensichtlich war, bezweifelte Evelyn, dass man der Frau die Tür öffnen oder auf ihre Schreie reagieren würde.

Nein, Hilly musste aus dem Haus, und obwohl sich Evelyns Mitgefühl mit ihr in Grenzen hielt, war ihr der Gedanke unerträglich, dass Beitz sie erwischte und aus Rache krankenhausreif schlug.

Ganz vorsichtig schlüpfte sie aus der Tür und gab acht, sich nicht durch ihre Schritte im Schnee oder lautes Atmen zu verraten. Jetzt konnte sie Beitz sehen. Die Hände tief in die Jackentaschen vergraben und die Schiebermütze in der Stirn, lauschte er auf die Geräusche der Nacht. Doch er blickte nicht in Evelyns Richtung. Sein Interesse galt einzig und allein der winzigen Wohnung im zweiten Stock. Evelyn schlich zurück in den Eingangsbereich des Hauses. Dort griff sie sich eine der Schneeschaufeln, die an der Wand lehnten, und verließ damit wieder das Haus. In gebückter Haltung hastete sie flink von der Tür zu einem der Bäume hinüber, hinter dessen dickem Stamm sie erst einmal Deckung suchte. Von hier aus konnte sie zu Hillys Fenster blicken. Zu ihrer Überraschung erspähte sie durch die Gardine nicht nur deren Silhouette, sondern auch die einer weiteren Person. Ob Hilly ihre Mitbewohnerin aus dem Bett gescheucht und gebeten hatte, sich zu ihr zu gesellen? Wenn, so war dies ein cleverer Schachzug von ihr, da Beitz sie, Evelyn, nun nach wie vor im Haus vermutete. Evelyn wartete noch einen Moment. Sie beobachtete, wie Beitz seine Zigarette zu Boden warf und mit dem Fuß in den Schnee trat. Dann lehnte er sich gegen die Mülltonne und durchwühlte die Taschen seiner karierten Hose. Evelyn konnte nicht genau sehen, was es war, doch sie vermutete, dass es ein Tabakbeutel war. Der Mann drehte sich eine neue Zigarette, blickte währenddessen immer wieder hinauf zum Fenster.

Das war Evelyns Chance. Während Beitz noch mit seinem Tabak beschäftigt war, verließ sie die schützende Deckung und stapfte so lautlos es ging über den festgetrampelten Weg zur Straße. Am Ende der Schneise angekommen, warf sie die Schaufel zu Boden und fegte mit den Händen so viel Schnee darüber, dass sie kaum noch zu erkennen war. Erst als sie sich wieder aufrichtete, sandte sie ein pfeifendes Geräusch durch den einsamen Hof. Beitz drehte seinen Kopf in ihre Richtung. Da. Jetzt hatte er sie gesehen. Er warf einen Blick hinauf zu dem beleuchteten Fenster, offenbar irritiert darüber, dort oben die Umrisse von zwei Frauen zu sehen, während Evelyn nur ein Stück von ihm entfernt am Ausgang des Hofes stand. Mit einem ärgerlichen Schnaufen, das Evelyn das Blut in den Adern gefrieren ließ, warf Beitz seine noch unfertige Zigarette weg und nahm keuchend Evelyns Verfolgung auf. Die ließ keine Sekunde mehr verstreichen, sondern nahm die Beine in die Hand. Wenn sie Beitz entkommen wollte, musste sie es aus dem Gewirr aus finsteren Gässchen schaffen, bevor der Mann sie einholte und in einen dunklen Hauseingang zerren konnte. Zu ihrem Glück kam der auf dem rutschigen Boden kaum schneller voran als sie. Trotzdem klopfte ihr Herz wie wild. Mit ausgestreckten Armen balancierte sie über das vereiste Pflaster und fing sich zweimal im letzten Moment. Nicht stürzen, befahl sie sich streng. Sie warf einen Blick über die Schulter und sah, dass Beitz nun das Ende des Hofes erreicht hatte. Wie ein gespenstischer Schatten schob er sich über den festgetrampelten Schnee, und Evelyn war sich darüber im Klaren, dass – wenn er es schaffte, den Hof zu verlassen – sie niemals schnell genug sein würde, um ihm zu entkommen. Blindlings stolperte sie weiter; zu allem Überfluss mischte sich in den Wind nun auch noch ein beißender Eisregen, der kalt auf der Haut stach und ihre Wimpern verklebte. Plötzlich hörte sie einen Schrei hinter sich, der unheimlich von den Mauern der Häuser widerhallte. Sie wagte einen Blick über die Schultern und jubelte, als sie erkannte, dass ihr Plan erfolgreich gewesen war. Beitz hatte die im Schnee verscharrte Schaufel übersehen, war draufgetreten und hatte sich damit einen so gehörigen Schlag gegen den Kopf verpasst, dass er ins Taumeln geriet und dann mit einem Ächzen zu Boden sank.

Evelyn hatte keine Zeit, ihren Triumph auszukosten. Für den Moment mochte Beitz außer Gefecht gesetzt sein, doch wie lange seine Ohnmacht andauern würde, war schwer zu sagen. Sie musste weit weg sein, bevor der Mann wieder auf den Beinen war. So eilte sie durch die kalten Straßen, und erst als vor ihr die Lichter des Hotels auftauchten, erlaubte sie sich einen kurzen Moment des Durchatmens. Mit letzter Kraft schob sie sich am Portier vorbei, der kaum Zeit fand, dem sonderbaren Fräulein die Tür aufzuhalten oder grüßend die Hand an den Mützenschirm zu legen.

Die Hand an die stechende linke Seite gelegt, wankte Evelyn auf die Rezeption zu, hinter der ein verdutzter Nachtportier sie mit großen Augen musterte. Als Evelyns Blick die Aufzugtür streifte, fragte sie sich, ob Hilly die Chance ergriffen und sich davongemacht hatte. Obwohl die Frau sie bedroht und mit dem Gedanken gespielt hatte, Evelyn dem wütenden Beitz auszuliefern, hoffte sie es.

»Sie wünschen, gnädige Frau?«

Trotz ihrer Erschöpfung gelang es Evelyn, ein Lächeln auf ihr Gesicht zu zaubern. »Ich habe etwas bei Ihnen hinterlegt«, sagte sie. »Ein wunderschönes Abendkleid, das ich morgen zu tragen gedenke. Und bitte rufen Sie mir ein Taxi. Heute Abend bringt mich niemand mehr dazu, auch nur noch zehn Schritte zu Fuß zurückzulegen.«

35.

Als Evelyn am nächsten Morgen von ihrem Wecker aus dem Schlaf gerissen wurde, hätte sie sich gern noch einmal umgedreht, jedoch einmal erwacht, fand sie keine Ruhe mehr. Während sie sich mit kaltem Wasser den Schlaf aus den Augen wusch, dachte sie an ihre Begegnung mit Hilly und die anschließende Flucht vor Beitz zurück. Bei Tageslicht kam ihr diese Episode vor wie ein böser Traum. Aber sie hatte nicht geträumt, sondern Glück gehabt, großes Glück.

»Du siehst aus wie ich nach einer durchzechten Nacht«, sagte Benjamin wenig später mit einem kritischen Blick auf Evelyns Augenringe. Er hatte nicht auf sie gewartet, sondern schon bei Tagesanbruch begonnen, gemeinsam mit Franzi die Drogeriewaren aus den Regalen zu räumen. Um ihn herum standen Kisten und Säcke, Pappschachteln und Körbe. Franzi las die Etiketten laut vor und säuberte dann jede Büchse Schuhputzcreme und jede Flasche Mundwasser, die Benjamin ihr reichte, sorgfältig mit einem Zipfel ihrer Schürze. Dabei machte sie ein Gesicht, als müsste sie einem guten Freund Lebewohl sagen, und ein bisschen war das wohl auch so für sie. Evelyn fühlte sich beschämt, weil sie nicht mehr daran gedacht hatte, dass heute der Laden geräumt werden musste. Was war nur los mit ihr? So lange hatte sie voller Eifer darum gekämpft, Gersons Vermächtnis über die schwierigen Jahre der Lieferengpässe und Inflation zu retten, und nun war es nicht sie, sondern das Mädchen, das angesichts der Geschäftsaufgabe in Trübsal fiel? Während Benjamin und

Franzi sich mit den Kisten abmühten, turnte sie selbst die Leiter hinauf, um die Flaschen mit Franzbranntwein aus den Regalen zu räumen. Dabei überlegte sie, ob sie Benjamin von Hilly erzählen sollte. Benjamin hatte ihr unmissverständlich klargemacht, dass er ihre Nachforschungen für Leichtsinn hielt, und damit hatte er sicher recht. Hilly hätte sie mit ihrem Messer erstechen können ... und Beitz – nun, daran, was er ihr hätte antun können, wollte sie nicht einmal denken. Aber anvertrauen musste sie sich jemandem. Sie wurde verrückt, wenn sie es nicht tat. In den nächsten Stunden arbeiteten sie weiter, wobei nur das Nötigste gesprochen wurde. Franzi schluchzte dabei immer wieder, sodass Evelyn froh war, als es Zeit war, sie in die Mittagspause zu entlassen. Als die Ladentür hinter ihr ins Schloss fiel, fasste Evelyn sich ein Herz und erzählte Benjamin, dass sie Hillys Behausung ausfindig gemacht hatte und dort von ihr überrascht worden war. Obwohl sie die haarsträubenden Einzelheiten ausließ, wurden die Augen des jungen Mannes mit jedem Wort größer. Schließlich schüttelte er resigniert den Kopf. »Du hast dir Beitz schon am Bahnhof zum Feind gemacht«, sagte er. »Er dachte, du würdest mit Hilly gemeinsame Sache machen. Nachdem er dich gestern bei der Dame gesehen hat, wird er sich in seinem Verdacht bestätigt fühlen. Für den steckst du mit der Frau unter einer Decke, die ihn um sein Geld gebracht hat.«

Evelyn verdrehte die Augen. »Ich kann ja wohl nichts dafür, dass der Kerl plötzlich vor Hillys Haus aufgetaucht ist. Und was auch immer ich über diese Person denke, eins weiß ich inzwischen: Gersons Brief hat sie nicht. Sie kennt weder seinen Inhalt, noch weiß sie, wen Frieba um sein Geld gebracht hat. Im Grunde weiß sie gar nichts. Aber du hättest ihr Gesicht sehen sollen, als sie hörte, wie gefährlich diejenigen werden könnten, mit denen ihr Freund sich damals angelegt hat. Sie hat vermutlich geglaubt, das alles sei nur ein Spiel.«

Benjamin nahm eine verstaubte Dose mit Schuhcreme in die Hand und warf sie so lange immer wieder in die Luft, bis Evelyn sie ihm mit einem tadelnden Blick abnahm und in eine der halb gefüllten Kisten legte. »Franzi mag es gar nicht, wenn du mit der Ware herumspielst. Ich glaube, das Mädchen trifft der Verlust der Drogerie härter als mich.«

»Hast du dir etwas für die Kleine einfallen lassen?«

Evelyn nickte zögernd. »Sobald wir hier fertig sind, gehe ich mit ihr in die Stadt. Dann sehen wir weiter.«

»Und was ist mit Frieba?« Benjamin verschränkte die Arme vor der Brust. Er hatte heute auf seinen Malerkittel mit den Farbklecksen verzichtet und trug stattdessen ein sauberes Hemd mit einer Krawatte, die farblich perfekt zu seinen Knickerbockers passte. »Sagtest du nicht, er habe dieser Hilly noch kurz vor seinem Tod etwas über den Brief deines Mannes verraten?«

»Sie hat von dem Brief des Soldaten gesprochen«, bestätigte Evelyn. »Vielleicht, weil Frieba ihn so bezeichnet hat. Angeblich hat er ihn mit in die Berge genommen und dort in einen See geworfen.«

Benjamin sah sie ungläubig an. Sein Gesichtsausdruck spiegelte völlige Ratlosigkeit wider. »In einen See? Und du bist dir sicher, dass du die Frau richtig verstanden hast?«

»Ich habe mehrmals nachgefragt. Das waren seine letzten Worte, jedenfalls hat Hilly nicht viel mehr aus ihm herausgebracht.«

»Ich fürchte, diese Person hat dich zum Narren gehalten. Einen Brief, dessen Inhalt man sich vergolden lassen kann, vernichtet man nicht. Es sei denn, dieser Frieba war im Frühjahr mit Hilly im Lichtspieltheater und hat sich von Fritz Langs neuem Film über die Nibelungen inspirieren lassen. Darin wird ein ganzer Schatz versenkt.«

Evelyn seufzte. »Der Nibelungenschatz landete im Rhein

und nicht in einem Gebirgssee. Nein, Hilly hielt Friebas Worte für wirres Zeug. Ich kann mir nicht vorstellten, dass Frieba je mit ihr einen Ausflug in die Berge gemacht hat. Er wollte sicher nicht mit ihr wandern, sondern … Hummer essen!«

Benjamin grinste, als hätte er sie bei einem unkeuschen Gedanken ertappt, wurde aber gleich wieder ernst. »Dann ist er eben allein losgezogen«, sagte er. »So oder so, du musst den Tatsachen ins Auge sehen, Evelyn. Ob der Brief in den Bergen verschollen oder in einem Kamin verbrannt ist, macht doch keinen Unterschied. Er scheint nicht mehr zu existieren. Die Männer, die seinen Inhalt fürchten mussten, werden aufatmen, und vielleicht ist das auch gut so. Weil sie dich und deine Angehörigen in Ruhe lassen werden.«

»Und wenn diese Männer doch für Gersons Tod verantwortlich sind? Verdienen sie es dann nicht, zur Verantwortung gezogen zu werden?«

Benjamin berührte Evelyn sachte am Ellbogen. Die Art, wie er sie ansah, gab ihr zu verstehen, dass er ihre Nöte respektierte, von seiner Meinung bezüglich ihrer Nachforschungen aber nicht abrückte. Evelyn dachte an ihren Wortwechsel von neulich zurück. Wenn sie ehrlich war, wunderte sie sich darüber, dass Benjamin nicht das Weite gesucht hatte. Blieb er nur, weil er sich Sorgen machte, sie könnte eine noch größere Dummheit begehen? Sie holte tief Luft und erzitterte bei dem Gedanken, er würde sie noch einmal so küssen wie neulich. Vielleicht hatte er das auch vor, doch plötzlich erklang die Ladenglocke und die Tür flog auf. Evelyn gelang es gerade noch, ein Stück von Benjamin abzurücken, als auch schon Sibylles Stimme ertönte. Die junge Frau wirbelte herein wie ein kleiner Tornado und verzog das Gesicht, als sie die leeren Regale und das Durcheinander auf dem Fußboden bemerkte. »Ihr habt es ja hübsch hier. Darf man fragen, was das Chaos zu bedeuten hat? Macht ihr Inventur?«

Sie sah Evelyn pikiert an. »Dafür hättest du aber einen anderen Tag wählen können. Schließlich ist heute meine große Verlobungsfeier. Man könnte meinen, du nähmest überhaupt keinen Anteil an meiner Zukunft.«

Sibylle stakste wie ein Storch über Schachteln mit Badesalz und Zahnpulver. Offenbar hatte sie vergessen, dass Evelyn im Begriff stand, Haus und Laden zu verkaufen. Evelyn wunderte das nicht sonderlich. Als sie ihrer Freundin von Brungässner erzählt hatte, hatte die nur abwesend genickt, war mit ihren Gedanken aber sehr schnell wieder abgeschweift. »Ich habe dir jemanden mitgebracht, nach dem du dich sicherlich schon verzehrt hast«, sagte sie, während sie Evelyn in eine ihrer schraubstockartigen Umarmungen zwang. »Er parkt gerade das Automobil.«

Kurz darauf trat Kilian durch die Tür. Das Lächeln, mit dem er Evelyn begrüßte, war herzlich, kühlte aber spürbar ab, als sein Blick auf Benjamin fiel. Die beiden Männer musterten sich einen Augenblick schweigend, dann erklärte Benjamin, er habe im Lager zu tun, und verschwand hinter dem Vorhang. Evelyn widerstand der Versuchung, ihm nachzusehen. Stattdessen überlegte sie, ob Kilian einen Kuss von ihr erwartete. Sie entschied sich für einen Händedruck zur Begrüßung. Immerhin hatte er sich tagelang auswärts aufgehalten, ohne sich bei ihr zu melden. Was Evelyn anging, so sollte er ruhig merken, dass sie ein solches Verhalten missbilligte. Das schien Kilian allerdings kaum zur Kenntnis zu nehmen.

»Ich bin nicht gerade erfreut darüber, dass dieser Herumtreiber noch da ist«, sagte er, nachdem er Hut und Gehstock auf der Ladentheke abgelegt hatte. Trotz ihrer Verstimmung musste Evelyn zugeben, dass ihr Freund blendend aussah. Seine Wangen waren noch leicht gerötet von der morgendlichen Rasur, und seine Haut duftete nach dem Rasierwasser, das Evelyn ihm zu seinem Geburtstag geschenkt hatte. Es stammte aus den Beständen der Drogerie, und Kilian benutzte es tapfer, obwohl er zweifellos exquisitere Aftershaves gewöhnt war.

»Du hättest ihn zum Teufel jagen sollen! Nur weil die alte Frau Pelzendorf ihm ein Zimmer vermieten wollte, heißt das nicht, dass du es auch tun musst. Du bist ihm nichts schuldig.«

Sibylle kicherte. »Evelyn und ihr Helferkomplex! Das war schon in der Schule so. Wie oft hat sie streunende Katzen von der Straße aufgelesen und mit nach Hause genommen.«

»Ein einziges Mal, und das arme Tier war verletzt, weil du es mit deinem Rad erwischt hast«, gab Evelyn ein wenig gereizt zurück. Kilians enttäuschter Blick verriet ihr indessen, dass er sich einen anderen Empfang erhofft hatte. Ob er Benjamin tatsächlich als einen ernstzunehmenden Rivalen betrachtete, konnte Evelyn nicht sagen, doch wenn er glaubte, dass sie Benjamin vor die Tür setzte, nachdem er sie tagelang ohne jede Nachricht hatte sitzenlassen, kannte er sie schlecht. Den Gefallen würde sie ihm nicht tun, aber trotzdem musste sie dringend mit ihm reden. Selbst in Erlangen gab es Zeitungen, und einem aufmerksamen Menschen wie Kilian war daher wohl kaum entgangen, was dem Trödler Mull kurz nach ihrer Auseinandersetzung mit ihm im Laden zugestoßen war.

»Schau doch nicht so sauer drein!« Es war Sibylles Stimme, die Evelyn aus ihren Gedanken riss. »Wundert es dich etwa, dass mein Bruder eifersüchtig auf diesen feschen Maler ist? Da ist er endlich zurück von seinen langweiligen Forschungen an der Universität, will dich besuchen, und wen findet er bei dir? Den jungen Herrn Künstler aus Prag. Wenn Rasmus an seiner Stelle wäre, würde er den Knaben prompt zum Duell fordern.«

»Ich bin nicht eifersüchtig«, begehrte Kilian auf und fügte errötend hinzu: »Und wir leben auch nicht mehr im vorigen Jahrhundert. Selbstverständlich darf Evelyn jemanden einstellen, der ihr in der Drogerie zur Hand geht.« Wie um seine Worte zu unterstreichen, nahm der junge Arzt Evelyns Hand und führte sie galant an seine Lippen, wobei er ihr tief in die Augen schaute. »Es tut mir leid, dass ich so wenig Zeit für dich hatte, meine Liebe. Ich verspreche dir, dass sich das ändern wird, sobald wir verheiratet sind.«

Evelyn räusperte sich. »Wir müssen reden, Kilian! Dringend.«

»Ja, ja, sicher müsst ihr das, aber doch nicht jetzt!« Sibylle wurde ungeduldig. Bis zum Abend gab es noch eine Menge vorzubereiten, und Sibylle schien zu erwarten, dass ihr Bruder ihr dabei unter die Arme griff. Energisch schnappte sie sich Kilians Hut und den Spazierstock von der Theke und reichte ihm die Sachen. »Ach ja ...« Mit funkelnden Augen nahm sie Evelyn ins Visier. »Mir ist zu Ohren gekommen, dass du gestern in der Stadt ein Abendkleid gekauft hast. Noch dazu in einem piekfeinen Laden. Ja, ja, so etwas spricht sich herum. Aber nicht dass du glaubst, ich hätte meine Spione über die Stadt verteilt. Ich kenne lediglich die Besitzerin. Sie hat mir das gute Stück genau beschrieben, das Esther Bing bezahlt hat.«

Großer Gott, dachte Evelyn und wünschte sich ein großes Loch im Boden herbei, in dem sie verschwinden konnte, bevor es noch peinlicher wurde. Das Schlimmste war, dass Sibylle sich gar nichts dabei dachte, sie vor Kilian so bloßzustellen.

»Ich kann's kaum erwarten, das gute Stück an dir zu sehen, Liebes. Womöglich habe ich es selbst schon im Modehaus anprobiert, wäre das nicht lustig?«

Nein, das fand Evelyn überhaupt nicht.

Sibylle lachte, aber es klang etwas zu gezwungen, um fröhlich zu wirken. »Du hast hoffentlich nicht vor, der glücklichen Braut den Rang abzulaufen, oder? Du weißt schließlich genau, wie viel mir dieser Abend bedeutet.«

»Nur keine Angst«, sagte Evelyn, die nicht den Eindruck hatte, dass Sibylle sonderlich glücklich aussah. »Ich bin ganz brav und werde mich bemühen, dich und deinen Rasmus in meinem geliehenen Kleid und mit den falschen Perlen um meinen Hals nicht in Verlegenheit zu bringen.«

Sibylle kramte in ihrem Handtäschchen nach einer Quaste, mit der sie sich hektisch Puder ins Gesicht tupfte. »Warum so übellaunig«, mahnte sie Evelyn über ihren Taschenspiegel hinweg. »Du wirst heute auch auf deine Kosten kommen, dafür wird Kilian schon sorgen. Vorausgesetzt, du lässt deine säuerliche Miene zu Hause und redest bei Tisch nicht pausenlos über die arme Frau Pelzendorf oder den merkwürdigen Briefumschlag ihres Untermieters.«

»Gibt's denn etwas Neues darüber?«, erkundigte sich Kilian. Anders als seine Schwester klang er interessiert, was Evelyn ihm hoch anrechnete. Als sie den Kopf schüttelte, schloss er sie mit einem mitfühlenden Lächeln in die Arme, ohne auf Sibylles ungeduldiges Gezappel zu achten. »Ich könnte jetzt sagen, dass mir das von Anfang an klar war, aber dann bist du heute Abend vielleicht nicht in der Stimmung für das, was ich mit dir vorhabe«, sagte er.

Evelyns Mund wurde trocken. Sie bildete sich ein, ein schnaubendes Geräusch aus dem Raum nebenan zu hören. Wenn sie richtig vermutete, stand Benjamin hinter dem Vorhang und drückte sich die Ohren platt, um zu hören, was Kilian mit ihr im Sinn hatte. Aber zu ihrer Erleichterung verzichtete dieser darauf, das im Detail auszuführen.

»Ich bin stolz auf dich, weil du dich dazu durchgerungen hast, Gersons Haus aufzugeben!« Kilian entließ sie aus seiner Umarmung und setzte seinen Hut auf. »Du wirst sehen, meine Liebe. Wenn der heutige Abend vorüber ist, wirst du auch nicht mehr an diesen Brief denken.«

36.

Am Nachmittag waren alle Regale ausgeräumt und die Waren sorgfältig in Kisten und Schachteln verstaut. Evelyn sah sich schweren Herzens in den leeren Ladenräumen um. Immer wieder fragte sie sich, ob es richtig war, was sie tat. Vielleicht hätte es noch andere Möglichkeiten gegeben, um das Geschäft aus der Misere zu holen. Sie hätte nach München fahren und dort nach neuen Krediten fragen können. Doch damit hätte sie sich nur in weitere Abhängigkeiten begeben, was angesichts der unsicheren wirtschaftlichen Lage keine gute Idee war. Nein, wie die Dinge lagen, war es vernünftiger, einen sauberen Schnitt zu machen und nach vorne zu schauen. Nachdem Franzi die Böden sauber gefegt hatte, lud Evelyn das Mädchen ein, sie in die Stadt zu begleiten. Dort gab es etwas zu erledigen, das keinen Aufschub duldete. In der Bindergasse gab es eine alte Apotheke, die, wie Gersons Drogerie, schon seit Generationen in Familienbesitz war. Der Apotheker, ein älterer Herr mit dichtem Bart und graumelierten Schläfen, erinnerte sich an Gersons Familie und begrüßte Evelyn respektvoll. Evelyn legte ihm eine vollständige Auflistung aller Waren vor, die für sein Geschäft von Interesse sein könnten, und nach einer kurzen Prüfung erklärte sich der Apotheker bereit, Evelyn Verbandstoff und Heftpflaster, Desinfektions- und Stärkungsmittel abzukaufen. Einen Teil der Summe sollte sie dafür gleich hier und jetzt erhalten, den Rest in regelmäßigen Raten.

»Auch wenn ich mich über ein gutes Geschäft freue, tut es

mir doch leid um die Drogerie Sandmeyer«, sagte der Apotheker, als er seine Registrierkasse wieder schloss. Er blickte Evelyn mitfühlend an. »Aber grämen Sie sich bitte nicht, gnädige Frau. Sie sind beileibe nicht die Einzige, die in diesem Jahr schließen muss. Es gibt noch eine Menge anderer Geschäfte in Nürnberg, die sich nach der furchtbaren Krise im vergangenen Jahr nicht wieder erholt haben. Und ich fürchte, dass wir auch nach Einführung der Reichsmarkwährung noch lange nicht aus dem Schneider sind. Die Herren in der Reichshauptstadt haben uns sieben fette Jahre versprochen, aber wer nur ein wenig bibelfest ist, weiß, dass darauf die mageren Jahre folgen. Ich fürchte, da braut sich etwas zusammen, das wir noch gar nicht abschätzen können. Und verlieren die Leute ihre Arbeit, sinkt auch ihr Mut. Dann werden sie anfällig für das Geschrei derer, die ihnen das Blaue vom Himmel versprechen, nur damit sie gewählt werden.«

Dem konnte Evelyn nicht widersprechen. Dann stellte sie dem Apotheker Franzi vor, die ein wenig schüchtern an der Tür stehen geblieben war und nicht recht zu wissen schien, warum ihre Chefin sie in die Apotheke mitgenommen hatte. »Ich habe Ihnen einen guten Preis gemacht«, sagte Evelyn. »Würden Sie dafür in Betracht ziehen, dieses junge Fräulein einzustellen? Franzi ist fleißig und sehr zuverlässig. In den vergangenen Monaten war sie mir eine große Hilfe in der Drogerie. Genau genommen hätte ich ohne sie schon viel früher das Handtuch geworfen. Leider verliert sie jetzt ihre Anstellung, und dies ausgerechnet so kurz vor Weihnachten.«

Der Gesichtsausdruck des Apothekers verriet, dass er es gar nicht schätzte, auf diese Weise überrumpelt zu werden. Doch nach einigem Zögern begann er immerhin, Franzi ein paar Fragen zu Heilmitteln zu stellen, welche das Mädchen zu seiner Zufriedenheit beantwortete. Schließlich zuckte er mit einem Seufzer die Achseln. »Ich hatte eigentlich nicht vor, in diesem Jahr noch eine Gehilfin einzustellen, aber ich muss zugeben, dass das junge Fräulein in der Apotheke nützlich sein könnte. Ich bin schließlich nicht mehr der Jüngste und steige nur ungern die Leiter hinauf, um etwas aus dem Regal zu holen. In meinem Alter bricht man sich dabei leicht die Knochen. Also gut, überredet. Versuchen wir es miteinander.« Er reichte erst Evelyn, dann Franzi die Hand, und beide schlugen erleichtert ein. Sie vereinbarten, dass Franzi nach dem Jahreswechsel ihren Dienst antreten sollte.

Auf dem Rückweg strahlte Franzi vor Freude. »Ich bin natürlich traurig, dass ich nicht mehr zu Ihnen in die Tuchgasse kommen kann«, sagte sie. »Aber wenn ich mir vorstelle ... Ach, tausend Dank. Das werde ich Ihnen nie vergessen.«

Evelyn lachte. »In der Tuchgasse könntest du höchstens als Zimmermädchen für Brungässner arbeiten, aber ich glaube nicht, dass es dir unter der Fuchtel meiner Mutter gefallen würde, die das neue Hotel für ihn führen wird. In der Apotheke bist du besser aufgehoben. Lerne nur fleißig weiter, damit wir alle stolz auf dich sein können.«

»Das werde ich«, versprach Franzi mit roten Wangen. »Vielleicht kann ich ja selbst eines Tages Apothekerin werden. Meinen Sie, ich könnte das schaffen?«

»Du schaffst alles, wenn du es nur willst!« Kaum hatte Evelyn diese Worte ausgesprochen, da spürte sie auch schon, wie sich in ihrem Hals ein dicker Kloß bildete. Gab sie leere Phrasen von sich, oder glaubte sie an das, was sie gerade gesagt hatte? Wenn ja, musste es ihr doch auch gelingen, hinter Gersons Geheimnis zu kommen. Um Franzis neue Anstellung zu feiern, lud Evelyn das Mädchen zu einem Bummel über den Christkindlesmarkt ein. Da heute Samstag war und Sibylles Verlobungsfeier bevorstand, hatte sie keinen Dienst, aber es konnte nicht schaden, am Stand kurz nach dem Rechten sehen. Wie so oft herrschte zwischen den festlich geschmückten Buden auch heute ein so großes Gedränge, dass sie nur langsam vorankamen. Ein Drehorgelspieler im Nikolauskostüm stapfte mit seinem Wagen an ihnen vorbei, und Franzi schrie begeistert, als sie auf der Schulter des Mannes einen kleinen Affen entdeckte. Das Tier schnitt Grimassen, lüpfte aber artig die rote Zipfelmütze auf seinem Köpfchen, sooft ein Groschen in der Zigarrenkiste seines Herrn landete. Der Stand mit den Rauschgoldengeln wurde von kauflustigen Besuchern buchstäblich umlagert. Der vierte Advent stand vor der Tür, Zeit, die letzten Einkäufe für die Feiertage zu tätigen. Evelyn erlaubte Franzi, sich zur Erinnerung an die gemeinsame Zeit in der Tuchgasse eine Engelsfigur auszusuchen. Diese sollte ihr für die neue Lehrstelle Glück bringen und sie ermutigen, an ihren Träumen festzuhalten. Das Mädchen beugte sich erfreut über das große Angebot und ließ sich Zeit mit der Auswahl. Am Ende entschied sie sich für einen kleinen Engel, dem Evelyn ganz besonders markante Gesichtszüge verliehen hatte. Das runde Gesicht war vielleicht nicht hübsch im herkömmlichen Sinn, aber die mit sorgfältigen Pinselstrichen ausgeführten Augen blickten wach, aufmerksam und ein wenig zweifelnd. Ein Wesen, das Fragen stellte und sich nicht mit einfachen Antworten zufriedengab. Über dem aus dünner Goldfolie gefalteten Gewand trug der Engel eine Schürze in Franzis Lieblingsfarben Rot und Grün. Die Halskrause war aus hauchdünner Spitze.

»Eine gute Wahl«, lobte Evelyn erfreut. »Der Engel hat etwas an sich, das mir jetzt erst auffällt. Er ist neugierig und möchte den Dingen auf den Grund gehen.« Evelyn warf ein paar Münzen in die Schale, dann zwinkerte sie Franzi zu. »Bestimmt der perfekte Gefährte für eine zukünftige Apothekerin. Aber was hältst du jetzt noch von einem Bratapfel?« Sie warf einen Blick auf ihre Armbanduhr. »Doch dann muss ich mich sputen, sonst komme ich zu spät zu Fräulein Falkners Verlobungsfeier.«

Die beiden schlenderten an den Süßwaren- und Spielzeugbuden vorbei und plauderten. Der Leierkastenmann hatte inzwischen vor Cäcilies Stand Stellung bezogen und kurbelte »Vom Himmel hoch, da komm ich her«. Einige Besucher stimmten fröhlich mit ein. Als die Lebkuchenfrau Evelyn entdeckte, gab sie ihr ein Zeichen, sich zu ihr zu gesellen.

»Ich kann den Stand nicht verlassen, solange dieses haarige Ungetüm hier herumturnt«, sagte sie mit einem giftigen Blick auf den Affen, der auf das Dach ihrer Hütte gesprungen war und nun die Vorbeigehenden mit seinen Faxen foppte. »Das Vieh macht sich über meine Lebkuchen her, wenn ich nicht aufpasse. Und der Alte mit seinem Leierkasten findet das auch noch komisch.« Sie grinste schief, wurde aber sofort wieder ernst. »Da war übrigens so ein Kerl auf dem Markt, der sich an ein paar Ständen nach dir erkundigt hat. So eine schräge Visage in lächerlichen Hosen mit Karomuster. Mit dem hast du dich doch hoffentlich nicht eingelassen, oder?«

Evelyn erschrak so sehr, dass sie sich an ihrem Bratapfel verschluckte. Beitz. Wenn der sogar auf dem Christkindlesmarkt auftauchte, um nach ihr zu suchen, war höchste Vorsicht geboten. Unwillkürlich warf Evelyn einen Blick über die Schulter. Sie war direkt froh darüber, dass es hier vor Weihnachtsmarktbesuchern nur so wimmelte. Solange sie sich inmitten der Menschenmenge aufhielt, würde nicht einmal Beitz es wagen, ihr etwas anzutun. Dennoch war es kein angenehmes Gefühl, zu wissen, dass er ihr dicht auf den Fersen war.

»Ich habe dem Kerl gesagt, er soll Leine ziehen, und beim Peter drüben ist er auch abgeblitzt.« Sie schüttelte die Faust in Richtung des Affen, dem es auf dem Dach zu langweilig geworden war und der nun ihre Lebkuchen ins Visier nahm. »Mach bloß, dass du verschwindest, du kleines Biest, sonst drehe ich dir den Hals um!«

»Peter?«, wollte Evelyn wissen. »Welchen Peter meinst du?«

Die Frau wies mit einer Kopfbewegung auf die etwas abseits stehende Bude, in der der Trödler Mull seinen billigen Messingschmuck feilgeboten hatte. Wie es aussah, war der Verkaufsstand an einen anderen Markthändler vergeben worden, der nicht gezögert hatte, ihn mit Tannengrün, Mistelzweigen und rot-weißen Papiergirlanden zu verzieren. »Brungässner ist abgesprungen. Plötzlich wollte er den Stand nicht mehr haben, keine Ahnung, warum. Da hat ihn der Marktaufseher dem Holzschnitzer Peter angeboten. Er kommt ursprünglich aus dem Sächsischen und macht Marionetten, richtige kleine Kostbarkeiten.« Cäcilie senkte den Blick und räusperte sich ein wenig verlegen. Es war nicht zu übersehen, dass der neue Standnachbar Eindruck auf sie gemacht hatte. Was Evelyn sah, als sie sich der Bude näherten, gefiel ihr sofort. Wie Cäcilie angedeutet hatte, war es dem Holzschnitzer gelungen, die Marktbude von der düsteren Aura zu befreien, die bislang wie Pech an ihr gehaftet hatte. Dies lag nicht nur an dem weihnachtlichen Schmuck, sondern vor allem an den Puppen, die er an die Wände der Hütte gehängt hatte. Die Marionetten wirkten in ihren sorgfältig geschneiderten Kleidern und mit ihren beweglichen Gliedmaßen fast so, als wären sie lebendig. Da gab es Mädchen mit verträumten Mienen, stolze Ritter mit großen Augen und närrische Harlekine, die fast ein wenig boshaft dreinschauten. Jede menschliche Laune schien in den aus weichem Lindenholz geschnitzten Puppenköpfen ihren passenden Widerhall zu finden. Evelyn schluckte überwältigt, als sie sich die Marionetten aus der Nähe betrachtete. Cäcilie hatte recht. Dieser Peter war in der Tat ein begnadeter Künstler, von dem sie noch einiges lernen konnte. Wie schade, dass er erst jetzt mit seinen Arbeiten auf den Christkindlesmarkt gekommen war.

»Finden Sie nicht auch, dass die Puppe mit dem Krönchen wie das Fräulein Falkner aussieht?« Franzi deutete mit einem spitzbübischen Grinsen auf eine der Marionetten am Fenster. »Na, für die könnte sie dem Holzschnitzer glatt Modell gestanden haben.«

»Ach Unsinn«, widersprach Evelyn lachend, obwohl bei genauerer Betrachtung eine gewisse Ähnlichkeit mit ihrer energischen Freundin nicht zu verleugnen war. Vor allem aber war die Marionette wunderschön gefertigt, ein Kleinod der Holzschnitzkunst, das zweifellos mit viel Herzblut erschaffen worden war. Und sie trug ein Brautkleid aus zarter, weißer Seide.

Evelyn hatte lange über ein passendes Verlobungsgeschenk für Sibylle gegrübelt. Nun hatte sie es gefunden. Sibylle würde Augen machen, wenn sie ihr am Abend die Marionette überreichte.

37.

Verzweifelt starrte Evelyn in ihren Kleiderschrank, als läge dahinter der Schlund zur Unterwelt. Längst war die Dunkelheit über die Stadt hereingebrochen, und die Uhr wies mahnend darauf hin, dass Evelyn in der Kaiserstraße erwartet wurde. Dummerweise konnte sie sich einfach nicht entscheiden, ob sie nach Sibylles Auftritt im Laden das Abendkleid aus dem Modehaus tragen oder nicht doch lieber etwas Schlichteres, weniger Auffälliges wählen sollte. Es ärgerte sie, dass Sibylle über ihr Arrangement mit Esther Bing Bescheid wusste. Gewiss wollte ihre Freundin sie nicht in Verlegenheit bringen, aber die Gute war nun einmal ein Plappermaul und aufgrund ihres überschäumenden Temperaments unberechenbar.

Evelyn nahm eines ihrer Kleider aus dem Schrank, hielt es prüfend ins Licht und hängte es dann naserümpfend zurück. Nein, nichts, was ihr gehörte, eignete sich für einen solchen Anlass. Schließlich nahm sie das neue Seidenkleid aus der Schachtel und schlüpfte hinein. Der weiche Stoff schmiegte sich um ihre Hüften wie ein heilender Balsam, und plötzlich sah sie die Einladung in die Kaiserstraße gar nicht mehr so kritisch.

Irgendwie würde sie den Abend mit den Falkners und Sibylles Rasmus schon überstehen.

Kilian hatte Evelyn angeboten, sie mit seinem Automobil abzuholen, aber da es bis zu seinem Haus keine zweihundert Meter waren, hatte sie abgelehnt. Nun, nachdem sie wusste, dass Franz Beitz sich auf dem Christkindlesmarkt nach ihr umgehört hatte, bereute sie ihre Entscheidung. Der Mann führte etwas im Schilde, das war so sicher wie das Amen in der Kirche. Dass er sich für sie interessierte, wies darauf hin, dass Hilly ihm tatsächlich entwischt war. Wohin mochte sie gegangen sein? Möglicherweise wusste Joachim etwas, aber Evelyn hätte sich eher auf die Zunge gebissen, als ihren Onkel nach seiner Gespielin zu fragen. Vermutlich würden sie sich so schnell nicht wieder begegnen.

Während Evelyn ihre Bürste durchs Haar zog, warf sie einen vorsichtigen Blick aus dem Fenster. Unten auf der Gasse waren Menschen zu sehen. Der Zigarrenhändler unterhielt sich vor seinem Laden mit einer Frau mit Kinderwagen. Ein paar junge Leute schlenderten an ihnen vorbei, vermutlich auf dem Weg in ein Weinlokal oder zum Christkindlesmarkt. Von Beitz keine Spur.

Dennoch atmete Evelyn erleichtert auf, als sie wenig später das hell erleuchtete Haus der Familie Falkner erreichte. Davor parkten mehrere teure Automobile, die längst nicht alle aus Nürnberg kamen. Chauffeure öffneten dienstbeflissen die Türen und halfen elegant gekleideten Damen beim Aussteigen. Da es ein wenig nieselte, standen Dienstboten mit Schirmen bereit, um die Ankömmlinge in Empfang zu nehmen und ins Haus zu geleiten. Dort begrüßte Sibylle ihre Gäste mit blitzenden Augen. Sie sah zauberhaft aus: eine Königin, die es genoss, Hof zu halten und dabei alles, was sich um sie herum regte, mit dem Zauberstab des Frohsinns zu berühren. Ihr Kleid glänzte goldfarben wie aus einem Gemälde von Gustav Klimt und schmeichelte ihrer tadellosen Figur durch seinen engen Schnitt. Trotz der winterlichen Kälte war es ärmellos und das Dekolleté so tief ausgeschnitten, dass so manche Dame die Luft anhielt. Dazu trug Sibylle purpurrote Seidenhandschuhe, die ihr bis zur Armbeuge reichten, und ein mit Brillanten besetztes Stirnband. In der Hand hielt sie eine Zigarettenspitze aus Meerschaum, aber sie rauchte nicht. Neben ihr schüttelte Rasmus im feinen Frack die Hände von Menschen, von denen er die meisten nicht kennen konnte und die er offensichtlich auch nicht kennenlernen wollte. Als er Evelyn sah, begrüßte er sie zwar höflich, wandte sich aber sehr schnell einem anderen Gast zu, der in seiner Uniform, die Brust mit Orden geschmückt, unschwer als Offizier erkennbar war. Evelyn musterte den Mann unauffällig, aber interessiert. Sein Gesichtsausdruck sah ein wenig verkniffen aus, mit seinem kahl geschorenen Schädel und den buschigen Augenbrauen wirkte er sehr maskulin und auf eine derbe Weise gutaussehend. Seine lebhaften Augen schienen alles, was sich um ihn herum in der Halle regte, wie ein Schwamm aufzusaugen.

»Er meint es nicht so«, flüsterte Sibylle Evelyn mit einem entschuldigenden Lächeln zu. »Rasmus ist heute ein wenig aufgeregt. Ein paar seiner politischen Freunde sind aus München gekommen, darunter auch dieser Oberst. Er und Rasmus dienten gemeinsam in Frankreich. Aber ihr werdet noch viel Zeit haben, euch besser kennenzulernen!« Sie machte einen Schritt zurück und betrachtete Evelyn von Kopf bis Fuß. »Donnerwetter, du siehst umwerfend aus! Hat Kilian dich schon gesehen? Nein? Keine Ahnung, wo sich mein Bruder wieder herumtreibt. Ich werde ihm die Ohren langziehen, weil er dich nicht mit seinem Wagen abgeholt hat.«

Evelyn wollte gerade erklären, dass sie selbst ihn davon abgehalten hatte, als Sibylles Blick auf die mit einer roten Schleife umwickelte Schachtel in Evelyns Hand fiel. »Für mich? Aber Liebes, das wäre doch nicht nötig gewesen! Dass du heute hier bist, ist das schönste Geschenk für mich.«

Evelyn konnte ein Grinsen nicht unterdrücken, denn dass Sibylle ungeachtet ihrer höflichen Worte Geschenke über alles liebte, war kein Geheimnis. Voller Neugier löste die junge Frau die Schleife und hob den Deckel an, ohne sich um die nach Evelyn eingetroffenen Gäste zu scheren. »Guter Gott, die sieht ja aus wie ich«, rief sie entzückt aus. »Nein, so etwas Verrücktes! Wenn das kein gutes Omen für meine Hochzeit ist!«

»Sie gefällt dir?« Evelyn fiel ein Stein vom Herzen, und sie errötete, als einige Personen hinter ihr spontan Beifall klatschten.

»Und ob! Damit hast du mir eine große Freude gemacht!« Während Sibylle ihrer Begeisterung freien Lauf ließ, sah Evelyn Kilian die Treppe herunterkommen. Der junge Arzt wirkte ein wenig derangiert, wie Evelyn schmunzelnd bemerkte, als hätte er über seiner Arbeit die Zeit vergessen und sich gerade noch rechtzeitig in seinen Frack geworfen. Sein gewelltes Haar war noch feucht, und im Gehen zupfte er an seinem schwarzen Schlips, der nicht so korrekt gebunden war wie sonst. »Schau dir an, was mir Evelyn zur Verlobung geschenkt hat«, empfing ihn seine Schwester mit gerunzelter Stirn. »Ist das nicht allerliebst? Ich wette, das gute Stück stammt von unserem wunderschönen Christkindlesmarkt.«

Evelyn bestätigte die Vermutung mit einem flüchtigen Nicken. »Es gibt dort neuerdings einen Holzschnitzer, der solche Marionetten macht. Er hat den Stand vom Trödler Mull bekommen.« Dabei sah sie Kilian beschwörend an, der den Wink allem Anschein nach verstand, denn er biss sich auf die Lippe und gab Evelyn mit einem eindringlichen Blick zu verstehen, das Thema vor Sibylle und ihren Gästen nicht weiterzuverfolgen. Das hatte Evelyn auch nicht vor. Sie ließ sich von einem Diener ein Glas geben und schlenderte dann durch den Eingangsbereich, in dem Sibylles Gäste in Gruppen beisammenstanden, lachten und plauderten. Das laute Stimmengewirr und Gläserklirren wurden ihr schnell zu viel, daher flüchtete sie zu dem Weihnachtsbaum und wartete im Schein seiner Kerzen ungeduldig darauf, dass Kilian endlich Zeit für sie fand.

»Lass uns in die Bibliothek gehen«, schlug er kurz darauf vor.

»Ich schätze, dort sind wir wenigstens für ein paar Minuten ungestört.« Er ging voraus, und Evelyn folgte ihm. Als die Tür hinter ihr ins Schloss fiel, atmete sie erleichtert auf. In der Bibliothek war es angenehm warm. Im Kamin flackerte ein Feuer, und auf den antiken Kommoden brannte ein Meer aus Kerzen in silbernen Kandelabern. »Das war Sibylles Idee«, sagte Kilian mit einem schmallippigen Lächeln. »Sonst benutzen wir die Bibliothek abends gar nicht mehr, aber meine Schwester hat sich in den Kopf gesetzt, hier nach Tisch den Kaffee zu servieren und für die jüngeren Gäste Platten aufzulegen. Vermutlich will sie ihren Verlobten beeindrucken. Aber der Kerl interessiert sich weder für moderne Literatur noch für Swing. Marschmusik sollten wir spielen, dann können er und seine Freunde in Erinnerungen an ihre glorreiche Militärzeit in Frankreich schwelgen.«

Evelyn sah ihn überrascht an. »Das klingt so, als wärst du mit der Wahl deiner Schwester nicht einverstanden.«

»Wundert dich das? Sibylle ist diesem Schwachkopf völlig hörig. Rasmus hier, Rasmus da. Ich konnte es nicht mehr hören, daher war ich dankbar, als mein alter Professor mich nach Erlangen einlud.« Kilian nahm eine Karaffe vom Servierwagen und füllte sich ein Glas mit Kognak.

Evelyn hob erstaunt die Augenbrauen. Seit wann trank ihr Freund denn Kognak?

»Hat meine Schwester dir schon erzählt, dass die beiden nicht ins Münchener Familienpalais einziehen dürfen?« Kilian rollte mit den Augen. »Rasmus hat dort nämlich genauso wenig zu melden wie im Berliner Reichstag. Aber natürlich findet mein Fräulein Schwester für alles eine Entschuldigung. Für sie ist Rasmus ein Volltreffer. Darum liegt sie uns auch ständig in den Ohren, höflich zu ihm zu sein, bloß nichts zu sagen, was ihn oder seine Parteifreunde verärgern könnte. Weil ihm doch angeblich eine so große politische Karriere bevorsteht.«

Evelyn teilte Kilians Bedenken, und sie fragte sich, was aus Sibylle werden würde, wenn diese sich ganz und gar ihrem Mann unterordnete. Würde sie dann noch dieselbe sein? Evelyn hatte ihre Freundin stets für ihre Unabhängigkeit und ihr großes Selbstbewusstsein bewundert, daher erschreckte sie die Vorstellung, Sibylle könnte sich nur noch den Wünschen ihres Gatten fügen. Doch im Augenblick schien es unmöglich, ihrer Freundin die Augen zu öffnen. Ob Sibylle nun Rasmus wirklich liebte oder nicht: Offensichtlich wollte sie ihr künftiges Leben an der Seite eines adeligen Reichstagsabgeordneten verbringen, und dieses Ziel würde sie gegen alle Widerstände verteidigen.

»Sie beneidet dich, meine Liebe, das ist der Grund, warum sie diese Hochzeit so forciert!«

Evelyn öffnete verwundert den Mund und starrte ihn an. Wie kam Kilian nur auf so etwas? Allein die Annahme, ausgerechnet Sibylle mit ihrer Ausstrahlung, ihrem Talent für große Auftritte könnte sie beneiden, erschien ihr absurd.

»Für Sibylle war es damals ein Schock, dass du vor ihr einen Mann gefunden hast«, erklärte der junge Arzt. »Damit will ich nicht behaupten, sie hätte euch euer Glück nicht gegönnt. Das hat sie, und sie war traurig, als Gerson nicht zurückkehrte. Aber dass du noch vor ihr die große Liebe gefunden hast, war für Sibylle so etwas wie die Umkehrung eines Naturgesetzes. So, als ob sich die Sonne plötzlich um die Erde drehte oder es im Hochsommer zu schneien begänne. Sie hat uns stets weisgemacht, sie wolle erst ihre Jugendzeit genießen, bis sie sich für einen ihrer Verehrer entscheidet. Tatsache ist aber, dass sie in den letzten Jahren mit vielen Männern ausgegangen ist, aber die große Liebe nicht gefunden hat. Ich vermute, dass sie jetzt die Uhr ihres Lebens ticken hört und Angst hat, auf der Strecke zu bleiben.«

Evelyn zuckte ein wenig ratlos mit den Schultern. Dass

Sibylle sich Hals über Kopf in eine Ehe stürzte, damit sie ihr, Evelyn, etwas voraushatte, war ein Gedanke, der Evelyn nicht in den Kopf wollte, und gewiss war dieser Abend auch nicht der richtige Zeitpunkt, um darüber nachzugrübeln. Was Evelyn jedoch von Kilian wissen musste, war, was er wegen des Trödlers Mull zu unternehmen gedachte.

»Du hast der Polizei nicht gesagt, was im Laden dieses Mannes geschehen ist«, sagte Kilian. »Dabei sollten wir es auch belassen, findest du nicht? Wenn wir jetzt damit herausrücken, dass du ihn mit diesem Holzkasten verletzt hast, würde die Polizei dich sicher festnehmen. Sie braucht einen Schuldigen, und zwar schnell.« Er schüttelte energisch den Kopf. »Nein, wir waren niemals in diesem Laden, hörst du? Wir waren zusammen spazieren und dann im Kaffeehaus, dafür gibt es Zeugen.«

Evelyn beugte sich vor und vergrub das Gesicht in den Händen. Sie hatte erwartet, dass Kilian auf diese Weise argumentieren würde. Wieso auch nicht? Sie hatte sich ja wirklich nur gegen Mull verteidigt, war aber nicht schuld an seinem Tod. Dafür war ein anderer verantwortlich. Trotzdem fühlte es sich nach wie vor falsch an, die Polizei hinters Licht zu führen und ihr wichtige Informationen vorzuenthalten. Das konnte ihr das Genick brechen. Sie dachte an ihren Vater. Der hatte kleine Lügen stets mit Kieselsteinen verglichen, die einen Berg hinabsausten und dann als große Lawine Zerstörung mit sich brachten. Aber was sollte es der Polizei helfen, wenn sie ihren Besuch im Keller des Trödlers beichtete? Nein, es gab nur einen Weg aus dem Schlamassel: Sie musste herausfinden, wer nach ihr und Kilian in den Laden gekommen war.

»Es tut mir leid, dass ich dich in die Sache hineingezogen habe«, sagte sie. »Ich lasse nicht zu, dass du Ärger mit der Polizei bekommst.« Sie wollte noch etwas Beruhigendes hinzufügen, doch ein hartes Räuspern ließ sie erstarren. Es kam nicht von

Kilian, sondern von dem Mann, der plötzlich an der Tür stand und sie unverhohlen musterte.

Rasmus. Nein, wie ärgerlich. Wie lange mochte er sie wohl schon belauschen? Seiner strengen Miene nach hatte er Evelyns letzte Worte aufgeschnappt, und die schienen ihm ebenso wenig zuzusagen wie die Kognakflasche in Kilians Hand. »Sibylle bat mich, Sie zu holen, weil die Gäste ins Speisezimmer gehen, aber …« Das Gesicht des dicklichen Mannes wurde krebsrot. Er zog ein Taschentuch aus seinem Frack und tupfte sich damit die Stirn ab. »Was zum Teufel haben Sie mit der Polizei zu tun? Ich dachte, man hätte Ihnen klargemacht, dass ich in der Öffentlichkeit stehe und in keinen Skandal verwickelt werden darf. Das hat mir der Oberst eben noch einmal eindringlich vor Augen geführt, nachdem ich ihm die Gästeliste gezeigt habe.«

»Sie haben was getan?« Kilian war so perplex, dass er erneut nach dem Kognak griff. Er kippte das Glas in einem Zug herunter. »Was gehen diesen Kerl die Gäste einer Verlobungsfeier an?«

»Nun, wir sind dafür verantwortlich, uns von … Personen fernzuhalten, die nicht zu uns passen, nicht wahr? Sibylle ist noch nicht erfahren genug, um beurteilen zu können, wer meiner Laufbahn nützt und wer ihr schaden könnte. Daher habe ich meinen Freund Oberst Hellring aus München kommen lassen.«

Evelyn erinnerte sich an den Offizier mit den vielen Orden, der Rasmus draußen in der Halle in Beschlag genommen hatte. Der Mann war ihr gleich suspekt vorgekommen, und sie konnte nur hoffen, dass Sibylle ihm bei Tisch keinen Platz in ihrer Nähe gegeben hatte. Kurz schloss sie die Augen und ertappte sich bei dem Wunsch, Benjamin wäre jetzt bei ihr.

»Wenigstens haben Sie uns mit Stadtrat Streicher und seinen Leuten vom Völkischen Block verschont.« Kilian funkelte seinen Schwager in spe an, doch dann besann er sich und klopfte dem Mann mit einem Lächeln auf die Schulter. »Und was meine

Unterhaltung mit Evelyn betrifft, so darf ich Sie beruhigen, alter Junge. Offenbar haben Sie da etwas missverstanden.«

»Diese Dame hat vor drohendem Ärger mit der Polizei gewarnt! Ich hab's doch genau gehört! Also heraus mit der Sprache! Bevor wir zu den anderen gehen, verlange ich eine Erklärung!«

Evelyn tauschte einen flüchtigen Blick mit Kilian. »Vor ein paar Tagen haben mir irgendwelche Strolche die Schaufensterscheibe eingeschlagen. Sicher ein dummer Lausbubenstreich. Kilian wollte der Polizei Druck machen, aber das möchte ich nicht. Ich schließe den Laden ja sowieso, da lohnt sich der ganze Ärger mit der Polizei doch nicht mehr.«

Rasmus erwiderte nichts darauf, schien sich mit Evelyns Erklärung aber zufriedenzugeben. Mit hoheitsvoller Miene stolzierte er zur Tür hinaus, wobei er Evelyn und Kilian mit einem Blick auf seine Taschenuhr daran erinnerte, dass das Abendessen in Kürze aufgetragen werden würde.

Kilians Mundwinkel zuckten amüsiert. »Gar nicht schlecht. Und nicht mal gelogen. Damit hast du dem Kerl gekonnt den Wind aus den Segeln genommen. Aber dass er diesen Oberst in mein Haus gebracht hat, damit der herumschnüffelt und unsere Gäste unter die Lupe nimmt, gefällt mir nicht. Wenn es nicht um Sibylle ginge, würde ich diese ganze Bagage auf die Straße jagen.«

»Vermutlich hat der Oberst auch dafür gesorgt, dass die Bings nicht eingeladen wurden, obwohl Esther ein Vorstandsmitglied des Frauenvereins ist!« Nachdenklich knetete Evelyn ihre Hände, weil ihr plötzlich ein verrückter Einfall kam. »Rasmus und der Oberst aus München sind doch Kriegskameraden an der Westfront gewesen, nicht wahr?«

»Na und?«

»Hältst du es für möglich, dass Gerson einem von ihnen oder sogar beiden in Frankreich begegnet ist?«

Kilian starrte sie an, dann verzog er das Gesicht, als hätte er in eine Zitrone gebissen.

»Nur so ein Gedanke«, verteidigte sich Evelyn. »Aber so feindselig, wie Rasmus mir begegnet, und so verschwörerisch, wie er mit dem Oberst getuschelt hat ...«

»Es ist zum Verzweifeln mit dir, Evelyn! Weißt du eigentlich, wie umwerfend du heute Abend in diesem Kleid aussiehst? Kannst du dir und mir nicht den Gefallen tun und einfach den Abend genießen? Vergiss Rasmus und diesen Kerl aus München! Ich wette, die sind deinem Mann nie über den Weg gelaufen, auch wenn sie alle im Königlich Bayerischen 8. Feldartillerie-Regiment gedient haben.«

»Ach, haben Sie?«

»Ja, verdammt noch mal!«, rief Kilian. »Das Regiment ist hier bei uns in Nürnberg gebildet worden und hat an der Kaiserschlacht teilgenommen. Nicht lange danach kam es zur Schlacht von Amiens, die Schlacht, die als schwarzer Tag des deutschen Heeres zu trauriger Berühmtheit gelangt ist. Danach war die Niederlage des Kaisers nur noch eine Frage der Zeit. Dennoch waren unsere Truppen noch Monate später in Abwehrkämpfe verwickelt. Dabei verloren viele gute Männer ihr Leben oder starben wie die Fliegen an ihren Verletzungen im Lazarett, so wie Gerson.« Kilian griff wieder nach der Kognakflasche, stellte sie aber nach kurzem Zögern auf den Tisch zurück und wandte sich zu Evelyn um. Er lächelte schief, sein Atem roch nach Alkohol. »Wenn du nicht willst, dass dein Tischherr betrunken ins Speisezimmer torkelt, solltest du mir jetzt den Kognak wegnehmen und mit mir hinübergehen.«

Mit einem Seufzer gab Evelyn nach und nahm Kilians Arm.

38.

Das Speisezimmer der Falkners hätte an diesem Abend dem im Exil weilenden Kaiserpaar zur Ehre gereicht. Über der Tafel, an der die Gäste nach und nach Platz nahmen, hing ein Kristallleuchter, der sein warmes Licht auf das blank polierte Silber sowie das kostbare Porzellan warf. Den Tischschmuck bildeten zahlreiche Weihnachtssterne, die mit Goldflöckchen bestäubt waren.

Evelyn staunte über diese Pracht. Um die zahlreichen Gäste zu bedienen, hatten die Falkners für den Abend zusätzliches Personal eingestellt: Mädchen mit weißen Häubchen auf dem Kopf und junge Männer, die Evelyn in ihrer Livree an die Kellner aus dem Hotel »Zum Deutschen Kaiser« erinnerten. Als sie bemerkte, dass das verlobte Paar und der Oberst am anderen Ende der Tafel Platz nahmen, atmete sie erleichtert auf. Nach dem Wortwechsel mit Rasmus in der Bibliothek verspürte sie kein Verlangen danach, in seiner Nähe zu sitzen. Kilian ließ sich mit einem Ächzen neben ihr nieder, sein glasiger Blick verriet, dass ihm der Kognak zu Kopf gestiegen war. Als Evelyn ihre Blicke über die festlich herausgeputzte Schar gleiten ließ, entdeckte sie neben den Aschaffenburgers auch ein paar Damen des Nürnberger Frauenvereins, die regelmäßig die Wohlfahrtswerkstätten und den Christkindlesmarkt besuchten. Als die Frau des Juweliers ihr mit freundlicher Miene zulächelte, erwiderte sie den Gruß dankbar. Rasmus stieß an sein Glas und begann, eine Rede zu halten. Darin ging er nicht nur auf die Bedeutung der Familie Falkner für die Stadt Nürnberg ein, sondern lobte auch Sibylles Schönheit, ihr Temperament und ihren Witz. Dafür erntete er stürmischen Beifall. Der Oberst aus München sprang sogar von seinem Stuhl auf und erhob sein Glas auf die Zukunft des verlobten Paares. Dafür schmachtete Sibylle ihn und Rasmus mit einem honigsüßen Lächeln an.

Ein Glöckchen kündigte das Essen an.

Sibylle hatte die Menüfolge stabsplanmäßig ausgearbeitet und achtete während des Servierens darauf, dass zu jedem Gang der passende Wein kredenzt wurde. Den Anfang machte eine Maronensuppe mit Küchenkräutern, danach gab es Lachs in Zitronenbutter und als Hauptgang Boeuf Bourguignon, was Evelyn erstaunte, weil sie vermutet hatte, dass Rasmus wenig von der französischen Küche hielt. Doch da hatte sie sich getäuscht, denn sowohl er als auch der Oberst langten mit Appetit zu. Das Essen verlief harmonisch, es wurde angeregt geplaudert und gelacht. Evelyn freute sich über die Nachspeise: Karthäuser Klöße. Doch als sie den ersten Löffel der süßen fränkischen Köstlichkeit zum Mund führte, bemerkte sie, wie Rasmus naserümpfend den Teller von sich schob. Seiner Miene nach zu urteilen war ihm die Nachspeise, die aus Semmeln vom Vortag zubereitet wurde, aufgrund ihrer Einfachheit zuwider. Er entschuldigte sich sogar bei seinem Freund aus München für die Geschmacklosigkeit seiner Verlobten, ein fränkisches Arme-Leute-Essen auf den Tisch zu bringen. Sibylle blickte wie versteinert ins Leere, und Evelyn, die ahnte, dass Sibylle die Nachspeise nur ihr zuliebe aufgetischt hatte, wäre am liebsten zu ihr geeilt, um sie in den Arm zu nehmen. Damit hätte sie jedoch sicher nur zusätzlich Öl ins Feuer gegossen. Also beschloss sie, Kilians Beispiel zu folgen, der sich aus Trotz gegenüber Rasmus einen Nachschlag geben ließ und das Dessert laut vernehmlich lobte. Sibylle aber machte einen weiteren Fehler. Immer noch aufgewühlt wegen

Rasmus' Taktlosigkeit, ließ sie sich von Frau Aschaffenburger in ein Gespräch verwickeln und bedankte sich artig für deren Verlobungsgeschenk, den silbernen Brieföffner mit eingraviertem Rosenblüte. Evelyn ließ den Löffel sinken und hielt gespannt den Atem an. Bei dem Brieföffner konnte es sich nur um Esther Bings Geschenk handeln. Der Frau des Juweliers war es peinlich, das Missverständnis aufzuklären, aber sie gab ihr Bestes. Dennoch konnte sie nicht verhindern, dass Rasmus aufmerksam wurde und Sibylle mit einem wütenden Blick bedachte.

»Wie kannst du nur ein Geschenk von diesen Leuten annehmen?«, herrschte er sie an. »Du wirst diesen Brieföffner zurückschicken, verstanden?«

»Ja, aber ... Wäre das nicht sehr unhöflich?«, wandte Sibylle ein. »Es war doch nett von Esther, mir eine Aufmerksamkeit zur Verlobung zu schicken, obwohl sie nicht eingeladen ist.« Sie blickte sich Rat suchend um, doch am Tisch schien niemand gewillt, ihr Schützenhilfe zu leisten. Ihre Feier, die zu einem glanzvollen Ereignis hatte werden sollen, drohte der jungen Frau zu entgleiten. Evelyn spürte, wie ihr Herz heftiger klopfte, und empfand Mitleid mit Sibylle. Sollte sie weiteressen und so tun, als hätte sie nichts gehört? Nach dem Gespräch in der Bibliothek war es sicher keine gute Idee, Rasmus zu widersprechen, auf der anderen Seite fühlte es sich auch falsch an, nichts zu sagen. Als sie Rasmus' triumphierenden Blick auffing, erkannte sie, dass sie genug von Männern wie ihm hatte, die große Töne spuckten, während sie auf andere herabsahen. Von Männern wie Beitz, die pöbelnd durch die Straßen zogen und so taten, als gehörte ihnen schon morgen die Welt.

Der Oberst konnte Rasmus gar nicht genug loben. »Bravo, mein lieber von Laubenick!«, rief er. »Es wäre falsch, vaterlandslosen Gesellen wie diesem Industriellen den kleinen Finger zu reichen. Burschen wie dieser Bing haben unserem Heer anno 1918 hinterrücks den Dolch in den Rücken gestoßen. Sie sind nicht besser als die Kommunisten und Sozialisten, die auf den Straßen aufrührerische Reden schwingen. Mit denen wollen Sie sich doch nicht gemein machen, oder?«

»Über Herrn Bing kann ich mir kein Urteil erlauben«, stieß Evelyn hervor. Ihre Stimme zitterte vor Aufregung, doch es gelang ihr nicht, ihre Zunge im Zaum zu halten. »Ich weiß nur, dass sein Unternehmen in Nürnberg vielen Menschen Arbeit gibt. Aber seine Frau Esther kenne ich. Und ich finde, dass sie eine ganz wunderbare Dame ist, der unser Christkindlesmarkt viel zu verdanken hat.« Sie blickte zu Sibylle, die sie anstarrte, als hätte sie den Affen des Leierkastenmanns vor sich. »Es ist deine Entscheidung, Esthers Geschenk anzunehmen, nicht die deines Verlobten. Aber solltest du dich dagegen entscheiden, dann hoffentlich nicht, weil du glaubst, sie wolle sich damit bei dir einschmeicheln. Wir wissen beide, dass sie das nicht nötig hat!«

Die Gespräche am Tisch verstummten. Kein Laut war mehr zu hören, und zu dem verlegenen Schweigen gesellten sich die Blicke der Gäste, die sich auf Evelyn richteten. Die konnte nicht fassen, was sie getan hatte. Verflixt, warum hatte sie ihren Mund nicht halten können? Nie zuvor hatte sie ungefragt bei einer Gesellschaft das Wort ergriffen, und an den Mienen der Anwesenden ließ sich unschwer ablesen, dass diese ihr Benehmen für anmaßend und ungezogen hielten. Die schmalen Lippen des Oberst aus München umspielte indessen ein Lächeln, das so kalt war, dass Evelyn auf ihrer Haut ein Frösteln spürte. »Wie erfrischend, wir scheinen eine Humanistin unter uns zu haben«, sagte er voller Spott, wobei er sich an die Herren in seiner Umgebung wandte. Einige lachten höflich. »Die Republik propagiert doch schon seit Jahren ein neues Frauenbild, nicht wahr? Wen wundert es also, dass sich nun auch Damen in Dinge einmischen, von denen sie nichts verstehen? Die Röcke werden von Jahr zu Jahr kürzer, und die Zungen sitzen lockerer. Es soll schon Frauen geben, die für die Zeitung, das Radio und sogar für die Polizei arbeiten. Am Ende erwachen wir eines Morgens und haben eine Reichskanzlerin.« Unverwandt sah er Evelyn an, aber jetzt lächelte er nicht mehr. »Sie waren eine unabhängige Geschäftsfrau, deren Laden unlängst Pleite gemacht hat, nicht wahr? Jammerschade, gnädige Frau, Sie haben mein tiefes Mitgefühl. Aber wie ich hörte, werden auch für Sie bald die Hochzeitsglocken läuten. Dann brauchen Sie sich Ihre Kleider auch nicht mehr von den Juden bezahlen zu lassen.« Den letzten Satz murmelte der Oberst so leise vor sich hin, dass nur wenige ihn verstanden. Evelyn, der die Beleidigung nicht entgangen war, schob ihren Stuhl zurück und stand auf. »Als mein Mann starb, trug auch er eine Uniform. Vielleicht war er Ihnen sogar bekannt. Sein Name war Gerson Sandmeyer, und er diente im 8. Feldartillerie-Regiment.«

Der Oberst hob amüsiert die Augenbrauen. »Bedaure, gnädige Frau, wie sollte ich als Offizier die Namen einfacher Soldaten im Kopf haben, nur weil sie zufällig in meinem Regiment dienten?«

»Vielleicht war er nicht so unbedeutend, wie Sie annehmen! Vielleicht kannte er ein paar schmutzige Geheimnisse.«

Kilian, der allem Anschein nach schlagartig nüchtern geworden war, erhob sich ebenfalls von seinem Stuhl. »Lass das sein«, raunte er Evelyn ins Ohr. »An diesem Kerl beißt du dir die Zähne aus. Außerdem ruinierst du Sibylles Fest. Siehst du denn nicht, wie sie guckt?«

»Ich wollte den Herrn Oberst nur höflich daran erinnern, dass er für die Uniform, die er heute Abend trägt, ebenso wenig bezahlt hat wie ich für mein Kleid. Allerdings habe ich meines von einer guten Freundin geliehen, während seine Garderobe einem Staat gehört, den er verachtet.« Nach diesen ebenfalls nur geflüsterten Worten verabschiedete Evelyn sich mit einem zuckersüßen Lächeln, dann nahm sie ihre Handtasche und wollte gerade zur Tür hinaus entschwinden, als sich ihr ein livrierter Diener in den Weg stellte. Evelyn dachte schon, der Mann wolle verhindern, dass sie das Speisezimmer verließ, und drehte sich unwillkürlich zum Tisch um. Dort bemühte sich Sibylle, die Stimmung zu retten, indem sie mit einer charmanten Geste zum Kaffee in die Bibliothek lud, allerdings waren die Blicke, die sie und Rasmus Evelyn und dem ihr folgenden Kilian nachsandten, scharf wie Rasierklingen. Sibylle wünschte sich vermutlich gerade, sie hätte Evelyn vor dem Essen eine Droge verabreicht oder sie erst gar nicht eingeladen. Stühle wurden gerückt, die Damen und Herren standen leise tuschelnd auf. Der Diener deutete auf eine kleinere Tür in die Halle hinaus. Darauf hatte vermutlich Sibylle bestanden, damit ihre Gäste Evelyn auf dem Weg zur Bibliothek nicht mehr begegneten.

»Was gibt's denn, zum Donnerwetter?«, fuhr Kilian den Livrierten an, der stocksteif vor Evelyn stand, die Hand an den Türpfosten gelegt. »Haben Sie der Dame etwas zu sagen, oder dürfen wir hinaus?«

Der Adamsapfel des jungen Mannes hüpfte, doch bevor er Kilian eine Antwort geben konnte, rauschte auch schon Sibylle wie eine Rachegöttin auf sie zu. Ihre Augen blitzten gefährlich auf.

»Hast du völlig den Verstand verloren, den Oberst und uns so zu blamieren?«, keifte sie Evelyn an. Sie hob sogar die Hand, und einen Herzschlag lang befürchtete Evelyn, ihre Freundin könnte ihr ins Gesicht schlagen. Doch Sibylle überzeugte sich lediglich mit einer Handbewegung davon, dass ihr Stirnband nicht verrutscht war. Evelyn konnte gut verstehen, dass ihre Freundin böse auf sie war. Dabei hatte sie Sibylle doch nur verteidigen wollen.

»Du hast den Oberst beleidigt!«, tobte Sibylle. »Und Rasmus hast du vor aller Augen lächerlich gemacht. Unsere Gäste müssen ja nun annehmen, wir seien uns in wichtigen Dingen uneinig.« Der Diener brachte sich mit einem Räuspern in Erinnerung.

»Was?« fuhr Sibylle den Ärmsten an, der sogleich den Kopf zwischen die Schultern zog.

»In der Halle ist ein Herr, der unbedingt Frau Sandmeyer sprechen will.«

»Wie schön für ihn. Sagen Sie ihm, er kann sie gerne haben. Ich jedenfalls will sie heute nicht mehr sehen.«

»Der Mann ist von der Polizei«, keuchte der Diener, dessen Kopf inzwischen die Farbe einer reifen Tomate angenommen hatte. »Da … da muss etwas richtig Schlimmes passiert sein!«

Evelyn spürte die Panik von allen Seiten auf sich zustürmen. Etwas Schlimmes? Aber was? Und vor allem, wem? Ihre Mutter hatte vorgehabt, den Abend auf dem Christkindlesmarkt zu verbringen, aber um diese Zeit war dort nichts mehr los und Gertraud gewiss schon längst wieder zu Hause. Allein und schutzlos. Hatte Beitz sich Zutritt zur Wohnung verschafft? Hatte er …

Evelyn wagte nicht, sich auszumalen, was geschehen sein könnte. Sie ließ Kilian und Sibylle stehen und hastete an dem jungen Bediensteten vorbei, der ihr nachrief, er werde ihr Hut und Mantel bringen lassen. Der Beamte in der Halle war offenbar nass bis auf die Haut und erkältet, was seine Laune nicht eben hob. Evelyn konnte sich nicht an seinen Namen erinnern, war sich aber ziemlich sicher, ihn mit Kommissar Waldblum in der Villa Pelzendorf gesehen zu haben, nachdem sie und Esther Bing dort die Leiche gefunden hatten.

»Wohin bringen Sie mich?«

Aus der Bibliothek drang so lautes Gelächter, dass Evelyn die Antwort des Mannes kaum verstehen konnte. Als dann auch noch Grammophonmusik erklang, traten ihr Tränen in die Augen, weil die Feier weiterging, während sie hier stand und am ganzen Körper zitterte. Weil der Oberst sie gedemütigt hatte und Sibylle böse auf sie war und weil Kilian hinter ihr betrunken etwas vor sich hin brabbelte. Ganz in ihrer Nähe und doch so fern wie nie zuvor.

»Holen Sie Ihre Sachen!«, sagte der Polizist streng. »Der Kommissar wartet bereits auf Sie!«

Sibylles Gästen fiel es in dem allgemeinen Trubel gar nicht auf, dass Rasmus und der Oberst sich von der Gesellschaft zurückzogen. Während sie sich in der Bibliothek bei Kerzenschein Kaffee, Likör und Gebäck schmecken ließen, bat Sibylles Verlobter seinen Freund in das Arbeitszimmer des alten Falkner. Dort steckten die beiden Männer sich Zigarren an und pafften einige Momente lang schweigend vor sich hin. Schließlich ergriff der Oberst das Wort.

»Ich weiß schon, warum Sie mit mir sprechen wollten, bevor ich nach München zurückfahre, mein Bester. Womöglich liege ich falsch und messe der Sache eine zu große Bedeutung bei, aber ...«

»Nein, nein, ich fürchte, Sie liegen richtig. Sibylle hängt an dieser Person, und solange das so bleibt, bedeutet die Sandmeyer eine Gefahr für unsere Pläne und für die ganze Bewegung.«

Der Oberst lachte, aber es klang nervös. »Übertreiben Sie da nicht ein bisschen, mein Bester? Soweit ich verstanden habe, verkauft das Mädchen Rauschgoldengel auf dem Weihnachtsmarkt. Sie kommt aus unbedeutenden Verhältnissen. Wie sollte so eine uns gefährlich werden?«

»Der Weihnachtsmarkt ist beliebt, und die Leute, die sich für ihn einsetzen, halten zusammen wie Pech und Schwefel. Sollte es dieser Frau einfallen, sich gegen die Bewegung auszusprechen, wird sie dort am ehesten Gehör finden. Deshalb wäre es sicher besser, sie rechtzeitig mundtot zu machen.« Rasmus schnaubte. »Nicht auszudenken, wenn sie auch noch Dr. Falkners Frau wird. Vergessen Sie nicht, dass er das Geld hat, nicht Sibylle. Ihn brauchen wir auf unserer Seite!«

Der Oberst stand auf, wobei die Orden auf seiner Brust klimperten. Seinem Gesichtsausdruck nach begann die Unterhaltung ihn zu langweilen. Der Abend war nicht so verlaufen, wie er ihn sich vorgestellt hatte, war aber dennoch aufschlussreich für ihn gewesen. Zumindest wusste er jetzt, wo die Schwachstellen innerhalb der Familie Falkner lagen. Aber so gelassen, wie er vor Rasmus tat, war er in Wirklichkeit nicht. Die dreisten Fragen dieser Frau nach seinem Regiment hatten ihn hellhörig gemacht. Und als Rasmus ihn jetzt ebenfalls auf seine Zeit im 8. Regiment ansprach, spürte er einen bitteren Geschmack im Mund, der das Aroma der teuren Zigarre verdrängte.

»Gibt es da etwas, das ich wissen müsste?«, insistierte Rasmus. Er stand auf und begann, im Raum auf und ab zu gehen. »Evelyn hat etwas von schmutzigen Geheimnissen geredet.«

Der Oberst schluckte mehrmals, um den unangenehmen Geschmack loszuwerden. Er hielt Rasmus für einen kleinkarierten Trottel, aber bedauerlicherweise gehörte er zu denen, die er und seine Münchener Kameraden noch brauchten, weil sie noch nicht fest genug im Sattel saßen. Das Geld seiner zukünftigen Verwandtschaft und ihre Verbindungen waren auch nicht zu unterschätzen. Sobald sie alles hatten, was für die Umsetzung ihrer politischen Ziele nötig war, würde der Oberst dafür sorgen, dass Rasmus in der Versenkung verschwand. Oder auf einem langweiligen Posten, mit dem er protzen konnte, der jedoch keinerlei Bedeutung hatte.

»Ich wiederhole es noch mal ganz langsam, damit auch Sie es begreifen«, sagte er schließlich in eisigem Ton. »Ich kenne keinen Soldaten Sandmeyer, der angeblich unter mir gedient hat und gefallen ist. Und es gibt keine Geheimnisse, von denen Sie wissen müssten.« Das war heftig gewesen, vielleicht zu heftig. Leugnete man zu hartnäckig, fühlten sich die Menschen häufig in ihrem Verdacht bestätigt. Der Oberst klopfte Rasmus begütigend auf die Schulter, wobei er seine ganze Abneigung gegen den Mann runterschlucken musste. »Vertrauen Sie mir, mein Bester. Um das Problem mit dieser Sandmeyer wird sich der Block in Nürnberg bald kümmern. Die wird sich noch wundern.«

39.

Zu Evelyns Verwunderung hielt das Polizeiauto mit quietschenden Reifen vor dem Hotel »Zum Deutschen Kaiser«, wo ein müder Nachtportier ihnen die Tür aufhielt. Er schien Evelyn wiederzuerkennen, denn als ihr Begleiter ihm einen fragenden Blick zuwarf, nickte er dienstbeflissen.

»Ja, kein Zweifel!« Der Portier lächelte. »Nach so vielen Jahren im Hotelgewerbe habe ich einen Blick für Menschen entwickelt. Die Dame saß neulich stundenlang in der Halle und brütete vor sich hin. Mir schien, als würde sie auf jemanden warten. Schließlich gab sie an der Rezeption eine Schachtel in Verwahrung.« Er atmete tief ein und wieder aus. »Ich bin froh, dass da keine Höllenmaschine drin war. Man liest in der Zeitung ja so einiges, was es zu Zeiten unseres Kaisers nicht gegeben hätte.«

Der Beamte wandte sich Evelyn zu, die irritiert zuhörte. »Was war in dieser Schachtel?«

»Wenn Sie es unbedingt wissen wollen: ein Kleid. Dasselbe, das ich heute trage. Ich hatte an dem besagten Nachmittag noch etwas vor, wollte aber später ins Hotel zurückkommen, um es abzuholen.« Sie kräuselte die Lippen. »Seit wann ist das verboten?«

»Sie geben also zu, dass Sie hier waren und auf jemanden gewartet haben?«

Evelyn spürte, wie ihr allmählich der Kragen platzte. Während der Fahrt durch die Stadt hatte der Polizist sich in Schweigen gehüllt und keine ihrer Fragen beantworten wollen. Er hatte nicht einmal Kilian erlaubt mitzukommen. Nun gut, dies konnte Evelyn noch halbwegs verstehen, denn so wie Kilian geschwankt hatte, wäre er ihr ohnehin keine Hilfe gewesen. Er hatte versprochen, nachzukommen, doch da man ihm nicht verraten hatte, wohin die Fahrt ging, saß er jetzt vermutlich bei der Polizei am Jakobsplatz und brüllte die Nachtschicht an.

»Sagten Sie nicht, dass Kriminalkommissar Waldblum mich sehen möchte?«, erinnerte sie den erkälteten jungen Beamten, woraufhin dieser sich geräuschvoll schnäuzte und ihr danach mit einer Geste zu verstehen gab, ihm zu den Aufzügen zu folgen. Aha, es ging also hinauf zu den Zimmern. Evelyn konnte sich schon denken, wohin und zu wem. Offensichtlich hatte sich Onkel Joachim schon wieder Ärger eingehandelt. Aber was ging sie das an? Evelyn nahm sich fest vor, Waldblum die Meinung zu sagen, doch als sie aus dem Lift trat und den Kommissar in gebückter Haltung den Fußboden abtasten sah, verschlug es ihr erst einmal die Sprache. Ihr Begleiter musste sich mehrmals räuspern, bis Waldblum sich aufrichtete und Evelyn einer kurzen Musterung unterzog. »Na endlich«, knurrte er. Er trug einen zerknitterten Regenmantel, und die Bartstoppeln auf seinem Kinn sowie die dunklen Ringe unter den Augen gaben zu erkennen, dass er seit geraumer Zeit weder Bett noch Rasierklinge gesehen hatte.

»Was ist denn geschehen?« Plötzlich wurde Evelyn von Angst erfüllt. »Warum haben Sie mich hierherbringen lassen?«

»Ihre Mutter hat meinen Leuten gesagt, wo wir Sie finden können. Ich hielt es für angebracht, einen Wagen in die Kaiserstraße zu schicken.« Kommissar Waldblum lockerte den Knoten seines roten Schlipses, ihm schien heiß zu sein, obwohl Evelyn es auf dem Korridor kalt fand. »Sie wissen, vor wessen Tür wir hier stehen, nicht wahr?«

Evelyn zuckte die Achseln. »Wohnt hier mein Onkel? Ich

habe gehört, dass er sich vorübergehend im Hotel einquartiert hat.«

»Warum ist er in so ein teures Hotel gezogen?« Waldblum klang neugierig, doch Evelyn wurde den Verdacht nicht los, dass er die Antwort längst kannte. Ihre Hände wurden feucht, und sie vergrub sie tief in den Manteltaschen. »Er ... hat Schulden gemacht, vermutlich Spielschulden, und die Leute, bei denen er in der Kreide steht, scheinen nicht von der geduldigen Sorte zu sein. Deshalb beschloss er, eine Zeit lang unterzutauchen. Nur so lange, bis er genug Geld hatte, um seine Schulden zu bezahlen.«

»Und das Geld bekam er von Ihnen?«

Evelyn zögerte kurz, dann nickte sie. »Warum fragen Sie ihn denn nicht selbst?«

»Ich fürchte, das ist nicht mehr möglich!« Waldblum schob die angelehnte Tür auf, und Evelyn blickte in ein unordentliches Zimmer, in dem sich mehrere Polizeibeamte zu schaffen machten. Unter ihnen war auch ein Fotograf, der seine Kamera auf einen Punkt auf dem Fußboden ausrichtete, den Evelyn aber nicht sehen konnte, weil ein paar der Männer ihr die Sicht darauf nahmen. Da sie keine Anstalten machte, hineinzugehen, legte Waldblum seine Hand unter ihren Ellenbogen und zog sie sanft, aber bestimmt über die Türschwelle. Evelyns Magen verkrampfte sich, als ihr ein metallischer Geruch in die Nase stieg. War das ... Blut? Sie machte einen Schritt vorwärts, worauf sich plötzlich die Mauer aus Polizeibeamten vor ihr teilte. Die Männer starrten sie an, doch sie begegnete keinem der Blicke. Alles, was sie wahrnahm, war der leblose Körper eines Mannes, der rücklings vor ihr auf dem Bett lag. Jemand hatte eine Decke über den Körper geworfen, doch der rote Blutfleck, der durch den Stoff gedrungen war, zeugte von einer Kopfverletzung und verriet somit, dass der Mann auf dem Bett nicht an einem schwachen Herzen gestorben war. Evelyn erkannte die braunen Herrenschuhe, die unter der Decke hervorschauten.

Er war es. Joachim war tot, daran gab es nichts zu rütteln, und dennoch versagte ihr Verstand angesichts der grausamen Tatsache. Es gelang ihr nicht, zu begreifen, was sich hier oben abgespielt hatte. Sie hatte Joachim nicht gemocht, schlimmer noch, sie hatte ihn zeitweise sogar verabscheut. Doch nicht einmal er hatte ein solches Ende verdient. Evelyn wurde schlecht, als sie daran dachte, wie ihre Mutter auf diese Nachricht reagieren würde. Oder wusste sie es schon? Auf jeden Fall würde sie außer sich sein, Evelyn vielleicht sogar Vorwürfe machen, weil sie Joachim aus dem Haus geworfen hatte. Kommissar Waldblums Berührung erlöste sie vorläufig von den düsteren Gedanken.

»Das Zimmermädchen hat ihn erst spät entdeckt, weil er nicht gestört werden wollte.« Bevor er fortfahren konnte, wurde er von einem älteren Herrn mit steifem Hemdkragen und einer Melone auf dem Kopf unterbrochen, der, eine Arzttasche in der Hand, an den uniformierten Polizisten vorbeimarschierte. Waldblum überließ Evelyn für einen Moment sich selbst, um sich mit dem Arzt zu besprechen. Aber kurz darauf war er schon wieder bei ihr. Er zog einen Stuhl heran und nötigte sie, sich zu setzen, während er mit verschränkten Armen vor ihr stehen blieb. Wie Doktor Uhlemayr, als er Sibylle und mich in der neunten Klasse mit einer Zigarette erwischt hat, dachte Evelyn und hätte fast darüber gelacht. Doch dann erinnerte sie sich, warum sie hier war, und das Lachen blieb ihr im Halse stecken.

»Worüber denken Sie nach?«

»Ich frage mich, warum diese Nachricht nicht bis morgen hat warten können. Ist es bei der Polizei üblich, die Angehörigen eines Verstorbenen an den Tatort schleppen zu lassen, oder bin ich die Einzige, der dieses zweifelhafte Vergnügen zuteilwird?«

»Ich denke, Sie wissen genau, warum Ihre Befragung keinen Aufschub duldet!« Waldblum sah mit forschendem Blick auf sie hinab. »Es ist kein Zufall, dass sich unsere Wege immer wieder kreuzen. Wenn Sie mich daher fragen, ob ich überrascht war, als ich die Beschreibung einer Dame erhielt, die sich gestern stundenlang in der Hotelhalle herumdrückte, aber nicht zu den Zimmern hinaufging …« Er schüttelte lächelnd den Kopf. »Nein, nicht im Geringsten.«

»Sie wollen doch wohl nicht andeuten …«

»Mich interessieren keine Andeutungen, sondern Fakten.« Der Kommissar stellte sich hinter Evelyns Stuhl und beugte sich so tief über sie, dass seine Lippen fast ihr Ohr berührten. »Fakt ist, dass Sie Ihren Onkel für einen Schwindler gehalten haben, der Sie bevormundet und Ihnen das Geld aus der Tasche gezogen hat. Sie haben ihm hier aufgelauert, haben stundenlang im Hotel vor einer Tasse Tee gesessen, während er sich hier oben mit einer Frau im Bett amüsiert hat. Auf Ihre Kosten wohlgemerkt. Fakt ist auch, dass die Tat auf erschreckende Weise einer anderen ähnelt. Ich spreche von dem Mord an dem Trödler vom Weinmarkt. Für den haben Sie sich doch auch interessiert, nicht wahr? Jedenfalls haben Sie den Kriminaldirektor ausführlich darüber ausgefragt.«

»Herr Kommissar?« Der Arzt klang aufgeregt.

»Bin gleich bei Ihnen!«, gab Waldblum zurück, woraufhin er sich wieder Evelyn zuwandte, die sich auf ihrem Stuhl fühlte, als würde sie schrumpfen. »Zuerst finden Sie Frau Pelzendorf tot in ihrer Villa, kurz darauf wird in der Altstadt ein Mann erschlagen und nun auch noch Ihr Onkel in seinem von Ihnen finanzierten Hotelbett. Sagen Sie selbst: Was soll ein bescheiden bezahlter Beamter wie ich von all diesen Zufällen halten?«

»Waldblum!« Die Stimme des Arztes wurde schriller, sie klang fast so, als hätte der Mann etwas entdeckt, das ihn fassungslos machte. Aus den Augenwinkeln sah Evelyn, dass er die Decke vom Körper ihres Onkels zurückgeschlagen hatte.

Verärgert über die Störung wandte sich der Kommissar um und fasste den alten Arzt scharf ins Auge. »Herr Doktor, wenn ich bitten darf! Ich befrage gerade eine Angehörige des Mordopfers!«

»Von wegen Mord, Herr Kommissar«, entgegnete der Arzt kopfschüttelnd.

»Was soll das heißen? Hat er sich selbst den Kopf eingeschlagen?«

»Das soll heißen, dass die Einschätzung Ihrer Kollegen voreilig war. Der Mann ist noch nicht tot. Ich fühle einen schwachen Puls. Nun schauen Sie mich nicht an, als wäre ich übergeschnappt. Er ist kaum spürbar, aber doch vorhanden. Der Mann klammert sich ans Leben, als wollte er Ihnen noch etwas sagen. Wir brauchen eine Ambulanz, und zwar auf der Stelle!«

Es verging eine Ewigkeit, bis der angeforderte Krankenwagen endlich eintraf und Joachim auf einer Bahre abtransportiert werden konnte. Evelyn durchlebte die Wartezeit wie einen bösen Traum und war einer Ohnmacht nahe. Die Ereignisse des Abends – zuerst die anstrengende Gesellschaft im Haus der Falkners, dann die Befragung durch Waldblum – forderten ihren Tribut. So schwankte sie hinter den Beamten her, die ihr zuweilen argwöhnische Blicke zuwarfen, aber nicht recht wussten, was sie mit ihr anfangen sollten. Man fuhr sie nach Hause, mit der strengen Mahnung, Nürnberg nicht zu verlassen und sich für weitere Befragungen zur Verfügung zu halten.

Evelyns Mutter war noch wach, als sie sich auf Zehenspitzen in die dunkle Wohnung schlich. Sie saß in ihrem gesteppten Morgenmantel vor einer Tasse Tee und wartete. »Die Polizei hat nach dir gefragt. Was um alles in der Welt ist geschehen?«

Evelyn begann zu erzählen. Zuerst stockend, dann strömten die Worte wie eine Springflut aus ihr heraus. Sie wollte ihren Arm um die Schultern der älteren Frau legen, doch Gertraud wich vor ihr zurück. Die Hand auf den Mund gepresst stieß sie einen verzweifelten Schrei aus, der von den Wänden widerhallte.

»Und die Polizei hat ihn … für tot gehalten?«

»Der Kriminalbeamte war noch vor dem Arzt vor Ort und schwört, dass weder er noch seine Männer Puls oder Atmung feststellen konnten. Man hat Joachim ins Krankenhaus gebracht, wo die Ärzte alles tun werden, um sein Leben zu retten. Aber er ist natürlich nicht ansprechbar, und keiner kann sagen, ob er noch einmal aufwacht.«

Gertraud klopfte sich mit der Faust gegen die Stirn. »Ich hab's kommen sehen«, rief sie unter Tränen. »Diese freche Person, die ich bei ihm gesehen habe. Hast du der Polizei von ihr erzählt? Ich bin mir sicher, dass dieses durchtriebene Luder etwas damit zu tun hat! Seine Schulden hatte Joachim bezahlt, dafür habe ich ihm doch Brungässners Vorschuss gebracht. Die Polizei muss dieses Weibsbild finden!«

Hilly? Evelyn trat ans Fenster und blickte gedankenverloren auf die menschenleere Gasse. Durch den Fensterrahmen zog es herein; der Wind brauste heulend um die Dächer und Kamine der alten Nachbarhäuser. Nur hinter wenigen Fenstern war noch Licht zu sehen. Hatte Hilly sich zu Joachim ins Hotel geschlichen, um sich dort vor ihrem Verfolger zu verstecken? War es zwischen den beiden zu einem Streit gekommen, der für Joachim mit einem gebrochenen Schädel geendet hatte? Oder hatte Beitz Hilly bei Joachim aufgespürt und auf ihn eingeschlagen? Evelyn dachte fieberhaft nach. Nach Waldblums Worten trug der Angriff auf ihren Onkel dieselbe Handschrift wie der auf den Trödler Mull. Aber gab es wirklich eine Verbindung zwischen diesen Fällen? War Mull nicht getötet worden, weil jemand Gersons Brief bei ihm vermutet hatte? Aber wieso sollte Joachim in dieser Sache mit drinstecken? Er wusste doch gar nichts von dem Brief! Ein verbindendes Element gab es jedoch, da hatte Gertraud recht, und dieses Element war Hilly. Es war nicht ausgeschlossen, dass sie Joachim von den Machenschaften ihres früheren Liebhabers erzählt und ihn damit neugierig gemacht hatte. Hatte er aus ihren dürftigen Angaben etwa die richtigen Schlüsse gezogen? Evelyn spürte ein Kribbeln in ihren Armen und Beinen, als sie den Gedanken weiterspann. Wenn dem so war, war Joachim heute Abend dem Mann begegnet, den Gerson in seinem Brief erwähnt hatte. Demselben, den Frieba erpresst hatte. Ein Mann, der über Leichen ging. Allerdings hatte er dieses Mal einen Fehler gemacht, denn Joachim war nicht tot. Sein Leben hing am seidenen Faden, aber falls er doch noch zu sich kam, würde er seinen Angreifer beschreiben können.

Evelyn hörte, wie ihre Mutter sich in ihrem Zimmer einschloss. Anstatt sich in ihr eigenes zurückzuziehen, verließ sie die Wohnung und ging hinunter in die Drogerie. Benjamin war noch wach und malte, aber als er sie in ihrem seidenen Abendkleid sah, ließ er den Pinsel sinken.

»Ich habe gesehen, dass du von einem Wagen gebracht wurdest, aber ich wollte nicht mitten in der Nacht hinaufgehen. Deine Mutter …« Er sprach nicht weiter, stattdessen kam er auf Evelyn zu und blickte sie prüfend an. »Was ist geschehen?«

»Bitte halt mich ganz fest«, flüsterte Evelyn. »Ich kann heute Nacht nicht allein bleiben!« Sie taumelten gegen die Wand, und die Wärme, die von Benjamins Körper ausging, hüllte Evelyn ein wie ein Mantel. Die Welt, die sie gekannt hatte, schmolz dahin wie Schnee in der Sonne und mit ihr die Erinnerung an Joachims blutigen Körper, an Sibylles zornig blitzende Augen, an den Oberst und seinen Versuch, sie zu demütigen. All das gab es nicht mehr, es verschwand aus ihren Sinnen und nahm auch die Furcht mit, in Benjamins sanften Berührungen etwas anderes zu sehen als einen Ausdruck tiefer Liebe und Fürsorge. Sie schloss die Augen und genoss es, wie sein Finger eine Träne von ihrer Wange wischte. Dann küssten sie sich, hungrig, aber zärtlich. Evelyn gab es auf, ihre Gedanken kontrollieren zu wollen. Sie vergaß fast zu atmen und erwartete, vor Hitze zu verglühen, als wäre sie Ikarus, der der Sonne zu nahe gekommen war. Doch das alles spielte keine Rolle, denn sie fühlte sich lebendiger als je zuvor. Und frei.

Später, als sie sich auf Benjamins Klappbett an ihn schmiegte, wartete sie bang auf das schlechte Gewissen. Darauf, dass die Schrecken der Nacht sie wieder einholten. Und auf das Gefühl wie beim letzten Mal, als sie Benjamin geküsst hatte, das Gefühl, schlecht zu sein. Gerson zu vergessen. Kilian zu hintergehen. Aber dieses Mal blieben die düsteren Stimmen in ihrem Kopf aus. Sie kamen nicht, und falls doch, so hörte Evelyn sie nicht, weil ihr Herzschlag sie übertönte.

»Hast du keine Angst, dass deine Mutter uns hier erwischen könnte?«, flüsterte Benjamin ihr ins Ohr. Dabei strich er zärtlich über ihren Hals.

»Ich glaube, Mutter hat jetzt andere Sorgen. Vielleicht hätte ich bei ihr bleiben sollen, schließlich weiß ich, wie sehr sie an Joachim hängt. Aber wie ich sie kenne, will sie jetzt eine Weile allein sein.« Sie lächelte ein wenig verschämt. »Im Gegensatz zu mir. Ich bin froh, dass du hier bei mir bist.«

Benjamin setzte sich auf und fuhr sich durchs strubbelige Haar. Mit den Bartstoppeln auf den Wangen erinnerte er Evelyn fast ein wenig an Waldblum. Evelyn stieß die Luft aus und wünschte sich, sie hätte Friebas Mantel mit dem alten Briefkuvert niemals gefunden. Damit hatte alles begonnen. Mit dem arglosen Griff in die Innentasche eines abgelegten Kleidungsstücks. Hatte sie damit einen Stein ins Rollen gebracht, oder hätten die Dinge auch so, ohne sie, ihren Lauf genommen? Sie konnte es nicht sagen, und es war müßig, überhaupt darüber nachzudenken. Benjamin stand plötzlich auf und ging zu der Staffelei mit Evelyns Porträt. Das Bild sah aus, als wäre es fast fertig. Als Evelyn es betrachtete, beschlich sie das sonderbare Gefühl, dass sich mit der Vollendung seines Werks auch andere Dinge entscheiden würden. Im Guten wie im Bösen.

40.

Der nächste Tag brachte neuen Schnee. Er fiel seit den früheren Morgenstunden, und als Evelyn mit ihrer Mutter das Haus in Richtung Krankenhaus verließ, lag er bereits knöchelhoch. Es war Sonntag und so ruhig auf den Straßen, als wäre die Welt um sie herum in eine tiefe Winterstarre gefallen. Auch im Hospital war es still. Gertraud versuchte, einen Arzt zu finden, der ihr Näheres über den Zustand ihres Bruders sagen konnte, wurde aber von einer mürrisch dreinblickenden Krankenschwester abgefangen. Nein, es gebe noch nichts Neues. Der Patient sei weiterhin ohne Bewusstsein. Gertraud setzte sich wortlos auf eine Bank und wartete. Sie würde sich nicht von der Stelle bewegen, falls erforderlich, den ganzen Tag nicht.

Evelyn fragte sich, ob Waldblum einen Polizisten abgestellt hatte, der vor Joachims Zimmertür Wache schob, denn immerhin war ihr Onkel das Opfer eines Anschlags geworden. Aber sie traute sich nicht, die hektische Schwester danach zu fragen. Der Vormittag schleppte sich dahin, und mit jeder Stunde, die verging, wuchs Evelyns Nervosität. Jedes Mal, wenn die Tür aufging, rechnete sie mit Waldblum, der kam, um sie zum Jakobsplatz abzuführen. Doch der Kommissar ließ auf sich warten. Dafür tauchte irgendwann Kilian auf. Bleich und mit Schneeflocken auf dem Mantelkragen stapfte er ihr entgegen, seine Miene teils zerknirscht, teils vorwurfsvoll. Er erzählte, wie er die halbe Nacht damit zugebracht hatte, Evelyns Aufenthaltsort in Erfahrung zu bringen, und dann irgendwann auf dem Polizeirevier eingenickt war.

»Hast du eine Ahnung, wie ich mich gefühlt habe?«, murrte er, während er den Schnee von seinem Mantel klopfte. »Ich war krank vor Sorge um dich. Erst dieser scheußliche Affront auf der Verlobungsfeier, und dann erfahre ich, dass dein Onkel hier liegt.« Er spähte zu Gertraud, deren Augen geschlossen waren, und senkte die Stimme. »Du hättest mir eine Nachricht schicken müssen. Das tut man, wenn man so gut wie verlobt ist.«

Evelyn konnte ein Seufzen nicht unterdrücken. Es war ein denkbar ungünstiger Moment, um eine Beziehung zu beenden, aber irgendwann musste es ja sein. Kilian war ein Freund, das war er immer gewesen, aber romantische Gefühle hegte sie für ihn nun einmal nicht. »Kilian, ich …«

»Weißt du, wer deinem Onkel das angetan hat?«

Sie schüttelte den Kopf. »Man fand ihn mit ähnlichen Kopfverletzungen, wie sie auch Mull zugefügt wurden. Verstehst du, was das heißt? Die Polizei geht von demselben Täter aus!«

Kilian gelang das Kunststück, sein ohnehin schon bleiches Gesicht noch eine Spur blasser aussehen zu lassen, und es verging eine ganze Weile, bis er die Sprache wiederfand. »Hat ein Arzt mit euch gesprochen? Ich meine, jemand muss deiner Mutter doch sagen, wie es um ihren Bruder steht!« Noch bevor Evelyn den Mund öffnen konnte, hob er die Hand. »Ach, lass nur, Liebes, ihr solltet nicht länger herumsitzen und warten. Ich bin hier als Arzt bekannt, man wird mir bestimmt Auskunft erteilen. Ich kümmere mich um alles und werde dafür sorgen, dass ihr sofort Nachricht erhaltet, wenn sich Joachims Zustand ändert.« Er ergriff Evelyns Hand und drückte sie mitfühlend. »Lenk dich ab, du siehst nicht gut aus. Jedenfalls nicht so umwerfend wie gestern Abend, als du diesem arroganten Schweinehund die Stirn geboten hast. Das war zwar nicht in Sibylles Sinn, aber es hat gesessen und wird wohl noch bis Neujahr für Gesprächsstoff sorgen. Vielleicht rufst du Sibylle an oder schreibst ihr. Aber nicht sofort, die Gute muss sich erst wieder beruhigen. Geh lieber auf den Christkindlesmarkt und sieh nach eurem Stand. Heute ist der letzte Adventssonntag, und bestimmt gibt es noch den einen oder anderen, der einen Rauschgoldengel braucht.«

Doch noch ehe Evelyn etwas erwidern konnte, sprang Gertraud plötzlich auf und ergriff Kilians Hand. Tränen schimmerten in ihren Augen.

»Ich weiß nicht, welche Dummheit Evelyn begangen hat, Dr. Falkner. Aber Sie sollen wissen, wie dankbar wir beide Ihnen sind. Sie sind so gut zu uns, und dass Sie sich nun auch noch um meinen Bruder kümmern wollen, werde ich Ihnen nie vergessen.«

Evelyn bemerkte, wie ihr alter Freund vor Verlegenheit stocksteif wurde. »Mutter, bitte …«, flüsterte sie.

»Schon gut, Evelyn«, sagte Kilian. »Sofern die Kollegen es mir erlauben, werde ich tun, was ich kann. Wir sind schon bald eine Familie, da hilft man sich doch.« Er suchte Evelyns Zustimmung, doch sie wich seinem Blick aus. »Du wolltest noch etwas sagen, Evelyn?«

Sie schluckte, brachte aber kein Wort über die Lippen. Am Nachmittag, nahm sie sich vor. Spätestens am Abend. Aber ganz bestimmt noch heute.

Verflixt, warum musste ihr alles so schwer gemacht werden?

Eine Stunde später saß Evelyn an ihrem Stand und arbeitete an einem neuen Rauschgoldengel. Bis zum Fest blieben nur noch wenige Tage, und der Christkindlesmarkt war wieder gut besucht.

Die Arbeit an den kleinen Figuren, die Evelyn sonst so große Freude machte, ging ihr heute nicht gut von der Hand. Sie konnte sich nicht konzentrieren. Unentwegt musste sie an den Überfall auf Joachim denken. Wem war er zu nahe gekommen? Doch auch ihre gemeinsame Nacht mit Benjamin geisterte durch ihre Gedanken. Sie durfte sich nicht länger etwas vormachen: Sie hatte sich in den jungen Maler verliebt, und obwohl er ihr nicht viel bieten konnte und sie kaum mehr von ihm wusste als am Tag ihrer ersten Begegnung, war ihr klar geworden, dass er und nicht Kilian der Mann war, mit dem sie ihr Leben verbringen wollte. Sie wusste, dass sie Kilian damit verletzen würde, hoffte aber, dass er sie verstehen würde.

Nach einer Weile legte sie das Messingblech zur Seite, weil ihr kein sauberer Schnitt mehr gelang. Nein, so ging das nicht. Mit einem Seufzer räumte sie Schere und Farben fort und spähte über den schneebedeckten Platz. Sie würde den Anblick der bunt bemalten Häuschen vermissen. Die Süßigkeiten, Glas- und Töpferwaren, die funkelnden Lichter und die fröhlichen Gesichter, die der Kälte trotzten. Sie entdeckte Cäcilie, die mit lebhaften Gesten ihre Lebkuchen anpries, während ihre Nachbarin eine Anzahl frisch zubereiteter Schneeballen ins heiße Fett warf. Ihr gegenüber schob ein Händler seinen Karren unter eine Zeltplane, um seine Ware, vornehmlich Strickmützen, Schals und Fäustlinge, vor Schnee und Feuchtigkeit zu schützen. Als die Männer von den benachbarten Ständen bemerkten, wie er sich abplagte, kamen sie herbeigelaufen, und jeder packte mit an. Evelyn empfand so etwas wie Stolz, weil sie zu dieser verschworenen Gemeinschaft gehörte, und auch ein wenig Trost. Vom Himmel fielen nach wie vor dicke Flocken, was die Nürnberger nicht davon abhielt, noch einmal mit ihren Liebsten über den Weihnachtsmarkt zu schlendern. Jungen schoben Schlitten vorüber, an denen Glöckchen bimmelten, andere bauten dicke Schneemänner mit dunklen Kohleaugen und Möhrennasen.

Evelyn wollte nicht länger mit ihren Gedanken allein sein, daher verließ sie den Stand und stapfte durch den Schnee auf

Cäcilie zu. Dort wartete sie geduldig, bis die Frau einen Kunden bedient und das eingenommene Geld genau nachgezählt hatte.

»Nun erzähl schon! Wie ist dein Geschenk angekommen?« Cäcilie schloss ihr Geldkästchen, dann blickte sie Evelyn erwartungsvoll an.

Evelyn stutzte, wusste nicht sofort, wovon die Lebkuchenfrau redete. Erst als Cäcilie einen fast zärtlichen Blick zum Häuschen des Puppenmachers sandte, ging ihr ein Licht auf. Natürlich brannte die Lebkuchenfrau darauf, alles über Sibylles Verlobungsfeier zu hören.

»Was ist los? Hat sich deine Freundin etwa nicht gefreut?«

»Doch, doch, sie war ganz hingerissen von der Marionette.« Evelyn lächelte. »So wie du offensichtlich von ihrem Schöpfer, nicht wahr?«

Cäcilie zupfte verlegen einen Faden aus dem dunklen Wollschal, den sie sich wie üblich eng um Kopf und Schultern gewickelt hatte, um sich gegen die beißende Kälte zu schützen. »Unsinn«, murmelte sie. »Über das Alter, in dem ein Mannsbild mir gefährlich werden könnte, bin ich hinaus. Auf der anderen Seite könnte mir der Peter schon gefallen. Er liebt meine Lebkuchen, besonders die mit Mandeln. Von denen kann er nicht genug kriegen. Ich habe ihn gefragt, warum er immer nur die mit Mandeln haben will, und weißt du, was er geantwortet hat?«

»Dass ihn die Mandeln an die Augen einer gewissen Lebkuchenbäckerin erinnern, wenn er so allein in seiner Hütte sitzt und Puppen schnitzt?«

Cäcilie blieb vor Staunen der Mund offen stehen. Dann senkte sie den Kopf und begann ihre Lebkuchen von einer Seite der Verkaufsfläche zur anderen zu räumen. »Mache ich mich zum Narren? Eine Frau in meinem Alter sollte nicht mehr erröten wie ein Backfisch. Und auf das Süßholz eines hergelaufenen Holzschnitzers sollte sie erst recht nicht reinfallen.«

»Warum denn nicht? Wenn es gut geraspelt wird?« Evelyn zwinkerte der älteren Frau zu. »Der Peter scheint mir außerdem kein Herzensbrecher zu sein. Bestimmt hat er sich in dich verguckt. Würde mich nicht wundern, wenn er dein Gesicht längst in Holz verewigt hätte.«

»Ha, so ein Holzkopf«, knurrte die Lebkuchenfrau, aber Evelyn konnte sich des Eindrucks nicht erwehren, dass ihre Empörung nur gespielt war. Sie wusste, dass Cäcilie keine Familie mehr hatte; vermutlich würde sie die Weihnachtsfeiertage in Gesellschaft ihrer Lebkuchenmänner verbringen. Die waren ohne jede Frage süß, aber doch kein Ersatz für Zweisamkeit.

»Ich nehme an, der Peter ist alleinstehend?«, erkundigte Evelyn sich mit Unschuldsmiene.

Cäcilie nickte. »Das hat er mir jedenfalls gesagt. Seine Frau ist vor Jahren gestorben, noch drüben im Sächsischen. Da war er bei den Soldaten. Seitdem hat es ihn an keinem Ort mehr richtig lange gehalten. Aber Nürnberg gefalle ihm, sagt er. Hier könnte er sich vorstellen zu bleiben, unter Umständen.«

»Dann solltest du ihn zum Heiligen Abend einladen. Niemand sollte an diesem Abend allein sein müssen.«

Cäcilie schüttelte den Kopf. Sie schien innerlich mit sich zu ringen. Dann holte sie tief Luft und sagte: »Nun ja, wenn ihm Eierschmalz und Würste im Sud schmecken … Mehr kann ich zu Weihnachten nicht auftischen. Die Zeiten sind hart, und vielleicht wird das Jahr 1925 noch härter als dieses.«

»Ich bin sicher, dem Holzschnitzer wird alles schmecken, was du ihm vorsetzt!«

»Und du denkst wirklich, ich sollte … Also gut, bevor du hier Wurzeln schlägst, laufe ich zu ihm hinüber und frage ihn, ob er vorhat, über die Feiertage in der Stadt zu bleiben.« Sie zerrte an den Bändern ihrer Schürze, dann kniff sie sich kräftig in beide Wangen. »Aber was ist denn nun mit dir? Nimm es mir nicht übel, Kind, aber du siehst nicht so aus, als hättest du einen schönen Abend verbracht.«

Evelyn stöhnte innerlich. Sie verspürte nicht die geringste Lust, derlei Fragen zu beantworten, denn sofort kehrten die düsteren Gedanken zurück. »Es … gab da ein paar Zwischenfälle, aber ich will dir damit nicht die gute Laune verderben.«

Cäcilie stemmte energisch die Hände in die Hüften und funkelte Evelyn an. »Na hör mal! Die gute Laune wird mir höchstens verdorben, wenn du nicht gleich mit der Sprache herausrückst. Hast du vergessen, dass wir hier eine Gemeinschaft sind? Wir bereiten die Menschen, die über den Christkindlesmarkt gehen, auf das Fest der Liebe vor. Du hast mir geholfen, indem du mir einen wirklich guten Rat gegeben hast. Nun bin ich an der Reihe. Also, was ist passiert?«

Evelyn hatte nicht vorgehabt, mit jemandem auf dem Weihnachtsmarkt über die Geschehnisse der vergangenen Nacht zu sprechen, aber da Cäcilie nicht so aussah, als würde sie lockerlassen, berichtete sie, was am vergangenen Abend geschehen war. Dies alles musste sich in den Ohren der Marktfrau wie das Gestammel einer Verrückten anhören, doch anstatt verständnislos den Kopf zu schütteln, drückte sie Evelyn an ihre warme, weiche Brust.

»Und die Polizei tappt völlig im Dunkeln? So wie beim alten Mull? Ich sag's nicht gern, Kind, aber ich habe den Eindruck, als würde das Verhängnis sich mit immer größeren Schritten auf dich und deine Familie zubewegen. Wo ist deine Mutter jetzt? Immer noch bei ihrem Bruder?«

Evelyn schüttelte den Kopf. »Sie ruht sich zu Hause aus, wollte aber später auch noch auf den Markt kommen. Brungässner braucht sie am Bratwurststand.«

»Der soll sich seine Würste sonst wohin schieben! Was ihr jetzt braucht, sind Ruhe und Zeit füreinander.« Cäcilie sann einen Augenblick nach, dann schnippte sie mit den Fingern. »Ich werde Peter fragen, ob nicht jemand von unseren Leuten für deine Mutter einspringen kann. Nein, was für eine Geschichte …« Was Cäcilie sonst noch zu sagen hatte, erfuhr Evelyn nicht mehr. Dafür bemerkte sie, wie sich die Augen der älteren Frau plötzlich weiteten. Noch bevor Evelyn wusste, wie ihr geschah, riss Cäcilie sich ihr Wolltuch vom Kopf und warf es Evelyn über. Dann scheuchte sie sie durch die kleine Tür in das Lebkuchenhäuschen. »Duck dich, Kind! Denen willst du sicher nicht über den Weg laufen.«

Evelyn sah drei Männer in speckigen Lederjacken über die Brücke marschieren. Ihre finsteren Mienen verrieten, dass ihnen der Sinn weder nach Christbaumkugeln noch nach heißem Punsch stand. Tatsächlich schossen ihre Blicke förmlich durch die Menge, besonders den Frauen, die ihnen begegneten, galt ihre Aufmerksamkeit. Einer der Männer trug weite karierte Hosen, und Evelyn zuckte zusammen. Beitz, dachte sie. Und heute hatte er sich Verstärkung mitgebracht: dieselben Radaubrüder, die Benjamin angegriffen hatten. Nach wem die Männer Ausschau hielten, lag auf der Hand. Evelyn sandte ein Dankgebet zum Himmel, dass Cäcilie in Beitz den Mann wiedererkannt hatte, der erst vor wenigen Tagen auf dem Markt nach ihr gesucht hatte.

Als Beitz mit seinen Freunden am Verkaufsstand des Frauenvereins ankam und den Platz am Fenster leer vorfand, schlug er mit der Faust krachend gegen die Bretterwand. Dann sah er sich nach allen Seiten um und ging schließlich in die Bude hinein. Evelyn bekam es mit der Angst zu tun. In Cäcilies Lebkuchenbude war sie für den Moment in Sicherheit, doch sie konnte nicht den ganzen Tag dort verbringen. Und sie durfte auch nicht zulassen, dass die Männer ihren Stand auseinandernahmen, während sie sich hier vor ihnen verkroch. Vorsichtig spähte Evelyn unter dem Tuch hervor und versuchte auszumachen, was

Beitz an ihrem Stand trieb. Aber sie konnte ihn nicht sehen. Seine Freunde steckten sich derweil Zigaretten an und gaben vor, die Auslagen zu bestaunen. Einer von ihnen schnappte sich einen Rauschgoldengel, und als Evelyn sah, wie er ihn zwischen seinen groben Pranken zerdrückte, wäre sie am liebsten hinübergestürmt und hätte ihn angeschrien. Cäcilie hatte sich demonstrativ vor ihrem Stand postiert und tat so, als wäre sie eine Kundin, die sich nicht entscheiden konnte. Sie zitterte vor Kälte, und ihr weißgraues Haar wurde vom Wind zerwühlt, aber sie rührte sich nicht vom Fleck.

Beitz war immer noch in der Hütte. Was zum Teufel ging dort drüben vor? Und warum fielen niemandem die drei Männer auf, die vor dem Stand des Frauenvereins herumlungerten?

»Ich gehe jetzt da rüber und rede mit ihm«, entschied Evelyn schließlich. »Wer weiß, was Beitz sonst mit unseren Sachen anstellt.«

»Würde ich nicht empfehlen! Es ist doch offensichtlich, dass diese Burschen auf dich warten. Die wissen genau, dass du den Stand nicht lange unbeaufsichtigt lassen wirst.« Cäcilies letzte Worte gingen in einem Hustenanfall unter. Wenn sie weiterhin in der Kälte herumstand und fror, würde sie krank werden. Doch ihr winziges Häuschen bot nur Platz für eine Person.

»Ich hole Peter!« Cäcilie raffte ihre Röcke. »Warte, bis ich zurück bin, wenn du unbedingt zu eurem Stand musst, wird er dich begleiten.« Ehe Evelyn sie aufhalten konnte, eilte sie auch schon flink wie ein Wiesel durch den festgetrampelten Schnee.

Beitz kann mir hier, inmitten des ganzen Sonntagstrubels nichts tun, überlegte Evelyn. Nein, er wartete auf sie, weil er ihr etwas zu sagen hatte. Nun gut, dasselbe galt auch für sie. Sie würde sich nicht ihr Leben lang vor diesem Mann verstecken. Ihr Magen flatterte, als sie die Tür öffnete und die kleine Hütte der Lebkuchenfrau verließ.

41.

Evelyns Herz klopfte vor Aufregung hart gegen die Rippen. Doch als sie vor dem Stand ankam und sich an den grinsenden Männern vorbeischob, war ihre Angst plötzlich wie weggeblasen. Sie hatte damit gerechnet, dass Beitz alles in der Hütte kurz und klein schlagen würde, stellte aber zu ihrem Erstaunen fest, dass der Mann nichts angerührt hatte. Er saß einfach stumm auf einem Hocker, mit einem eigentümlichen Lächeln auf dem groben Gesicht, und empfing sie mit den Worten: »Hab ich's mir doch gedacht, dass du nicht weit sein kannst. Wahrscheinlich hast du beobachtet, wie ich in die Hütte geschlichen bin, und dich dann gefragt: Was wird er jetzt tun? Wird er den zarten Geschöpfen, die ich und die anderen Frauen in den Wohlfahrtswerkstätten basteln, die Flügel stutzen? Wird er sie unter seinen Stiefeln zertreten wie Dreck?«

»Wie ich sehe, hast du nichts dergleichen getan!«, entgegnete Evelyn.

»Noch nicht, aber der Tag ist noch lange nicht vorbei!« Er beugte sich vor und nahm eine der Glaskugeln, mit denen Evelyn den Stand geschmückt hatte, warf sie ein paarmal in die Luft und ließ sie dann zu Boden fallen, wo sie klirrend zerbrach.

Evelyn hörte ein Schnaufen in ihrem Rücken, und als sie sich umdrehte, standen Cäcilie und Peter in der Tür. Der grauhaarige Mann hatte sein Schnitzmesser in der Hand und blickte so finster drein, dass Beitz' Kumpane wohl unwillkürlich einen Schritt zur Seite gemacht hatten.

»Was wollt ihr hier?«, fuhr der Holzschnitzer Beitz an. »Wenn ihr Ärger sucht, hole ich den Marktaufseher!«

»Du störst unsere Unterhaltung, alter Mann«, gab Beitz gereizt zurück. »Was ich mit der Dame zu klären habe, geht nur uns beide was an.«

Evelyn nickte Cäcilie und Peter zu. »Mir wird nichts geschehen«, sagte sie. Bitte geht zu Cäcilies Stand zurück. Ich komme gleich nach, versprochen.«

»Wenn Sie meinen, Fräulein!« Die Augen des Holzschnitzers wurden schmal, als er seinen Blick noch einmal auf Beitz richtete. »Und du, Freundchen, lässt besser die Pfoten von der Dame und ihren Waren. Wir mögen es nicht, wenn einer von uns von irgendwelchen Rohlingen bedroht wird!« Damit traten Peter und Cäcilie den Rückzug an.

»Schöne Freunde hast du, das muss ich schon sagen«, knurrte Beitz. »Keine Manieren am Leib. Aber jetzt, da ich dich aufgestöbert habe …«

»Du hast mich nicht aufgestöbert, Beitz«, unterbrach ihn Evelyn. »Ich bin hier, weil ich Fragen an dich habe. Aber zuerst möchte ich dich bitten, die Hütte zu verlassen. Dass du für den Damen-Wohltätigkeitsverein von Nürnberg tätig bist, wird dir keiner abnehmen. Du ziehst hier nur neugierige Blicke auf dich.«

Der Mann lachte, kam Evelyns Aufforderung aber nach. Vor dem Verkaufsstand lehnte er sich lässig gegen die Wand und verschränkte die Arme vor der Brust. Seinen Kameraden gab er mit den Augen zu verstehen, dass sie sich ein Stück entfernen sollten. »Hübscher Stand«, sagte er dann. »Man erzählt sich in der Stadt, die Bing-Werke hätten ihn und den halben Christkindlesmarkt finanziert und dass der Erlös von allem, was hier verkauft wird, gar nicht den Notleidenden zugutekommt, sondern in die Taschen vom alten Bing fließt. Vorstellen könnte ich's mir schon.

Hilly und ich haben mal in der Bing-Fabrik geschuftet, daher weiß ich, wovon ich rede.«

»Du weißt gar nichts!«, gab Evelyn verärgert zurück. »Und was du behauptest, ist nicht wahr!« Sie konnte sich schon denken, wer diese Lügen verbreitete, aber nach dem Ärger mit dem Oberst verspürte sie keine Lust, nun auch noch mit Beitz über den angeblichen Einfluss der Bing-Werke auf die Geschicke Nürnbergs zu diskutieren. Beitz starrte sie an. »Warum sollte ich dir auch nur ein Wort glauben? Du hast behauptet, du würdest Hilly nicht kennen, aber dann habe ich dich bei ihr gesehen. Du hast ihr sogar geholfen, mir zu entwischen, nachdem ich sie endlich gefunden hatte.« Er machte einen Schritt auf Evelyn zu und packte sie am Arm. »Als ich in dieses Rattenloch kam, in dem sie sich verkrochen hatte, war der Vogel schon ausgeflogen. Also, wo ist sie? Hast du sie versteckt?«

Evelyn biss die Zähne zusammen. »Wenn Hilly schlau ist, lässt sie sich so schnell nicht wieder blicken. Insbesondere nach dem Vorfall gestern Nacht.«

Beitz ließ ihren Arm los, als hätte er sich daran die Finger verbrannt, und stieß ein leises Fluchen aus. »Du meinst den Kerl aus dem Hotel. Aber was zum Teufel soll Hilly damit zu tun haben?«

Als sie ihm erklärte, dass es sich bei dem Mann, auf den vergangene Nacht ein Anschlag verübt worden war, um Hillys neuen Liebhaber handelte, riss Beitz überrascht die Augen auf.

»Willst du damit sagen, Hilly war das? Aber warum? Ging es ihr um Geld? Ja, wahrscheinlich. Bei diesem Luder dreht sich doch alles ums Geld.«

Evelyn zuckte die Achseln. Sie durfte nicht zu dick auftragen, aber es schadete auch nicht, dem Burschen einen gehörigen Schrecken einzujagen. »Das wird die Polizei herausfinden«, sagte sie gleichmütig. »Du hast den Kommissar kennengelernt, damals, nachdem du am Bahnhof über mich herfallen wolltest. Er wird Hilly in die Mangel nehmen, und dann wird sie auspacken, um ihre Haut zu retten. Ich nehme an, dass du kein Interesse hast, in die Sache verwickelt zu werden, oder?«

»Darauf kannst du Gift nehmen!« Beitz nahm seine Schiebermütze ab und kratzte sich am Kopf. Er wirkte verunsichert, was Evelyn innerlich frohlocken ließ. Der Mann war nicht der Hellste, und das spielte ihr in die Karten. »Aber was soll mich das angehen? Ich habe noch nie einen Fuß in diesen piekfeinen Schuppen gesetzt.«

»Mag ja sein. Aber was glaubst du, wird die Polizei annehmen, wenn du weiterhin hinter Hilly herjagst und überall in der Stadt herumgrölst, sie wäre dir noch deinen Anteil schuldig?«

Beitz schnappte nach Luft. »Das hat absolut nichts mit dem Kerl aus dem Hotel zu tun, und das weiß diese Hexe Hilly ganz genau!«

»Hilly könnte behaupten, du habest sie angestiftet, den Mann erst auszurauben und ihm dann eins über den Schädel zu geben. Sie könnte sogar angeben, du selbst wärst es gewesen. Ich nehme an, deine Freunde vom Völkischen Block wären nicht begeistert, wenn einer der Ihren eines Raubmordes beschuldigt würde.«

»Du bist ja verrückt«, fauchte der Mann Evelyn an, aber in seine Stimme hatte sich plötzlich so etwas wie Angst geschlichen. »Ich weiß doch nicht einmal, wo sich Hilly versteckt.«

»Wenn Hilly erst einmal weichgekocht ist«, fuhr Evelyn unbeirrt fort, »wird sie auch eure krummen Geschäfte mit Frieba ausplaudern. Sie machte eine Kunstpause, ehe sie aufs Ganze ging, um Beitz aus der Reserve zu locken: »Mir hat sie eine ganze Menge anvertraut, als ich sie besucht habe. Allerdings hat sie mir geschworen, dass sie den Brief nicht hat, mit dem Frieba seine Erpressung durchgezogen hat.«

»Stimmt ja auch! Diesen dämlichen Brief hat Frieba wie seinen Augapfel gehütet. Nachdem er tot war, habe ich geglaubt, Hilly hätte ihn sich geschnappt und sich vergolden lassen. Aber nachdem ich gesehen habe, wie armselig sie haust ... Nee, da habe ich mich wohl geirrt.« Er lachte grimmig, wurde aber sofort wieder ernst. »Schon mal daran gedacht, dass Frieba den Brief mitgenommen hat?«

»Mitgenommen? Ins Gebirge?«

Beitz machte ein dummes Gesicht. »Wieso ins Gebirge? Nein, nein, in die Kiste natürlich! Er könnte mit dem Ding in der Tasche begraben worden sein. Das würde gut zu diesem falschen Fuffziger passen. Frieba hat sein ganzes Leben lang jeden übers Ohr gehauen, der ihm über den Weg gelaufen ist. Und Geschichten konnte er erzählen wie der Lügenbaron Münchhausen.«

Evelyn biss sich auf die Lippe und ärgerte sich, weil sie selbst noch nicht auf diesen Gedanken gekommen war. Doch im Grunde ergab er wenig Sinn, denn immerhin hatte Hilly ihr glaubhaft versichert, dass Frieba Gersons Brief an einem sicheren Ort versteckt hatte. Und auch wenn dies stark nach der Fieberfantasie eines Todkranken klang, verweigerte sich Evelyn doch der Annahme, das Schreiben könne nun mehrere Fuß tief unter der Erde liegen.

»Hör mir jetzt einmal gut zu, Beitz«, sagte Evelyn schließlich. »Die Polizei muss nicht zwingend von dir und deiner Verbindung zu Hilly erfahren. Ich werde den Mund halten, aber nur, wenn du versprichst, mich in Ruhe zu lassen. Lass dich nicht mehr auf dem Weihnachtsmarkt blicken, verstanden?«

Beitz musterte sie abschätzend von Kopf bis Fuß, aber in seinem Blick lag nicht mehr ganz so viel Feindseligkeit. Dennoch verging eine ganze Weile, bis er über ihren Vorschlag nachgedacht hatte. »Ich hatte den Auftrag, dich aufs Korn zu nehmen«, sagte er schließlich, nicht ohne einen vorsichtigen Seitenblick auf die Männer am Glühweinstand. »Anscheinend bist du nicht nur mir, sondern auch ein paar ziemlich einflussreichen Leuten auf die Füße getreten.«

Evelyn konnte sich schon denken, wen Beitz damit meinte. Sie hatte nicht vergessen, wie der Oberst aus München sie im Speisezimmer der Falkners angesehen hatte. Entweder hatte der Mann persönlich verfügt, sie für ihre Widerworte bestrafen zu lassen, oder er hatte das Rasmus überlassen. Und Beitz war einer ihrer Handlanger, ein Mann fürs Grobe. Wie es aussah, hatte der jedoch das Interesse verloren. Für ihn stand offenbar zu viel auf dem Spiel.

»Also gut, von mir hast du nichts zu befürchten. Ich werde eine Weile in München bleiben, aber ich rate dir, meinen Kameraden künftig aus dem Weg zu gehen, sonst kann ich für nichts garantieren. Und was Hilly betrifft ...« Er atmete ein paarmal tief durch. »Falls du sie wiedersiehst, kannst du ihr von mir bestellen, dass mir ihr Geld gestohlen bleiben kann. Aber sollte sie es wagen, mich in ihre krummen Dinger hineinzuziehen oder bei der Polizei anzuschwärzen, wird sie es bitter bereuen. Ich war damals schließlich nur ein verdammter Botenjunge, der für Frieba und sie die Nachrichten überbracht hat.«

»Die Nachrichten?« Evelyn horchte auf. »Was für Nachrichten, und wem hast du sie zugestellt?«

Beitz machte ein gequältes Gesicht. »Wenn du es genau wissen willst: Frieba hatte irgendwelche Beweise dafür, dass so ein Kerl sich während des Krieges an der Westfront etwas hat zu Schulden kommen lassen. Was genau, wollte er mir und Hilly nie sagen. Aber er war überzeugt, dass der Bursche dafür zahlen würde, dass sein Geheimnis bewahrt blieb. Weil er nämlich viel zu verlieren und andere viel zu gewinnen hätten. So hat Frieba sich jedenfalls ausgedrückt.«

»Hat Frieba denn jemals mit diesem Mann persönlich Kontakt aufgenommen?«

Beitz winkte verächtlich ab. »Der doch nicht! Dazu war der Herr viel zu feige. Der wollte nur abkassieren, aber die Drecksarbeit sollten andere für ihn erledigen. Mir fiel die Aufgabe zu, die schriftlichen Geldforderungen an wechselnden Orten zu hinterlegen. Mal unter einem großen Stein im Stadtpark, dann in einer Nische der Walpurgiskapelle oben auf der Burg oder am Denkmal für den alten Albrecht Dürer. Frieba verlangte aber immer nur bescheidene Summen, und auch das nur ab und zu. Er meinte, damit gehe er auf Nummer sicher.« Beitz grinste. »Bin auch nie erwischt worden. Auch nicht, wenn ich später das Geld an einem ganz anderen Ort abgeholt habe. Es hätte mich schon gereizt, mich auf die Lauer zu legen, um zu sehen, wer da aufkreuzt, aber Frieba wollte das nicht. Er sagte, wir wären alle sofort tot, wenn wir erwischt würden. Frieba reichte das so. Er hat es sich bei der alten Witwe am Stadtpark gutgehen lassen, und den wenigsten ist aufgefallen, dass er mehr Geld hat, als er bei der Reichsbahn verdient. Zu seinem Schutz hat er noch dazu die Geschichte von der kleinen Erbschaft erfunden. So ist ihm keiner auf die Schliche gekommen. Auch die Blinde in der Villa nicht.« Er grinste erneut. »An die war dieser Brief anscheinend eigentlich adressiert, aber das hat sie nie erfahren. Frieba hat nämlich ihre Post gelesen, wann immer ihm danach war.«

Evelyn war bestürzt über so viel Niedertracht. Sie hatte ja bereits gewusst, dass Frieba Anitas hilflosen Zustand ausgenutzt und sie nach Strich und Faden betrogen hatte, dies alles aber nun von Beitz zu hören, der sich darüber auch noch amüsierte, war schier unerträglich. »Der Brief war an Frau Pelzendorf adressiert, aber bekommen sollte ich ihn«, stieß sie wütend hervor. »Mein Mann hatte ihn an der Westfront geschrieben, kurz bevor er starb! Frieba hatte kein Recht, ihn zu unterschlagen. Und dass er ihn benutzt hat, um sich daran zu bereichern, ist unverzeihlich.«

Beitz wirkte in keiner Weise schuldbewusst. »Also wolltet ihr selbst absahnen? Tja, Pech, dass Frieba euch in die Parade gefahren ist!«

»Mein Ehemann war kein Verbrecher wie Eugen Frieba«, widersprach Evelyn heftig. »Wenn er den Brief nach Nürnberg geschickt hat, dann nur, damit er nicht in die falschen Hände gerät. Er hat darauf vertraut, dass ich damit das Richtige tun würde.«

»Wenn du meinst.« Beitz hatte offensichtlich das Interesse am Thema verloren. Er zog sich die Mütze tiefer in die Stirn und wandte sich zum Gehen. Evelyn hielt ihn am Arm fest, woraufhin er sie unwillig anschaute. »Was denn noch? Du kannst wohl nicht genug von mir kriegen, was? Ich habe dir alles gesagt, was ich weiß, aber jetzt muss ich Leine ziehen, sonst werden die Kameraden misstrauisch. Die schauen sowieso schon so komisch. Wird nicht leicht werden, sie davon zu überzeugen, dass die Aktion abgeblasen wird. Wir müssen schließlich darüber berichten.« Er fletschte die Zähne, seine Augen verengten sich zu schmalen Linien. »Also entweder küsst du mich, dann kann ich später sagen, du hättest mir schöne Augen gemacht, oder du machst dich davon!«

»Lieber würde ich den Gaul eines Bierkutschers küssen«, gab Evelyn bissig zurück. »Und ich darf vor meinem Weihnachtsmarktstand stehen bleiben, solange ich will. Aber ich habe noch eine letzte Frage: Hat Frieba dir erzählt, wie es dazu kam, dass er in die Villa am Stadtpark eingezogen ist? Frau Pelzendorf mag blind gewesen sein, aber sie war weder taub noch schwachsinnig. Ganz im Gegenteil, sie war eine kultivierte Frau und legte großen Wert auf gute Manieren und einen perfekten Leumund. Also auf alles, womit Frieba nicht dienen konnte. Jeden anderen hätte sie vor die Tür gesetzt!«

Beitz verdrehte die Augen. »Und jetzt willst du wissen, warum nicht auch ihn? Ganz ehrlich: Ich habe keinen blassen

Schimmer, was die Alte an ihm gefunden hat. Ich weiß nur, dass Frieba in der Villa Pelzendorf vorgesprochen hat, nachdem ihn mal so ein merkwürdiger Kauz am Bahnhof angequatscht hat. Der scheint ihm den Anstoß dazu gegeben zu haben.«

»Ein merkwürdiger Kauz?«, fragte Evelyn irritiert. »Kannst du dich etwas genauer ausdrücken? Wer war der Mann, der Frieba angesprochen hat?«

»Du bist wirklich wie eine Klette«, stöhnte Beitz. »Ich kenne den Kerl nicht persönlich, aber er ist mir neulich wieder über den Weg gelaufen, und zwar am Jakobsplatz. Nachdem ich wegen deiner dämlichen Aktion in der Bahnhofskneipe eine Nacht hinter Gittern verbringen durfte. Er ist kein Bulle, eher ein privater Schnüffler. Einer, der verloren gegangene Katzen aufstöbert oder Leute beschattet. Manchmal hängen solche Typen am Jakobsplatz herum, weil sie Auskünfte vom Präsidium brauchen. Beliebt sind die dort aber wie eine Zecke am Hintern. Den Alten hat man jedenfalls genauso unhöflich auf die Straße befördert wie mich.«

Evelyn hob die Augenbrauen. Ein Detektiv? Sie hatte in Kriminalromanen von solchen Leuten gelesen, aber dass es sie sogar in Nürnberg geben sollte, war ihr neu. »Du hast nicht zufällig seinen Namen aufgeschnappt oder weißt, wo er wohnt?«, erkundigte sich Evelyn.

Beitz lachte dreckig. »Mal ehrlich, sehe ich aus wie das Fräulein vom Amt? Ich habe dir gesagt, dass ich den Knaben nicht kenne.«

Mit diesen Worten ließ er sie stehen und ging zu seinen Kameraden, die ihn mit fragenden Blicken empfingen. Evelyn beobachtete, wie er kurz den Kopf schüttelte und den Männern dann bedeutete, den Markt zu verlassen. Nach Evelyn schaute sich keiner von ihnen noch einmal um. Wie in Trance stieß Evelyn die Tür zum Stand auf und betrat den winzigen Innenraum.

Dort empfing sie eine schneidende Kälte, trotzdem glaubte Evelyn, Beitz' Geruch wahrzunehmen. Sie würde eine Menge Räucherstäbchen brauchen, um diesen aus den Wänden zu vertreiben.

42.

Auf dem Heimweg gingen Evelyn unentwegt Beitz' Worte durch den Kopf. Was mochte Frieba mit einem Detektiv zu tun gehabt haben? Mit dem verschwundenen Brief konnte es nicht zusammenhängen, denn den hatte Frieba sich ja erst unter den Nagel gerissen, nachdem er schon bei Anita Pelzendorf eingezogen war. Nein, viel wahrscheinlicher war, dass er den Ermittler beauftragt hatte, die Witwe auszuspionieren, um sich eine Bleibe in ihrem Haus zu sichern. Dabei musste der Mann auf etwas gestoßen sein, was weder der Haushälterin noch ihrem alten Freund, dem Schuldirektor, bekannt gewesen war. Aber was? Evelyn hatte ihre Lehrerin als besonnene Frau in Erinnerung, die mit ihrem Mann eine wenig aufregende, aber harmonische Ehe geführt hatte. Da diese kinderlos geblieben war, war Anita ganz in ihrer Lehrtätigkeit an der Höheren Mädchenschule aufgegangen. Über ihren Ehemann wusste Evelyn dagegen nur wenig. Pelzendorf hatte einen einträglichen Posten bei der Reichsbank innegehabt, das Kriegsende und die große Inflation jedoch nicht mehr miterlebt. Gab es vielleicht in seiner Vergangenheit einen dunklen Punkt, der die Frau dazu bewogen hatte, Frieba die Türen zu ihrer Villa zu öffnen? Wenn ja, so war dieser Detektiv vermutlich der Einzige, der dieses Geheimnis lüften konnte.

Bereits im Treppenhaus hörte Evelyn Waldblums Stimme, der sich bitter darüber beklagte, dass sie ausgegangen war, anstatt zu Hause auf ihn zu warten. Seufzend wappnete sie sich gegen eine Flut von Vorwürfen, bemerkte aber zu ihrer Überraschung, dass nicht nur der Kommissar, sondern auch Esther Bing auf sie wartete. Die Frau des Spielzeugfabrikanten saß neben Gertraud auf der Chaiselongue und balancierte eine Tasse Tee auf ihren Knien. Benjamin war ebenfalls da, aber Evelyns Mutter beäugte den jungen Mann so misstrauisch, als befürchtete sie, er würde ihr den silbernen Löffel aus der Tasse klauen.

»Irreführung der Behörden ist eine Straftat«, fuhr Waldblum Evelyn an. »Dafür könnte ich Sie einlochen, Gnädigste. Möchten Sie das? Möchten Sie Weihnachten in einer Zelle verbringen?«

Sprachlos schüttelte Evelyn den Kopf.

Esther Bing räusperte sich. Mit ihrem gemusterten Strickpullover und den weiten Hosen sah sie aus, als wäre sie auf dem Weg zum Skifahren in die Berge. »Ich kam nur vorbei, weil ich nach Ihnen sehen wollte, Evelyn. Der Herr Kommissar war schon da, und so erfuhr ich von …«

Waldblum unterbrach sie. »Frau Bing war so freundlich, mir mitzuteilen, dass sie die Frau war, die Ihnen im ›Deutschen Kaiser‹ Gesellschaft leistete.« Er zückte sein schwarzes Notizbuch und warf einen Blick hinein, bevor er fortfuhr: »Sie haben sich bemüht, die Adresse einer gewissen Person herauszufinden, die von Ihrem Onkel häufig in das Hotel eingeladen wurde.«

»Ich habe diese Person dort angetroffen, als ich meinen Bruder aufsuchte«, rief Gertraud voller Abscheu. Sie zog ein zerknittertes Taschentuch aus ihrer Schürze und putzte sich geräuschvoll die Nase. »Diese Hilly sollten Sie suchen und hinter Gitter bringen, Herr Kommissar!«

Waldblum kritzelte wieder etwas in sein Buch. »Es wäre gut gewesen, wenn Ihre Tochter mir schon gestern Abend von dieser Hilly erzählt hätte, gnädige Frau.« Er sah Evelyn streng an. »Das ist es, was ich mit Irreführung der Behörden gemeint habe. Sie enthalten uns wichtige Hinweise vor, die zur Ergreifung einer Straftäterin führen könnten.«

»Was erwarten Sie?«, mischte sich nun Benjamin ein. »Natürlich stand Frau Sandmeyer unter Schock! Sie haben sie von einem Verlobungsfest geholt und in dieses Hotelzimmer geschleppt. Dort war sie zu aufgeregt, um Erklärungen abgeben zu können.« Flink sprang er auf, ging zu Evelyn und nahm ihre Hand. Gertrauds ersticktes Keuchen überging er. Evelyn auch.

»Wie es aussieht, war Frau Sandmeyer aber nicht zu aufgeregt, Ihnen alles zu erzählen«, sagte Waldblum ungerührt.« Er stieß die Luft aus, dann befahl er Benjamin, wieder Platz zu nehmen. »Warum wollten Sie unbedingt herausfinden, wer die … Bekanntschaft Ihres Onkels ist und wo sie wohnt?«, fragte der Kommissar nun Evelyn. »Haben Sie sie aufgesucht und zur Rede gestellt?«

Evelyn nickte zögerlich. »Ja, ich war bei ihr. Ich habe sie mit Champagner ins Hotel gelockt, und als sie dort war, bin ich zu ihr, um mich ein wenig in der Wohnung umzusehen.«

»Warum? Ihr Onkel ist ein erwachsener Mann, es dürfte seine Nichte kaum etwas angehen, mit wem er seine Zeit verbringt. Also noch einmal: Was wollten Sie dort?«

»Was kann meine Tochter schon gewollt haben?« Gertraud war anzusehen, dass sie diese Befragung für überflüssig hielt und sich wünschte, der Kommissar würde endlich wieder gehen. »Sie wollte mal sehen, was das für eine Frau ist, mit der mein Bruder sich abgibt. Diese Hilly wollte Joachim ausnehmen, das steht für mich fest wie das Amen in der Kirche. Ihr hat er zu verdanken, dass er jetzt bewusstlos im Spital liegt.« Sie funkelte Evelyn an, immer noch empört darüber, was sie eben beobachtet hatte. »Du hast dich nicht einmal nach Joachims Befinden erkundigt. Stattdessen gehst du auf den Christkindlesmarkt, als wäre nichts geschehen.«

Waldblum sah nicht so aus, als gefiele ihm Gertrauds Theorie, dennoch machte er sich eine Notiz. »Ich denke, Sie hatten noch einen anderen Grund, der Frau nachzuspüren, habe ich recht?« Er entnahm seinem Buch eine Fotografie und reichte sie Gertraud, die scharf durch ihre Brille spähte und dann eifrig nickte.

»Es ist ein älteres Bild, aber ich erkenne sie! Das ist diese Hilly!«

Zufrieden legte der Kommissar die Fotografie vor ihr auf den Tisch. »Vor einiger Zeit wurde Frau Sandmeyer in einem Nebenraum der Bahnhofswirtschaft von einem Mann belästigt, dem sie zuvor diese Aufnahme hatte zukommen lassen. Bei der Polizei gab sie an, nach der Frau zu suchen.« Er richtete seinen Zeigefinger auf Evelyn. »Es kommt nicht eben oft vor, dass wir ein Beweisstück erhalten, bevor eine Tat überhaupt begangen wurde. Aber diese Fotografie belegt, dass Sie die Stadt nach dieser Hilly durchkämmt haben, bevor Ihr Onkel in den ›Deutschen Kaiser‹ zog. Damals gaben Sie an … Moment, das haben wir gleich …« Er blätterte ein paar Seiten zurück. »Hier. Sie gaben zu Protokoll, dass die Frau auf dem Bild den verstorbenen Untermieter Ihrer Freundin Anita Pelzendorf gekannt habe und möglicherweise auch etwas über Ihren eigenen Ehemann wissen könne, der als Soldat in Frankreich blieb.« Er klappte das Buch zu, steckte es ein und machte dann einen Schritt auf Evelyn zu, die eingeschüchtert bis zur Wohnzimmertür zurückwich. »Ich kann Ihnen nur raten, endlich Farbe zu bekennen«, sagte er streng. »Hat diese Hilly den Mordanschlag auf Ihren Onkel ausgeführt, ja oder nein? Haben Sie die Frau dazu angestiftet, im Austausch gegen … gewisse Informationen?«

Evelyn starrte ungläubig auf die rote Fliege des Polizeibeamten. Das konnte doch wohl nicht sein Ernst sein.

»Der Brief«, hauchte Gertraud. Sie drückte sogleich die Hand auf den Mund, aber natürlich hatte der Kommissar es gehört.

»Ein Brief?«

»Evelyn sucht ihn, seit sie bei der Wohltätigkeitsarbeit in einem abgelegten Kleidungsstück das Kuvert mit der Handschrift ihres Mannes gefunden hat.«

Waldblum richtete sich zu seiner vollen Größe auf. »Was ist das für ein Brief?«

»Ich weiß weder, was darin steht, noch, wo er sich befindet«, sagte Evelyn kleinlaut. Nun hatte es keinen Sinn mehr, dem Kommissar etwas vorzumachen. Sie würde sich nur noch verdächtiger machen, wenn sie neue Ausreden erfand. »Mein Mann hielt es offensichtlich für eine gute Idee, den Brief an Frau Pelzendorfs Adresse zu schicken, weil die Dame doch blind war und ich fast täglich zu ihr kam, um mit ihr die Post durchzugehen. Aber leider fing ihr Untermieter das Schreiben ab. Er hat es gelesen und …« Sie machte eine Pause, um Luft zu holen. Im Raum war es still geworden. Nur das Kratzen von Waldblums Bleistift war zu hören. »… und dann hat er den Brief benutzt, um damit jemanden zu erpressen.«

»Und Sie haben keine Ahnung, was Ihr Mann da geschrieben hat? Hat er denn in keinem anderen seiner Feldpostbriefe Andeutungen gemacht?«

Evelyn dachte daran, wie oft sie Gersons Hinterlassenschaften durchgesehen und seine letzten Briefe an sie gelesen hatte, jedoch ohne auch nur den geringsten Hinweis darauf zu finden, dass er ihr etwas anvertrauen wollte. »Hilly war Friebas Geliebte, bevor sie meinen Onkel kennengelernt hat. Ich dachte, wenn jemand über den Brief Bescheid wissen könnte, dann sie. Aber …«

»Sie wusste nichts darüber«, beendete der Kommissar ihren Satz. Nachdem er mit seinen Notizen fertig war, sah er sie eine ganze Weile an, ohne auch nur ein Wort zu sagen, doch es war nicht schwer, seine Gedanken zu erraten. »Ich frage mich, warum Sie mir nicht früher von diesem Brief erzählt haben«, sagte er schließlich. Er klang müde.

»Welchen Beweis hätte ich Ihnen denn für meine Überlegungen liefern können? Es hat eine Ewigkeit gedauert, bis ich Hilly aufspüren konnte. Und das ist mir auch nur gelungen, weil sie sich meiner Mutter im Hotel unter diesem Namen vorgestellt hat. Erst durch Hilly habe ich die Bestätigung erhalten, dass meine Theorie von Friebas Erpressung kein Hirngespinst ist. Der Mann hat von jemandem Geld verlangt. Von einer Person von Rang und Namen. Aber nach seinem Tod ist der Brief spurlos verschwunden.«

»Also sind Sie nicht der Ansicht, dass diese Frau ... Hilly Ihren Onkel erschlagen wollte?«

»Sie selbst haben doch gesagt, der Anschlag auf Joachim ähnele dem Mord an dem Trödler.« Waldblum zupfte nervös an seiner Fliege. »Wollen Sie damit sagen, der Mörder könnte in Mulls Laden nach dem Brief dieses Herrn Frieba gesucht haben?«

»Das ist natürlich nur Spekulation«, sagte Evelyn. »Aber Mull verkaufte auch Trödel auf dem Christkindlesmarkt, vor allem billigen Schmuck, Zinnsoldaten und ähnliche Sachen. Unter den Standnachbarn ging das Gerücht, er habe auch mit Diebesgut gehandelt. Aber was den Täter zu meinem Onkel geführt hat, ist mir nicht klar. Ich sehe keine Verbindung zwischen Mull, ihm und dem Brief meines Mannes.«

»Sie sind also nicht der Ansicht, dass Hilly auf Ihren Onkel eingeschlagen hat?«

Evelyn dachte kurz nach, dann schüttelte sie aus tiefer Überzeugung den Kopf. »Sie wollte sich schöne Stunden mit ihm machen, mehr nicht. Der Überfall auf ihn muss einen anderen Grund haben.«

Waldblum hob die Augenbrauen und bedachte sie mit einem tiefgründigen Blick. »Ihnen ist hoffentlich klar, dass Sie sich nach dieser Aussage wieder weit oben auf der Liste der Verdächtigen befinden.«

Evelyns Mutter hatte der Befragung mit wachsendem Unbehagen gelauscht und schnappte nach Waldblums Bemerkung voller Empörung nach Luft. »Eine Frechheit, meiner Tochter so etwas zu unterstellen. Sie ist die Tochter eines Pfarrers und tut keiner Fliege etwas zuleide. Gewiss, sie und mein Bruder hatten ihre Probleme, aber eine Seele von Mensch wie sie weiß, was sie der Familie schuldig ist. Ihrem Onkel den Schädel einzuschlagen gehört nicht dazu.«

»Nicht mal, nachdem Ihr Bruder Frau Sandmeyers Geschäft ruiniert hat, damit ihr keine Wahl blieb, als ihr Haus dem Gastwirt und Brauereibesitzer Brungässner zu überschreiben?«

Gertraud stieß einen spitzen Schrei aus. »Woher wissen Sie das?«

»Sagen wir, ich habe mich umgehört. Aber bevor Sie mir jetzt reihenweise in Ohnmacht fallen oder an die Kehle gehen: Wir wissen zwar noch nicht genau, wann sich der Überfall ereignete, aber ich glaube nicht, dass Sie es waren, Frau Sandmeyer. Allerdings bin ich mir sicher, dass Ihr Onkel seinen Angreifer oder seine Angreiferin selbst ins Zimmer gelassen und mit ihm oder ihr ein Glas Sekt getrunken hat.«

Gertrauds Hand zitterte, als sie ihre Tasse vom Tisch nahm und einen Schluck daraus trank. »Und ich glaube nach wie vor, dass Sie sich diese Hilly vorknöpfen sollten. Und wenn nicht, dann den Kerl, der am Würschtel-Stand auf dem Christkindlesmarkt wüste Drohungen gegen uns ausgestoßen hat.«

Waldblum wurde hellhörig. Nachdem Gertraud ihm Bericht erstattet hatte, seufzte er. »Es scheint in der Familie zu liegen, mit so was nicht zur Polizei zu gehen!«

»Aber Joachim hat seine Schulden auf Heller und Pfennig bezahlt.« Gertraud stellte die Tasse wieder ab. Der warme Tee hatte ihr gutgetan, wenigstens schien sie sich wieder halbwegs erholt zu haben. »Mein Bruder ist nicht sehr wählerisch, was seinen Umgang angeht, und das betrifft nicht nur die Damenwelt. Er langweilt sich, weil er wegen einer Kriegsverletzung seinen erlernten Beruf als Friseur nicht mehr ausüben kann. Daher lässt er sich manchmal zum Kartenspielen verleiten.«

Evelyn fand die Erklärung ihrer Mutter reichlich beschönigend. Joachim war ein Spieler, der in einem Milieu verkehrte, in dem Gewalt an der Tagesordnung war. Doch sie hielt den Mund – welchen Sinn hatte es, darüber jetzt einen Streit mit Gertraud vom Zaun zu brechen? Joachim hatte sie hintergangen, und wer konnte sagen, was ihm noch eingefallen wäre, um ihr das Leben schwer zu machen. Aber Evelyn hatte nie gewollt, dass ihn jemand deswegen fast totschlug.

»Ich muss Sie alle bitten, sich in Zukunft aus meinen Ermittlungen rauszuhalten«, verkündete Waldblum. »In wenigen Tagen ist Weihnachten, und ich gehe doch davon aus, dass Sie alle, wie Sie hier sitzen, die Feiertage noch erleben möchten.«

Gertrauds Gesichtszüge entgleisten. »Heißt das, wir sind auch in Gefahr?« Dann hob sie den Zeigefinger und bedachte Evelyn mit einem scharfen Blick. »Das ist alles deine Schuld, Evelyn. Mit deiner verrückten Suche nach diesem Brief hast du diesen Kerl erst auf den Plan gerufen.«

»Evelyn hat getan, was sie für richtig hielt«, protestierte Benjamin.

»Ach ja? Halten Sie sich da besser raus! Ich begreife ohnehin nicht, warum Sie überhaupt noch hier sind. Die Drogerie ist geschlossen, wir brauchen keine Angestellten mehr. Kilian wird sich von nun an um alles kümmern.«

Waldblum unternahm einen Versuch, die Frau zu beschwichtigen, erreichte damit aber nur, dass Gertraud hinausstürmte und die Tür hinter sich zuknallte. Kurz darauf verabschiedete auch er sich, und Evelyn sank erschöpft in einen Sessel. Sie fühlte sich so benommen, dass sie kaum registrierte, wie Gertraud laut vor sich hinmurmelnd das Haus verließ. Vermutlich wollte sie ins Hospital.

»Ihre Mutter macht sich Sorgen, aber sie wird sich auch wieder beruhigen«, meinte Esther. Sie beugte sich zu Evelyn vor und tätschelte ihr mit einem aufmunternden Lächeln die Schulter. »Die Ärzte werden alles dafür tun, dass Ihr Onkel wieder zu sich kommt, und dann wird er der Polizei sagen, wer ihm das angetan hat.«

Evelyn nickte. Ja, das klang beruhigend. Aber warum hatte sie das Gefühl, dass es dazu nicht mehr kommen würde?

43.

Den Rest des vierten Advents verschlief Evelyn und auch einen Teil des folgenden Tages. Als sie sich schließlich aus ihrem Zimmer schleppte, ging es schon auf die Mittagsstunde zu. Benommen rieb sie sich die Augen; sie konnte sich nicht erinnern, wann sie zuletzt so lange durchgeschlafen hatte. Aber die Ruhe hatte ihr gutgetan, zumindest war sie ihre Kopfschmerzen los. In der Küche war es so kalt, dass Evelyn in ihrem Nachthemd bitterlich fror. Ihre Mutter hatte den Ofen nicht angezündet, und auf dem Herd stand auch kein heißer Kaffee wie sonst. Wie es aussah, befand sich Gertraud im Streik. Oder war sie krank?

Besorgt klopfte Evelyn an die Tür ihrer Mutter, bekam aber keine Antwort. Sie war nicht da. Als Evelyn sich in dem ordentlich aufgeräumten Zimmer umsah, bemerkte sie sofort, dass das Bett unberührt war. Die Luft roch abgestanden, was wiederum den Schluss nahelegte, dass ihre Mutter gestern nicht mehr nach Hause gekommen war. Tatsächlich fehlte in der Garderobe ihr Wintermantel. Evelyn nahm sich vor, später vom Zigarrenladen aus im Krankenhaus anzurufen und nachzufragen, ob Gertraud die Nacht dort verbracht hatte.

Im Wohnzimmer fiel ihr Blick auf die große Bibel ihres Vaters. Gertraud musste sie aus dem Regal geholt und auf dem Tisch liegen gelassen haben. Seit sie von Gersons Tod in der Fremde erfahren hatte, hatte Evelyn das Buch nicht mehr zur Hand genommen, doch nun, da sie es vor sich sah, verspürte sie das starke Bedürfnis, darin zu blättern. Als sie noch ein Kind gewesen war, hatten sie und ihr Vater sich manchmal einen Spaß daraus gemacht, das Buch an einer beliebigen Stelle aufzuschlagen und dann zu ergründen, ob sich daraus ein Rat oder eine Warnung für sie ableiten ließe. Evelyn schloss die Augen. Ach, Vater, dachte sie, könntest du doch jetzt hier sein. Mit dem Finger tippte sie auf eine Seite und sah sich den Bibelvers an, auf dem er lag. Ein Psalm: »Ich wache und bin wie ein einsamer Vogel auf dem Dach.« Evelyn lächelte versonnen. Und? Traf das auf sie zu? Ja, genau genommen, hatte sie sich kaum jemals einsamer gefühlt. Und gewiss war es unter den gegebenen Umständen angebracht, wachsam zu sein. Doch so frei wie ein Vogel auf dem Dach fühlte sie sich beim besten Willen nicht. Also noch ein Versuch. Dieses Mal lautete der Spruch: »Ich übe Recht und Gerechtigkeit; übergib mich nicht denen, die mir Gewalt antun wollen.«

»Soll das etwa heißen, dass du die Sache nicht Waldblum überlässt, sondern vorhast, selbst für Gerechtigkeit zu sorgen?«

Erschrocken drehte Evelyn sich um und sah, dass Benjamin das Wohnzimmer betreten hatte. Er hatte etwas mitgebracht: Evelyns Porträt. Als Evelyn aufstand, um es sich anzusehen, hob Benjamin abwehrend die Hand.

»Bleib, wo du bist! Du wirst es erst zu Gesicht bekommen, wenn ich weiß, was du schon wieder im Schilde führst. Vergiss dabei bitte Waldblums Warnung nicht und auch nicht, wie deine arme Mutter darauf reagiert hat.«

»Hast du sie heute Morgen weggehen sehen?«

Benjamin schüttelte den Kopf. »Sie ist nicht nach Hause gekommen. Daher habe ich gleich in der Früh im Hospital angerufen. Mach dir keine Sorgen, sie ist dort. Dein Onkel ist aber immer noch nicht zu sich gekommen. Er …« Benjamin beendete den Satz nicht, hob aber die Schultern. Mehr musste er auch nicht tun, Evelyn verstand auch so, wie kritisch Joachims Zustand war. Sie sah ihn mit einem dankbaren Lächeln an. »Wie lieb von dir, dass du nachgefragt hast. Und das, obwohl dich meine Mutter sicher ans andere Ende der Welt wünscht!« Sie stellte sich auf die Zehenspitzen und reckte den Hals. »Darf ich nicht doch einen kleinen Blick …«

»Es nützt dir gar nichts, zu betteln. Ich habe dir gesagt, was du tun musst, um das Bild zu sehen. Also?«

Mit einem Seufzer schlug Evelyn die Bibel ihres Vaters zu und stellte sie ins Regal zurück. »Ich habe festgestellt, dass ich ein einsamer Vogel bin, der auf dem Dach sitzt und wachsam bleiben muss. Aber du kannst beruhigt sein. Ich habe nicht vor, jemanden in Gefahr zu bringen. Weder meine Mutter noch Esther Bing oder dich. Schlimm genug, dass es Joachim erwischt hat. Soll der Kommissar für Recht und Gerechtigkeit sorgen, schließlich ist genau das seine Aufgabe.«

Benjamin hob forschend die Augenbrauen. »Klingt gut! Aber …«

»Ja?«, gab Evelyn unschuldig zurück.

»Du siehst müde aus, aber deine Augen funkeln. Und genau dieses Funkeln ist es, das in mir den Verdacht weckt, dass es da noch ein paar Dinge gibt, mit denen du nicht abgeschlossen hast.« Auf Evelyns Stirn bildete sich eine Falte. Gegen Maler und Ärzte kam sie offensichtlich nicht an. Beide schienen die besondere Gabe zu haben, Menschen wie sie mit ihren Blicken zu entkleiden und bis in die tiefsten Winkel ihres Bewusstseins vorzudringen. »Ich habe mich gestern mit Beitz unterhalten«, gab sie schließlich zu und hob rasch die Hände, als sie Benjamins fassungslosen Gesichtsausdruck sah. »Reg dich nicht auf, ich war zu keinem Zeitpunkt wirklich in Gefahr! Beitz kam mit einigen seiner Raufbrüder zum Christkindlesmarkt. Erst wollte ich mich vor ihm verstecken, aber dann entschied ich mich dagegen. Ich lebe hier, verstehst du? Ich liebe meine Heimatstadt.

Es wäre mir unerträglich, wenn ich nicht mehr durch die Straßen oder auf den Christkindlesmarkt gehen könnte aus Angst, dass Beitz oder ein anderer vom Völkischen Block plötzlich hinter mir auftaucht.«

»Und was hat er gesagt?« Benjamins Miene war besorgt.

»Wir haben eine Einigung erzielt. Beitz geht nach München und lässt mich in Ruhe. Dafür sage ich der Polizei nichts über seine Verbindung zu Hilly und Frieba. Mit dem Mord an Mull und dem Anschlag auf meinen Onkel hat er ohnehin nichts zu tun. Er wurde ganz blass, als ich ihm unter die Nase gerieben habe, er werde möglicherweise verdächtigt, mit Hilly unter einer Decke zu stecken.«

»Und der Brief? Konnte Beitz dir darüber etwas sagen?«

Evelyn atmete tief ein und stieß dann die Luft aus. »Fehlanzeige. Beitz diente Frieba als Bote und Handlanger, aber wo der Brief abgeblieben sein könnte, weiß er nicht. Anders als Hilly hatte er keinen Kontakt mehr mit Frieba, nachdem der krank geworden war. Ich fürchte, ich muss mich damit abfinden, dass der Brief nicht mehr auftaucht.«

»Leider gibt es aber irgendwo da draußen jemanden, der das nicht glaubt«, sagte Benjamin. Er berührte Evelyns Arm. »Umso wichtiger, dass wir uns fortan ruhig verhalten.«

»Das werde ich ganz bestimmt. Nur eins möchte ich noch herausfinden …« Sie lächelte. »Aber das betrifft nicht den Brief, versprochen!«

Benjamin sah sie einen Moment skeptisch an, dann glätteten sich seine Gesichtszüge, und er erwiderte ihr Lächeln. Er stellte die Leinwand vor sie auf den Boden und zog dann langsam das Tuch herunter.

Am Nachmittag klopfte Evelyn an Heddas Tür. Benjamin hatte es sich nicht nehmen lassen, sie in die Stadt zu begleiten, und obwohl er es abstritt, spürte Evelyn, dass er vor Neugier fast platzte.

»Wieso bist du dir so sicher, dass die Frau dir etwas über Friebas Detektiv sagen kann«, wollte er wissen, während er die Straße im Auge behielt. Es waren nur wenige Leute unterwegs. Eine Frau schob ihr Fahrrad über den Bürgersteig – da der Boden gefroren und spiegelglatt war, traute sie sich offensichtlich nicht, aufzusteigen und loszufahren. Im Haus gegenüber kläffte ein Hund.

»Wen horchen Detektive besonders gern aus? Natürlich das Hauspersonal. Würde mich sehr wundern, wenn unser Schnüffler nicht versucht hätte, sich an Hedda heranzumachen.«

Anita Pelzendorfs Haushälterin war diesmal noch weniger begeistert, Evelyn zu sehen, als bei ihrem erstem Besuch in der engen Mansarde. Und wie damals hing auch heute wieder frische Wäsche zum Trocknen an einer Leine quer durch die Stube. Hedda aber lag nicht mehr im Bett. Ihre Knöchelverletzung schien verheilt zu sein. Sie humpelte noch ein wenig und benutzte einen Gehstock, konnte sich damit aber mühelos fortbewegen. »Einen Detektiv?« Die alte Frau verzog das Gesicht, womit sie zu verstehen gab, was sie von Leuten hielt, die ihre Nase in die Angelegenheiten anderer steckten. Sie dachte kurz nach, dann sagte sie: »Nun ja, da war so ein Einfaltspinsel. Er hat die gnädige Frau aufgesucht. Das erste Mal kam er gegen Ende des Krieges ins Haus, kurz nachdem der alte Herr Reichsbankrat gestorben war. Und dann ein weiteres Mal nach Friebas Tod. Weiß der Kuckuck, warum sie ihn sehen wollte.«

Evelyn wechselte einen überraschten Blick mit Benjamin. Wie sie nach ihrem letzten Besuch in der Wohnung der Alten hatte feststellen müssen, war diese nicht ganz vertrauenswürdig. Zumindest hatte sie Evelyn bei jener Gelegenheit nicht die

Wahrheit gesagt, sondern ihre Großnichte mit Friebas letzten Habseligkeiten zu Mull geschickt. Doch wenn sie nun nicht wieder log, dann war der Detektiv nicht von Frieba auf Anita Pelzendorf angesetzt worden. Die hatte ihn selbst zu sich gerufen.

»Wollen Sie damit sagen, Sie hätten keinen Schimmer, was Frau Pelzendorf mit dem Mann zu besprechen hatte?« Benjamin zog die Stirn in Falten. »Tut mir leid, aber das kaufe ich Ihnen nicht ab.«

»So ist es aber«, fauchte die alte Hedda. Sie klopfte mit ihrem Gehstock auf den Dielenboden. »Frau Pelzendorf hat mir nichts verraten. Aber als wenig später Frieba als Untermieter ins Haus gekommen ist, habe ich vermutet, dass er der gnädigen Frau von diesem Detektiv empfohlen worden war.«

»Erinnern Sie sich an den Namen des Detektivs?« Evelyn hörte Schritte auf der Treppe. Sicher die unwirsche Großnichte mit den blonden Zöpfen. Der wollte sie ungern noch einmal begegnen, daher drängte sie: »Denken Sie doch bitte nach, Hedda. Es ist wichtig!«

»Knittel!«, rief die alte Frau nach einer kurzen Pause. »Oswald Knittel. Wenn ich mich nicht täusche, wohnt er am Kornmarkt. Jedenfalls hat mich Frau Pelzendorf nach Friebas Tod mit einer Nachricht dorthin geschickt.« Sie warf Benjamin einen finsteren Blick zu. »Und schwuppdiwupp ist dieser Herr aus Prag vor unserer Tür gestanden.«

Es dämmerte schon, als sie das richtige Haus gefunden hatten. Nicht am Kornmarkt, wie Hedda gesagt hatte, sondern in der nahe gelegenen Frauengasse, einer kleineren, ruhigen Straße, von der es nicht weit zum Polizeipräsidium am Jakobsplatz war. Offenkundig hatte der Privatdetektiv sich seinen Standort in Nürnberg mit Bedacht ausgesucht, denn wie Evelyn von Beitz wusste, nervte der Mann regelmäßig die Beamten dort, um Auskünfte bezüglich seiner Aufträge zu erhalten.

Das Gebäude, in dem sich die »Auskunftsagentur Knittel« befand, war ein verwahrloster grauer Kasten, der auf Evelyn fast noch weniger einladend wirkte als Hillys Behausung im Norden der Stadt. Allem Anschein nach gingen die Geschäfte des Detektivs nicht besonders gut, was auch dessen Hausmeisterin bestätigte. In ihrem knöchellangen Kleid mit strengem Spitzenkragen und hochtoupiertem Haarschopf wirkte die Frau ein wenig aus der Zeit gefallen. Aber wenigstens war sie bereit, ihre Arbeit für einen Moment zu unterbrechen und Evelyn zuzuhören. Auf die Frage nach Oswald Knittel schüttelte sie jedoch den Kopf und behauptete, ihn schon seit Tagen nicht mehr gesehen zu haben. Sie meinte, er lasse sich nicht blicken, weil er ihr noch die Miete für den Dezember schulde. Damit wollte sie die Tür schließen, aber Evelyn hatte nicht vor, sich so leicht abspeisen zu lassen. Sie erklärte, Knittel habe sie für Punkt drei Uhr zu sich bestellt, weil er die Nachricht einer begüterten Auftraggeberin erwarte. Die Hausmeisterin schürzte skeptisch die Lippen, schien aber abzuwägen, ob es unter diesen Umständen nicht lohnenswert wäre, Evelyn und Benjamin in Knittels Agentur warten zu lassen. »Eine wohlhabende Mandantin, sagen Sie? Das heißt, für Knittel könnte etwas rausspringen?« Ehe Evelyn darauf antworten konnte, nahm sie einen Schlüssel vom Haken und drückte ihn Benjamin in die Hand. »Dann warten Sie oben. Er wird sich hoffentlich nicht beschweren, sonst erinnere ich ihn an die Miete.« Sie zeigte Evelyn ein zahnloses Lächeln, dann verschwand sie in ihrer Wohnung und zog die Tür hinter sich zu.

Die Auskunftsagentur, wie Knittel sein Detektivbüro hochtrabend nannte, befand sich zwei Treppen höher und bestand aus zwei unordentlichen Räumen, von denen nur der größere ein Fenster besaß. Es blickte auf einen schäbigen Hinterhof, in dem zwei halbwüchsige Mädchen trotz der Kälte Teppiche klopften, während ein kleiner Junge, vielleicht ihr Bruder, sie mit Schneebällen bewarf.

In Knittels Büro stank es so sehr nach kaltem Zigarettenrauch und schimmeligen Essensresten, dass es Evelyn schüttelte. Hinter dem beladenen Schreibtisch stand ein Aktenschrank. Benjamin warf einen Blick ins Nebenzimmer. »Ein Schlafzimmer«, sagte er naserümpfend. »Zumindest sehe ich ein zerwühltes Bett und schmutzige Wäsche auf dem Fußboden. Sollte dieser Knittel vermodert unter den Decken liegen, würde das zumindest den Geruch erklären.« Er drehte sich zu Evelyn um, die sich den Schreibtisch des Detektivs ansah. »Wir sollten besser verschwinden, bevor der Kerl zurückkommt.«

»Warum? Knittels Haushälterin hat uns den Schlüssel freiwillig gegeben. Sollte er uns hier überraschen, werde ich ihn ganz offen fragen, was Anita Pelzendorf von ihm wollte.«

»Und er wird dich am Kragen packen und hinauswerfen. Oder dich zum Jakobsplatz schleifen, wo er so gern Zeit verbringt.« Er seufzte. »Ich kenne Typen wie diesen Knittel. Freiwillig rücken die keine Informationen heraus. Wir müssten ihm etwas anbieten, damit er …« Er redete nicht weiter, weil Evelyn einen erstaunten Pfiff ausstieß. Sie hatte beim Stöbern auf dem Schreibtisch ein Büchlein entdeckt, das eine gewisse Ähnlichkeit mit Kommissar Waldblums schwarzem Notizbuch aufwies. Doch es handelte sich um einen Taschenkalender für das ausgehende Jahr 1924, der von Knittel fleißig mit Eintragungen versehen worden war. Evelyn schlug ihn auf und überflog die Monate. Die meisten Termine sagten ihr nichts, zumal Knittel sich verschiedener Abkürzungen bedient hatte. Sie überlegte. Hatte die alte Hedda nicht behauptet, Anita habe nach Friebas Tod im Herbst wieder Kontakt zu dem Detektivbüro gesucht? Mit klopfendem Herzen blätterte sie die Seiten um. Die Sommermonate schienen für Knittel ruhig gewesen zu sein, denn bis zum September fand sie keine Einträge, die von Interesse gewesen wären. Doch dann wurde sie fündig. »E. F. – verstorben« hat Knittel unter dem dritten Oktober vermerkt. Und nur drei Tage später: »A. P. – 1700«.

»Gut!« Benjamin trat hinter Evelyn und spähte ihr über die Schulter. »Aber das bestätigt doch nur, was du schon von diesem alten Drachen erfahren hast. Oswald Knittel hat Frau Pelzendorf aufgesucht. Vielleicht, um ihr zum Tod ihres Untermieters sein Beileid auszusprechen. Leg das Buch zurück und komm. Wir müssen hier weg.«

Der Meinung war Evelyn nicht. Sie fand es seltsam, dass es Benjamin, der doch so erpicht darauf gewesen war, herauszufinden, warum die Lehrerin ihn nach Nürnberg in ihr Haus geholt hatte, jetzt auf einmal so eilig hatte. Doch nun war nicht die Zeit, sich darüber zu wundern. Sie schlug die nächste Seite auf und dann noch eine. Und dann stieß sie auf eine Eintragung, die ihr einen Schauder über den Rücken trieb. »Er ... ist nach Prag gefahren.«

Benjamin schwieg.

»Hier steht es schwarz auf weiß: Knittel reiste in Anita Pelzendorfs Auftrag nach Prag.« Die nächsten Seiten des Taschenkalenders waren bräunlich und hafteten aneinander. Knittel war unachtsam gewesen und hatte Kaffee darübergeschüttet. Es kostete Evelyn Mühe, die verklebten Seiten zu lösen. Die Notizen waren kaum noch zu entziffern, dennoch wies alles darauf hin, dass Knittel eine ganze Woche in der tschechoslowakischen Hauptstadt verbracht und Erkundigungen eingeholt hatte. Eine weitere von Knittels Abkürzungen, die immer wiederkehrte, stach Evelyn dabei besonders ins Auge. »B. S.«, sagte sie nachdenklich. »Das klingt für mich wie ...« Sie hob den Blick. »Damit bist du gemeint, habe ich recht? B. S. bedeutet Benjamin Schultz!«

»Evelyn …«

»Hast du mir etwas verheimlicht? Kennst du Oswald Knittel etwa?«

Benjamin starrte sie einen Herzschlag lang an wie vom Blitz getroffen, dann riss er ihr jäh den Kalender aus der Hand. Er wollte sich die Eintragungen des Detektivs selbst ansehen. »Das ist doch verrückt«, murmelte er ratlos, während er Seite um Seite umschlug. »Ich schwöre dir, dass ich diesem Mann noch nie im Leben begegnet bin. Das heißt, zumindest nicht wissentlich. Sollte er mich heimlich verfolgt haben, so habe ich es nicht bemerkt. Ich kann mir aber nicht vorstellen, warum Frau Pelzendorf einen Detektiv bezahlt haben sollte, um mich ausfindig zu machen. Wir haben das doch schon geklärt, oder nicht? Deine Freundin war auf meine Bilder aufmerksam geworden und lud mich ein, um meine Arbeit zu unterstützen.«

Eine Blinde, die sich für die Kunst eines unbekannten Malers begeisterte? Ja, Evelyn erinnerte sich, aber glauben konnte sie diese Geschichte noch immer nicht. Plötzlich hatte sie das Gefühl, auf Glasscherben zu stehen. Sie sah Benjamin zweifelnd an, versuchte, von seinem Gesicht abzulesen, was in ihm vorging, aber es gelang ihr nicht. Er wirkte auf einmal verschlossen wie eine Auster. Und ebenso stumm.

»Gib mir den Kalender«, verlangte sie. »Es muss noch mehr drin stehen. Bestimmt hat Knittel notiert, wann er Frau Pelzendorf nach seiner Reise nach Prag wiedergesehen hat.« Tatsächlich brauchte sie nicht lange zu suchen, bis sie auf die Information stieß. Knittels Aufzeichnungen nach hatte er sich am Abend des 12. November zu einer Besprechung in der Villa Pelzendorf eingefunden. Er verwendete das Wort Resümee, woraus Evelyn schloss, dass er der Frau bei diesem Treffen seinen Abschlussbericht vorgelegt und das vereinbarte Honorar kassiert hatte. Evelyn dachte nach. Sie ging davon aus, dass der Ermittler seine Auftraggeberin mündlich über seine Ergebnisse in Kenntnis gesetzt hatte. Aber wie sie Anita Pelzendorf kannte, hatte die aus Prinzip auch auf einem schriftlichen Bericht bestanden. Und dieser Bericht musste immer noch in der Villa Pelzendorf sein.

Benjamin holte tief Luft. So stocksteif, wie er dastand, kostete es ihn Überwindung, sich dazu zu äußern, aber schließlich gab er sich geschlagen. »Also gut, du hast gewonnen. Ich hatte nach Anitas überraschendem Tod geschworen, darüber zu schweigen. Vielleicht, weil ich Angst hatte, man könnte mir einen Strick daraus drehen. Aber jetzt …« Er hielt plötzlich inne.

Vor der Wohnungstür war ein Geräusch zu hören. Dann klopfte jemand an, und Evelyn fand eben noch Zeit, Knittels Kalender unter einen Papierstoß auf dem Schreibtisch zu schieben, als die dürre Hausverwalterin eintrat. Mit einem giftigen Gesichtsausdruck marschierte sie auf Evelyn zu und streckte die Hand aus. »Her mit dem Wohnungsschlüssel. Ich habe eine Nachricht von Oswald erhalten. Er ist in Berlin, und dort bleibt er auch noch eine ganze Weile. Folglich kann er Sie beide wohl kaum für heute herbestellt haben, oder?« Triumphierend funkelte sie Evelyn an.

»Dann war das wohl ein Irrtum.« Benjamin gab der Frau den Wohnungsschlüssel zurück und schob Evelyn auf den Flur. Die Stimme der Hausverwalterin hallte von den hohen Wänden des Treppenhauses wider, während sie eilig die Stufen hinunterliefen. Aber was genau die Frau ihnen nachrief, verstand keiner von beiden.

»Was wolltest du mir sagen, bevor wir unterbrochen wurden?« Evelyn keuchte, als sie wieder auf der Straße standen. Sie brauchte eine ganze Weile, bis ihr Atem sich beruhigt hatte. Knittel war also in Berlin und würde nach den Worten der Frau, vor dem Jahreswechsel nicht mehr nach Nürnberg zurückkehren. Aber das war zu verschmerzen – vorausgesetzt, Evelyn gelang es, einen Blick in seinen Bericht zu werfen. Und das konnte doch wohl nicht so schwer sein.

Doch es war schwer. Denn sie besaß keinen Schlüssel zur Villa Pelzendorf. Den hatte immer noch Hedda, und die würde ihn um keinen Preis herausrücken, nur damit Evelyn in den Sachen ihrer verstorbenen Herrin herumwühlen konnte. Fragend blickte sie Benjamin an, dessen Augen einen sonderbaren Schimmer angenommen hatten.

»Was es auch ist, du kannst es mir sagen«, flüsterte sie, während sie sanft seinen Arm berührte. »Ich möchte nicht, dass es zwischen uns Geheimnisse gibt.«

»Das will ich auch nicht!« Benjamin schluckte. Es fiel ihm sichtlich schwer, die richtigen Worte zu finden. Sein Blick war halb traurig, halb ängstlich. Doch schließlich gab er sich einen Ruck: »Als ich Anita Pelzendorf zum ersten Mal traf, machte sie ein paar merkwürdige Andeutungen, die ich damals nicht verstehen konnte. Sie sagte, dass ein schweres Unrecht nicht ungesühnt bleiben dürfe. Ich glaube jetzt, dass sie von Frieba und mir sprach, weil sie … Sie klang, als wollte sie eine alte Rechnung begleichen. Ich … fürchte, dass sie Frieba umgebracht und dann mich nach Nürnberg gelockt hat, um auch mich umzubringen. Sie hielt uns … für Brüder. Und für böse!«

Evelyn stand einen Moment lang einfach da und starrte ihn an. Der Schock, den seine Worte in ihr auslösten, überwältigte sie so sehr, dass es ihr schwerfiel, einen klaren Gedanken zu fassen. Erst als er sie wiederholte, hob sie den Blick und hätte beinahe gelacht, weil die Situation so absurd war. Nein, Benjamin konnte das unmöglich ernst meinen. Niemals wäre eine ältere Dame wie Anita Pelzendorf fähig gewesen, so etwas zu tun. Nicht bei klarem Verstand. Und warum auch? Gut, sie hatte Frieba in ihr Haus geholt, und der hatte sie ausgenutzt und hintergangen. Aber war es möglich, dass die Witwe dies alles bewusst in Kauf genommen hatte, weil sie ihren eigenen düsteren Plan verfolgte? Mit Frieba und Benjamin, die sie Benjamins Mutmaßung zufolge für Brüder hielt. Brüder und Komplizen.

»Vielleicht war Anita Pelzendorf nicht die harmlose alte Lehrerin, für die du sie immer gehalten hast«, drang Benjamins Stimme wie durch eine Wand an ihr Ohr. »Sie hatte womöglich auch eine dunkle Seite.«

Evelyn wandte sich wortlos um. Ihre Hände und Füße waren taub, sie spürte die Kälte nicht. Benjamin sagte noch etwas, aber sie wollte nicht mehr zuhören. Was sie nun brauchte, war Zeit, um nachzudenken.

44.

Noch immer völlig aufgewühlt machte sich Evelyn auf den Weg ins Krankenhaus. Sie hatte das Gefühl, dass sie jetzt bei ihrer Mutter sein sollte, anstatt weiterhin über Anita Pelzendorf und Benjamin nachzugrübeln. Sie fand Gertraud auf derselben Bank sitzend wie zwei Tage zuvor. Sie war eingenickt und merkte gar nicht, wie Evelyn sich neben sie setzte. Evelyn betrachtete die Schlafende, und obwohl sie nicht gutheißen konnte, was ihre Mutter in den vergangenen Wochen getan hatte, merkte sie, dass sie ihr nichts mehr nachtrug. Ihre Verärgerung wich dem Wunsch, für Gertraud da zu sein und sie zu trösten.

»Er wird sterben«, hörte Evelyn plötzlich eine schwache Stimme, und ihr wurde klar, dass Gertraud gar nicht geschlafen, sondern nur eine Weile die Augen zugemacht hatte. »Die Ärzte haben gesagt, es müsste schon ein Wunder geschehen, dass er wieder aufwacht.« Die ältere Frau zog eine Nadel aus ihrem Haar, die sich gelöst hatte, und richtete ihre Frisur mit ein paar wenigen Handgriffen. Evelyn legte den Kopf an ihre Schulter, zum zweiten Mal in ihrem Leben. Das erste Mal hatte Gertraud ihr dies bei der Trauerfeier ihres Vaters erlaubt, und auch heute rückte sie nicht von ihr ab. »Ein Wunder«, wiederholte sie, ohne dabei die Lippen zu bewegen. »Gibt es denn so was überhaupt?«

»Vater hat fest daran geglaubt«, sagte Evelyn. »Und Gerson auch.«

»Aber beide sind nicht mehr da!«

Dem konnte Evelyn nicht widersprechen. Aber war es nicht

auch ein Wunder, dass sie noch immer die Nähe und Liebe der Menschen spüren durfte, die längst tot waren? Dass ihre Trauer um Gerson sie nicht besiegt, dass sie auf dem Christkindlesmarkt Trost gefunden und neuen Lebensmut geschöpft hatte? Sogar dass sie nun hier saß, eng an Gertraud geschmiegt, und Hoffnung im Herzen trug, empfand sie als ein Wunder. Es war bald Weihnachten, vielleicht hielt die Heilige Nacht ja noch mehr davon für sie bereit.

»Warst du bei Kilian?«, wollte Gertraud wissen. »Er muss erfahren, dass du ihn nicht heiraten willst.«

Evelyn hob den Kopf von Gertrauds Schulter, überrascht, dass ihre Mutter so unumwunden darauf zu sprechen kam. »Ich wollte es ihm neulich sagen, als er hier im Hospital war, aber dann hast du mich daran erinnert, wie dankbar wir ihm und seiner Familie sein müssen, und ich habe mich nicht mehr getraut.«

»Es gibt eine Menge Gründe, warum Menschen bereit sind, eine Ehe einzugehen: Sicherheit und Dankbarkeit sind nicht die schlechtesten, aber auch nicht die besten. Ich habe gesehen, wie du diesen Maler angesehen hast, als er dich vor Kommissar Waldblum in Schutz genommen hat. Da habe ich begriffen, dass du Kilian niemals auf die gleiche Weise ansehen wirst. So … verliebt und glücklich.«

Noch ein Wunder, dachte Evelyn. Eine Weile saß sie schweigend auf der Bank, dann schickte Gertraud sie nach Hause. Sie selbst wollte noch ein Stündchen bleiben und sich dann ebenfalls auf den Heimweg machen.

Auf dem Weg durch die dämmrigen Straßen dachte Evelyn über die Worte ihrer Mutter nach. Sie hatte sich nicht klar für Benjamin ausgesprochen, aber in gewisser Weise für die Liebe, und das war erstaunlich. Aber sie hatte Evelyn auch geraten, die Sache mit Kilian bald in Ordnung zu bringen. Aus diesem Grund ging Evelyn nicht nach Hause, sondern schlug den Weg zur Kaiserstraße ein. Nach dem Eklat, den sie verursacht hatte, war sie dort vermutlich nicht eben erwünscht, aber daran ließ sich jetzt nichts ändern. Sie musste mit Kilian reden.

Sibylle saß auf der Treppe und telefonierte, als Evelyn eintrat. Sie schien gerade aus dem Badezimmer gekommen zu sein, darauf wiesen der seidene Morgenmantel und das Handtuch hin, das sie sich um den Kopf geschlungen hatte. Als ihr Blick auf Evelyn fiel, warf sie den Hörer auf die Gabel, sprang auf und eilte mit weit ausgebreiteten Armen auf sie zu. »Na endlich, ich dachte schon, du wärst beleidigt«, jauchzte sie. Dann küsste sie Evelyn stürmisch auf beide Wangen.

»Du bist mir also nicht mehr böse?« Evelyn konnte es kaum fassen, ihre Freundin bei so guter Laune anzutreffen. Obwohl Sibylle nie lange über etwas wütend war, hatte Evelyn doch angenommen, dass die Dinge diesmal anders lagen. Aber da hatte sie sich offenbar geirrt. »Wieso ich dir? Ich könnte verstehen, wenn du kein Wort mehr mit mir reden wolltest. Wie konnte ich nur so indiskret sein, Rasmus zu erzählen, woher dein hübsches Abendkleid stammt? Das geht die Männer doch gar nichts an, nicht wahr? Aber Schwamm drüber. Dieser Operettenoffizier ist mitsamt seinem Klimbim nach München zurückgefahren, und Rasmus hat sich ihm angeschlossen, weil er noch vor den Feiertagen irgendwas erledigen muss.« Sie grinste über das ganze Gesicht. »Das heißt, dass ich mich grässlich allein fühle und froh bin, dass du mich von meiner Langeweile erlöst.« Sibylle führte Evelyn in den Salon und bot ihr Früchtetee und Weihnachtsgebäck an. Dann verschwand sie, um sich anzuziehen und ihre Haare zu trocknen. Allem Anschein nach langweilte sie sich nicht so sehr, wie sie behauptete. Zumindest deuteten ihr knielanges rotes Fransenkleid und die angesagten Mary-Janes-Schuhe, mit denen sie bald darauf zurückkam, darauf hin, dass sie den Abend nicht zu Hause vor dem Kamin zu verbringen gedachte. »Kilian hat mir erzählt, was deinem Onkel zugestoßen ist«, sagte sie und schüttelte sich vor Unbehagen. »Ich kann mir vorstellen, wie du dich fühlst. Ihr Ärmsten seid ja wahrhaftig vom Pech verfolgt. Ich mache mir solche Vorwürfe, weil ich dich dazu genötigt habe, diese dumme Kleiderspende zu sortieren. Zunächst hielt ich die Geschichte ja für romantisch, wie Gerson verzweifelt versucht, dir eine letzte Nachricht seiner Liebe zukommen zu lassen, aber nun …« Sie klatschte in die Hände. »Weißt du was, komm doch heute Abend mit. Ich habe vor, ins Lichtspielhaus zu gehen. Dort läuft ›Gräfin Donelli‹ mit Henny Porten in der Hauptrolle. Oder war es ›Der Mann ohne Nerven‹? Ach, egal. Hauptsache, wir zwei Hübschen finden etwas Ablenkung.«

Evelyn seufzte. Nach den Ereignissen der letzten Tage und allem, was sie vorhin von Benjamin erfahren hatte, war die Vorstellung, sich in ein dunkles Filmtheater zu verkriechen, die bewegten Bilder auf der Leinwand anzustarren und sich von der Pianomusik einlullen zu lassen, zwar verlockend, doch sie befürchtete, dass sie nach ihrem Gespräch mit Kilian nicht mehr in der Stimmung für einen unbekümmerten Abend mit Sibylle sein würde.

»Ich muss dringend mit Kilian reden. Wenn es dir nichts ausmacht, werde ich hier auf ihn warten«, sagte Evelyn, während Sibylle sich vor dem Spiegel einen Glockenhut aufsetzte.

Zu Evelyns Erleichterung verzichtete Sibylle darauf, ihre Überredungskünste einzusetzen, und zog allein los. Evelyn kehrte in das Wohnzimmer zurück, vergrub ihren Kopf im Leder des Sofas und lauschte dem Pendel der Standuhr, bis ihr die Augen zufielen. Mehr als eine Stunde verging, bis sie hochfuhr, weil sie die Haustür und kurz darauf Kilians Stimme im Foyer hörte.

»Du bist also gekommen, um mir den Laufpass zu geben?« Kilian klang nicht so, als ob ihn die Neuigkeit überwältigte. Gefasst schenkte er sich eine Tasse Tee ein und setzte sich damit zu Evelyn aufs Sofa. Dabei fiel ihr auf, wie müde er aussah, und sie fragte sich, in welchen Geschäften er ständig unterwegs war, die ihn so auf Trab hielten. Unter den gegebenen Umständen hielt sie es jedoch für unangemessen, ihn darauf anzusprechen.

»Es tut mir leid«, sagte sie. »Ich wollte es dir schon im Krankenhaus sagen, aber …«

»Ich weiß, deine Mutter kam dir dazwischen.« Er musterte sie eingehend. »Es ist wegen dieses Mannes, nicht wahr? Du hast dich in ihn verliebt.«

Evelyn zuckte mit den Schultern. »Das sei mal dahingestellt. Tatsache ist, dass ich mich nicht in dich verliebt habe. Ich hätte dir das schon vor Wochen sagen sollen, aber ich war mir einfach nicht sicher.«

»Aber jetzt bist du es?«

Evelyn nickte.

Kilian nahm einen Schluck Tee, dann stand er auf und lockerte seine Krawatte. »Was hast du jetzt vor, Evelyn? Dein Geschäft ist aufgelöst, euer Haus so gut wie verkauft, und in Kürze wird auch der Christkindlesmarkt seine Pforten für dieses Jahr schließen. Ja, und deine Familie … Ich kann nichts für Joachim tun.« Er machte eine Pause, dann fragte er leise: »Was bleibt dir noch in Nürnberg?«

Ja, was? Bislang hatte man ihr Respekt entgegengebracht, weil sie sich als Witwe bemüht hatte, das Erbe ihres Mannes zu bewahren. Sie hatte ihre Arbeit und in den Falkners gute Freunde gehabt, und obwohl nichts in Kilians Worten darauf hindeutete, dass er ihr die Freundschaft aufkündigen wollte, war doch klar, dass sie in Zukunft ohne seine Unterstützung würde auskommen müssen.

»Vielleicht wäre es besser, wenn du die Stadt verlässt, meinst du nicht?«, sagte Kilian. »Die Gesellschaft kann herzlos sein, und wenn du diesen Benjamin heiratest, wird man dich wie eine heiße Kartoffel fallen lassen. Geh mit ihm nach Prag oder nach Amerika. Mit dem Geld, das Brungässner dir für dein Haus zahlt, könntet ihr ein neues Leben anfangen.«

Evelyns Antwort kam ihr schärfer über die Lippen, als sie beabsichtigt hatte. »Warum soll ich meine Heimat verlassen? Um der sogenannten besseren Gesellschaft einen Gefallen zu tun, zu der ich sowieso nie habe gehören wollen? Oder aus Angst vor diesem Oberst aus München und seinen politischen Freunden?« Sie schüttelte heftig den Kopf. »Nein, ich denke gar nicht daran, mich vertreiben zu lassen.«

»Du weißt, dass ich es gut mit dir meine, also denk wenigstens darüber nach. Zu deiner eigenen Sicherheit.«

»Weißt du etwas, das ich nicht weiß?« Evelyn spürte, wie ihr Herz schneller klopfte. »Bitte sag es mir!«

Kilian druckste einen Moment lang herum, dann rückte er mit der Sprache heraus. »Ich fürchte, du könntest mit diesem Oberst richtigliegen. Mir sind da ein paar Gerüchte über ihn zu Ohren gekommen, nach denen er einfache Soldaten, die unter seinem Kommando standen, als Nachrichtenübermittler eingesetzt hat. Nur dass diese unbewusst auch den Feind mit geheimen Stellungsbefehlen versorgt haben.«

»Spionage?«

Kilian nickte zögerlich.

»Und du meinst, er könnte Gerson so einen Auftrag gegeben haben?«

»Wenn, dann wurde er wohl anschließend der ›Operation Uria‹ unterzogen, um nichts mehr ausplaudern zu können.«

»Was bedeutet das, ›Operation Uria‹?«

»Als Pfarrerstochter müsstest du die Geschichte aus der Bibel kennen: König David wollte Uria loswerden, damit nicht herauskam, dass er eine Liebschaft mit dessen Frau hatte. Also schickte er ihn im Krieg auf ein Himmelfahrtskommando, das ihn wie erwartet das Leben kostete. Auch heutzutage kann man sich so an der Front unliebsamer Personen entledigen.«

»Aber er konnte nicht damit rechnen, dass Gerson vorher sein Wissen in einem Brief an mich niederschrieb«, sagte Evelyn. Sie stand auf, und während sie im Zimmer umherging, rasten ihre Gedanken. Was Kilian sagte, klang verstörend, ja fast fantastisch, besaß aber auch ein gehöriges Maß an Sprengkraft. Sie war selbst zu dem Schluss gekommen, dass Frieba einen einflussreichen Mann erpresst haben musste, der im Falle einer Entlarvung viel zu verlieren hatte. Auf den Oberst traf dies zweifellos zu. All sein Ansehen und seine politischen Ambitionen wären wie ein Kartenhaus in sich zusammengefallen, wenn er als Spion und Verräter enttarnt worden wäre. Darum hatte er sich seinem Erpresser gefügt. Jahrelang und zähneknirschend. Evelyn konnte sich nur zu gut vorstellen, dass er alles unternommen hatte, um herauszufinden, wen er für sein Schweigen bezahlte. Aber Frieba hatte Glück gehabt. Er war ihm immer wieder entwischt.

Plötzlich wurde Evelyn bewusst, wie viel Glück sie selbst hatte, noch am Leben zu sein. Hätte der Oberst nicht zuallererst sie, Gersons Ehefrau, verdächtigen müssen? Wenn er sie aus dem Weg hätte räumen wollen, hätte er Mittel und Wege gefunden, dies elegant zu erledigen. Doch er hatte es nicht getan, und sie fragte sich, warum. Hatte Frieba dafür gesorgt, dass er sie in Ruhe ließ? Fest stand nur, dass die Karten inzwischen neu gemischt worden waren, und der Oberst sie ganz offensichtlich als Bedrohung ansah.

»Es hilft wohl nicht, wenn ich damit zur Polizei gehe?« Sie war nicht überrascht, als Kilian mit trauriger Miene den Kopf schüttelte.

»Gerüchte sind keine Beweise. Ohne den Brief würde dir niemand glauben, und solltest du ihn finden, könnte dir das auch das Genick brechen.« Er legte beide Hände auf ihre Schultern. »Nimm Vernunft an, Evelyn. Eines Tages wird ein Beweis auftauchen, aber bis dahin müssen wir dich aus der Schusslinie bringen. So lange, bis Gras über die Sache gewachsen ist und der Oberst sein Interesse an dir verloren hat. Verlass das Land! Am besten gleich nach Weihnachten. Sibylle und ich werden dir schreiben und dich auf dem Laufenden halten. Das ist vielleicht das einzig Gute an ihrer Heirat. Über diesen fürchterlichen Rasmus wird Sibylle an Informationen kommen, die vielleicht nützlich sein könnten.«

Evelyns Hals wurde eng, als zöge sich eine Schlinge um ihn zusammen. Sie wusste, dass Kilians Aufforderung nicht einfach so dahingesagt war. Er rechnete damit, dass ihr etwas zustoßen würde, wenn sie blieb. Aber was wurde aus ihrer Mutter? Sollte sie sie allein in Nürnberg zurücklassen? Nun, wo Joachims Leben am seidenen Faden hing, erschien ihr dies undenkbar.

»Sie wird nicht wollen, dass du in ständiger Gefahr schwebst«, meinte Kilian. »Und wenn sie erst einmal Brungässners neues Hotel leitet, hat sie auch keine finanziellen Sorgen mehr.«

Das Gespräch wurde von dem Dienstmädchen unterbrochen, das mit einem Brief in der Hand in den Salon kam. »Der hier wurde eben für Frau Sandmeyer abgegeben«, sagte sie höflich.

Kilian hob überrascht die Augenbrauen. »Von wem?«

»Kann ich nicht sagen, Herr Doktor. Er lag vor der Tür.«

Das Mädchen räumte das Teegeschirr ab und verließ damit den Raum, während Evelyn hastig das Kuvert öffnete und die wenigen Zeilen auf dem Briefpapier überflog.

»Etwas Dringendes?«

»Benjamin möchte mich auf dem Christkindlesmarkt treffen«, antwortete Evelyn, obwohl sie Kilian dies lieber verschwiegen hätte. Dann fiel ihr auf, dass sie Benjamin gar nicht gesagt hatte, wo sie zu finden war. Hatte er die Nachricht auf bloßen Verdacht hin zum Haus der Falkners gebracht? Nachdenklich ließ sie sich von Kilian in den Mantel helfen. Sein Angebot, sie zur Fleischbrücke zu begleiten, schlug sie mit einem schwachen Lächeln aus. Auf den Straßen waren um diese Zeit genügend Menschen unterwegs, und dasselbe galt auch für den Christkindlesmarkt. Dort war sie unter Freunden und in Sicherheit, nichts würde ihr zustoßen. Zumindest hoffte sie das.

»Weißt du genau, dass du diesem Benjamin vertrauen kannst?«, fragte Kilian an der Haustür. »Du kennst den Mann doch kaum. Er ist unmittelbar nach dem Tod deiner alten Lehrerin wie aus dem Nichts aufgetaucht. Schon mal daran gedacht, dass er auf dich angesetzt worden sein könnte? Vom Oberst womöglich?«

Evelyn hielt das für abwegig, konnte aber verstehen, dass Kilian seine Vorbehalte gegenüber dem Mann, den sie ihm vorzog, nicht einfach herunterschlucken konnte. Sie verabschiedete sich und marschierte los. Noch bevor sie die ersten Weihnachtsmarktstände erreichte, wehte ihr der vertraute Duft von gebratenem Fleisch, heißem Glühpunsch und diversen süßen Köstlichkeiten entgegen. Vor den Buden herrschte ein noch größeres Gedränge als sonst, es schien Evelyn fast, als wäre an diesem Abend ganz Nürnberg auf den Beinen, um noch einen Bratapfel zu genießen oder letzte Geschenke für die Liebsten zu Hause auszusuchen. Am Rauschgoldengelstand saßen zwei junge Frauen, die Evelyn nur flüchtig aus den Wohlfahrtswerkstätten kannte. Sie hatten alle Hände voll zu tun, um des Ansturms Herr zu werden. Nicht anders erging es Cäcilie, der ihre Lebkuchen förmlich aus der Hand gerissen wurden. Vor dem Stand ihres Verehrers, des Puppenmachers, drängten sich Jungen und Mädchen an den Händen ihrer Mütter, Großmütter und Kinderfrauen. Peter lehnte sich mit zweien seiner Marionetten weit aus dem Fenster seiner Hütte und gab den kleinen Zuschauern eine Kostprobe seines Könnens. Während er eifrig an den Schnüren zog und die Puppengliedmaßen bewegte, klatschten die Kinder begeistert in die Hände.

Evelyn stellte sich auf die Zehenspitzen und schaute sich um, konnte Benjamin aber weder am Glühweinausschank noch vor einer der zahlreichen Bratwurstbuden entdecken. Bei den Scharen von Besuchern war dies auch kein Wunder, und sie fragte sich verärgert, warum er sich in seiner Notiz nicht etwas deutlicher ausgedrückt hatte. Als sie zu frieren begann, machte sie kehrt und kämpfte sich mühsam durch die wogende Wand aus Mänteln, Pelzen und Hüten zurück zum Stand des Frauenvereins. Vielleicht tauchte Benjamin ja dort auf; außerdem waren die beiden jungen Mädchen gewiss dankbar für jede helfende Hand. Schon nach wenigen Schritten befand sich Evelyn inmitten der Menge, die sie regelrecht verschluckte. Nur langsam bewegte sie sich vorwärts, wobei sie ihre Handtasche fest an sich drückte und achtgab, durch die Rempeleien in dem Gedränge nicht den Halt zu verlieren. Es fehlte noch, dass sie inmitten des Trubels ausglitt und sich auf den Hosenboden setzte. Hinter ihr heulte plötzlich jemand auf. Die Stimme des Mädchens, das vermutlich einen Rippenstoß abbekommen hatte, erinnerte sie an Franzi, aber gerade als sie sich umdrehen wollte, um einen Blick zurückzuwerfen, erhielt sie einen so heftigen Stoß, dass sie vorwärtsstolperte. Sie prallte gegen einen breitgebauten Mann, strauchelte und rutschte aus. Im selben Moment hörte sie einen Knall und nahm einen Luftzug wahr. Etwas schoss an ihrem Ohr vorbei. Eine Pistolenkugel? Sie stöhnte auf, glaubte im ersten Moment, getroffen worden zu sein und tastete in blinder Hast ihren Körper ab.

»Was war das, verdammt?«, brüllte ein Mann in Evelyns Ohr. »Eine Feuerwerksgranate?«

»Nein, ein Schuss war es, ich hab's gehört!«, kam die Antwort aus der Menge. »Großer Gott, da hat jemand geschossen!« Die Männer und Frauen vor und hinter Evelyn ließen ihr keine Zeit, sich zu sammeln. Getrieben von Angst setzten sie sich in Bewegung und rissen Evelyn mit sich. Es wurde geschimpft, geschoben und gestoßen, und jeder Versuch Evelyns, sich dagegen zu wehren, endete damit, dass sie noch tiefer in den Mahlstrom der Fliehenden geriet. Sie war wie eingekeilt. Eine Frau kreischte etwas von einem weiteren Schuss und löste damit endgültig eine Panik aus. Eine Hand drückte Evelyns Kopf so heftig gegen den Rücken ihres Vordermannes, dass ihr der Atem wegblieb. Sie öffnete den Mund, um Luft in die Lungen zu saugen, während die allgemeine Panik wie eine kalte Hand nach ihr griff. Sie würde hier erdrückt werden und ersticken. Oder hinfallen und zertrampelt werden. Ihr Herz schlug schneller, der Puls raste, und bald drehte sich alles um sie herum, als säße sie auf einem Karussellpferd. Röchelnd stolperte sie vorwärts, bis sich plötzlich zwei muskulöse Arme um sie legten und sie wie durch eine Schneise aus Beinen und Leibern gezerrt wurde. Jemand, den sie nicht sah, bahnte sich mit ihr einen Weg durch das Getümmel. Dann sah sie eine offene Tür vor sich und erhielt einen sanften Schubs, der sie in eines der Häuschen beförderte. Erst als Cäcilie sie in die Arme nahm, begriff sie, wo sie war und wem sie ihre Rettung zu verdanken hatte: Peter. Die Augen des Holzschnitzers blitzten auf, doch es war zu erkennen, dass auch er am Ende seiner Kräfte war. Über seiner Augenbraue saß eine blutende Schramme.

Cäcilie beugte sich über Evelyn und tätschelte ihr die Hand, während die Menschen draußen noch immer kopflos durcheinanderliefen. »Peter hat gesehen, wie du mitgerissen wurdest«, sagte sie. »Da hat er sich zu dir durchgeboxt. Ich verstehe nur nicht, was da draußen vor sich geht. Hat denn wirklich jemand einen Schuss abgefeuert? Aber wer und auf wen?«

Ja, auf wen? Der Schock saß tief, und es verging eine Weile, bis Evelyn sich sortiert hatte. Nie zuvor hatte sie solche Angst verspürt. Was wäre mit ihr geschehen, wenn Peter sie nicht gesehen und eingegriffen hätte? Wäre sie ohnmächtig zu Boden gegangen und zertrampelt worden? Und was war mit dem Schuss? Ein Zufall? Sie wagte nicht, diesen Gedanken zu Ende zu bringen. Als auf einmal Trillerpfeifen die Ankunft der Polizei ankündigten, zuckte sie zusammen. Unter den Beamten, die sich Mühe gaben, die Menge zu beruhigen, erkannte sie Waldblum. Aber der Kommissar sah nicht zu ihr herüber, und sie fühlte sich auch nicht in der Lage, ihn auf sich aufmerksam zu machen. Was hätte sie ihm auch sagen sollen? Dass sie Benjamin suchte, der sie hierher bestellt hatte, dann aber nicht erschienen war? Dass sie annahm, dass der Schuss, der gefallen war, ihr gegolten und sie nur um Haaresbreite verfehlt hatte?

Sie vergrub das Gesicht in beiden Händen und blieb sitzen, bis Cäcilie kurze Zeit später ihre Waren zusammenräumte und den Stand schloss. Heute, so viel war gewiss, würden keine Kunden mehr kommen.

45.

Evelyns Beine zitterten immer noch, als sie ihr Haus betrat. In den Ladenräumen brannte Licht. Benjamin saß an ihrem alten Schreibtisch und blätterte in einem Buch. Als er sie sah, schlug er es zu und sprang auf, um ihr entgegenzugehen.

»Ich habe mir Sorgen gemacht«, sagte er und streckte die Hand nach ihr aus. Aber Evelyn wich vor ihm zurück und starrte ihn mit großen Augen an. »Weißt du genau, dass du ihm trauen kannst? Was weißt du überhaupt von diesem Mann?« Kilians Worte schienen plötzlich von überallher auf sie einzudringen. Verzweifelte Wut ergriff sie. »Sorgen hast du dir gemacht?«, schrie sie ihn an. »Erkläre mir lieber, warum du mich vorhin zum Christkindlesmarkt bestellt hast und dann nicht aufgetaucht bist!«

Auf Benjamins Stirn erschien eine Falte. »Tut mir leid, aber ich weiß nicht, wovon du redest. Ich habe dich nirgendwohin bestellt.«

»Wo bist du heute gewesen?«

»Du meinst, nachdem du mich vor der Auskunftsagentur Knittel hast stehenlassen? Ich bin hierher zurückgegangen. Wohin auch sonst?«

Evelyn schüttelte den Kopf. »Aber du hast mir doch geschrieben und den Zettel vor der Haustür der Falkners abgelegt.« Hektisch durchwühlte sie ihre Manteltaschen, und als sie darin nichts fand, leerte sie die Handtasche aus. Die Nachricht war nicht da, aber sie konnte sich auch nicht erinnern, sie in die

Tasche gesteckt zu haben. »Ich muss den Brief verloren haben«, murmelte sie. »Vermutlich im Gedränge, nachdem der Schuss gefallen ist und ich gestoßen wurde. Dabei ist er mir wahrscheinlich aus der Tasche gefallen.«

Benjamin, der Evelyns Suche bislang halb irritiert, halb belustigt verfolgt hatte, wurde bleich. Nachdem Evelyn ihm alles berichtet hatte, schnappte er schockiert nach Luft. »Ich schwöre dir beim heiligen Nepomuk, dass ich dir keine Nachricht geschickt habe. Jemand anders muss dich in meinem Namen auf den Christkindlesmarkt gelockt haben.« Er zog Evelyn in eine behutsame Umarmung, und nach einem kurzen Augenblick des Sträubens vergrub sie ihr Gesicht an seiner Schulter. Sie hörte sein Herz schlagen – nicht aufgebracht, sondern regelmäßig und im Takt, wie die alte Standuhr in Kilians Wohnzimmer.

»Ist mit dir wirklich alles in Ordnung? Vielleicht solltest du dich von einem Arzt untersuchen lassen?«

Evelyn hob abwehrend die Hand, denn ihre erste Befürchtung, die Kugel habe sie gestreift, hatte sich glücklicherweise nicht bestätigt. Sie hatte ein paar blaue Flecken und Prellungen davongetragen, die bei jeder Bewegung schmerzten, aber sonst ging es ihr gut. »Ich war bei Kilian, als die Nachricht kam«, flüsterte sie. »Ich habe ihm mitgeteilt, dass es keine Heirat geben wird. Und er riet mir, die Stadt zu verlassen, weil mein Leben in Gefahr sein könnte. Weil ich so dumm war, in ein Wespennest zu stoßen.« Sie lachte bitter auf. »Keine halbe Stunde später wird auf mich geschossen.« Sie sah Benjamin in die Augen und erzählte ihm alles, was sie von Kilian erfahren hatte. Benjamin strich ihr sanft eine Haarsträhne aus dem Gesicht. »Würdest du denn mit mir nach Prag kommen? Prag ist eine wundervolle Stadt, die dir bestimmt gefallen würde.«

Evelyn versprach, darüber nachzudenken.

Trotz ihrer Erschöpfung tat Evelyn in dieser Nacht kein Auge zu. Benjamin, der sie nicht unbeschützt lassen wollte, bestand darauf, mit hinauf in die Wohnung zu kommen und sich auf die Chaiselongue zu legen, damit er im Notfall zu ihrer Verteidigung da wäre. Nach einer Weile drang sein kräftiges Schnarchen durch Evelyns Schlafzimmertür.

Gegen sechs Uhr in der Früh stand sie auf und rüttelte Benjamin wach, der nicht gerade erfreut war, unsanft aus seinen Träumen gerissen zu werden. Als sie ihm erklärte, dass sie vorhabe, noch vor dem Frühstück zum Christkindlesmarkt zu gehen, guckte er sie aus verschlafenen Augen an wie ein Fabeltier. Aber Evelyn hatte sich alles gut überlegt. Um diese Zeit war der Platz noch menschenleer, und vielleicht hatten auch die Besenfrauen noch keine Zeit gefunden, den Abfall einzusammeln. Evelyn rechnete sich keine großen Chancen aus, den Zettel mit der angeblich von Benjamin stammenden Nachricht wiederzufinden, aber es konnte auch nichts schaden, sich ein wenig umzusehen.

»Ich hätte den Braten riechen müssen«, murmelte sie, während sie und Benjamin den kurzen Fußmarsch zur Fleischbrücke antraten. Es war noch dunkel, ein schneidender Wind drang durch sämtliche Schichten ihrer Kleidung und ließ sie frösteln. Als sie die ersten Buden erreichten, blieb Evelyn unvermittelt stehen. Das Gefühl, das sich plötzlich in ihr regte, überwältigte sie beinahe. Was hatte sie sich nur dabei gedacht, nach dem schrecklichen Erlebnis von gestern hierherzukommen? War sie von allen guten Geistern verlassen?

»Lass uns beginnen«, seufzte Benjamin, als sie sich einigermaßen gefangen hatte. Er hatte keine Handschuhe bei sich und rümpfte bei jedem Fetzen Papier, den er von dem schneebedeckten Pflaster aufhob, angewidert die Nase. Nichts davon sah nach einem Brief aus oder trug seine Unterschrift. Nach einer

Weile gab er auf und wischte sich die Hände am Mantel ab. Es war hoffnungslos. Ebenso gut hätte man nach der sprichwörtlichen Nadel im Heuhaufen suchen können. »Vielleicht hast du den Zettel gar nicht verloren«, meinte Benjamin. »Die Person, die dich hierhergelockt hat, könnte sich im Gedränge an dich herangepirscht und ihn dir unbemerkt aus der Tasche gestohlen haben.« Sein Blick huschte an den Buden vorbei, als befürchtete er, der Übeltäter könnte noch immer dort stehen und sie belauschen. »Die Handschrift könnte den Verfasser entlarven. Ist dir daran nichts aufgefallen?«

Evelyn überlegte. Wieso hätte sie auf die Handschrift achten sollen, wo sie doch keinen Moment in Zweifel gezogen hatte, dass die Nachricht von Benjamin stammte? Außerdem kannte sie seine Handschrift nicht gut genug, um etwas Auffälliges zu bemerken. Dafür fiel ihr plötzlich etwas anderes ein. Sie schloss die Augen und versetzte sich in Gedanken noch einmal zurück in den Salon der Falkners. Sie sah das Dienstmädchen vor sich, das ihr den Brief aushändigte, den es vor der Tür gefunden haben wollte. Evelyn konnte sich nicht erinnern, dass jemand geläutet hatte, und trotzdem hatte das Mädchen die Tür geöffnet. Warum? Und da war noch etwas: der Geruch. Das Papier hatte ungewöhnlich gerochen. Nicht nach Farbe oder Lösungsmitteln, wie ein Maler sie zu verwenden pflegte. Es war etwas anderes gewesen, aber was, konnte Evelyn beim besten Willen nicht sagen.

»Was machst du da?« Benjamin riss verblüfft die Augen auf, als er Evelyn mit großen Schritten den Platz abschreiten sah.

»Ich versuche nachzuvollziehen, wo ich war, als ich den Schuss gehört habe. Es könnte hier gewesen sein, gleich neben Brungässners Bratwurststand, aber sicher bin ich mir nicht. Ich weiß nur noch, dass ich angerempelt wurde und ausgerutscht bin.« Sie reckte suchend den Hals. »Die Kugel muss doch irgendwo da vorne in eine der Holzhütten eingeschlagen sein.«

»Ist das wichtig? Sei froh, dass sie weder dich noch sonst jemanden getroffen hat.«

»Ja, darüber sollten Sie in der Tat froh sein!«

Die Stimme des Mannes, der plötzlich wie aus dem Nichts hinter ihnen aufgetaucht war, erschreckte Evelyn so sehr, dass sie einen spitzen Schrei ausstieß. Mit offenem Mund starrte sie Kommissar Waldblum an. Der Polizeibeamte trug einen schwarzen Mantel mit hochgestelltem Kragen, einen Filzhut und an den Füßen Gamaschen mit schwarzen Knöpfen. Er lächelte.

»Woher ... wussten Sie, dass Sie uns hier finden?«, stammelte Evelyn, nachdem sie sich wieder gefangen hatte.

»Ich wusste es überhaupt nicht«, antwortete der Kommissar, und sein Lächeln verblasste. »Aber seltsamerweise überrascht es mich auch nicht sonderlich. Alles, was in diesen Tagen in Nürnberg geschieht, scheint in irgendeiner Weise mit Ihnen zu tun zu haben.« Er ließ Evelyn keine Zeit für eine Erwiderung, sondern stapfte auf die nächstgelegene Weihnachtsmarktbude zu. Dort ging er in die Knie und suchte das Holz nach gesplitterten Stellen ab. Benjamin und Evelyn sahen ihm dabei zu. Doch niemand sprach auch nur ein Wort, bis Waldblum sich wieder erhob und sich achselzuckend zu ihnen umdrehte.

»Nein, Sie werden hier kein Einschussloch finden. Übrigens auch sonst nirgendwo, das habe ich von meinen Männern schon untersuchen lassen.« Er fasste Evelyn scharf ins Auge. »Sie waren vor Ort, als es zu diesem merkwürdigen Vorfall kam? Wir haben schon einige Zeugen befragt, aber die Meinungen gehen auseinander. Einige behaupten, ein Schuss sei gefallen, andere sind sich da nicht so sicher. Fest steht allein, dass irgendein Schwachkopf eine Panik ausgelöst hat, die ein böses Ende hätte nehmen können.« Er atmete tief durch. »Wenn ich Ihren jungen Freund richtig verstanden habe, glauben Sie, dass Sie das Ziel des Schützen waren.« Seine Mundwinkel hoben sich leicht. »Vorausgesetzt, dass es einen Schützen gegeben hat.«

»Evelyn wurde mit einer gefälschten Nachricht hierher, auf den Weihnachtsmarkt gelockt«, erklärte Benjamin mit finsterer Miene. »Angeblich stammte die Botschaft von mir, daher schöpfte sie keinen Verdacht.«

»Angeblich, sagen Sie? Soso. Wo ist diese Nachricht? Darf ich sie sehen?«

»Ich habe sie nicht mehr«, gab Evelyn zu. »Aber es hat sie gegeben. Fragen Sie Dr. Falkner. Er war dabei, als ich sie bekam. Wir sind übrigens hierhergekommen, weil ich gehofft hatte, der Zettel wäre mir nur aus der Tasche gefallen und ich könnte ihn wiederfinden. Weil er doch vielleicht ein wichtiges Beweisstück ist und uns zu dem Mann führen könnte, der die Fäden zieht. Aber …« Sie hob die Hände. »Aber hier ist nichts zu finden. Vermutlich wurde er mir gestohlen.«

Waldblum griff in seinen Mantel und holte Bleistift und Notizbuch heraus. Evelyn fragte sich, wie er darin überhaupt noch eine freie Stelle finden konnte. Aber vielleicht schaffte er sich diese Gedächtnishilfen als Dutzendware an und hatte, seit sie ihn kannte, bereits eine Vielzahl kleiner schwarzer Bücher gefüllt.

»Die Sache mit dem Schuss will mir nicht so recht in den Kopf«, sagte Waldblum, nachdem er aufgehört hatte zu notieren. »Nehmen wir einmal an, jemand hätte sie auf den Markt gelockt, um sie zu töten. Dann wäre ein Messerstich von hinten im Gedränge doch viel effektiver gewesen, nicht wahr? Das hätte auch weniger Aufsehen erregt.«

»Ich werde es dem Mörder ausrichten, wenn er sich das nächste Mal an mich heranpirscht!«, entgegnete Evelyn spitz. »Ich würde ja gern an einen Zufall glauben und dass ich gar nicht gemeint war. Aber Tatsache ist, dass sich jemand die Mühe gemacht hat, mich mit einer gefälschten Nachricht auf den Christkindlesmarkt zu locken. Man hat mich beobachtet, verfolgt und dann …«

Waldblum schwieg einen Moment, ehe er sich Benjamin zuwandte. »Sie haben nicht zufällig eine Waffe aus Prag mitgebracht?«

»Natürlich nicht!«

»Und wenn ich Sie frage, wo Sie waren, als Frau Sandmeyer hier in Bedrängnis geriet?«

»Dann antworte ich wahrheitsgemäß, dass ich zu Hause an einem Gemälde gearbeitet habe. Aber gesehen hat mich niemand. Evelyns Mutter war unterwegs, und das Lehrmädchen kommt nicht mehr.« Er schüttelte irritiert den Kopf. »Sie verdächtigen mich schon wieder, obwohl ich nichts getan habe. Warum zum Teufel sollte ich auf Evelyn schießen?«

»Vielleicht fällt Frau Sandmeyer ein Grund ein?«, entgegnete Waldblum ruhig.

Evelyn biss sich auf die Unterlippe. Ohne es zu wollen, drängte sich die Erinnerung an Benjamins Verhalten vom Vortag in ihre Gedanken: ein Verdacht, dass Anita Pelzendorf zuerst Frieba und nach dessen Tod ihn selbst zu sich geholt hatte, weil sie Frieba und ihn für Brüder gehalten hatte, an denen sie sich aus irgendeinem verrückten Grund rächen wollte. Aber auch wenn an dieser Theorie etwas dran war, hatte es nicht das Geringste mit ihr zu tun. Auch Kilians Vermutung, Benjamin könnte mit dem Oberst zusammenarbeiten, war weit hergeholt.

»Nein«, sagte sie schließlich aus tiefer Überzeugung. »Es wäre absurd, Benjamin zu verdächtigen.«

Waldblum nickte, als hätte er keine andere Antwort erwartet. »Ich denke nicht, dass Sie getötet werden sollten. Aber ich betrachte den Vorfall als eine Warnung, vielleicht sogar als letzte Warnung. Der Täter wird nervös. Er hält sich für schlau, aber er macht Fehler. Und er scheint aus irgendeinem Grund auf Sie fixiert zu sein.«

»Sie haben mir geraten, keine Fragen mehr bezüglich des Briefes meines Mannes zu stellen, und daran habe ich mich auch gehalten«, sagte Evelyn. »Was soll ich denn sonst noch tun, um zu zeigen, dass von mir keine Gefahr ausgeht?«

Waldblum seufzte. »Ich fürchte fast, dazu ist es jetzt zu spät. Aber keine Angst, wir tun unsere Arbeit. Momentan nehmen wir die illegalen Glücksspielrunden unter die Lupe, an denen ihr Onkel regelmäßig teilgenommen hat. Irgendjemand wird plaudern, das verspreche ich Ihnen.«

Evelyn brachte ein dünnes Lächeln zustande, bezweifelte aber, dass diese Spur den Kommissar zum Ziel führen würde. Nein, ihr Widersacher würde keine Ruhe geben, solange er seine Enttarnung durch Gersons Brief befürchten musste. Sie konnte nur beten, dass er ihr abnahm, ihre Nachforschungen eingestellt zu haben.

46.

Vom Christkindlesmarkt aus begab sich Evelyn zunächst in die Kaiserstraße. Sie hatte vor, mit dem Dienstmädchen zu sprechen, das ihr tags zuvor die angeblich von Benjamin stammende Notiz überbracht hatte. Benjamin wollte sie begleiten, aber Waldblum hatte noch ein paar Fragen an ihn. Das war Evelyn ganz recht, denn ein Aufeinandertreffen von Benjamin und Kilian war momentan das Letzte, was sie wollte. Zu ihrer Enttäuschung öffnete ihr ein anderes Hausmädchen die Tür, das Evelyn erklärte, die Gesuchte habe über Weihnachten freibekommen und befinde sich auf dem Weg in ihr Heimatdorf. Sie werde erst zu den Silvesterfeierlichkeiten zurückerwartet.

»Verstehe«, murmelte Evelyn und ärgerte sich, weil sie zu spät gekommen war. Steif gefroren und durstig, hätte sie nichts gegen etwas Heißes zum Aufwärmen gehabt, aber Sibylle schien noch zu schlafen, und das Hausmädchen dachte gar nicht daran, Evelyn hereinzulassen. Also machte sie kehrt und kämpfte sich durch den eisigen Wind nach Hause.

Als Evelyn sich ein wenig später in ihrer Wohnung aus den Kleiderschichten schälte, stellte sie ernüchtert fest, dass sie wohl auch hier auf Tee oder Kaffee würde verzichten müssen. In der Speisekammer herrschte gähnende Leere. Normalerweise erledigte Gertraud die Einkäufe, doch die war nicht da und hatte im Moment natürlich anderes im Kopf, als sich um den Haushalt zu kümmern. Also knöpfte Evelyn erneut ihren Mantel zu und zog noch einmal los. Als sie an den winterlich geschmückten

Schaufenstern vorbeiging, trieb ihr eine wehmütige Stimmung die Tränen in die Augen. In wenigen Tagen war Weihnachten – wo würde sie die Festtage verbringen? Und mit wem? War es überhaupt angebracht zu feiern, wo Joachim ohne Bewusstsein im Krankenhaus lag und Evelyn in ständiger Angst leben musste, dass der Oberst sie jeden Moment ins Jenseits befördern lassen würde? Auf der anderen Seite konnte man das Fest der Liebe auch nicht einfach ignorieren. Und außerdem, wenn es eine Nacht gab, in der Wunder wahr wurden, dann war es die Heilige Nacht.

Sie betrat den Kolonialwarenladen an der Ecke und ließ sich dort ein paar Scheiben von dem Schinken absäbeln, den ihre Mutter so gern aß. Dazu kaufte sie ein wenig Fisch, gesalzene Butter, Käse, frische Eier und Kaffee. Nach einigem Zögern nahm sie auch noch Marzipan und eine Flasche Bocksbeutel. Vom Christkindlesmarkt hatte sie unlängst Tannengrün, Zapfen und Mistelzweige nach Hause gebracht, um wenigstens dem Wohnzimmer und dem Flur zu etwas mehr weihnachtlichem Glanz zu verhelfen. Was auch immer die nächsten Tage bringen mochten, eines stand unverrückbar fest: Es würde das letzte Weihnachtsfest in diesen Räumen sein. Es war ein merkwürdiges Gefühl, sich vorzustellen, dass schon bald fremde Hotelgäste ein und aus gehen würden. Fritz Brungässner hatte hochtrabende Pläne mit dem Anwesen. Pläne, in denen Evelyn nicht vorkam.

Vielleicht werde ich bald in Prag sein, tröstete sie sich, während sie auf dem Küchentisch die Einkäufe auspackte. Vom Erlös des Hauses würde sie in der Fremde eine Weile leben können – vorausgesetzt, es ging mit der Wirtschaft nicht wieder bergab. Doch wie lange, blieb abzuwarten. Vermutlich würde sie sich dann eine Arbeit in einem Laden, einem Büro oder gar in einer Fabrik suchen müssen, doch daran wollte sie jetzt nicht denken. Stattdessen machte sie sich daran, das Haus auf den

Kopf zu stellen. Sie schleppte Kisten vom Dachboden, um sie nach Brauchbarem zu durchsuchen. Viel gab es jedoch nicht, was sie mitnehmen wollte, das meiste bestand aus altem Plunder. Dann reinigte sie die Teppiche, staubte ab und stellte ein paar rote Wachskerzen auf die Kommode. Zuletzt hängte sie einen ihrer liebsten Rauschgoldengel an die Lampe über dem Couchtisch. Sein Anblick versöhnte sie damit, dass sie dieses Jahr auf einen Baum verzichten musste. Sie war noch dabei, Besen und Eimer in der Abstellkammer zu verstauen, als es an der Tür läutete. Es war Esther Bing. Ihre Wangen waren gerötet, und sie roch nach kalter Luft. Aus ihrer Handtasche schaute eine Zeitung hervor.

»Schön weihnachtlich«, sagte die kleine Frau, als Evelyn sie ins Wohnzimmer führte. Doch sie klang abwesend, als sähe sie gar nicht richtig hin. »Waren Sie gestern am Stand?«

»Nicht am Stand, aber …«

»Ich wusste es«, rief Esther besorgt. »Hier, es steht sogar auf der Titelseite! Schüsse auf dem Christkindlesmarkt!« Sie reichte Evelyn die Zeitung und wartete ungeduldig, bis diese den Artikel überflogen hatte. »Man verdächtigt die Kommunisten, einen Aufruhr angezettelt zu haben. Die ganze Stadt redet davon, und die Leute sind ziemlich aufgebracht. Der Völkische Block nutzt das natürlich schamlos aus.« Sie machte eine Pause, bevor sie hinzufügte: »Es würde mich zwar nicht wundern, wenn etwas Politisches dahintersteckt, aber so besorgt, wie Sie dreinschauen, meine Liebe, könnte ich mir auch etwas ganz anderes vorstellen.«

Evelyn hatte eigentlich vorgehabt, das, was auf dem Weihnachtsmarkt geschehen war, für sich zu behalten, aber sie wusste, dass Esther sich nicht mit Ausflüchten zufriedengeben würde. Vermutlich war es sogar besser, wenn ihre Freunde gewarnt waren.

»Also doch«, rief Esther Bing, nachdem Evelyn ihr von Kilians Warnung erzählt hatte. »Und nun?«

»Benjamin und ich werden Nürnberg verlassen, gleich nach den Feiertagen.«

Die Frau wurde blass und schluckte.

»Sie sind der Meinung, ich laufe davon, nicht wahr?«

»Nein, ich denke, dass ein Neuanfang manchmal Wunder wirkt. Und dass Sie Ihrem Herzen folgen sollten.« Esther Bing nahm Evelyns Hand und drückte sie freundschaftlich. »Aber ich werde Sie auch vermissen, weil Sie mir in den letzten Wochen ans Herz gewachsen sind.«

Evelyn war gerührt und versprach zu schreiben, sobald sie in Prag angekommen war. Die beiden Frauen umarmten sich zum Abschied.

Gertraud kehrte zum Abendbrot zurück nach Hause und bestand zu Evelyns Überraschung darauf, Benjamin nach oben zu holen. Wie sie sagte, wurde es Zeit, ihn besser kennenzulernen. Auf Evelyns Frage nach Joachims Zustand hob ihre Mutter hilflos die Schultern und erklärte, dass die Ärzte ihr aus dem Weg gingen. Sie wussten offenbar nicht mehr viel zu sagen, aber Gertraud zeigte sich heute dennoch erstaunlich optimistisch. Sie hielt es für ein gutes Zeichen, dass Joachim sich nach wie vor ans Leben klammerte. Womöglich wollte er nicht gehen, ohne einen Hinweis gegeben zu haben, wer ihn im Hotel überfallen hatte?

Nach dem Essen zog sich Gertraud zurück, weil sie allein sein wollte. Dass Benjamin noch blieb, schien sie nicht zu stören, und falls doch, so sagte sie es mit keinem Wort. Evelyn atmete erleichtert auf. Hatte ihre Mutter angefangen, sich um ihr eigenes Leben zu kümmern, oder hatte sie einfach aufgegeben, sich um den guten Ruf ihrer Tochter zu sorgen?

Nachdenklich bat sie Benjamin ins Wohnzimmer, in dem es jetzt würzig nach Tannennadeln und Harz duftete. Dort schenkte sie ihm einen Likör ein. Er war uralt, stammte noch von ihrem Vater.

»Du bist so einsilbig, worüber denkst du nach?«, fragte Benjamin. »Ich gehöre sicher nicht zu Waldblums glühendsten Bewunderern, aber er könnte recht mit der Annahme haben, dass dir jemand einen Schrecken einjagen wollte.«

»Ja, die Kommunisten!«

Der junge Mann starrte sie ungläubig an.

»Ach, nur etwas, was in der Zeitung stand.« Evelyn trat ans Fenster und verschränkte die Arme, weil ihr schon wieder kalt wurde. Eine Weile sah sie auf die schneebedeckten Dächer, doch dann drehte sie sich unvermittelt um. »Ich habe Esther Bing anvertraut, dass ich mit dir nach Prag gehen werde, aber nun überlege ich, ob ich nicht zuerst nach München fahren sollte, um Rasmus' Freund, diesen Oberst Hellring, aufzusuchen. Wenn Kilian recht hat und der Oberst Gerson auf dem Gewissen hat, dann will ich das wissen.«

»Ich hoffe, das ist ein Scherz!« Benjamin sprang auf und stieß dabei sein Likörglas um. Die Flüssigkeit rann über Evelyns frisch geklopften Teppich. »Hast du vergessen, wie gefährlich diese Leute werden können? Wenn du sie herausforderst, werden sie dir erst recht nachstellen. Dann lassen sie es nicht mehr nur mit einer Warnung bewenden.« Er legte eine Hand auf ihren Arm. »Bitte sei vernünftig.«

Evelyn seufzte. Alles in ihr wehrte sich dagegen, den Oberst entkommen zu lassen, aber ihr war auch klar, dass es ein Wagnis war, ihm mit leeren Händen zu begegnen. Schließlich nickte sie. »Gut, ich werde nicht nach München fahren, aber da ist immer noch diese andere Sache ...«

»Die Anita Pelzendorf, Frieba und mich betrifft, meinst du?«

Benjamin hob das Likörglas vom Fußboden auf und stellte es auf den Tisch zurück. Evelyn fiel auf, dass seine Hand dabei leicht zitterte. Seinem gequälten Gesichtsausdruck nach gefiel es ihm gar nicht, dass Evelyn auf dieses Thema zu sprechen kam, aber dieses Mal würde sie die Sache nicht auf sich beruhen lassen. Wenn es ihr schon nicht gelang, Gersons Mörder zur Rechenschaft zu ziehen, so würde sie wenigstens herausfinden, was ihre alte Lehrerin damit bezweckt hatte, zwei ihr unbekannte Männer mit Hilfe eines Detektivs ausfindig zu machen. Hatte sie tatsächlich vorgehabt, beide zu töten? Evelyn kam das völlig verrückt vor, denn schließlich hatte Frieba jahrelang in ihrer Villa gewohnt, ohne dass ihm etwas zugestoßen war. Und Benjamin?

»Ich werde mich noch einmal in der Villa umschauen«, sagte Evelyn entschlossen. »Wenn Anita Pelzendorf den Bericht des Detektivs aufgehoben hat, werde ich ihn finden.«

47.

Im Schutz der Dunkelheit machten sie sich auf den Weg. Evelyn, der es vor einem Fußmarsch durch die kalte Nacht graute, holte ihr Fahrrad aus dem Schuppen hinter dem Haus und brachte auch das ihrer Mutter mit. Da kein Neuschnee gefallen war, hoffte sie, einigermaßen gut damit voranzukommen. Nach kurzem Sträuben und Evelyns gutem Zureden willigte Benjamin ein, Gertrauds Fahrrad zu nehmen, und schwang sich auf den Sattel.

Als sie am Stadtpark ankamen, stand das schmiedeeiserne Tor zur Villa Pelzendorf weit offen. Anscheinend hatte sich niemand die Mühe gemacht, es zu schließen, auch die Polizei nicht. Evelyn stieg ab und blickte sich um. Der Mond schien kalt durch die dürren Zweige der Bäume, spendete jedoch so viel Licht, dass man gut sehen konnte, wohin man trat. Der Weg zum Haus lag unter einer dicken Schneedecke begraben, und als Evelyn genau hinsah, entdeckte sie eine Spur von Fußabdrücken. Seit sie das letzte Mal hier gewesen war, schienen mehrmals Menschen zum Haus gegangen zu sein.

Umso besser, dachte Evelyn, dann wird man sich auch nicht über unsere Spuren wundern. Sie beeilte sich, Benjamin einzuholen, der bereits ein Stück vorausgegangen war. Er wartete auf sie unter dem von zwei runden Säulen getragenen Vordach und lauschte aufmerksam auf jedes noch so leise Geräusch in der Nachbarschaft.

Evelyn überfiel ein Gefühl von Beklommenheit, als sie an ihren letzten Besuch hier draußen dachte. Damals hatten sie und

Esther Bing sich unbefugt Zutritt zu Anitas Haus verschafft, weil sie sich Sorgen um die ältere Dame gemacht hatten. Nun brach sie schon wieder heimlich in deren Villa ein. Sie rüttelte an der Tür, aber die war natürlich abgesperrt. »An dem Tag, als wir Anita fanden, stand die Tür zum Dienstbotentrakt offen«, flüsterte sie. Benjamin griff mit einem Zwinkern in seine Manteltasche und holte einen Schlüssel heraus. Evelyn pfiff leise durch die Zähne. »Aber woher …? Waldblum hat dir doch den Hausschlüssel abgenommen, weil er nicht wollte, dass du dich in der Villa einquartierst!«

»Ganz recht, aber nachdem mich die alte Dame als ihren neuen Untermieter akzeptiert hatte, drückte sie mir zwei Schlüssel in die Hand. Den für die Haustür musste ich abgeben, aber den Schlüssel für den Dienstboteneingang hat der Kommissar nicht verlangt.«

»Natürlich nicht, schließlich wusste er nichts davon!« Evelyn schwankte zwischen Freude und Argwohn. Benjamin hatte also die ganze Zeit über einen Schlüssel zur Villa besessen. Auch schon in der Nacht, in der Anita gestorben war. Und er hätte ihn auch später jederzeit benutzen können, um heimlich ins Haus zu gelangen und sich dort umzusehen. Evelyn atmete tief durch. Dann nahm sie den Schlüssel, den Benjamin ihr entgegenhielt, und schlich damit um das Haus herum bis zur Treppe, die zum Personaleingang führte. Die Tür ließ sich mühelos öffnen, und sie traten ein.

Es war eigenartig, wieder an diesem Ort zu sein und auf das Ticken der Küchenuhr zu lauschen. Nichts hatte sich verändert, die Zeit schien in Anitas Souterrain stehengeblieben zu sein. Die Tür zum Keller, in den die alte Hedda gestürzt war, und deren Schrei Anita fast zu Tode erschreckt hatte, stand offen. Evelyn hätte sie gerne geschlossen, schon allein, um dem Modergeruch zu entgehen, der aus den Kellertiefen heraufkroch. Aber dafür hätte sie sich der Treppe nähern müssen, und eine kindische Furcht vor den Schatten, die dort unten lauerten, ließ sie davor zurückschrecken. Hinzu gesellte sich das Gefühl, beobachtet zu werden, nicht allein im Haus zu sein. Also huschte sie eilig vorbei.

Benjamin öffnete zunächst eine Tür, die zur Kammer der Haushälterin führte. Evelyn konnte sich nicht vorstellen, dass Hedda sie nach ihrem Unfall noch einmal betreten hatte, dennoch warf sie einen kurzen Blick hinein. Nein, hier war seit Anitas Tod vermutlich niemand mehr gewesen. Das Mobiliar schien unverändert am selben Fleck zu stehen wie eh und je, Heddas Schürzen lagen auf dem Bett, und die beiden Gebirgslandschaften hingen noch immer in ihren schweren Rahmen an der Wand. Auf dem Nachttisch lag ein Roman von Erich Maria Remarque, der vermutlich aus Anita Pelzendorfs umfangreicher Bibliothek stammte.

Sie durchquerten den Küchentrakt und stiegen die wenigen Stufen hinauf, die diesen mit dem Rest des Hauses verbanden. In der Halle mit dem Schachbrettmusterfußboden war es dunkel, aber nicht so sehr, dass man nichts hätte erkennen können. Evelyns Atem ging schneller. Auf dem Friedhof hatte sie die Präsenz der alten Frau nicht gespürt, doch hier, in ihrem Haus, schien sie allgegenwärtig zu sein. Fast rechnete Evelyn damit, dass die Tür zur Bibliothek sich öffnen und ihre Lehrerin mit einem verschmitzten Lächeln auf den Lippen auf sie zukommen würde.

»Wo könnte Frau Pelzendorf den Bericht des Detektivs aufbewahrt haben?«, fragte Benjamin. Er schien ein wenig orientierungslos zu sein. »In der Bibliothek?«

Die Bibliothek war stets der Rückzugsort der Lehrerin gewesen, ein Ort, den sie geschaffen hatte, um den Alltagssorgen zu entfliehen und sich mit schöngeistigen Dingen zu beschäftigen. Private und geschäftliche Unterlagen vermutete Evelyn hingegen eher im früheren Arbeitszimmer des alten Reichsbankrats. Aber wo war das? Im ersten Stock? Nein, der Mann war ein großer Gartenfreund gewesen, der es genossen hatte, während der Arbeit am Schreibtisch aufzustehen und hinaus in den Garten zu treten. Folglich musste der Raum einen Zugang zur Terrasse haben, und das einzige Zimmer, auf das dies zutraf, lag gleich neben dem Speisezimmer.

Evelyn frohlockte, als sie die richtige Tür fand und ihr Blick direkt auf einen großen, mit Schnitzereien verzierten Schreibtisch fiel. Doch ihr Hochgefühl verwandelte sich jäh in banges Zittern: Eisige Kälte schlug ihr entgegen. Die Tür zur Terrasse stand sperrangelweit offen, und die Vorhänge davor blähten sich bei jedem Windstoß wie die Segel eines Schiffes. Jemand war von draußen eingedrungen, davon zeugte nicht nur die offene Tür, sondern auch die durchwühlten Schreibtischschubladen. Überhaupt herrschte im Raum ein schreckliches Durcheinander. Bücher und Papiere lagen überall herum, sogar auf dem Fußboden.

Benjamin trat an den Schreibtisch und berührte vorsichtig die Glühbirne in der Lampe. »Noch warm!«, flüsterte er Evelyn zu, die schockiert auf das Durcheinander starrte. »Wer auch immer hier war, hat uns kommen gehört und das Weite gesucht.« Er riskierte einen Blick durch die Tür auf die Terrasse.

Evelyn sah, wie er sich über die Balustrade beugte und hinunter in den finsteren Garten spähte. Dann ging alles sehr schnell. Die Zimmertür bewegte sich, und Evelyn bekam einen Schlag gegen den Kopf, der sie taumeln, ihr aber kaum Zeit zum Schreien ließ. Aus dem Dunkeln schälten sich die Umrisse einer Gestalt, die sich offenbar hinter der Tür versteckt hatte und nun versuchte, sich an Evelyn vorbei aus dem Arbeitszimmer zu drängen. Evelyn sah Sterne, vor ihren Augen explodierten Funken, aber sie hatte nicht vor, den Unbekannten entkommen zu lassen. Jetzt schrie sie nach Benjamin, während sie den Mantel des Unbekannten zu fassen bekam. Sie schrie noch einmal. Im nächsten Moment hörte sie Schritte auf dem Fußboden. Ein Keuchen erklang, als sich Benjamin auf die Gestalt warf, die sich aus Evelyns Griff zu befreien versuchte. Evelyn prallte mit dem Rücken gegen die Tür und stieß sie damit ins Schloss. Dieser Fluchtweg war ihrem Angreifer also versperrt, dafür gelang es ihm, sich zum Schreibtisch vorzukämpfen. Und plötzlich blitzte in seiner behandschuhten Hand das Metall eines Brieföffners auf. Benjamin packte die Person von hinten, doch dann schrie er auf, die scharfe Klinge war in seinen Oberschenkel gedrungen. Zu Evelyns Entsetzen löste sich eine zweite, massigere Person aus dem Schatten. Eine Frau. »Hör um Himmels willen auf damit«, rief sie. Sie klang verzweifelt. »Sonst landen wir noch alle im Gefängnis!«

Diese Stimme. Evelyn erkannte sie, weil sie in dieses Haus gehörte. Es war …

»Hedda?«

Die Frau humpelte an Evelyn vorbei und streckte ihre Hand nach dem Lichtschalter aus, aber als sie ihn umlegte, tat sich nichts. Es blieb dunkel. Ungeduldig forderte sie ihren Helfershelfer mit dem Brieföffner auf, die Schreibtischlampe anzuknipsen. Erst dann wandte sie sich Evelyn zu. »Ja, Fräulein Evelyn, ich bin es.«

Evelyns Blick hetzte vom stöhnenden Benjamin zu der Person am Schreibtisch, die sie mit erhobener Klinge anstarrte, als wartete sie nur auf den Befehl, sich auch auf Evelyn zu stürzen. Obwohl sie in ihrer Hose, der weiten Jacke und mit der Schiebermütze auf dem Kopf wie ein Mann aussah, erkannte Evelyn, dass sie es mit einer weiteren Frau zu tun hatte, nämlich mit Heddas mürrischer Großnichte.

»Ein Mädchen, na wunderbar!« Benjamin zog ein Taschentuch aus seiner Hosentasche und presste es auf die Wunde an seinem Oberschenkel. Dann humpelte er zu einem Stuhl und ließ sich stöhnend darauf nieder. »Würde jemand dieser Furie sagen, dass sie die Waffe fallen lassen soll?«

»Das hättest du nicht tun dürfen«, tadelte Hedda die junge Frau.

Die stieß verächtlich die Luft aus, legte den Brieföffner aber zurück auf den Tisch. »Wieso nicht? Die beiden sind über mich hergefallen, und ich musste dich und mich verteidigen.«

Hedda biss sich auf die Lippe. Einen Moment lang schienen ihr die Worte zu fehlen, doch dann hinkte sie auf ihre Großnichte zu und tippte ihr kurz gegen die Brust. Das Mädchen öffnete seine Jacke, und zum Vorschein kam ein Aktendeckel. Allem Anschein nach hatten die beiden Frauen kurz vor Evelyns und Benjamins Ankunft das Arbeitszimmer auf den Kopf gestellt, um genau dieser Unterlagen habhaft zu werden.

»Ich vermute, das ist der Abschlussbericht des Detektivs, den Frau Pelzendorf beauftragt hat«, sagte Evelyn. »Ich kann mir denken, was Sie damit anfangen wollten.«

Hedda verzog das Gesicht. »Ich dachte, ich könnte warten, bis Gras über die Sache gewachsen ist. Aber als Sie zu mir kamen und mich nach dem Schnüffler fragten, wurde mir klar, dass ich keine Zeit verlieren darf. Wir haben zwei Tage gebraucht, um die Papiere zu finden, so gut hatte die gnädige Frau sie versteckt.« Sie schüttelte den Kopf. »Hätte ich ihr in ihrem Zustand gar nicht zugetraut.«

»Haben Sie Frau Pelzendorf vorsätzlich zu Tode erschreckt?«, wollte Evelyn wissen.

Die Frage empörte die alte Frau so sehr, dass sie nach Luft schnappte. »Was fällt Ihnen ein? Nie im Leben hätte ich so etwas getan. Ja, glauben Sie denn, ich hätte mich auch noch freiwillig die Treppe hinuntergeworfen? Ich bin doch selbst nur knapp dem Tode entronnen.« Sie wedelte mit dem Aktendeckel. »Das hier war alles, was ich wollte, und nun …«

»Du bist dieser Frau keine Rechenschaft schuldig, Tante«, fiel das Mädchen ihr ins Wort. »Du hast dich viele Jahre lang für diese Blinde abgerackert und warst immer für sie da. Es wäre eine Schande, wenn du mit ein paar lumpigen Reichsmark abgespeist würdest.« Sie streckte die Hand aus, um der alten Frau die Papiere aus der Hand zu nehmen, doch die schüttelte energisch den Kopf. Dann reichte sie Evelyn den Aktendeckel.

»Schauen Sie sich die Papiere nur an«, sagte sie ernst. »Sie werden staunen, das verspreche ich Ihnen.«

48.

Sie entflohen der Kälte des Arbeitszimmers und begaben sich in die Bibliothek. Dort funktionierte das elektrische Licht. Hedda schickte ihre Nichte los, um Anita Pelzendorfs Arzneikasten aus der Küche zu holen, und bestand nach deren Rückkehr darauf, Benjamins Oberschenkel zu reinigen und zu verbinden. Die Stichverletzung war nicht tief, blutete dafür aber heftig. Benjamin biss die Zähne zusammen und ließ sich verarzten. Dabei fluchte er leise auf Tschechisch vor sich hin.

»Ein wahrer Held«, spottete Heddas Nichte und fing sich dafür vernichtende Blicke aus sechs Augenpaaren ein. Dies kümmerte die junge Frau jedoch wenig. Sie fläzte sich in einen der Kaminsessel und sah zu, wie Evelyn sich den Bericht des Detektivs vornahm. Dieser bestand aus einigen losen, mit Schreibmaschine getippten Seiten und zwei Briefen. Einer davon war an einen Münchener Anwalt adressiert, auf dem anderen war in verschnörkelten Buchstaben der Name Benjamin zu lesen.

»Das Testament der gnädigen Frau«, sagte Hedda, und in ihren Worten lag der Ausdruck tiefsten Bedauerns. »Sie hat es geändert, nachdem dieser Knittel bei ihr war. Ursprünglich wollte sie ihr Vermögen zwischen mir, ihrer alten Schule und verschiedenen Fürsorgeorganisationen aufteilen.«

»Aber dann hat sie ihre Meinung geändert?«

Anitas Haushälterin nickte grimmig, dann deutete sie auf Benjamin. »Seinetwegen! Na los, Fräulein! Lesen Sie, was der

Detektiv geschrieben hat. Er hat meine schlimmsten Befürchtungen bestätigt.«

Obwohl Evelyn fast vor Neugier platzte, fand sie, dass nicht sie die Erste sein sollte, die den Bericht des Detektivs las. Mit einem aufmunternden Nicken reichte sie Benjamin die Seiten und wartete geduldig, bis er sie durchgelesen hatte.

»Na, damit hätte der Herr wohl nicht gerechnet, was?«, zischte Heddas Großnichte böse. »Die Frau hat ihm alles hinterlassen. Das große Haus, das Bankguthaben. Damit ist das ursprüngliche Testament außer Kraft, und irgendein dahergelaufener …«

»Schweig!«, fuhr Hedda ihrer Großnichte über den Mund. »Er ist schließlich ihr Sohn, ob uns das gefällt oder nicht!«

Evelyn öffnete überrascht den Mund, hielt dann aber inne, um ihre Gedanken zu sortieren. Benjamin sollte Anitas Sohn sein? Aber die hatte doch keine Kinder gehabt.

»Jedenfalls nicht mit dem Reichsbankrat«, sagte Benjamin bitter, nachdem Evelyn ihre Verwirrung laut ausgesprochen hatte. »Aber bevor sie ihn heiratete, schickten ihre Eltern sie in ein Pensionat nach Prag. Dort scheint es zu einer kurzen, aber stürmischen Romanze mit einem jungen Mann gekommen zu sein, der bald wieder aus ihrem Leben verschwand. Als sie schwanger wurde, geriet sie in Panik. Sie fürchtete, dass sie verstoßen und mittellos auf der Straße enden würde. Daher brachte sie das Kind in der Obhut irgendwelcher Ordensschwestern zur Welt, ließ es aber auf Drängen ihrer Familie zurück. Bei einer Frau, die Geld dafür bekam, sich um den kleinen Jungen zu kümmern, ihn aber bei der ersten Gelegenheit ins Waisenhaus abschob.« Er lachte. »Was sagt man dazu? Und ich habe geglaubt, die Pelzendorf hätte mich nach Nürnberg gelockt, um mich umzubringen. Dabei wollte sie nach dem Tod ihres Mannes den Sohn kennenlernen, den sie nie haben wollte.«

Evelyn trat zu ihm und berührte sanft seinen Arm. Sie sah ihm an, dass er Schmerzen hatte, aber es war nicht nur sein Bein, das ihm wehtat. Wie gut sie ihn verstehen konnte, und wie anders sein Leben hätte verlaufen können, wenn er hier, an diesem Ort, bei seiner Mutter hätte aufwachsen können. Benjamin spielte oft den abgeklärten Kerl, dem nichts so richtig naheging. Doch Evelyn hatte auch seine verletzliche Seite kennengelernt und wusste, dass es lange dauern würde, bis er alle diese Neuigkeiten verarbeitet hatte. Aber sie würde für ihn da sein. Sie würde ihm helfen, die Bitterkeit zu überwinden, die ihn jetzt erfüllte. Was ihre Lehrerin anging, so war Evelyn davon überzeugt, dass sie ihren Fehler schwer bereut hatte. Sie war eine feinfühlige Frau gewesen, die verzweifelt versucht hatte, das Glück in ihren Büchern und in der Arbeit mit Schulkindern zu finden. Und schließlich hatte sie Anstrengungen unternommen, ihren Sohn zu finden und das Unrecht von einst wiedergutzumachen. Spät. Sehr spät.

»Solange ihr Mann am Leben war, hat sie es nicht gewagt, dich zu suchen, aber nach seinem Tod muss sie diesen Detektiv beauftragt haben. Mir ist nur nicht klar, was Frieba mit der Sache zu tun hatte. Ihr seid doch nicht wirklich Brüder gewesen, oder?«

Benjamin verdrehte die Augen. »Nein, diese zweifelhafte Ehre bleibt mir wohl erspart. Wie es aussieht, hat der Herr Detektiv nicht zu allen Zeiten so sauber gearbeitet wie in meinem Fall. Jedenfalls entnehme ich seinem Rapport, dass Knittel ihr zunächst Frieba als verschollenen Sohn präsentiert hat. Allem Anschein nach wurde der nämlich am selben Tag im Prager Waisenhaus abgegeben wie ich. Aus diesem Grund teilten wir uns sowohl Geburtsdatum als auch Geburtsort. Ich nehme an, Knittel hat sich sofort auf Frieba eingeschossen und sich gar nicht mehr die Mühe gemacht, nachzuforschen, ob noch ein anderes Waisenkind in Frage käme. Frieba bedeutete eine rasche Lösung des Problems, denn er lebte bereits vor dem großen Krieg in Nürnberg, so musste Knittel nicht einmal ins Ausland reisen. Schließlich war der Krieg ja auch noch nicht vorbei.«

Evelyn legte die Stirn in Falten. Demnach hatte Anita Pelzendorf Frieba im Glauben, er sei ihr Sohn, als Untermieter aufgenommen. Ohne ihn jedoch offiziell anzuerkennen.

»Nein, sie hat nie ein Wort darüber verloren«, bestätigte Hedda. »Nicht einmal mir hat sie es gesagt. Ich hatte nur den Auftrag, es dem möblierten Herrn so angenehm wie möglich zu machen und auf jeden seiner Wünsche einzugehen. Aber ich nehme an, dass sie bald Zweifel an Friebas Identität hegte. Vermutlich wurden die von Jahr zu Jahr größer, aber weil sie sich auch nicht ganz sicher sein konnte, ließ sie alles, wie es war.

»Und das hat dieser Frieba geschickt ausgenutzt«, ergänzte ihre Großnichte mit einem listigen Lächeln, in dem fast so etwas wie Bewunderung lag. »Ein schlaues Köpfchen. Schade, dass ich ihn nie kennenlernen durfte.«

Evelyn musterte das vorlaute Mädchen. Mit ihrer rauchigen Stimme und dem kantigen Gesicht besaß sie eine nicht unattraktive Ausstrahlung, aber Evelyn konnte sich beim besten Willen nicht vorstellen, dass Frieba, der eine so glamouröse Erscheinung wie Hilly hofiert hatte, sie auch nur eines Blickes gewürdigt hätte.

»Ich habe es zwar nicht direkt mitbekommen, aber ich bin überzeugt, dass Frieba es verstanden hat, jeden Zweifel der gnädigen Frau im Keim zu ersticken«, fuhr Hedda fort. »Und wenn sie ihn vor die Tür gesetzt hätte, hätte er ihr Geheimnis brühwarm in der Öffentlichkeit breitgetreten: dass sie ein uneheliches Kind zur Welt gebracht und es in Prag zurückgelassen hat. Damit wäre sie gesellschaftlich ruiniert gewesen.« Sie seufzte. »Also hat sie lieber dazu geschwiegen, wenn er sich im Haus breitgemacht, ihren Wein getrunken und ihre Post gelesen hat. Nur Geld hat er meines Wissens nie von ihr verlangt.«

Nein, dachte Evelyn, das nötige Kleingeld hatte er sich anderweitig beschafft.

»Die gnädige Frau hat sich nie beschwert.« Hedda räumte Verbandstoff und Schere zurück in den Arzneikasten. »Sie hat angenommen, Frieba wäre so geworden, weil er ohne Eltern hat aufwachsen müssen. Also hat sie seine Launen geduldig hingenommen, als Sühne sozusagen.«

»Aber das änderte sich, als Frieba plötzlich schwer erkrankte, nicht wahr?«, sagte Evelyn. »Zu dieser Zeit muss Anita herausgefunden haben, dass er ihr die ganze Zeit nur etwas vorgemacht hat.«

Hedda bestätigte ihre Vermutung und schilderte, wie ihre Arbeitgeberin, trotz der Gefahr, sich anzustecken, fast täglich nach Frieba gesehen und an seinem Bett gesessen hatte. Kurz vor seinem Tod sei sie wie vor den Kopf geschlagen auf den Korridor gelaufen und habe von Lug und Trug geredet. Dass Frieba sie zum Narren gehalten und ihre Schuldgefühle ausgenutzt habe. Möglich, dass er in dieser Stunde sein Gewissen erleichtern wollte und ihr gestanden hat, dass er nicht ihr Sohn war. Vielleicht ist es ihm aber auch nur im Fieber herausgerutscht. Am nächsten Morgen war er jedenfalls tot.«

»Und wie hat Frau Pelzendorf darauf reagiert?«

Hedda wechselte einen Blick mit ihrer Großnichte. »Noch bevor sie den Arzt verständigt hat, hat sie sich vom Amt mit diesem Detektiv verbinden lassen. Ich erinnere mich, wie wütend ihre Stimme geklungen hat. Es war noch ganz früh am Morgen, kaum sieben Uhr. Aber trotzdem ist der Mann umgehend zu uns ins Haus gekommen. Die gnädige Frau hat sich mit ihm in die Bibliothek zurückgezogen und wollte nicht gestört werden.«

»Kein Wunder, dass sie wütend war«, warf Benjamin ein.

»Sie hat dem Kerl sicher vorgehalten, dass er ein Stümper sei, eine Schande seines Berufsstandes, weil er ihr den falschen Sohn angeschleppt und dafür auch noch frech die Hand aufgehalten hat.« Er warf einen Blick auf die Schreibmaschinenseiten. »Und dann musste er seinen Fehler wiedergutmachen und ist nach Prag gereist.«

»Hätte er das nicht getan, würde meine Tante jetzt nicht mit einer kleinen Abfindung abgespeist werden«, zischte Heddas Großnichte. Sie sprang auf und stemmte die Fäuste in die Taille. »Woher sollen wir überhaupt wissen, ob dieser Trottel von Detektiv diesmal den richtigen Sohn ausfindig gemacht hat?«

Hedda winkte resigniert ab. »Ich fürchte, dieses Mal sind die Dokumente hieb- und stichfest. Aber das werden die Anwälte zu entscheiden haben, nicht wir.« Sie strich der jungen Frau über die Wange, dann wandte sie sich Benjamin zu: »Sie haben nichts gegen uns in der Hand. Wenn Sie die Polizei rufen, werden wir sagen, dass wir nur nach dem Rechten sehen wollten, schließlich war ich für Frau Pelzendorf tätig und auch für das Anwesen verantwortlich. Sie beide dagegen sind widerrechtlich ins Haus eingedrungen und haben uns überfallen. Meine Großnichte hat sich lediglich verteidigt!«

»Wären wir nicht rechtzeitig gekommen, hätten Sie alle Unterlagen verschwinden lassen«, rief Evelyn entrüstet. Es passte ihr nicht, wie die beiden Frauen versuchten, den Spieß umzudrehen, aber wahrscheinlich war es besser, wenn die beiden einfach verschwanden und sich nicht mehr blicken ließen.

»Gehen Sie«, sagte sie. »Wir werden Sie nicht aufhalten!«

49.

Nachdem die beiden Frauen das Haus verlassen hatten, gingen Evelyn und Benjamin in die Bibliothek. Benjamin vergrub sich wieder in die Unterlagen des Detektivs, und Evelyn fiel auf, dass er den Umschlag, auf dem sein Name stand, demonstrativ zur Seite schob. Sie konnte verstehen, dass ihm noch nicht danach zu Mute war, ihn zu öffnen, zweifelte aber nicht daran, dass er es eines Tages tun würde. Stumm saß sie ihm gegenüber und wartete. In der Bibliothek war es so kalt, dass sie ihren Atem sehen konnte, aber es verging noch eine ganze Weile, bis Benjamin endlich den Aktendeckel schloss.

»Vielleicht hätte ich Hedda die Papiere mitnehmen und verbrennen lassen sollen«, sagte er. Sein Gesicht verzerrte sich schmerzerfüllt, als er sich an den Sessellehnen in die Höhe stemmte. »Ich will das alles nicht haben. Die verlorenen Jahre lassen sich nicht zurückholen. Und ich bin nicht käuflich.« Er schleppte sich zu dem Servierwagen und nahm eine Flasche französischen Kognak in die Hand. »Nun ja, eventuell würde ich mich überreden lassen, die Flasche hier als kleinen Schadenersatz mitzunehmen.« Er zwinkerte Evelyn zu. »Wie wäre es mit einem Gläschen? Wir sollten darauf anstoßen, dass meine Mutter mich gefunden hat. Auch wenn die Wiedersehensfreude dadurch getrübt wurde, dass sie sich noch vor meinem Einzug in die Villa aus dem Leben verabschiedet hat.«

Evelyn schüttelte missbilligend den Kopf, weil sie fand, dass dies reichlich zynisch klang. »Anita hat dich nicht freiwillig zurückgelassen, weder damals noch heute«, sagte sie bestimmt. »Sie hätte dich gewiss gern kennengelernt und versucht, die Fehler wiedergutzumachen, die sie aus Angst und vielleicht auch aus Feigheit begangen hat. Das kann sie jetzt nicht mehr. Aber sie wollte dir ein Zuhause bieten!« Sie deutete in die Runde. »Diese Villa ist vom Keller bis zum Dachboden mit Erinnerungsstücken gefüllt. Du könntest sie dir ansehen und sie zu dir sprechen lassen. Finde heraus, was für ein Mensch deine … Mutter war.« Sie lächelte. »Und außerdem hättest du hier jede Menge Platz zum Malen. Ist das nichts?«

Benjamin brummte etwas vor sich hin, was Evelyn nicht verstand, weil er entweder undeutlich oder auf Tschechisch sprach. Aber es klang nicht mehr so verbittert und wütend wie vorher.

»Wie bekommen wir dich nur nach Hause?«, überlegte sie mit einem besorgten Blick auf Benjamins verletztes Bein. »Ich vermute, dass du keine Lust hast, in der Villa zu übernachten.«

»Darauf kannst du Gift nehmen!«

»Aber das Fahrrad möchte ich dir für den Rückweg durch den Schnee auch nicht empfehlen.«

»Warum nicht? Dieser lächerliche Kratzer wird mich sicher nicht aufhalten!« Benjamin winkte ab, als Evelyn ihm helfen wollte, doch noch bevor er die Tür erreichte, stöhnte er auf und schnappte nach Luft. Nein, so ging das nicht.

Evelyn nahm den Telefonhörer ab und war erleichtert, dass die Leitung nicht tot war. Sie bat die Telefonistin, sie mit dem Haus der Familie Bing zu verbinden. Es war spät geworden, und eigentlich wollte sie Esther um diese Uhrzeit nicht mehr hinaus in die Kälte jagen, doch hier lag nun mal ein Notfall vor. Leider verkündete Esthers Dienstmädchen, dass ihre Herrschaft ausgegangen sei und erst weit nach Mitternacht zurückerwartet werde. Evelyn bedankte sich und legte auf. Dann blieb ihr wohl nichts anderes übrig, als ihr Glück bei Sibylle zu versuchen. Zu ihrer Überraschung war Sibylle zu Hause und erklärte sich ohne weitere Fragen bereit, zur Villa Pelzendorf zu fahren. Aufatmend ließ sich Evelyn in Anitas Lieblingssessel fallen. »Sie sagte, sie würde gleich losfahren«, erklärte Evelyn, wobei sie ein Gähnen unterdrückte. Nun, da es für sie nichts weiter zu tun gab, fielen ihr vor Müdigkeit fast die Augen zu. Nein, was für ein Abend, dachte sie. Sie schickte ihre Gedanken auf Wanderschaft. Dabei atmete sie das Gemisch von altem Papier und Leder ein, das in der Luft hing. Erst vor Kurzem hatte sie sich über einen anderen Geruch den Kopf zerbrochen. Nicht über den Geruch von Büchern. Der Duft, den sie suchte, hatte etwas mit einem ganz speziellen Stück Papier zu tun gehabt. Richtig, die Botschaft, mit der sie auf den Christkindlesmarkt gelockt worden war. Dieser Duft … ein Schuss, der keiner war. Und das Haus. Was hatten diese Dinge miteinander zu tun, und was hatte sie darüber noch gleich zu Benjamin gesagt? Dass die Villa voller Geheimnisse steckte? Nein, nicht Geheimnisse. Erinnerungsstücke. Bücher … Bilder …

Das wummernde Geräusch eines Wagens ließ Evelyn hochfahren, und erst als das grelle Licht zweier Scheinwerfer durch das Fenster drang, bemerkte sie, dass sie in ihrem Sessel eingeschlafen war. Offensichtlich hatte sie geträumt. Wie lange, konnte sie nicht sagen. Benommen rieb sie sich die Augen. Dann sah sie Benjamin, der am Fenster stand. Er blickte auf den Hof hinaus.

»Sie hat ihren Bruder mitgebracht«, sagte er. Seine Stimme verriet kein Gefühl.

»Oh, Kilian ist mitgekommen? Das ist unter diesen Umständen sicher nicht schlecht. Er kann sich gleich dein Bein ansehen.«

Evelyn war froh, dass sie daran gedacht hatte, sich von Hedda den Haustürschlüssel geben zu lassen. So musste sie die Geschwister nicht durch den Personaleingang lotsen, sondern konnte ihnen die Vordertür öffnen. Sibylle wirbelte mit schrillen Begrüßungsrufen über die Schwelle. Nach Heddas Großnichte war sie heute schon die zweite Frau in Männerkleidung, der Evelyn begegnete. Sibylle steckte in einem feinen schwarzen Frack und trug neben Zylinder und Gamaschen eine rote Nelke im Knopfloch. Evelyn starrte sie ratlos an. Entweder übte Sybille sich in dieser Aufmachung als Bühnenzauberer in einem Varieté, oder sie hatte mal wieder einen illustren Club aufgetan, in dem Frauen ihr Vergnügen darin fanden, die Grenzen konventioneller Kleidung zu überschreiten. Für die experimentierfreudige Sibylle kam beides in Frage. Fest stand aber auch, dass sich Rasmus die Nackenhaare sträuben würden, wenn ihm seine Verlobte so über den Weg laufen sollte.

Anders als Sibylle war Kilian recht einsilbig. Er nahm seinen Hut ab und hauchte Evelyn einen Kuss auf die Wange. So wie er sich umsah, vermutete Evelyn, dass er an den Tag erinnert wurde, an dem er herbeigerufen worden war, um Anita Pelzendorfs Tod festzustellen.

»Hast du dir hier draußen etwa ein Liebesnest eingerichtet?«, fragte Sibylle, während sie sich fröstelnd über beide Arme rieb. »Lass dir gesagt sein, dass Männer in so einer Kälte schlecht … Ach, wem sage ich das! Du warst schließlich selbst einmal verheiratet.« Sie schritt kichernd an Evelyn vorbei. In der Bibliothek warf Kilian zunächst einen Blick auf Benjamins Oberschenkel. Es war nur schwer auszumachen, wem von den beiden Männern dies unangenehmer war. Gesprochen wurde nicht viel, aber als Kilian sich aufrichtete, erklärte er, dass die Stichverletzung sorgfältig gereinigt worden war und Benjamin keine Infektion zu befürchten habe. Dann gab er ihm ein paar Tabletten gegen die Schmerzen und riet ihm, sie auf der Stelle zu schlucken.

»Diese Frau war also so erschrocken, als sie euch sah, dass sie einfach zugestochen hat?«, fragte Sibylle neugierig. »Aber was hattet ihr um diese Zeit im Haus zu suchen? Ihr seid doch nicht eingebrochen, oder?«

»Natürlich nicht, Fräulein«, murrte Benjamin. Sein böhmischer Akzent klang plötzlich wieder recht hart, womöglich, weil er erschöpft war. »Ich hatte einen Schlüssel. Und es gab noch einige persönliche Dinge, die ich holen wollte.«

»Das würde Kommissar Waldblum aber gar nicht gefallen!« Nun, nachdem Kilian nicht mehr als Arzt gebraucht wurde, gab er sich keine Mühe mehr, seine Abneigung gegenüber Benjamin zu verbergen. »Ich weiß, dass er Ihnen verboten hat, dieses Haus noch einmal zu betreten. Aber das gilt auch für uns. Wir sollten von hier verschwinden, bevor ein Streifenpolizist das Licht sieht und wir Ärger bekommen.«

Mit diesen Worten setzte sich Kilian seinen Hut auf und machte eine Handbewegung Richtung Tür, was seine Schwester, die es offenbar aufregend fand, im verlassenen Haus ihrer Lehrerin zu sein, mit einem Ausruf des Bedauerns kommentierte.

Evelyn tauschte einen Blick mit Benjamin, der hätte verkünden können, dass er sich sehr wohl hier aufhalten durfte, weil ihm die Villa hinterlassen worden war. Aber das knappe Kopfschütteln des jungen Mannes bedeutete ihr, dass er nichts dergleichen im Sinn hatte und auch sie um Stillschweigen bat. Also löschte sie das Licht und folgte den anderen hinaus. Auf dem Weg zur Tür plapperte Sibylle in einem fort. Benjamin drehte sich zu Evelyn um, weil er bemerkte, dass sie zurückblieb.

»Was ist? Warum kommst du nicht?«

»Mir fällt gerade ein, dass der Dienstboteneingang noch offen steht. Bitte wartet einen Moment auf mich!« Evelyn tastete sich eilig durch den Gang, der zur Treppe ins Souterrain führte. Dort verriegelte sie die Tür zum Hof und kehrte um. Als sie jedoch an Heddas winziger Schlafkammer vorbeikam, durchfuhr sie ein Gedanke wie ein Blitzstrahl.

Geheimnisse ... Erinnerungsstücke.

Evelyns Hand zitterte, als sie die nur angelehnte Tür aufdrückte. Sie betrat den Raum, in den sie vor Stunden einen Blick geworfen hatte – und erstarrte. Nein, wie hatte sie nur so blind sein können? Sie hatte es deutlich vor Augen gehabt und doch nicht beachtet.

»Evelyn, alles in Ordnung?« Kilians Stimme dröhnte durch das Haus. Sie klang besorgt.

Sie atmete mehrmals tief durch. Vielleicht lag sie mit ihrer Ahnung ja falsch, aber was, wenn nicht? Was, wenn des Rätsels Lösung nur eine Armlänge weit von ihr entfernt war?

»Evelyn?«

Erneut durchfuhr sie ein Zittern, als sie die Hand ausstreckte und den Lichtschalter umlegte.

Sibylle rümpfte die Nase, als sie sah, was Evelyn in die Halle schleppte. Sie wechselte einen Blick mit ihrem Bruder, der nervös mit seinen Wagenschlüsseln spielte. »Du willst uns doch nicht allen Ernstes erzählen, dass du diesen hässlichen Schinken mitnehmen willst?« Sie bedachte Benjamin mit einem spöttischen Blick.

»Ist dieses ... Kunstwerk von Ihnen?«, fragte Kilian. »Wenn ja, meinen Glückwunsch zu dieser Kostprobe Ihres guten Geschmacks.«

Benjamin ignorierte den Arzt. Stattdessen begutachtete er das Gemälde, das Evelyn ihm zeigte, mit einem prüfenden Blick. Als sich seine Gesichtszüge entspannten, wusste Evelyn, dass er begriffen hatte, worum es ihr ging.

»Eine Gebirgslandschaft«, sagte Benjamin. Plötzlich begann er zu lachen. »Im Hintergrund die Alpen und davor ein See.«

Evelyn nickte. »Ich habe das Bild in Heddas Kammer entdeckt. Als ich es abnahm, ist mir sogleich aufgefallen, dass die

Stelle dahinter nicht ausgeblichen war. Es kann also noch nicht lange dort gehangen haben.« Sie nahm sich einen Moment, um ihre Gedanken zu sortieren, ehe sie fortfuhr: »Hedda hatte den Auftrag, Friebas Zimmer auszuräumen und für dich als seinen Nachfolger herzurichten, nicht wahr? Möglicherweise hat sie das Bild beim Putzen abgenommen und, weil es ihr gut gefiel, später unten bei sich im Zimmer wieder aufgehängt. Anita hat davon sicher nichts erfahren. Es hätte sie auch kaum gestört, denn sie konnte ja nicht sehen, welche Bilder im Zimmer ihres Untermieters fehlten.«

»Das klingt ja hochinteressant!« Sibylle spielte gelangweilt mit der Nelke in ihrem Knopfloch. Ihrer Miene nach hatte sie keinen Schimmer, wovon Evelyn sprach. »Wie wäre es, wenn ihr eure Gespräche über naive Malerei an einem etwas behaglicheren Ort fortsetzen würdet. Ich habe …«

»Still, verdammt!«, donnerte Kilian, woraufhin Sibylle etwas tat, was für sie untypisch war: Sie verstummte. Kilian wandte sich Evelyn zu. »Verrätst du mir, was hier gespielt wird? Was hat der Unsinn mit dem staubigen Gebirgsbild zu bedeuten?«

Evelyn schluckte. »Friebas letzte Worte … an seine Geliebte Hilly«, stammelte sie, wobei sie sich mit einem Mal albern vorkam. Was, wenn sie sich irrte und furchtbar blamierte? Dennoch sprach sie weiter. »Darin ging es um Gersons Brief an mich, den er sich unter den Nagel gerissen hatte. Er sagte zu Hilly, er habe den Brief mit ins Gebirge genommen und in einem Gebirgssee versenkt, was aber überhaupt keinen Sinn ergibt, weil er doch niemals vorgehabt hatte, ihn zu vernichten. Und selbst wenn, hätte er ihn doch verbrennen oder zerreißen können.« Sie fuhr mit dem Finger über die in Öl verewigte Gebirgslandschaft. Der unbekannte Maler hatte sich vornehmlich trüber Braun- und Grüntöne bedient, um den Bergsee vor dem deutlich helleren Hintergrund des Gebirgszugs hervorzuheben. Es war eine romantisierende Abendansicht, die Sonne ging über den Gipfeln unter, und ihre letzten, schwachen Strahlen berührten sanft die Wasseroberfläche.

Benjamin nahm Evelyn das Gemälde aus der Hand und trug es zurück in die Bibliothek. Die anderen folgten ihm und sahen schweigend zu, wie er das Bild auf Anita Pelzendorfs Spieltisch ablegte. Nachdem Evelyn für die nötige Beleuchtung gesorgt hatte, begann er, die Rückseite unter die Lupe zu nehmen. »Du könntest recht haben«, sagte er zu Evelyn. »Mir scheint, dass jemand sich am Rahmen zu schaffen gemacht hat. Moment, das haben wir gleich!«

»Nehmen Sie Ihre Pfoten von dem Bild!« Kilian klang plötzlich so aufgebracht, dass seine Stimme sich überschlug. Evelyn hob verdutzt den Blick, und selbst Sibylle biss sich auf die Lippe.

Das Gesicht des Arztes war gerötet, an seinem Hals schwoll eine Ader an, und plötzlich schlich sich ein merkwürdiger Ausdruck in seinen sonst so kühl wirkenden Blick. Was war das? Hass? Angst?

»Kilian, was …?«

»Sag ihm, dass er aufhören soll«, verlangte Kilian mit Nachdruck. Er beugte sich über den Spieltisch, griff mit beiden Händen nach dem Rahmen und versuchte energisch, ihn Benjamin zu entreißen. Sibylle kreischte auf. »Seid ihr denn verrückt geworden? Kilian, was ist bloß in dich gefahren? Willst du nicht auch erfahren, ob dieser Kerl Gersons Brief da drin versteckt hat?«

Evelyn machte einen Schritt zurück, als hätte ein Faustschlag sie in den Magen getroffen. Ihre Augen weiteten sich vor Entsetzen, als ihr aufging, dass Kilian ebendies nicht erfahren wollte. Vor allem wollte er verhindern, dass sie den Brief fand und ihn las.

Weil er längst wusste, was Gerson ihr darin hatte mitteilen wollen.

50.

Evelyn schwankte, als würde ihr der Boden unter den Füßen weggerissen. Ihr Verstand weigerte sich, zu akzeptieren, was sich da vor ihren Augen abspielte. Und doch war es kein Traum, sondern Wirklichkeit. Begleitet von Sibylles Gezeter schlug Kilian nach Benjamin, doch der dachte gar nicht daran, das Bild loszulassen. In dem Gerangel brach der Rahmen entzwei, eine Verstärkung aus Pappkarton löste sich, und im nächsten Moment fiel ein brauner Umschlag zu Boden. Kilian und Sibylle bückten sich fast gleichzeitig danach, aber Evelyn kam ihnen zuvor und nahm den Umschlag an sich. Ihr Herz pochte wild.

»Gib mir den Umschlag«, fauchte Kilian sie an. Seine Stimme hatte jegliche Wärme verloren, dafür fiel er in ein Stottern. Er streckte die Hand aus. »Komm schon, Evelyn, du solltest den Unsinn nicht lesen. Er ist nicht für deine Augen bestimmt!«

»So?« Evelyn presste die Lippen zusammen, ihre Finger verkrampften sich um den Umschlag. Sie dachte an Gerson und daran, wie sehr sie ihn noch immer liebte. Sie würde ihn weiterhin lieben, auch wenn sie tief im Innern spürte, dass die Zeit der Trauer vorüber war. In diesem Umschlag lag das, wonach sie gesucht hatte, und sie würde ihn nicht hergeben. Niemals. Kurz entschlossen riss sie ihn auf und holte heraus, was Frieba darin verborgen hatte. Es waren zwei Schriftstücke, aber nur eines von beiden trug Gersons Handschrift und richtete sich an sie persönlich.

Das andere Papier hatte Kilian verfasst.

»Ein Schuldschein?« Erschüttert überflog Evelyn die wenigen Zeilen. »Von dir unterschrieben, Kilian.« Sie hob den Blick und sah Kilian in die Augen. »Kannst du mir das erklären? Du hast mich immer glauben lassen, dass du Gerson an der Front nie begegnet bist, aber … dieses Schriftstück beweist das Gegenteil!«

Kilian ließ sich Zeit mit einer Antwort. »Nach der Schlacht bei Amiens herrschte ein großer Bedarf an Ärzten und Sanitätern, um die Verwundeten zu versorgen. Ein paar Feldärzte wurden daher vorübergehend demselben Regiment zugeteilt, zu dem auch dein Mann gehörte.«

»Ihr habt … Karten gespielt? Im Lazarett?«

Kilian reagierte zunächst nicht auf Evelyns Frage, doch schließlich nickte er. »Ich hatte schon damals ein Problem damit, und bedauerlicherweise hat sich daran nichts geändert. Wenn ich Spielkarten in die Finger bekomme, kann ich nicht anders. Dann muss ich spielen. Es ist … wie die Sucht nach Morphium oder Opium. Ich habe wieder und wieder versucht, davon loszukommen, aber ohne jeden Erfolg. Was glaubst du denn, warum ich in Erlangen war? Es gab kein medizinisches Forschungsprojekt, und falls doch, so war ich der Gegenstand der Untersuchung. Ich hoffte, mein alter Professor könnte mir helfen …« Er zuckte bitter lachend mit den Achseln. »Mein Vater sagte mal, ich würde eines Tages noch Haus und Hof verspielen.«

In Evelyns Hals bildete sich ein Kloß. Offensichtlich war an einem verhängnisvollen Abend in Frankreich das eingetreten, was Kilians Vater ihm prophezeit hatte. Kilian hatte mit ein paar verwundeten Soldaten Karten gespielt. Scheinbar nur so aus Spaß und um die Kameraden von ihren Verletzungen abzulenken. Doch in Wahrheit hatte seine Spielsucht ihn getrieben und nicht einmal in einem Frontlazarett aus ihren Klauen gelassen. Evelyn sah die Runde der Spieler fast vor sich und hörte die

Stimmen der Männer, die sich bemühten, das Stöhnen der Verwundeten zu übertönen. Sie spielten, bis einer nach dem anderen die Runde verließ und zuletzt nur noch Gerson und Kilian Karten in den Händen hielten.

»Du hast alles verspielt, was du hattest, aber du wolltest nicht aufhören«, sagte Evelyn. Sie hob den Schuldschein hoch. »Dein Einsatz war das Haus in der Kaiserstraße. Euer schönes altes und ehrwürdiges Patrizierhaus. Seit Jahrhunderten Stammsitz der Familie Falkner.«

Sibylle stieß einen erstickten Laut aus. »Aber das war doch nicht ernst gemeint. Es war ein Spiel, ein Zeitvertreib und nichts weiter! Gerson hätte das wissen müssen. Hat er denn im Ernst angenommen, wir hätten euch nur wegen eines lumpigen Fetzens Papier unser Haus geschenkt? Und wenn er zehnmal beim Kartenspiel gewonnen hätte: Es wäre nicht anständig gewesen, so etwas zu verlangen! Von wegen Spielschulden sind Ehrenschulden!« Mit einer energischen Geste riss sich die junge Frau ihre Nelke aus dem Knopfloch, warf sie zu Boden und zertrat die Blume mit dem Absatz ihres Stiefels.

Für einen Moment lag eine lähmende Stille über dem Raum, dann sagte Evelyn leise: »Ich kannte meinen Mann. Es wäre ihm nie in den Sinn gekommen, einen solchen Schuldschein einzulösen.«

»Er hat mich zappeln lassen«, rief Kilian wütend. »Er hat mir unter die Nase gerieben, wie sehr er sich darauf freue, nach dem Krieg mit dir in die Kaiserstraße zu ziehen. Jetzt weiß ich, dass er mich nur hochnehmen wollte, aber damals … Du kannst dir nicht vorstellen, was wir an der Front durchmachen mussten, obwohl die Niederlage sich doch schon lange abzeichnete. Die vielen Toten, an jedem verdammten Tag … Die Verwundeten, denen nicht mehr zu helfen war. Und Gerson lachte mich aus! Ich war plötzlich wie von Sinnen. Ich habe befürchtet, er würde

Ernst machen mit dem Schuldschein, und wollte ihn zwingen, ihn herauszugeben. Und ich hatte Gerson auch schon fast so weit, aber dann starb völlig überraschend der Soldat, der meine Unterschrift auf dem Schuldschein bezeugt hatte. Gerson hat mir nicht geglaubt, dass sein Kamerad an einer Infektion gestorben war, und beschuldigte mich, ihn umgebracht zu haben, weil er Gerson zugeredet hatte, die Schuld einzufordern. Als ich Gerson dann wiedersah, erzählte er mir, dass er den Schuldschein in einem Feldpostbrief nach Nürnberg geschickt habe. Er meinte, ich müsse für den Tod des Kameraden geradestehen, aber die Entscheidung wollte er dir überlassen.« Kilian deutete auf den Brief in Evelyns Hand. »Ich nehme an, dass er dir das geschrieben hat.«

»Hast du ihn getötet?«, fragte Evelyn mit tonloser Stimme. Sie fürchtete sich vor der Antwort, aber sie musste die Wahrheit wissen.

Kilian wechselte einen kurzen Blick mit Sibylle. »Ich wollte es nicht, das musst du mir glauben. Aber damals dachte ich, ich hätte keine Wahl. Gerson hatte vor, mich wegen des toten Soldaten vors Kriegsgericht zu bringen. Das konnte ich nicht zulassen. Es ... ging ganz schnell, mit einer hohen Dosis Morphium. Es war die letzte, die mir im Lazarett zur Verfügung stand.«

Evelyn verspürte das starke Bedürfnis, die Augen zu schließen und sich einfach fallen zu lassen. Überhaupt befürchtete sie, dass ihre Beine, die sich wie Gummi anfühlten, sie nicht länger tragen würden. Wie durch dichten Nebel hörte sie, wie Benjamin das Wort ergriff. Er wollte von Kilian wissen, was der, nachdem er wieder in Nürnberg war, unternommen habe, um den Schuldschein mit seiner Unterschrift zu finden. Diesen musste er doch auch nach Gersons Tod noch fürchten. Kilian bestätigte das mit einem finsteren Blick. »Natürlich hatte ich Angst davor, aber mir wurde rasch klar, dass Evelyn den Brief nie erhalten hatte. Sonst hätte sie mich doch zur Rede gestellt. Ich nahm an, er sei verloren gegangen, und war erleichtert. Umso größer war der Schock, als sich nach einiger Zeit ein Erpresser meldete, der behauptete, Brief und Schuldschein befänden sich in seinem Besitz. Er wollte Geld von mir, und ich erkaufte mir sein Schweigen. Das ging einige Zeit so. Bis dann plötzlich keine Forderungen mehr gestellt wurden.«

»Weil Eugen Frieba gestorben war«, sagte Benjamin kopfschüttelnd. »Und dann findet Evelyn durch Zufall beim Sortieren seiner abgelegten Kleidung den Briefumschlag in einem alten Mantel und erkennt darauf die Handschrift ihres Mannes.«

Sibylle räusperte sich verlegen. »Ich habe Kilian davon erzählt und konnte nicht begreifen, was er daran so aufregend fand. Ich dachte, es ärgere ihn, dass Evelyn immer noch der Vergangenheit nachtrauerte, obwohl er doch alles tat, um ihre Liebe zu gewinnen.«

Liebe? Evelyn bezweifelte, dass es Kilian jemals um Liebe zu ihr gegangen war. Er wollte sie besser kontrollieren – deshalb seine Heiratsabsichten. Sie aber hatte ihn auf Abstand gehalten, und da sie weiter nach Gersons Brief forschte, war sie für ihn zu einer Gefahr geworden. Plötzlich stand ihr alles so klar vor Augen, dass sie hätte lachen können. »Als Sibylle dir von meinem Fund erzählt hat, ist dir aufgegangen, wer dich mit dem Brief erpresst hatte. Du bist noch in derselben Nacht zur Villa Pelzendorf gefahren, um Gersons Schreiben zu suchen. Aber die alte Hedda hat dich dabei gehört. Als sie den Geräuschen im Haus nachging, hast du sie mit einem Schubs die Kellertreppe hinunterbefördert. War es nicht so?«

Kilian gab ihr keine Antwort.

»Und Anita Pelzendorf? Hast du die arme Frau auch mit einer erhöhten Dosis Morphium ruhiggestellt? Wie praktisch, dass du gleich am nächsten Morgen den Totenschein ausstellen konntest. Und ich dumme Gans habe dich auch noch gerufen, aber das hattest du sicher vorhergesehen, nicht wahr? Sibylle hat dir ja erzählt, dass ich vorhatte, gleich am Morgen zur Villa zu fahren, um mit Anita über das Briefkuvert zu sprechen. Dir war klar, dass ich nicht irgendeinen Arzt, sondern dich anrufen würde.«

»Ich wollte der blinden Frau nichts zuleide tun«, erwiderte Kilian aufgebracht. »Ich wollte nur den Schuldschein finden, alles andere war mir egal. Aber ich habe ihn nicht gefunden. Wie hätte ich auch ahnen können, dass dieser Kerl den Wisch in einem kitschigen Bild versteckt hatte? Und dass dieses Bild inzwischen in der Kammer der Haushälterin hing?«

Evelyn hatte nun Bilder vor Augen, auf die sie gerne verzichtet hätte. Sie sah, wie Anita nach dem Telefonhörer tastete, um einen Einbrecher zu melden, und dann Kilian, der sie grob in ihren Sessel drückte und ihr den Mund zuhielt, bevor er eine Spritze aus seiner Tasche zog.

»Und Mull?«, keuchte sie. »Ich nehme an, der Tod des Trödlers geht auch auf dein Konto.«

»Hast du geglaubt, du könntest mich täuschen mit deiner Behauptung, dir gefalle eine Brosche in seinem Schaufenster!« Kilian lachte höhnisch auf. »Nein, meine Liebe, ich habe sofort gemerkt, was du dort wolltest. Nachdem wir uns an jenem Sonntag getrennt hatten, ging ich noch mal zum Weinmarkt zurück. Niemand hat mich gesehen, als ich den Laden betrat, die Gasse war immer noch so leer wie zuvor. Der alte Mull war wieder zu sich gekommen. Aber er ließ mich nicht zu Wort kommen, sondern ging schimpfend auf mich los, so wie vorher auf dich. Mir blieb keine andere Wahl, ich musste mich verteidigen.« Er atmete tief durch und senkte dabei den Blick. »Als er ... sich nicht mehr rührte, sah ich mich um, aber es schien mir aussichtslos, zwischen all dem Trödel ein einzelnes Schriftstück zu finden. Im Schutze der Dunkelheit schlich ich mich davon.«

»Und ich habe geglaubt, er sei meinetwegen gestorben«, sagte Evelyn leise. »Aber es passte dir ja gut in den Kram, mich in dem Glauben zu lassen.«

Kilian nickte. »Mir war klar, dass du der Polizei nichts von unserem gemeinsamen Besuch am Weinmarkt erzählen würdest. Natürlich hätte dieser Kommissar Waldblum angenommen, dass du Mull getötet hast. Er hätte dich, ohne zu zögern, festgenommen.«

»Sie behaupten also, Sie hätten sich gegen den Angriff des Trödlers wehren müssen«, schaltete sich Benjamin ein. »Aber was war mit Evelyns Onkel? Haben Sie auf den auch nur eingeschlagen, um sich zu verteidigen?«

Kilian warf dem jungen Mann einen wütenden Blick zu, schien aber zu begreifen, dass er um eine Antwort schwerlich herumkam, denn auch Evelyn hob fordernd die Augenbrauen. Also wandte er sich ihr wieder zu. »Wir beide wissen doch genau, was für ein übler Bursche Joachim ist. Glaub mir, er hat dein Mitleid nicht verdient. Nicht nach dem, was er mit dir vorhatte.«

»Mit mir?«, fragte Evelyn verwundert. »Worauf willst du hinaus?«

»Dein sauberer Onkel versuchte mich doch tatsächlich zu überreden, dich in ein Sanatorium einweisen zu lassen. Seiner Meinung nach bist du ein wenig …« Er tippte sich gegen die Stirn.

Das Geld für mein Haus, schoss es Evelyn durch den Kopf. Natürlich, das ergab Sinn. Joachim hatte darauf spekuliert, es in die Hände zu bekommen, wenn man sie wegsperrte.

»Natürlich habe ich ihn ausgelacht«, fuhr Kilian fort. »Zu diesem Zeitpunkt habe ich ja noch geglaubt, dass wir beide heiraten würden. Aber dummerweise war dein Onkel über meine Spielsucht im Bilde. Ich habe mit einigen Personen gepokert, die keine weiße Weste haben. Dabei bin ich Joachim über den Weg gelaufen. Er hat gedroht, alles auszuposaunen, und dass es einen Riesenskandal geben würde, wenn ich nicht tue, was er verlangt. Ich dachte an Sibylles bevorstehende Heirat und auch daran, dass wir gesellschaftlich erledigt wären, wenn herauskäme, dass ich als Arzt in einem zwielichtigen Milieu verkehre. Aber ich hatte auch nicht vor, mich noch einmal erpressen zu lassen. Das eine Mal hat mir vollauf gereicht. Ich sah rot und …« Er verzog angewidert das Gesicht, wobei Evelyn nicht ergründen konnte, ob er über Joachim oder über sich und seine Tat die Nase rümpfte. Wie sehr musste es ihn geärgert haben, dass Joachim seinen Angriff überlebt hatte.

Kilian ließ sich einen Moment lang Zeit, bevor er mit fester Stimme erklärte. »Jetzt weißt du alles!«

»Noch nicht ganz«, sagte Evelyn, wobei ihr Blick von Kilian zu Sibylle wanderte. Die war bleich wie ein Laken geworden. »Hat Kilian dir befohlen, mich auf den Christkindlesmarkt zu locken? Die Nachricht, die angeblich Benjamin geschrieben hatte, war von dir, nicht wahr? Ich habe mir lange den Kopf über den Duft zerbrochen, der dem Papier anhaftete. Jetzt weiß ich es. Es war dein Lieblingsparfüm, Vogue.«

»Sie wollten Evelyn erschießen?«, rief Benjamin. »Und den Verdacht auf mich lenken?«

»Großer Gott, nein!« Sibylle kicherte zuerst hysterisch, dann brach sie in Tränen aus. »Kilian hat mich doch nur gebeten, Evelyn einen gehörigen Schrecken einzujagen. Ihr sollte nichts geschehen.«

»Nichts geschehen?«, fauchte Evelyn. »Hast du eine Ahnung, was du angerichtet hast? Ich könnte dir den Hals umdrehen.«

»Schluss jetzt!« Kilian versetzte seiner schluchzenden Schwester einen Rippenstoß. »Reiß dich gefälligst zusammen und gib mir deine Pistole. Sie ist doch noch in deiner Handtasche, oder?« Sibylle wischte sich mit ihrem Ärmel die Tränen aus dem Gesicht. Ihre Schminke war verlaufen, sie sah jetzt aus wie ein trauriger Zirkusclown. Als Sibylle nicht reagierte, riss Kilian ihr die Tasche aus der Hand und entnahm ihr eine Handfeuerwaffe. Er richtete die Pistole auf Evelyn. »Es tut mir leid, aber ich kann nicht zulassen, dass du und dieser Kerl mit eurem Wissen hausieren geht«, sagte er kalt.

Sibylle stieß einen spitzen Schrei aus. »Aber das kannst du nicht machen …«

»Halt den Mund! Auch du bist ruiniert, wenn Evelyn zur Polizei geht, begreifst du das nicht? Dein Rasmus wird dich fallen lassen wie eine heiße Kartoffel.« Er holte tief Luft. »Wir sperren die beiden in den Kofferraum und fahren sie runter zur Pegnitz, wo sich ein sehr bedauerliches Drama unter Liebenden abspielen wird.«

»Damit kommst du nicht durch«, sagte Evelyn mit zitternder Stimme. »Sobald Joachim wieder aufwacht …«

»Keine Bange, sobald ich mit euch fertig bin, werde ich dafür sorgen, dass er weiterschläft!« Er streckte die Hand aus und bewegte die Finger. »Wenn ich dich jetzt um Brief und Schuldschein bitten dürfte!«

In Evelyn rangen Todesangst und ein Gefühl von Trotz miteinander. Sie wusste jetzt, wozu Kilian fähig war. Er war krank. Seine Süchte hatten ihn zu einem Getriebenen gemacht, der in einer Spirale aus Gewalt und Wahn offenbar die Kontrolle verloren hatte. Um sich reinzuwaschen, musste er den Schuldschein und den Brief mit Gersons Anschuldigungen vernichten. Und er musste sie und Benjamin töten, damit sie nichts ausplaudern konnten. Sibylle hingegen war verängstigt wie ein Hühnchen vor dem Hackebeil. Sie würde über diese Nacht kein Wort verlieren. Sie würde nach Hause zurückkehren, in das Haus, das sie so liebte, und dort würde sie mit ihrer Köchin über das Weihnachtsmenü reden. Ein Stich durchfuhr Evelyn, als sie daran dachte, dass morgen Heilig Abend war, der letzte Tag des Christkindlesmarktes. Sie würde ihren Stand mit den Rauschgoldengeln nicht mehr sehen, weder Cäcilie noch den Marionettenmacher.

»Praktischerweise ist dein Liebhaber schon verletzt«, meinte Kilian. »Du hast herausgefunden, dass er dich auf dem Christkindlesmarkt aus Eifersucht töten wollte, weil du ihn abgewiesen hast. Als er es erneut versuchte, hast du dich mit einem Messer verteidigt, aber du konntest ihm nicht entkommen. Beim Kampf um die Waffe hat dich ein Schuss getroffen, und ihr seid beide in den Fluss gefallen.« Er nickte Benjamin zu, der wie angewurzelt hinter dem Spieltisch stand. »So wird es zumindest im amtlichen Untersuchungsbericht stehen.«

»Kilian, du kannst nicht …«, begann Sibylle, wurde aber von ihrem Bruder mit einer drohenden Geste zum Schweigen gebracht.

»Es muss sein! Ich kann sie nicht laufen lassen, verdammt!« Sein Blick wurde stechend. »Und nun her mit dem verdammten Wisch!«

Evelyns und Benjamins Blicke kreuzten sich. Der junge Mann wirkte traurig und wütend, aber auch entschlossen. Er würde sich auch mit bloßen Händen auf Kilian stürzen, doch sie beide wussten, dass damit nichts gewonnen war. Benjamin war verletzt, und bevor er Kilian erreichen könnte, hätte der ihn schon wie ein Sieb durchlöchert. Langsam setzte sich Evelyn in Bewegung. Dann verharrte sie plötzlich und starrte in die Mündung der Pistole.

»Na los, worauf wartest du?« Kilian wurde ungeduldig.

Evelyn ging weiter, nun zügiger, als hätte sie sich in das Unvermeidliche gefügt. Die Hand mit dem Brief streckte sie weit aus. Doch anstatt ihm die Schriftstücke zu überreichen, versetzte sie Kilian plötzlich einen Stoß gegen die Brust. Der Arzt öffnete verblüfft den Mund und taumelte zurück. Diesen Moment nutzte Evelyn, um sich an ihm vorbeizudrängen. Sie hielt eilig auf die Tür zu und hatte sie fast erreicht, als Kilian auf sie feuerte. Der Schuss aus seiner Waffe dröhnte von den hohen Wänden der Bibliothek wider und zerriss die Stille der Nacht. Evelyn zuckte zusammen, aber sie stürzte nicht. Langsam drehte sie sich um, während Kilian ein zweites Mal auf sie anlegte und abdrückte. Es knallte, aber mehr geschah nicht.

Kilian knirschte mit den Zähnen, als ihm aufging, dass er mit dieser Pistole nichts ausrichten konnte. Wutentbrannt fuhr er zu Sibylle herum. »Du … du verdammte …« Mehr brachte er nicht heraus.

»Ich habe versucht, es dir zu sagen, aber du wolltest nicht auf mich hören! Bevor ich mit der Waffe auf den Weihnachtsmarkt ging, um einen Schuss abzufeuern, habe ich die Munition durch Platzpatronen ersetzt.« Sie sah Evelyn mit großen Augen an. »Du hast es gewusst, nicht wahr?«

Nun, ganz sicher war Evelyn sich nicht gewesen, aber sie hatte es gehofft. Trotz aller Erleichterung fühlte sie sich einer Ohnmacht nahe. Mit letzter Kraft griff sie nach dem Telefonhörer, doch noch bevor sie sich mit der Polizei verbinden lassen konnte, hörte sie vor dem Haus Hundegebell und Stimmen. Die Nachbarn hatten den Schuss gehört und liefen aufgeregt zusammen. Wenig später erklang eine Polizeisirene.

Es war vorbei.

51.

Auf dem Christkindlesmarkt herrschte am Nachmittag Aufbruchstimmung. Es war Heilig Abend und die Markthändler, die bis zu dieser Stunde tapfer dem Schnee und der Kälte getrotzt hatten, machten sich daran, ihre Buden und Stände zu schließen. Begleitet vom Kinderchor, der sich zum letzten Mal für dieses Jahr zusammengefunden hatte, wurden Grüße zum Fest und gute Wünsche für den Jahreswechsel ausgetauscht.

Evelyn stand vor der kleinen Hütte des Nürnberger Frauenvereins und lauschte andächtig den Melodien des Chores. Die Stimmen klangen wunderschön und legten sich wie heilender Balsam über ihr noch wundes Herz. Benjamin, der dem alten Spielzeugmacher Matthäus dabei half, die letzten ihrer handgefertigten Rauschgoldengel zu verpacken, schlug ein paar Nägel in eine hölzerne Kiste. Sie würde später von einem Pferdefuhrwerk abgeholt und zu den Wohlfahrtswerkstätten gebracht werden. Dorthin hatte der Frauenverein nicht nur die freiwilligen Helferinnen, sondern auch alle Standnachbarn des Christkindlesmarktes, die vor ihren eigenen Feiern zu Hause noch Zeit für ein letztes Beisammensein fanden, zu einem weihnachtlichen Umtrunk eingeladen. Der erste größere Weihnachtsmarkt seit der bitteren Kriegs- und Nachkriegszeit war ein großer Erfolg gewesen, und dies sollte gebührend gefeiert werden.

Das letzte Lied verklang, die Schar der festlich gekleideten kleinen Sängerinnen und Sänger löste sich lachend und jubelnd auf. Die Schneeballhändlerin, Cäcilie und einige andere Marktbetreiber steckten den Kindern Süßigkeiten zu. Vor vielen Ständen flackerten Kerzen im Wind. Es waren nur noch vereinzelt Besucher unterwegs, die meisten befanden sich schon auf dem Weg nach Hause oder zur Kirche, die mit majestätischem Glockengeläut zum Gottesdienst rief. Nur hier und da blieb noch jemand stehen, um einem Bekannten die Hand zu schütteln oder höflich den Hut zu lüpfen.

Cäcilie, die zur Feier des Tages ihr feinstes schwarzes Kleid angezogen hatte, fing Evelyns Blick auf und winkte ihr zu. »Sehen wir uns später noch?«

Evelyn zögerte kurz, dann erwiderte sie den Gruß der Lebkuchenfrau. Benjamin trat zu ihr und sah sie besorgt an. »Und du bist dir sicher, dass dir das alles nicht zu viel wird?«

Evelyn lächelte. »Es ist Weihnachten, was sollte mir da zu viel sein?« Tatsächlich freute sie sich auf das heitere Beisammensein mit ihren Freunden vom Christkindlesmarkt, auch wenn sie noch nicht sagen konnte, wie lange sie durchhalten würde. Die letzte Nacht kam ihr vor wie ein Traum, wie eine unglaubliche Geschichte aus einem Roman oder einem Schauspiel, nur dass sie keine unbeteiligte Zuschauerin, sondern direkt am Geschehen beteiligt gewesen war. Die Polizeibeamten, die sich Zutritt zur Villa verschafft hatten, hatten Kilian entwaffnet und abgeführt, ohne dass er sich gegen seine Festnahme gewehrt hatte. Kommissar Waldblum, der nur wenige Minuten später am Stadtpark eingetroffen war, hatte Evelyn, Benjamin und Sibylle stundenlang befragt, wobei Letztere keine Hilfe gewesen war, da sie nur hysterisch gelacht und sogar geschrien hatte. Waldblum war begreiflicherweise ein wenig eingeschnappt, weil Evelyn ihn trotz seiner gut gemeinten Warnungen über bestimmte Einzelheiten des Falles im Unklaren gelassen hatte. Missmutig hatte er seine Notizen überflogen und schließlich mit einem Seufzer das Notizbuch zugeklappt.

»Ich sollte sie mit zum Jakobsplatz nehmen und einsperren lassen«, sagte er, immer noch verärgert. »Aber weil Weihnachten vor der Tür steht, werde ich mal Gnade vor Recht ergehen lassen.« Er war schon an der Tür, als er sich noch einmal zu ihr umdrehte. »Sie wollten den Kerl provozieren, damit er einen Schuss auf Sie abgibt, aber Ihnen ist hoffentlich klar, dass das ins Auge hätte gehen können?«

»Sie selbst haben doch gesagt, dass auf dem Christkindlesmarkt kein Projektil gefunden wurde. Als Kilian Sibylles Waffe auf uns richtete, kam mir der Gedanke, dass Sibylle sie wahrscheinlich nicht mit scharfer Munition geladen hatte. Sie hat mehrmals beteuert, dass sie mich nur erschrecken wollte, und das mit den Platzpatronen hatte sie Kilian in ihrer Aufregung sogar mitteilen wollen. Aber zu unserem Glück hat er sie nicht ausreden lassen. Als ich vor ihm wegrannte, hat er geschossen und damit genau das erreicht, was er eigentlich vermeiden wollte: Er hat die Nachbarschaft alarmiert.«

Während Evelyn ihren Gedanken nachhing, streichelte Benjamin ihr liebevoll über den Arm und teilte ihr mit, dass sie mit dem Beladen fertig geworden waren. Auch an den Nachbarständen wurden die Lichter gelöscht und die Läden geschlossen. Die Buden würden in den Tagen nach Weihnachten abgebaut werden und der Christkindlesmarkt in einen einjährigen Dornröschenschlaf verfallen. Aber im nächsten Jahr würde er von Neuem erwachen. Evelyn freute sich schon darauf. Sie hatte keinen Grund mehr, die Stadt zu verlassen. Sie würde in Nürnberg bleiben und hoffte von ganzem Herzen, dass auch Benjamin es sich noch einmal überlegte und nicht nach Prag zurückkehrte.

In den Wohlfahrtswerkstätten war es warm und gemütlich. Werkzeug und Werkbänke waren zur Seite geschoben und die Wände mit roten Girlanden geschmückt worden. Auf den Tischen, an denen schon Arbeiterinnen und einige Leute vom

Christkindlesmarkt beisammensaßen und angeregt miteinander plauderten, standen Teller mit Nüssen, Äpfeln und Weihnachtsgebäck. Cäcilie und Peter eilten mit Körben durch die Reihen und vervollständigten das Angebot mit Cäcilies Lebkuchen. Sogar an die Rauschgoldengel hatte man gedacht. Zu Evelyns Freude war der große Tannenbaum am Ende des Werkstattraums mit Dutzenden der schillernden Figuren aus Goldfolie geschmückt. Im Licht der Kerzen sah es aus, als züngelten kleine rote, grüne und gelbe Flammen zwischen den Zweigen.

Evelyn war wie betäubt, als sie sich neben Benjamin auf eine Bank quetschte und den Liedern lauschte, die alsbald angestimmt wurden. Es herrschte eine so gelöste Stimmung, dass Evelyn ihre Sorgen allmählich vergaß. Die würden zweifellos wiederkommen, so war nun mal das Leben. Doch für den Moment verschwammen sie, und das tat ihrer Seele gut.

»Ich habe eine Entscheidung getroffen«, sagte Benjamin nach einer Weile.

Evelyn horchte auf. Darauf hatte sie gewartet, aber nun hätte sie ihn am liebsten gebeten, zu schweigen, um diesen Moment der Wärme und des Wohlbehagens nicht zu zerstören. Dennoch fragte sie: »Und?«

»Wenn es wirklich Anitas Wunsch war, dass ich ihr Haus bekommen soll, werde ich ihn nicht zurückweisen. Aber ich möchte einiges verändern. Das Haus ist mir viel zu still und zu einsam. Wenn ich die Villa Pelzendorf übernehme, werde ich daraus einen Ort machen, der jedem offensteht, der Freude an Kunst und Kultur hat. Man könnte beispielsweise junge Künstler einladen, eine Weile dort zu arbeiten, sich auszutauschen und von den Erfahrungen anderer zu lernen. Ich hätte auch selbst Lust, Unterricht zu geben oder Vorträge zu halten. Was hältst du davon?«

Evelyn strahlte. Sie hatte schon befürchtet, Benjamin könnte ihr seine bevorstehende Abreise mitteilen, und war jetzt erleichtert, dass er ganz andere Pläne schmiedete. Ein Haus der Kunst, in dem Menschen, die anderswo missverstanden wurden oder keinen geeigneten Platz zur Entfaltung fanden, in passender Atmosphäre arbeiten konnten. Ja, der Gedanke gefiel ihr.

Benjamin nahm behutsam ihre Hand und sah ihr in die Augen. »Würdest du … ich meine …« Sein Akzent. Immer wenn er aufgeregt war, wurde er stärker. Aber Evelyn liebte ihn, weil er ein Teil seiner Geschichte war.

»Willst du mich fragen, ob ich mit dir in die Villa einziehe?«, half sie ihm mit einem kecken Lächeln auf die Sprünge. »Als deine Muse oder dein Modell? Ich habe mir sagen lassen, dass in diesen Tagen konventionelle Eheverbindungen unter Künstlern nicht mehr so populär sind.«

Benjamin errötete, als plötzlich von der anderen Seite des Tisches ein verhaltenes Kichern zu hören war. Es klang stark nach Esther Bing, und tatsächlich: Evelyn sah, dass die Frau des Spielzeugfabrikanten sich neben den alten Matthäus gesetzt hatte. Sie zwinkerte Evelyn kurz zu und gab dann vor, der Unterhaltung des Spielzeugmachermeisters mit seinem Nachbarn zu lauschen. Aber natürlich spitzte sie die Ohren.

»Lass uns einfach schrecklich konventionell sein und trotzdem heiraten, ja?«, schlug Benjamin vor, wobei er Evelyns Hand ein wenig fester drückte. »Ich denke, das würde ich schon verkraften.«

»Na dann …« Evelyn spürte einen Luftzug im Gesicht, der ihre Aufmerksamkeit einen Herzschlag lang auf die Werkstatttür richtete. Sie erblickte ihre Mutter, die zu ihrer Verwunderung von Sibylle begleitet wurde. Die beiden Frauen schauten sich suchend im Raum um. Als sie Evelyn entdeckten, kamen sie schnurstracks zum Tisch gelaufen.

»Na, die traut sich aber was«, grollte Benjamin kopfschüttelnd. »Soll ich Sibylle hinausbefördern?«

Evelyn spürte, wie ihr Herz schneller schlug, trotzdem legte sie begütigend ihre Hand auf die seine. Heute Abend sollte niemand allein sein und sich ausgeschlossen fühlen. Als sie aufstand und ihre Mutter umarmte, stellte sie fest, dass sie ein Gefühl vollkommener Ruhe erfüllte. »Gibt's denn was Neues?«, fragte sie leise.

»Ach, ich weiß nicht, es ist … merkwürdig. Ich könnte auf die Bibel schwören, dass Joachim vorhin kurz die Augen aufgeschlagen und mich angegrinst hat. Er hat die Lippen bewegt, um mir etwas zu sagen. Vielleicht, dass es ihm leidtut, und dass er …« Sie räusperte sich. »Er sah plötzlich so freundlich aus, so … Ach, ich kann es nicht beschreiben. Und als ich den diensthabenden Arzt herbeirief, war alles wieder wie vorher. Der Arzt hat mich angesehen wie eine Schwachsinnige und meinte, meine Sinne hätten mir einen Streich gespielt. Aber das glaube ich nicht.«

Evelyn wusste nicht, was sie darauf entgegnen sollte. Doch ihre Mutter sah zum ersten Mal seit Tagen wieder gelöst, ja fast glücklich aus. Als Esther Bing ihr Platz machte und der alte Matthäus sie mit einem heißen Glühpunsch versorgte, röteten sich ihre eingefallenen Wangen, und nach kurzer Zeit diskutierte sie lebhaft mit einigen Leuten am Tisch.

Evelyn holte tief Luft. Ihre Mutter war versorgt, und vielleicht hatte sie ihr persönliches kleines Weihnachtswunder erlebt. Wenn ja, dann hatte dieses ihr zumindest die Hoffnung bewahrt, und Hoffnung, das hatte Evelyn erfahren, war neben der Liebe das größte Geschenk, das man auf der Welt erhalten konnte. Sie hätte nun wieder in die heitere Runde am Tisch zurückkehren können und zu Benjamin, der noch auf eine Antwort von ihr wartete.

Aber sie spürte, dass Sibylle noch immer unschlüssig zwischen Tür und Tisch verharrte. Niemand lud sie ein, näher zu treten, und das, obwohl Sibylle doch sonst jeden Raum allein durch ihre Anwesenheit zum Funkeln und Strahlen brachte. Es war, als sähen die Anwesenden sie heute gar nicht.

Kurz entschlossen drehte sich Evelyn um und machte einen Schritt auf ihre Freundin zu, die aussah, als kämpfte sie mit den Tränen.

»Ich weiß, dass es unverzeihlich ist, was ich getan habe«, sagte Sibylle mit erstickter Stimme. »Waldblum hat mir schon eröffnet, dass ich nicht damit rechnen solle, mit einem blauen Auge davonzukommen. Aber das ist in Ordnung. Kilian hat mir solche Angst gemacht. Immer wieder hat er mir gesagt, wir würden alles verlieren, weil er betrogen worden sei, und ich habe ihm geglaubt.«

»Deine Unüberlegtheit hat mehrere Menschen in Gefahr gebracht!«

Sibylle wischte sich mit einem Zipfel ihres einfachen Strickpullovers über die Augen. Dann nickte sie.

»Und du hast mein Vertrauen missbraucht«, fuhr Evelyn fort. Es fiel ihr schwer, sich vor Sibylle zur Richterin oder zumindest Anklägerin aufzuschwingen, denn eine solche Rolle lag ihr nicht. Dennoch war sie der Meinung, dass Sibylle hören sollte, wie sehr sie ihre Freundin verletzt hatte. Auf der anderen Seite konnte sie aber auch verstehen, in welch schrecklicher Lage sich Sibylle befunden hatte. Kilian hatte erheblichen Druck auf sie ausgeübt und seine Schwester war, entgegen dem Bild, das sie so gern von sich selbst zeichnete, nicht abgebrüht genug gewesen, um diesem Druck standzuhalten. Sie hatte einen schweren Fehler gemacht, und dafür würde sie zur Rechenschaft gezogen werden. Ob und wie bald Evelyn ihr wieder vertrauen konnte, würde die Zukunft zeigen, aber Evelyn kannte ihre Freundin auch gut genug, um zu erkennen, dass Sibylles Reue aufrichtig und nicht gespielt war. Evelyn vermisste sie.

»Hast du Rasmus schon verständigt?«, erkundigte sie sich. »Er wird nicht erfreut sein, wenn er erfährt, was geschehen ist.« Und er würde davon erfahren, das stand so fest wie das Amen in der Kirche. Kommissar Waldblum hatte sich zwar bereiterklärt, die Presse bis nach den Feiertagen in Schach zu halten, doch dann würden die Zeitungen sich des Falles annehmen. Sibylle standen keine angenehmen Zeiten bevor. Doch zu Evelyns Verwunderung winkte die junge Frau ab. »Mir ist egal, was in der Zeitung steht oder was Rasmus dazu zu sagen hat. Falls er sich überhaupt noch einmal meldet. Ich habe ihm vor zwei Tagen mitgeteilt, dass ich auf seinen Titel und das Palais seiner hochwohlgeborenen Sippschaft pfeife. Der Abend neulich bei uns hat mir die Augen geöffnet.« Sie streckte die Zunge heraus, was sie für einen Moment lang wieder zu dem frechen Mädchen machte, das einst unter der Schulbank heimlich in Evelyns Poesiealbum geschrieben hatte. »Ich bin froh, dass ich ihn und seine merkwürdigen Münchner Freunde los bin. Die sollen sich einen anderen Goldesel für ihre politischen Pläne suchen.«

Evelyn biss sich auf die Unterlippe, als sie an den Oberst aus München dachte. Sie hatte ihn auf Kilians Betreiben zu Unrecht verdächtigt, Gerson auf dem Gewissen zu haben, doch das änderte nichts daran, dass sie ihn für einen ebenso gefährlichen Mann hielt wie den Stadtrat mit seiner Hetzzeitschrift und seinen Schlägern vom Völkischen Block. Vor ihnen galt es weiterhin auf der Hut zu sein, denn mit dem neuen Jahr witterten sie offenbar Morgenluft. Das stand schon jetzt in allen Zeitungen.

Sibylle verzog sorgenvoll das Gesicht, womit sie Evelyn in Erinnerung rief, dass sie nach wie vor um den Verlust ihres Zuhauses bangte. Nun, zumindest diesbezüglich konnte sie ihre Freundin beruhigen. Sie holte einen Umschlag aus ihrer Handtasche und drückte ihn Sibylle in die Hand. Deren Augen weiteten sich, als sie den Inhalt des Schreibens überflog. »Kilians Schuldschein?«

»Nur eine Abschrift«, sagte Evelyn. »Das Original bekommst du, sobald es nicht mehr von der Justiz benötigt wird. Du glaubst doch nicht, dass ich euer Haus will. Für mich sind Spielschulden keine Ehrenschulden. Sie haben nichts mit Ehre zu tun, sondern bringen nur Leid und Unheil über die Menschen.« Sie wünschte Sibylle frohe Weihnachten und kehrte zum Tisch zurück, wo sie von Benjamin und ihren Freunden bereits sehnsüchtig erwartet wurde. Als Benjamin ihr Platz machte, spürte sie die Wärme, die von seinem Körper ausging, und ein angenehmes Gefühl rief ihr ins Gedächtnis, dass nicht nur Sibylle, sondern auch sie selbst wieder ein Zuhause hatte.

Und mehr als das.

Doch das würde sie Benjamin sagen, sobald die Kerzen gelöscht und sie endlich allein waren.

Nachwort

Die im Roman geschilderten Ereignisse rund um den berühmten Nürnberger Christkindlesmarkt sind fiktiv, auch die Figuren sind frei erfunden. Dennoch hat dieser Roman einen historischen Hintergrund, auf den ich im Folgenden noch kurz eingehen möchte.

Die frühen Jahre der Weimarer Republik waren turbulent, die politische Lage galt als instabil. Dies nutzten 1924 radikale Bewegungen wie der Völkische Block, um die noch junge Demokratie zu schwächen. Schon im Jahr zuvor hatten die frühen Nationalsozialisten in München mit dem Marsch auf die Feldherrnhalle einen Putschversuch unternommen, der allerdings gescheitert war. Doch nach Aufhebung des Parteiverbots planten ihre Führer die Neugründung, wozu es im Februar 1925 dann auch kommen sollte. Zu den politischen Wirren kamen wirtschaftliche Probleme, mit denen das Land nach der Niederlage im Ersten Weltkrieg zu kämpfen hatte. Der Vertrag von Versailles hatte Deutschland hohe Reparationsleistungen auferlegt, und im Jahr 1923 war es zu einer verheerenden Hyperinflation gekommen, deren Auswirkungen trotz Einführung der neuen Reichsmark noch lange zu spüren waren. Die Arbeitslosigkeit war hoch, etliche Geschäfte mussten schließen. Trotzdem hofften viele Menschen, dass das Schlimmste nun überwunden sei, und blickten einigermaßen optimistisch in die Zukunft. Dieser Optimismus spiegelte sich auch im Kunst- und Kulturleben der Weimarer Republik wider: Neue Medien wie

Film und Radio, vor allem aber Theater und Kabarett erlebten eine Blütezeit.

Auch an Nürnberg und seinem Christkindlesmarkt sollte die Aufbruchstimmung der 1920er-Jahre nicht spurlos vorübergehen. Der beliebte Weihnachtsmarkt, das sogenannte »Städtlein aus Holz und Tuch« existierte in der alten Reichsstadt zwar seit mehr als vierhundert Jahren, war jedoch während des Ersten Weltkriegs und in der Zeit danach in der Bedeutungslosigkeit verschwunden. Daran sollte sich nun etwas ändern: Die alten Traditionen sollten wiederbelebt, der Markt weit über die Grenzen Nürnbergs hinaus zu einer Attraktion werden. Allerdings waren die Mittel zunächst bescheiden. In den frühen 1920er-Jahren wurde der Christkindlesmarkt noch nicht wieder auf dem großen Hauptmarkt, sondern an verschiedenen wechselnden Orten, zum Beispiel rund um die Fleischbrücke, abgehalten. Von großer Bedeutung war indes die Wiederentdeckung des Rauschgoldengels als Christbaumschmuck und Weihnachtsdekoration. Neben den Nürnberger Lebkuchen zählen die hübschen Figuren aus goldfarbenem Messingblech zu den beliebtesten Markenzeichen des Christkindlesmarktes. Sie gehen auf alte Handwerkstraditionen zurück und wurden seit Ende des 18. Jahrhunderts in den Marktbuden angeboten. In den frühen 1920er-Jahren wurde eine Neugestaltung des Goldengels ins Auge gefasst. Hierbei spielte, wie im Roman beschrieben, auch der 1916 gegründete »Verein für deutsche Frauenkleidung und Frauenkultur« eine Rolle, in dem sich zahlreiche Künstlerinnen und Handwerkerinnen zusammenfanden, die nicht nur für eine Reform der als altmodisch und einengend empfundenen Frauenbekleidung eintraten, sondern auch das traditionelle Handwerk fördern wollten. Nach den Entwürfen eines ortsansässigen Künstlers erhielt der Rauschgoldengel sein noch heute bekanntes Aussehen und war bereit, seinen Siegeszug anzutreten. Die

Figuren wurden in den Nürnberger Wohlfahrtswerkstätten gefertigt, die nach dem Ersten Weltkrieg vornehmlich mittellosen Frauen, Kriegswitwen und Invaliden Arbeitsmöglichkeiten boten.

Zu den bedeutendsten Arbeitgebern in Nürnberg zählte die Spielzeugfabrik Bing. Um 1924 hatten die Bing-Werke fast 16 000 Beschäftigte und festigten mit ihren Produkten den Ruf Nürnbergs als Spielzeugstadt. Der Rechtsstreit zwischen dem Spielwarenfabrikanten Stephan Bing und der Erfinderin der Käthe-Kruse-Puppen hat tatsächlich stattgefunden. Nach dem Urteil aus dem Jahr 1925 durfte Bing bei der Vermarktung seiner Spielzeuge nicht mehr auf den Namen Käthe Kruse zurückgreifen.

Der Christkindlesmarkt wurde erst neun Jahre nach den im Roman geschilderten Ereignissen wieder zurück auf den Hauptmarkt verlegt, und wer den Auftritt des berühmten Christkinds vermisst hat: Es spricht seinen berühmt gewordenen Prolog zur feierlichen Eröffnung des Markts erst seit 1933. Wem ich nun Lust gemacht habe, dem »Städtlein aus Holz und Tuch« einen persönlichen Besuch abzustatten, der kann sich vom Freitag vor dem ersten Adventssonntag bis zum 24. Dezember von den dort herrschenden Düften, Lichtern und Klängen verzaubern lassen.

Zum Abschluss möchte ich mich herzlich bei allen bedanken, die mich bei der Arbeit an diesem Roman unterstützt haben. Mein Dank gilt vor allem meiner Familie, die mir immer den Rücken frei hält, wenn ich meine Reisen in die Vergangenheit antrete, aber auch dem Team von Bastei Lübbe um Gerke Haffner sowie meiner Lektorin Evi Draxl. Es war teilweise eine Herausforderung, sich auch während der heißen Sommermonate gedanklich in das eiskalte Nürnberg des Jahres 1924 zu versetzen und zudem noch so etwas wie Weihnachtsstimmung aufzubauen. Sollte es mir gelungen sein, Sie, liebe Leserin, lieber Leser, auf ebenso spannende wie unterhaltsame Weise auf die Festtage einzustimmen, würde mich das sehr freuen.

Dominique Steinberg, Juli 2024